EUROPÄISCHE VOLKSMÄRCHEN

Ausgewählt und herausgegeben
von Max Lüthi

MANESSE VERLAG
ZÜRICH

Buchschmuck von Georgette Boner

CIP-Titelaufnahme der Deutschen Bibliothek

Europäische Volksmärchen / ausgew. u. hrsg. von Max Lüthi
7. Aufl. – Zürich : Manesse Verlag, 1989
(Manesse Bibliothek der Weltliteratur)
ISBN 3-7175-1120-3 Gewebe
ISBN 3-7175-1121-1 Ldr.

NE: Lüthi, Max [Hrsg.]

DIE PRINZESSIN MIT DEN ZWÖLF PAAR GOLDSCHUHEN

Es war einmal ein junger Mann, der ging in die Welt hinaus, um sein Glück zu versuchen. Wie er so seines Weges ging, begegnete ihm ein alter Mann und ging ihn um ein Almosen an. Der Junge sagte, Geld habe er keins, aber seinen Proviant wolle er gern mit ihm teilen, und das nahm der Alte dankbar an. Sie setzten sich unter einen Baum, und der junge Mann teilte das Essen gleichmäßig. Als sie gegessen hatten, stand er auf, um weiterzugehen, aber der Alte sagte: «Du hast mit mir geteilt, was du hattest; zum Entgelt will ich dir diesen Stock und diese Kugel geben, die werden dir Glück bringen. Wenn du den Stock vor dir in die Höhe hebst, so bist du unsichtbar, und wenn du mit dem Stock an die Kugel schlägst, so wird die Kugel vor dir herrollen und dir zeigen, wohin du gehen sollst.»

Der junge Mann dankte ihm für die Gabe, warf die Kugel zu Boden und schlug mit dem

Stock daran; die Kugel rollte rasch voraus und rollte immerzu, bis sie an eine große Stadt kamen. Hier sah er, daß rings um die Stadtmauer abgehauene Menschenköpfe aufgepflanzt waren. Den ersten, den er traf, fragte er nach dem Grund und erfuhr, daß im Lande große Sorge herrsche wegen der Prinzessin, die jede Nacht zwölf Paar Goldschuhe zerreiße, ohne daß man wisse, wie das zugehe. Der alte König sei der Sache müde und habe gelobt, wer den Hergang aufdecken könne, solle die Prinzessin und das halbe Reich bekommen, könne er es aber nicht aufdecken, so solle er sein Leben verlieren. Nun seien viele Prinzen und vornehme Herren gekommen und hätten es versucht, denn die Prinzessin sei wunderbar schön; aber alle hätten ihr Leben lassen müssen, und der alte König sei sehr traurig darüber.

Als der junge Mann das hörte, bekam er große Lust, das Abenteuer zu bestehen, und er ging gleich aufs Schloß und sagte, er wolle es in der nächsten Nacht versuchen. Als der alte König ihn sah, tat es ihm leid um ihn, und er riet ihm, er solle sich doch nicht darauf einlassen, denn es werde ihm gewiß nicht besser gehen als allen anderen. Aber er blieb bei seinem Vorhaben, und der König sagte, so solle er drei Nächte lang im Gemach der Prinzessin schlafen und sehen, ob er etwas entdecke, und wenn er am dritten Tag nichts ans Licht gebracht hätte, so müsse er zur Richtstatt wandern.

Damit war der junge Mann zufrieden, und am Abend wurde er in das Gemach der Prinzessin geführt, wo ein Bett für ihn stand. Er lehnte seinen Stock an das Bett, hängte sein Ränzel daran und legte sich mit dem Vorsatz nieder, die ganze Nacht kein Auge zuzutun. Lange Zeit war er wach und merkte durchaus nichts; aber auf einmal schlief er ein, und als er aufwachte, war es heller Tag. Da war er sehr ärgerlich über sich selber und nahm sich fest vor, die nächste Nacht besser aufzupassen.

Aber in der nächsten Nacht ging es ebenso wie in der ersten, und der junge Mann hatte nun nur noch eine Nacht vor sich.

Als er sich am dritten Abend niederlegte, tat er gleich, als ob er schliefe, und es dauerte nicht lange, so hörte er eine Stimme, die die Prinzessin fragte, ob er schlafe. Die Prinzessin sagte ja, und da kam ein weißgekleidetes Mädchen an sein Bett und sagte zur Prinzessin: «Ich will doch probieren, ob er richtig schläft», und sie nahm eine goldene Nadel und stach sie ihm in die Ferse. Er lag unbeweglich, und sie ging und ließ die Nadel stecken. Dann sah er, wie sie und dic Prinzessin ihr Bett beiseite rückten, so daß eine Treppe zum Vorschein kam, und die stiegen sie hinunter. Er erhob sich rasch vom Bett, nahm die Nadel und steckte sie in sein Ränzel auf den Rücken, und hielt seinen Stock vor sich in die Höhe, daß er unsichtbar war. Nun ging er hinter ihnen drein die Treppe hinunter, und sie gingen, bis sie in einen Wald kamen, wo alles von Silber war, Bäume, Blumen und Gras. Als sie an das Ende des Silberwaldes kamen, brach er einen Zweig von einem Baum und steckte ihn in sein Ränzel. Die Prinzessin hörte es in den Bäumen rauschen und wandte sich um, aber sie konnte niemand sehen. «Ich meine, es ist jemand hinter uns», sagte sie. «Ach, das ist nur der Wind», sagte das Mädchen. Dann kamen sie in einen Wald, wo alles aus Gold war, Bäume, Blumen und Gras; und als sie an das Ende des Goldwaldes kamen, brach er einen Zweig ab und steckte ihn in sein Ränzel. Die Prinzessin wandte sich um und meinte, es sei jemand hinter ihnen; aber das Mädchen sagte wieder, es sei nur der Wind. Da kamen sie in einen Wald, wo Bäume, Blumen und Gras aus Diamanten waren, und als sie an das Ende des Diamantenwaldes kamen, brach er auch einen Zweig von einem Baum und steckte ihn in sein Ränzel. Dann kamen sie an einen See, und da lag ein kleines Boot, in das die Prinzessin und das Mädchen stiegen. Aber als sie vom Land abstoßen wollten, sprang er auch ins Boot, und es kam so stark ins Schaukeln, daß die Prinzessin Angst bekam und schrie, nun sei gewiß jemand hinter ihnen. Aber das Mädchen sagte, es sei nur der Wind. Dann fuhren sie an das andere Ufer, und da lag ein großes Schloß. Ein häßlicher Troll kam herbei und empfing die Prinzessin und geleitete sie hinein und fragte, warum sie so spät käme? Da erzählte sie ihm, sie habe solche Angst ausgestanden, es sei jemand hinter ihnen drein, aber gesehen hätten sie niemand. Darauf setzten sie sich zu Tisch, und der junge Mann stellte sich hinter den Stuhl der Prinzessin. Als sie gegessen hatte, nahm er ihren goldenen Teller, ihr goldenes Messer und die Gabel und steckte alles in sein Ränzel. Der Troll und die Prinzessin konnten sich nicht erklären, wo es hingekommen sein sollte; aber der Troll kümmerte sich nicht weiter darum und wollte nun zu tanzen anfangen. Also fingen sie an zu tanzen, und die Prinzessin tanzte zwölf Tänze mit dem Troll, und bei jedem Tanze zerriß sie ein Paar goldene Schuhe. Wie sie aber den letzten Tanz getanzt hatte und die Schuhe in einen Winkel warf, nahm sie der junge Mann und steckte sie auch in sein Ränzel. Als der Tanz zu Ende war, begleitete der Troll sie wieder zurück zu dem Boot, und der junge Mann fuhr mit und sprang zuerst an Land und lief eilends heimwärts, so daß er vor ihnen ankam und sich ins Bett legen konnte und schlafend stellen, als die Prinzessin kam.

Am Morgen kam der alte König und fragte, ob er nun etwas gesehen habe; aber er sagte, er sei wieder eingeschlafen, wie die beiden letzten Nächte, und habe nichts bemerkt. Darüber war der alte König sehr traurig; aber die Prinzessin freute sich um so mehr und wollte selbst seine Hinrichtung sehen. Der junge Mann wurde nach dem Hochgericht geführt, und der König und die Prinzessin und der ganze Hof gingen mit.

Wie er nun dort stand, bat er den König um die Erlaubnis, einen wunderlichen Traum zu erzählen, den er in der letzten Nacht gehabt habe, und der König erlaubte es. Da erzählte er, er habe geträumt, zur Prinzessin sei ein weißgekleidetes Mädchen gekommen und habe gefragt, ob er wohl schlafe, und um es zu probieren, ihm eine goldene Nadel in die Ferse gestochen. «Und mich dünkt, es war diese», sagte er, und holte die Nadel aus seinem Ränzel. «Weiter träumte ich, daß sie das Bett der Prinzessin zur Seite rückten und eine Treppe hinabstiegen, die unter dem Bett war, und ich ging hinterdrein; und weiter träumte ich, daß wir in einen Wald kamen, wo Bäume, Blumen und Gras aus Silber waren, und ich brach einen Zweig von einem der Bäume. Hier ist er. Darauf kamen wir in einen Wald, wo Bäume, Blumen und Gras aus Gold waren, und ich brach auch einen Zweig von einem dieser Bäume. Hier ist er. Dann kamen wir in einen Wald, wo Bäume, Blumen und Gras aus Diamanten waren, und ich pflückte auch einen Zweig von einem dieser Bäume. Hier ist er. Dann träumte ich, wir seien weitergegangen und an einen See gekommen, wo ein Boot lag, in das die Prinzessin und das Mädchen einstiegen. Als ich auch hineinsprang, bekam die Prinzessin Angst und meinte, es sei jemand hinter ihr; aber sehen konnte sie mich nicht. Wir fuhren über den See bis zu einem großen Schloß, und da kam ein häßlicher Troll, der empfing die Prinzessin und geleitete sie ins Schloß und setzte sich mit ihr zu Tisch; und ich träumte, ich hätte mich hinter ihren Stuhl gestellt, und als sie gegessen hatte, nahm ich ihren Teller, ihr Messer und ihre Gabel und steckte sie in mein Ränzel. Hier sind sie. Darauf träumte ich, daß der Troll die Prinzessin zum Tanz aufforderte, und sie tanzte zwölf Tänze mit ihm, und bei jedem Tanz zerriß sie ein Paar goldene Schuhe. Als sie aber den letzten Tanz getanzt hatte und die Schuhe beiseite warf, kam es mir vor, als ob ich sie in mein Ränzel steckte, und hier sind sie. Dann träumte ich, daß die Prinzessin wieder heimfuhr; aber ich war vor ihr zu Haus und legte mich ins Bett, ehe sie kam.»

Wie der alte König alles das hörte, wurde er ganz glücklich; aber die Prinzessin war halb tot vor Schrecken und konnte nicht begreifen, wie das zugegangen war. Der König wollte nun, daß der junge Mann mit der Prinzessin Hochzeit halten sollte, aber der wollte erst den Troll besuchen, und bat die Prinzessin, ihm ihren goldenen Fingerhut zu leihen. Sie gab ihn her, und der junge Mann stieg die Treppe hinunter und ging durch den silbernen Wald und den goldenen Wald und den diamantenen Wald an den See, und fuhr hinüber zu dem Trollschloß. Als er zu dem Troll kam, stach er ihn ins Herz mit der goldenen Nadel, die er aus seiner Ferse gezogen hatte, und hielt den Fingerhut der Prinzessin unter. Da fielen drei Tropfen Blut hinein, und der Troll starb.

Der junge Mann aber segelte zurück. Als er in den diamantenen Wald kam, ließ er einen Blutstropfen zur Erde fallen, und gleich wurden alle Bäume, Blumen und Gräser zu ebensovielen Männern, Frauen und Kindern, und die waren so glücklich, daß sie aus der Verzauberung erlöst waren, daß sie sagten, er solle ihr König sein, denn es war ein ganzes Königreich. Sie gingen mit ihm in den goldenen Wald. Hier ließ er den anderen Blutstropfen zur Erde fallen, und auch da wurden die Bäume, Blumen und Gräser zu Menschen, ein ganzes Königreich. Und die freuten sich und riefen, er solle ihr König sein. Sie gingen mit ihm in den silbernen Wald. Hier ließ er den dritten Blutstropfen zur Erde fallen, und alle Bäume, Blumen und Gräser wurden zu Menschen, und die dankten ihm für ihre Befreiung und wollten ihn auch zum König haben. Sie gingen mit ihm zum alten König und berichteten ihm ihre Befreiung, und er und die Prinzessin waren froh, daß auch sie aus der Verzauberung erlöst war. Nun feierten sie Hochzeit mit großer Pracht, und er wurde König über alle drei Königreiche.

EDERLAND DIE HÜHNERMAGD

Es war einmal eine Frau, die hatte drei Töchter. Sie war sehr krank und wartete jeden Tag darauf, daß der Tod an ihre Tür klopfen würde. Deshalb rief sie ihre drei Töchter zusammen und verteilte unter sie, was sie hatte. Aber sie teilte nicht gleichmäßig; den beiden ältesten, die immer hübsch und geputzt waren, gab sie ihre ganze Habe, und die jüngste, die kleine Ederland, bekam nur einen Teigtrog, einen Besenstiel und eine Schürze.

Die Mutter lebte nur noch kurze Zeit, und als sie gestorben war, teilten sie das Erbe so, wie sie bestimmt hatte, und da sagten die beiden ältesten Schwestern zu Ederland: «Da kannst du es wieder sehen, Ederland, daß die Mutter uns lieber gehabt hat als dich; denn dir hat sie nur den elenden Teigtrog und den Besenstiel und die Schürze gegeben.» Aber die kleine Ederland war still und geduldig und glaubte doch, daß ihre Mutter sie gleich lieb gehabt hätte wie die beiden anderen.

Nach einiger Zeit kamen alle drei Schwestern in Dienst in ein vornehmes Haus. Die beiden ältesten waren im Hause selbst und hatten bei allen Arbeiten mitzuhelfen; die kleine Ederland war nur Hühnermagd. Aber es dauerte nicht lange, so merkte der Herr, daß sein Geflügelhof noch nie in so gutem Stand gewesen war, als seit Ederland ihn besorgte, und er lobte sie sehr. Das hörten die älteren Schwestern nicht gerne. Schließlich kamen sie darauf, dem Herrn zu sagen, daß Ederland noch viel mehr vermöge, wenn sie nur wolle. Sie wüßten gewiß, daß sie einen Leuchter beischaffen könnte, der ohne Licht leuchtete; wenn sie es leugne, so wolle sie eben nicht. Als der Herr das hörte, rief er sofort nach Ederland und sagte zu ihr: «Ich habe gehört, du könntest mir einen Leuchter verschaffen, der ohne Licht leuchtet; den möchte ich haben, und du mußt ihn mir verschaffen.

Es hilft dir gar nichts, wenn du dich weigerst, denn ich weiß, du kannst, wenn du willst.»

Klein Ederland weinte und sagte, sie wollte ja gerne, wenn sie nur könnte, aber das sei eine Aufgabe, die sie einfach nicht lösen könne. Aber der Herr glaubte ihr nicht. «Hier hilft dein Reden nicht», sagte er, «du mußt mir den Leuchter verschaffen, aber dafür bekommst du auch zwei Scheffel Gold!»

Klein Ederland ging weinend hinaus und gleich zum Grab ihrer Mutter; und wie sie da stand und weinte, kam die Mutter aus dem Grab hervor und sagte: «Du mußt nicht weinen; geh nur heim und verlange vom Herrn zwei Scheffel Salz und nimm deinen Besenstiel und setze ihn als Mast in den Teigtrog und binde die Schürze als Segel fest und fahre mit deinen zwei Scheffeln Salz aufs Meer; dann wirst du dahin kommen, wo du den Leuchter, der ohne Licht leuchtet, bekommen kannst!» Damit sank die Mutter wieder ins Grab, und Klein Ederland ging heim und verlangte vom Herrn zwei Scheffel Salz. Das bekam sie, und dann richtete sie ihren Teigtrog her, mit dem Besenstiel als Mast und der Schürze als Segel, nahm ihre zwei Scheffel Salz und fuhr auf das wilde Meer hinaus, wohin die Wellen sie trugen.

Sie fuhr weit umher, aber schließlich landete sie auf der Trollinsel und ging mit ihren zwei Scheffeln Salz an Land. Irgendwo sah sie ein Haus. Da ging sie hin, kletterte aufs Dach und schaute zum Schornstein hinunter. Da unten stand die alte Trollmutter und kochte Brei für ihre Söhne. Und auf dem Herd neben dem Breikessel stand der Leuchter, der ohne Licht leuchtete. Den wollte Ederland ja haben, und als die alte Trollmutter sich umkehrte, schüttete sie ihre zwei Scheffel Salz hinunter in den Brei. Gleich darauf kam die Trollmutter wieder und versuchte den Brei; aber der war schrecklich versalzen. Da nahm sie den Eimer und wollte Wasser holen, um den Brei noch einmal aufzukochen. Aber Ederland ließ sich in einem Hui durch den Schornstein hinunter und lief hinter ihr drein, und als die Alte sich über den Brunnenrand beugte, um den Eimer aufzuziehen, gab ihr Ederland einen Stoß in den Rücken, daß sie kopfüber hineinfiel und nicht mehr lebendig zum Vorschein kam. Ederland holte nun eiligst den Leuchter und lief hinunter zu ihrem Schiff. Und als sie gerade ein Stückchen vom Lande weg war, sah sie die Trolle heimkommen, und gleich darauf kamen sie an den Strand gelaufen und riefen ihr nach: «Ederland! Ederland! du hast unsere alte Mutter in den Brunnen geworfen und unseren Leuchter genommen! Wenn du noch einmal hierherkommst, werden wir uns bitter rächen!» Aber Ederland rief zurück: «Ja, ich komme noch zweimal wieder!» und fuhr vergnüglich heim.

Der Herr war voller Freude, als er den Leuchter sah, der ohne Licht leuchtete; Klein Ederland bekam ihre zwei Scheffel Gold, und da war sie auch froh. Aber ihre Schwestern ärgerten sich jeden Tag über ihr Glück und dachten nur daran, wie sie ihr die Freude versalzen könnten.

Schließlich sagten sie wieder zum Herrn, Ederland könne noch viel mehr. Sie könne ein Pferd beischaffen mit Glöckchen an allen vier Beinen, das man hören könne, lange ehe es da sei, und das man immer wiederfinde, wie weit es sich auch verlaufen habe. Ein solches Pferd hätte der Herr nun noch viel lieber gehabt als den Leuchter, den er schon besaß. Er ließ sofort Ederland rufen und sagte zu ihr, er wisse wohl, daß sie ihm ein Pferd verschaffen könne, das an allen vier Beinen Glöckchen hätte und das man von weitem höre und das sich nie verlaufen könne, weil man es immer höre, so weit es auch fort sei. Das Pferd solle sie ihm verschaffen. Ederland weinte und sagte, sie wolle ja gerne, aber sie könne nicht. Aber der Herr wollte sich nicht damit zufriedengeben. «Du kannst wohl, wenn du willst», sagte er, «das Pferd mußt du mir verschaffen, ich will dir auch drei Scheffel Gold dafür geben.»

Ederland ging wieder an das Grab ihrer Mutter und weinte und war sehr betrübt. Aber die Mutter erhob sich wieder aus dem Grab und sagte zu ihr: «Weine nicht, Klein Ederland! geh heim und bitte den Herrn um vier Büschel Werg und nimm sie mit und setze dich in deinen Teigtrog mit dem Besenstiel und der Schürze, wie das letztemal. Dann wirst du an einen Ort gelangen, wo du das Pferd mit den Glöckchen an allen vier Beinen bekommen kannst.» Darauf sank die Mutter wieder in ihr Grab; aber Klein Ederland ging heim und verlangte vom Herrn die vier Büschel Werg. Sie bekam sie sogleich und fuhr in ihrem Teigtrog auf das Meer, mit dem Besenstiel als Mast und der Schürze als Segel. Auch dieses Mal landete sie wieder auf der Trollinsel. Es war gerade die Zeit, wo die Trolle zu Hause waren und zu Mittag aßen, und auf der Wiese vor dem Haus graste das Pferd mit den Glöckchen an den Beinen. Aber Ederland schlich sich hin zu ihm, band um jedes Bein ein Büschel Werg, so daß die Glöckchen nicht läuten konnten, und zog das Pferd an den Strand hinunter. Aber gerade als sie es ins Boot führte, löste sich der Wergbüschel von dem einen Bein, und gleich fing die Glocke zu klingeln an, und alle Trolle kamen an den Strand gerannt. Aber Klein Ederland hatte das Pferd doch glücklich ins Boot gebracht und war gerade ein kleines Stück vom Lande weggekommen, als die Trolle am Ufer anlangten. Sie gerieten in greuliche Wut, als sie sahen, daß Ederland mit ihrem Pferd entkommen war, und riefen ihr nach: «Ederland! Ederland! du hast unsre alte Mutter umgebracht und uns unseren Leuchter genommen, und nun hast du unser Pferd gestohlen! Wenn du wieder kommst, werden wir uns bitter rächen!» Aber Ederland rief zurück: «Ja, ich komme noch einmal!»

Wie nun Ederland mit dem Pferd heimkam, war der Herr voller Freude, und er gab ihr gern die drei Scheffel Gold, die er ihr versprochen hatte, und sie war auch sehr froh. Aber ihre beiden Schwestern freuten sich gar nicht über ihr Glück; sie dachten Tag und Nacht an nichts anderes, als wie sie ihr Böses antun könnten, und einige Zeit darauf sagten sie zu dem Herrn: «Ederland könnte Euch noch etwas viel Besseres verschaffen, als was Ihr bis jetzt habt, wenn sie nur wollte: nämlich ein Schwein, von dem man soviel Speck ausschneiden kann, als man will, es bleibt doch immer gleich viel dran.» Das kam dem Herrn als das Allerschönste vor, und Ederland mußte gleich kommen, und er sagte zu ihr: «Ich habe gehört, daß du mir ein Schwein verschaffen kannst, von dem man soviel Speck abschneiden kann, als man will, und das doch immer gleich fett bleibt; dieses Schwein muß ich haben!» Vergebens weinte Ederland und sagte: «Ich wollte ja gern, wenn ich nur könnte; aber ein solches Schwein kann ich Euch nicht verschaffen!» Doch der Herr wollte nichts davon wissen: «Du kannst und mußt mir das Schwein verschaffen», sagte er, «dafür will ich dir aber auch alle Herrlichkeit, die du hier siehst, schenken!» Aber Klein Ederland war sehr traurig. Sie ging an das Grab ihrer Mutter und weinte bitterlich. Da stieg die Mutter aus ihrem Grab und sagte zu ihr: «Weine nicht, Klein Ederland! geh nur heim und verlange vom Herrn zwei Speckseiten und setze dich in dein Boot und fahre aufs Meer. Dann wirst du schon dahin kommen, wo du dieses Schwein bekommen kannst!» Und als sie das gesagt hatte, sank sie wieder in ihr Grab hinunter. Ederland ging nach Hause und bekam die zwei Speckseiten, setzte sich in ihren Teigtrog mit dem Besenstiel als Mast und der Schürze als Segel, und der Wind blies sie wieder übers Meer bis an die Trollinsel. Es war gerade um die Zeit, als die Trolle ihren Mittagsschlaf hielten. Das Schwein war auf der Weide, aber die Trolle hatten einen kleinen Buben angestellt, der es hüten sollte.

Ederland lief zu dem Buben hin und sagte zu ihm: «Diese zwei Speckseiten sind für die Trolle; willst du sie hinauftragen, so will ich unterdessen das Schwein hüten.» Der Knabe dachte sich nichts Böses dabei; er nahm den Speck und lief damit ins Haus. Aber wie er den Trollen erzählte, auf welche Weise er zu den zwei Speckseiten gekommen war, dachten sie gleich, Ederland könne wieder die Hand im Spiel haben, und rannten, was sie konnten, an den Strand hinunter. Und da hatte Ederland das Schwein noch nicht ins Boot bringen können.

Da packten die Trolle das Schwein und sie selbst; und Ederland schleppten sie ins Haus und übergaben sie dem alten Trollvater und sagten, er solle sie schlachten und ihnen ein recht gutes Abendessen vorsetzen, wenn sie von der Arbeit nach Hause kämen. Dann gingen die Trolle fort, und Ederland blieb allein mit dem alten Trollvater zurück. Der schleppte einen großen Block herbei und stellte die Axt daneben und sagte zu ihr: «Nun leg deinen Kopf auf den Block, daß ich ihn abhauen kann!» — «Ja, das will ich schon», sagte Ederland, «aber ich weiß gar nicht, wie ich mich dazu anstellen soll; du mußt es mir schon vormachen!» — «Ach», sagte der alte Troll, «das ist ja ganz einfach, du brauchst es nur so zu machen», und damit legte er seinen Kopf auf den Block. In einem Hui hatte Ederland die Axt ergriffen und hieb ihm mit einem Schlag das Haupt ab. Dem Kopf setzte sie dann die Zipfelmütze auf und legte ihn ins Bett, und den Körper tat sie in den Suppenkessel, der über dem Herde hing. Dann lief sie hinunter an den Strand, nahm das Schwein und fuhr damit auf ihrem Boot davon.

Aber bald darauf kamen die Trolle nach Hause und machten sich gleich über das Essen her, das auf dem Feuer stand. Sie wunderten sich sehr, daß das Fleisch so zäh war, obgleich es doch junges Fleisch war. Aber sie hatten Hunger und würgten es doch hinunter. Schließlich jedoch fiel einem von ihnen ein, daß ihr alter Vater doch auch dabei sein müßte. Und er ging hin und rüttelte ihn. Aber da gab es einen großen Schrecken, als sie sahen, daß nur sein Kopf im Bett lag. Nun merkten sie, wie die ganze Sache zugegangen war, und rannten vom Essen weg an den Strand. Aber da fuhr Ederland schon weit draußen auf dem Meer. Da kamen die Trolle in die höchste Wut und riefen ihr nach: «Ederland! Ederland! du hast unsere alte Mutter umgebracht, du hast unseren Leuchter genommen, du hast unser Pferd gestohlen, und nun hast du unseren alten Vater umgebracht und unser Schwein gestohlen! Wenn du noch einmal kommst, werden wir uns bitter rächen!» Aber Ederland rief zurück: «Ich komme nicht wieder; aber ich will euch zwei schicken, an denen ihr ebensoviel Freude haben sollt wie an allem, was ich euch gestohlen habe.»

So fuhr Klein Ederland heim, und der Herr empfing sie mit großer Freude, und bald darauf hielten sie Hochzeit und lebten in Glück und Zufriedenheit. Aber die Schwestern blieben bei ihr und grämten sich von Tag zu Tag mehr über Ederlands Glück. Da sagte eines Tages Ederland zu ihnen: «Wenn ihr Lust habt zu segeln, so könnt ihr gern mein Boot haben!» Und die Schwestern wollten es gleich probieren. Sie stiegen ins Boot und fuhren drauflos und kamen auch auf die Trollinsel. Aber da packten die Trolle sie und kochten und brieten sie und freuten sich sehr des guten Fanges.

DER TOPF

Es war einmal ein Mann, der ging auf den Markt und wollte seine einzige Kuh verkaufen. Als er ein Stück Weges gegangen war, begegnete er einem Mann, der hatte ein Schaf bei sich. Da wurden sie handelseinig, daß sie tauschen wollten; und der andere Mann nahm die Kuh, und der Mann mit der Kuh bekam das Schaf. Er ging weiter zum Markt hin mit dem Schaf; aber da kam einer, der hatte eine Gans. Sie tauschten wieder: der Mann mit dem Schaf bekam die Gans und zog mit ihr weiter zum Markt. Da kam er zu einer Hexe, die hatte einen Topf, und sie machten wieder einen Tausch: der Mann bekam den Topf und die Hexe die Gans.

Dann ging der Mann zu seiner Frau nach Hause mit dem Topf. «Nun, hast du die Kuh verkauft?» fragte sie. «Ja», sagte der Mann, «ich habe einen Topf dafür bekommen.» — «Einen Topf?» sagte die Frau. «Das ist aber wenig für eine Kuh.» — «Ja», sagte der Mann, «nun ist der Handel geschlossen, und ich will ihn nicht wieder rückgängig machen.» Also wurde der Topf auf das Brett zu den anderen Töpfen gestellt. Aber als er eine Weile gestanden hatte, sagte er: «Jetzt tripple-trapple ich!» — «Wo trippel-trappelst du denn hin?» fragte die Frau. «Ich tripple-trapple hinauf zum Herrn!» sagte der Topf und trippel-trappelte davon. Als er hinaufkam, ging er in die Küche, da meinte die Köchin, das sei ein schöner Topf, um Grütze zu kochen, und schüttete die Grütze hinein. Da sagte der Topf: «Jetzt tripple-trapple ich!» — «Wo trippel-trappelst du denn hin?» fragte die Köchin. «Ich tripple-trapple zu dem armen Mann und bringe ihm die Grütze.» Und damit wackelte er davon. Als der arme Mann die Grütze gegessen hatte, wurde der Topf gespült und wieder auf das Wandbrett gestellt. Wie er nun eine Weile dagestanden hatte, sagte er: «Jetzt tripple-trapple ich!» — «Wo trippel-trappelst du denn hin?» fragte die Frau. «Hinauf zum Herrn», sagte der Topf und trippel-trappelte fort. Als er hinaufkam, ging er wieder in die Küche. Da dachte das Mädchen, das wäre ein hübscher Topf, um Butter hineinzutun, und sie tat Butter hinein. Da sagte der Topf: «Nun tripple-trapple ich!» — «Wo trippel-trappelst du denn hin?» fragte das Mädchen. «Zu dem armen Mann, ich bringe ihm die Butter», sagte der Topf und trippel-trappelte davon. Der arme Mann nahm die Butter aus dem Topf, und er wurde gespült und wieder auf das Wandbrett gestellt. Als er eine Weile oben gestanden hatte, sagte er: «Jetzt tripple-trapple ich!» — «Wo trippel-trappelst du denn hin?» fragte die Frau. «Auf den Herrnhof», sagte der Topf und trippel-trappelte davon. Da kam er wieder in die Küche. Das Mädchen dachte, das wäre ein schöner Topf, um Silberzeug darin zu waschen, und legte eine Menge Silberlöffel hinein. «Jetzt tripple-trapple ich», sagte der Topf und trippel-trappelte davon. Da nahm der arme Mann die silbernen Löffel heraus und stellte den Topf wieder auf das Wandbrett. Da sagte der Topf wieder: «Jetzt tripple-trapple ich!» — «Wo trippel-trappelst du denn hin?» fragte die Frau. «Auf den Herrenhof», sagte der Topf und trippel-trappelte davon. Da dachte der Herr, das wäre ein schöner Topf, um Geld hineinzutun, und tat all sein Geld hinein. «Jetzt tripple-trapple ich», sagte der Topf. «Wo trippel-trappelst du denn hin?» fragte der Mann. «Zum armen Mann mit dem Geld», sagte der Topf und trippel-trappelte davon. Der arme

Mann nahm das Geld aus dem Topf und stellte ihn wieder auf das Wandbrett. «Nun tripple-trapple ich», sagte der Topf. «Wo trippel-trappelst du denn hin?» fragte die Frau. «Zum Pfarrer», sagte der Topf und trippel-trappelte davon. Der Pfarrer dachte wie der Herr, das wäre ein schöner Topf, um Geld hineinzutun und tat all sein Geld hinein. «Nun tripple-trapple ich», sagte der Topf. «Wo trippel-trappelst du denn hin?» fragte der Pfarrer. «Zu dem armen Mann mit dem Geld», sagte der Topf und trippel-trappelte davon. Der arme Mann nahm das Geld heraus und stellte den Topf wieder auf das Wandbrett. «Nun tripple-trapple ich», sagte der Topf. «Wohin?» fragte die Frau. «Zum Pfarrer», sagte der Topf und trippel-trappelte davon. Als er in den Pfarrhof kam, verwandelte er sich in ein Scheffelmaß; da wollte der Pfarrer Korn hineinmahlen. Als er voll Korn war, sagte er: «Nun tripple-trapple ich.» — «Wohin?» fragte der Pfarrer. «Zu dem armen Mann mit dem Korn», sagte der Scheffel und trippel-trappelte davon. Der arme Mann nahm das Korn heraus, und da verwandelte er sich wieder in einen Topf und wurde auf das Wandbrett gestellt. «Nun tripple-trapple ich» sagte der Topf nach einer Weile. «Wo trippel-trappelst du denn hin?» fragte die Frau. «Zum Pfarrer», sagte der Topf. Aber diesmal wollte der Pfarrer den Topf zum Narren halten, und der Topf den Pfarrer. Der Pfarrer tat, als wolle er wieder Korn hineinmahlen; aber er wollte ihn mit Mist füllen. Wie er sich nun bückte, um den Mist hineinzuschaufeln, machte der Top sich groß, so daß der Pfarrer kopfüber in ihn hineinfiel. «Nun tripple-trapple ich», sagte der Topf. «Wohin?» fragte der Pfarrer. «In die Hölle», sagte der Topf.

DER FAULE LARS, DER DIE PRINZESSIN BEKAM

Es war einmal ein sehr armes Paar, das wohnte nicht weit von des Königs Schloß. Sie hatten nur einen Sohn, und mit dem war nicht viel Rares, denn er war so erschrecklich faul, daß unter seinen Füßen das Gras gemächlich Zeit hatte, zu wachsen; wo man ihn sitzen hieß, konnte man gewiß sein, ihn wiederzufinden. Er hieß Lars, und deshalb wurde er niemals anders als der faule Lars genannt.

Seine Eltern waren jeden Tag auf Arbeit im Schloß oben. Die Mutter half in der Küche, und der Vater im Garten. Die ganze Zeit über blieb Lars daheim und faulenzte und wurde ein richtiger Faulpelz.

Da geschah es eines Mittags, daß seine Mutter nach Hause kam, um das Essen für sich und den Burschen zu richten. Sie wollte gerade den Topf übers Feuer hängen, aber da fehlte das

Wasser im Haus. Einen Brunnen hatten sie nicht, sondern sie mußten das Wasser von einer Quelle drüben auf der anderen Seite des Schlosses holen.

Da sagte die Mutter: «Hör, du fauler Lars, spring schnell hinüber und hole ein bißchen Wasser von der Quelle, sonst bekommst du kein Mittagessen.»

«Ich gehe schon, Mutter», sagte Lars; aber er blieb genau da sitzen, wo er saß. Da sagte sie es noch einmal, und er gab dieselbe Antwort, aber rührte sich durchaus nicht vom Fleck. Da wurde die Mutter zornig und griff nach dem Schürhaken, um dem faulen Lars eins überzuziehen, und jetzt mußte er sich doch erheben. Er nahm einen alten breitrandigen Hut und einen alten eisernen Kessel, dem die Füße abgeschlagen waren, und so zog er ab. Aber es ging nur langsam, denn es war sehr heiß an dem Tag, und alle Augenblicke drehte er den Kessel mit dem Boden nach oben und setzte sich eine Weile darauf.

Wie er nun am Schloß vorbeizog, traf es sich, daß die Königstochter, die junge muntere Prinzessin, oben am Fenster saß, und als sie den faulen Lars erblickte, den sie gut kannte, und die Reise sah, die er mit seinem Kessel aufführte, da mußte sie sehr lachen und rief zu ihm hinunter:

«Wo willst du hin, fauler Lars?»

«Zur Quelle, Wasser holen», rief er.

«Eil dich, fauler Lars, sonst läuft dein Kessel ohne Beine dir voraus!» rief sie wieder.

Nein, damit hätte es keine Gefahr, meinte Lars.

«Du brauchtest bald einen Buben, der dir hilft den Kessel tragen, du fauler Lars!» rief sie übermütig.

Da ärgerte sich Lars, daß sie ihn so zum Narren hatte, und sah zum Fenster hinauf. Aber ein so schönes Mädchen hatte er noch nie gesehen, und er war so verblüfft, daß er stehenblieb und mit offenem Munde zu ihr hinaufglotzte. Da lachte sie noch viel mehr über ihn und rief: «Mach deinen Mund zu, fauler Lars, dein Herz wird sonst kalt!» Lars aber nahm die Beine unter den Arm und ruhte nicht, bis er zur Quelle kam.

Hier band er einen Strick an die Henkel des Kessels und senkte ihn in den Brunnen. Der Kessel füllte sich mit Wasser; aber als er ihn wieder heraufzog, da war ein Frosch darin und der konnte reden. So etwas hatte Lars noch nicht gesehen. Er setzte den Kessel zu Boden und schaute verwundert den Frosch an. Der bat ihn gar schön, ob er nicht wieder in die Quelle hinunter dürfe. Doch der faule Lars sagte, daraus könne nichts werden, denn das sei ihm die doppelte Mühe. Aber der Frosch bat noch einmal gar fein und versprach dem Lars, daß ihm ein Wunsch erfüllt werden solle, wenn er ihn wieder hinunter ins Wasser ließe. Der faule Lars dachte, das sei so übel nicht. Er nahm seinen alten breitrandigen Hut und warf ihn aufs Gras und sagte, er wolle soviel Wünsche erfüllt haben, als Grashalme unter dem Hut verborgen seien; denn er dachte, das kommt aufs gleiche heraus, wenn man sich schon einmal die Mühe macht.

So durfte also der Frosch wieder in den Brunnen und war froh darüber.

Aber der faule Lars setzte sich neben seinen Krug, den er wieder gefüllt hatte, um in guter Ruh darüber nachzudenken, was er sich wünschen solle. Natürlich wollte er sich zuallererst wünschen, sein Kessel solle Beine bekommen und laufen, so brauchte er ihn nicht zu tragen. Dann würde die Königstochter auch nicht mehr über den Krug lachen und sagen, er habe keine Füße, und könnte auch ihn selbst nicht mehr aufziehen, daß er noch einen Burschen brauche, um den Kessel zu tragen. Kaum hatte er seinen Wunsch ausgesprochen, so hatte auch der Krug schon Füße und tat, als ob er davonlaufen wollte; aber Lars ließ sich Zeit, um sich auf noch einen Wunsch zu besinnen. Es wollte ihm aber nicht glücken, und so trottelte er denn davon, er und sein Kessel. Er hielt sich an dem Strick fest, den er an den Kessel gebunden hatte, und ließ sich zur Hälfte ziehen, und weil sein großer breitrandiger Hut ihm zu schwer und warm wurde, hängte er ihn wie einen Deckel über den Kessel.

Wie er so wieder vor die Fenster des Schlosses kam, da saß die junge Prinzessin immer noch da, und als sie den Aufzug mit dem Kessel und dem Hut sah, der da mit dem faulen Lars ankam, da mußte sie lachen und lachte auch so furchtbar, daß ihr fast schlecht geworden wäre.

«Jetzt läuft dein Kessel von selbst, fauler Lars, und den Hut brauchst du auch nicht zu tragen!» rief sie, «jetzt solltest du nur noch einen Buben haben, der hinten schiebt!» — «Du selbst sollst einen Buben haben», fuhr es dem Lars heraus, ohne daß er groß darüber nachdachte, was er sagte, weil er die Neckerei satt hatte. Da machte die Prinzessin das Fenster zu, denn jetzt wollte sie nicht mehr mit dem faulen Lars sprechen.

Lars kam gut heim mit seinem Kessel und bekam auch sein Mittagessen; aber er machte sich kein Kopfzerbrechen über weitere Wünsche; er fand, daß er nichts nötig habe, und so blieb es beim alten.

So verging die Zeit wie sonst; aber als fast ein Jahr vorbei war, da ging es auf dem Schloß kurios zu, denn die Prinzessin bekam eine schwere Krankheit. Man rief die Ärzte. Die schüttelten ihre Köpfe und schrieben Rezepte, einer längere als der andere; aber das half auch kein bißchen. Da nahm die Mutter der Prinzessin das Mädchen unter vier Augen vor und redete lange mit ihr; aber die Prinzessin weinte und beteuerte ihre Unschuld, und die Königin glaubte ihr auch.

Darauf verging einige Zeit, und dann war gar kein Zweifel mehr, denn da kam, wie man sagt, ein kleiner Junge barfüßig zur Prinzessin gelaufen. Der rechtschaffene alte König war nah daran, aus der Haut zu fahren, daß eine solche Schande über sein Haus kommen sollte, und es wurde auch nicht besser dadurch, daß die Prinzessin schlechterdings nichts von einem Vater des kleinen Prinzen wissen wollte.

Wohl oder übel verging noch eine weitere Zeit, bis der vaterlose Prinz drei Jahre alt war. Da sagte der König, daß er jetzt die Schande nicht länger dulden wolle, jetzt solle es bekannt werden, wer des Kindes Vater sei, und wer es auch sein möge, den solle die Prinzessin zum Mann bekommen.

Der König ließ also über das ganze Reich kund tun, daß alle Männer, die in seinem Lande seien, groß und klein, an einem bestimmten Tag vor seinem Schloß zusammenkommen sollten; dann würden sie die Stimme des unschuldigen Kindes vernehmen, das da selbst seinen Vater herausfinden solle.

Der Tag kam, und ein großer Haufe Menschen, fein und grob, strömten zusammen; es war ganz schwarz vor Leuten um das Schloß herum.

Die Mutter des faulen Lars kam an diesem Tag ein wenig früher als gewöhnlich heim, um das Mittagessen zu richten, und sie fand Lars auf der Türschwelle sitzend, wo er sich's im Sonnenschein wohl sein ließ.

«Ich sag's ja», rief sie aus, «hat mir mein fauler Lars an so einem Tag nichts andres zu tun, als hiersitzen und Maulaffen feilhalten!»

Lars dehnte sich erst noch und fragte, warum sie das sage; und da mußte sie ihm erzählen, was oben am Schloß vor sich ging. Da meinte Lars, er sei so gut wie jeder andre, und schlenderte auch hin.

Als oben im Schloß der König den faulen Lars daherkommen sah, dachte er, jetzt könne man gewiß anfangen, denn Lars sei sicher der letzte, obwohl er am nächsten wohnte. Der kleine Prinz bekam also einen goldenen Apfel in die Hand, und der, dem er den Apfel gab, sollte sein Vater sein. Das Kind ging lange hin und her mit dem goldenen Apfel in der Hand zwischen den vielen Leuten, als ob es nicht wüßte, was damit anfangen; aber schließlich erblickte es Lars, der zuhinterst in der Menge stand mit beiden Händen in den Hosentaschen, und da ging es auf ihn zu und streckte ihm den Apfel entgegen. Lars übereilte sich nicht, sondern zog gemächlich die eine Hand aus der Hosentasche und nahm den Apfel. Aber da entstand ein Lärm ohnegleichen, so mißgönnten alle, groß und klein, arm und reich, dem Lars das Glück, das ihm zugefallen war. «Ja, die haben immer Glück, die weder lesen noch schreiben konnen», hieß es, und der arme Lars wäre fast niedergetrampelt worden aus purem Neid. Aber er hielt doch den Apfel gut fest und kam endlich vor den König und die Königin und alle Minister.

Als der König sah, daß es der faule Lars war, der den Apfel bekommen hatte, da fand er, daß die letzte Blamage noch ärger sei als die erste. Er nahm die Prinzessin, schob sie hin zu ihm und sagte, daß er niemals mehr etwas von ihnen in seinem Haus sehen wolle — wäre es ein schöner, feiner Mann gewesen, so hätte alles gut werden können, aber der faule Lars —!

Der König befahl also seinen Leuten, sie sollten Lars und die Prinzessin und das Kind nehmen und in einem Boot aufs Meer aussetzen, das östlich vom Schloß war, dann könnten sie ihren eigenen Kurs segeln und reisen, in welches Land sie wollten.

Des Königs Befehl wurde ausgeführt, und Lars und die Prinzessin trieben, ohne zu wissen wohin, hinaus aufs wilde Meer. Der Abend kam, und die Prinzessin weinte bitterlich; aber Lars lag unten im Boot und konnte nur an sich selbst denken, denn es war das erstemal, daß er Wasser unter sich hatte, und es war ihm gar nicht um eine Seefahrt zu tun.

«Aber was sollen wir denn machen?» rief die Prinzessin. «Sag doch, Lars, was wir machen sollen!»

«Ja, was sollen wir wohl machen?» antwortete Lars, «ich weiß nicht, was wir machen sollen», und so segelten sie weiter.

Nach einer Weile sagte die Prinzessin: «Aber so sag doch etwas, du fauler Lars, du liegst ja da und sagst kein Wort.»

«Ja, was soll ich denn sagen?» brummte Lars, «ich kann nichts sagen, als daß ich wollte, wir wären bald an Land!»

Kaum hatte er den Wunsch ausgesprochen, so lag eine schöne Insel mit Wäldern, Häusern, Menschen und Vieh vor ihnen.

Die Prinzessin war froh, daß Lars endlich den Mund aufgemacht hatte, und jetzt, meinte sie, sei alles ganz einfach, da er so gut mit Wünschen umgehen könne. Jetzt brauchte sie ihm nur die

Worte in den Mund zu legen, und er brauchte den Wunsch nur auszusprechen. Zuallererst mußte er wünschen, daß er ein richtiger Mensch würde und kein solches Faultier bliebe, wie er bisher gewesen war. Dann mußte er sich ein schönes Schloß wünschen, mit allem, was dazu gehört. Kaum hatte er diese Wünsche ausgesprochen, so war es, als käme auf einmal ein neues Leben in Lars, und mitten auf der Insel stand ein schönes Schloß, das schimmerte wie helles Gold. Darauf mußte Lars sich prächtige Kleider wünschen, Wagen und Pferde, Soldaten und vieles andre, und das war auch gleich zur Hand. — Ja, die Prinzessin wußte schon, was sie wollte.

Am nächsten Morgen, als der alte König aufgestanden war, ging er wie gewöhnlich hin ans Fenster, um übers Meer hinauszusehen. Das hatte er immer gern getan. Da erblickte er die schöne Insel, die da östlich von seinem Königsschloß lag, mit dem Schloß, das schimmerte wie helles Gold. Aber ob er seinen alten Augen traute? Nein, er nahm seine Brille und schaute noch einmal hin.

Freilich, die Insel und das Schloß lagen immer noch da, und das ging weit über des alten Königs Verstand. Er rief seine Leute und fragte, ob sie jemals zuvor etwas davon gesehen hätten. Sie rissen auch die Augen auf und meinten, das habe der Teufel in eigener Person ausgedacht, um sie zu narren, denn früher sei da ebensowenig eine Insel gewesen als Rosen auf einem Misthaufen.

Der König wollte sich das Ding selbst anschauen, ließ sein Schiff bereitmachen und fuhr mit seinen Leuten hinüber auf die Insel. Wie er dort an Land stieg, stand vom Ufer bis ans Schloß hinauf eine ganze Reihe Soldaten, die präsentierten das Gewehr vor dem alten König, und das gefiel ihm nicht übel.

Als der König mit seinen Leuten endlich vor das Schloß kam, trat ihm lächelnd seine Tochter entgegen. Sie fiel ihm zu Füßen und bat, er möge sie beide wieder in Gnaden aufnehmen, und sie wollten ihm auch gehorsame Kinder sein. Der König war sehr verwundert, und seine Tochter mußte ihm berichten, wie das alles zugegangen war. Sie erzählte, wie sie gestraft worden sei, weil sie in ihrem Leichtsinn den faulen Lars verspottet hatte, ohne zu überlegen, daß vielleicht doch etwas mit ihm los sein könne. Und sie sagte: «Jetzt bin ich froh, daß es so gekommen ist. Jetzt will ich keinen andern mehr haben als Lars. Denn er ist nicht mehr wie früher.» Da kam Lars heraus, und in den schönen Kleidern sah er so stattlich aus wie irgendein Königssohn.

«Die Welt ist wunderlich eingerichtet», sagte der König, «aber die einander bekommen sollen, die bekommen einander doch.»

Also war alles in Ordnung. Sie feierten Hochzeit viele Tage lang und lebten glücklich miteinander. Und als der alte König starb, wurde Lars König und regierte viele Jahre mit seiner Königin das Reich.

ZUERST GEBOREN, ZUERST VERMÄHLT

Es war einmal ein König, der hatte einen Sohn von drei Jahren und mußte in den Krieg ziehen gegen einen anderen König. Als seine Schiffe dann nach einem glücklichen Sieg nach Hause fuhren, brach ein heftiger Sturm aus, und fast wäre die ganze Flotte gesunken. Aber der König gelobte, er wolle der Meerfrau das erste männliche Wesen opfern, das ihm entgegentreten werde, wenn er an Land käme und in seine Hauptstadt einzöge. Da gelangte die ganze Flotte ohne Schaden zum Hafen. Aber der fünfjährige Prinz, der zwei Jahre lang seinen Vater nicht gesehen hatte, und sich über den Kanonendonner freute, als die Schiffe einliefen, schlich heimlich von seinen Begleitern davon und lief zum Landungssteg; und als der König an Land kam, war er der erste, der sich vor Freude weinend in seine Arme warf. Der König erschrak, als er an die Meerfrau dachte; aber er meinte, der Prinz sei ja nur ein Kind, und auf jeden Fall könne man den opfern, der zunächst nach dem Prinzen auf ihn zutrat. Aber von dieser Zeit an wollte niemand mehr eine Seefahrt glücken, und die Leute murrten, weil der König der Meerfrau sein Wort nicht gehalten hatte. Der König und die Königin ließen den Prinzen nur unter großer Bedeckung ins Freie, und niemals durfte er ein Schiff betreten, so gern er auch gewollt hätte. Nach etlichen Jahren aber vergaßen sie allmählich die Meerfrau, und als der Prinz zehn Jahre alt war, bekam die Königin noch einen Prinzen. Bald darauf ging der älteste Prinz mit seinem Erzieher und noch einigen Herren spazieren. Als sie ans Ende des königlichen Gartens am Meeresstrand kamen — es war ein besonders klarer Sommertag —, da hüllte sie plötzlich eine dichte Wolke ein, die ebenso plötzlich wieder verschwand. Aber der Prinz war nicht mehr da und kam nicht wieder, zur großen Betrübnis des Königs, der Königin und des ganzen Landes. Inzwischen wuchs der jüngere Prinz auf, der jetzt der einzige Erbe des Reiches und der Krone war. Und als er sechzehn Jahre zählte, fing man an, eine Gemahlin für ihn zu suchen. Denn der alte König und die Königin wollten es noch erleben, daß er sich mit der Tochter eines mächtigen verbündeten Königs vermählte. Und so wurden Briefe geschrieben und Gesandtschaften geschickt nach den verschiedensten Ländern.

Während diese Verhandlungen hin und her gingen, hörte man, daß es am Meeresstrand umgehe, und mehrere Leute hatten Schreie vernommen, und manche waren krank geworden, als sie abends spät an den Strand gingen. Schließlich wagte sich niemand mehr nach elf Uhr abends dorthin, denn da rief es vom Meere her: «Zuerst geboren, zuerst vermählt!» Und wenn sich wirklich jemand näher wagte, so war er in Lebensgefahr. Diese Beschwerden kamen am Ende auch vor den König; der rief seinen Rat zusammen, und man beschloß, eine kluge Frau zu fragen, die schon viele und verwickelte Sachen vorausgesagt hatte, die alle genau nach ihren Worten eingetroffen waren. — Als die Frau vor dem König stand, sagte sie, das sei der ins Meer geholte Prinz, der so rufe, und man müsse ihm auch eine Gemahlin suchen, jung, schön und aus den vornehmsten Familien des Landes, und sie dürfe nicht unter fünfzehn und nicht über siebzehn Jahre alt sein. Das schien eine schwere Aufgabe, denn niemand wollte seine Tochter einem Meerkönig zur Frau geben. Aber als das Rufen gar kein Ende nehmen wollte, sagte die Frau, man solle zuerst ein kleines Haus am Meer bauen, vielleicht werde die Unruhe dann aufhören. Jedenfalls, versicherte sie, solange man baue, werde sich kein Spuk bemerklich machen. Darum sollten nur vier Leute beschäftigt werden und zuerst den Platz zurichten, dann die steinernen Grundmauern erbauen und dann das Häuschen, das nur aus zwei schönen und freundlichen Zimmern bestehen sollte, das eine hinter dem anderen, und einem netten Hausflur. Alles wurde sehr sorgfältig hergestellt, und der königliche Baumeister mußte die Aufsicht über den Bau führen, daß alles aufs beste gemacht wurde. Solange man baute, hörte niemand etwas Unheimliches, und alle Leute konnten ruhig an den Strand des Meeres gehen. Darum eilte man sich nicht sehr mit der Arbeit; aber die vier Arbeiter durften keinen Tag wegbleiben, denn sonst gab es wieder Unruhe am Strand, und man hörte wieder rufen: «Zuerst geboren, zuerst vermählt!» Als schließlich das Häuschen gebaut war, kamen die besten Tischler und richteten es ein, dann die Maler und andere Handwerker, und schließlich wurde es möbliert, denn wenn an einem Tag die Arbeit ruhte, so hörte man in der Nacht darauf wieder das Rufen. Die Einrichtung mußte so prächtig als möglich sein, und in der guten Stube sollte ein großer Spiegel hängen, und zwar nach der Angabe der klugen Frau so, daß man vom Bett in der Schlafkammer aus, selbst wenn man das Gesicht zur Wand kehrte, sehen konnte, wer aus dem Flur in die gute Stube trat, denn die Tür zwischen beiden Zimmern sollte immer offenstehen.

Als das alles ausgeführt und das Häuschen mit königlicher Pracht eingerichtet war, fing es am Strande wieder zu rufen an: «Zuerst geboren, zuerst vermählt!» Und da mußte man sich doch, wenn auch ungern, entschließen, dem Rat der klugen Frau zu folgen, und aus den vornehmsten Familien des Landes drei von den schönsten Mädchen zwischen fünfzehn und siebzehn Jahren aussuchen. Diese solle man ins Schloß führen, sagte die Frau, und behandeln wie Damen von königlichem Rang, und eine nach der anderen solle man in das Häuschen am Strand schicken, denn wenn eine von ihnen dem Meerprinzen gefiele, so würde die

Unruhe ganz gewiß aufhören. Inzwischen wurden die Verhandlungen wegen der Vermählung des jüngeren Prinzen fortgesetzt, und man erwartete die Braut bald. Da wählte man auch die Mädchen für den Meerfürsten aus. Die waren trostlos über ihr Schicksal, und ihre Eltern auch; selbst daß sie wie Prinzessinnen gehalten werden sollten, konnte sie nicht trösten; aber wenn sie sich nicht fügten, so hätte es ihnen und dem ganzen Land Unglück gebracht. Diejenige von ihnen, die zuerst in dem Meerschloß schlafen sollte, war die älteste, und als sie zu der klugen Frau kam, um sich Rat zu holen, sagte diese, sie solle sich in das schöne Bett legen, aber mit dem Gesicht nach der Wand und sich auf keinen Fall umdrehen und neugierig zusehen, was vor sich ginge. Sie dürfe nur sehen, was sie mit dem Gesicht gegen die Wand in dem Spiegel in der guten Stube erblicken könnte. Um zehn Uhr abends wurde die königliche Meerbraut mit großem Prunk in das Häuschen geführt.

Die Verwandten und der Hofstaat nahmen mit vielen Tränen Abschied, und vor elf Uhr gingen sie und schlossen die Haustür von außen zu und nahmen den Schlüssel mit ins Schloß. Die kluge Frau war auch dabei und tröstete die Leute und versicherte, wenn das Fräulein nur nicht spräche und sich nicht umdrehte, so werde sie am Morgen frisch und gesund wieder herauskommen. Das arme Mädchen betete und weinte, bis sie schläfrig wurde, aber gegen zwölf Uhr ging plötzlich die Flurtür auf und dann die Tür zur guten Stube. Sie erschrak und war voller Angst, als sie, mit dem Gesicht gegen die Wand gerichtet, in dem Spiegel sah, wie ein großer, schöngewachsener Jüngling eintrat, aus dessen Kleidern das Wasser zu Boden rann. Er schüttelte sich, als ob er friere, und sagte huhu. Dann ging er an ein Fenster und legte einen sehr großen schönen Apfel hin und hing eine Flasche an den Fenstergriff; nun trat er zu dem Bett und beugte sich über sie, betrachtete die Schlafende, ging einige Male hin und her, schüttelte das Wasser ab und sagte huhu. Dann ging er wieder zum Bett, kleidete sich eilig aus und legte sich und schlief ein. Das arme Mädchen hatte nicht geschlafen, sondern nur die Augen geschlossen, als der Prinz sich über sie beugte. Nun war sie froh, als sie merkte, daß er fest schlief, und vergaß die Warnung der klugen Frau, sich ja nicht umzudrehen. Die Neugier packte sie, und sie wollte sehen, ob das ein wirklicher Mensch wäre. Leise drehte sie sich um, um ihn nicht aufzuwecken, aber gerade, als sie sich ganz sachte aufsetzte, um ihren Nachbarn zu betrachten, packte er rasch ihre rechte Hand, hieb sie ab und warf sie unters Bett. Dann legte er sich gleich wieder und schlief ein. Aber sobald es Tag wurde, stand er auf, zog sich an, ohne einen Blick nach dem Bett zu werfen, nahm die Flasche und den Apfel vom Fenster, ging eiligst hinaus und verschloß die Tür hinter sich. Man kann sich denken, was das arme Mädchen unterdessen zu leiden hatte, und als morgens die Freunde und Verwandten kamen, um sie zu holen, fanden sie sie weinend und ihrer Hand beraubt. Sie wurde ins Schloß geführt und die kluge Frau geholt. Man machte ihr die größten Vorwürfe, aber sie sagte, wenn das Fräulein sich nicht umgedreht, sondern ihre Neugier besiegt hätte, so hätte sie ihre Hand nicht verloren. Man solle sie halten wie eine wirkliche Prinzessin, aber in die Nähe des Häuschens dürfe sie bei Lebensgefahr nicht mehr kommen. — Die beiden anderen Mädchen waren durch dieses Unglück noch viel mutloser geworden und hielten sich für dem Tod verfallen, obgleich die kluge Frau sie nach Kräften tröstete. Die zweite versprach ihr hoch und teuer, sich gewiß nicht umzudrehen, aber es ging ihr doch wie der ersten. Um zwölf Uhr kam der Prinz triefend herein, schüttelte sich, daß das Wasser umherspritzte, sagte huhu, ging ans Fenster und legte den schönen Apfel hin, hängte seine Flasche auf, trat ins Schlafzimmer und beugte sich über das Bett, ging ein paar mal hin und her, schüttelte das Wasser ab, sagte huhu, kleidete sich eilig aus und schlief sogleich ein. Da gewann ihre Neugier die Oberhand, und als sie ihn eine Weile fest schlafen hörte, wandte sie sich vorsichtig und leise um, um ihn zu betrachten. Aber da packte er ihre rechte Hand, hieb sie ab und warf sie unters Bett, und darauf legte er sich wieder nieder und schlief weiter. Beim Morgengrauen stand er auf, zog sich an, ohne einen Blick nach dem Bett zu werfen, nahm den Apfel und die

Flasche, ging hinaus und verschloß die Tür hinter sich. Als morgens die Freunde und Verwandten kamen, um das Mädchen zu holen, fanden sie sie weinend und ohne ihre rechte Hand. Sie wurde ins Schloß geholt und war ebensowenig willkommen wie die erste, und die Frau versicherte immer wieder, das Fräulein habe sich umgewendet, obgleich sie vorher durchaus nichts davon hätte wissen wollen.

Dann mußte die jüngste, schönste und lieblichste von den drei Fräulein sich unter der Trauer des ganzen Hofes in das Meerschloß begeben. Die kluge Frau begleitete sie und beschwor sie, sich ja nicht umzudrehen, ein anderes Mittel gegen den Spuk gäbe es nicht.

Das Mädchen versprach alles und sagte, sie wolle zu Gott um Hilfe beten, wenn sie von Neugier geplagt würde. Es ging nun wie die ersten Male: der Prinz kam Schlag zwölf herein, triefend naß, sagte huhu! schüttelte sich, legte den Apfel ans Fenster und hängte die Flasche auf, ging in die Schlafkammer, beugte sich über das Bett, ging ein paarmal hin und her, sagte huhu, kleidete sich aus und schlief gleich ein. Das arme Mädchen war halbtot vor Angst und Schrecken, betete und kämpfte gegen ihre Neugier, schließlich schlief sie ein und erwachte erst, als der Prinz aufstand und sich ankleidete. Dann trat er an das Bett, beugte sich eine Minute darüber, ging hinaus, wandte sich unter der Tür um und nahm die Flasche und den Apfel mit, und schloß die Tür hinter sich. Morgens kam der ganze Hof, die Eltern des

Mädchens und die kluge Frau und wollten sie holen. Da ging sie ihnen vor Freude weinend entgegen und wurde im Triumph und mit unbeschreiblicher Freude ins Schloß geleitet. Der König und die Königin umarmten sie, und man hielt sie ebenso hoch wie die Prinzessin, die in diesen Tagen ankommen und mit dem Thronerben vermählt werden sollte. Nun mußte das Fräulein jede Nacht in dem kleinen Häuschen am Meer schlafen, und jeden Abend kam der Prinz mit dem Apfel und der Flasche herein und ging jeden Morgen im Tagesgrauen wieder fort. Und es schien, als ob er sie jeden Abend und jeden Morgen länger betrachtete, aber sie, immer stumm, angstvoll und nach der Wand gekehrt, wagte ihn nicht weiter anzusehen, als was ihr der Spiegel bei seinem Kommen und Gehen zeigen wollte.

Die beiden anderen Fräulein aber, die ihre Hände verloren hatten und nun auch nicht mehr im Schloß wohnten, waren neidisch auf die Ehre, die man der jüngsten erwies, und drohten ihr, sie wollten sie ermorden lassen, wenn sie ihnen nicht ihre Hände wieder herbeischaffe. Das Mädchen ging weinend zu der klugen Frau; diese sagte, wenn der Prinz sich wie gewöhnlich niedergelegt habe, so solle sie — immer das Gesicht nach der Wand gerichtet — sagen:

«Die beiden Fräulein wolln mich erschlagen,
Oder ihre Hände wieder haben!»

Weiter dürfe sie keine Auskunft geben und kein einziges Wort sagen. Mit klopfendem Herzen wartete das arme Mädchen, bis der Prinz kam, und als er sich länger als gewöhnlich über das Bett gebeugt, geseufzt und sich eilig ausgekleidet und niedergelegt hatte, sagte das Fräulein mit Zittern und Beben:

«Die beiden Fräulein wolln mich erschlagen,
Oder ihre Hände wieder haben!»

Gleich gab der Prinz zur Antwort: «Nimm die Hände — sie liegen unter dem Bett — und die Flasche, die am Fenster hängt, und gieße aus der Flasche auf die Arme und Hände, setze sie zusammen, reibe sie ein und verbinde sie, und nach drei Tagen nimm den Verband weg, dann sind die Hände heil.» Das Fräulein blieb still und schlief ein. Am Morgen stand der Prinz wie gewöhnlich auf, trat mehrmals an das Bett und betrachtete sie vom Fußende aus; aber sie wagte nicht aufzusehen, sondern machte die Augen zu. Er seufzte, nahm seinen Apfel, ließ aber die Flasche zurück und ging. Als das Fräulein aufgestanden war, tat sie, was er gesagt hatte, und nach drei Tagen nahm sie den Verband ab, und da waren die Hände der Mädchen heil und ganz.

Nun kam die fremde Prinzessin an, und die Hochzeit sollte so bald als möglich gefeiert werden. Sie wurde nicht köstlicher ausgerüstet als die Braut des Meerprinzen, und beide wurden vom König und vom Hof ganz gleich geehrt; darum ärgerten sich die beiden andern Mädchen wieder und drohten die Jüngste ermorden zu lassen, wenn sie nicht von dem Apfel versuchen dürften, den der Prinz immer mitbrachte. Da holte sich das Fräulein wieder bei der klugen Frau Rat, weil sie zu ihr Vertrauen hatte. Und als der Prinz sich diesen Abend niedergelegt hatte, sagte sie:

«Die beiden Fräulein wolln mich erschlagen,
Oder von deinem Apfel haben!»

Da sagte der Prinz: «Nimm den Apfel, der am Fenster liegt, und wenn du hinausgehst, so leg ihn auf die Erde und geh ihm nach, wohin er rollt. Und wenn er haltmacht, so pflücke so viel Äpfel, als du willst, und geh auf dem gleichen Weg wieder zurück.» Das Mädchen blieb stumm, und sie schliefen. Am nächsten Morgen konnte sich der Prinz schwerer als je zum Fortgehen entschließen. Er schien aufgeregt und unruhig, seufzte viel, ging mehrmals um das Bett herum, beugte sich über das Mädchen, ging ins Wohnzimmer hinaus und kehrte wieder um und betrachtete sie noch einmal. Schließlich, als die Sonne aufging, eilte er hinaus und schloß die Tür hinter sich. Als das Mädchen aufstand, mußte sie weinen, denn auch sie fing an, den Prinzen zu lieben; dann nahm sie den Apfel, und als sie draußen war, legte sie ihn auf die Erde, und er rollte und rollte, und sie ging hinterdrein, weit, weit, bis in eine Gegend, die ihr fremd war. Da kam sie an eine hohe Gartenmauer, über die Bäume mit den schönsten Früchten hingen. Schließlich kam sie an ein großes, mit Gold und prachtvollen Verzierungen geschmücktes Portal, und das öffnete sich von selbst, als der Apfel hinrollte. Und der Apfel rollte hinein, und das Fräulein ging hinter ihm drein in den Garten, der war der schönste, den sie je gesehen hatte. Der Apfel rollte zu einem niedrigen Baum mit den größten prächtigsten Äpfeln, und da machte er halt. Das Fräulein pflückte davon ihre seidene Schürze voll und wandte sich dann um, um zu sehen, woher sie gekommen war, und wo ihr das Portal für den Rückweg offen stand. Der Garten war aber so schön, daß sie gerne länger sich darin ergangen hätte, und ohne an die Worte des Prinzen zu denken, stieß sie den Apfel an, der wieder zu rollen anfing. Plötzlich schlug die Tür mit großem Krachen zu. Da erschrak das Fräulein sehr, dachte an das Verbot, und es reute sie, aber hinaus konnte sie nun nicht und mußte dem Apfel weiter folgen. Der rollte weit in dem prachtvollen Garten umher und machte dann an einer kleinen Feuerstelle halt; darauf standen zwei Kessel voll Wasser, der eine groß, der andere klein. Unter dem großen Kessel war ein mächtiges Feuer, aber unter dem kleinen nur ein ganz schwaches. Als nun der Apfel dort haltmachte, wußte das Fräulein nicht, was sie tun sollte. Nur kam ihr der Gedanke, das Feuer unter dem großen Kessel auseinander zu kratzen und unter den kleinen zu schieben. Der kleine begann denn auch zu kochen und der große kam allmählich zur Ruhe. Stehenbleiben konnte sie aber nicht da. — Und da sie schon einmal das Gebot übertreten hatte, so erwartete sie nichts anderes als den Tod, der ihr auch ganz gleichgültig war, weil sie doch keine Hoffnung mehr hatte, den Prinzen zu bekommen. Darum stieß sie den Apfel wieder an, und der rollte auf eine Wiese mitten im Garten, da lagen zwei kleine Kinder und schliefen in der grellsten Sonne. Dem Fräulein taten die armen Kinder leid, und sie nahm ihre Schürze und legte sie zum Schutz gegen die Sonne über sie und nahm nur so viel Äpfel mit, als sie in ihr Körbchen tun konnte. Aber auch hier konnte sie ja nicht stehenbleiben, deshalb stieß sie den Apfel wieder an, und der rollte weiter, und ehe das Fräulein sich's versah, war sie am Meeresstrand. Da lag unter einem schattigen Baum der Prinz und schlief an der Seite der Meerfrau, die aber war groß und schön. Beide sprangen auf, als das Mädchen herzutrat, und der Prinz schaute sie mit seinen blitzenden Augen besorgt und zärtlich an. Dann sprang er ins Meer, und der weiße Schaum schlug über ihm zusammen. Aber die Meerfrau blieb ergrimmt stehen und griff nach dem Mädchen. Das glaubte sein letztes Stündlein gekommen und sank ihr zu Füßen und bat um einen gnädigen Tod. Die Meerfrau betrachtete sie, fragte sie, wer ihr erlaubt habe, weiter als bis zum Apfelbaum zu gehen. Das Mädchen bekannte seinen Ungehorsam und daß es nicht aus böser Absicht geschehen sei, und da sagte die Meerfrau, sie wolle sehen, wie sie sich verhalten habe und sie danach bestrafen. Darauf gab die Meerfrau dem Apfel einen Stoß, und der rollte wieder durch die gleiche Pforte zu dem Apfelbaum. Die Meerfrau betrachtete den Baum, und da er unversehrt war, stieß sie den Apfel wieder an, und der rollte zu der kleinen Feuerstelle. Als die Meerfrau den kleinen Kessel strudelnd kochend, den großen aber nahezu abgestanden fand, wurde sie furchtbar zornig, packte das Mädchen grimmig am Arm und fragte: «Was hast du dich hier unterstanden! Wie hast du das Feuer unter meinem Kessel wegnehmen und unter den deinigen legen können?» Das Mädchen wußte nicht, was sie Böses getan hatte und sagte, sie sei sich nichts bewußt. Da sagte die Meerfrau: «Der große Kessel bedeutet die Liebe zwischen dem Prinzen und mir, der kleine die Liebe zwischen dem Prinzen und dir. Nun hast du das Feuer unter meinem Kessel weggenommen und unter deinen gelegt, und der Prinz liebt dich jetzt auf das heftigste; aber mich liebt er kaum mehr; sieh», schrie sie zornig, «nun kocht mein Kessel gar nicht mehr und deiner kocht auf allen Seiten über. Aber ich will sehen, was du mir sonst noch Arges getan hast und dich danach strafen.» Darauf stieß die Meerfrau den Apfel wieder an, und der rollte zu den schlafenden Kindern, die mit der Schürze zugedeckt waren. Da sagte die Meerfrau: «Das hast du getan.» — «Ja», sagte das Mädchen weinend, «ich habe es gewiß nicht bös gemeint. Ich habe die

Schürze über die Kleinen gebreitet, damit die Sonne nicht so auf sie herunterbrennen sollte, und habe bei ihnen die Äpfel zurückgelassen, die ich nicht in meinem Körbchen unterbringen konnte.» Die Meerfrau sagte: «Ich sehe, du sagst die Wahrheit und hast ein gutes Herz, und das rettet dich. Diese Kinder gehören mir und dem Prinzen, aber da er dich jetzt mehr liebt als mich, so trete ich ihn dir ab. Geh nun ins Schloß hinauf und richte aus, was ich dir gesagt habe, und daß deine Hochzeit mit meinem Prinzen zugleich mit der Hochzeit des jüngeren Bruders gefeiert werden soll. Auch sollen alle deine Juwelen und Schmucksachen und das Brautkleid und der Brautstuhl gerade so sein, wie es die andere Prinzessin hat. Von dem Augenblick an, wo der Priester den Segen über dich und den Prinzen spricht, habe ich keine Macht mehr über ihn. Aber weil ich dafür gesorgt habe, daß er die Eigenschaften hat, die einen Regenten zieren, so fordere ich, daß er als der Älteste seines Vaters Reich erbt. Der jüngere Prinz kann dann über das Reich herrschen, das ihm seine Gemahlin zubringt. Das alles mußt du sagen, und nur unter dieser Bedingung lasse ich den Prinzen von mir. Wenn du dann im Brautstaat bist, so komm, ohne daß es jemand weiß, hieher zu mir, ich will sehen, wie sie meine Nachfolgerin geschmückt haben. Hier hast du den Apfel, der wird dir den Weg zeigen, ohne daß jemand merkt, wohin du gehst.» Damit nahm die Meerfrau Abschied und gab dem Apfel einen

Stoß; der rollte aus dem Garten hinaus und zum Schlosse, wo das Fräulein in Furcht und Freude über ihr Glück dem König berichtete, was die Meerfrau gesagt und für den Prinzen gefordert hatte. Der König versprach alles gerne, und es wurden große Vorbereitungen für die beiden Hochzeiten getroffen. Zwei Brautstühle wurden nebeneinander errichtet, zwei Brautkleider und ganz gleiche Schmucksachen wurden bereitet. Als das Mädchen geschmückt war, tat sie, als hätte sie etwas vergessen, was sie selbst aus den unteren Räumen holen müßte, ging mit ihrem Apfel hinunter, legte ihn auf die Erde, und gleich rollte er zu der Stelle am Strand, wo die Meerfrau und der Prinz geruht hatten, und wo jetzt die Meerfrau auf das Fräulein wartete. «Das ist recht, daß du kommst», rief die Meerfrau, «Ungehorsam wäre dein Unglück gewesen. Aber wie siehst du denn aus? Bist du ebenso gekleidet wie die Prinzessin? Hat sie nicht kostbarere Kleider und Juwelen?» Das Fräulein gab voller Furcht zur Antwort, sie seien ganz gleich gekleidet. Da riß ihr die Meerfrau das ganze Gewand vom Leib, daß sie zitternd in den Unterkleidern dastand, wand ihr alle Juwelen aus dem Haar und warf sie zu Boden und rief: «Soll die Braut meines Prinzen so aussehen? Habe ich dich ihm gegeben, so will ich dir auch meinen Brautstaat schenken!» Und damit hob sie ein Rasenstück unter dem großen Baum auf, und darunter kam ein mit Gold und köstlichen Steinen verzierter Schrein zum Vorschein, aus welchem sie ihren Brautstaat nahm, der dem Mädchen genau paßte. Aber er war so kostbar und so übersät mit Edelsteinen, daß das Fräulein von dem Glanz ganz geblendet war. Auch die Krone leuchtete und war besetzt mit den köstlichsten Smaragden, und alles war so prächtig, wie es nie eine Prinzessin getragen hat. «So», sagte die Meerfrau, als sie das Mädchen fertig geschmückt hatte, «nun geh hinauf ins Schloß und zeig dich den Leuten.»

Als das Mädchen wieder ins Schloß kam, wunderten sich alle über die Schönheit und Pracht, gegen die die Gewänder der andern Prinzessin gar nichts waren. Die Schätze des ganzen Reiches hätten nicht hingereicht, um diesen Brautstaat zu bezahlen. Nun ging man in feierlicher Prozession in die Kirche; und vor den Brautstühlen standen die Priester mit aufgeschlagenem Buch, und man wartete nur noch auf den Prinzen, der nach den Worten der Meerfrau nicht früher kommen sollte, als bis der Segen gesprochen würde. Sie warteten und warteten, und der König hieß schließlich einen der vornehmsten Herren, sich an des Prinzen Statt in den Brautstuhl setzen. Aber in dem Augenblick, wo der Priester zu beten anfing, flogen die Doppeltüren auf, und ein großer, schöner und kräftiger Mann, mit strahlenden Augen und königlich gewandet, kam herein, trat eilig zum Brautstuhl, schob den anderen hastig hinaus, daß er fast gefallen wäre, und rief: «Hier ist mein Platz, nun Priester, sprich den Segen!» Während des

Segens wurde der Prinz wieder ruhig, und nachher begrüßte er mit Freuden seine Eltern und den ganzen Hof und umarmte zum erstenmal seine Gemahlin, die ihn jetzt erst anzusehen wagte. Von nun an war er ein Mensch wie ein anderer; er erbte seines Vaters Reich, wurde ein großer und weitberühmter König, geliebt von seinen Untertanen und von seiner Gemahlin. Sie lebten lange und glücklich, und ihre Nachkommen besitzen noch das Land, in dem er regiert hat.

SILBERWEISS UND LILLWACKER

Es war einmal ein König, der hatte eine Königin, und die liebte er über alles. Aber die Königin starb und hinterließ ihm nur eine einzige Tochter. Da schenkte der König sein ganzes Herz der kleinen Prinzessin und liebte sie wie seinen Augapfel. Die junge Königstochter wuchs heran und ward die schönste Jungfrau, von der man je sagen hörte.

Als die Prinzessin fünfzehn Winter alt war, geschah es, daß ein großer Krieg ausbrach und ihr Vater gegen die Feinde des Landes fortziehen mußte. Da der König niemand hatte, dem er seine Tochter anvertrauen konnte, so ließ er einen hohen Turm im Walde bauen, versah ihn reichlich mit Lebensmitteln und schloß seine Tochter mit ihrer Dienerin da ein. Dann ließ er ein Gebot ergehen, daß kein Mann, wer es auch sei, dem Turme sich nähern solle, in dem die Jungfrauen eingeschlossen waren. Wer aber das Gebot überträte, solle die Todesstrafe erleiden.

Nun glaubte der König alles getan zu haben, um seine Tochter zu schützen, und zog fort in den fernen Krieg. Unterdessen saß die Prinzessin im Turme mit ihrer Dienerin und wirkte seidene Gewebe. In der Stadt aber waren viele tapfere Königssöhne und andere Jünglinge, denen der Sinn nach der schönen Jungfrau stand und die gerne einmal zu ihr hingehen wollten. Als sie sahen, daß das nicht sein konnte, wurden sie zornig auf den König und sannen auf Rache. Sie gingen zu einem alten Weibe, das mehr konnte als andere Leute, und trugen ihr auf dafür zu sorgen, daß die Königstochter und die Dienerin ihre Ehre verlören, ohne von einem Manne Gewalt erlitten zu haben. Die Alte versprach ihnen Beistand. Sie verzauberte ein paar Äpfel, legte sie in einen Korb und ging zu dem einsamen Turme, wo die Jungfrauen saßen.

Als die Königstochter und ihr Mädchen das alte Weib gewahrten, wie sie vor dem Windauge saß, bekamen sie große Lust, die schönen Äpfel zu kosten. Sie riefen der Alten zu, sie möchten gerne von den Äpfeln kaufen.

Aber das Trollweib sagte, sie biete sie nicht feil. Als nun die Jungfrauen nicht zu bitten aufhörten, sagte die Alte, sie wolle einer jeden einen Apfel schenken, sie sollten nur einen Korb über die Mauer des Turmes herablassen. Die Prinzessin und ihr Mädchen dachten an keine Falschheit; sie taten, wie die Hexe ihnen sagte, und so erhielt jede einen Apfel. Aber die verzauberten Früchte hatten eine wundersame Kraft; denn beide Jungfrauen wurden auf einmal schwanger, und ehe ein Jahr um war, gebar jede einen kleinen Knaben. Der Sohn der Königstochter bekam den Namen Silberweiß und der Sohn der Dienerin den Namen Lillwacker*. Die beiden Knaben wuchsen heran und wurden größer und stärker als andere Kinder. Sie hatten ein schönes Aussehen und glichen einander wie zwei Beeren, und man sah wohl, daß sie Geschwister waren.

Sieben Jahre waren vergangen, und nun sollte der König vom Kriege heimkehren. Da wurde den beiden Jungfrauen bange, und sie fürchteten, daß er ihre Unehre erfahren würde. Sie überlegten miteinander, wie sie ihre Kinder verbergen könnten, aber keine wußte Rat. Da nahmen die Jungfrauen mit großen Schmerzen von ihren Söhnen Abschied und ließen sie in der Nacht vom Turme herab, sie sollten nun selbst ihr Glück in der Welt versuchen. Beim Abschied schenkte die Königstochter dem Silberweiß ein kostbares Messer als Andenken an seine Mutter. Die Dienerin

* kleiner Wächter.

aber hatte nichts, um es ihrem Sohne zur Erinnerung mitzugeben.

Die beiden Brüder begannen ihre Wanderung in die Welt hinaus. Als sie einige Zeit gereist waren, kamen sie in einen dunklen Wald. In dem Walde begegneten sie einem Mann, der war groß gewachsen und von wunderlichem Aussehen. Er trug zwei Schwerter an der Seite und führte sechs große Hunde mit sich. Er grüßte freundlich: «Guten Tag, kleine Knaben. Wo seid ihr her und wo geht euer Weg hin?» Die Jungen erzählten, sie kämen von einem hohen Turme und gingen in die Welt hinaus, um ihr Glück zu versuchen. Da sagte der Mann: «Wenn es so ist, wie ihr sagt, so weiß ich eure Herkunft besser als irgendein anderer. Und ich will einem jeden von euch ein Schwert und drei Hunde geben, daß ihr ein Andenken an euren Vater habt. Eines aber müßt ihr mir versprechen, daß ihr euch nie von eucrn Hunden trennt; ihr müßt sie mit euch nehmen, wohin ihr auch immer geht.» Die Knaben dankten dem Manne für seine Gaben und versprachen zu tun, wie er gesagt hatte. Dann schieden sie von ihm und zogen weiter.

Als sie lange umhergezogen waren, kamen sie an einen Kreuzweg. Da sagte Silberweiß: «Es wäre gut, wenn jeder für sich sein Glück versuchen könnte. Darum laß uns scheiden.» Lillwacker antwortete: «Dein Rat ist gut. Aber wie kann ich künftig wissen, wie es dir geht in der Welt?» «Sieh diese Quelle», sagte Silberweiß, «solange das Wasser in ihr klar ist, soll es dir ein Zeichen sein, daß ich lebe; wenn aber das Wasser rot und trübe wird, dann bin ich tot. Und ich weiß, du wirst meinen Tod rächen. Silberweiß tauchte sein Messer in die Quelle, dann nahm er Abschied von seinem Bruder, und jeder zog seines Weges. Lillwacker kam bald darauf an einen Königshof, wo er einen Dienst erhielt. Aber jeden Morgen wanderte er zu der Quelle, um zu schauen, wie es seinem Bruder gehe.

Silberweiß setzte allein seinen Weg fort über hohe Berge und tiefe Täler, bis er eine große Stadt erblickte. In der Stadt aber waren die Häuser schwarz verhangen, und die Einwohner gingen still und traurig einher, wie wenn ein großes Unglück geschehen wäre. Silberweiß ging hinein und fragte nach der Ursache von all dieser Betrübnis. Die Leute sagten: «Fürwahr, du mußt von weit her kommen, daß du nicht vernommen hast, wie der König und die Königin in Seenot waren und gezwungen wurden, ihre drei Töchter zu verloben. Schon morgen soll der Meertroll kommen und die älteste Prinzessin holen.» Da wurde der Junge froh und dachte, das sei eine schöne Gelegenheit, Reichtum und Ruhm zu gewinnen, wenn nur das Glück ihm günstig sein wolle.

Als es Tag war, band Silberweiß sein Schwert an die Seite, rief seine Hunde und wanderte allein zum Meere hinab. Wie er nun am Meeresstrande saß, sah er die Königstochter aus der Stadt kommen mit einem Hofherrn, der hatte ihr zugesagt, sie zu retten. Aber die

Prinzessin war sehr traurig und weinte bitterlich. Da ging Silberweiß ihr entgegen und grüßte die schöne Jungfrau. Als die Königstochter und ihr Begleiter den Jüngling erblickten, erschraken sie sehr, denn sie dachten, das sei der Meertroll. Der Hofmann aber lief in großer Angst davon und verbarg sich auf einem Baum, der nahe am Meere stand. Als Silberweiß ihren Schrecken bemerkte, sagte er: «Schöne Jungfrau, fürchtet Euch nicht vor mir, ich tue Euch nichts zuleide.» Die Königstochter antwortete: «Bist du es denn nicht, der kommt, um mich zu holen?»

«Nein», sagte Silberweiß, «ich bin hieher gekommen, um Euch zu befreien.» Da freute sich die Prinzessin, daß ein so tapferer Kämpe für sie kämpfen wolle, und sie sprachen lange und freundlich miteinander. Während des Gespräches bat Silberweiß, die Königstochter möge ihm einen Gefallen tun und ihn lausen. Die Königstochter willigte ein, und Silberweiß legte seinen Kopf auf ihre Knie. Und während er so ruhte, zog die Prinzessin einen Goldring von ihrem Finger und knüpfte ihn heimlich in den Haarlocken des Jungen fest.

Auf einmal kam der Meertroll aus der Tiefe des Meeres herauf, daß Schaum und Wogen weit umherwirbelten. Als der Troll Silberweiß sah, ward er zornig und sagte: «Warum sitzest du bei meiner Prinzessin?» Der Jüngling sprach: «Ich denke, sie ist mehr meine Prinzessin als deine.» Der Meertroll sagte: «Das wollen wir sehen. Aber zuerst sollen unsere

Hunde miteinander kämpfen.» Silberweiß war gleich dabei, hetzte seine Hunde gegen die Hunde des Trolls, und es gab einen großen Kampf. Am Ende gewannen die Hunde des Jünglings die Oberhand und bissen die Seehunde tot. Da zog Silberweiß sein Schwert, ging auf den Meertroll zu und führte einen so gewaltigen Hieb, daß der Kopf des Untiers in den Sand rollte. Der Troll aber schrie schrecklich und fuhr in die See hinaus, daß das Wasser hoch gegen die Wolken des Himmels anschwoll. Der Jüngling nahm sein in Silber gefaßtes Messer, schnitt aus dem Kopfe des Trolls die Augäpfel und verbarg sie bei sich. Dann grüßte er die schöne Prinzessin und ging eilig seines Weges.

Als nun der Kampf vorüber war und der Junge fortgegangen, stieg der Hofherr von dem Baum herab, zog sein Schwert und drohte der Prinzessin mit dem Tode, wenn sie nicht vor allen sagen wolle, daß er und kein anderer sie befreit habe. Die Königstochter wagte nicht nein zu sagen, denn sie fürchtete für ihr Leben. Sie kehrte mit dem Hofherrn zurück an den Königshof, und beide wurden mit großen Ehren empfangen. Im ganzen Lande herrschte große Freude, als man hörte, daß die älteste Prinzessin vor dem Meertroll gerettet worden.

Am andern Tag ging Silberweiß wieder zum Strande hinab. Als er am Meeresstrande saß, sah er die mittlere Königstochter aus der Stadt kommen und mit ihr den Hofherrn. Als aber die Königstochter und ihr Begleiter ihn gewahrten, erschraken sie sehr, denn sie dachten, er sei der Meertroll, der die Prinzessin holen komme. Der Hofherr lief davon und verbarg sich auf einem Baum. Die Prinzessin aber erfüllte die Bitte des Jungen und lauste ihn. Und sie band einen Goldring in Silberweiß' langes Haar.

Nach einer Weile hörte man ein großes Getöse aus dem Meer, und es kam ein Meertroll hervor, der hatte drei Hunde und drei Köpfe. Aber die Hunde von Silberweiß waren stärker als die Seehunde, und Silberweiß zog sein Schwert und schlug dem Troll alle drei Köpfe ab. Dann nahm er sein in Silber gefaßtes Messer hervor, schnitt die Augäpfel des Trolls aus und ging seines Weges. Der Hofmann aber war nicht faul, kletterte vom Baume herab und zwang die Prinzessin, einen Eid zu leisten, daß er und kein anderer sie befreit habe. Dann kehrten sie an den Königshof zurück und wurden mit großen Ehren empfangen.

Am dritten Tag band Silberweiß das Schwert an die Seite, rief seine drei Hunde und wanderte wieder zum Meere hinab. Als er am Strande saß, sah er die jüngste Königstochter aus der Stadt kommen, und mit ihr ging der tapfere Hofherr, von dem alle glaubten, er habe ihre Schwestern gerettet. Die Prinzessin aber war sehr traurig und weinte bitterlich. Da ging Silberweiß ihr entgegen und grüßte höflich die schöne Jungfrau. Als die Königstochter und ihr Begleiter den schmucken Jungen erblickten, erschraken sie sehr, denn sie glaubten, es wäre der Meertroll. Der Höfling aber lief davon und verbarg sich auf einem hohen Baum, der am Meere stand. Als Silberweiß ihren Schrecken bemerkte, sagte er: «Schöne Jungfrau, fürchtet Euch nicht vor mir, ich tue Euch nichts zuleide.» Die Königstochter antwortete: «Bist du es denn nicht, der mich holen soll?» «Nein», sagte Silberweiß, «ich bin hieher gekommen, um Euch zu befreien.» Da freute sich die Prinzessin, daß ein so tapferer Kämpe für sie kämpfen wolle, und sie sprachen lange und freundlich miteinander. Und während des Gespräches bat Silberweiß die schöne Jungfrau, sie möge ihm einen Gefallen tun und ihn lausen. Die Königstochter willigte gerne in seinen Wunsch, und Silberweiß legte sein Haupt auf ihre Knie. Als die Prinzessin aber die Goldringe sah, welche ihre Schwestern in das Haar des Jünglings gebunden hatten, wunderte sie sich und flocht unvermerkt noch einen Ring in seine Locken.

Auf einmal tauchte der Meertroll aus der Tiefe empor mit großem Getöse, daß Schaum und Wogen hoch gegen den Himmel fuhren. Er hatte aber sechs Köpfe und neun Hunde. Als der Troll Silberweiß gewahrte, wie er bei der jungen Königstochter saß, wurde er zornig und rief: «Was tust du da bei meiner Prinzessin?» Der Jüngling antwortete: «Ich denke, sie ist mehr meine Prinzessin als deine.» Da sagte der Troll: «Das wollen wir sehen. Aber zuerst sollen unsere Hunde miteinander kämpfen.» Silberweiß ließ sich das nicht zweimal sagen, er hetzte seine Hunde gegen die Seehunde, und es gab einen hitzigen Kampf. Aber am Ende gewannen die Hunde des Jungen die Oberhand, und sie bissen alle neun Seehunde tot. Und Silberweiß zog sein blankes Schwert, ging auf den Meertroll los und hieb zu, daß alle sechs Köpfe in den Sand rollten. Das Ungeheuer schrie entsetzlich und fuhr in die See hinaus, daß das Wasser hoch gegen die Wolken schwoll. Da nahm Silberweiß sein in Silber gefaßtes Messer und schnitt aus den Köpfen die zwölf Augäpfel des Trolls aus. Er grüßte die Königstochter und zog eilig seines Weges.

Kaum war der Kampf zu Ende und der Junge fortgegangen, stieg der Hofherr vom Baume herab, zog sein Schwert und drohte der Prinzessin mit dem Tode, wenn sie nicht sagen wolle, daß er sie vor dem Troll errettet habe, gleich wie ihre beiden Schwestern. Die Königstochter wagte nicht nein zu sagen, denn sie fürchtete für ihr Leben. Nun wanderten sie zusammen nach dem Königshof. Als aber der König beide am Leben sah, wurde er voll Freude, und der ganze Hof erwies ihnen große Ehren. Besonders der tapfere Hofherr wurde von allen sehr gefeiert. Der König ließ ein prächtiges Gastmahl zubereiten, mit Lust und Spiel und Tanz und Saitenspiel, und versprach dem Hofherrn seine jüngste und liebste Tochter zum Lohn für seine Tapferkeit.

Als man mitten am Tafeln war, der König und sein ganzer Hofstaat saßen im Saale, ging plötzlich die Tür auf, und Silberweiß trat herein. Seine drei Hunde gingen vor ihm her. Er schritt kühn auf den König zu und grüßte ihn höflich. Die drei Königstöchter aber erkannten ihn, und voll Freude sprangen sie vom Tische auf und liefen dem Fremden entgegen. Darüber wunderte sich der König sehr und fragte, was das zu bedeuten habe. Da erzählte die jüngste Prinzessin, wie alles sich zugetragen, von Anfang bis zu Ende, und daß Silberweiß es sei, der sie befreit habe, während der Hofherr oben im Baume saß. Und zum Beweise wiesen die Königstöchter ihm ihre Ringe, die sie in Silberweiß' Haare geflochten hatten. Aber der König wußte noch nicht recht, was er von dem allem denken sollte. Da sagte Silberweiß: «Herr und König! Daß du nicht länger an den Worten deiner Töchter zweifelst, siehe hier die Augäpfel von den Meertrollen, die ich getötet habe.» Nun sahen der König und alle seine Mannen, daß die Prinzessinnen die Wahrheit erzählt hatten. Der falsche Hofherr bekam die Strafe, die er verdiente. Silberweiß aber gelangte zu großen Ehren und gewann die jüngste Königstochter und mit ihr das halbe Reich.

Als das Hochzeitsfest zu Ende war, zog Silberweiß mit seiner jungen Braut zu einem großen Königsschloß, und da lebten sie miteinander zufrieden und glücklich. Einmal aber in der Nacht, als alles schlief, klopfte es an das Windauge und eine Stimme rief: «Silberweiß, komm, ich will mit dir reden.» Der König wollte seine junge Frau nicht wecken, er stand schnell auf, band sein Schwert an die Seite, rief seinen Hunden und ging hinaus. Als er unter freien Himmel kam, stand vor ihm ein Troll, der sah groß und grimmig aus. Der Troll sagte: «Silberweiß, du hast meine drei Brüder getötet, und ich bin gekommen, um sie zu rächen. Darum sollst du mit mir zum Meeresstrand gehen, daß wir dort miteinander kämpfen.» Der Vorschlag gefiel dem Jungen, und er folgte dem Troll, ohne ein Wort zu sagen. Als sie nun zum Meere kamen, lagen dort drei große Hunde, die der Troll mit sich geführt. Sogleich hetzte Silberweiß seine Hunde gegen die Trollhunde, und es gab einen wütenden Kampf. Aber am Ende mußten die Trollhunde entweichen. Da zog der König sein Schwert, ging tapfer auf den Troll los, und sie begannen aufeinander einzuhauen. Es war ein gewaltiger Kampf. Aber als der Troll merkte, daß er unterliegen müsse, erschrak er und lief schnell hinweg zu einem hohen Baum und kletterte hinauf. Silberweiß und seine Hunde liefen ihm nach, und die Hunde bellten laut. Da begann der Troll um sein Leben zu bitten und sagte: «Lieber Silberweiß, ich will Wergeld nehmen für meine Brüder. Aber befiehl deinen Hunden zu schweigen, so können wir miteinander reden.» Der König ließ seine Hunde still sein, aber es half nichts, die Hunde bellten nur noch lauter. Da nahm der Troll drei Haare von seinem Kopf, reichte sie Silberweiß und sagte: «Lege ein Haar über jeden Hund, dann werden sie ruhig sein.» Der König tat, wie der Troll ihm sagte. Sogleich schwiegen die Hunde und lagen regungslos da, als ob sie an die Erde festgeschmiedet wären. Nun merkte Silberweiß, daß er betrogen war. Der Troll stieg vom Baum herunter, zog sein Schwert und fing den Kampf von vorne an. Aber sie hatten noch nicht viele Hiebe gewechselt, da empfing Silberweiß schon die Todeswunde und lag in seinem Blute da.

Nun wendet sich das Märchen wieder zu Lillwacker. Er ging am Morgen zur Quelle am Kreuzweg und fand sie voll Blut. Da wußte er, daß Silberweiß tot war und erinnerte sich seines Versprechens, den Pflegebruder zu rächen. Er rief seinen Hunden, band sein Schwert an die Seite und wanderte fort, bis er zu einer Stadt kam. In dieser Stadt aber war große Freude, das Volk schwärmte in den Straßen herum, und die Häuser waren mit Scharlachtüchern überhangen. Lillwacker fragte, was diese Fröhlichkeit zu bedeuten habe. Die Leute sagten: «Du mußt von weit her sein, daß du nicht weißt, daß ein tapferer Kämpe hierher gekommen ist, mit Namen Silberweiß; er hat unsere drei Prinzessinnen befreit und ist unseres Königs Eidam.» Lillwacker fragte, wie das alles zugegangen sei; dann wanderte er seines Weges, bis er abends zum Königshof kam, wo Silberweiß mit seiner schönen Braut wohnte.

Als nun Lillwacker in das Tor der Burg eintrat, begrüßten ihn alle als den König; denn er war seinem Pflegebruder so ähnlich, daß keiner sie voneinander unterscheiden konnte. Als der Junge in das Schlafgemach kam, glaubte auch die Königin, es wäre Silberweiß. Sie ging ihm entgegen und sagte: «Herr und König, wo bliebst du so lange? Ich habe mit Kummer auf dich gewartet.» Lillwacker antwortete nicht viel auf diese Rede, sondern war schweigsam und wortkarg. Als er mit der Königin zu Bette ging, legte er ein blankes Schwert zwischen sich und sie. Die junge Frau wußte nicht, was das alles bedeuten sollte. Aber sie dachte: «Es ist nicht gut, nach seinem Geheimnis zu fragen», und sagte nichts.

In der Nacht, als alles schlief, klopfte es an das Windauge, und eine Stimme rief: «Lillwacker, komm, ich möchte mit dir reden.» Der Junge stand schnell auf, griff nach seinem Schwert, rief seinen Hunden und ging hinaus. Als er unter freien Himmel kam, stand vor ihm derselbe Troll, der Silberweiß getötet hatte. Der Troll sprach: «Lillwacker, folge mir, so sollst du deinen Pflegebruder treffen.» Der Junge war gleich bereit, mitzugehen, und der Troll ging voraus. Als sie nun zum Meeresstrande kamen, waren dort drei große Hunde, die der Troll mit sich geführt. Nicht weit davon lag Silberweiß in seinem Blute, und neben ihm lagen seine Hunde, an die Erde festgebannt. Da wußte Lillwacker, wie sich alles zugetragen, und dachte, er wolle gerne sein Leben wagen, um seinen Pflegebruder zu rächen. Sogleich hetzte er seine Hunde gegen die Trollhunde, und es gab einen wütenden Kampf. Aber am

Ende blieben Lillwackers Hunde Sieger. Da zog der Junge sein Schwert und ging mit herzhaften Hieben auf den Troll los. Als der Troll merkte, daß er unterliegen müsse, lief er hinweg und floh auf einen hohen Baum. Lillwacker und seine Hunde liefen ihm nach, und die Hunde bellten laut. Da begann der Troll um sein Leben zu bitten und sagte: «Lieber Lillwacker, ich will Sühnegeld für deinen Pflegebruder geben. Aber bring deine Hunde zum Schweigen, so können wir miteinander reden.» Und der Troll reichte ihm drei Haare von seinem Kopf und sprach: «Lege ein Haar über jeden Hund, dann werden sie ruhig sein.» Da nahm Lillwacker die drei Haare und legte sie statt über seine Hunde über die Trollhunde. Sogleich fielen die zur Erde und lagen regungslos da, als wenn sie ohne Leben wären.

Als nun der Troll sah, daß sein Anschlag mißglückt war, erschrak er sehr und sagte: «Lieber Lillwacker, ich will dir Sühnegeld für deinen Bruder geben, wenn du mich nur in Frieden läßt.» Da fragte der Junge: «Was könntest du mir wohl geben, das mir so teuer wäre wie das Leben meines Pflegebruders?» Der Troll sagte: «Hier hast du zwei Flaschen. In der einen ist ein Wasser, das hat die Kraft, einen Toten wieder lebendig zu machen, wenn du ihn damit besprengst. In der andern Flasche aber ist ein Wasser, wenn du etwas mit dem bestreichst, so wird jeder, der die Stelle berührt, sogleich festgehalten. Größere Kostbarkeiten kann man nicht finden.» Lillwacker sagte:

«Dein Vorschlag gefällt mir, und ich will ihn annehmen. Aber eines mußt du mir versprechen: daß du die Hunde meines Pflegebruders losmachst.» Der Troll ging darauf ein, stieg vom Baume und blies die Hunde an, daß sie wieder frei wurden. Nun nahm Lillwacker die beiden Flaschen und wanderte mit dem Riesen vom Meeresstrande fort.

Als sie ein Stück weit zusammen gegangen waren, kamen sie zu einer großen Steinplatte, die dicht am Wege lag. Lillwacker eilte voraus und strich unbemerkt etwas von dem Wasser aus der einen Flasche an den Stein. Nun wollte der Troll an der Platte vorbeigehen, aber da hetzte der Junge alle seine sechs Hunde auf ihn. Der Troll wich aus und berührte dabei den Stein. Da blieb er festgebannt und konnte sich nicht mehr von der Stelle rühren. Aber nach einer Weile ging im Osten die Sonne auf und beleuchtete den Stein. Als der Troll die Sonne sah, barst er entzwei, und das war sein Ende.

Lillwacker ging nun zu seinem Bruder zurück und besprengte ihn mit dem Wasser aus der andern Flasche, daß er wieder lebendig wurde. Da war große Freude, wie man sich wohl denken mag. Die Pflegebrüder wanderten zum Königshof und erzählten sich unterwegs ihre Schicksale und Abenteuer. Lillwacker berichtete, wie er die Not des Bruders erfuhr und wie er in seine Burg kam und dort für den jungen König gehalten wurde. Er scherzte darüber, daß er mit der Königin zu Bette gegangen, ohne daß sie merkte, daß es ein anderer als ihr rechter Gemahl war. Als aber Silberweiß das hörte, dachte er, daß Lillwacker der Königin etwas angetan habe, und er wurde zornig und zog sein Schwert und stieß es seinem Pflegebruder in den Leib. Lillwacker fiel tot zu Boden, und Silberweiß ging allein heim an seinen Königshof. Aber Lillwackers Hunde wollten ihren Herrn nicht verlassen, sie legten sich winselnd um seinen Körper und leckten seine Wunde.

Am Abend, als der junge König und seine Gemahlin zu Bette gingen, fragte ihn die Königin, warum er so schweigsam und wortkarg gewesen sei. Silberweiß antwortete hierauf wenig. Da sagte die Königin: «Ich habe mich sehr gewundert über das, was sich in den letzten Tagen zugetragen hat; aber eines möchte ich doch gerne wissen: Warum hast du letzte Nacht ein blankes Schwert zwischen uns gelegt?» Nun wurde Silberweiß alles klar. Er merkte, daß er seinen Bruder unschuldig erschlagen, und er bereute es bitter. Sogleich stand er auf und ging zu der Stelle, wo sein Bruder lag. Er nahm Lebenswasser aus seiner Flasche und wusch Lillwackers Wunde. Da wurde Lillwacker gleich wieder lebendig, und die beiden Brüder wanderten fröhlich zum Königshof.

Als sie nun zurückgekommen, erzählte Silberweiß der Königin, wie Lillwacker ihn vom Tode gerettet habe und was sie sonst noch für Abenteuer miteinander bestanden. Da herrschte große Freude am ganzen Königshof, und der Junge wurde von allen mit großen Ehren empfangen und aufgenommen. Nach einiger Zeit aber freite Lillwacker um die mittlere Prinzessin und erhielt ihr und ihrer Verwandten Jawort. Die Hochzeit wurde mit großem Pomp gefeiert, und Silberweiß teilte das halbe Reich mit seinem Bruder. Und die beiden Brüder lebten zusammen in Frieden und Einigkeit, und wenn sie nicht gestorben sind, so leben sie noch heute.

KARI HOLZROCK

Es war einmal ein König, dem war seine Frau gestorben. Von der hatte er eine Tochter, die war so gut und schön, daß niemand gütiger und schöner sein konnte. Der König trauerte lange um die Königin, weil er sie sehr lieb gehabt hatte, aber schließlich wurde er des einsamen Lebens überdrüssig und verheiratete sich wieder mit einer Königinwitwe, die hatte auch eine Tochter; aber die war ebenso häßlich und böse wie die andere schön und gütig. Die Stiefmutter und ihre Tochter waren auf die Königstochter neidisch; doch solange der König zu Hause war, wagten sie ihr nichts anzutun, denn er hatte sie sehr gern. Nach einiger Zeit aber fing der König mit einem anderen König Krieg an und zog aus zur Schlacht. Da dachte die Königin, nun könne sie tun, was sie wolle, und ließ die Königstochter hungern und schlug und stieß sie in allen Ecken herum. Schließlich war alles zu gut für sie, und so mußte sie die Kühe hüten. Da ging sie mit den Kühen hinaus und weidete sie im Wald und auf dem Berg. Essen bekam sie wenig oder gar nicht. Da wurde sie blaß und mager und war fast immer betrübt und weinte. Unter der Herde war ein großer blauer Stier, der hielt sich immer sauber und blank und kam oft zu der Königstochter und ließ sich krauen. Einmal, als sie saß und weinte und betrübt war, kam er auch zu ihr und fragte, warum sie so traurig sei. Sie gab keine Antwort und weinte in einem fort. «Ich weiß schon, was dir fehlt», sagte der Stier, «wenn du es mir auch nicht sagen willst, du weinst, weil die Königin böse gegen dich ist und dich gern verhungern lassen möchte. Aber um Essen brauchst du dich nicht zu sorgen, denn in meinem linken Ohr liegt ein Tuch, wenn du das herausnimmst und es ausbreitest, kannst du zu essen bekommen, soviel du willst.» Das tat sie, nahm das Tuch heraus, legte es auf das Gras hin, und da deckte es sich mit den schönsten Gerichten, die man sich nur wünschen konnte: Wein und Met und Honigkuchen. Sie kam nun schnell wieder zu Kräften und wurde so voll und rot und weiß, daß die Königin und ihre zaundürre Tochter vor Neid grün und gelb wurden. Die Königin konnte nicht verstehen, wie ihre Stieftochter bei so schlechter Kost zu so gutem Aussehen kam. Da sagte sie zu einer Magd, sie solle ihr in den Wald nachgehen und aufpassen, wie das zusammenhinge; denn sie glaubte, daß jemand vom Gesinde ihr Essen zustecke. Die Magd ging ihr nun in den Wald nach und gab wohl acht, und da sah sie, wie die Stieftochter das Tuch aus dem linken Ohr des blauen Stieres zog und ausbreitete, und wie es sich mit den schönsten Gerichten deckte, und wie dann die Königstochter aß und sich gütlich tat. Das erzählte die Magd zu Hause der Königin.

Jetzt kam der König heim und hatte den anderen König, mit dem er Krieg geführt, besiegt; da war die Freude groß im ganzen Schloß, und niemand war froher als die Königstochter. Aber die Königin stellte sich krank und gab dem Arzt viel Geld, damit er sagen solle, sie könne nicht wieder gesund werden, wenn sie nicht von dem Fleisch des blauen Stieres zu essen bekäme. Dic Königstochter und auch die anderen Leute fragten den Arzt, ob nichts anderes helfen könne, und baten für den Stier, denn alle hatten ihn gern und sagten, es gäbe keinen solchen mehr im ganzen Königreich. Aber nein, er mußte geschlachtet werden, und er sollte geschlachtet werden, da gab es keinen Ausweg. Als die Königstochter das hörte, wurde sie traurig und ging hinunter in den Stall zu dem Stier. Der stand und ließ den Kopf hängen und sah so betrübt aus, daß sie anfing zu weinen. «Warum weinst du?» fragte der Stier. Da sagte sie, der König sei heimgekommen, und die Königin habe sich krank gestellt und den Arzt gezwungen, zu sagen, sie könne nicht wieder gesund werden, wenn sie nicht das Fleisch vom blauen Stier zu essen bekäme, und nun solle er geschlachtet werden. «Wenn sie erst mich umgebracht haben, so werden sie bald auch dich umbringen», sagte der Stier. «Wenn es dir recht ist, so machen wir uns heute nacht davon.» Die Königstochter meinte zwar, es sei schlimm, ihren Vater zu verlassen; aber immerhin sei es noch schlimmer, mit der Königin unter einem Dach zu bleiben, und also versprach sie dem Stier, mitzugehen.

Am Abend, als die anderen schliefen, schlich die Königstochter in den Stall hinunter zu dem Stier. Er nahm sie auf den Rücken und rannte davon, so schnell er nur konnte. Als die Leute am nächsten Morgen aufstanden und den Stier schlachten wollten, war er fort; und als der König aufgestanden war und nach seiner Tochter fragte, war sie ebenfalls weg. Der König schickte Boten nach allen Enden aus und ließ mit den Kirchenglocken nach ihr läuten, aber niemand hatte irgend etwas gesehen.

Inzwischen trabte der Stier mit der Königstochter durch viele Länder, und sie kamen an einen großen kupfernen Wald; die Bäume und Blätter und Blumen und alles war aus Kupfer. Aber ehe sie ihn betraten, sagte der Stier zur Königstochter: «Wenn wir nun in den Wald hineinkommen, mußt du dich sehr in acht nehmen, damit du auch nicht ein Blättchen anrührst, sonst ist es aus mit mir und mit dir, denn hier wohnt ein Troll mit drei Köpfen, dem gehört der Wald.» Nein, gewißlich würde sie sich in acht nehmen und nichts anrühren. Sie war sehr vorsichtig und bog sich zur Seite und schob die Zweige mit den Händen weg; aber der Wald war so dicht, daß fast nicht durchzukommen war, und wie sehr sie sich auch in acht nahm, so riß sie doch ein Blatt ab und behielt es in der Hand.

«O weh, o weh», rief der Stier, «was machst du da! Nun muß ich auf Leben und Tod kämpfen. Aber heb nur das Blatt auf!» Gleich darauf kamen sie ans Ende des Waldes, und da kam auch schon ein Troll mit drei Köpfen angestürzt. «Wer hat meinen Wald angerührt?» rief er. «Der Wald gehört mir so gut wie dir!» gab der Stier zur Antwort. «Das wollen wir erst sehen!» schrie der Troll. «Mir ist's recht», rief der Stier. Da rannten sie aufeinander los, und der Stier stieß und schlug aus Leibeskräften. Aber der Troll war ebenso stark wie er, und sie kämpften den ganzen Tag, bis der Stier die Oberhand gewann. Da war er aber auch so voller Wunden und so schwach, daß er kaum mehr gehen konnte. Nun mußten sie einen ganzen Tag Rast machen; aber der Stier sagte zur Königstochter, sie solle das Salbenhorn nehmen, das an dem Gürtel des Trolls hing, und ihn mit der Salbe bestreichen. Da wurde er wieder stark und gesund, und am nächsten Tag zogen sie weiter. Sie wanderten lange, lange Tage, und schließlich kamen sie an einen silbernen Wald; die Bäume und Zweige und Blätter und Blüten und alles war aus Silber.

Da sagte der Stier zur Königstochter: «Wenn wir nun in diesen Wald kommen, mußt du dich um Gottes willen in acht nehmen; du darfst gar nichts anrühren und auch nicht ein Blättchen abreißen, denn sonst ist es mit dir und mit mir aus. Hier wohnt ein Troll mit sechs Köpfen, dem gehört der Wald. Gegen den werde ich kaum aufkommen.»

«Nein», sagte die Königstochter, «ich will gewiß achtgeben, und nicht das geringste anrühren.» Aber als sie in den Wald kamen, war er so dicht, so dicht, daß sie kaum durchkommen konnten. Die Königstochter wich den Zweigen aus und bog sie zur Seite mit den Händen; aber die Zweige schlugen ihr ins Gesicht, und wie sie sich auch wandte und bog, blieb ihr doch ein Blatt in der Hand.

«O weh, o weh!» rief der Stier. «Was hast du getan! Nun muß ich auf Leben und Tod kämpfen, denn der Troll mit den sechs Köpfen ist doppelt so stark als der erste; aber gib nur auf das Blatt acht und hebe es gut auf!»

Gleich kam der Troll angestürzt: «Wer hat meinen Wald angerührt?» schrie er. «Der Wald gehört mir so gut wie dir!» rief der Stier. «Oho, das wollen wir erst sehen!» rief der Troll. «Mir soll's recht sein!» sagte der Stier und fuhr auf den Troll los, bohrte ihm die Augen aus und rannte ihm die Hörner mitten durch den Leib, daß die Eingeweide heraushingen, aber der Troll war ebenso stark wie der Stier, und es dauerte drei volle Tage, bis der Stier ihm den Garaus gemacht hatte. Danach war er aber so schwach und matt, daß er sich kaum mehr rühren konnte, und so voller Wunden, daß das Blut nur so strömte. Da sagte er zur Königstochter, sie solle das Salbenhorn nehmen, das an dem Gürtel des Trolls hing, und ihn mit der Salbe bestreichen. Das tat sie, und da erholte er sich wieder; aber sie mußten doch noch eine Weile Rast machen, bis er imstande war, weiter zu ziehen.

Schließlich machten sie sich wieder auf den Weg; aber der Stier war noch schwach, und es ging langsam im Anfang. Die Königstochter wollte ihn schonen und sagte, sie sei jung und gut zu Fuß, sie könnte wohl gehen; aber er wollte das durchaus nicht zulassen; sie mußte sich doch auf seinen Rücken setzen. So wanderten sie lange Zeit und durch viele Länder, und die Königstochter wußte gar nicht, wo es hinging, aber zuletzt kamen sie an einen goldenen Wald; der war wunderschön, das Gold tröpfelte davon herab, denn die Bäume und Zweige und Blätter und Blüten waren alle aus purem Gold. Da sagte der Stier zur Königstochter, sie dürfe auf keinen Fall etwas anrühren, denn da wohne ein Troll mit neun Köpfen, dem gehöre der Wald; der sei viel größer und stärker als die beiden andern zusammen, und er glaube nicht, daß er gegen diesen aufkommen könne. Nein, sagte sie, sie wolle gewiß achtgeben und ganz sicherlich nichts anrühren. Aber als sie in den Wald kamen, war er noch dichter als der silberne Wald, und je weiter sie vordrangen, desto schlimmer wurde es; der Wald wurde immer dichter und verwachsener, und schließlich schien es, als ob man auf keine Weise mehr vorwärts kommen könne. Sie hatte große Angst etwas abzureißen und wand und bückte sich nach allen Seiten, um den Zweigen auszuweichen, und schob sie mit den Händen zur Seite. Aber alle Augenblicke schlugen sie ihr ins Gesicht, so daß sie nicht sehen konnte, wo sie hingriff, und ehe sie sich recht besann, hatte sie einen goldenen Apfel in der Hand. Sie fing an zu weinen und wollte ihn wieder wegwerfen. Aber der Stier sagte, sie solle ihn behalten und wohl verstecken und tröstete sie, so gut er konnte. Er meinte jedoch, es würde einen harten Kampf geben, und wußte nicht, ob es gut ablaufen würde.

Und schon kam der Troll mit den neun Köpfen angestürzt; der war so entsetzlich, daß die Königstochter ihn kaum ansehen konnte. «Wer hat meinen Wald angerührt?» schrie er. «Der Wald gehört mir so gut wie dir!» rief der Stier. «Das wollen wir erst sehen!» rief der Troll. «Mir ist's recht», sagte der Stier, und damit rannten sie aneinander, daß es ganz entsetzlich war, und die Königstochter fiel beinahe in Ohnmacht. Der Stier bohrte dem Troll die Augen aus und rannte ihm die Hörner durch den Leib, daß die Eingeweide heraushingen; aber der Troll war ebenso stark wie der Stier, und sobald der Stier den einen Kopf getötet hatte, bliesen die übrigen Köpfe wieder Leben hinein, und es dauerte wohl eine Woche lang, bis der Stier ihm den Garaus gemacht hatte. Aber danach war er auch so elend und schwach, daß er sich nicht mehr rühren konnte. Am ganzen Leib hatte er Wunden; er konnte nicht einmal mehr sagen, die Königstochter solle das Salbenhorn vom Gürtel des Trolls nehmen und ihn mit der Salbe bestreichen; aber sie tat das von selbst, und da erholte er sich wieder. Doch sie mußten ganze drei Wochen Rast machen, bis sie imstande waren, wieder aufzubrechen.

Endlich machten sie sich langsam wieder auf den Weg; denn der Stier sagte, sie müßten noch etwas weiter, und sie zogen über viele große Berge mit dichten Wäldern. Nach einer Weile kamen sie zu einem Felsen. «Siehst du etwas?» fragte der Stier. «Nein, ich sehe nichts als Himmel und Felsen», sagte die Königstochter. Aber als sie höher stiegen, wurden die Berge flacher, so daß sie eine weitere Aussicht hatten. «Siehst du jetzt etwas?» fragte der Stier. «Ja, jetzt sehe ich ein kleines Schloß weit, weit in der Ferne», sagte die Prinzessin. «Es ist aber nicht so klein», sagte der Stier. Schließlich kamen sie zu einem großen Berg mit einer steilen Felswand. «Siehst du jetzt etwas?» fragte der Stier. «Ja, nun sehe ich das Schloß ganz nahe, das ist viel, viel größer», sagte die Königstochter. «Dort sollst du hin!» sagte der Stier. «Gleich unter dem Schloß ist ein Schweinestall, wenn du da hineingehst, findest du einen hölzernen Rock, den mußt du anziehen und damit ins Schloß gehen und sagen, du hießest Kari Holzrock und bätest um einen Dienst. Jetzt aber nimm dein kleines Messer und schneide mir den Kopf ab; dann zieh mir das Fell ab und rolle es zusammen und lege es unter die Felswand. Darein aber wickle das kupferne Blatt und das silberne Blatt und den goldenen Apfel. Außen am Berge steht ein Stock, und wenn du etwas von mir willst, so brauchst du nur damit an die Bergwand zu klopfen.» Zuerst konnte sich die Prinzessin gar nicht dazu entschließen; als aber der Stier sagte, das sei der einzige Dank, den er wolle für alles, was er ihr Gutes getan hatte, konnte sie nicht anders. Es tat ihr von Herzen weh, trotzdem nahm sie ihr Messer und schnitt, bis sie dem großen Tier den Kopf abgeschnitten hatte. Dann zog sie ihm die Haut ab und legte sie an den Fuß der Bergwand und darein das kupferne Blatt und das silberne Blatt und den goldenen Apfel.

Als sie das getan hatte, ging sie zu dem Schweinestall; sie weinte sehr und war betrübt. Sie zog den Holzrock an und ging zum Königsschloß. In der Küche bat sie um einen Dienst und sagte, sie heiße Kari Holzrock. Jawohl, sagte der Koch, einen Dienst könne sie wohl bekommen, wenn sie aufwaschen wolle, denn die, welche das besorgt hätte, sei davongelaufen, «Aber wenn du eine Weile hier gewesen bist, wirst du's wohl auch satt haben und uns davonlaufen», sagte er. Nein, das werde sie gewiß nicht.

Sie war sehr fleißig im Aufwaschen. Am

Sonntag wurde Besuch am Königshof erwartet; da bat Kari um Erlaubnis, dem Prinzen das Waschwasser hinaufbringen zu dürfen. Aber die anderen lachten sie aus und riefen: «Was willst du denn da? Glaubst du, der Prinz will von dir etwas wissen, so häßlich wie du bist?» Aber sie bat und bat, und erhielt schließlich die Erlaubnis. Als sie die Treppe hinaufrannte, rumpelte ihr Holzrock so sehr, daß der Prinz herauskam und fragte: «Wer bist denn du?» «Ich wollte Euch das Waschwasser bringen», sagte Kari. «Glaubst du, ich will das Wasser haben, das du mir bringst?» rief der Prinz und schüttete ihr das Wasser über den Kopf. So mußte sie abziehen. Da bat sie um die Erlaubnis, in die Kirche zu gehen. Das wurde ihr erlaubt, denn die Kirche lag ganz nahe. Aber zuerst ging sie an die Felswand und klopfte mit dem Stock daran, wie der Stier gesagt hatte. Alsobald kam ein Mann heraus und fragte, was sie wolle. Die Königstochter sagte, sie dürfe in die Kirche gehen und die Predigt hören, aber sie habe keine Kleider zum Anziehen. Da gab der Mann ihr ein Kleid, das war so blank wie der kupferne Wald, und auch ein Pferd und einen Sattel. Als sie in die Kirche kam, sah sie so schön aus, daß alle Leute sich wunderten, wer sie wohl sein möge, und niemand hörte auf die Predigt, weil alle sie ansahen. Sogar dem Prinzen gefiel sie so gut, daß er kein Auge von ihr wenden konnte.

Als sie aus der Kirche ging, kam der Prinz und zog die Kirchentür hinter ihr zu, und da behielt er den einen Handschuh von ihr in der Hand. Als sie dann ihr Pferd bestieg, kam der Prinz wieder und fragte, wo sie her sei. «Aus dem Waschwasserland», sagte Kari; und während der Prinz den Handschuh herauszog und ihr geben wollte, sagte sie:

«Licht vor mir, hinter mir Dunkelheit,
Daß der Prinz nicht sieht, wohin ich reit!»

Der Prinz hatte noch nie einen so schönen Handschuh gesehen und reiste weit herum und suchte das Heimatland der vornehmen Dame, die ihren Handschuh im Stich gelassen hatte, aber kein Mensch konnte ihm sagen, wo es lag.

Am nächsten Sonntag sollte jemand hinaufgehen zum Prinzen und ihm ein Handtuch bringen. «Darf ich nicht hinaufgehen?» bat Kari. «Sonst nichts mehr!» sagten die andern in der Küche. «Du hast ja gesehen, wie es dir das letztemal ergangen ist.» Kari aber bat und bat und erhielt schließlich die Erlaubnis und rannte die Treppe hinauf, daß ihr Holzrock nur so rumpelte. Der Prinz streckte sofort den Kopf zur Tür heraus, und als er sah, daß es Kari war, riß er ihr das Handtuch aus der Hand und warf es ihr an den Kopf. «Mach, daß du fortkommst, du Scheusal!» rief er, «glaubst du, ich will ein Handtuch, das du mit deinen schmutzigen Fingern angefaßt hast?»

Danach ging der Prinz in die Kirche, und Kari bat auch, man möge sie gehen lassen.

Die Leute fragten, was sie denn in der Kirche wolle, sie hätte ja nichts anderes anzuziehen als den schwarzen häßlichen Holzrock. Aber Kari sagte, der Pfarrer predige so wunderschön, und sie höre so gern zu; schließlich wurde es ihr erlaubt. Sie ging an die Felswand und klopfte, und da kam der Mann heraus und gab ihr ein Kleid, das war viel schöner als das erste; es war über und über mit Silber gestickt, und glänzte wie der silberne Wald, und ein prächtiges Pferd mit einer silbergestickten Decke und einem silbernen Zaum bekam sie auch. Als die Königstochter zur Kirche kam, standen die Leute noch vor der Kirchentür; alle fragten sich verwundert, wer sie wohl sei, und der Prinz kam gleich gelaufen und wollte ihr das Pferd halten, während sie abstieg. Aber sie sprang selbst ab und sagte, das sei nicht nötig, denn das Pferd sei so zahm, daß es stillstehe, wenn sie es befehle, und herkomme, wenn sie es wünsche. Dann gingen alle Leute in die Kirche. Aber fast niemand gab auf die Predigt acht, denn sie sahen alle nach Kari, und der Prinz verliebte sich noch mehr in sie als das letztemal. Als die Predigt aus war und sie aus der Kirche ging und ihr Pferd besteigen wollte, kam der Prinz wieder und fragte, woher sie sei. «Aus dem Handtuchland», sagte sie und ließ ihre Reitpeitsche fallen; als der Prinz sich nun bückte, um sie aufzuheben, sagte sie:

«Licht vor mir, hinter mir Dunkelheit,
Daß der Prinz nicht sieht, wohin ich reit!»

Fort war sie, und der Prinz wußte nicht, wo sie hingekommen war. Er zog weit und breit in der Welt herum und suchte ihr Heimatland. Aber niemand konnte ihm sagen, wo es lag, und der Prinz mußte sich schließlich zufrieden geben. Am nächsten Sonntag sollte jemand zum Prinzen hinauf und ihm einen Kamm bringen; Kari bat, man möge sie gehen lassen, aber die anderen erinnerten sie, wie es ihr das letztemal gegangen sei, und schalten sie, weil sie sich vor dem Prinzen zeigen wollte, so häßlich und schwarz wie sie war, und mit ihrem Holzrock. Aber sie bat und bat, und schließlich ließen sie sie gehen mit dem Kamm. Als sie wieder die Treppe heraufgerumpelt kam, steckte der Prinz den Kopf zur Tür heraus, riß ihr den Kamm aus der Hand und schrie, sie solle machen, daß sie fortkomme. Dann ging der Prinz in die Kirche, und Kari wollte auch gehen. Die anderen Leute fragten wieder, was sie denn in der Kirche zu suchen habe, häßlich und schwarz wie sie sei, sie habe ja nicht einmal Kleider, sich unter den Leuten zu zeigen. Der Prinz oder sonst jemand könnte sie leicht zu Gesicht bekommen und da würden sie und die anderen unglücklich werden. Aber Kari sagte, die Leute hätten wohl anderes anzusehen als sie, und schließlich ließ man sie gehen.

Nun ging es genau so wie die beiden anderen Male. Sie ging zur Bergwand und klopfte mit dem Stock, und da kam der Mann heraus und gab ihr ein Kleid, das war noch viel schöner als die beiden anderen; es war aus purem Gold und Diamanten, und ein schönes Pferd mit goldgestickter Decke und goldenem Zaum bekam sie auch.

Als die Königstochter zur Kirche kam, standen der Pfarrer und die Gemeinde noch vor der Kirchtür und warteten auf sie. Der Prinz kam gleich gelaufen und wollte ihr das Pferd halten, aber sie sprang ab und sagte: «Nein, danke, das ist nicht nötig, mein Pferd ist so zahm, daß es stehenbleibt, wenn ich es sage.» Also gingen alle in die Kirche und der Pfarrer auf die Kanzel. Aber kein Mensch hörte auf die Predigt, weil alle Leute auf die Prinzessin sahen und sich wunderten, wo sie her sei, und der Prinz war noch viel verliebter als die beiden letzten Male. Er gab auf gar nichts acht und schaute nur sie an.

Als die Predigt aus war und die Königstochter aus der Kirche ging, hatte der Prinz Teer auf den Boden der Vorhalle ausgegossen, damit er der Königstochter darüber helfen könne. Aber sie kümmerte sich nicht darum, trat mitten in den Teer und sprang hinüber; da blieb ihr der eine Goldschuh hängen, und als sie aufs Pferd gestiegen war, kam der Prinz aus der Kirche gerannt und fragte, woher sie sei. «Aus dem Kammland!» gab sie zur Antwort. Aber als der Prinz ihr den Goldschuh reichen wollte, sagte sie:

«Licht vor mir, hinter mir Dunkelheit,
Daß der Prinz nicht sieht, wohin ich reit!»

Der Prinz wußte nun wieder nicht, wo sie geblieben war, und zog lange Zeit in der Welt umher und suchte das Kammland; aber da ihm kein Mensch sagen konnte, wo es lag, ließ er bekanntmachen, daß er diejenige heiraten wolle, der der goldene Schuh passe. Da kamen Schöne und Häßliche von allen Enden der Welt herbei; aber keine hatte einen so kleinen Fuß, daß sie den Goldschuh anziehen konnte. Schließlich kam auch Karis böse Stiefmutter mit ihrer Tochter, und der paßte der Schuh. Aber sie war häßlich und sah so ungut aus, daß der Prinz ganz traurig wurde. Allein er mußte sein Versprechen halten, die Hochzeit wurde gerüstet, und die Braut wurde mit dem Brautstaat geschmückt. Doch als sie zur Kirche ritten, saß ein Vöglein auf einem Baum und sang:

«Ein Stück von der Ferse,
Ein Stück von der Zeh,
Kari Holzrocks Schuh
Ist voll Blut, o weh!»

Und als sie nachsahen, hatte der Vogel die Wahrheit gesagt, denn aus dem Schuh sickerte Blut. Da mußten alle Mägde und alle Frauen die auf dem Schloß waren, den Schuh anprobieren, aber er wollte keiner passen. «Wo ist Kari Holzrock?» fragte der Prinz, denn er hatte das Vogellied verstanden und erinnerte sich daran. «Ach, die da!» sagten die anderen, «was sollen wir die kommen lassen, sie hat Füße wie ein Gaul.» «Mag sein!» sagte der Prinz.

«Aber da alle anderen ihn probiert haben, so soll sie ihn auch probieren. Kari!» rief er zur Tür hinaus, und Kari kam die Treppe heraufgetrampelt, daß es nur so dröhnte, als ob ein ganzes Regiment Dragoner ankäme. «Nun sollst du den Goldschuh anprobieren und Prinzessin werden!» sagten die anderen und trieben ihren Spaß mit ihr. Kari nahm den Schuh, stellte den Fuß ganz ohne Schwierigkeit hinein, warf den Holzrock ab und stand in ihrem goldenen Kleide da, daß es nur so glänzte, und am anderen Fuß hatte sie den gleichen Goldschuh. Der Prinz erkannte sie gleich und freute sich sehr, lief hin und nahm sie in den Arm und küßte sie. Da erzählte sie ihm, daß sie eine Königstochter sei, und er freute sich noch viel mehr, und dann hielten sie Hochzeit.

Schnipp Schnapp Schnaus,
Nun ist das Märchen aus.

DER BURSCH, DER DIE RATTENPRINZESSIN FREITE

Es war einmal eine Frau, die hatte einen Sohn, und der war so faul und langweilig, daß er überhaupt nichts Nützliches anfangen wollte. Aber zum Singen und Tanzen hatte er Lust, das tat er, solang der Tag war, und wohl noch eine Weile in die Nacht hinein. Je länger das ging, um so ärmlicher war die Frau daran; der Bursche wuchs, und Essen wollte er haben, daß man es fast nicht auftreiben konnte, und für Kleider ging mehr und mehr drauf, je größer er wurde; lang hielten die Kleider auch nicht, könnt ihr euch denken, denn der Bursche sprang und tanzte in einem fort durch Wald und Feld.

Schließlich wurde es der Frau zu arg; sie sagte eines Tages zu dem Buben, nun solle er doch endlich auf Arbeit gehen und etwas Ordentliches anfangen, sonst müßten sie alle beide am Hungertuche nagen. Aber dazu hatte der Bursche keine Lust, er sagte, er wolle lieber um die Tochter der Mutter im Winkel freien, denn wenn er die bekäme, könne er sein Lebtag in Lust und Freuden leben und singen und tanzen und brauche sich nicht mit Arbeit zu plagen.

Als die Mutter das hörte, dachte sie, das wäre nicht einmal so übel, und sie putzte den Burschen heraus so gut sie konnte, damit er stattlich aussehe, wenn er zur Mutter im Winkel käme; und dann machte er sich auf den Weg.

Als er hinaustrat, schien die Sonne warm und schön; aber in der Nacht hatte es geregnet, und der Boden war weich und die Pfützen standen voll Wasser. Der Bursche schlug den kürzesten Weg zur Mutter im Winkel ein und sang und sprang, wie er immer tat. Aber auf einmal, wie er so dahinhopste und sprang, kam er an einen Sumpf, und darüber lag nur ein Knüppelsteg, und von diesem Steg aus mußte er einen Sprung über eine Pfütze auf einen Grasbüschel tun, wenn er seine Schuhe nicht schmutzig machen wollte. «Plump!» sagte es da. — In dem Augenblick, als er den Fuß auf den Grasbüschel setzte, ging es abwärts und immer abwärts, bis er in einem düstern, dunkeln Loche stand. Zuerst konnte er gar nichts sehen, aber als er ein Weilchen da war, erkannte er eine Ratte, die hin und her schwänzelte und schwanzelte und einen Schlüsselbund am Schwanz hängen hatte.

«Bist du da, mein Junge?» sagte die Ratte. «Dank sollst du haben, daß du mich besuchen kommst; ich habe lange auf dich gewartet. Du kommst gewiß und willst um mich freien, und hast es wohl sehr eilig, das kann ich mir denken. Aber du mußt noch ein wenig Geduld haben, ich soll eine große Aussteuer bekommen, und sie ist noch nicht ganz fertig; aber ich will mein bestes tun, daß die Hochzeit bald sein kann.»

Als sie das gesagt hatte, brachte sie ein paar

Eierschalen zum Vorschein, mit allerhand Eßbarem, wie es die Ratten fressen; das setzte sie dem Burschen vor und sagte: «Du mußt dich setzen und zugreifen; du bist gewiß müde und hungrig.»

Aber der Bursche hatte keinen sonderlichen Appetit auf diese Speisen. «Wenn ich nur weg und wieder oben wäre», dachte er, aber er sagte nichts.

«Nun möchtest du gewiß wieder heim», sagte die Ratte. «Ich weiß schon, du wartest ungeduldig auf die Hochzeit. Ich will mich eilen, so gut ich kann. Nimm hier diesen Leinenfaden mit, und wenn du hinaufkommst, darfst du dich nicht umsehen, sondern mußt geradewegs heimgehen, und unterwegs mußt du immer sagen: «Vorne kurz und hinten lang!» und damit gab sie ihm einen Leinenfaden in die Hand.

«Gott sei Dank», sagte der Bursche, als er wieder oben war, «da gehe ich so bald nicht mehr hin.» Aber den Faden hatte er in der Hand, und er sprang und sang wie gewöhnlich. Obgleich er nicht mehr an das Rattenloch dachte, kam er doch ins Trällern und sang immerzu:

«Vorne kurz und hinten lang!
Vorne kurz und hinten lang!»

Als er daheim vor der Türe stand, wandte er sich um; da lagen viele, viele hundert Ellen feinster Leinwand, so fein, wie sie die geschickteste Weberin nicht schöner zustande bringt. «Mutter, komm heraus, komm heraus!» schrie und rief der Bursche. Die Frau kam herausgestürzt und fragte, was denn los sei. Als sie das Gewebe sah, das da lag so weit ihr Blick reichte und noch ein Stück länger, wollte sie ihren Augen nicht glauben, bis der Bursche erzählte, wie es zugegangen war. Aber als sie das gehört hatte, und die Leinwand zwischen den Fingern geprüft, da freute sie sich so sehr, daß sie auch zu singen und zu tanzen anfing.

Dann nahm sie die Leinwand und schnitt sie zu und nähte Hemden davon für sich und ihren Sohn; mit dem Rest ging sie in die Stadt und verkaufte ihn und bekam ein schönes Stück Geld dafür. Nun lebten sie beide eine Zeitlang herrlich und in Freuden. Aber als es damit vorbei war, hatte die Frau keinen Bissen mehr im Hause und da sagte sie zu ihrem Sohn, nun solle er sich endlich einen Dienst suchen und etwas Ordentliches anfangen, sonst müßten sie alle beide am Hungertuch nagen.

Aber der Bursche hatte eher Lust, zur Mutter im Winkel zu gehen und um ihre Tochter zu freien. Der Frau schien das auch so übel nicht, denn nun war der Bursche stattlich angezogen und sah gar nicht unansehnlich aus. Da putzte sie ihn heraus und richtete ihn her, so schön sie konnte, und er nahm selber seine neuen Schuhe vor und putzte sie so blank wie Spiegelglas. Als er das getan hatte, ging er. Es war gerade wie das letztemal: als er hinauskam, schien die Sonne so schön und warm, aber es hatte in der Nacht geregnet, und der Weg war weich und schmutzig und die Pfützen standen voller Wasser. Der Bursche schlug den kürzesten Weg zur Mutter im Winkel ein, und er sang und sprang, wie er es immer machte. Er ging einen andern Weg als das letztemal; aber wie er so dahinhüpfte und sprang, kam er auf einmal auf den Knüppelsteg über den Sumpf und von diesem Steg aus mußte er über eine Pfütze auf einen Grasbüschel einen Sprung tun, wenn er seine Schuhe nicht schmutzig machen wollte. «Plump!» sagte es da. Und er sank abwärts und konnte nicht anhalten, bis er in einem schrecklich dunkeln Loche stand. Zuerst konnte er gar nichts sehen, aber als er ein Weilchen dagestanden hatte, entdeckte er eine Ratte mit einem Schlüsselbund am Schwanzende, die schwänzelte und schwanzelte vor ihm hin und her.

«Bist du es, mein Junge?» sagte die Ratte. «Willkommen bei uns! Das ist nett von dir, daß du mich so bald wieder besuchst; du bist wohl sehr ungeduldig, das kann ich mir denken; aber du mußt wirklich noch ein Weilchen Geduld haben; denn es fehlt noch eine Kleinigkeit an meiner Aussteuer; aber wenn du das nächstemal kommst, soll alles fertig sein.» Als sie das gesagt hatte, setzte sie ihm in Eierschalen allerhand Eßbares vor, wie es die Ratten fressen und gern mögen. Aber dem Burschen sah es aus wie gegessenes Essen und er sagte, er habe keinen Appetit. «Wenn ich nur glücklich fort und wieder oben wäre!» dachte er, aber er schwieg. Nach einer Weile sagte die Ratte: «Jetzt willst du wohl wieder hinauf, denke ich. Mit der Hochzeit will ich mich eilen, so sehr ich kann. Aber nimm diesen Wollfaden mit, und wenn du hinaufkommst, so darfst du dich nicht umsehen, sondern mußt geradenwegs heimgehen und unterwegs mußt du immer sagen: «Vorne kurz und hinten lang!» und damit gab sie ihm einen Wollfaden in die Hand.

«Gott sei Dank, daß ich losgekommen bin», sagte der Bursche zu sich selber, «dahin gehe ich gewiß nicht mehr», und dann sang und sprang er wieder wie gewöhnlich. An das Rattenloch dachte er nicht mehr, aber er war ins Trällern gekommen und sang in einem fort:

«Vorne kurz und hinten lang!
Vorne kurz und hinten lang!»

Als er zu Hause vor der Tür stand, schaute er sich zufällig um; da lag der feinste Kleiderstoff, viel hundert Ellen, fast eine halbe Meile lang, und so fein, daß kein Stadtherr einen Rock aus feinerem Stoff haben konnte.

«Mutter, Mutter, komm heraus, komm heraus!» rief der Bursche.

Die Frau trat unter die Tür, schlug die Hände über dem Kopf zusammen und wäre bald in Ohnmacht gefallen vor Freude, als sie all den schönen Stoff sah; und dann mußte der Bursche ihr erzählen, wie er dazu gekommen sei, und wie es ihm vom ersten bis zum letzten gegangen war. Das gab einen mächtigen Wohlstand, könnt ihr euch denken. Der Bursche bekam neue schöne Kleider und die Frau ging in die Stadt und verkaufte den Stoff Stück um Stück und bekam schweres Geld dafür, und putzte ihre Stube heraus, und wurde selbst auf ihre alten Tage so stattlich, daß sie eine vornehme Dame hätte vorstellen können. Sie lebten herrlich und in Freuden; aber alles nimmt einmal ein Ende, und eines Tages hatte die Frau keinen Bissen mehr im Hause, und da sagte sie zu ihrem Sohn, er solle sich nun einen richtigen Dienst suchen und etwas Ordentliches anfangen, sonst müßten sie beide am Hungertuch nagen.

Aber der Bursche meinte, es sei viel besser, zur Mutter im Winkel zu gehen und um ihre Tochter zu freien. Auch diesmal war die Frau einverstanden und widersprach dem Burschen nicht, denn nun hatte er neue feine Kleider und sah so stattlich aus, daß es ihr unmöglich schien, daß solch ein schöner Bursch sich ein Nein holen sollte. Da richtete sie ihn her und putzte ihn aufs schönste heraus, und er selbst nahm seine neuen Schuhe vor und wichste sie so blank, daß man sich darin spiegeln konnte. Als er das getan hatte, machte er sich auf den Weg.

Diesmal schlug er nicht den kürzesten Weg ein, sondern er machte einen großen Umweg, denn hinunter zu der Ratte wollte er nicht noch einmal, das Schwänzeln und Schwanzeln und ewige Hochzeitsgerede hatte er satt. Das Wetter und der Weg waren genau so wie die beiden ersten Male. Die Sonne schien, daß der Morast und die Pfützen glänzten, und der Bursche sang und sprang wie gewöhnlich. Mitten im Hopsen und Springen, ehe er sich's versah, stand er wieder auf dem gleichen Steg, der über den Sumpf führte. Da mußte er über eine Pfütze hinüber auf einen Grasbüschel springen, wenn er seine blanken Schuhe nicht schmutzig machen wollte. «Plump!» ging es mit ihm abwärts und hörte nicht auf, bis er wieder in dem gleichen schmutzigen dunkeln Loche stand. Zuerst freute er sich, weil er gar nichts sah, aber als er ein Weilchen dagestanden hatte, entdeckte er wieder die häßliche Ratte mit dem Schlüsselbund am Schwanze.

«Guten Tag, mein Junge», sagte die Ratte, «willkommen; ich sehe, du kannst nicht lange ohne mich leben, dafür sollst du bedankt sein, aber jetzt ist auch alles fertig zur Hochzeit und wir wollen gleich zur Kirche gehen.» «Daraus wird sicher nichts», dachte sich der Bursche, aber er sagte nichts.

Da pfiff die Ratte und es wimmelten Scharen von kleineren Ratten und Mäusen aus allen Winkeln hervor, und sechs große Ratten schleppten eine Bratpfanne herbei; zwei Mäusc setzten sich als Diener hintenauf, und zwei sprangen vorn auf und lenkten das Gefährt; etliche setzten sich hinein und die Ratte mit dem Schlüsselbund nahm mitten unter ihnen Platz. Zu dem Burschen sagte sie: «Der Weg ist ein wenig eng hier, du mußt neben dem Wagen hergehen, mein Schatz, bis der Weg breiter wird, dann darfst du dich neben mich in den Wagen setzen.»

«Das wird ja prächtig!» dachte der Bursche. «Wenn ich nur erst glücklich oben wäre, dann liefe ich der ganzen Bande davon», dachte er, aber er sagte nichts. Er ging mit dem Zuge so gut er konnte; zuweilen mußte er kriechen, manchmal mußte er sich bücken, denn der Weg war eng; aber als er besser wurde, ging er voraus und schaute sich um, wo man sich am besten davonstehlen und das Weite suchen könne. Da hörte er plötzlich eine klare schöne Stimme hinter sich sagen: «Nun ist der Weg gut! Komm, mein Schatz, und steig in den Wagen!»

Der Bursche wandte sich rasch um, und vor Staunen wären ihm fast Nase und Ohren weggefallen. Da stand der prächtigste Wagen mit sechs weißen Pferden, und in dem Wagen saß eine Jungfrau licht und schön wie die Sonne, und um sie herum saßen andere, die waren hell und freundlich wie die Sterne. Das war eine Prinzessin und ihre Gespielinnen, die alle miteinander verzaubert gewesen waren. Nun aber waren sie erlöst, weil er zu ihnen hinuntergekommen war und nicht widersprochen hatte.

«Komm!» sagte die Prinzessin. Da stieg der Bursche in den Wagen und fuhr mit zur Kirche. Als sie von der Kirche wieder wegfuhren, sagte die Prinzessin: «Jetzt wollen wir zuerst zu mir fahren, und dann wollen wir nach deiner Mutter schicken.»

«Das ist ganz schön», dachte der Bursche —

er sagte gar nichts, aber er meinte, es sei doch besser, zu ihm nach Hause zu fahren als hinunter in das häßliche Rattenloch. Aber auf einmal kamen sie an ein schönes Schloß; da zogen sie ein und da sollten sie wohnen. Und gleich wurde ein prächtiger Wagen mit sechs Pferden nach der Mutter des Burschen geschickt. Als sie kam, fing das Hochzeitsfest an. Sie feierten vierzehn Tage und vielleicht feiern sie noch. Wir wollen uns eilen, dann kommen wir vielleicht noch recht und können mit dem Bräutigam anstoßen und mit der Braut tanzen.

DER EHRLICHE VIERSCHILLING

Es war einmal eine arme Frau, die wohnte in einer elenden Hütte weit vom Dorfe weg. Wenig hatte sie zu beißen und gar nichts zu brennen. Deshalb schickte sie ihren kleinen Buben in den Wald, um Holz zu sammeln. Er hüpfte und sprang und sprang und hüpfte, um sich warm zu halten; denn es war ein kalter grauer Herbsttag und jedesmal, wenn er einen Ast oder eine Wurzel in sein Holzbündel gesammelt hatte, mußte er mit den Armen gegen die Schultern schlagen; denn seine Hände waren vor lauter Kälte so rot wie die Preiselbeersträucher, über die er ging.

Als er seine Holztrage voll hatte und heimwärts wanderte, kam er über ein Stoppelfeld. Da sah er einen eckigen weißen Stein liegen. «Ach du armer alter Stein, wie weiß und bleich du bist, du frierst gewiß entsetzlich!» sagte der Bursche, zog seine Jacke aus und legte sie über den Stein. Als er mit dem Holz nach Hause kam, fragte seine Mutter, was denn das bedeuten solle, daß er in der Herbstkälte hemdärmelig ginge? Er erzählte, er habe einen alten eckigen Stein gesehen, der sei ganz weiß und bleich vor Frost gewesen und dem habe er seine Jacke gegeben. «Du Narr», sagte die Frau, «meinst du, der Stein friert? Und wenn er auch geklappert hätte vor Kälte, so ist doch jeder sich selbst der Nächste. Deine Kleider kosten schon so genug, auch wenn du sie nicht draußen im Feld den Steinen anhängst» — und damit jagte sie den Burschen davon, seine Jacke zu holen. Als er zu dem Stein kam, hatte der sich gedreht und mit der einen Seite von der Erde erhoben. — «Ja, das ist gewiß, weil du die Jacke hast, du Armer», sagte der Bursche. Aber als er genauer hinschaute, stand da eine Geldkiste voller blanker Silbermünzen unter dem Stein. «Das ist gewiß gestohlenes Geld», dachte der Bursche, «kein Mensch legt ehrlich erworbenes Geld unter Steine im Feld.» Er nahm die Kiste und trug sie hinunter an den Teich in der Nähe und warf den ganzen Haufen Geld hinein. Aber ein Vierschilling blieb auf dem Wasser schwimmen. «Ja, der ist ehrlich, der Ehrliche sinkt nicht», sagte der Bursche. Er nahm den

Vierschilling und ging mit ihm und seiner Jacke heim. Seiner Mutter erzählte er, wie es ihm gegangen war, daß der Stein sich gewendet hätte, und daß er eine Kiste voll Silbermünzen gefunden und draußen in den Teich geworfen habe, weil es gestohlenes Geld gewesen sei. «Aber ein Vierschilling schwamm oben, und den habe ich genommen, denn der war ehrlich», sagte der Bursche. — «Du bist ein Narr», sagte die Frau — sie war voller Zorn — «wenn nichts ehrlich wäre, als was auf dem Wasser schwimmt, dann gäbe es nicht viel Ehrlichkeit in der Welt. Und wenn das Geld zehnmal gestohlen gewesen wäre, so hast du es doch gefunden, und jeder ist sich selbst der Nächste. Hättest du das Geld behalten, so hätten wir unser Lebtag in Ruhe und Behagen leben können. Aber du bist ein Dummkopf und bleibst ein Dummkopf, und jetzt will ich mich nicht mehr länger mit dir plagen und schleppen. Nun mußt du hinaus und dein Brot verdienen.»

Da mußte der Bursche hinaus in die weite Welt. Er wanderte weit und breit umher und suchte einen Dienst. Aber wo er auch hinkam, da fanden ihn die Leute zu klein und zu schwach und sagten, sie könnten ihn zu nichts brauchen. Endlich kam er zu einem Kaufmann. Da behielt man ihn für die Küche. Er mußte der Köchin Holz und Wasser tragen. Als er dort lange Zeit gewesen war, wollte der Kaufmann in ferne Länder reisen und fragte seine Dienstleute, was er für sie kaufen und mit nach Hause bringen solle. Nachdem alle gesagt hatten, was sie wünschten, kam die Reihe auch an den kleinen Burschen, der in der Küche Holz und Wasser trug. Der reichte seinen Vierschilling her. «Ja, was soll ich denn dafür kaufen?» fragte der Kaufmann. «Das wird kein großer Einkauf werden.» — «Kauft, was Ihr dafür bekommen könnt, er ist ehrlich, das weiß ich», sagte der Bursche. Der Herr versprach es und segelte fort.

Als der Kaufmann im fremden Lande gelöscht und wieder geladen hatte und gekauft, was sich seine Dienstleute wünschten, ging er zurück auf sein Schiff und wollte vom Ufer abstoßen. Da erst fiel es ihm ein, daß ihm der Küchenjunge einen Vierschilling mitgegeben hatte, um etwas dafür zu kaufen. «Soll ich wegen dieses Vierschillings noch einmal hinauf in die Stadt? Man hat doch nur Ungelegenheiten, wenn man solches Pack aufnimmt», dachte der Kaufmann. Da kam eine Frau gegangen mit einem Sack auf dem Rücken. «Was hast denn du in dem Sack, Mütterchen?» fragte der Kaufmann. «Ach nur eine Katze, ich kann sie nicht länger mehr füttern und will sie ins Meer werfen, damit ich sie loswerde», sagte die Alte. «Der Bursche hat ja gesagt, ich solle kaufen, was ich für den Vierschilling bekommen könne», sagte der Kaufmann zu sich selber, und fragte die Frau, ob sie vier Schillinge für ihre Katze haben wolle. Die Frau war nicht faul und schlug ein und der Handel war fertig.

Als der Kaufmann ein Stück weit gesegelt war, kam ein fürchterliches Unwetter über ihn, ein gräßlicher Himmelssturm, und der Kaufmann mit seinem Schiff trieb und trieb und wußte nicht, wohin. Schließlich kam er an ein Land, wo er noch nie zuvor gewesen war und ging hinauf in die Stadt.

In dem Wirtshaus, wo er einkehrte, war der Tisch gedeckt und an jedem Platz lag für jeden Gast ein Reis. Das kam dem Kaufmann wunderlich vor, denn er begriff nicht, was man mit all den Reisern anfangen sollte. Aber er setzte sich nieder und dachte: «Ich will genau sehen, was die andern damit tun, und dann kann ich es nachmachen.» — Ja, als die Speisen auf den Tisch kamen, da merkte er, wozu die Reiser da waren; da wimmelte es von Tausenden von Mäusen, und alle die am Tische aßen, mußten mit ihrem Reis hantieren und fechten und um sich schlagen, und man hörte nichts, als das Klatschen der Reiser. Manchmal trafen die Leute einander ins Gesicht, da mußten sie sich Zeit nehmen und sagen «Um Verzeihung!»

«Das Essen ist eine schwere Arbeit in diesem Land», sagte der Kaufmann, «warum haben die Leute hier keine Katze?» — «Katze?» fragten die Leute: sie wußten nicht, was das war. Da ließ der Kaufmann die Katze holen, die er für den Küchenjungen gekauft hatte, und als die Katze über den Tisch kam, da mußten die Mäuse schleunigst in ihre Löcher verschwinden und die Leute hatten seit Menschengedenken noch nie in so guter Ruhe essen können. Sie baten und beschworen den Kaufmann, er solle ihnen doch seine Katze verkaufen. Schließlich sagte er, er wolle sie ihnen überlassen, aber hundert Taler müsse er dafür haben; die zahlten sie und bedankten sich noch schön.

Dann segelte der Kaufmann weiter. Aber kaum war er auf hohe See hinausgekommen, so sah er die Katze im großen Mast sitzen. Gleich darauf kam wieder ein Sturm und Unwetter, noch schlimmer als das erstemal, und er trieb und trieb, bis er an einen Ort kam, wo er noch nie zuvor gewesen war. Der Kaufmann ging in ein Wirtshaus, und hier war der Tisch auch mit Reisern gedeckt, aber sie waren viel größer und länger als da, wo er zuerst war. Und man hatte sie wohl nötig, denn hier waren noch viel mehr Mäuse und doppelt so große als die, die er zuerst gesehen hatte.

Er verkaufte wieder seine Katze. Diesmal bekam er zweihundert Taler dafür, und das ohne Feilschen.

Als er fortgesegelt war und ein Stück ins Meer hinausgekommen, saß die Katze oben im Mast. Gleich fing das Unwetter wieder an, und schließlich wurde er auch diesmal an ein Land verschlagen, wo er noch nie gewesen war. Er kehrte in ein Wirtshaus ein; da war der Tisch auch mit Reisern gedeckt, aber jedes Reis war anderthalb Ellen lang, und so dick wie ein kleiner Besen, und die Leute sagten, sie kennten nichts Ärgeres, als sich zum Essen niederzusetzen, denn hier waren große häßliche Ratten zu tausenden. Mit Mühe und Not konnte man zwischenhinein einen Bissen in den

Mund schieben, so schwer hatte man es, die Ratten abzuwehren. Da wurde die Katze vom Schiff geholt, und nun konnten die Leute in Ruhe essen. Sie bettelten und baten, der Kaufmann möge ihnen doch seine Katze verkaufen; lange sagte er nein, aber schließlich versprach er, sie sollten sie für dreihundert Taler bekommen; die zahlten sie und bedankten sich und segneten ihn noch obendrein.

Als nun der Kaufmann aufs Meer hinauskam, überlegte er, wieviel der Bursche mit dem Vierschilling gewonnen hatte, den er ihm mitgegeben hatte. «Ja, etwas von dem Gelde soll er bekommen», sagte der Kaufmann zu sich selber, «aber nicht alles. Denn mir hat er zu danken für die Katze, die ich für ihn gekauft habe, und jeder ist sich selbst der Nächste.»

Als aber der Kaufmann das dachte, kam ein Sturm und Unwetter, daß alle glaubten, das Schiff werde untergehen. Da merkte der Kaufmann, daß ihm nichts anderes übrigbleibe, als zu geloben, daß der Bursche alles Geld bekommen solle. Kaum hatte er das Gelübde getan, so wurde das Wetter gut und er bekam strammen Wind nach Hause. Als er an Land kam, gab er dem Burschen die sechshundert Taler und seine Tochter dazu. Denn nun war der Küchenjunge ebensoreich wie der Kaufmann und mehr als das, und seitdem lebte er in Herrlichkeit und Freude. Seine Mutter nahm er zu sich und war freundlich gegen sie. «Denn ich glaube nicht daran, daß jeder sich selbst der Nächste ist», sagte der Bursche.

DIE HISTORIE VOM PFANNKUCHEN

s war einmal eine Frau, die hatte sieben hungrige Kinder, und denen buk sie Pfannkuchen; es war Teig mit Milch von einer frischmelkenden Kuh, und der lag in der Pfanne und ging auf, so dick und behäbig, daß es eine Freude war, ihm zuzusehen; die Kinder standen darum herum, und der Großvater saß und schaute zu.

«Gib mir ein klein bißchen Pfannkuchen, Mutter, ich habe so Hunger», sagte das eine Kind.

«Liebe Mutter», sagte das zweite.

«Liebe, schöne Mutter», sagte das dritte.

«Liebe, schöne, gute Mutter», sagte das vierte.

«Liebe, beste, schöne, gute Mutter», sagte das fünfte.

«Liebe, beste, schöne, gute, liebste Mutter», sagte das sechste.

«Liebe, beste, schöne, gute, liebste, süße Mutter», sagte das siebente, und so baten sie alle um Pfannkuchen, eins schöner als das andere, denn sie waren so hungrig und so gut.

«Ja, Kinder, wartet nur, bis er sich umdreht», sagte sie — bis ich ihn umgedreht habe, hätte sie sagen sollen —, «dann bekommt ihr alle Pfannkuchen, schönen Biestmilchkuchen, seht nur, wie dick und vergnüglich er daliegt!»

Als der Pfannkuchen das hörte, erschrak er, drehte sich plötzlich selbst um und wollte aus der Pfanne; aber er fiel nur auf die andere Seite, und als diese auch ein wenig gebacken war, so daß sie fester wurde und Form bekam, sprang er hinaus auf den Fußboden und rollte davon wie ein Rad, zur Tür hinaus und die Straße entlang.

Heisa! Die Frau hinterher mit der Pfanne in einer Hand und dem Kochlöffel in der anderen, so schnell sie konnte, und die Kinder ihr nach, und zuletzt kam der Großvater nachgehumpelt!

«Willst du warten! Halt, pack ihn, faß ihn!» schrien sie durcheinander und wollten ihn im Sprung fangen und einholen; aber der Pfannkuchen rollte und rollte, und richtig kam er ihnen so weit voraus, daß sie ihn nicht mehr sehen konnten, denn er hatte flinkere Beine als alle zusammen.

Als er eine Weile gerollt war, traf er einen Mann.

«Guten Tag, Pfannkuchen», sagte der Mann.

«Guten Tag, Mann Brann», sagte der Pfannkuchen.

«Lieber, guter Pfannkuchen, roll nicht so schnell, sondern warte ein wenig und laß mich dich essen!» sagte der Mann.

«Hinter mir ist schon Frau Grau geblieben, der Großvater auch und Schreihälse sieben, so komm ich auch dir wohl aus, Mann Brann», sagte der Pfannkuchen und rollte und rollte, bis er einer Henne begegnete.

«Guten Tag, Pfannkuchen», sagte die Henne.

«Guten Tag, Henne Glenne», sagte der Pfannkuchen.

«Lieber, guter Pfannkuchen, roll nicht so schnell, wart ein bißchen, ich will dich aufessen!» sagte die Henne.

«Hinter mir ist schon Frau Grau geblieben, der Großvater auch und Schreihälse sieben und Mann Brann, so komme ich auch dir wohl aus, Henne Glenne!» sagte der Pfannkuchen und rollte wie ein Rad den Weg entlang. Da traf er einen Hahn.

«Guten Tag, Pfannkuchen», sagte der Hahn.

«Guten Tag, Hahn Kradahn», sagte der Pfannkuchen.

«Lieber, guter Pfannkuchen, roll nicht so schnell, wart ein bißchen, ich will dich aufessen», sagte der Hahn.

«Hinter mir ist schon Frau Grau geblieben, der Großvater auch und Schreihälse sieben und Mann Brann und Henne Glenne, so komme ich wohl auch dir aus, Hahn Kradahn», sagte der Pfannkuchen und rollte und rollte, so schnell er konnte. Als er eine lange Weile gerollt war, begegnete er einer Ente.

«Guten Tag, Pfannkuchen», sagte die Ente.

«Guten Tag, Ente Lawente», sagte der Pfannkuchen.

«Lieber, guter Pfannkuchen, roll nicht so schnell, wart ein wenig, ich will dich aufessen», sagte die Ente.

«Hinter mir ist schon Frau Grau geblieben, der Großvater auch und Schreihälse sieben,

Mann Brann, Henne Glenne und Hahn Kradahn, so werde ich dir wohl auch auskommen, Ente Lawente», sagte der Pfannkuchen und rollte weiter, so schnell er konnte. Als er lange, lange Zeit gerollt war, traf er eine Gans.

«Guten Tag, Pfannkuchen», sagte die Gans.

«Guten Tag, Gans Watschanz», sagte der Pfannkuchen.

«Lieber, guter Pfannkuchen, roll nicht so schnell, wart ein wenig, ich will dich aufessen», sagte die Gans.

«Hinter mir ist schon Frau Grau geblieben, der Großvater auch und Schreihälse sieben, Mann Brann, Henne Glenne, Hahn Kradahn und Ente Lawente, so werde ich wohl auch dir auskommen, Gans Watschanz», sagte der Pfannkuchen und rollte davon.

Als er wieder eine lange, lange Weile gerollt war, traf er einen Gänserich.

«Guten Tag, Pfannkuchen», sagte der Gänserich.

«Guten Tag, Gänserich Watschenserich», sagte der Pfannkuchen.

«Lieber, guter Pfannkuchen, roll nicht so schnell, wart ein wenig, ich will dich aufessen», sagte der Gänserich.

«Hinter mir ist schon Frau Grau geblieben, der Großvater auch und Schreihälse sieben, Mann Brann, Henne Glenne, Hahn Kradahn, Ente Lawente, Gans Watschanz, so kann ich dir wohl auch auskommen, Gänserich Watschenserich», sagte der Pfannkuchen und begann zu rollen, so schnell er nur konnte.

Als er lange, lange Zeit gerollt war, begegnete er einem Schwein.

«Guten Tag, Pfannkuchen», sagte das Schwein.

«Guten Tag, Schwein Schmierulein», sagte der Pfannkuchen und begann zu rollen, so schnell er konnte.

«Nein, wart ein wenig», sagte das Schwein, «du brauchst dich nicht so zu eilen, wir zwei können ganz gemächlich miteinander durch den Wald gehen, denn da soll es nicht ganz geheuer sein.» Der Pfannkuchen dachte, das könnte seine Richtigkeit haben, und also machten sie es so; aber als sie eine Weile gegangen waren, kamen sie an einen Bach.

Das Schwein schwamm von selbst mit seinem Speck, das war ganz einfach; aber der Pfannkuchen konnte nicht hinüber kommen.

«Setz dich auf meinen Rüssel», sagte das Schwein, «so will ich dich hinübertragen.»

Der Pfannkuchen tat so.

«Nuf, uff!» sagte das Schwein und fraß den Pfannkuchen auf einen Japps,

und da der Pfannkuchen nicht weiter kam,
die Historie hier ein Ende nahm.

DER HUND MIT DEN KLEINEN ZÄHNEN

Vor langen Jahren lebte ein Kaufmann, der reiste viel in der weiten Welt herum. Einmal, als er wieder auf Reisen war, fielen Räuber über ihn her, und sie hätten ihm Leben und Geld geraubt, wäre nicht plötzlich zu seiner Rettung ein großer Hund aufgetaucht, der die Räuber vertrieb.

Als der Hund die Räuber vertrieben hatte, nahm er den Kaufmann mit sich in sein hübsches Haus. Hier verband er ihm die Wunden und speiste ihn, bis er wieder wohlauf war. Sowie der Kaufmann sich zur Reise kräftig fühlte, machte er sich auf den Weg nach Hause; aber bevor er wegging, dankte er dem Hunde für seine Hilfe und fragte ihn, was er ihm zum Dank schenken dürfe, und er sagte, er würde ihm auch das Kostbarste, was er habe, nicht abschlagen. «Ich habe einen Fisch, der kann zwölf Sprachen», sagte der Kaufmann zu dem Hund, «willst du ihn?» — «Nein», sagte der Hund, «ich will ihn nicht.» — «Oder eine Gans, welche goldene Eier legt?» — «Nein», sagte der Hund, «ich will sie nicht.» — «Oder einen Spiegel, worin du sehen kannst, was jeder gerade denkt?» — «Nein», sagte der Hund, «ich will ihn nicht.» — «Was willst du denn also haben?» fragte endlich der Kaufmann. «Ich will keine solchen Dinge zum Geschenk», sagte der Hund, «aber erlaube mir, daß ich deine Tochter hole und in mein Haus bringe.» Als der Kaufmann das hörte, wurde er traurig. Aber was er versprochen hatte, das mußte er halten. Also sagte er zu dem Hund: «Du kannst kommen und meine Tochter holen, wenn ich eine Woche wieder zu Hause gewesen bin.»

Als die Woche vergangen war, kam der Hund vor das Haus des Kaufmanns, um die Tochter zu holen. Aber er blieb draußen vor der Türe stehen und wollte nicht hineingehen. Die Kaufmannstochter aber tat, wie ihr Vater es ihr gebot. Sie kleidete sich zur Reise an, trat vor das Haus hinaus und war bereit, mit dem Hunde zu gehen. Als der Hund sie erblickte, schaute er vergnügt drein und sprach: «Schwinge dich auf meinen Rücken, ich will dich in mein Haus tragen.» Und sie schwang sich auf seinen Rücken, und fort ging's in schnellem Trab, bis sie beim Hause des Hundes anlangten, das viele Meilen weit weg war.

Aber als das Mädchen einen Monat lang im Hause des Hundes gewesen war, ließ es den Kopf hängen und begann zu weinen. «Warum weinst du?» fragte der Hund. «Weil ich zu meinem Vater zurück will», sagte sie. Der Hund sprach: «Wenn du mir versprichst, daß du nicht länger als drei Tage zu Hause bleibst, will ich dich dahin tragen. Aber vor allem sag mir eines: Wie nennst du mich eigentlich?» —

«Den großen häßlichen Hund mit den kleinen Zähnen», antwortete sie. «Dann», sagte er, «lasse ich dich nicht gehen.» Aber sie weinte so bitterlich, daß er ihr wieder versprach, sie nach Hause zu tragen. «Aber bevor wir gehen, sage mir: Wie nennst du mich?» — «Oh», sagte sie, «dein Name ist: ‚Süß wie eine Honigwabe.'» — «Schwing dich auf meinen Rükken», sagte er, «und ich trage dich nach Hause.» Und er trabte von dannen und trug sie auf dem Rücken. Nach 40 Meilen kamen sie an einen Zaun. «Und, wie nennst du mich?» fragte er, bevor er mit ihr über den Zaun hinwegsetzte. Das Mädchen aber glaubte, sie sei nun sicher auf ihrem Wege, und antwortete: «Den großen häßlichen Hund mit den kleinen Zähnen.» Aber als sie das sagte, sprang der Hund nicht über den Zaun, sondern machte auf der Stelle kehrt und trabte zurück in sein Haus, das Mädchen auf seinem Rücken.

Wieder verging eine Woche, und das Mädchen weinte so bitterlich, daß der Hund ihr versprach, sie in ihr Vaterhaus zurückzubringen. So setzte sich das Mädchen wieder auf des Hundes Rücken, und sie kamen an den Zaun wie das letztemal, da blieb der Hund stehen und fragte: «Und wie nennst du mich?» — «‚Süß wie eine Honigwabe'», antwortete sie. Da setzte der Hund über den Zaun hinweg, und weiter ging's, bis sie nach 20 Meilen wieder an einen Zaun kamen. «Und, wie nennst du mich?» fragte der Hund und wedelte mit dem Schwanz. Sie aber war in ihren Gedanken mehr bei ihrem Vater und bei sich zu Hause als bei dem Hund und antwortete: «Den großen häßlichen Hund mit den kleinen Zähnen.» Da wurde der Hund sehr zornig und machte rechtsumkehrt und trabte zurück in sein Haus wie das erstemal.

Als das Mädchen wieder eine Woche lang geweint hatte, versprach ihr der Hund, sie zurück in ihr Vaterhaus zu tragen. Sie setzte sich auf seinen Rücken, und als sie zu dem ersten Zaun kamen, sprach der Hund: «Und, wie nennst du mich?» — «‚Süß wie eine Honigwabe'», antwortete sie. Da setzte der Hund über den Zaun, und weiter ging's — denn das Mädchen hatte sich vorgenommen, ihm die nettesten Komplimente zu sagen, die sie nur ausdenken konnte — bis sie bei ihres Vaters Haus anlangten. Als sie zu dem Tore des Kaufmannshauses kamen, fragte der Hund: «Und, wie nennst du mich?» Aber gerade in dem Augenblick vergaß das Mädchen all die liebevollen Dinge, die sie ihm hatte sagen wollen, und begann: «Den großen —» aber der Hund wendete sich schon, und sie klammerte sich schnell an der Türklinke fest und wollte weiterfahren: «häßlichen —» da sah sie, wie traurig der Hund dreinschaute, und sie mußte daran denken, wie gut und geduldig er mit ihr gewesen war, und da sagte sie: «‚Süßer als eine Honigwabe.'» Als sie das gesagt hatte, dachte sie, der Hund wäre nun wohl zufrieden und würde davontraben, aber statt dessen stellte er sich mit einem Male auf die Hinterbeine, und mit den

Vorderbeinen zog er an seinem Hundekopf und warf ihn hoch in die Luft. Sein Haarkleid fiel von ihm ab, und vor der Kaufmannstochter stand der hübscheste junge Mann von der Welt, mit den feinsten und kleinsten Zähnen, die man jemals sehen konnte.

Und sie hielten Hochzeit und wurden glücklich miteinander.

DER GLÄSERNE BALL

s war einmal eine Frau, die hatte zwei Töchter, und jeder von ihnen schenkte sie einen wundervollen gläsernen Ball, der war ihre größte Freude und ging ihnen über alles. Als sie einmal im Garten miteinander spielten, warf das eine der beiden Mädchen den Ball so hoch, daß er in einen andern Garten niederfiel. Das Haus, das in diesem Garten stund, gehörte einem Fuchs, einem höchst sonderbaren und unfreundlichen Fuchs, der nie mit seinen Nachbarn redete. Das Mädchen, das den Ball über die Gartenmauer geworfen hatte, fürchtete sich sehr vor diesem Fuchs, aber der gläserne Ball war ihr so lieb, daß sie zu sich selber sagte: «Ich will meinen Ball nicht verlieren, ohne zu versuchen, ihn wiederzubekommen.» So ging sie denn mutig hinüber zum Hause des Fuchses, aber dann klopfte sie recht schüchtern ans Tor. Der Fuchs öffnete selber die Tür, und sie sagte ihm, daß sie ihren gläsernen Ball in seinem Garten verloren habe, und fragte, ob sie ihn holen dürfe. «Du sollst den Ball bekommen», sagte der Fuchs, «wenn du ein Jahr lang meine Haushälterin sein willst; wenn du das aber nicht willst, so sollst du auch den Ball nicht bekommen.» Da es keinen andern Weg gab, den Ball zurückzubekommen, willigte das Mädchen ein, im Hause des Fuchses ein Jahr lang zu wohnen. Sie hatte es sehr schön dort und fühlte sich wohl. Vom Fuchs sah sie wenig, denn er ging jeden Morgen früh fort und kam erst spät in der Nacht wieder heim.

Als nun der Fuchs eines Morgens fortgehen wollte, rief er das Mädchen zu sich und sprach: «Ich muß nun eine Weile wegbleiben. Solange ich weg bin, darfst du fünf Dinge nicht tun: Du darfst das Geschirr nicht abwaschen, du darfst den Boden nicht kehren, die Stühle nicht abstauben, du darfst nicht in den Geschirrschrank schauen und nicht unter mein Bett gucken.» Das Mädchen versprach, daß sie es nicht tun wolle, und der Fuchs ging fort. Kaum war er fort, begann das Mädchen sich zu wundern, warum er ihr das alles verboten habe, und sie sprach zu sich selber: «Ich will doch einmal sehen, was geschieht, wenn ich ihm nicht gehorche.» So wusch sie das Geschirr ab. Kaum hatte sie es getan, fiel ein großer Sack voll Kupfer vor sie hin. «So ist's recht», sagte das Mädchen. Dann kehrte sie den Boden, da fiel ein Sack voll Silber vor ihre Füße. «Es kommt immer besser», sagte das Mädchen. Dann staubte sie die Stühle ab, da fiel ein Sack voll Gold herunter. «Gerade das habe ich mir gewünscht», sagte das Mädchen. Dann schaute sie in den Geschirrschrank, und da lag ihr gläserner Ball! «Oh, ihr habt ja keine Ahnung, wie glücklich ich bin!» rief sie aus und klatschte in die Hände. Zuletzt stieg sie die Treppe hinauf und guckte unters Bett, und da war der Fuchs!!

Das Mädchen erschrak fast zu Tode. Sie rannte die Treppen hinunter, durch den Garten, die Straßen der Stadt hinauf, und kam zu einem Heckenweg. Auf der Höhe des Weges begegnete ihr ein Pferd, und sie sagte zu dem Pferd:

«Rößlein mein, Rößlein dein,
Triffst du den Verfolger mein,
Sag nicht, daß ich kam vorbei.»*

Und das Pferd antwortete: «Ich will es nicht sagen.»

Ein paar Schritte weiter begegnete sie einer Kuh und sagte:

«Kühlein mein, Kühlein dein,
Triffst du den Verfolger mein,
Sag nicht, daß ich kam vorbei.»

* «Horse of mine, horse of thine,
If you meet a man of mine,
don't say that I've passed by.»

Und die Kuh antwortete: «Ich will es nicht sagen.»

Ein paar Schritte weiter begegnete sie einem Maultier und sagte:

«Maultier mein, Maultier dein,
Triffst du den Verfolger mein,
Sag nicht, daß ich kam vorbei.»

Und das Maultier antwortete: «Ich will es nicht sagen.»

Ein paar Schritte weiter begegnete sie einem Hund und sagte:

«Hündchen mein, Hündchen dein,
Triffst du den Verfolger mein,
Sag nicht, daß ich kam vorbei.»

Und der Hund antwortete: «Ich will es nicht sagen.»

Ein paar Schritte weiter begegnete sie einer Katze und sagte:

«Katze mein, Katze dein,
Triffst du den Verfolger mein,
Sag nicht, daß ich kam vorbei.»

Und die Katze antwortete: «Ich will es nicht sagen.»

Schließlich begegnete sie noch einer Eule und sagte:

«Eule mein, Eule dein,
Triffst du den Verfolger mein,
Sag nicht, daß ich kam vorbei.»

Aber der Fuchs war dem Mädchen gefolgt, und er kam zu demselben Heckenweg und begegnete demselben Pferd und sagte zu ihm:

«Rößlein mein, Rößlein dein,
Trafst du nicht ein Mädchen mein?»*

Und das Pferd sagte: «Eben ist sie vorbeigekommen.»

Dann begegnete er der Kuh und sagte zu ihr:

«Kühlein mein, Kühlein dein,
Trafst du nicht ein Mädchen mein?»

Und die Kuh sagte: «Eben ist sie vorbeigekommen.»

Ein paar Schritte weiter begegnete er dem Maultier und sagte:

«Maultier mein, Maultier dein,
Trafst du nicht ein Mädchen mein?»

Und das Maultier sagte: «Eben ist sie vorbeigekommen.»

Ein paar Schritte weiter begegnete er dem Hund und sagte:

* «Horse of mine, horse of thine,
Hast thou met a maid of mine?»

«Hündchen mein, Hündchen dein,
Trafst du nicht ein Mädchen mein?»

Und der Hund sagte: «Eben ist sie vorbeigekommen.»

Ein paar Schritte weiter traf er die Katze und sagte:

«Katze mein, Katze dein,
Trafst du nicht ein Mädchen mein?»

Und die Katze sagte: «Eben ist sie vorbeigekommen.»

Zuletzt begegnete er der Eule und sagte:

«Eule mein, Eule dein,
Trafst du nicht ein Mädchen mein?»

Und die Eule sagte: «Eben ist sie vorbeigekommen.» — «Welchen Weg schlug sie ein?» fragte der Fuchs. Die Eule antwortete: «Du mußt über diese Schranke hinüber und quer durch das Feld dort, und gleich hinter dem Wald wirst du sie finden.» Weg rannte der Fuchs, über die Schranke und quer durch das Feld und in den Wald hinein, aber weder von dem Fuchs noch von dem Mädchen noch von dem gläsernen Ball hat man seither je wieder etwas gehört.

DIE PRINZESSIN VON CANTERBURY

In jenen längstvergangenen Tagen, als in England noch viele Könige herrschten, hatte einer von ihnen, der König von Canterbury, eine kluge, edle und schöne Tochter. Sie war sein einziges Kind, und der König ließ bekanntmachen, wer es fertigbringe, eine Nacht lang bei seiner Tochter zu wachen, ohne einzuschlafen, der solle sie gleich am andern Tag zur Frau bekommen; nicke er aber ein, so sei es um seinen Kopf geschehen. Viele Ritter und große Herren wagten die Probe, aber sie alle verloren ihr Leben.

Nun geschah es, daß ein junger Schäfer, der seine Herde nahe bei der Straße weidete, zu seinem Meister sagte: «Meister, ich sehe so viele Herren zum Hofe von Canterbury reiten, aber zurückkehren sehe ich sie nie.» «O Schäferlein, wie könntest du auch», antwortete der Meister, «sie versuchen ja, bei der Königstochter zu wachen, so wie die Bedingung es vorschreibt, und da sie es nicht können, werden sie allesamt geköpft.» — «Gut», sagte der Schäfer, «ich will mein Glück versuchen. Es geht um eine Königstochter oder einen kopflosen Schäfer!» Und er ergriff seine Flasche und seine Schäfertasche und stapfte dem Hofe zu. Unterwegs mußte er über einen Fluß gehen. Ein Brett war hinübergelegt. Er setzte sich, zog Schuhe und Strümpfe aus und wusch sich die Füße. Da kam ein Fisch und knapperte an seinen Zehen. Der Schäfer fing ihn und schob ihn in seine Tasche. Da kam ein zweiter Fisch und ein dritter und ein vierter; die tat er alle in seinen Sack und setzte dann die Reise fort.

Als er zum Königshof kam, klopfte er mit seinem Krummstab recht laut ans Tor und sagte, wozu er hergekommen sei. Da führte man ihn in einen Saal, in dem saß die Königstochter zu seinem Empfang bereit. Er durfte sich in einen weichen Lehnstuhl setzen, und man gab ihm Weine und gute Speisen, Früchte und Fleisch; das sollte ihn einschläfern. Der Schäfer aß und trank nach Herzenslust, und schon vor Mitternacht fiel er in Schlummer. «O Schäferlein», sagte die Prinzessin, «ich habe dich beim Einnicken ertappt!» «Nein, meine Süße, ich war eifrig beim Fischen.» «Beim Fischen!» sagte die Prinzessin in höchstem Erstaunen, «wie denn, es ist ja kein Fischteich im Saal.» «Das macht gar nichts, ich habe in meiner Tasche gefischt.» — «Nein wirklich», sagte sie, hast du einen Fisch gefangen?» Da zog der Schäfer verschmitzt den Fisch aus seiner Tasche heraus. Als die Prinzessin ihn sah, freute sie sich sehr und lobte ihn, es sei ein hübscher Fisch, und sagte: «Mein lieber Schäfer, glaubst du, du könntest in meiner Tasche auch einen fangen?» Er antwortet:

«Vielleicht kann ich, wenn ich erst einen Köder auf meine Angel gesetzt habe.» Dann tat der Schäfer wie vorher und brachte einen andern Fisch zum Vorschein. Von dem rühmte die Prinzessin, er sei noch zehnmal schöner. Dann erlaubte sie dem Schäfer, sich schlafen zu legen; bei ihrem Vater wolle sie ihn schon entschuldigen.

Am andern Morgen trat der König in den Saal, und wie immer kam der Scharfrichter gleich mit ihm, aber die Prinzessin rief: «Hier ist nichts zu tun für dich.» — «Wie denn», sagte der König, «ist er denn weder eingeschlafen noch eingenickt?» — «Nein», sagte die Prinzessin, «er hat die ganze Nacht hier im Saale gefischt.» Als der König das hörte und den Fisch sah, sagte er zu ihm, er solle versuchen, auch in seiner Tasche einen zu fangen. Da bat der Schäfer den König, sich hinzulegen. Heimlich hielt er einen neuen Fisch bereit, dann gab er dem König einen Nadelstich, zog den Fisch heraus und zeigte ihn Seiner Majestät. Der König sagte, von solchem Fischen habe er noch nie gehört. «Nimm immerhin meine Tochter zur Frau, wie mein königliches Versprechen es verhieß.» So wurde Hochzeit gehalten mit großem Jubel, und aus dem armen Schäfer wurde ein Königssohn.

In grauen Vorzeiten wurde Irland von Königen beherrscht, über welchen ein Großkönig stand. Der hatte seine Residenz in Teamhair na Midhe. Nun war einmal ein König in der Provinz Munste, der hieß Conall Golb. Sein Schloß hatte er dort, wo es heute Caisel na Rî* heißt. Er war mit einer schönen, edlen Frau verheiratet. Als einziges Kind hatte er ein Mädchen. In der Nacht, als dieses Mädchen geboren wurde, weissagte sein Zauberer ihm Schlimmes: Wenn es je geschähe, daß das Mädchen sich vermählte und Kinder bekäme, dann würde das erste Kind, das es zur Welt brächte, dem König Conall zum tödlichen Verhängnis werden. — Der König achtete genau auf die Weissagung und sagte: «Ich brauche keine Angst zu haben, denn ich will nie vergessen, des Mädchens Blut wohl zu behüten.» Das Geheimnis behielt er tief in seinem Herzen und in seinem Sinne und verriet es keinem Menschen. Das Mädchen wuchs auf. Was es nicht am Tage größer wurde, wurde es größer in der Nacht. Als es zehn Jahre alt geworden, war es so schön und so reizend, wie nur ein Königskind sein konnte. Als es zwölf Jahre alt wurde, schloß es der König in ein wunderbares

* Schloß der Könige

Sonnenzimmer ein, zusammen mit seiner Amme. Diese vornehme Frau, die man ihm bei seiner Geburt als Amme gegeben hatte, war klug und geschickt und verstand sich auf alles, was die Erziehung eines vornehmen Königskindes betraf. So verbrachten die beiden die Zeit. Die Jahre schlichen vorüber. Selten gab es einen Abend, an welchem der Vater nicht zu dem Sonnenzimmer gekommen wäre und sich mit den beiden Frauen längere Zeit unterhalten hätte.

Bis dahin hatte die Königstochter noch nie, seit sie auf diese Sündenwelt gekommen war, einen Knaben oder Burschen oder jungen Mann gesehen. Sie wußte nichts über Männer. Aber eines Tages, als sie in einem goldenen Sessel neben dem Fenster saß — sie hatte eine wunderbare Aussicht auf die ganze Umgebung — und scharf hinaussah, da glaubte sie einen jungen Mann zu sehen. Der war als Jäger gekleidet; er hatte seinen Hund an einer Kette bei sich. Sie verfolgte ihn mit ihren Augen, und es dauerte nicht lange, so kam er auf das Schloßfenster zu, in dem sie saß. Jetzt konnte sie ihn genau sehen. Es überkam sie eine große Erregung, eine Erregung, die sie niemals vorher gefühlt hatte. Es schien ihr, als ob kein Glied von ihren Gliedern wäre, das nicht in Liebe zu dem jungen Mann entbrannte, der da ihr gegenüber vor dem Fenster stand. Sie nahm sich aber zusammen, denn sie befürchtete, daß ihre Amme die Veränderung an ihr wahrnehmen könnte. Sie stand auf, ergriff eine

Feder und ein Stück Papier und schrieb einige Worte darauf. Sie schrieb: «Niemals habe ich einen so schönen jungen Mann wie dich gesehen. Aber ich weiß nicht, wie ich mit dir sprechen könnte, denn mein Vater hat mich eingesperrt, aber wenn du so geschickt und so tüchtig wärest, daß du über die Mauer des Gartens springen könntest, vielleicht würde ich dann die Erlaubnis von meinem Vater bekommen, morgen nach dem Essen in den Garten zu gehen.» Als sie dies geschrieben hatte, steckte sie das Brieflein auf die Spitze einer Rute und streckte es zum Fenster hinaus, dorthin, wo der Mann stand. Der ergriff das Brieflein und las es sorgfältig. Er nahm selbst ein Stück Papier, schrieb die Antwort darauf, steckte es auf die Spitze der Rute und streckte sie zum Fenster hinauf. Als die Königstochter das Brieflein bekommen hatte, las sie es und faßte neuen Mut.

Das geschah gerade zur selben Zeit, da ihr Vater zu ihr ins Sonnenzimmer auf Besuch zu kommen pflegte. Als sie seine Schritte hörte, setzte sie sich auf den Stuhl und stützte den Kopf in die Hand. Sie freute sich nicht wie früher auf seinen Besuch. Nicht lange war ihr Vater bei ihr, so fragte er sie, worüber sie betrübt sei oder ob ihr etwas fehle. «O nichts, Vater», sagte sie, «mir fehlt nichts, ich bin gesund, und auch sonst fehlt mir nichts. Aber ich glaube, ich muß ersticken hier drin, es ist so schwül. Bitte, könntest du mich morgen nicht in den Garten lassen? Die frische Luft, die Blüten an den Sträuchern und Bäumen würden mich mit neuem Mut erfüllen.» — «Du hast recht», sagte der König, «ihr sollt morgen für einige Stunden im Garten spazieren gehen.» Und sie erlangte von dem Vater die Erlaubnis, am andern Tage gerade zu der Stunde in den Garten gehen zu dürfen, für welche sich der junge Mann in jenem Brieflein mit ihr verabredet hatte.

Der König nahm seine Tochter und die Amme mit zum Garten, öffnete die Türe der Umfriedung und ließ die beiden hineingehen. Dann drehte er den Schlüssel im Schlosse selber wieder um und steckte ihn in die Tasche, aus Furcht, daß irgendeine feindliche Hand hinzukommen und seine Tochter behelligen und so ihm selbst gefährlich werden könnte.

Der König war noch nicht lange weggegangen, da kam draußen Cûl, der Sohn des Art, hergeschritten. Er sprach seinem Hunde zu und ließ ihn von der Leine. Dann nahm er selbst einen großen Anlauf und sprang mit einem Satze über die Gartenmauer. Auch dem Hunde mißlang der Sprung nicht, denn er war so mutig, so kräftig und so geschickt wie sein Meister. Als der sich eine Weile mit den Frauen unterhalten hatte, wollte er das Mädchen für sich haben. Dieses aber sprach: «Es ist mir nicht angenehm, daß meine Amme ein Geheimnis von mir besitzt und ich selber keines von ihr.» Da redete er seinem sittsamen Hunde zu. — Aber er durfte sich nicht lange aufhalten, sondern nahm Abschied von den

Frauen und sprang hinaus über die Mauer, zusammen mit seinem Hund.

Nicht lange Zeit verging, da kam der König zur Pforte. Er steckte den Schlüssel ins Schloß und öffnete, um die beiden Frauen herauszulassen. In diesem Augenblick schaute er seiner Tochter zwischen die beiden Augen und erkannte gleich, daß ein Mann bei ihr gewesen war. «Das hast du nun vollbracht, Mädchen», sagte er zu sich selbst; «jetzt bin ich betrogen, so sehr ich dich auch behütet habe. Aber ich will mit dir schon noch fertig werden. Der Bulle hat noch eine andere Seite.» Dann nahm er die beiden mit sich und schloß sie in eine besondere Kammer ein. Von diesem Tage an erlaubte er niemand mehr, sie zu bedienen, sondern er besorgte das nun selbst. Das erstaunte alle auf dem Königshof, und jeder fragte sich, warum der König so besorgt um seine Frauen war. Aber der König gab sein Geheimnis nicht preis. Soweit war die Sache gut und recht.

Als Cûl, der Sohn des Art, nach Hause kam in seine eigene königliche Familie, war er müde nach der Jagd. Aber niemand nahm etwas Besonderes wahr an ihm, niemand außer seiner Schwester. Die bemerkte, daß er unruhig war in seinem Sinne. Als sie eine Gelegenheit fand, mit dem Bruder zu sprechen, sagte sie: «Mein Königssohn, ich sehe, daß dich heute abend etwas bedrückt.» Da sagte er: «Das ist wahr, meine Schwester. Aber ich werde dir die Geschichte ein anderes Mal erzählen.» Nach einigen Tagen begegneten sich die beiden allein im Garten. «Nun», sagte Cûl, «jetzt muß ich dir mein Geheimnis enthüllen. Es geschah an jenem Tage, da ich auf der Jagd war. — Du bist jetzt der einzige Schlüssel meines Geheimnisses.» Als er ihr die Geschichte genau erzählt hatte, wie sie geschehen war, sagte er zu ihr: «Du bist eine resolute Frau, du bist geschult und klug genug, um Königs- und Edelkinder zu erziehen. Geh zum Hof des Königs Conall Golb und tu, als ob du einen Platz als Dienstmädchen suchtest. Sag, daß du jeden freien Posten im Königshaus versehen könntest. Vielleicht nimmt man dich an. Dann achte besonders auf die jungen Frauen in der Königsfamilie. Sollte ein Kind geboren werden, so mußt du dich, wenn es ein Mädchen ist, nicht weiter darum kümmern; ist es aber ein Knabe, so möge dir seine Entführung nicht mißlingen.» — «Gut, mein Bruder», sagte die Schwester, «ich will es so machen.»

Einige Wochen darauf war sie für die Reise bereit und machte sich auf den Weg zum Königshof. Was nun mit ihr geschah, davon wird weiter nichts erzählt, bis dahin, da sie mit Conall Golb übereingekommen war, daß sie für ein Jahr eine Stelle im Königshause bekommen sollte. Drei Monate lang beobachtete sie alles scharf, was an dem Hofe vorging. Jeden Abend sah sie den König mit Schüsseln herumgehen, darin brachte er den beiden Frauen das Essen. Eines Abends aber redete sie ihn an und sagte: «Ehrwürdiger König, ich sehe dich jeden Tag mit den Schüsseln auf den Armen herumgehen. Hast du denn keinen Diener auf deinem Hofe, dem du diese Arbeit anvertrauen könntest?» — «Nein, wirklich nicht», sagte der König. «Entschuldige mich, ehrwürdiger König», sagte das Mädchen, «hier spricht zu dir eine junge, adelige, kluge und tüchtige Dienerin, die jede solche Arbeit wohl verrichten könnte. Darum sei so gefällig, mein König, und überlaß mir die Arbeit, die dich bedrückt. Ich will dir ergeben sein bis in den Tod.» — «Bist du sicher, daß du die Arbeit verrichten kannst, die ich dir gebe?» fragte der König. «Daran zweifle ich nicht, mein König», sagte sie, «habe von jetzt an keine Sorge mehr. Sobald ich irgendeine Krankheit oder ein Übel an den Frauen wahrnehme, will ich dir Bericht geben. Und noch etwas anderes: Ich werde das Geheimnis niemand erzählen.» — «Ich bin es zufrieden», sagte der König und gab ihr den Schlüssel zum Zimmer. Dann schieden sie voneinander. Von da an besorgte das Mädchen die beiden Frauen, bis die bestimmte Zeit kam. Als die Zeit da war, da kamen auch die Kinder. An jenem Abend fiel es ihr auf, daß in den beiden Frauen etwas vorging. Sie eilte zum König und sagte: «Mein König, ich glaube, es gibt keinen Ausweg mehr heute nacht; ich glaube, bis zum Morgen werden wir kleine Kinder haben. Aber geh du nur schlafen und schlaf ruhig. Hab keine Angst, du hast ja eine gute Amme für die beiden. Da ging der König zu Bette, was nicht verwunderlich ist. Die Amme dagegen konnte diese Nacht nicht an Schlaf denken. Die ganze Nacht durch mußte sie die Sachen vorbereiten für die Arbeit, die in dieser Nacht zu verrichten war. Etwa um Mitternacht gebar die Königstochter ein schönes Kindlein, einen Knaben. Die Amme legte es zurecht, wie es sich gehörte und vergaß nicht, die Königstochter gut zu pflegen. Aber es ging nicht lange, so gebar auch die Kinderfrau; aber an Stelle eines Kindes gebar sie einen Hund. Die Schwester Cûls erschrak fast zu Tode, als sie sah, was geschehen war. Aber sie nahm sich zusammen und packte die beiden Kleinen ein. Sie wickelte sie richtig ein und entschlüpfte aus dem Königshof, ohne daß jemand sie sah.

Sie ging und ging, durch die abgelegensten Gegenden, damit ihr ja niemand begegnete; denn sie wußte, daß Conall Golb sie mit seinen Hunden verfolgen würde. Und wenn er jemand fände, der ihm sagen könnte, er hätte die und die gesehen, dann würde große Gefahr für sie bestehen. Darum ging sie in einen Wald, der neben dem Wege lag. Sie war tief drinnen im Walde, da begegnete ihr ein wilder, starker Riese. Der lachte laut auf. «Warum lachst du, mein Lieber?» fragte die junge Frau. «Ich muß lachen», sagte der Riese, «seit dem frühen Morgen gehe ich herum, und noch ist mir kein guter Brocken in den Weg gekommen. Jetzt wirst du ein gutes Essen für mich abgeben.» — «Denk nicht daran, guter Mann», sagte die junge Frau, «laß uns beide zusammen schlafen gehen. Ich werde dir eine gute Gattin sein. Und dann habe ich hier zwei kleine Bastardkinder, die wollen wir mit vereinten Kräften aufziehen. Wenn der Junge groß ist, kann er auf die Jagd gehen und auf Streife, und du hast dann deine Ruhe.» Der Riese war es zufrieden. «Hast du auch eine Wohnung?» fragte sie ihn. «Ja, natürlich», sagte der Riese, «nur ist sie recht weit von hier.» — «Mir fällt eben ein,» sagte die junge Frau, «wenn die Birke hier hohl wäre, so könnte man darin ein kleines Zimmerchen einrichten. Das gäbe eine hübsche Wohnung für mich und meine kleinen Kinder, und du könntest zu uns auf Besuch kommen, wann es dir beliebt.» Er war es zufrieden, nahm ein Werkzeug und fing an, die Birke auszuhöhlen. Bald hatte er ein großes Loch gebohrt, und als ihn dünkte, daß genug Platz war im Baume, sagte er zu ihr: «Ich glaube, jetzt ist genug Platz da.» — «Ja, danke schön», sagte sie, «aber bring noch ein kleines Türchen an, daß man von innen schließen kann, ohne daß man von außen etwas erkennt.» Er machte das Türchen zurecht und paßte es so gut an, daß von außen niemand ein Loch vermutet hätte. Während der Riese mit seiner Arbeit beschäftigt war, arbeitete es im Kopfe der jungen Frau, wie sie ihn aus dem Wege schaffen könnte. Das war gewiß nicht leicht. Aber sie war eine resolute Frau und voll Mut. Neben dem Baume stand das große, schreckliche Schwert des Riesen. Sie überlegte, ob es ihr wohl möglich wäre, das Schwert zu schwingen. Als der Riese herauskam, sagte er: «Nun ist die Arbeit fertig. Geh du jetzt hinein und sieh, ob es dir gefällt.» Sie ging hinein und es gefiel ihr gut. Es war genug Platz da. Als sie herauskam, fragte der Riese: «Ist es nach deinem Wunsch?» — «Es ist wunderbar. Nur ist dort, wo ich mein Kind hinlegen möchte, eine kleine Spitze; die würde ihm durch den Rücken gehen. Sei so gut und geh nochmals hinein und ebne die Stelle aus.» Als er drin war, nahm sie das Schwert in ihre Hand, und sowie der Riese wieder zur Tür herausschaute, holte sie zu einem gewaltigen Schlage aus und traf ihn zwischen Kopf und Nacken, und der große Kopf wurde weggespickt. Als sie sah, daß ihr der Streich gelungen war, sprach sie: «Jetzt ist alles gut für mich, du wirst mir jedenfalls nicht mehr gefährlich sein; aber wie soll ich deinen großen, schrecklichen Körper aus dem Loche bekommen?» Und sie begann entschlossen und kräftig zu ziehen. Wenn die Frau nicht so stark und mutig gewesen wäre, die Arbeit wäre ihr nie gelungen. Sie schleppte den Riesen vom Baume weg. Dann fand sie ein Loch und begrub den Körper, und nun brauchte sie sich nicht mehr zu fürchten. Sie nahm das Bündelchen mit den beiden Sprößlingen und legte es in das Loch hinein. Dann gab sie dem Kind und auch dem jungen Hund zu trinken. Das Türchen des Baumes schloß sie zu. Ehe einer entdeckt hätte, daß dort eine Öffnung war, hätte sie ihn erschießen können.

So verbrachte sie nun ihr Leben, sammelte Honig und Himbeeren und alles, was ihr Herz erfreute. Zur nächsten Stadt hatte sie nicht weit; dort konnte sie die Sachen kaufen, die sie brauchte. Die Zeit schlich vorüber, und mit jedem Jahr, das vorbeiging, wurde das Kind größer. Es war noch nicht getauft. Und es gab nur eine Möglichkeit: daß sein Großvater Conall Golb es taufe.

Etwa sieben Jahre waren vergangen. Eines Tages war die Tante auf dem Heimweg von der Stadt, da begegnete ihr ein Mann. Sie sprachen eine Weile miteinander. Die Tante fragte ihn, ob er irgend etwas Neues wisse. Er sagte nein; nur daß der König ein Fest veranstalte an einem bestimmten Tage. «Es wird große Kampfspiele geben», sagte er, «und die ganze Provinz wird dabei sein.» «Werden viele Leute dort sein?» — «Oh, Massen von Leuten», sagte er und ging weiter. Als sie wieder zu dem Kämmerchen im Walde kam, da waren der Junge und sein Hund beim Spiel um den Baum herum. «Bringst du eine Neuigkeit mit dir, Tante?» fragte der Junge. «Nein, mein Sohn», sagte sie, «aber es wird große Kampfspiele geben auf dem Königshof. Hättest du Lust hinzugehen, um zu sehen, ob du Gesellschaft fändest?» — «O ja», sagte der Junge, «wenn du selbst Lust hast.» — «Natürlich», sagte sie; «außerdem habe ich noch einen andern Grund, um hinzugehen.»

Sowie der bestimmte Tag kam, machte sie sich mit dem Knaben und dem Hunde auf zum

Königshof. Als sie das Feld erreichten, wo die Spiele stattfinden sollten, waren bereits große Scharen von Leuten versammelt, die von Osten und Westen gekommen waren. König Golb saß auf einem Stuhl. Das Spiel sollte nach gewöhnlicher Regel abgehalten werden. Als es Zeit war, wurde ins Horn gestoßen, und die Spieler stellten sich in der Mitte des Feldes auf. Der Junge schaute ihnen zu. Sein Herz hatte er fast im Munde, so sehr reizte es ihn, selber mitzuspielen. Er erhob sich von seinem Platz und ging zu einem der Spieler hin. «Gibst du mir für eine Weile deinen Schlagstock?» fragte der Junge. «Den gebe ich dir gewiß nicht», sagte der andere, «denn ich brauche meinen Stock selbst.» Da ging der Junge zu einer großen Ginsterhecke und brach vom Busche einen schönen Ast ab, den man gut für das Spiel brauchen konnte. Dann ging er dahin, wo der Ball hingeschlagen worden war, und schlug ihn mit dem Stock weg. Da sauste der Ball wie ein Windstoß durch die Schar hindurch direkt ins Tor hinein. Das war ein guter Schlag. Aber er selbst war so schnell wie der Ball. Bevor einer der Spieler seinen Stock bewegte, hatte er den zweiten Schlag geschlagen, und der Ball flog in entgegengesetzter Richtung in das entgegengesetzte Tor hinein. In diesem Augenblick stand der König auf. Seine Augen blickten wild herum und sein Anblick war schrecklich. Er sprach mit lauter Stimme: «Woher kommt dieser *blonde Schlingel*», rief er, «der uns das Vergnügen des Tages verdorben hat?» — «Dank sei dir», sagte die Tante. «Jetzt, König, sieh dich vor. Du hast ihm nun den Namen gegeben.»* Mit diesen Worten ergriff sie den Finn, nahm ihn auf den Rücken und rannte davon, so schnell sie konnte. Sie wußte genau, daß man sie verfolgen würde. Wenn man sie erwischte, war ihnen der Tod sicher.

Nach einer Weile wurde sie müde. Als Finn merkte, daß sie nachgab, sagte er: «Du bist ermüdet, Tante.» — «Ja, mein Sohn», sagte diese. «Laß mich von deinem Rücken hinunter», sagte Finn, «vielleicht daß uns dann die Flucht gelingt. Komm *du* jetzt auf meinen Rücken. Ich will dich eine Strecke weit tragen.» Finn besaß die Gabe eines Helden. Seine Glieder waren so stark wie die eines erwachsenen Mannes. Er hob die Tante auf seinen Nacken. Über jeder Schulter trug er ein Bein, denn sie war lang und groß, und er glaubte, das sei die beste Art, sie zu tragen. Wie ein Blitz machte er sich davon und kümmerte sich weder um Baum noch Busch, bis er bei dem Baumkämmerchen anlangte. Als er zum Eingang kam, zu der kleinen Türe, ließ er die Last, welche er auf seinem Rücken trug, herunter. Aber es war von ihr nichts mehr übrig geblieben als zwei Stückchen von ihren beiden langen Schienbeinen. Der übrige Teil von ihr war an den Bäumen zerschmettert worden. Da setzte er sich traurig nieder und weinte. «Noch nie war ich allein bis heute», sagte er, «von nun an muß ich selber für mich sorgen.»

* Finn = der Blonde.

Als der Hund sah, wie traurig sein Kamerad war, fing er auch an zu klagen. Davon wurde Finns Schmerz nur noch größer. Aber es nützte ihm nichts, zu klagen und zu weinen, er mußte jetzt etwas für sich selbst tun. Er begrub die Schienbeine der Tante in einem Loch unter dem Baume, und nach einigen Tagen hatte er sich so weit beruhigt, daß er den Ort verlassen und sich der großen Welt zuwenden konnte. Er und sein Hund Bran verließen den Baum. Der Hund war so klug und so gelehrt wie irgendein Gelehrter, nur daß er nicht sprechen konnte. Sie wanderten, bis der Tau und die Späte des Abends über sie kamen, die Weiße Stute* unter dem Schatten des Blattes ging, während das Blatt vor ihr zurückwich. Endlich erblickte Finn nicht weit von sich ein kleines Haus. Er verdoppelte seine Schritte, und als er zum Hause kam, ging er sofort hinein. Drinnen war niemand zu sehen als ein uralter, verwitterter Greis. Zu allem Übel war er auf einem Auge blind. Er drehte sich gegen die Türe, und als er den flotten Burschen in der Tür erblickte, sprach er: «Sei willkommen, mein Sohn, dich brauche ich gerade. Komm hierher zum Feuer und setz dich auf den Stuhl. Ich habe gerade einen Salm hier am Spieß, um ihn zu braten. Sieben Jahre habe ich versucht, ihn zu fangen; denn es ist der Salm, der im Roten Wasserfall gelebt hat. Tag und Nacht habe ich nicht geruht und nicht geschlafen, weil ich stets hoffte, ich würde ihn erwischen. Und jetzt, wo ich ihn

* der Mond.

am Spieß habe, werde ich vom Schlaf übermannt. Setz dich auf den Stuhl und übernimm die Sorge für den Salm. Aber paß auf, daß kein Glied rot bleibt noch verbrennt; sonst wird es dir übel ergehen.» Da setzte sich Finn auf den Stuhl, ohne besonders mit sich zufrieden zu sein. Der halbblinde Wicht streckte sich quer vor der Innenseite der Türe hin, daß Finn nicht unbeachtet hinausschleichen konnte. Nicht lange lag er dort, als ein schwerer Schlaf auf ihn niederfiel. Er mußte nun den Heldenschlaf schlafen, den Schlaf von sieben Tagen und sieben Nächten. Finn saß da, auf seine Fersen gekauert, und beobachtete den Salm aufs schärfste. Plötzlich erhob sich eine große Brandblase auf dem Salm, und Finn erschauerte — darüber braucht man sich nicht zu verwundern. Er drückte den Daumen seiner rechten Hand auf die Brandblase, um sie hineinzudrücken. Aber dabei verbrannte er sich seinen Daumen. Er steckte ihn in den Mund und fing an, daran zu lutschen, um die Brandschmerzen zu vertreiben. Aber als er so lutschte, da bekam er das Wissen, welches er brauchte. Er fand heraus, daß der Wicht schlief und daß er nicht erwachen werde, bis sieben Tage und sieben Nächte vergangen wären. Er fand heraus, daß er und sein lieber Hund sich an dem Salm satt essen müßten und an dem Weizenbrot, welches in irgendeinem Loch steckte. Wenn er genug Salm gegessen hätte, müßte er den Spieß, an dem der Salm gebraten worden, im Feuer glühend machen und ihn dann mit Leibeskräften durch das gesunde Auge des Wichtes stechen. Er müßte selbst gut aufpassen und auf der Seite nach außen stehen, damit er dem Zorn und der Zauberkunde des Wichtes entfliehen könne. Als Finn all dies Wissen erlangt hatte, legte er den Salm auf die Platte, schaute sich nach dem Brot um und fing dann mit seinem lieben Hündchen zu essen an. Sie füllten sich die Bäuche, denn sie hatten den Bissen wirklich nötig, sie waren ja den ganzen Tag auf der Reise gewesen. Als Finn den Bauch voll hatte, stand er auf, um den Spieß zum Glühen zu bringen. Er sparte nicht mit dem Feuer. Wie es ihm schien, der Spieß sei nun rot genug, schlich er zur Türe und machte einen schnellen Sprung über den Wicht hinaus. Dann drehte er sich um, suchte das gesunde Auge des Wichtes und drückte Spieß und Auge durch den Kopf hindurch. Der Wicht zuckte zusammen, schnellte mit höchster Zauberkraft auf und schrie mit rauher, gräßlicher Stimme: «Deine Kunststücke sollen dir nichts nützen, du junger Hund!» Er tat nichts anderes als den Ring abnehmen, welchen er am Finger trug, und warf ihn gegen Finn. Da heftete sich der Ring an Finns Finger, und jedesmal, wenn der Wicht, der den Spieß im Auge hatte, rief, antwortete ihm der Ring. Und wenn es dann dem Wicht mißlang, Finn zu ergreifen, rief er: «Wo bist du, mein Ring?» Und der Ring antwortete: «Ich bin an Finns Finger.» Finn merkte, wie schlimm es um ihn stand, und versuchte mit aller Gewalt, den Ring vom Finger zu reißen.

Aber es ging nicht. Der Wicht brachte ihn in immer größere Not, und schließlich hatte er ihn an den Rand einer Felsklippe gedrängt, von da gab es kein Zurück mehr. Da ersann Finn eine List. Er legte den Finger auf einen Stein und schlug mit einem andern Stein darauf, gerade an der Stelle, wo der Ring festsaß. Er schlug sich den Finger vom Knöchel und warf Finger und Ring im Namen des Teufels in den Abgrund hinunter. Und als der Wicht wieder nach seinem Ring rief und sagte: «Wo bist du denn auch, mein Ring?» antwortete dieser: «Ich stecke an Finns Finger.» Da meinte der Wicht, er hätte ihn jetzt in die Enge gedrängt, und wollte nach ihm schnappen. Aber o weh! Er stürzte kopfüber und mit großem Schwung in den Abgrund hinunter, und unten am Felsen zerschmetterte er zu Brei. Darüber war Finn froh, er drehte sich auf der Ferse und rief seinen Hund Bran zu sich, der ihm durch alle Mühsale gefolgt war und der ihm auch später folgte, bis ihn das Alter auf gerechte Weise hinweggraffte. Noch manches zauberhafte Ungeheuer tötete Finn mit der Hilfe seines lieben Hundes Bran, und in den Erzählungen heißt es, Finn habe niemals um jemand geweint, außer um den Tod seiner lieben Tante und um den Tod seines lieben Hundes Bran.

Finn machte sich nun auf den Weg zu dem Königshof seines Geschlechts, zum Hofe Cûls, des Sohnes des Art. Das war sein Vater. Natürlich wurde er freudig empfangen. Man muß annehmen, daß er dort die rechte Erziehung bekam und alles, was zu einem adeligen Helden von königlicher Herkunft gehörte. Er stand, solange er lebte, in großer Macht und großen Ehren als Herrscher über Irland.

DENIS DER KARTENSPIELER

Dort unten in Ath na Goir lebte einmal ein Mann, der hatte einen Sohn. Der Sohn aber spielte gar zu gern Karten. Er konnte und konnte nicht davon lassen. Als er wieder einmal spät in der Nacht heimging, da begegnete ihm ein junges Mädchen. Sie saß am Wegrande und hatte einen Tisch und eine Lampe bei sich. «Komm herüber zu mir», sagte das Mädchen, «wir wollen eine Partie Karten spielen.» — «Es ist zu spät», sagte Denis — denn Denis hieß der junge Mann —, «es ist zu spät, um Karten zu spielen hier am Rande des Weges mitten in der Nacht.» — «O nein», sagte jene, «setz dich hierher zu mir an den Tisch.» Er setzte sich zu ihr hin und fing an, mit ihr zu spielen. Die erste Partie gewann Denis gegen das Mädchen. Dann spielten sie eine zweite Partie. Diesmal gewann das Mädchen. «So, Denis», sagte das Mädchen, «jetzt mußt du mir ein Brieflein schreiben, daß du gegen mich gewonnen hast; mit deinem eigenen Blute mußt du es schreiben. Ich selbst will dir ein Brieflein geben, daß auch ich gegen dich gewonnen habe.» Er gab ihr das mit seinem eigenen Blute geschriebene Brieflein. Kaum hatte sie das Brieflein in der Hand, verschlang sie es und gab ihm ihr eigenes Brieflein. Dann ging Denis nach Hause. Als er spät in der Nacht heimkam, schimpfte sein Vater auf ihn und sagte, er werde ihm das Kartenspielen austreiben. Da steckte Denis seine Hand in die Tasche, zog das Brieflein hervor und gab es seinem Vater. Der las es und wußte gleich, was das Brieflein bedeutete. Aber zu seinem Sohne sagte er jetzt noch nichts.

Als der Sohn am andern Morgen aufstand, rief ihn der Vater zu sich. «Denis», sagte er, «du bist gestern nacht dem Teufel begegnet. Du hast mit ihm Karten gespielt, und er hat dir ein Brieflein gegeben, darin steht, daß er gegen dich gewonnen hat. Lauf schnurstracks zum Pfarrer.» Da lief der arme Denis so schnell er konnte zum Pfarrer und zeigte ihm das Brieflein, das er vom Teufel bekommen hatte. Aber der Pfarrer sagte, er könne ihm nicht helfen. Da ging er zu einem andern Pfarrer, einem jungen, der gerade die Priesterschule verlassen hatte. Als dieser das Brieflein gelesen, dachte er eine Weile nach. Dann sagte er: «Ich selber kann dir nicht helfen, mein armer Denis. Aber siehst du jenen Berg dort? Zuoberst auf seinem Gipfel wohnt ein Pfarrer, der gibt sich mit nichts anderem ab als mit Teufelsgeschäften; wenn *der* nicht helfen kann, dann weiß ich wirklich nicht, wie es dir ergehen soll.» Da machte sich Denis auf den Weg und suchte den Pfarrer auf, der zuoberst auf dem Gipfel des Berges wohnte. Der Pfarrer begrüßte ihn freundlich. «Es ist ein rechtes Glück für mich», sagte er, «daß ich in dir einen Kameraden finde. Was bekümmert dich?» Da erzählte ihm Denis, wie er vom Teufel das Brieflein bekommen habe. «Oh, das macht nichts», sagte der Pfarrer, «ich will sehen, ob etwas für dich zu tun ist.»

Am nächsten Tage, als Denis sein Frühstück gegessen hatte, kam der Pfarrer mit einem andern Brieflein zu ihm und sagte: «So, jetzt mach dich auf die Socken; wirf diesen Brief vor dir auf den Weg und folg ihm, wohin auch immer er dich führen mag. Der Brief wird dich zu den Pforten der Hölle führen», sagte der Pfarrer, «und wenn der Teufel das Tor aufmacht, streck ihm den Brief hin.»

Wie der Pfarrer gesagt hatte, so kam es. Denis streckte den Brief dem Teufel hin, als der die Pforte aufgetan hatte; und der Teufel las den Brief. Darauf rief er nach dem jungen Mädchen, dem Denis sein Brieflein gegeben hatte. Sie kam, und der Teufel gebot ihr, dem Burschen sein Brieflein zurückzugeben. Aber das Mädchen wollte es nicht tun. Da drohte der Teufel ihr, er wolle sie in den schrecklichsten Höllenpfuhl werfen, wenn sie das Brieflein nicht zurückgebe. Aber wieder sagte das Mädchen, es wolle das Brieflein nicht zurückgeben. «Gut», sagte der Teufel, «dann werfe ich dich in das Bett von brennendem Schwefel, das für den

Pfarrer siedet, der zuoberst auf dem Gipfel des Berges wohnt.» Um Gottes willen — bevor sie das täte, gäbe sie dem Burschen doch lieber das Brieflein zurück. Denis nahm es und verließ die Hölle.

Der Pfarrer, der zuoberst auf dem Gipfel des Berges wohnte, ließ Denis wieder zu sich rufen; er wollte erfahren, wie es ihm ergangen war. Da erzählte ihm Denis von dem schrecklichen Bett, das für ihn, den Pfarrer, in der Hölle bereitstehe. «So», sagte der Pfarrer, «ich verstehe. — Da ich dich gerettet habe, mußt du jetzt auch mich retten.» Er gab Denis Säge, Axt und Messer und forderte ihn auf, ihn, den Pfarrer, zu töten. Was die Säge nicht durchschneide, das schneide die Axt durch, und was die Axt nicht durchschneide, das schneide das Messer durch. «Vier gleich große Teile mußt du aus mir machen», sagte der Pfarrer. «Das ist eine schwere Aufgabe für mich, dich töten zu müssen», sagte Denis. «Du kannst nicht ausweichen», sagte der Pfarrer, «denn da ich dich gerettet habe, mußt du auch mich retten.» Da tötete Denis den Pfarrer und machte vier gleich große Teile aus ihm. Nachdem er ihn zerschnitten hatte, ging er hin zum Bach, um seine Hände vom Blut zu reinigen. Aber als er sich wieder umdrehte, stand der Pfarrer quicklebendig neben ihm. «So, jetzt geh», sagte er zu Denis, «denn wir beide sind gerettet. Ich selbst will zum Pfarrer, der da unten wohnt.» Da gingen beide den Berg hinunter und kamen zum Hause des anderen Pfarrers. Die beiden

Priester sprachen eine Weile miteinander. Dann ging der Pfarrer, der auf dem Gipfel des Berges wohnte, zu Bett und starb. Doch bevor er starb, bat er Denis, er solle nie mehr Karten spielen. Er solle ein guter, braver Junge werden. Da ging Denis nach Hause und wollte nichts mehr wissen vom Kartenspielen.

JETZT TRAGE ICH DICH, ABER IN KURZEM WIRST DU MICH TRAGEN

Es war einmal ein alter Mann, der war sehr arm. Ein kleines Huhn und ein großer Sack waren alles, was er besaß. Er ging den ganzen Tag von einem Dorf zum andern und bettelte sein Brot.

Eines Abends kommt er zu einem Haus, und pocht an die Türe: Poch, poch . . . «Wer ist da?» — «'s ist Baptiste.» — «Und was will er?» — «Ein Plätzchen zum Übernachten, für sich und sein Huhn.» — «Hör, Baptiste, für dich haben wir schon ein Plätzchen; aber Hühnerhof haben wir keinen, wir haben nur Gänse.» — «Das macht nichts, tut das Huhn nur zu den Gänsen.» — Am Morgen, als Baptiste aufgestanden ist, will er sein Huhn holen; aber die Gänse hatten das arme Tierchen zu Tode gehackt. «Jetzt haben sie mir mein Huhn getötet», jammerte Baptiste, «und ich hatte nichts als dieses Huhn.» — «Da können wir nichts dafür, das siehst du doch ein?» — «Natürlich könnt ihr dafür. Ich geh' zum Schulzen und verklage euch.» — «Sei doch still, Baptiste — da, nimm eine Gans für dein Huhn, und laß dich nie wieder blicken.» Baptiste hat die Gans in seinen Sack geschoben und ist weitergegangen. Am Abend kommt er in ein anderes Dorf, er geht auf ein Haus zu und klopft an die Türe: Poch, poch . . . «Gänse haben wir keine, aber du kannst ja deine Gans zu den Schweinen tun.» Am Morgen, als Baptiste aufgestanden ist, will er die Gans holen, aber die Schweine hatten sie getötet und aufgefressen. «Jetzt haben sie mir meine Gans gefressen», jammerte Baptiste, «und ich hatte nichts als diese Gans.» — «Da können wir nichts dafür, das siehst du doch ein?» — «Natürlich könnt ihr dafür. Ich geh' zum Schulzen und verklage euch.» — «Sei doch still, Baptiste — da, nimm eins von unsern Schweinen für deine Gans, und laß dich nie wieder blicken.» Baptiste ist es zufrieden und zieht mit seinem Schwein ab. Am Abend kommt er in ein anderes Dorf . . . «Schweine haben wir nicht; aber vielleicht kannst du das Schwein in den Kuhstall tun.» Am Morgen, als Baptiste aufgestanden ist und sein Schwein holen will, da hatten es die Kühe so gestoßen mit ihren Hörnern, daß es tot dalag. «Jetzt haben sie mir mein Schwein getötet», jammerte Baptiste, «und ich hatte nichts als dieses

Schwein.» — «Da können wir nichts dafür, das siehst du doch ein?» — «Natürlich könnt ihr dafür. Ich gehe zum Schulzen und verklage euch.» — «Sei doch still, Baptiste — da, nimm eine von unseren Kühen für dein Schwein, und laß dich nie wieder blicken.» Am Abend kommt Baptiste zum Hause eines Pferdehändlers. Poch, poch . . . «Ich habe keine Kuh, aber du könntest ja deine Kuh in den Pferdestall stellen.» Am Morgen hatten die Pferde die Kuh so zugerichtet, daß sie tot war. «Da, nimm ein Pferd für deine Kuh, und laß dich nie wieder blicken.»

Baptiste war zufrieden. Er legte seinen Sack auf den Rücken des Pferdes, stieg hinauf und dachte: Da hab' ich nun ein schönes Pferd, wenn ich es verkaufe, so kann ich von dem Gelde behaglich leben. Am Abend kehrt er in einer Herberge ein und befiehlt, man solle sein Pferd in den Stall stellen und gut pflegen. Als aber die Magd das Pferd zum Brunnen führt, um es zu tränken, da gleitet das Pferd auf dem vereisten Boden aus — denn es war sehr kalt gewesen in der Nacht — und bricht sich ein Bein. Baptiste fängt an zu jammern und zu schimpfen, weil sein Pferd sich das Bein gebrochen hat. «Da können wir nichts dafür, das siehst du doch ein?» — «Natürlich könnt ihr dafür, eure Magd ist schuld daran. Ich gehe zum Schulzen und verklage euch.» — «Sei still, Baptiste — da, nimm die Magd als Ersatz für dein Pferd.» — «Gut, ich nehme sie mit mir.» Und er schiebt sie in seinen Sack und trägt sie auf seinem Rücken fort. Am Abend kommt er zu einem Hause. Poch, poch ... «Wer ist da?» — «'s ist Baptiste.» — «Und was will er?» — «Ein Plätzchen zum Übernachten für sich und seinen Sack.» — «Hör, Baptiste, für dich haben wir schon ein Plätzchen; aber deinen Sack stell da hinter die Türe.» Baptiste tut es und steigt die Treppe hinauf und legt sich schlafen. Die Hausfrau hatte an diesem Abend Eierkuchen gebacken für ihre Kinder, und so fragte sie: «Wer hat seinen Eierkuchen noch nicht bekommen?» — «Ich habe noch keinen, Madame», sagte eine Stimme hinter der Türe. Da wunderten sich die Leute, wer gesprochen habe, und sie guckten hinter der Türe nach und merkten, daß die Stimme aus dem Sacke kam. Sie banden ihn auf und ließen die Magd heraus. Diese erzählte, wieso sie in den Sack gekommen war. Da versteckten die Leute die Magd und legten Steine in den Sack und Grasbüschel und Erdklumpen mit Ratten und Fröschen.

Am andern Tag nahm Baptiste seinen Sack wieder auf den Rücken und ging weiter. Er sagte immer vor sich hin: «Jetzt trage ich dich, aber in kurzem wirst du mich tragen.» Und gegen Mittag, als es ihm heiß wurde, wirft er den Sack auf den Boden und sagt: «Bis zur Stunde habe ich dich getragen, jetzt trag du mich, die Reihe ist an dir.» Dann bindet er den Sack auf — und alle die Tiere, die darin eingeschlossen waren, rannten auf und davon.

Da hatte Baptiste nichts mehr, und er mußte wieder von Dorf zu Dorf gehen.

DIE GESCHICHTE VON DEM HALBEN HAHN

In einem Dorfe an der Küste des Meeres lebte mit seinen beiden Kindern, Janneken und Mieken, ein armer Fischer. Als er starb, standen die beiden Kinder ganz allein in der weiten Welt. Verwandte hatten sie keine. Als sie den alten Vater begraben hatten, wollten sie die Erbschaft teilen. Die war nun nicht sehr groß. Zwei Hühner und ein Hahn! Das war alles. Jeder bekam ein Huhn. Wie sollten sie aber den Hahn unter sich teilen?

«Wir wollen den Hahn durchschneiden, jeder bekommt dann die Hälfte», sagte Mieken.

Und das taten sie. Janneken bekam die Hälfte mit dem Kopf. Mieken die mit dem Schwanz.

Mieken rupfte ihren Teil, tat ihn in den Topf und ließ ihn sich gut schmecken.

Die Patin Jannekens aber war eine Hexe. Sie kam plötzlich durch den Schornstein in die Hütte und sagte zu ihrem Patenkinde:

«Tue deine Hahnenhälfte nicht in den Topf. Ich will sie verzaubern. Dann wird sie dir alles tun, was du nur wünschest.»

Die Hexe nahm ihren Zauberstab, bestrich die Hahnenhälfte damit und murmelte dabei allerlei Zaubersprüche. Dann verschwand sie wieder durch den Kamin.

«Das alles ist ja gut und schön», sagte Janneken zu Mieken, «aber was sollen wir nun mit der Hahnenhälfte machen?»

Mieken, die nicht auf den Kopf gefallen war, sagte:

«Wenn wir Geld haben, können wir alles. Wir wollen den halben Hahn in das Schloß des Herrn van Bruinkasteel schicken. Dort soll er uns drei Säcke mit Goldstücken holen.»

Der halbe Hahn machte sich sofort auf den Weg.

Unterwegs begegnete er zwei Dieben. Die fragten ganz erstaunt:

«Halber Hahn, wohin des Weges?»

«Ins Schloß des Herrn van Bruinkasteel.»

«Können wir dich begleiten?»

«Ja, ja, kriecht nur unter meine Federn.»

So gut es ging, versteckten sich die beiden Diebe unter den Federn des halben Hahnes.

Kurze Zeit darauf begegneten dem halben Hahn zwei Füchse. Die fragten ganz erstaunt:

«Halber Hahn, wohin des Weges?»

«Ins Schloß des Herrn van Bruinkasteel.»

«Können wir dich begleiten?»

«Ja, ja, versteckt euch nur unter meinen Federn.»

Das taten die beiden Füchse.

Nach einiger Zeit kam der halbe Hahn an einem großen Wasser vorbei. Das stellte dieselben Fragen an ihn und wollte auch mit. Der halbe Hahn hatte nichts dagegen, und gluck, gluck, verschwand das Wasser unter seinem Gefieder.

Bald war der halbe Hahn an dem Schlosse angekommen. Er klopfte an die Tür und sagte dem Diener, der ihm öffnete:

«Saget eurem Herrn, daß er mir gleich drei Säcke mit Goldstücken gebe.»

Der Diener brachte dem Herrn die Botschaft, der aber befahl, den halben Hahn in den Hühnerhof zu den andern Hühnern zu sperren.

Das tat der Diener.

Als es Nacht war, sagte der halbe Hahn zu den beiden Füchsen:

«Nun fresset alle Hühner auf.»

Das taten die beiden Füchse nur zu gern. Als am andern Morgen der Diener kam und sah, was in der Nacht geschehen war, eilte er zu seinem Herrn, um ihm alles zu erzählen. Der sagte:

«Fanget den halben Hahn und sperrt ihn in den Pferdestall.»

Das tat der Diener.

In der Nacht rief der halbe Hahn die beiden Diebe; die schwangen sich auf die besten Pferde und jagten davon.

Der Diener aber hatte sich im Stalle versteckt gehalten und alles wohl gesehen. Er erzählte es seinem Herrn. Der befahl, den halben Hahn in einen glühenden Ofen zu tun.

Aber kaum war der halbe Hahn in dem Ofen, da strömte das Wasser unter seinen Federn weg, und im Augenblick war das Feuer erloschen. Der halbe Hahn aber krähte lustig.

Da sagte der Herr van Bruinkasteel:

«Gebet dem verfluchten Tier, was es haben will, sonst verdirbt es mich und mein ganzes Haus.»

Und der halbe Hahn bekam die drei Säcke mit Goldstücken und eilte wieder nach Hause. Janneken und Mieken waren nun sehr reich und lebten lustig und ohne Sorgen noch viele, viele Jahre. Der halbe Hahn aber war immer bei ihnen und wurde von ihnen gehegt und gepflegt.

DIE WUNDERBARE BOHNENRANKE

s war einmal ein Bauer, der hatte zwei Dienstboten, die hießen Pier und Mitte*. Pier und Mitte heirateten einander. Sie pachteten ein altes Häuschen; und beim Fegen des Söllers fand Mitte eine lange, lange dünne Bohne. «Mitte», sagte Pier, «du mußt die dünne Bohne einpflanzen, wir wollen sehen, was dann herauskommt aus der dünnen Bohne.» Mitte pflanzte die dünne Bohne ein, und als die dünne Bohne eingepflanzt war, keimte sie, und sie wuchs so hoch, so hoch, daß niemand wußte, wie hoch sie eigentlich war.

«Pier», sagte Mitte, «du mußt mal nach-

* Peter und Marie.

gucken gehen, wie hoch die dünne Bohnenranke eigentlich ist, sieh nach, ob sie vielleicht bis in den Himmel wächst. Und wenn sie bis in den Himmel wächst, dann mußt du hinauf und mußt die Bitte tun, Bauer zu sein.» Pier kletterte die Bohnenranke hinauf, und nach vieler Mühe langte er im Himmel an; und er tat die Bitte. Man sagte ihm: «Kehr nur wieder heim, du bist es schon.» Aber für Mitte war das noch nicht genug. Sie sagte zu Pier: «Pier, du mußt noch einmal hinauf und mußt die Bitte tun, Schafbauer zu sein.» Pier ging und tat die Bitte. Man antwortete ihm wieder: «Kehr nur heim, du bist es schon.» Für Mitte aber war das noch nicht genug. Mitte sagte zu Pier: «Pier, du mußt darum bitten gehn, daß du König wirst und ich Königin.» Pier ging wieder hinauf und tat die Bitte. «Kehr nur heim», sagte man zu ihm, «du bist es schon.» In großer Fröhlichkeit kehrte Pier heim und war König. Und als er ein wenig König gewesen war, da sagte Mitte: «Pier, das ist doch alles nichts Rechtes. Du mußt hingehen und darum bitten, Unser Herrgott zu sein, und ich will die Jungfrau Maria sein. Du weißt ja, wir bekommen immer alles, worum wir bitten.» Pier geht und tut die Bitte. «O du törichter Mann», sagte man da zu ihm, «kehre du nur heim, du sollst ein Uhu sein und sollst schreien: dood, dood, dood; und deine Tage werden Nächte sein und deine Nächte Tage.» Pier kam herab und hatte zwei Flügel, und im Fliegen schrie er immerfort: «Dood, dood,

dood!» Mitte hatte auch zwei Flügel, und sie flog zu Pier hin und schrie: «Kierre, kierre, kierre!» Und so sind der Uhu und die Eule in die Welt gekommen.

DER KÖNIG VON ENGLAND UND SEIN PATENKIND

In England lebte einst ein König, der liebte die Jagd über alles. Schließlich fand er, es gebe nicht mehr genug Wild in seinem Lande, und er fuhr nach Frankreich, wo es an Wild nicht fehlte. Eines Tages erblickte er auf der Jagd einen wunderschönen Vogel. Er hatte noch nie einen solchen gesehen. Leise ging er näher, um ihn zu fangen, aber wie er die Hand ausstreckte, flog der Vogel auf, hüpfte von Baum zu Baum und verschwand in dem Garten eines Landhauses. Der König trat in den Garten ein, er wollte ihn verfolgen — aber es war umsonst, der Vogel entging ihm noch einmal und entschwand.

Einen ganzen Tag lang streifte der König durch die Wälder und durch die Ebene. Am Abend kam er in einen kleinen Weiler; da mußte er die Nacht zubringen. Er klopfte bei der Hütte eines armen Mannes an. Dieser nahm ihn freundlich auf und sagte ihm, gerade habe seine Frau einen kleinen Buben bekommen; aber sie hätten keinen Paten, denn sie seien arm. Als sie nun den König baten, die Patenschaft zu übernehmen, sagte er zu und gab dem Knaben den Namen Eugen. Ehe er fortging, zog er einen versiegelten Brief aus seiner Brieftasche, überreichte ihn den Eltern und sagte, sie sollten ihn ihrem Sohn geben, sobald er 17 Jahre alt sei.

Als der Knabe sechs Jahre alt war, sagte er zu seinem Vater: «Vater, Ihr erzählt mir oft von meiner Patin, warum sagt Ihr mir nie etwas von meinem Paten?» — «Mein Sohn», antwortete der Vater, «dein Pate ist ein großer Herr: es ist der König von England. Er hat mir für dich einen versiegelten Brief gegeben, den sollst du bekommen, wenn du 17 Jahre alt bist.»

Der Knabe ging zur Schule. Denn es war beim Lehrer Schulgeld für ihn abgegeben worden, ohne daß man wußte, von wem.

Endlich kam der Tag, an dem Eugen 17 Jahre alt wurde. Er stand früh am Morgen auf und sagte zu seinem Vater: «Jetzt muß ich meinen Paten besuchen gehn.» Der Vater gab ihm ein Pferd und 36 Heller, und der Junge nahm Abschied. Bevor er sich auf den Weg machte, ging er noch zu seiner Patin, die war so etwas wie eine weise Frau. «Junger Freund», sagte sie zu ihm, «wenn du einem Verwachsenen oder einem Buckligen begegnest, mußt du sofort umkehren.» Der Junge versprach ihr, dem Rate zu folgen und machte sich auf den

Weg. Er war noch nicht weit von seinem Weiler entfernt, da begegnete ihm ein Verwachsener, und er kehrte um. Am nächsten Tag begegnete ihm ein Buckliger, und er kehrte wieder um. «Morgen», dachte er, «habe ich vielleicht mehr Glück.» Aber am andern Tag traf er wieder einen Buckligen auf seinem Weg, es war einer von seinen Schulkameraden, mit Namen Adolf. «Jetzt kehre ich aber nicht noch einmal um», dachte Eugen. «Wohin gehst du?» fragte ihn der Bucklige. «Ich gehe meinen Paten besuchen, den König von England.» «Soll ich mit dir gehen?» — «Gut, komm nur mit.»

So gingen sie miteinander, und als es Abend wurde, kehrten sie in einer Herberge ein. Eugen sagte zum Stallknecht, er wolle am andern Morgen um vier Uhr weiter. Aber der Bucklige ging nachher hin und befahl ihm, das Pferd schon um drei Uhr bereitzuhalten, und schlags drei Uhr nahm er das Pferd und machte sich davon.

Eugen war sehr erstaunt, als er sein Pferd nicht mehr vorfand. «Wo ist mein Pferd?» fragte er den Stallknecht. «Euer Kamerad», antwortete der Knecht, «ist gekommen und hat mir in Eurem Auftrag befohlen, das Pferd um drei Uhr bereitzuhalten. Vor einer Stunde ist er davongeritten.»

Eugen brach sofort auf, den Buckligen zu verfolgen. Er holte ihn in einem Walde ein, in der Nähe eines Kreuzes. Der Bucklige machte halt, bedrohte Eugen und sagte zu ihm: «Wenn du dein Leben liebst, so schwöre vor diesem Kreuz, keinem Menschen zu sagen — es wäre denn drei Tage nach deinem Tode — daß du das Patenkind des Königs bist.» Eugen schwor es, dann setzten sie ihre Reise fort und kamen schließlich im Schloß des Königs von England an.

Der König glaubte, der Bucklige sei sein Patenkind und empfing ihn mit offenen Armen. Auch seinen Kameraden nahm er freundlich auf. «Wer ist dieser junge Mann?» fragte er den Buckligen. «Pate, es ist ein Schulkamerad, den ich auf die Reise mitgenommen habe.» — «Da hast du recht gehabt», sagte der König. Dann fuhr er fort: «Lieber Sohn, ich kann dir mein Versprechen nicht halten. Du weißt ja, ich wollte dir meine Tochter zur Frau geben, wenn du erst im Heiratsalter wärest. Aber sie ist mir geraubt worden. Seit elf Jahren lasse ich sie suchen auf der Erde und auf dem Meere. Niemand hat sie finden können.»

Die beiden jungen Leute bekamen Zimmer im Schloß. Alle die vornehmen Herren und Damen am Hofe hatten Eugen — den sie aber nur unter dem Namen Adolf kannten — gern: denn er war ein hübscher und geistvoller junger Mann. Aber alle haßten den Buckligen. Nur der König erzeigte ihm Liebe, denn er hielt ihn für sein Patenkind. Aber auch zu seinem Kameraden war er sehr freundlich. Das machte den Buckligen eifersüchtig. Eines Tages trat er vor den König und sagte: «Pate, Adolf hat sich gerühmt, er könne das Maultier des Riesen holen.» Der König ließ Adolf kommen: «Eugen sagt, daß du dich gerühmt hast, du könnest das Maultier des Riesen holen.» «Ich, Sire? Wie sollte ich mich dessen gerühmt haben? Ich wüßte nicht einmal, wo ich dieses Maultier suchen sollte.» — «Da kann ich nicht helfen. Wenn du es nicht herbeischaffst, wirst du auf hundert Reisigbündeln verbrannt.»

Adolf nahm etwas zu essen mit und zog traurig davon. Als er eine Weile gewandert war, begegnete ihm eine Alte, die bat ihn um ein wenig von seinem Brot. «Nehmt alles, wenn Ihr wollt», sagte Adolf, «ich habe keinen Hunger.» — «Du bist traurig, mein Freund», sagte die Alte; «ich weiß, was dir Kummer macht: du mußt das Maultier des Riesen holen. Der Riese wohnt auf der anderen Seite des Meeres. Er hat eine Amsel, man hört ihr Singen von einem Ufer zum andern. Sobald du die Amsel singen hörst, setzest du über, aber vorher nicht. Wenn du dann vor dem Riesen stehst, sprich ihn mutig an.»

Bald kam der Jüngling zum Meeresufer, aber dic Amsel sang nicht. Er wartete, bis der Vogel zu singen anfing, dann fuhr er über das Meer. Gleich kam der Riese und sagte zu ihm: «Was suchst du hier, du Schatten meines Schnurrbarts, du Staub meiner Hände?» — «Ich komme dein Maultier holen.» — «Was willst du damit?» — «Was kümmert's dich? Gib es mir.» — «Also gut, da hast du es, aber du mußt es mir eines Tages wieder geben.» Adolf nahm das Maultier, das mit einem Schritte hundert Meilen ging, und kehrte ins Schloß zurück.

Der König freute sich sehr, ihn wiederzusehen, und sagte, er wolle ihn nun nicht mehr quälen. Aber als der Bucklige von der Amsel des Riesen erzählen hörte, kam er zum König und sagte zu ihm: «Pate, Adolf hat sich gerühmt, er könne die Amsel des Riesen holen, die so schön singt und die man von weitem hört.» Der König ließ Adolf kommen. «Eugen sagt, daß du dich gerühmt hast, du könnest die Amsel des Riesen holen.» — «Ich, Sire? Das habe ich nicht gesagt, wie sollte ich es auch anstellen, sie zu fangen?» — «Da kann ich nicht helfen. Wenn du sie mir nicht bringst, wirst du auf hundert Reisigbündeln verbrannt.»

Adolf ging wieder zum Meeresufer. Sobald er die Amsel singen hörte, fuhr er hinüber und nahm den Vogel an sich.

«Was suchst du hier», sagte der Riese zu ihm, «du Schatten meines Schnurrbarts, du Staub meiner Hände?» «Ich komme deine Amsel holen.» — «Was willst du damit?» «Was kümmert's dich? Laß sie mir.» — «Also gut, behalt sie, aber du mußt sie mir eines Tages wieder geben.» Als Adolf ins Königsschloß zurückkam, da waren alle die Damen des Hofes entzückt von dem Singen der Amsel, und der König versprach dem Jüngling, ihn nun nicht mehr zu quälen.

Einige Zeit danach sagte der Bucklige zum König: «Der Riese hat eine Laterne, die erleuchtet hundert Meilen in der Runde alles Land. Adolf hat sich gerühmt, er könne diese Laterne holen und sie hierherbringen. Der König ließ Adolf kommen. «Eugen sagt, daß du dich gerühmt hast, du könnest die Laterne des Riesen holen.» — «Ich, Sire? Wie könnte ich das?» — «Da kann ich nicht helfen. Wenn du mir diese Laterne nicht bringst, wirst du auf hundert Reisigbündeln verbrannt.»

Adolf ging und war bald am Meeresufer. Die Amsel war nicht mehr da, und niemand gab ihm ein Zeichen, wann es Zeit sei, über das Wasser zu fahren. So wagte er es denn auf gut Glück, und ging, sobald er am andern Ufer ankam, geradewegs zum Riesen. «Was suchst du hier», sagte der Riese zu ihm, «du Schatten meines Schnurrbarts, du Staub meiner Hände?» «Ich komme deine Laterne holen.» — «Was willst du damit?» — «Was kümmert's dich? Gib sie mir.» — «Also gut, da hast du sie, aber du mußt sie mir eines Tages zurückgeben.» Der Jüngling dankte dem Riesen und machte sich auf den Rückweg. Als er in die Nähe des Königsschlosses kam, machte er halt, und wartete die Nacht ab, dann ging er weiter und hielt die Laterne hoch, da erleuchtete sie das ganze Land. Der König war voll Freude und versprach Adolf wieder, ihn nicht mehr zu quälen.

Eine Zeitlang wurde Adolf in Ruhe gelassen. Bis schließlich der Bucklige zum König sagte: «Adolf hat sich gerühmt, er wisse wo Eure Tochter sei und er könne sie Euch zurückholen.» Der König ließ Adolf kommen: «Eugen sagt mir, daß du dich gerühmt hast, du wissest, wo meine Tochter sei und könnest sie mir zurückholen.» — «Ach, Sire, Ihr habt sie überall suchen lassen, auf der Erde und auf dem Meere, und niemand hat sie finden können. Wie sollte ich es fertigbringen, der ich hier fremd bin?» — «Da kann ich nicht helfen. Wenn du sie mir nicht bringst, wirst du auf hundert Reisigbündeln verbrannt.»

Bekümmert machte Adolf sich auf den Weg. Er traf wieder die Alte, die ihm schon einmal geholfen hatte. Sie sprach: «Der König will, daß du ihm seine Tochter zurückholst. Geh jetzt noch einmal zum Riesen.» Also fuhr Adolf wieder über das Meer, kam zum Riesen und fragte ihn, ob er wisse, wo die Königstochter sei. «Ja, das weiß ich», antwortete der Riese. «Sie ist im Schloß der Königin mit den Silberfüßen. Aber um sie zu erlösen ist vieles nötig. Geh erst einmal und verlang vom König mein Maultier, meine Amsel und meine Laterne zurück. Und dann laß ein Schiff bauen, 300 Klafter lang, 300 Klafter breit und 150 Klafter hoch. In diesem Schiff muß ein Zimmer sein und in dem Zimmer ein Webstuhl. Und, das ist das wichtigste, es darf kein Eisen und kein Stahl an dem Schiffe sein, der König mag es machen wie er kann.»

Adolf ging zum König und erzählte ihm, was der Riese gesagt hatte. Da ließ der König Handwerker kommen und befahl ihnen, ein Schiff zu bauen, 300 Klafter lang, 300 Klafter breit und 150 Klafter hoch. In dem Schiff solle ein Zimmer sein und in dem Zimmer ein Webstuhl, und das alles ohne Eisen und Stahl.

In 48 Stunden war das Schiff fertig. Aber der Bucklige hatte einen Handwerker bestochen, eine Eisenklammer darin anzubringen.

Adolf brachte das Schiff dem Riesen. «Es ist Eisen in deinem Schiff», sagte der Riese. «Nein», antwortete Adolf, «es ist keines darin.» «Hier an dieser Stelle hat es Eisen,» sagte der Riese, «bring das Schiff dem König zurück, er solle einen Handwerker mit Hammer und Meißel kommen lassen, dann wird man sehen, ob ich die Wahrheit sage.» Kaum hatte der Handwerker seinen Meißel an jener Stelle angesetzt und ein einziges Mal mit dem Hammer darauf geschlagen, zerbrach der Meißel. Man zog die Eisenklammer heraus, und als Adolf mit dem Schiff zum Riesen zurückkam, hatte der nichts weiter auszusetzen. «Jetzt», sagte er, «müssen noch 300 Laibe Brot in das Schiff, 300 Pfund Fleisch, 300 Sack Hirse, 300 Pfund Flachs, und dazu 300 Jungfrauen. Der König ließ die 300 Jungfrauen in der Stadt London und in der Umgebung zusammensuchen. Als man sie gefunden hatte, brachte man sie aufs Schiff, und so auch das Brot, das Fleisch und alles andere, und Adolf ging wieder zum Riesen. Der gab dem Schiff einen Stoß mit der Schulter, und das Schiff stieß mehr als zweihundert Meilen ins Meer. Adolf stand am Steuer. Unter der Kommandobrücke saßen die 300 Mädchen und spannen und der Riese wob.

Plötzlich erblickte man in der Ferne einen großen Berg, der war ganz schwarz. «Aha», sagte Adolf, «da sind wir.» — «Nein», sagte der Riese, «das ist das Reich der Fische. Daß sie dich durchlassen, mußt du sagen, du seist ein französischer Prinz auf Reisen.»

«Was suchst du hier?» fragten die Fische den Jüngling. «Ich bin ein französischer Prinz auf Reisen.» — «Prinz oder nicht Prinz, du wirst nicht durchgelassen.» Da warf Adolf ihnen Brotlaibe zu. Alle Fische schossen gleichzeitig danach und ließen ihn durch. Er war noch nicht weit, da sagte der König der Fische zu seinem Volk: «Es war wenig höflich von uns, daß wir uns bei dem Prinzen nicht bedankt haben, der uns in unserer Not geholfen hat. Eilt ihm nach und heißt ihn zurückkommen.» Als die Fische mit dem Jüngling zurückkamen, sagte der König zu ihm: «Da habt Ihr eine von meinen Gräten. Wenn Ihr einmal Hilfe braucht, werde ich zur Stelle sein, ich und mein Königreich.»

«Nun», fragte der Riese, «was hat dir der Fischkönig gegeben?» — «Er hat mir eine von seinen Gräten gegeben. Aber was soll ich mit einer Fischgräte anfangen?» «Steck sie in die Tasche; du wirst sie einmal brauchen können.»

Bald tauchte wieder ein Berg auf, der war noch schwärzer als der erste. «Wollen wir nicht anlegen?» fragte der Jüngling. «Nein», antwortete der Riese, «das ist das Reich der Ameisen.»

Die Ameisen hatten den Tornister auf dem Rücken und exerzierten. Sie schrien Adolf an: «Was suchst du hier?» — «Ich bin ein französischer Prinz auf Reisen.» — «Prinz oder nicht Prinz, du wirst nicht durchgelassen.» Adolf warf ihnen Hirse zu. Die Ameisen stürzten sich auf die Körner und ließen den Jüngling durch. «Es war wenig höflich von uns», sagte der König der Ameisen, «daß wir uns bei dem Prinzen nicht bedankt haben. Eilt hin und ruft ihn zurück. Als Adolf zu ihm zurückkam, sprach der Ameisenkönig zu ihm: «Prinz, sieben Jahre lang hat unsere Not gedauert. Ihr habt uns für eine Weile daraus erlöst. Da habt Ihr einen von meinen Füßen. Wenn Ihr einmal Hilfe braucht, werde ich zur Stelle sein, ich und mein Königreich.»

«Was hat dir der Ameisenkönig gegeben?» fragte der Riese. «Er hat mir einen von seinen Füßen gegeben. Aber was soll ich mit einem Ameisenfuß anfangen?» — «Steck ihn in die Tasche: du wirst ihn einmal brauchen können.»

Einige Zeit darauf erschien in der Ferne ein Berg, der war noch größer und noch schwärzer als die beiden ersten. Sind wir jetzt endlich am Ziel?» fragte Adolf. «Nein», sagte der Riese, «das ist das Reich der Ratten.»

«Was suchst du hier?» schrien die Ratten. «Ich bin ein französischer Prinz auf Reisen.» «Prinz oder nicht Prinz, du wirst nicht durchgelassen.» Adolf warf ihnen Brot zu, und die Ratten ließen ihn durch. «Es war wenig höflich von uns», sagte der König der Ratten, «daß wir uns bei dem Prinzen nicht bedankt haben. Eilt hin und ruft ihn zurück.» Als der Jüngling zurückkam, sagte der König zu ihm: «Wir danken Euch sehr, daß Ihr uns in unserem Elend beigestanden seid. Da habt Ihr ein Haar aus meinem Schnurrbart. Wenn Ihr einmal Hilfe braucht, werde ich zur Stelle sein, ich und mein Königreich.»

«Nun», fragte der Riese, «was hat dir der Rattenkönig gegeben?» — «Er hat mir ein Haar aus seinem Schnurrbart gegeben. Aber was soll ich damit?» — «Steck es in die Tasche: du wirst es einmal brauchen können.»

Das Schiff fuhr weiter, da kam wieder ein großer Berg in Sicht. «Müssen wir hier nicht anlegen?» fragte der Jüngling. «Nein», sagte der Riese, «das ist das Reich der Raben.»

«Was suchst du hier?» fragten die Raben. «Ich bin ein französischer Prinz auf Reisen.» «Prinz oder nicht Prinz, du wirst nicht durchgelassen. Adolf warf ihnen Fleisch zu, und die Raben ließen ihn durch. «Es war wenig höflich von uns», sagte der König der Raben, «daß wir uns bei dem guten Prinzen nicht bedankt haben. Eilt ihm nach und heißt ihn zurückkommen.»

Der Junge wurde also zurückgeholt und vor den König geführt, und der sagte: «Ihr habt uns einen großen Dienst erwiesen, und wir danken Euch dafür. Da habt Ihr eine von meinen Federn. Wenn Ihr einmal Hilfe braucht, werde ich zur Stelle sein, ich und mein Königreich.»

«Was hat dir der Rabenkönig gegeben?» fragte der Riese. «Er hat mir eine von seinen Federn gegeben. Aber was soll ich mit einer

Rabenfeder anfangen?» — «Steck sie in die Tasche: du wirst sie einmal brauchen können.»

Nach einiger Zeit sichtete Adolf einen Berg, der war noch größer und schwärzer als alle andern. «Jetzt», sagte er, «sind wir endlich an unserem Ziel.» «Nein», sagte der Riese, «das ist das Reich der Riesen.»

«Was suchst du hier?» schrien die Riesen. «Ich bin ein französischer Prinz auf Reisen.» «Prinz oder nicht Prinz, du wirst nicht durchgelassen.» Adolf warf ihnen große Kommißbrote zu. Die Riesen lasen die Brote auf, begannen zu essen und ließen ihn durch. «Es war wenig höflich von uns», sagte der König der Riesen, «daß wir uns bei dem Prinzen nicht bedankt haben. Eilt hin und ruft ihn zurück.» Der Jüngling kam zurück, und der König sagte zu ihm: «Wir danken Euch, daß Ihr uns geholfen habt. Wir waren so weit, daß wir bald einer den andern aufgegessen hätten. Da habt Ihr ein Haar aus meinem Barte. Wenn Ihr einmal Hilfe braucht, werde ich zur Stelle sein, ich und mein Reich.» — «Die werden mir nützlicher sein als die andern», sagte sich Adolf, «sie sind groß und stark.»

«Und nun», fragte der Riese, «was hat dir der Riesenkönig gegeben?» — «Er hat mir ein Haar aus seinem Barte gegeben. Was soll ich damit?» — «Steck es in die Tasche: du wirst es einmal brauchen können.»

«Jetzt», fuhr der Riese fort, «ist das nächste Land, das wir sehen werden, das der Königin mit den Silberfüßen. Du mußt geradewegs zum Schlosse gehen. Die Türe wird durch die Tochter des Königs von England bewacht. Sie ist in eine Löwin verzaubert und sprüht Feuer aus den Augen, aus den Nüstern und aus dem Rachen. In dem Schloß sind 36 Zimmer. Du mußt zuerst in das Zimmer links gehen, dann in das rechts, und so immer weiter.»

Sie kamen im Land der Königin mit den Silberfüßen an, und Adolf ging hin zum Schloß. Als er über die Schwelle schritt, leckte ihm die Löwin die Hände, statt ihm etwas zuleide zu tun. Sie wußte, daß ihr Erlöser gekommen war. Der Jüngling ging von einem Zimmer zum andern, zuerst in das links, dann in das rechts, und so immer weiter, bis er in das letzte kam; da saß die Königin mit den Silberfüßen.

«Was suchst du hier?» sagte die alte Königin zu ihm. «Ich komme die Prinzessin holen.» — «Auch dich sollte man in ein Tier verwandeln, zur Strafe für deine Kühnheit. Weißt du, daß es viel braucht, um die Prinzessin zu erlösen? Zuallererst will ich 300 Pfund Flachs haben, der muß von 300 Jungfrauen gesponnen sein.» Adolf brachte ihr die 300 Pfund Flachs und zeigte ihr die 300 Jungfrauen, die ihn gesponnen hatten. «Gut», sagte die Königin. «Jetzt sieh den großen Berg da. Du mußt ihn abtragen und an seiner Stelle einen schönen Garten anlegen, voller Blumen und mit Bäumen, die schon reife Früchte tragen. Und das alles in 48 Stunden.»

Adolf ging zum Riesen und fragte ihn um Rat. Der rief das Reich der Riesen herbei und das Reich der Ameisen, das Reich der Ratten und das Reich der Raben. Mit vier oder fünf Handgriffen hatten die Riesen den Berg abgetragen. Die Trümmer warfen sie ins Meer. Dann machten sich die Ameisen und die Ratten daran, die Erde zu durchwühlen und zuzubereiten. Die Raben holten in der Ferne die Blumen und die Bäume, und alles war fertig, noch ehe die von der Königin gesetzte Frist abgelaufen war. Adolf ging zu der alten Königin hin und sagte ihr, sie solle in den Garten kommen. Sie konnte nichts daran aussetzen, aber sie murmelte und schimpfte leise vor sich hin. «Das ist nicht alles», sagte sie zu dem Jüngling. «Du mußt mir das Lebenswasser und das Todeswasser bringen.»

Adolf fragte wieder den Riesen. Aber der konnte ihm diesmal keinen Rat geben: er war der alten Königin nicht gewachsen. «Die Raben», sagte er, «wissen vielleicht etwas.» Man schlug Generalalarm bei den Raben. Sie versammelten sich, aber keiner wußte eine Antwort. Da bemerkte man, daß zwei alte Soldaten beim Appell fehlten, La Chique und La Ramée. Man ließ sie kommen. La Ramée, der besoffen war, erklärte, er wisse nicht, wo das Wasser sei, es sei ihm übrigens ganz egal. Man steckte ihn ins Gefängnis. Nun erschien La Chique, noch stärker betrunken. Man fragte ihn, wo das Wasser sei. Er antwortete, das wisse er wohl, aber zuerst müsse man seinen Kameraden aus dem Gefängnis holen. Adolf ließ ihn befreien. Dann gab er La Chique

50 Franken, um auf seine Gesundheit zu trinken, und La Chique führte ihn in einen unterirdischen Gang. An einem Ende floß das Lebenswasser, am andern Ende das Todeswasser. Auf den Rat von La Chique stellte man am Eingang des unterirdischen Ganges Wachen auf; denn die alte Königin werde Tauben schicken, welche die Flaschen mit dem Wasser zerbrechen sollten. Wirklich kamen die Tauben; aber die Raben waren stärker als sie und ließen sie nicht heran. Nun sagte der Riese zu dem Jungen: «Zuerst mußt du der Königin das Lebenswasser reichen und ihr sagen, sie solle der Prinzessin ihre frühere Gestalt zurückgeben. Dann wirf der Alten das Todeswasser ins Gesicht, so wird sie sterben.»

Adolf ging zur alten Königin; sie sagte zu ihm: «Hast du mir das Lebenswasser und das Todeswasser gebracht?» — «Ja», antwortete Adolf. «Hier ist das Lebenswasser.» — «Gut. Wo hast du nun das Todeswasser?» — «Zuerst gebt der Prinzessin ihre frühere Gestalt zurück, dann sollt Ihr das Todeswasser bekommen.»

Die Königin tat, was er verlangte, und die Löwin wurde ein schönes junges Mädchen, geschmückt mit Perlen und Diamanten; sie umarmte Adolf und dankte ihm, daß er sie erlöst hatte. «Und nun», sagte die alte Königin, «gib mir das Todeswasser.» Adolf warf es ihr ins Gesicht, und sie fiel tot um. Da machte sich der Jüngling mit der Prinzessin auf den Weg nach England und schickte einen Kurier voraus, um dem König ihre Ankunft anzumelden.

Die Freude war groß im Königsschloß. Alle die vornehmen Hofdamen kamen zur Prinzessin und beglückwünschten sie. Und sie umarmte eine nach der andern. Der Bucklige ging auch zu ihr hin und wollte sie umarmen. Sie aber sagte: «Geh weg. Du bist häßlich.»

Beim Abendessen sagte der König zur Prinzessin: «Liebe Tochter, ich habe dich meinem Patenjungen zur Frau versprochen. Ich denke, du möchtest nicht, daß ich wortbrüchig werde.» — «Vater», antwortete die Prinzessin, «laßt mir noch acht Tage, um meine Andacht zu verrichten.» Der König war einverstanden.

Als die acht Tage vorbei waren, sagte die Prinzessin dem König, sie habe einen Ring ins Meer fallen lassen, den sie von der Königin mit den Silberfüßen hatte, und sie müsse vor allem andern diesen Ring wieder haben. Der Bucklige, den es eifersüchtig machte, daß die Prinzessin Adolf bevorzugte, ging zum König und sagte zu ihm: «Pate, Adolf hat sich gerühmt, er könne den Ring der Prinzessin aus dem Meere holen.» Gleich ließ der König Adolf rufen: «Eugen sagt mir, daß du dich gerühmt hast, du könnest den Ring der Prinzessin aus dem Meere holen.» — «Nein, Sire, das habe ich nicht gesagt. Ich wüßte nicht, wie es anstellen.» — «Da kann ich nicht helfen. Wenn du mir den Ring nicht bringst, wirst du auf hundert Reisigbündeln verbrannt.»

Adolf ging traurig weg und suchte den Riesen auf, ihm seinen Kummer zu erzählen. «Ich hatte mir eigentlich vorgenommen, nichts mehr für dich zu tun», sagte der Riese. «Ich will dich aber doch nicht in der Patsche lassen. Ich will die Fische zusammenrufen.» Man schlug Generalalarm bei den Fischen. Sie kamen in Massen; aber keiner wußte, wo der Ring war. Da bemerkte man, daß zwei alte Soldaten beim Appell fehlten, La Chique und La Ramée. Man ließ sie kommen. La Ramée, der besoffen war, erklärte, er wisse nicht, wo der Ring sei, es sei ihm übrigens ganz egal. Man steckte ihn ins Gefängnis. Nun erschien La Chique, noch stärker betrunken. Er sagte, er habe den Ring in seinem Tornister; aber zuallererst müsse man La Ramée aus dem Gefängnis holen. Als sein Kamerad frei war, gab La Chique dem Jungen den Ring. Adolf gab ihm 100 Franken und ließ ihn auf seine Gesundheit trinken. Dann lief er zum König und brachte ihm den Ring.

«Ich denke, meine Tochter», sagte der König, «du wirst nun zufrieden sein. Morgen sollst du Hochzeit halten.» — «Ich bin noch nicht so weit», sagte die Prinzessin. «Vorher muß man mir noch das Schloß der Königin mit den Silberfüßen hierher bringen.» Sogleich machte man sich daran, das Fundament zu legen, und der Bucklige, der immer eifersüchtiger auf Adolf wurde, ging zum König und sagte: «Pate, Adolf hat sich gerühmt, er wisse, wie man das Schloß der Königin mit den Silberfüßen hierher bringen könne ohne einen einzigen Riß und Kratzer.» Der König ließ Adolf kommen: «Eugen sagt mir, daß du dich gerühmt hast, du könnest das Schloß der Königin mit den Silberfüßen hierher bringen ohne einen einzigen Riß und Kratzer.» — «Nein, Sire, das habe ich nicht gesagt. Wie sollte ich es auch anstellen?» — «Da kann ich nicht helfen. Wenn du es nicht tust, wirst du auf hundert Reisigbündeln verbrannt.»

Adolf, voller Verzweiflung, ging wieder zum Riesen. Der sagte: «Verlange zuerst vom König, er solle ein großes Schiff bauen lassen.» Das Schiff wurde gebaut, und Adolf ging mit dem Riesen an Bord. Der Riese rief das Reich der Ameisen, das Reich der Ratten und das Reich der Riesen herbei. Die Ameisen und die Ratten lösten das Schloß von seinem Fundament; vier Riesen hoben es auf und trugen es auf das Schiff; dann wurde das Reich der Fische herbeigerufen, damit sie das Schiff stützten.

Am englischen Königshof waren alle entzückt, Adolf wieder zurückkommen zu sehen, und das Schloß wurde auf das Fundament gestellt, das man dem Königsschloß gegenüber angelegt hatte. Der König sagte nun zu seiner Tochter: «Jetzt wirst du hoffentlich Eugen heiraten.» — «Vater», antwortete die Prinzessin, «gebt mir noch einige Zeit. Ich bin noch nicht so weit.»

Die Prinzessin verbarg es nicht, daß sie den Buckligen nicht ausstehen konnte, und dieser wurde immer eifersüchtiger auf Adolf. Eines Tages sagte er zu ihm: «Komm, wir wollen zusammen auf die Jagd in den Hirschwald.» Als der Bucklige mit Adolf im Walde war, schoß er von hinten auf ihn und streckte ihn nieder. Dann grub er ein Loch und verscharrte ihn.

Als der König Adolf nicht zurückkehren sah, fragte er den Buckligen, was aus ihm geworden sei. «Ich weiß es nicht», sagte der Bucklige, «er wird fort sein in die weite Welt. Wahrscheinlich wurde es ihm langweilig, es sich hier wohlsein zu lassen.» Die Prinzessin war voll Verzweiflung; aber sie ließ es ihren Vater nicht merken und bat ihn um die Erlaubnis, in den Hirschwald auf die Jagd gehen zu dürfen. Der König wollte sie, damit kein Unfall vorkomme, durch vierzig Bereiter begleiten lassen, aber sie bat ihn, allein gehen zu dürfen.

Als sie in den Wald kam, sah sie Raben, die rings um ein Loch herumflatterten. Sie trat hinzu und erkannte den armen Adolf. Die Raben hatten ihn schon halb verzehrt. Die Prinzessin fing zu weinen an und zu schluchzen. Endlich besann sie sich, daß sie ein Fläschchen mit Lebenswasser bei sich hatte. Sie rieb den Toten damit ein, und der Jüngling stand auf und war voll Leben und Gesundheit. Es war der dritte Tag nach seinem Tode.

Die Prinzessin ging mit Adolf zum Schloß zurück. Sie versteckte ihn in einem ihrer Zimmer und ging zum König. «Vater», sagte sie zu ihm, «würde es Euch Freude machen, Adolf zu sehen?» — «Was sagst du mir da, liebe Tochter?» antwortete der König, «Adolf ist fort und will bis ans Ende der Welt reisen. Er kann nicht so bald zurück sein.» — «Nun denn», sagte die Prinzessin, «laßt alle Türen des Schlosses schließen, stellt Wachen davor, und folgt mir.»

Der König folgte der Prinzessin in ihr Zimmer, sie zeigte ihm den Jüngling, und der sagte zu ihm: «Sire, ich heiße nicht Adolf. Ich bin Eugen, Euer Patenjunge.» Dann zog er aus seiner Brusttasche den Brief, den der König seinen Eltern gegeben hatte, zeigte ihn dem König und sagte: «Kennt Ihr diese Schrift?» Als der König vernahm, was vorgegangen war, ließ er den Buckligen auf hundert Reisigbündeln verbrennen, und Eugen heiratete die Prinzessin. Und ich, ich stand Schildwache vor der Türe der Prinzessin. Es ist mir aber langweilig geworden, und da bin ich davongegangen.

PETIT-JEAN UND DIE RÄTSELPRINZESSIN

Es war einmal ein König von Frankreich, der hatte eine Tochter, die den ganzen Tag nichts anderes tat, als Rätsel lösen und schwierige Aufgaben aller Art. Sie hatte es darin so weit gebracht, daß sie gar nichts mehr finden konnte, das ihr schwer genug war. Was man ihr auch vorlegte, es mochte so verwickelt und dunkel sein wie es wollte, für sie war es ein Kinderspiel.

Da ließ sie im ganzen Königreich bekanntmachen: Wer ihr ein Rätsel aufgeben könne, das sie nicht in drei Tagen löse, den wolle sie zum Gemahl nehmen, ganz gleich, wer er sei; könne sie das Rätsel aber lösen, so müsse der Rätselsteller sein Leben lassen.

Da kam aus dem ganzen Königreich, und selbst aus fernen Ländern, eine große Schar von Freiern; es waren aller Art Leute dabei, Prinzen und Köhler und Dorfschneider, und alle hielten ihre Rätsel für unlösbar. Die Prinzessin stand auf einem hohen Balkon im Hofe des Königsschlosses. Sie trug ein rotes Kleid, hatte eine goldene Krone auf dem Kopf und einen diamantenen Stern auf der Stirne. In der Hand hielt sie einen weißen Stab und blickte so hochmütig und grausam wie eine Tyrannin. Rings im Hofe hingen an den Mauern und Pfählen die Körper und Skelette ihrer Opfer. Gewöhnlich gab die Prinzessin gleich vom Balkone herunter ihre Antworten, und sofort wurde der arme Freier von vier wild blickenden Knechten ergriffen und unbarmherzig gehängt.

In der Gegend von Tréguier lebte ein junger Edelmann namens Fanch de Kerbrinic. Der war nicht der Klügsten einer und wollte doch auch hingehen und der Prinzessin ein Rätsel aufgeben. Er wohnte ganz allein mit seiner alten Mutter auf seiner Burg Kerbrinic. Die Mutter tat alles, was sie konnte, um ihren Sohn von seinem kühnen Vorhaben abzubringen; aber es war umsonst.

Eines Tages, als Fanch de Kerbrinic zur Jagd auszog, traf er auf der Landstraße einen Soldaten, der aus dem Krieg zurückkam und Petit-

Jean hieß. Der Soldat grüßte den Jäger, sie begannen miteinander zu plaudern und gingen in ein Wirtshaus, da tranken sie ein paar Schoppen Most und schlossen nähere Bekanntschaft. Petit-Jean war ein Schlaukopf. Er merkte bald, wie gescheit sein neuer Kamerad war. Er erzählte ihm große Dinge von seinen Reisen und schilderte ihm weitläufig alle die Schönheiten, Wunder und Vergnügen der fernen Städte und Länder, die er bereist hatte. Fanch de Kerbrinic, der nie weiter als bis Tréguier oder Lannion gekommen war, lauschte verdutzt und geblendet den Erzählungen und Beschreibungen des Soldaten.

«Wie steht es eigentlich, Monseigneur», sagte endlich Petit-Jean zu ihm, «habt Ihr nicht auch daran gedacht, zur Königstochter zu gehen und ihr ein Rätsel aufzugeben? Schmuck und geistvoll, wie Ihr seid, kann es nicht fehlen, daß Ihr mit ihr fertig werdet; bisher hat sie es ja nur mit Dummköpfen zu tun gehabt.»

«Ich habe schon daran gedacht», antwortete der junge Herr von Kerbrinic, «aber meine Mutter will mich nicht ziehen lassen.» — «Aha, Ihr habt also daran gedacht? Dann werdet Ihr sicher ein schönes Rätsel parat haben.» — «Ja natürlich, zwei sogar.» — «Um so besser. Wollt Ihr sie mir nicht sagen?» — «Das will ich schon, aber ich bitte Euch, sagt sie ja nicht weiter, sonst könnte am Ende ein anderer vor mir zur Prinzessin kommen mit meinen Rätseln und sie mir vor der Nase wegschnappen.» — «Habt keine Angst, ich werde Euer Geheimnis nicht verraten: auf mein Soldatenwort!» — «Also! Hier ist das erste:

Rat, was werf' ich übers Haus —
Das Ende bleibt mir in der Hand»*.

«Ein Fadenknäuel. Das ist viel zu leicht, das kann ja ein fünfjähriges Kind raten. Und nun, das andere!»

«Ich werfe eines übers Haus,
Ich sehe nach: da sind es drei»**.

«Ein Ei! Wenn man es zerschlägt, findet man das Weiße, das Gelbe und die Schale — das sind die drei. Nein, damit ist's nicht weit her; um es mit der Prinzessin aufzunehmen, langt das nicht. Aber nehmt mich mit Euch, folgt genau meinen Ratschlägen, und ich bürge Euch für den Erfolg. Ihr werdet die Prinzessin überwinden und sie heiraten und König von Frankreich sein.»

«Sicher?» fragte der Herr von Kerbrinic, voll Verwunderung.

«Ich bürge mit meinem Kopf dafür», sagte der Soldat. «Also gut, kommt mit mir zum Abendessen und übernachtet in der Burg von Kerbrinic, sprecht mit meiner Mutter und bringt sie dazu, daß sie mich mit Euch gehen läßt.» — «Das will ich tun; aber Ihr müßt mir

* Devinn a dolan dreist ann ti,
Ha me krog'n eur penn anezhi.

** A dolan unan dreist an ti
Pa'z an da welet, kavan tri.

versprechen, morgen früh mit mir zu kommen, ob Eure Mutter es wolle oder nicht.» — «Das verspreche ich Euch. Wir ziehen morgen miteinander aus, komme, was da wolle.»

Und sie machten sich auf nach der Burg von Kerbrinic und waren schon die besten Freunde von der Welt. Die alte Schloßherrin nahm den Gast, den ihr Sohn mitbrachte, wohl auf und hörte ihm gerne zu, als er von seinen Reisen und Abenteuern erzählte. Das Gespräch kam auch auf die Königstochter, die berühmte Rätsellöserin. Petit-Jean sagte, daß man im ganzen Königreich von nichts anderem spreche als von ihr; sie sei von einer wunderbaren Schönheit, er habe sie gesehen, und er wundere sich nur, daß der junge Herr nicht auch sein Glück versuchen wolle, wo er doch alle Aussicht auf Erfolg habe, jung und schön und geistvoll, wie er sei.

Aber die alte Edelfrau war anderer Meinung und sagte zu dem Soldat: «Bitte verdreht meinem Sohn den Kopf nicht mit dergleichen Verrücktheiten. Ich habe es ihm mehr als einmal gesagt und sage es noch einmal: Nie werde ich ihm gestatten, sich in ein so gefährliches Abenteuer einzulassen.» — «Ich will mit meinem Kopf für alles bürgen», sagte darauf Petit-Jean, «laßt Euren Sohn morgen früh mit mir ausziehen, und ich will ihn Euch als König von Frankreich wieder heimbringen.» — «Niemals!» antwortete die Mutter, «lieber möchte ich ihn gleich jetzt vor meinen Augen sterben sehen.» Dann stand sie vom Tische auf und verließ den Speisesaal. Fanch de Kerbrinic und

Petit-Jean blieben noch eine Weile sitzen und schwatzten und tranken miteinander. Alsdann legten sie sich schlafen, fest entschlossen, am andern Morgen den Weg nach Paris unter die Füße zu nehmen.

Die alte Edelfrau fühlte wohl, daß ihr Sohn weggehen werde und daß sie umsonst versuchte, ihn zurückzuhalten. Deshalb ging sie zu einer alten Hexe, die in einer Hütte nahe der Burg von Kerbrinic wohnte, und verlangte von ihr einen Trank, der die Kraft habe, auf der Stelle zwei Personen zu töten, die sie sich vom Halse schaffen wolle. Die Hexe gab ihr den Trank in einem Fläschchen und sagte ihr, daß sie sich darauf verlassen könne; der Trank wirke mit unheimlicher Schnelligkeit. Darauf legte die Frau von Kerbrinic sich schlafen, ohne irgend jemand etwas zu sagen.

Am andern Morgen standen Fanch de Kerbrinic und Petit-Jean früh auf und machten sich zur Abreise fertig. Als sie ihre Pferde bestiegen, kam die alte Edelfrau auf sie zu. In der einen Hand hielt sie ein Fläschchen und in der andern ein Tablett mit zwei Gläsern. Sie sagte zu ihrem Sohn: «Du bleibst also taub für die Ratschläge deiner Mutter und willst sie verlassen; so nimm wenigstens etwas von diesem Trank. Sie hat ihn mit ihren eigenen Händen zubereitet, und er wird dich kräftigen für die gefährliche Reise, die du vorhast.» Sie schenkte ihm von dem Gifttrank ein, den die alte Hexe zubereitet hatte, und bot auch Petit-Jean davon an. Dann schlug sie die Augen nieder und tat, als ob sie weinte. Aber

Petit-Jean kam der Trank verdächtig vor, er witterte Verrat und sagte leise zu seinem Kameraden, dessen Pferd das seinige berührte: «Trinkt nicht! Tut nur so, und schüttet den Trank ins Ohr eures Pferdes.» Und sie leerten beide ihre Gläser in die Ohren ihrer Pferde, ohne daß die Alte etwas davon merkte, dann ritten sie im Galopp davon. «Auf Wiedersehn, mein Sohn, und viel Glück!» sagte die Frau von Kerbrinic und war erstaunt, daß sie nicht wie vom Blitz erschlagen niederfielen; «aber weit werden sie nicht kommen», dachte sie.

Unsere zwei Freunde ritten eilig dahin, bis gegen Abend. Aber kurz vor Sonnenuntergang fielen ihre Pferde plötzlich um und waren tot. Da gingen die beiden Reisenden ein Stück Weges zurück und übernachteten in einem Wirtshause, das an der Straße stand. Am andern Morgen machten sie sich bei Sonnenaufgang wieder auf den Weg. Als sie an der Stelle vorbeikamen, wo ihre Pferde tot umgefallen waren, sahen sie, daß vier Elstern auf ihnen lagen. Die waren ebenfalls tot. «Da seht Ihr, wie das Gift wirkt», sagte Petit-Jean zu seinem Kameraden. Er ergriff zwei von den Elstern und sagte zu Fanch de Kerbrinic, er solle die zwei andern nehmen, sie würden ihm noch zustatten kommen.

Bald darauf kamen sie zu einem großen Walde. Da sie die Wege nicht kannten, traten sie in eine Gemeindebackstube und fragten, welches die kürzeste Straße nach Paris sei. Es waren viele Frauen von den umliegenden

Gehöften da, die machten ihren Teig fertig, um ihn dann im Ofen zu backen. Der Bäcker antwortete den beiden Reisenden, der schnellste Weg führe mitten durch den Wald hindurch; aber in dem Wald hause eine Räuberbande, welche die Reisenden ausplündere. Es gebe noch eine andere Straße, die sei sicherer, aber viel länger; sie gehe um den Wald herum, und wer vorsichtig sei, wähle gewöhnlich diese Straße. «Wir gehen den kürzesten Weg, wir gehen durch den Wald», sagte Petit-Jean. Dann bat er die Frauen, die in der Backstube waren, ihm etwas von ihrem Teig zu geben, jede ein Stückchen, das würden sie im Walde essen, wenn sie über Nacht da bleiben müßten. Die Frauen gaben ihm von dem Teig. Er machte acht kleine Kuchen daraus, und in jeden tat er eine halbe Elster, von denen, die sie auf ihren toten Pferden gefunden hatten. Als die Kuchen gebacken waren, steckten sie sie in ihre Taschen und schickten sich an, ihre Reise fortzusetzen. Aber es dunkelte schon, und der Bäcker sagte, sie sollten lieber den andern Weg einschlagen, es sei nicht gut, um diese Zeit noch in den Wald zu gehen. «Bah», sagte Petit-Jean, «die Räuber machen uns nicht Angst», und sie brachen auf und gingen kurzentschlossen in den Wald hinein.

Im Walde stießen sie ein paarmal auf Kreuzwege und verirrten sich. Es wurde Nacht. Mehr als vor den Räubern fürchteten sie sich vor den Tieren des Waldes, die sie von Zeit zu Zeit heulen hörten. Lange waren sie aufs Geratewohl dahingegangen, da sahen sie auf einmal am Ende eines Hohlweges ein Licht, und sie gingen darauf zu. Als sie näher kamen, erblickten sie sechzehn Männer, die saßen auf Steinen und Baumstrünken rund um ein großes Feuer herum und brieten am Spieß einen dicken Hammel. «Das sind die Räuber», sagte der Herr von Kerbrinic, «wir wollen uns davonmachen.» — «Ja woher!» antwortete Petit-Jean; «wir wollen im Gegenteil Bekanntschaft mit ihnen schließen und sie bitten, uns zu ihrem Abendsitz und zu ihrem Braten einzuladen. Meistens sind das gar nicht so üble Leute, wie man behauptet.» Petit-Jean trat in den Kreis, den Hut in der Hand, und sagte: «Verzeiht, meine Herren, wenn ich euch belästige. Wir sind zwei arme Reisende und haben uns im Walde verirrt; und weil wir gehört haben, daß es da Räuber gibt, bitten wir euch, uns zu erlauben, die Nacht über in eurer Gesellschaft zu bleiben und uns an eurem Feuer zu wärmen, denn die Nacht ist kalt.» Die Räuber schauten einander an und lächelten auf den Stockzähnen, und der, welcher der Häuptling zu sein schien, antwortete: «Nehmt in dem Kreise Platz, und fürchtet nichts von den Räubern, solange ihr in unserer Gesellschaft seid. Morgen früh bringen wir euch wieder auf den richtigen Weg.» Der Kreis weitete sich, und Petit-Jean und sein Kamerad setzten sich ruhig nieder. Sie zogen die Pfeifen aus der Tasche und begannen gemütlich zu rauchen und zu plaudern, ganz wie die andern. Als der Hammel gar war, nahm man ihn vom Spieß, und jeder schnitt sich das Stück ab, das er gerne mochte. Petit-Jean und der Herr von Kerbrinic wurden eingeladen, es auch so zu halten, und sie ließen es sich nicht zweimal sagen. Der ganze Hammel war im Nu verschwunden. Nun sprach Petit-Jean: «Da ihr uns so freundlich eingeladen habt, euer Mahl zu teilen, wollen wir euch auch geben, was wir haben. Es ist nur wenig, aber es kommt von Herzen.» Und er gab den Räubern die acht Kuchen; sie teilten sie untereinander und aßen sie auf der Stelle. Aber gleich wurden sie von heftigen Bauchschmerzen gepackt, sie standen auf, drehten sich um sich selber, rollten in das Feuer und kamen darin um. Petit-Jean und sein Kamerad fanden einen großen Koffer, der war voller Gold und Kleinodien. Sie stopften sich die Taschen voll. Als es Tag wurde, gingen sie weiter.

Bald darauf kamen sie in eine Stadt, da war Markttag. Sie kauften sich beide ein Pferd.

Als sie noch etwa zwölf Meilen von Paris entfernt waren, sagte Petit-Jean zu seinem Kameraden: «Nun sind wir bald in Paris. Wir müssen an unser Geschäft denken. Habt Ihr jetzt ein Rätsel gefunden, das Ihr der Prinzessin aufgeben könnt und das nicht nur ein Kinderspiel ist?» — «Ich weiß nichts anderes, als was ich Euch schon gesagt habe», antwortete der Herr von Kerbrinic. «So will ich Euch eines sagen. Paßt gut auf und gebt Euch Mühe, es zu behalten. Ihr müßt zu der Prinzessin sagen: ‚Als wir von zu Hause weggingen, waren wir vier. Von den vieren sind zwei gestorben. Von den zwei sind vier gestorben. Aus den vieren haben wir acht gemacht; von den acht sind sechzehn gestorben. und jetzt sind wir wieder unserer vier zu Euch gekommen.‘ Versteht Ihr?» — «Nein, meiner Treu, nichts verstehe ich. Ich bitte Euch, erklärt mir, was das alles bedeuten soll.» — «Nichts ist einfacher. Als wir von Eurer Burg Kerbrinic weggingen, waren wir vier, Ihr und ich und unsere zwei Pferde.» — «Ja.» — «Von den vieren sind zwei gestorben: das sind unsere zwei Pferde, die starben von dem Gift, das wir ihnen bei der Abreise in die Ohren gossen.» — «Ich verstehe.» — «Von den zwei sind vier gestorben; das sind die vier Elstern, die wir am andern Morgen tot auf den Pferden fanden.» — «Jawohl.» — «Aus den vieren haben wir acht gemacht; das sind die acht Kuchen, die wir mit den vier Elstern vergiftet haben.» — «Aha.» — «Von den acht sind sechzehn gestorben; das sind die sechzehn Räuber, die von den Kuchen vergiftet wurden und starben.» — «Das ist wahr.» — «‚Und jetzt sind wir wieder unserer vier zu Euch gekommen‘: wir haben ja mit dem Gelde der Räuber zwei Pferde gekauft, und diese Pferde und wir machen zusammen wieder vier, so wie wir von Kerbrinic weggingen: ist das nicht klar?» — «Sonnenklar! Und doch wird es die Prinzessin nie erraten!» — «Nun wiederholt mir das Rätsel, denn Ihr müßt es lernen, damit Ihr es der Prinzessin aufgeben könnt.» — «Ja, ich will es Euch wiederholen, nichts ist leichter: Als wir von zu Hause weggingen, waren wir vier. Von den vieren sind zwei gestorben. Von den zwei sind drei gestorben —» — «Nein, nein, so ist es nicht! Hört noch einmal, und dann sagt es schnell nach.» Petit-Jean sprach das Rätsel noch einmal vor, und das sehr schnell. Kerbrinic wollte es ihm nachtun. aber er verhaspelte sich wieder. Solange sie noch auf der Straße ritten, übte er und übte er, und als sie nach Paris kamen, da brauchte er noch einmal zwei Tage, bis er es ordentlich hersagen und erklären konnte. Am dritten Tage sagte Petit-Jean zu ihm: «So, jetzt geht ins Schloß, laßt Euch vor die Prinzessin führen und gebt ihr das Rätsel auf. Aber nehmt Euch in acht, daß Ihr nichts falsch macht.» — «Ihr könnt ruhig sein, ich kann's jetzt so gut aufsagen und erklären wie Ihr.»

Der Herr von Kerbrinic zog also seine schönsten Festkleider an, ging zum Königsschloß und klopfte munter an. Der Pförtner sprach zu ihm: «Was wollt Ihr, guter Herr?» — «Ich bin gekommen, der Prinzessin ein Rätsel aufzugeben.» — «Gut, folgt mir.» Er grüßte die Prinzessin mit einer tiefen Verbeugung. «Ihr seid gekommen, mir ein Rätsel aufzugeben?» fragte sie ihn und schaute hochmütig drein. «Ja, Prinzessin, ich bin gekommen, Euch ein Rätsel aufzugeben. Und ein schweres, Ihr werdet gleich sehen.» — «Ihr wißt doch, was Euer wartet, wenn ich das Rätsel löse — und ich werde es lösen.» — «Ich weiß es, Prinzessin; aber ich habe keine Angst, Ihr werdet mein Rätsel nicht lösen.» — «Also gut; laßt hören.» Und Kerbrinic sagte sein Rätsel herunter, sehr schnell und auf bretonisch folgendermaßen: «Pa oamp dent euz ar gêr, ez oamp pevar; a bevar e varvaz daou; euz a daou a varvaz pevar; euz a bevar a oe grêt eiz; euz a eiz a varvas c'huezec, hag ez omp deut c'hoas pevar d'ho kwelet. Petra eo kement-se?»

Die Prinzessin schien verlegen. Sie dachte ein wenig nach, dann bat sie: «Sagt es mir bitte noch einmal; ich fürchte, ich habe nicht alles richtig gehört.» Kerbrinic wiederholte sein Rätsel, einmal, und dann noch einmal. Die Prinzessin schien sehr verwirrt; sie war ja sonst gewohnt, jede Aufgabe, die man ihr vorlegte, auf der Stelle zu lösen. Endlich sagte sie, sie wolle in drei Tagen die Antwort geben. «Ja», fragte Kerbrinic, «doch wie steht es, können mein Diener und ich, mit unsern zwei Pferden, während dieser Zeit im Schlosse wohnen und essen?» — «Ja, ja», antwortete die Prinzessin, «ich will Befehl dazu erteilen.» Da verabschiedete sich Kerbrinic, ging zu Petit-Jean und erzählte ihm, wie alles abgelaufen war; und noch am selben Abend konnten die beiden sich im Schloß einrichten, samt ihren Pferden.

Die Prinzessin hatte sich in ihr Studierzimmer zurückgezogen und forschte in ihren Büchern nach, in den großen und in den kleinen. Aber sie konnte lange suchen und Berechnungen anstellen und nachdenken, sie verstand rein nichts von Petit-Jeans Rätsel und war bei schrecklicher Laune. Da kam sie auf den Gedanken, daß vielleicht der Diener das Geheimnis seines Meisters kenne und daß es möglich wäre, es ihm mit Geld abzulocken und so aus der Verlegenheit zu kommen. Sie schickte also eine ihrer Kammerzofen mit hundert Talern zu Petit-Jean. Petit-Jean war gerade im Stall und besorgte die Pferde. Die Kammerzofe ging zu ihm hin und sprach: «Meine Herrin schickt mich zu Euch, ich soll Euch fragen, ob Ihr etwa die Lösung des Rätsels kennt, das Euer Herr ihr vorgelegt hat.» — «Ja, natürlich kenne ich sie», antwortete Petit-Jean, «aber ich werde sie keinem Menschen verraten.» — «Und wenn man Euch gut bezahlte dafür? Ich habe hier hundert Taler . . .» — «Geld! das ist es wirklich nicht, was mir fehlt, davon habe ich soviel ich will!» Und er zeigte ihr eine Handvoll Gold, von dem, das sie den Räubern abgenommen hatten. «Was wollt Ihr denn?» — «Nun, Ihr seid so hübsch und liebenswürdig, daß ich Euch etwas zuliebe tun will. Kommt heute abend zwischen zehn und elf Uhr in mein Zimmer, dann will ich Euch das Geheimnis meines Herrn sagen, und die hundert Taler könnt Ihr für Euch behalten.» Zuerst machte das Fräulein Umstände; aber das Ende war, daß sie zu kommen versprach, wenn ihre Herrin es ihr erlaube. Sie ging zur Prinzessin und teilte ihr Petit-Jeans Bedingung mit. Die Prinzessin sagte, sie müsse das Geheimnis um jeden Preis wissen, das Hoffräulein solle also zu dem Rendezvous gehen. Sie versprach ihr hundert Taler dafür.

Petit-Jean erzählte Kerbrinic alles und sagte zu ihm: «Mein Zimmer liegt über dem Euren, Ihr braucht nur gut aufzupassen und die Ohren zu spitzen, so werdet ihr hören, wenn die Zofe der Prinzessin bei mir eintritt. Wenn sie etwa eine halbe Stunde dagewesen ist, will ich laut husten, dann müßt Ihr gleich anfangen Lärm zu machen, müßt fluchen und herumwettern und sagen, man wolle Euch bestehlen. Dann kommt in mein Zimmer herauf, mit wütendem Gesicht und dem blanken Degen in der Hand.» Kerbrinic versprach, alles so zu machen, wie Petit-Jean es ihm sagte.

Gegen zehn Uhr gingen die beiden Freunde auf ihre Zimmer, als wollten sie schlafen gehen. Kurz darauf hörte Petit-Jean an seiner Türe ein leises Klopfen. «Aha», dachte er, «die Zofe der Prinzessin», und ging öffnen. Sie war es wirklich. Er bat sie einzutreten und sagte: «Das lasse ich mir gefallen, Ihr seid so pünktlich, wie Ihr schön seid!», und er wollte ihr einen Kuß geben. «Nein, nein!» rief sie und wich einen Schritt zurück. «Ja, dann werdet Ihr das Geheimnis meines Herrn nicht erfahren.» — «Also gut — wenn es nicht anders geht!» Und sie ließ sich einen Kuß geben und sprach: «Jetzt sagt mir das Geheimnis Eures Herrn.» — «Sachte, sachte, so eilig ist das nicht. Ich will es Euch schon anvertrauen, morgen früh, wenn Ihr von hier fortgeht.» — «Morgen früh!! Aber ich geh doch gleich wieder fort!» — «Ganz wie es Euch paßt. Nur werdet Ihr dann eben nichts erfahren.» Da gab sie nach und blieb, um die hundert Taler der Prinzessin zu bekommen und die andern hundert, die Petit-Jean ihr versprochen hatte, und weil sie den Zorn ihrer Herrin fürchtete.

Petit-Jean hieß sie sich ausziehen und ins

Bett gehen ohne Hemd; denn er habe, sagte er, einen Schwur getan, niemals das Hemd einer Frau zu berühren. Dann rollte er alle ihre Kleider zusammen und schob das Paket, ohne daß sie etwas davon merkte, unters Bett. Eine Weile darauf hustete er laut. Gleich hörte man auf der Treppe einen schrecklichen Spektakel. «Diebe! Diebe!» schrie es, und entsetzliche Flüche folgten. «Was ist das, um Gottes willen?» fragte die Zofe und starb fast vor Schreck. «Es ist mein Herr», antwortete Petit-Jean, «ein jähzorniger Mensch. Er ist betrunken, wie gewöhnlich; in diesem Zustand ist er nicht gemütlich. Er steigt die Treppe herauf, er kommt hierher — bringt Euch in Sicherheit, aber schnell, schnell!...» — «Wo sind meine Sachen?» fragte die arme Kammerzofe, als sie in aller Eile und ganz verwirrt aus dem Bett stieg. «Ich weiß nicht, Ihr habt keine Zeit, Euch noch anzukleiden, nur fort, nur fort!...» Vor Angst fast von Sinnen, stürzte sie hinaus, nackt, wie sie war, und ließ ihre Kleider und ihr Geld im Stich. Zum Glück war es dunkel in den Gängen, und sie konnte ohne irgendeine unangenehme Begegnung in ihr Zimmer gelangen. Sie zog sich rasch an und begab sich zu ihrer Herrin: «Nun», sagte diese, «bringt Ihr mir des Rätsels Lösung?» — «Ach, leider nein! Das ist ein Bösewicht und Betrüger, der verdiente, gehängt zu werden. Er hat mir überhaupt nichts von dem Rätsel verraten, und das Geld hat er behalten.» Was ihr sonst noch passiert war, davon sagte sie nichts.

Die Prinzessin ärgerte sich sehr. Den Rest der

Nacht und den ganzen andern Tag verbrachte sie damit, die Lösung des Rätsels zu suchen, oder wenigstens ein Mittel, Petit-Jean zum Sprechen zu bringen. Aber sie fand nichts Besseres, als in der nächsten Nacht ein anderes Hoffräulein mit der doppelten Summe Geldes zu dem pfiffigen Burschen zu schicken, die sollte wieder versuchen, ihn zu verführen. Um es kurz zu machen: Es ging ihr genau so wie der ersten, sie büßte Kleider und Geld ein und kam splitternackt von ihrem Abenteuer zurück, ohne das geringste von dem Rätsel zu wissen.

In der dritten Nacht, es war die letzte, entschloß sich die Prinzessin, selber Petit-Jean aufzusuchen. Es ging ihr nicht besser als ihren Hofdamen. Auch sie mußte ohne Hemd wieder weggehen, ohne die Lösung des Rätsels und bitter gedemütigt. Dazu ließ sie sechshundert Taler in den Händen von Petit-Jean. Und am andern Morgen lief die Frist ab! Sie war wütend und wußte nicht, welchem bösen Geist sie sich verschreiben sollte.

Am Morgen erschienen der Herr von Kerbrinic und Petit-Jean vor der Prinzessin. «Die drei Tage, die Ihr Euch ausgebeten habt, Prinzessin, sind vorbei», sagte Kerbrinic zu ihr, «und nun komme ich, zu hören, ob Ihr mir mein Rätsel erklären könnt.» Die Prinzessin mußte zugeben, daß sie besiegt war. Sie bat den Herrn von Kerbrinic, ihr sein Rätsel zu erklären. Aber der hatte Angst, sich zu verwickeln, und ließ es durch Petit-Jean erklären, der leicht von Begriff war und eine gewandtere Zunge hatte als er. Die Prinzessin mußte zugeben, daß alles stimmte. Es kam sie aber schwer an, denn bisher hatte ihre Fertigkeit im Rätsellösen sie noch nie im Stich gelassen. «Ich hoffe, schönste Prinzessin», sagte Kerbrinic in liebenswürdigstem Ton zu ihr, «daß es nun Eure Absicht ist, aufs genauste und völligste die Vertragsbedingungen zu erfüllen, die wir miteinander ausgemacht haben . . .» — «Gewiß», antwortete sie; «aber da Ihr so gelehrt seid und so schlau, möchte ich Euch vorher noch eine Aufgabe stellen.» — «Gern», sagte Kerbrinic, dem Petit-Jean ein Zeichen gegeben hatte, er solle nur annehmen; «sprecht, ich bin bereit.» — «Also denn», sagte sie und zeigte auf einen großen Sack, «füllt mir diesen Sack mit Wahrheiten. Nachher will ich nichts weiteres mehr verlangen, und die Hochzeit soll gleich gefeiert werden.» — «Gut», antwortete Kerbrinic, «ruft auf morgen früh um zehn Uhr Euren ganzen Hof zusammen, und ich werde Euch vor aller Welt den Sack mit Wahrheiten füllen.» — «Einverstanden», sagte die Prinzessin, «auf morgen früh.»

Am andern Tage um zehn Uhr füllte eine große Versammlung den Königssaal. Der alte König saß auf dem Throne, die Krone auf dem Haupt, das Szepter in der Hand. Zu seiner Linken die Königin und zur Rechten die Prinzessin, seine Tochter. Kerbrinic und Petit-Jean standen zu Füßen des Thrones, und neben sich hatten sie den Wahrheitssack. «Was mag da nur drin sein?» fragte man sich voller Ungeduld. Jetzt nahm der König das Wort und sprach:

«Also, Herr von Kerbrinic, habt Ihr Euren Sack mit Wahrheiten gefüllt?» — «Ja, Sire, er ist voll von Wahrheiten», antwortete Kerbrinic. «Gut, so zeigt sie uns.» — «Ja, Sire, mein Diener wird sie Euch zeigen.» Petit-Jean knüpfte den Sack auf, und zu aller Erstaunen zog er als erstes einen Frauenrock heraus und hielt ihn in die Höhe, daß jedermann ihn sehen konnte. Dann fragte er: «Erkennt irgend jemand unter den Anwesenden diesen Rock als sein Eigentum?» Niemand machte Anspruch auf den Rock. Da wandte sich Petit-Jean an die Kammerzofe der Prinzessin: «Es scheint mir doch, mein Fräulein, dieser Rock gleiche dem, den Ihr in den letzten Tagen getragen habt.» Das arme Kind wurde rot, ließ den Kopf hängen und sagte nichts. Nun zog Petit-Jean aus seinem Sack auch noch ihre Unterröcke heraus, das Mieder, die Strümpfe und endlich ihr Hemd, alles nacheinander, und jedesmal fragte er: «Wem gehört das?» Man kicherte und scherzte um die Wette, und die arme Hofdame starb fast vor Scham und Verlegenheit. «Da ist also eine Wahrheit aus dem Sack heraus», sagte Petit-Jean; «wir können zu einer andern übergehen.» Er langte wieder hinein und zog einen andern Rock aus dem Sack, einen Seidenrock, und fragte: «Erkennt eine von den Damen diesen Rock als den ihren?» Alles sah, daß es der Rock einer Hofdame war, und man kam immer mehr ins Lachen. Die Hofdame wollte weggehen; aber der König hielt sie auf und sagte: «Niemand soll diesen Saal verlassen, bevor der

Sack geleert ist.» Und Petit-Jean zog alle Kleidungsstücke der Hofdame aus seinem Sack, eines nach dem andern, zuletzt das Hemd. Dann sagte er: «Zwei Wahrheiten sind jetzt aus meinem Sack heraus; wir können zu der dritten übergehen.» Aber da erhob sich die Prinzessin und sagte in befehlendem Tone: «Genug! Kein Wort mehr! Ich verbiete es Euch.» — «Laßt mich doch meinen Sack leeren», versetzte er, «das Schönste ist zuunterst. Ich zeige Euch nun . . .» Aber die Prinzessin stieg hastig die Stufen ihres Sessels hinunter und nahm ihn beim Arm: «Kein Wort mehr, sage ich Euch, macht Euren Sack zu!» Jedermann wunderte sich sehr. Der König aber merkte, daß es weiser war, den Sack nicht ganz zu leeren, und er sagte zu Petit-Jean: «Gehorcht der Prinzessin.» Dann wandte er sich an Fanch de Kerbrinic: «Mein Herr von Kerbrinic, Ihr seid der geistvollste und gelehrteste Mann in meinem Königreich. Mit Freuden nehme ich Euch zum Schwiegersohn. In 14 Tagen soll die Hochzeit gefeiert werden. Aber macht uns bitte das Vergnügen und erklärt hier, vor meinem ganzen Hofe, Euer Rätsel. Es ist das wunderbarste, von dem man je gehört hat.» — «Gern, lieber Schwiegervater», antwortete Kerbrinic. Und er erklärte sein Rätsel noch einmal — das heißt, er ließ es durch Petit-Jean aufsagen und erklären. Die ganze Versammlung klatschte Beifall.

Am andern Tag schickte man eine schöne vergoldete Karosse nach der alten Burg von Kerbrinic, um die Frau von Kerbrinic abzuholen.

Bald darauf wurde die Hochzeit gefeiert. Acht Tage lang und noch länger gab es nichts als Feste, Spiele und Gastmähler. Nach einem Monat schon starb der alte König — weil er zu viel gegessen und getrunken hatte und zu lustig gewesen war, sagen die bösen Zungen — und Fanch de Kerbrinic folgte ihm auf dem Throne und wurde König von Frankreich, dank der Klugheit von Petit-Jean. Deshalb vergaß er ihn nicht und machte ihn zu seinem ersten Minister.

DIE SCHÖNE JEANNETON

Ich weiß ein Märchen.

Es waren einmal ein König und eine Königin von Frankreich, die hatten einen Sohn so schön wie der Tag. Der ging jeden Morgen bei Tagesgrauen auf die Jagd, mit hundert berittenen Jägern und siebenhundert Jagdhunden. Nie kam er vor Sonnenuntergang wieder heim.

Eines Abends kehrte das Pferd des Königssohns von Frankreich allein zurück. Sein Herr hatte sich von seinen Leuten entfernt und mitten im Walde verirrt. Die Nacht war schwarz, und die Wölfe heulten. Da kletterte der Königssohn von Frankreich in den höchsten Wipfel einer großen Eiche und hielt nach allen vier Himmelsrichtungen Ausschau. — Nichts.

Der Königssohn von Frankreich stieg herunter aus dem Wipfel der großen Eiche, legte sich auf die Erde nieder und schlief ein, den blanken Degen in der Hand. Als er erwachte, ging die Sonne auf und die Vöglein sangen. Den ganzen Tag wanderte der Königssohn von Frankreich und irrte im Wald umher; er trank aus den Quellen und aß Gräser und wilde Beeren. Dann kam die schwarze Nacht. Die Wölfe heulten. Da kletterte der Königssohn von Frankreich in den höchsten Wipfel einer großen Eiche und hielt nach allen vier Himmelsrichtungen Ausschau. — Nichts.

Der Königssohn von Frankreich stieg herunter aus dem Wipfel der großen Eiche, legte sich auf die Erde nieder und schlief ein, den blanken Degen in der Hand. Als er erwachte, ging die Sonne auf und die Vöglein sangen. Den ganzen Tag wanderte der Königssohn von Frankreich und irrte im Wald umher; er trank aus den Quellen und aß Gräser und wilde Beeren. Dann kam die schwarze Nacht. Die Wölfe heulten. Da kletterte der Königssohn von Frankreich in den höchsten Wipfel einer großen Eiche und hielt nach allen vier Himmelsrichtungen Ausschau. Schließlich entdeckte er weit, weit gegen Norden zu ein Lichtlein.

Der Königssohn von Frankreich stieg herunter aus dem Wipfel der großen Eiche und wanderte lange, lange, gegen Norden zu. Eine Stunde vor Mitternacht pochte er an das Tor eines Schlosses mitten in dem großen Walde. Poch! Poch! Ein Fräulein, schön wie der Tag, kam und öffnete das Tor. «Guten Abend, mein Fräulein. Ich bin der Königssohn von Frankreich. Seit drei Tagen und drei Nächten wandere ich und irre in diesem großen Wald umher. Ich komme um vor Durst und vor Hunger. Ich kann keinen Fuß mehr vor den andern setzen. Mein Fräulein, laßt mich etwas essen und gebt mir Obdach bis morgen.» — «Königssohn von Frankreich, komm herein, iß schnell etwas und geh fort von hier. Das ist das Schloß meines Vaters und meiner Mutter, das Schloß des Menschenfressers und der Menschenfresserin*. Alle beide sind lüstern nach getauftem Fleisch. Schlag Mitternacht aber kommen sie nach Hause. Ich will nicht, daß sie dich lebendig fressen. Königssohn von Frankreich, komm herein, iß schnell etwas, und geh fort von hier.» — «Mein Fräulein, ich kann keinen Fuß mehr vor den andern setzen.» — «Also denn, Königssohn von Frankreich, komm herein, iß schnell etwas, und versteck dich unter diesem Faß.» Was gesagt ward, ward getan*.

Der Menschenfresser und die Menschenfresserin kamen Schlag Mitternacht nach Hause. Das waren zwei Klafter hohe Riesen, schwarz wie der Schornstein. Die Menschenfresser und die Menschenfresserinnen sind nicht von der Rasse der Christen. «Hu! hu! hu! Schöne Jeanneton, hier riecht's nach getauftem Fleisch.» — «Nein, Vater. Nein, Mutter. Sucht, Ihr werdet sehen, ich lüge nicht.» Der Menschenfresser

* Ogre et Ogresse
** Ce qui fut dit fut fait.

und die Menschenfresserin suchten und fanden nichts. «Hu! hu! hu! Schöne Jeanneton, hier riecht's nach getauftem Fleisch. Geh schlafen. Morgen werden wir besser suchen. Wenn du gelogen hast, fressen wir dich lebendig auf.» Menschenfresser und Menschenfresserin gingen schlafen. Aber die Schöne Jeanneton hatte es nicht so eilig. Mit einer Schaufel voll Asche und einem Glas voll von ihrem Blut knetete sie einen Kuchen — einen Kuchen, der hatte bis Tagesanbruch die Kraft, an ihrer Stelle zu antworten. Als sie den Kuchen geknetet hatte, nahm die Schöne Jeanneton den Zauberstab und die Fünfzigmeilenstiefel des Menschenfressers und der Menschenfresserin. Dann hob sie leise, ganz leise das Faß in die Höhe. «Königssohn von Frankreich, wir wollen uns schnell aus dem Staube machen. Hier ist für uns nicht gut sein.» Sie stoben beide davon wie der Wind.

Aber der Menschenfresser und die Menschenfresserin trauten der Sache nur halb und schliefen nur mit einem Auge. — «Hu! hu! hu! Schöne Jeanneton, geh schlafen.» Der Kuchen aus Asche und Blut antwortete: «Ich gehe schon, ich muß nur noch meine Haube ablegen.» Menschenfresser und Menschenfresserin schliefen wieder ein für eine Weile. — «Hu! hu! hu! Schöne Jeanneton, geh schlafen.» Der Kuchen aus Asche und Blut antwortete: «Ich gehe schon. Ich muß nur noch meinen Unterrock ausziehen.» Menschenfresser und Menschenfresserin schliefen wieder ein für eine Weile. — «Hu! hu! hu! Schöne Jeanneton, geh schlafen!»

— «Ich gehe schon. Ich muß nur noch mein Haar ordnen für die Nacht.» Menschenfresser und Menschenfresserin schliefen wieder ein für eine Weile. — «Hu! hu! hu! Schöne Jeanneton, geh schlafen!» Der Kuchen aus Asche und Blut antwortete: «Ich gehe schon, ich muß nur noch meine Schuhe ausziehen.» Menschenfresser und Menschenfresserin schliefen wieder ein für eine Weile. — «Schöne Jeanneton, geh schlafen!» Der Tag war angebrochen. Der Kuchen aus Asche und Blut hatte nicht mehr die Kraft, an Stelle der Schönen Jeanneton zu antworten. Da sprang die Menschenfresserin aus dem Bett. «Hu! hu! hu! Göttertausend! Göttermilliarden! Die Schöne Jeanneton und das getaufte Fleisch haben sich aus dem Staube gemacht mit dem Zauberstab und den Fünfzigmeilenstiefeln. Auf, Mann! Ich denke, daß du sie in einer Stunde einholst. Wir werden sie lebendig aufessen.»

Der Menschenfresser nahm seinen Zauberstab und seine Hundertmeilenstiefel und ging los wie der Blitz, so daß die Schöne Jeanneton und der Königssohn von Frankreich ihren Vorsprung bald verloren hatten. «Hu! hu! hu!» schrie der Menschenfresser. «Wartet nur, ihr Schurken. Wartet, Hunde.» Aber die Schöne Jeanneton hatte Mittel gegen mancherlei Dinge. Durch ihre Kunst verwandelten sie und der Königssohn von Frankreich sich alsogleich in zwei kleine Vögelein, und sie sangen auf dem Busch am Wegrand: «Riu schiu schiu. Riu schiu schiu. Riu schiu schiu.» Der Menschenfresser blieb stehen und fragte:

«Vöglein klein, Vöglein fein,
Saht ihr Bursch und Mägdelein?»*

«Riu schiu schiu. Riu schiu schiu. Riu schiu schiu schiu.» Der Menschenfresser konnte nichts anderes aus ihnen herausbringen. Er kehrte in sein Schloß zurück, die Schöne Jeanneton aber und der Königssohn von Frankreich machten sich wie der Wind auf den Weg.

«Hu! hu! hu! Und nun, Mann», sagte die Menschenfresserin, «hast du sie erwischt, die Schöne Jeanneton und das getaufte Fleisch?» — «Hu! hu! hu! Ich habe nur zwei Vögelein angetroffen, die sangen auf dem Busch am Wegrand. Ich habe sie ausgefragt. Sie haben geantwortet: ‚Riu schiu schiu. Riu schiu schiu. Riu schiu schiu.' Mehr konnte ich nicht aus ihnen herausbringen.» — «Hu! hu! hu! Dummkopf, das waren sie ja. Auf, Mann! Ich denke, daß du sie in einer Stunde einholst. Wir wollen sie lebendig aufessen.»

Der Menschenfresser ging los wie der Blitz, so daß die Schöne Jeanneton und der Königssohn von Frankreich ihren Vorsprung bald verloren hatten. «Hu! hu! hu!» schrie der Menschenfresser. «Wartet nur, ihr Schurken. Wartet, Hunde.» Aber die Schöne Jeanneton hatte Mittel für mancherlei Dinge. Durch ihre Kunst verwandelten sie und der Königssohn von Frankreich sich alsogleich in zwei junge Entchen, und sie schnatterten und schrien in dem Graben am

* Ausèret, ausèreto,
Auètz bist un gouiat e uo hilleto?

Wegrand: «Quak! quak! quak!» Der Menschenfresser blieb stehen und fragte:

«Klein Enterich, klein Entelein,
Saht ihr Bursch und Mägdelein?»*

«Quak! quak! quak!» Der Menschenfresser konnte nichts anderes aus ihnen herausbringen. Er kehrte in sein Schloß zurück. Die Schöne Jeanneton aber und der Königssohn von Frankreich machten sich wie der Wind auf den Weg.

«Hu! hu! hu! Und nun, Mann», sagte die Menschenfresserin, «hast du sie erwischt, die Schöne Jeanneton und das getaufte Fleisch?» — «Hu! hu! hu! Ich habe nur zwei kleine Entchen angetroffen, die quakten und schrien in dem Graben am Wegrand. Ich habe sie ausgefragt. Sie haben geantwortet: ‚Quak! quak! quak!' Mehr konnte ich nicht aus ihnen herausbringen.» — «Hu! hu! hu! Dummkopf, das waren sie ja. Auf, Mann! Ich denke, daß du sie in einer Stunde einholst. Wir wollen sie lebendig aufessen.»

Der Menschenfresser ging los wie der Blitz, so daß die Schöne Jeanneton und der Königssohn von Frankreich ihren Vorsprung bald verloren hatten. «Hu! hu! hu!» schrie der Menschenfresser. «Wartet nur, ihr Schurken. Wartet, Hunde.» Aber die Schöne Jeanneton hatte Mittel für mancherlei Dinge. Durch ihre Kunst verwandelten sie und der Königssohn von Frankreich sich allsogleich in eine junge Schä-

* Guitez, guiteto,
Auètz bist un gouiat e uo hilleto?

ferin, schön wie die Sonne, in die Schäferin Bernadette, die am Wegrand ihre Herde hütete. «Bäh! bäh! bäh!» Der Menschenfresser blieb stehen und fragte:

«Bernadette klein,
Schäferin mein,
Sonnenkind fein
Und ihr kleinen Schäfelein,
Saht ihr Bursch und Mägdelein?»*

«Bäh! bäh! bäh!» Der Menschenfresser konnte nichts anderes aus ihnen herausbringen. Er kehrte in sein Schloß zurück, die Schöne Jeanneton aber und der Königssohn von Frankreich machten sich wie der Wind auf den Weg.

«Hu! hu! hu! Und nun, Mann», sagte die Menschenfresserin, «hast du sie erwischt, die Schöne Jeanneton und das getaufte Fleisch?» — «Hu! hu! hu! Ich habe nur eine junge Schäferin, schön wie die Sonne, angetroffen, die Schäferin Bernadette, die am Wegrand ihre Schafe hütete. Ich habe sie ausgefragt. Sie haben geantwortet: ‚Bäh! bäh! bäh!' Mehr konnte ich nicht aus ihnen herausbringen.» — «Hu! hu! hu! Das waren sie ja. Auf, Mann! Ich denke, daß du sie in einer Stunde einholst. Wir wollen sie lebendig aufessen.»

Der Menschenfresser ging los wie der Blitz. Aber diesmal hatten die Schöne Jeanneton und

* Bernadeto,
Bergereto,
Soureilleto,
Aoeilletos,
Auètz bist un gouiat e uo hilleto?

der Königssohn von Frankreich einen solchen Vorsprung, daß der Menschenfresser sie nicht mehr einholen konnte.

Sieben Tage darauf kamen sie alle beide im Louvre des Königs von Frankreich an. «Guten Tag, liebe Eltern.» — «Guten Tag, armer Freund. Wir haben dich schon für tot beweint.» — «Liebe Eltern, ich hatte es mit einem Menschenfresser und einer Menschenfresserin zu tun, die waren lüstern nach getauftem Fleisch. Ohne dieses Fräulein, ohne die Schöne Jeanneton war ich verloren. Liebe Eltern, ich bin verliebt in sie, mehr als ich es sagen kann. Gebt sie mir zur Frau. Wenn nicht, geh' ich fort nach den fernen Inseln, und nie, nie werde ich wieder zurückkommen.» — «Armer Freund, du wirst nicht fortgehen nach den fernen Inseln. Heirate die Schöne Jeanneton.» Was gesagt ward, ward getan. Lange, lange lebten sie reich und glücklich miteinander, der Königssohn von Frankreich und die Schöne Jeanneton.

Und cric cric,
Mein Märchen ist fertig,
Und cric crac,
Mein Märchen ist aus.
Ich geh durch meine Wiese
Mit einem Löffel voll Bohnen,
Die ich bekommen hab*.

* Et cric cric,
Moun counte es finit,
Et cric crac,
Moun counte es acabat.
Passi par moun prat,
Damb' uno cuillèro de fabos que m'au dounat.

Es war einmal ein König, der war lauter wie Gold und stark und kühn wie Samson. Jeden Morgen nach der Messe teilte er Almosen aus und sprach Recht, den Armen so gut wie den Reichen. Die Königin aber glich ihm leider wenig. Sie war geizig und böse wie keine andere Frau vor ihr oder nach ihr.

Der König und die Königin hatten einen einzigen Sohn. Den hielt der König bis zu seinem einundzwanzigsten Jahre in strenger Zucht. Wenn er etwas verbrochen hatte, ließ er ihn zu sich kommen. «Höre», sagte er zu ihm, «nach meinem Tode wirst du befehlen an meiner Stelle. Es wird dann niemand da sein, der dich züchtigt. Solange ich lebe, will ich meine Pflicht tun.» Und der König nahm einen Stock, holte weit aus und schlug auf ihn ein. Dann schickte er seinen Sohn ins Gefängnis. Dort mußte er auf dem Fußboden schlafen und Wasser trinken und schwarzes Brot essen. Darum wurde der Jüngling schon früh so besonnen und so brav, daß alle Leute sagten: «Der Sohn ist seines Vaters wert, und der Vater ist des Sohnes wert. Wenn der König einmal tot ist, dann wissen wir wohl, wer dem Lande das Recht und den Frieden erhalten wird.»

Eines Abends, beim Abendessen, sagte der König zu seinem Sohn: «Höre. Ich habe dich gern; denn du bist brav, gerecht, stark und kühn. Morgen wirst du genau einundzwanzig Jahre alt. Ich bin betagt. Bald werde ich dich zum König machen an meiner Statt. Bis dahin nimm soviel Pferde, soviel Hunde und soviel Geld wie du willst. Geh auf die Jagd, geh auf die Kirchweih und genieße das Leben. In sechs Monaten sollst du dich verheiraten. Wähle dir ein rechtes Mädchen, das dir gut gefällt. Ich werde keine Ruhe haben, bis ich sie als Herrin im Königsschloß befehlen sehe.» — «Ich danke Euch, Vater, und will Euch gehorchen.» — Die Königin hörte zu, ohne ein Wort zu sagen. Aber sie dachte: «Aha, in sechs Monaten soll ich nicht mehr die Herrin sein im Schloß. Das wollen wir sehen.» Nach dem Abendessen nahm sie ihren Sohn beiseite. «Höre, mein Sohn. Geh auf die Jagd, geh auf die Kirchweih, genieß das Leben. Aber zum Heiraten bist du noch zu jung. Nimm dir die hübschen Mädchen, die dir gefallen, zu Geliebten, es gibt ihrer genug.» Der Jüngling ließ den Kopf sinken und antwortete nicht. Am andern Morgen ging er vor Tagesanbruch auf die Jagd und kam erst in der Nacht wieder heim. Tag für Tag tat er das. Der König war nicht zufrieden, und oft sagte er: «Mein Sohn, du kommst jeden Abend mit Hasen und Rebhühnern beladen heim. Wann wirst du uns eine brave und hübsche Schwiegertochter heimbringen?» — «Habt Geduld, mein Vater. Es hat ja keine Eile.» Am Ende konnte der König sich nicht mehr halten. «So», dachte er, «du willst dir also keine Frau aussuchen. Dann werde ich sie für dich aussuchen.» Und wirklich, sieben Tage danach kam der König eines Nachbarlandes zu Besuch aufs Schloß, mit seiner Tochter, die war eine Prinzessin, schön wie der Tag und sanft wie eine Heilige. Die Prinzessin sang, sie sang wie eine Sirene alle Arten von Liedern. Da vergaß der Königssohn die Jagd. Vom Morgen bis zum Abend saß er bei seiner Schönen. «Singt, Prinzessin, singt!» Und die Prinzessin sang, sie sang so süß, so süß, daß der Königssohn, in ihren Anblick versunken, zu sich selber sagte: «Die muß meine Frau werden. Wenn nicht, bin ich imstande, großes Unglück anzurichten.» Endlich reisten die Besucher wieder heim. Da wurde der Königssohn sehr traurig. Aber der alte König war nie in seinem Leben so zufrieden gewesen. «Nun sind sie also weg», sagte er am Abend beim Essen. «Gott möge sie geleiten und es fügen, daß sie lange nicht wiederkommen.» Der Königssohn wurde bleich wie ein Toter. «Vater, ich bitte Euch, sprecht nicht so. Ich liebe die Prinzessin mehr, als ich es Euch sagen kann. Wenn Ihr sie mir nicht zur Frau gebt, so bin ich imstande, großes Unglück anzurichten.» — «Du Narr du, die Verlobung ist ja beschlossen — hast du es denn nicht gemerkt? Morgen abend reisen wir alle nach dem Schloß deiner Schönen. In acht Tagen will ich sie hier befehlen sehen.» — «Ich danke Euch, Vater. Gott segne Euch.» — Die Königin hörte zu, ohne ein Wort zu sagen. Sie ging hinaus und kam bald darauf wieder herein. Vater und Sohn stießen fröhlich miteinander an. «Prost, mein Freund! Auf die Gesundheit deiner Schönen.» — «König», sagte die Königin, «warum stoßt Ihr nicht auf meine Gesundheit an?» — «Auf deine Gesundheit, Frau!» — «Auf deine Gesundheit, Mutter!» — «Danke. Stoßen wir noch einmal an.» Alle drei leerten ihr Glas. Fünf Minuten darauf wurde der König grün wie Gras. «Was ist Euch, Vater?» Der König sank unter den Tisch. Er war tot. — Man begrub ihn am andern Tage. Sein Sohn teilte viel Gold und Silber aus als Almosen und für Gebete. Als er vom Friedhofe zurückkam, sagte er zu seinen Bedienten: «Ihr Leute, schlagt mir mein Bett im Gemach meines unglücklichen Vaters auf.» — «König, wir gehorchen Euch.»

Der neue König schloß sich in dem Gemach seines unglücklichen Vaters ein. Er kniete nieder und betete lange zu Gott. Dann warf er sich, noch völlig angekleidet, auf das Bett und schlief ein. Um Mitternacht weckte der erste Glockenschlag ihn auf. Ein Geist sah ihn an, ohne ein Wort zu sagen. — Der Tote nahm den König bei der Hand und führte ihn in die Nacht hinaus, ans andere Ende des Schlosses. Er öffnete ein Versteck und wies mit dem Finger auf ein halbleeres Fläschchen. «Deine Mutter hat mich vergiftet. Du bist König. Räche mich!» Der Tote verschloß das Versteck wieder und verschwand. Der König schwitzte vor Angst. Und doch war er ein starker und kühner Mann. Leise, ganz leise stieg er hinunter in den Stall, sattelte sein bestes Pferd und galoppierte hinaus in die schwarze Nacht. Als der Morgen graute, klopfte er heimlich an die Türe seines besten Freundes. «Höre: Unglück verfolgt mich. Ich gehe weg, wohin, weiß ich nicht. Geh morgen zu meiner Schönen ins Schloß ihres Vaters und sprich zu ihr: ‚Unglück verfolgt Euren Freund. Er ist weggegangen, wohin, weiß ich nicht. Niemals, niemals könnt Ihr seine Frau werden. Aber er wird mit keinem Mädchen mehr sprechen, und er wird Euch nicht vergessen. Geht in ein Kloster. Nehmt den schwarzen Schleier und betet zu Gott für Euren Freund, bis man Euch auf den Friedhof tragen wird.‘» — «König, ich gehorche Euch.»

Der König galoppierte wieder in die schwarze Nacht hinaus. Am andern Tage war er in einer Stadt, die war siebenmal so groß wie Toulouse. Er verkaufte seinen Degen, seine schönen Kleider, sein Pferd und gab das Geld den Armen. Dann ging er wie ein Bettler fort, den Bettelstab in der Hand, den Bettelsack auf dem Rücken. Er gelangte schließlich auf einen Berg, der war so hoch, so hoch, daß nur die Adler ihn erfliegen konnten. Auf diesem Berge baute der König sich eine Hütte. Wenn er Durst hatte, trank er aus den Quellen. Wenn er Hunger hatte, aß er Kräuter und Beeren.

Eines Abends betete der König in seiner Hütte. Lange, lange betete er, dann schlief er ein. Als er erwachte, zeigten die Sterne die Mitternacht an. Ein Geist blickte auf ihn. «Deine Mutter hat mich vergiftet. Du bist König. Räche mich!» Der Tote verschwand. Der König schwitzte vor Angst. Und doch war er ein starker und kühner Mann. Er floh in die schwarze Nacht hinaus. Als der Morgen graute, war er am Fuße des Berges. Ein ganzes Jahr lang wanderte der Unglückliche, wanderte immer geradeaus, ohne je nach dem Weg zu fragen. Endlich kam er in sein Land. Am Abend klopfte er heimlich an die Türe seines besten Freundes. «Guten Abend, mein Freund. Erkennst du mich nicht wieder?» — «Ihr seid der König.» — «Ja, ich bin der König. Gib mir Nachricht von meiner Schönen.» — «Eure Schöne ist gestorben in ihrem Kloster.» — «Gib mir Nachricht von meiner Mutter.» — «Eure Mutter ist wie immer im Schloß, und sie hat die Herrschaft übernommen, zum Unglück für das Land.» — «Ich weiß genug. Führe mich in ein Zimmer. Ich bin müde, ich will schlafen. Wecke mich in der Frühe vor Morgengrauen.» — «König, ich gehorche.» Der König ging zu Bett und schlief ein. Um Mitternacht weckte der erste Glockenschlag ihn auf. Ein Geist sah ihn an. «Deine Mutter hat mich vergiftet. Du bist König. Räche mich!» — «Vater, ich will Euch gehorchen.» Der Tote verschwand. Der König schwitzte vor Angst. Und doch war er ein starker und kühner Mann. Bevor der Morgen graute, kam sein bester Freund in das Zimmer. «Höre: Heute abend werde ich das Land verlassen, um niemals, niemals wiederzukehren. Hier ist ein Schreiben, darin habe ich niedergelegt, daß ich dich zum König mache an meiner Statt. Und jetzt bring mir einen Degen, schöne Kleider und stell mir im Stall ein gutes Pferd bereit, gesattelt und gezäumt.» — «König, ich gehorche Euch.»

Der König sprengte im Galopp davon. Als die Sonne unterging, klopfte er an das Tor seines Schlosses. «Guten Abend, Mutter, arme Mutter.» — «Guten Abend, mein Sohn. Wo kommst du her? Ich will es wissen.» — «Mutter, arme Mutter, beim Abendessen will ich es Euch sagen. Zu Tisch, ich bin hungrig.» Sie setzten sich zusammen zu Tisch. Als sie allein waren, sagte der König: «Mutter, arme Mutter, Ihr wollt wissen, woher ich komme. Ich habe mir die Welt angesehen. Ich habe mein Lieb geheiratet. Morgen wird sie hier sein.» Die Königin hörte zu, ohne etwas zu sagen. Sie ging hinaus und kam bald darauf wieder herein. «Deine Frau kommt morgen. Sehr gut. Stoßen wir auf ihre Gesundheit an.» Da zog der König seinen Degen und legte ihn auf den Tisch. «Hört zu, Mutter, arme Mutter. Ihr wollt mich vergiften. Ich verzeihe Euch. Aber mein Vater, er verzeiht Euch nicht. Dreimal ist er zurückgekehrt aus der andern Welt und hat zu mir gesagt: ‚Deine Mutter hat mich vergiftet. Du bist König. Räche mich!‘ Gestern habe ich geantwortet: ‚Vater, ich will Euch gehorchen.‘ Mutter, arme Mutter, betet zu Gott, daß er Mitleid habe mit Eurer Seele. Seht diesen Degen. Schaut ihn gut an. Es bleibt euch die Zeit für ein Vaterunser. Wenn Ihr bis dahin nicht das Gift getrunken habt, das Ihr mir eingeschenkt, schlage ich Euch den Kopf ab. Trinkt, trinkt es aus bis zum Grund, Mutter, arme Mutter.» Die Königin leerte das Glas bis auf den Grund. Fünf Minuten darauf war sie grün wie Gras. «Verzeiht mir, Mutter, arme Mutter.» — «Nein.» Die Königin sank unter den Tisch Sie war tot. Da kniete der König nieder und betete zu Gott. Dann stieg er leise, leise hinunter in den Stall, schwang sich auf sein Pferd und galoppierte in die schwarze Nacht hinaus. Niemals, niemals hat man ihn wiedergesehn.

DIE ZAUBERFLÖTE

Ein Mann hatte drei Söhne. Die beiden älteren waren gescheiter als der jüngste, und sie machten sich immer über ihn lustig. Schließlich sagte der Vater: «Da dieser Sohn zu nichts nütze ist, soll er Hirt werden.» Und so wurde er Hirt.

Ein Jahr lang hatte er schon Schafe gehütet. Da begegnete er eines Tages einem alten Weib, das sagte zu ihm: «Lieber Mann, was machst du denn hier als Schafhirt?» Der Bursche antwortete: «Ja, seht Ihr, meine Brüder mögen mich nicht, und da hat mein Vater mich zum Hirten gemacht.» — «Und wie fühlst du dich denn? Hast du einen guten Herrn und genug zu essen?» fragte die Alte. «O ja», antwortete der Bursche, «ich habe einen sehr guten Herrn, und man gibt mir genug zu essen.» Darauf sagte die Frau: «Nun, was willst du noch mehr?» — «Eine Flöte.» Und die Alte gab ihm eine Flöte. Dann ging die Alte fort und ließ ihn allein.

Kaum war die Alte weggegangen, da begann der Hirte auf der Flöte zu spielen, und sogleich fingen die kleinen Schafe an zu tanzen. Er spielte mehr und mehr und immer mehr, und mit immer größerer Lust tanzten Schafe und Ziegen. Tag für Tag ging das nun so. Der Hirt spielte auf, und Schafe und Ziegen tanzten, bis sie erschöpft zu Boden fielen und alle viere von sich streckten und ein Weilchen ausruhten. Und dabei waren seine Schafe und Ziegen immer schön fett.

Die anderen Schafhirten sahen, daß die Schafe des Burschen so schön fett waren, und sie sagten: «Wie macht dieser Bursche es nur, daß seine Schafe und Ziegen so schön fett sind?» Andere Hirten, die gesehen hatten, daß sie immer alle tanzten, gingen zu dem Herrn des Burschen und sagten ihm, daß sein Hirt eine Flöte habe, nach der Schafe und Ziegen zusammen mit ihm tanzten. Doch der Herr wollte das nicht glauben und ging zum Hirten hin und sagte zu ihm: «Guten Tag! Warum strecken die Schafe denn alle viere von sich?» — «Sie ruhen sich aus», antwortete der Hirt. «Ist es denn wahr, daß die Schafe tanzen?» — «Ja, Herr, wenn ich die Flöte spiele, fangen sie an zu tanzen.» — «Laß sehen, laß sehen», sagte der Herr. Und der Bursche begann die Flöte zu spielen, und sogleich sprangen all die kleinen

Schafe und Ziegen auf und fingen vor Freude an zu tanzen. Auch der Hirt begann zu tanzen. Immer ausgelassener spielte der Hirt, und immer ausgelassener tanzten Schafe und Ziegen. Vor Freude begann auch der Herr zu tanzen, so daß schließlich die ganze Gesellschaft tanzte, Herr, Hirt, Schafe und Ziegen. Immer toller spielte der Hirt, und immer toller tanzte der Herr. Und als endlich der Bursche des Spielens überdrüssig wurde, legte er sich lang hin, um auszuruhen, und ihm nach machten es die Schafe und Ziegen und der Herr.

Dann ging der Herr fort und erzählte alles seiner Frau. Die Frau sagte: «Geh, komm mir nicht mit Märchen! Hat man denn je Schafe und Ziegen tanzen sehen?» — «Wenn du's nicht glauben willst, so geh doch selber hin, dann wirst du erfahren, ob es stimmt. Wenn dieser Bursche die Flöte spielt, dann müssen alle tanzen.» Die Frau sagte: «Das glaub ich nicht; doch ich will sehen, ob es wahr ist.» Und sie ging dahin, wo der Hirt mit den Schafen und Ziegen war, und sagte zu ihm, er möchte noch einmal die Flöte spielen. Sofort springen die Schafe und Ziegen auf und beginnen zu tanzen. Immer toller spielt der Hirt, und immer toller tanzen Schafe und Ziegen. Da fängt die Herrin auch an zu tanzen. Immer ausgelassener spielt der Hirt die Flöte, und immer ausgelassener tanzt die Herrin. So tanzten alle eine ganze Zeit lang, bis der Hirt keine Lust mehr hatte und alle sich hinlegten, um auszuruhen, die Herrin, der Hirt, die Schafe und Ziegen. Als die Frau sich ausgeruht hatte, ging sie nach Hause zurück.

Als sie im Haus ankam, sagte ihr Mann: «Nun, und wie war es, haben die Schafe getanzt?» — «Es haben die Schafe getanzt und die Ziegen und ich mit ihnen», sagte die Herrin, «wenn dieser Hirt die Flöte spielt, müssen alle tanzen.» — «Ich hab dir's ja gleich gesagt», antwortete der Herr. Dann kamen die beiden überein, den Hirten zu entlassen, da er immer Schafe und Ziegen und jedermann zum Tanzen brachte. Aber da starben all die kleinen Schafe und Ziegen vor Trauer darüber, daß keiner ihnen mehr zum Tanz aufspielte.

Der Bursche ging heim zu seinem Vater. Als er erzählte, was er erlebt hatte, da begannen die beiden älteren Brüder wieder, sich über ihn lustig zu machen. Und der Vater sagte: «Dieser Junge taugt auch zu gar nichts. Besser ist es, er bleibt zu Haus, und ihr arbeitet außerhalb, um Geld zu verdienen.» Am nächsten Tag schickte der Vater den ältesten Sohn ins Dorf, um Äpfel zu verkaufen. Auf dem Weg begegnete er einem alten Weiblein, das fragte ihn: «Was verkaufst du da?» Er antwortete: «Ich verkaufe Ratten.» Und die Alte sagte zu ihm: «Nun, Ratten sollen es werden.» Der Bursche kam ins Dorf, und als er Äpfel herausnehmen und verkaufen wollte, kamen nur Ratten zum Vorschein. Immer mehr und immer mehr Ratten sprangen heraus, bis das ganze Dorf voller Ratten war. Da gab man dem Burschen eine gehörige Tracht Prügel, und er zog ab.

Am nächsten Tag schickte der Vater den zweiten Sohn in das Dorf, um Apfelsinen zu verkaufen. Auf dem Weg begegnete er demselben alten Weiblein, das sagte zu ihm: «Guten Tag. Was verkaufst du da?» Er antwortete: «Vögel.» Und die Alte sagte zu ihm: «Viele Vögel sollen es werden.» Als der Bursche in das Dorf kam und den Apfelsinenkorb öffnete, da flogen Vögel heraus, und nichts weiter war im Korb zu finden. Da ging der Arme ganz verzweifelt nach Haus.

Nun sagte der Jüngste zu seinem Vater: «Vater, jetzt will ich ins Dorf gehen. Schickt mich hin, und Ihr werdet sehen, wie gut alles geht.» Die beiden älteren Brüder lachten über ihn und sagten: «Was willst du, Dummkopf, denn schon ausrichten? Wenn es uns schlecht ergangen ist, wird es dir noch viel schlechter gehen.» Doch der Vater ließ ihn ziehen und gab ihm einen Korb mit Weintrauben, die sollte er im Dorf verkaufen. Auf dem Weg begegnete der Bursche demselben alten Weiblein. Es fragte ihn: «Was verkaufst du da?» Er antwortete ihr: «Ich verkaufe Weintrauben. Wollt Ihr welche haben?» Und sie antwortete: «Nein, danke. Viele Weintrauben wirst du verkaufen.» Der Bursche ging ins Dorf, um seine Weintrauben zu verkaufen, und je mehr er verkaufte, desto mehr waren im Korb. Immer mehr verkaufte er, und er verkaufte so viel, daß er eine Menge Beutel mit Geld füllte, die brachte er seinem Vater nach Hause. Auf dem Weg fing er an, auf der Flöte zu spielen, die er noch behalten hatte.

Da erschien die Alte wiederum und sagte zu ihm: «Spiel die Flöte nicht, mein Sohn, bevor du nicht zu Hause bist.»

Der Bursche kehrte heim. Sogleich kamen ihm die beiden Brüder und der Vater entgegen. Der Vater sagte: «Sicherlich ist wieder ein Unglück geschehen: dieser Dummkopf wird schon etwas Neues angerichtet haben.» Der Bursche trat ein und sagte zu ihnen: «Ich bringe viele Taler mit, Vater, so viele, daß sie am Korb festkleben und nicht herauskommen können, und mehr noch habe ich in den Beuteln, die auch nicht herausgehen.» Und der Vater sagte: «Wie machen wir es nur, daß wir das Geld aus dem Korb und den Beuteln herausbekommen?» — «Macht euch darüber keine Sorge, Vater», sagte der junge Bursche, «Ihr werdet gleich sehen.» Und er fing an, auf der Flöte zu spielen. Sogleich setzten sich die Groschen und Taler in Bewegung und sprangen tanzend aus dem Korb und den Beuteln. Er spielte die Flöte so lange, bis das ganze Geld herausgehüpft war. So wurden sie reich.

Nun mochten ihn auch seine Brüder sehr gern leiden. Und der Vater sagte: «Wir wollen uns mit diesem Geld jetzt ein Haus bauen.» Sie bauten sich von dem Geld ein sehr schönes Haus. Sie machten es so wunderschön, daß sie alles Geld dafür verbrauchten und ihnen der Vater sagte: «Nun müssen wir in die Welt hinausziehen und sehen, wie wir uns durchschlagen.» Die beiden älteren Brüder, die immer voll Mißgunst waren, zogen allein fort, und der jüngste ging mit seinem Vater in eine andere Richtung. Der Jüngste und der Vater zogen durch die Dörfer und verkauften Öl. Sie verkauften alles, und für das Öl kauften sie wieder Eier. Der junge Bursche war darüber so glücklich und zufrieden, daß er zu seinem Vater sagte: «Vater, nun haben wir das ganze Öl verkauft und so viele Eier dafür bekommen, nun will ich auch einmal wieder auf der Flöte spielen.» Da begann er die Flöte zu spielen, und sogleich fingen die Eier in den Körben an zu tanzen. Der Vater sagte: «Um des Himmels willen, Sohn, spiel nicht auf der Flöte! Siehst du denn nicht, daß die Eier tanzen und bald alle entzweigehen werden?» — «Macht euch keine Sorge, Vater», sagte der Sohn zu ihm. Und er spielte weiter auf seiner Flöte, und die Eier tanzten weiter in den Körben. «Nein, mein Sohn, spiel doch nicht mehr, sie werden alle entzweibrechen.» — «Macht euch keine Sorge, Vater, sie gehen nicht entzwei.» Immer toller spielt er auf der Flöte, und immer toller tanzen die Eier, bis auch Vater und Sohn anfangen zu tanzen. So tanzten sie alle, Vater und Sohn und die Eier in den Körben, bis der Bursche keine Lust mehr hatte.

Dann gingen sie nach Haus. Eine so große Menge Eier war in den Körben, daß sie sie nicht herausnehmen konnten. Und der Vater sagte: «Ja, aber wie machen wir es nur, daß wir die vielen Eier aus den Körben herausbekommen?» Da begann der Bursche wieder die Flöte zu spielen. Sogleich sprangen die Eier aus den Körben heraus, bis keines mehr darin blieb. Und der

Bursche sagte: «Davon können wir schon leben.» Sie zogen los und verkauften die Eier. Je mehr sie verkauften, desto mehr kamen aus den Körben heraus. So wurden sie wieder reich.

Bald darauf kehrten auch die beiden älteren Brüder wieder heim und brachten keinen Heller mit. Sie waren ärmer denn je. Aus Mißgunst gegen den Jüngsten nahmen sie ihm die Flöte weg. Doch der Jüngste brauchte sie gar nicht mehr; denn er und sein Vater waren ja reich. Sie aber machten sich mit der Flöte auf und davon und spielten und dachten, sie würden nun auch reich werden. Aber nichts geschah. Nur dem Jüngsten hatte die Flöte Glück gebracht.

DIE PRINZESSIN ALS ÄFFIN

Es war einmal ein König, der hatte drei Söhne. Er schickte sie in die Welt hinaus, sie sollten ihm etwas Schönes heimbringen. Wer das Schönste fände, sollte die Krone erben. Die Söhne fragten ihn, was er denn haben wolle. Da antwortete der König, sie sollten ihm ein kostbares Tuch suchen.

Und die drei zogen aus. Zuerst ging der älteste fort, und bald darauf der zweite. Zuletzt zog der jüngste seines Weges und kam an ein

Schloß, in dem viele Affen lebten. Er klopfte an das Tor. Es kam eine alte Äffin heraus und fragte ihn, was er suche. Da erzählte er ihr, daß sein Vater dem von seinen drei Söhnen die Krone vermachen wolle, der ihm das kostbarste Tuch bringe. So sei er denn in die Welt hinausgezogen, um das kostbarste Tuch zu suchen. Da rief die alte Äffin eine andere Äffin und sagte zu ihr: «Hör du, laß das Tuch herbringen, mit dem ihr die Pfannen putzt.» Eine häßliche Äffin kam die Treppe herunter und brachte das Tuch, mit dem man die Pfannen putzte, und gab es der alten Äffin. Die Alte wickelte es in schmierige alte Lumpen ein und reichte es dem Jüngling. Der nahm es, ohne ein Wort zu sagen, und ging damit fort. Da es aber ein häßliches altes Tuch war und voller Flecken, schämte er sich, es mitzubringen.

Er kam im Hause seines Vaters an. Als er eintrat, fand er schon seine älteren Brüder dort. Jeder hatte ein sehr schönes Tuch mitgebracht. Und der Vater sagte zu ihm: «Nun, mein Sohn, zeig, was du mitgebracht hast. Du siehst, was für schöne und kostbare Tücher deine Brüder gefunden haben.» Als der jüngste daran dachte, wie häßlich und fleckig das Pfannentuch war, das ihm die Äffin gegeben hatte, wollte er es nicht zeigen. Aber die andern baten ihn so lange, bis er sein Paket herausholte und es auswickelte. Da fand er ein Tuch darin, wie es kostbarer nicht sein konnte. Die Flecken auf dem Tuch waren schöne Blumen und Vögel. Als der Vater es sah, sprach er: «Die Krone hat mein jüngster

Sohn verdient, er soll mein Erbe sein.» Aber die beiden anderen Brüder waren nicht einverstanden und sagten zu ihrem Vater: «Vater, schickt uns noch einmal aus, wir wollen etwas anderes suchen gehen.» Der Vater antwortete, es sei gut, sie sollten ausziehen und etwas anderes sehr Schönes bringen. «Was sollen wir Euch bringen?» sagten sie. Und er antwortete: «Ich will sehen, wer mir die schönste Waschschüssel bringt. Wer die findet, bekommt die Krone.»

Gut, die drei Brüder brachen auf und zogen wieder in die Welt hinaus, um die schönste Waschschüssel zu suchen. Zuerst gingen die beiden Ältesten fort, jeder seines Weges. Zuletzt zog der Jüngste aus und ging schnurstracks in das Schloß der Affen. Als die alte Äffin ihn kommen sah, sagte sie: «Nun, sieh einer an, da seid Ihr ja schon wieder!» Und der Jüngling sprach: «Ja, meine Brüder sind nicht einverstanden. Da hat mein Vater uns ausgeschickt, die schönste Waschschüssel zu suchen. Wer die findet, soll die Krone bekommen.» Die alte Äffin rief eine andere Äffin herbei und sagte zu ihr: «Hör du, laß dir das Gefäß bringen, aus dem die Hühner Wasser trinken.» Man brachte es. Es war ganz schmutzig und voller Mist. Die Äffin nahm es und wickelte es in häßliche und dreckige Lappen und gab es dem Jüngling. Da bedankte er sich und zog heim.

Er kam im Hause seines Vaters an. Die beiden älteren Brüder waren schon da. Der Vater ging ihm zum Empfang entgegen und sprach: «Nun, lieber Sohn, laß die Schüssel sehen, die du mir mitgebracht hast. Sieh hier die beiden, die deine Brüder gefunden haben. Schau, wie schön sie sind!» Als er sah, wie schön sie waren, schämte er sich fast, das Gefäß herauszuholen, das die Affen ihm gegeben hatten. Aber schließlich wickelte er sein schmutziges Paket doch aus und zog eine Schüssel hervor, die strahlte von Schönheit. Als der Vater sie erblickte, sprach er: «Du sollst die Krone tragen, mein Sohn, denn so eine Schüssel wie diese gibt es nicht noch einmal.» Aber die beiden älteren Brüder waren immer noch nicht einverstanden und sagten zu ihrem Vater: «Vater, laßt uns noch einmal gehen. Was sollen wir Euch bringen?» Der König sprach: «Nun gut, so geht noch einmal. Jeder von euch soll sich eine schöne Braut wählen. Wer die edelste und schönste Braut heimbringt, soll die Krone tragen, und seine Frau soll Königin werden.»

Da zogen die drei Brüder aus, um die Braut zu suchen. Zuerst gingen die beiden ältesten Brüder fort, jeder seines Weges. Betrübt brach der jüngste auf, denn er dachte an das, was er suchen sollte. Und er sprach bei sich: «Soll ich in das Haus der Äffinnen gehen?» Da es aber die beiden ersten Male so gut abgelaufen war, beschloß er, doch wieder hinzugehen. Er kam an das Tor und klopfte an. Die alte Äffin erschien und sagte: «Da seid Ihr ja wahrhaftig schon wieder!» — «Ja», sagte er, «mein Vater und meine Brüder sind immer noch nicht zufrieden. Und ich habe ihnen doch das schönste Tuch und die kostbarste Waschschüssel gebracht. Jetzt will mein Vater sehen, wer die edelste und schönste Braut heimführt. Wer die findet, soll die Krone bekommen, und seine Frau soll Königin werden.» Da ging die alte Äffin fort und sprach mit den anderen Äffinnen und kam mit einer häßlichen und kahlköpfigen und zerlumpten Äffin zurück, die war schrecklich anzusehen. Die alte Äffin sprach zu dem Jüngling: «Hier hast du deine Braut.» Er sagte nichts darauf. Dann setzte man die beiden in eine Kiste, und die alte Äffin sagte, sie sollten nicht miteinander sprechen und die Kiste nicht verlassen, bevor sie das Schloß des Königs erreicht hätten. Man rief sechs Äffinnen herbei, die sollten die Kiste ziehen und zum Schloß des Königs gehen. Zehn Äffinnen zu Fuß gaben ihnen das Geleite. Als sie sich dem Schlosse näherten, öffnete sich die Kiste. Der Jüngling sah seine Braut, die hatte sich in eine wunderschöne Prinzessin verwandelt. Und als er um sich sah, da war die Kiste eine herrliche Karosse geworden, von sechs Schimmeln gezogen und von zehn Brautjungfern begleitet. Als der König, der den Ankommenden zum Empfang entgegenging, die schöne Prinzessin sah, da sagte er: «Mein Sohn, du bekommst die Krone, und die Prinzessin soll deine Frau und Königin werden.» Die beiden älteren Brüder, die mit ihren Bräuten schon im Schloß waren, mußten das Schloß verlassen. Der Jüngste aber wurde König und blieb im Schloß mit seiner Prinzessin, die vorher in eine Äffin verzaubert gewesen war.

Es war einmal ein Mädchen, das hieß Franciskita. Eines Tages klagte Franciskita in folgender Weise: «Lieber Gott! Wenn ich eine Milchkuh hätte, wäre ich die glücklichste Frau der Welt. Wie wollte ich meine Kuh pflegen! Heilige Jungfrau!»

Da ging Christus gerade vorbei und sagte zu ihr:

«Geh nach Haus, Franciskita, denn dort findest du, was du wünschest.»

Franciskita lief nach Haus und fand dort eine gefleckte Kuh und ein kleines Kalb an ihrer Seite.

Am nächsten Tag ging Christus wieder vorbei und fragte sie:

«Bist du zufrieden, Franciskita?»

«Ja, Herr, aber . . ., aber . . .»

«Aber? Was für ein Aber?»

«Nichts, Herr! Wenn ich ein kleines Häuschen hätte, wie würde ich glücklich sein!»

«Gut, Mädchen, du hast schon, was du dir wünschest.»

Und Christus schenkte ihr das Haus. Am nächsten Tag fragte er sie, ob sie zufrieden sei. Und sie sagte:

«Ja, Herr, aber . . ., aber . . .»

«Aber? Was für ein Aber?»

«Nichts! Nur meine Nachbarinnen sind so hübsch angezogen; wenn ich ein Kleidchen hätte, um auf die Kirmes zu gehen, wie wäre ich da zufrieden! Wie würde ich mich damit putzen und beim Klang des Dudelsackes tanzen!»

«Nun, geh nach Haus, dort findest du, was du wünschest.»

Franciskita gefiel das Kleid sehr. Am nächsten Tag fragte Christus sie:

«Bist du zufrieden, Franciskita?»

«Ja, Herr, aber . . ., aber . . .»

«Aber, was für ein Aber? Hörst du einmal damit auf?»

«Wenn ich ein paar Hühner hätte, die würden Eier legen, und . . .»

«Geh nach Haus, dort findest du, was du dir wünschest.»

Und Franciskita fand eine Schar Hühner vor, die anzusehen eine Freude war.

Am nächsten Tage fragte Christus sie:

«Bist du zufrieden, Franciskita?»

«Ja, ich bin es; aber . . ., aber . . .»

«Aber, was für ein Aber? Bist du denn immer noch nicht zufrieden?»

«Ja, Herr, aber seht nur: Ich habe jetzt eine Kuh, ein neues Haus, ein wunderschönes Kleid und eine Schar Hühner; aber ich bin so allein! So allein! Alle verheiraten sich! . . .»

«Gut; ich werde dich einen braven Burschen finden lassen, der dich heiratet.»

Nach einiger Zeit verheiratete sie sich mit dem Bürgermeister des Ortes. Und Christus fragte sie:

«Bist du jetzt zufrieden, Franciskita?»

«Ich bin nicht Franciskita, und ich bin nicht Franciseketa, ich bin Frau Bürgermeisterin!»

Es war einmal ein betrunkener Hahn, der ging auf einen Hügel, um kleine Zweige zu suchen. Dort fand er eine Geldbörse und sagte: «Ich will dem König diese Börse bringen.» Er machte sich mit der Börse im Schnabel auf den Weg. Da er über einen Fluß gehen mußte und es nicht konnte, sagte er: «Fluß, tritt zurück, damit ich hinübergehen kann.»

Aber der Fluß kümmerte sich nicht darum. Da trank der Hahn das ganze Wasser aus.

Er ging weiter und traf einen Fuchs auf dem Weg und sagte zu ihm: «Laß mich vorbei.»

Da der Fuchs sich nicht rührte, fraß er ihn auf.

Er ging weiter und stieß auf eine Fichte und sagte zu ihr:

«Geh aus dem Weg, damit ich vorbei kann.»

Da sie sich nicht regte, verschluckte er sie.

Noch weiter traf er einen Wolf und fraß ihn. Später traf er eine Eule und machte mit ihr dasselbe.

Als er in das Schloß des Königs kam, sagte er, er wolle den König sprechen, und er gab ihm die Geldbörse. Der König befahl darauf, ihn in den Hühnerstall zu sperren und ihn gut zu behandeln. Als das betrunkene Hähnchen sich im Hühnerstall befand, begann es zu krähen:

«Kikerikiii,
Meine Börse mit Geld,
Man bringe mir sie.»

Als es sah, daß man ihm die Börse nicht brachte, ließ es den Fuchs heraus, den es verschlungen hatte, und der fraß die ganze Hühnerschar auf.

Man erstattete dem König Meldung von dem Vorfall. Der König befahl, das betrunkene Hähnchen in einen Gläserschrank zu sperren. Der Befehl wurde ausgeführt, aber das betrunkene Hähnchen krähte unentwegt weiter:

«Kikerikiii,
Meine Börse mit Geld,
Man bringe mir sie.»

Als man ihm die Geldbörse nicht brachte, ließ es die Fichte heraus, und alle Gläser im Gläserschrank brachen entzwei.

Da befahl der König, das betrunkene Hähnchen in einen Pferdestall zu sperren; dort krähte es die ganze Zeit:

«Kikerikiii,
Meine Börse mit Geld,
Man bringe mir sie.»

Dann ließ es den Wolf heraus, und der Wolf fraß die Pferde. Da befahl der König, das betrunkene Hähnchen in eine Ölkanne zu stecken. Dort ließ es die Eule heraus, und die Eule trank das ganze Öl aus.

Nun wußte der König nicht mehr, was er tun sollte; er ließ den Backofen anheizen und das betrunkene Hähnchen hineinstecken. Aber selbst im Backofen begann es zu krähen:

«Kikerikiii,
Meine Börse mit Geld,
Man bringe mir sie.»

Und es ließ den Fluß heraus, den es getrunken hatte. Das Schloß des Königs stand schon fast ganz unter Wasser, da befahl der König, man solle dem betrunkenen Hähnchen die Geldbörse bringen und es fortschicken, bevor es den ganzen Fluß herauslassen könne. Da machte sich das betrunkene Hähnchen wieder auf den Weg mit der Geldbörse im Schnabel.

DIE GESCHICHTE VON PEZZE E FOGGHI

Es war einmal ein König, der hatte drei Töchter und einen Sohn. Der König wurde so krank, daß er sterben mußte. Als er fühlte, daß er dem Tode nahe war, ließ er seinen Sohn vor sich kommen und sprach zu ihm: «Lieber Sohn, ich muß nun sterben, und du wirst nach mir König sein. Ich empfehle dir deine drei Schwestern, sorge für sie, bis sie sich verheiraten. Du mußt sie aber nicht nach deinem oder ihrem Gutdünken verheiraten, sondern wenn eine von ihnen Lust dazu zeigt, so pflücke von dem schönen Rosenstrauch auf der Terrasse eine Rose und wirf sie auf die Straße. Der, der die Rose aufhebt, soll ihr Gemahl sein.» Als der König diese Worte gesprochen hatte, starb er, und sein Sohn wurde König.

Nach einiger Zeit kam seine älteste Schwester zu ihm und sprach: «Lieber Bruder, ich wünsche mich zu verheiraten, suche einen Mann für mich aus.» — «Weißt du auch, was mir unser Vater auf seinem Sterbebette befohlen hat?» sprach der König und erzählte seiner Schwester, was der Vater gesagt hatte. Da wurde sie zornig und sprach: «War denn unser Vater närrisch? Wie? Ich sollte jeden Beliebigen heiraten müssen, dem es einfällt, die Rose aufzuheben? Lieber heirate ich gar nicht.» — «Tu, wie du willst», sprach er, «ich kann dir nicht helfen, denn dies ist unseres Vaters letzter Wille gewesen.»

Als noch einige Monate verflossen waren, wurde der Königstochter die Zeit lang, und sie trat wieder vor ihren Bruder und sprach: «Wenn es denn nicht anders sein kann, so will ich nach dem Willen unseres Vaters tun.»

Also pflückte der König eine Rose von dem Rosenstrauch auf der Terrasse, warf sie auf die Straße und befahl einem Soldaten, Wache zu halten und den ersten, der die Rose aufheben würde, in den Palast zu schicken.

Als der Soldat eine Weile neben der Rose gestanden hatte, kam ein Fürst vorbei. Da er die schöne Rose am Boden liegen sah, hob er sie auf und sprach: «Ach, die schöne Rose!» — «Edler Herr», sprach die Schildwache, «der König wünscht Euch zu sprechen.» Da kam der Fürst vor den König, der frug ihn: «Habt Ihr die Rose aufgehoben, die auf der Straße lag?» — «Jawohl, königliche Majestät!» — «So müsset Ihr auch meine älteste Schwester heiraten.» — «Königliche Majestät!» sagte der Fürst ganz erschrocken, «das kann ja nicht sein! Der Königstochter gebührt es, einen Königssohn zu heiraten, und ich bin nur ein Fürst. Wie kann mir diese Ehre werden»? — «Hier ist von keiner Ehre die Rede», antwortete der König, «sondern es ist nun einmal notwendig, daß meine Schwester Eure Gemahlin werde.» Also heiratete die Königstochter den Fürsten und dachte: «Ist es auch kein Prinz, so bin ich doch froh, daß es nicht schlimmer geworden ist.»

Nach einiger Zeit trat die zweite Königstochter vor ihren Bruder und sprach: «Lieber Bruder, ich bin nun im Alter, mich zu verheiraten, suche mir einen Mann aus.» Da antwortete der König: «Weißt du aber auch, was mir unser Vater auf seinem Totenbette befohlen hat? Wenn du dich verheiraten willst, so mußt du dich seiner Bedingung fügen.» — «Wenn es nicht anders sein kann, so will ich den Willen unseres Vaters tun», sprach die Königstochter. Da pflückte der König eine Rose und warf sie auf die Straße, und ein Soldat mußte daneben Wache stehen.

Lange Zeit ging niemand vorbei. Endlich kam ein Herr die Straße entlang. Da er die schöne Rose am Boden liegen sah, hob er sie auf und roch daran. Der Soldat trat auf ihn zu und sagte, der König wünsche ihn zu sprechen: «Habt Ihr die Rose aufgenommen?» frug ihn der König, als der Herr vor ihn trat. «Jawohl, königliche Majestät!» «Nun denn, so müßt Ihr meine Schwester zu Eurer Gemahlin nehmen.» — «Ach, königliche Majestät!» rief der Herr, «das kann ja nicht sein. Der Königstochter gebührt ein Herrscher zum Gemahl, und ich bin nur ein schlechter Untertan.» — «Ich kann Euch nicht helfen», sprach der König, «meine Schwester muß Eure Gemahlin werden.» Also wurde die Hochzeit gefeiert. Nun war nur noch die Jüngste übrig; die aber sprach: «Meine älteste Schwester hat einen Fürsten zum Mann bekommen, meine zweite Schwester nur einen reichen Herrn. Wer weiß, was mir beschieden ist! darum will ich lieber gar nicht heiraten.» Also blieb sie bei ihrem Bruder.

Nun begab es sich aber, daß der König selbst eine junge Frau nahm, und das weiß man ja: kommt einmal eine Schwägerin ins Haus, so beginnt für die Schwester ein ganz anderes Leben. So ging es auch der Jüngsten. Nachdem sie Herrscherin im Hause gewesen, mußte sie sich nun ihrer Schwägerin unterordnen. So kam es denn, daß sie endlich vor ihren Bruder trat und ihm sagte: «Lieber Bruder, wenn es denn nicht anders sein kann, so will ich meines Vaters Willen tun.» — «Nimm du selbst die Rose», sprach der König, «und wirf sie auf die Straße.» Da pflückte die Königstochter die Rose und warf sie auf die Straße, und ein Soldat mußte daneben Wache stehen.

Den ganzen Tag über ging fast niemand vorbei. Endlich, als es schon beinahe Abend war, kam ein Wasserträger des Weges mit seinem Stock und seinem Wasserfaß. Der Wasserträger war schmutzig und häßlich wie die Nacht, und seine Beine waren mit Blättern und Lappen eingebunden. Als er die schöne Rose liegen sah, hob er sie auf und roch daran. Der Soldat erschrak und dachte: «Wie kann die Königstochter diesen schrecklichen Menschen heiraten!» Weil aber der König ihm strengen Befehl gegeben hatte, so konnte er den Wasserträger nicht weitergehen lassen, sondern mußte ihn vor den König führen. «Hast du die Rose aufgehoben?» frug ihn der König. «Jawohl, königliche Majestät!» — «So mußt du jetzt auch meine Schwester heiraten.» — «O, königliche Majestät!» rief der Wasserträger, «Ihr wollet mit mir scherzen! Seht Ihr denn nicht, wie schmutzig ich bin, und wie meine Beine so krank sind?» Dem König war es traurig zumute. Die Königstochter weinte und jammerte über ihr Mißgeschick, aber es half alles nichts, sie mußte den schmutzigen, garstigen Wasserträger heiraten. «Aussteuer will ich keine», brummte er, «was soll ich in meinen Bergen damit machen?»

Also nahm er seine Frau mit sich und führte sie in die Berge, in eine armselige kleine Strohhütte, in der wohnte ein steinaltes, häßliches Weib. «Siehst du, das ist unsere Wohnung, und das ist meine Mutter», sprach er zu der armen Königstochter. Da mußte sie in der kleinen Hütte wohnen, und die Mutter nahm ihr die schönen Gewänder weg und gab ihr dafür ein wollenes Röckchen, das mußte sie tragen und mußte kochen und waschen wie eine niedrige Magd, und wenn abends ihr Mann nach Hause kam, mußte sie ihm auch noch die Beine verbinden. Seine Mutter aber nannte ihn Pezze e fogghi*.

So verging eine lange Zeit. Die arme Königstochter weinte sich fast die Augen aus. Pezze e fogghi aber liebte sie wie seine Augen, und wenn er sie so weinen sah, tat ihm das Herz weh.

Eines Abends hatte die Königstochter wieder bitterlich geweint. In der Nacht träumte ihr, sie sei in einem wunderschönen Schlosse. Viele schöngekleidete Lakaien dienten ihr und führten sie in einem goldenen Wagen mit sechs herrlichen Pferden bespannt zu ihrem Bruder. Als sie am Morgen erwachte, erzählte sie ihrem Manne ihren Traum, der lachte darüber und sprach: «Das sind eben Träume, wie kämest du in ein reiches Schloß?» Da weinte sie wieder den ganzen Tag, und am Abend schlief sie unter Weinen ein.

Als sie am Morgen erwachte, sah sie sich

* Lumpen und Blätter.

in einem wunderschönen Schloß, wie der Traum es ihr gezeigt hatte. Sie lag in einem reichen Bette. Viele Dienerinnen waren um sie her und halfen ihr, sich mit wohlriechendem Wasser zu waschen, und legten ihr königliche Kleider an. Dann ging sie in ein anderes Zimmer, darinnen standen viele Lakaien, die trugen ihr Frühstück auf und frugen: «Was befehlen Eure königliche Hoheit?» — «Einen Wagen», antwortete sie, «denn ich will zu meinem Bruder fahren.» — «Der Wagen ist bereit», sprachen die Diener, und als sie die Treppe hinunterging, stand da ein goldener Wagen mit sechs schönen Pferden bespannt, in den setzte sie sich und fuhr zu ihrem Bruder. Der junge König stand eben am Fenster. Als er den schönen Wagen sah, dachte er: «Wer kommt da wohl angefahren in einem so schönen, goldenen Wagen?» Als er aber seine Schwester erkannte, lief er ihr voll Freude und Verwunderung entgegen und frug sie: «Liebe Schwester, bist du es? Wie kommst du denn zu dieser Pracht und wo ist dein Mann?» — «Wo mein Mann ist, weiß ich nicht», antwortete die Königstochter und erzählte ihm, wie es ihr ergangen. «Nun bin ich gekommen, dich und meine Schwestern abzuholen», fuhr sie fort, «denn heute sollt ihr alle bei mir essen.» Da setzte sich der König in seinen Wagen nebst seiner Frau, seinen Schwestern und deren Männern, und alle zusammen fuhren mit großem Gefolge nach dem Schlosse der Königstochter. Dort fanden sie einen schön gedeckten

Tisch, setzten sich und aßen und tranken nach Herzenslust. Als die Mahlzeit zu Ende ging, hob einer der Gäste von ungefähr seine Augen auf und sah oben in der Decke ein großes Loch. Darin saß Pezze e fogghi und schaute lächelnd auf die Gesellschaft herab. «Ei, das ist ja Pezze e fogghi!» rief er. Bardautz! fiel das ganze Schloß zusammen und verschwand. Der König und sein Gefolge befanden sich wieder zu Haus, und die jüngste Königstochter saß in ihrem wollenen Röckchen auf dem Berge in ihrer Strohhütte. Als Pezze e fogghi nach Hause kam, klagte sie ihm ihr Leid, aber er lachte und sagte: «Ach was, du träumst nun gar am hellen Tag, das ist dein Traum von voriger Nacht, der dir so lebhaft im Gedächtnis geblieben ist.»

Es vergingen einige Tage. Eines Abends weinte die arme Königstochter wieder so viel, und als sie einschlief, träumte ihr abermals, sie sei in einem wunderschönen Schlosse; ganz derselbe Traum wie das erstemal. Als sie am Morgen ihrem Mann den Traum erzählte, lachte er sie aus und sprach: «Was hast du denn nur für Träume?» Da weinte sie den ganzen Tag und schlief mit Weinen ein. Am Morgen erwachte sie wieder im schönen Schlosse, und die Dienerinnen standen um sie her. Es ging gerade so wie das erstemal. Sie legte königliche Kleider an, fuhr zu ihrem Bruder und lud ihn mit seinem Gefolge auf ihr Schloß, um bei ihr zu essen. Gegen das Ende der Mahlzeit aber schaute wieder einer der Gäste zufällig aufwärts, und da er oben an der

Decke ein Loch erblickte und darin den Wasserträger, rief er ganz laut: «Ach seht, da ist ja Pezze e fogghi!» Bardautz! fiel das Schloß zusammen; der König und sein Gefolge wurden in das königliche Schloß versetzt. Die arme Königstochter aber saß wieder in ihrer Hütte auf dem Berge und trug ihr schlechtes wollenes Röckchen. Als ihr Mann nach Hause kam, klagte sie und sprach: «Nun sieh, jetzt ist es mir zum zweitenmal so und so ergangen. Gewiß bist du schuld daran.» Er aber lachte sie aus und sprach: «Ach was, du träumest eben bei Tag und bei Nacht.»

Abermals verging ein Monat. Eines Abends weinte die Königstochter wieder bitterlich, und als sie einschlief, träumte sie denselben Traum zum drittenmal. Am Morgen erzählte sie ihn ihrem Mann, der aber lachte nur darüber. Da weinte sie den ganzen Tag und schlief mit Weinen ein, und siehe da, am Morgen erwachte sie wieder im schönen Schloß. «Jetzt weiß ich aber, was ich tu», dachte sie, «ehe ich meinen Bruder einlade, mache ich es ihm zur Bedingung, daß keiner den Namen meines Mannes aussprechen darf.» Da fuhr sie in ihrem goldenen Wagen zu ihrem Bruder und lud ihn ein, bei ihr zu essen. «Aber unter einer Bedingung», sagte sie, «im Schlosse darf keiner den Namen meines Mannes aussprechen.» — «Gut», sprach der Bruder, und alle fuhren ins Schloß, wo wieder ein schön gedeckter Tisch bereit stand. Sie setzten sich und aßen, und gegen das Ende der Mahlzeit tat sich wieder die Decke auf, und Pezze e fogghi saß oben und schaute auf die Gesellschaft herab, aber keiner rief: «Da oben sitzt Pezze e fogghi!» Als alle fertig gegessen hatten, kam Pezze e fogghi herab und saß in der Mitte des Zimmers auf einem schönen Thron und war nicht mehr ein schmutziger Wasserträger, sondern ein schöner Jüngling in königlichen Kleidern. Denn Pezze e fogghi war der Sohn des Königs von Spanien und war von einem bösen Zauberer verwunschen worden. Nun hatte die schöne Königstochter ihn erlöst. Da wurden drei Tage Festlichkeiten gehalten und dann fuhr der Königssohn mit seiner schönen Gemahlin nach Spanien. Als sie fort waren, verschwand das Schloß und ward nicht mehr gesehen.

VON DER TOCHTER DER SONNE

Es waren einmal ein König und eine Königin, die hatten keine Kinder und hätten doch so gerne ein Söhnchen oder ein Töchterchen gehabt. Da ließ der König einen Wahrsager rufen, der mußte ihm wahrsagen, ob sie Kinder bekommen würden. Der Wahrsager antwortete: «Die Königin wird eine Tochter gebären, die wird in ihrem vierzehnten Jahre durch die Sonne guter Hoffnung werden.» Als der König das hörte, erschrak er und sprach zum Wahrsager: «Wenn du mir richtig prophezeit hast, so will ich dich reich beschenken.» Nicht lange, so merkte die Königin, daß sie Aussicht habe, ein Kind zu bekommen. Da dachte der König: «Der Wahrsager hat richtig prophezeit, denn hat das eine sich erfüllt, so wird das andere auch in Erfüllung gehen.» Er beschenkte also den Wahrsager reichlich nach seinem Versprechen und ließ in einer einsamen Gegend einen Turm bauen, ohne Fenster, daß auch kein Sonnenstrahl hineindringen konnte.

Als nun die Königin ein schönes Töchterchen gebar, ließ er es mit der Amme in den Turm sperren, und da wuchs das Kind auf, gedieh und wurde mit jedem Tage schöner. Da es beinah vierzehn Jahre alt geworden war, schickten ihm eines Tages die Eltern einen Zickleinbraten. Als die Königstochter den aß, fand sie darin einen spitzen Knochen. Den nahm sie und fing an zum Zeitvertreib die Mauer abzukratzen. Ein kleines Löchlein entstand, und sie grub immer weiter. Auf einmal fiel ein Sonnenstrahl in das Gemach und auf sie; und da sie gerade in ihrem vierzehnten Jahre war, so erfüllte sich die Prophezeiung des Wahrsagers. Die Amme konnte sich nicht genug darüber verwundern. Als eines Tages der König zum Besuch kam, erzählte sie ihm mit Furcht und Zittern, was mit der Königstochter vorgefallen sei. Der König aber sprach: «Es war ihr Schicksal. Sie konnte ihm nicht entgehen.»

Als ihre Stunde kam, gebar die Königstochter ein Töchterchen, das war so schön, so schön, daß man nichts Schöneres sehen konnte; wie konnte es auch anders sein, da es die Tochter der Sonne war. Da wickelten sie das Kind in Windeln und setzten es im Garten aus, der neben dem Turm war. Seine Tochter nahm der König auf sein Schloß. Das arme Kindlein aber lag im Garten und wäre gewiß bald verschmachtet. Es begab sich glücklicherweise, daß der Königssohn eines benachbarten Landes eben an dem Tage auf die Jagd gegangen war und dabei in diese einsame Gegend geriet. Da er an dem Garten vorbeikam, schaute er hinein und sah, daß wunderschöner Lattich darin wuchs, und bekam Lust, ein wenig davon zu nehmen. Also ging er in den Garten hinein, und als er an den Lattich kam, sah er ein wunderschönes Kind dazwischen liegen. Er nahm es mitleidig auf und rief sein Gefolge herbei und sprach: «Seht doch dieses wunderschöne Kind. O die niederträchtige Mutter, die es hat dahin werfen können!» Er brachte es zu seiner Mutter in das königliche Schloß und bat sie, es aufziehen zu lassen. Weil es im Lattich gelegen hatte, so nannte er es Lattughina.

Lattughina wurde mit jedem Tage schöner und ward bald so schön, daß ihr niemand gram sein konnte. Als sie älter wurde, entbrannte der Königssohn in heftiger Liebe zu ihr und wollte sie gerne zu seiner Gemahlin haben. Da frug er sie: «Lattughina, wessen Kind bist du eigentlich?» Lattughina antwortete:

«Ich bin die Tochter von Hund und Katze,
Wenn du mich nicht willst, so stirb und
zerplatze.»*

«Willst du mich denn heiraten?» frug er weiter. «Nein», antwortete Lattughina. «Aber warum nicht?» — «Weil ich nicht will». Da ging der Königssohn betrübt zu seiner Mutter und klagte: «Ach, liebe Mutter, ich habe die Lattughina gefragt, ob sie meine Gemahlin werden will, und sie hat mir mit nein geantwortet. Wenn ich sie aber frage, wessen Kind sie denn sei, so antwortet sie immer: Ich bin die Tochter von Hund und Katze, wenn du mich nicht willst, so stirb und zerplatze.» — «Was kann ich denn dafür, mein Sohn», antwortete die Mutter, «warte noch ein wenig und frage sie zum zweitenmal.» Das tat der Königssohn, aber Lattughina antwortete kurzweg: «Nein.» — «So sage mir doch wenigstens, wessen Kind du bist», bat der Königssohn. «Ich bin die Tochter von Hund und Katze, wenn du mich nicht willst, so stirb und zerplatze.»

Da nun die Königin sah, daß ihr Sohn ganz krank wurde aus Liebe zu der schönen Lattughina, so sprach sie: «Das Mädchen muß mir aus dem Haus, sonst hat mein Sohn keine Ruhe mehr.» Also ließ sie dem königlichen Palast gegenüber ein schönes Haus bauen, darin mußte Lattughina wohnen. Der Königssohn kam dennoch immer zu ihr und frug sie:

* «Sugnu figghia di cani e di jatta,
Si non mi voi, mori e scatta.»

«Lattughina, willst du mich zu deinem Gemahl?» Sie aber antwortete: «Nein», und der Königssohn ging traurig zu seiner Mutter und klagte ihr sein Leid. Endlich verlor die Königin die Geduld und rief: «Wenn sie dich nicht will, so laß sie doch laufen; es gibt noch andere hübsche Mädchen in der Welt.» Da schickte sie an alle Höfe und Fürstenhäuser und ließ Bilder kommen von den schönsten Königstöchtern, aber so viele sie auch dem Königssohn zeigen mochte, es wollte ihm keine gefallen.

Endlich, weil er sah, daß seine Mutter ganz traurig war, und weil ihn Lattughina doch nicht haben wollte, wählte er eine schöne Königstochter und sprach: «Lasset diese kommen, so will ich sie heiraten.» Also wurde eine glänzende Hochzeit veranstaltet. Die Königstochter kam an den Hof und wurde mit dem Königssohn getraut. Da sie aus der Kirche kamen, sah die junge Braut, daß der Königssohn verstimmt war und gar nicht vergnügt aussah. «Was fehlt Euch?» frug sie ihn. «Ach», antwortete er, «ich habe eine Schwester, die ist schöner als die Sonne. Ich habe mich aber mit ihr überworfen. Deshalb hat sie nicht bei meiner Hochzeit erscheinen wollen, und das betrübt mich.» — «O wenn es weiter nichts ist», sprach die Braut, «so gebt Euch zufrieden. Morgen schicken wir ihr einen großen Teller voll Süßigkeiten, so wird diese Artigkeit sie wieder versöhnen.» Das taten sie denn auch. Sie schickten am nächsten Morgen einen Bedienten zur schönen Lattughina mit einem großen Präsentierteller voll Süßigkeiten. «Wartet einen Augenblick», antwortete Lattughina, «und kommt mit in die Küche.» In der Küche fing sie an zu rufen: «Feuer, zünde dich an!», und alsobald brannte ein helles Feuer auf dem Herd. «Pfanne, komm herbei!», und eine goldene Pfanne kam und stellte sich von selbst auf das Feuer; «Öl, komm herbei!», und auch das Öl kam und goß sich von selbst in die Pfanne. Als es recht heiß aufbrodelte, legte Lattughina ihre schönen, weißen Hände in die Pfanne und hielt sie ein wenig darinnen. Als sie sie wieder herausnahm, lagen da zwei schöne goldene Fische; ihre Hände aber waren ganz unversehrt. Da legte sie die Fische auf den Präsentierteller, gab sie dem Diener und sprach: «Bringet diese Fische dem Königssohn und sagt ihm, er möge sie annehmen, seiner Schwester Lattughina zu Liebe.» Der Diener kam in das Schloß zurück, sprachlos vor Erstaunen und mit offenem Munde. «Nun, was ist denn geschehen?» frug der Königssohn. «Ach, Majestät, was habe ich gesehen!» und der Diener erzählte, wie Lattughina die goldenen Fische bereitet habe. «Ach, ist das alles?» rief die junge Königin, «das kann ich auch.» — «Nun, wenn du es kannst, so führe es aus», antwortete ihr Mann. Da ging sie in die Küche und rief: «Feuer, zünde dich an!», aber es entzündete sich kein Feuer auf dem Herd. «Es will mir heute nicht folgen», sprach sie und rief dem Koch zu: «Zünde mir das Feuer an.» Als das Feuer brannte, rief sie die Pfanne, aber die

Pfanne kam nicht. «Sie sind heute alle eigensinnig», meinte die junge Königin, «reiche mir einmal die Pfanne her.» Ebenso ging es mit dem Öl, ob sie es gleich rief, wollte es doch nicht kommen. Der Koch mußte es in die Pfanne gießen. Als es recht brodelte, wollte sie auch ihre Hände hineinstecken, aber sie verbrannte sich so jämmerlich, daß sie daran starb. Da ging der Königssohn zu Lattughina und sprach zu ihr: «Lattughina, warum hast du meine Frau ermordet?» — «Was habe ich ihr denn getan?» frug Lattughina. «Sie hat gehört, wie du die schönen goldenen Fische bereitest hast», antwortete der Königssohn, «und wollte es auch so machen; sie hat sich aber so verbrannt, daß sie gestorben ist. «Wer heißt sie denn etwas versuchen, was sie nicht kann?» sprach Lattughina, «ich habe ihr nichts gesagt.» — «Ach, Lattughina», bat er, «willst du mich nun zu deinem Gemahl haben?» — «Nein», antwortete sie. «So sage mir wenigstens, wessen Kind du bist.» — «Ich bin die Tochter von Hund und Katze, wenn du mich nicht willst, so stirb und zerplatze.» Eine andere Antwort wollte sie ihm nicht geben. Er kehrte betrübt zu seiner Mutter zurück und klagte ihr sein Leid. «Wenn sie dich nicht will, so laß sie laufen», sprach die Königin und redete ihm so lange zu, bis er sich wieder eine Braut auswählte und Hochzeit mit ihr hielt.

Als sie aus der Kirche kamen, war der Königssohn wieder so verstimmt, und die Braut frug ihn, was ihm fehle. «Ich habe eine Schwester Lattughina», sprach er, «die ist schöner als die Sonne, und ich habe mich mit ihr gestritten, darum hat sie nicht zu meiner Hochzeit kommen wollen, und das betrübt mich.» «Oh», antwortete die Braut, «morgen wollen wir ihr einen Teller voll Süßigkeiten und Canellini schicken, das wird sie schon versöhnen.» Den nächsten Morgen also schickten sie einen Diener zu Lattughina mit einem Teller voll Süßigkeiten. Lattughina hieß den Diener in die Küche kommen und dort warten und sprach: «Feuer, zünde dich an und heize den Ofen!» Alsobald brannte ein helles Feuer im Ofen, und als er ganz heiß war, kroch sie hinein und blieb ein wenig drinnen. Als sie aber wieder herauskam, war sie noch viel schöner geworden, und da sie ihre schönen Flechten aufmachte, fielen Perlen und Edelsteine auf den Boden. Damit füllte sie den Präsentierteller und hieß den Diener ihn zum Königssohn tragen: er möge diese Perlen annehmen, seiner Schwester Lattughina zuliebe. Der Diener kam wieder mit offnem Mund in das Schloß. «Nun, wie ist es gegangen?» sprach der Königssohn.

Als der Diener erzählte, was Lattughina getan habe, rief die junge Frau: «Oh, das ist gar nichts, das kann ich auch.» — «Wenn du es kannst, so zeige uns deine Kunst», sprach der Königssohn. Da ging sie in die Küche und rief: «Feuer, zünde dich an und heize mir den Ofen!» Aber es entzündete sich kein Feuer. «Wie eigensinnig das Feuer heute ist», sprach sie, «Koch, heize du mir den Ofen!» Als der Ofen ordentlich durchgeheizt war, kroch sie hinein. Aber sie verbrannte sich jämmerlich, und als sie sie herauszogen, war sie tot. Da ging der Königssohn zu Lattughina und klagte sie an, daß sie ihm seine Frauen töte, indem sie diese Künste ausübe, die die anderen nachmachen wollten. Lattughina aber antwortete: «Ich habe es ihnen nicht gesagt; sie sind selbst schuld daran, wenn sie etwas nachmachen wollen, was sie nicht können.» — «Ach, Lattughina», bat der Königssohn, «willst du mich noch immer nicht zu deinem Gemahl?» — «Nein», antwortete sie. «So sage mir doch wenigstens, wessen Kind du bist!» — «Ich bin die Tochter von Hund und Katze, wenn du mich nicht willst, so stirb und zerplatze.» So gab sie ihm immer dieselbe Antwort. Der Königssohn ging traurig zu seiner Mutter und klagte ihr sein Leid. Da beredete ihn die alte Königin, daß er sich wieder eine Braut auswähle und ließ eine schöne Königstochter kommen, mit der wurde er getraut.

Da sie aus der Kirche kamen, sah die Braut, daß er ein trauriges Gesicht machte, und frug ihn, was ihm fehle. Er antwortete, er habe sich mit seiner Schwester gezankt, also daß sie nicht habe zur Hochzeit kommen wollen. «Laß es gut sein», sagte die Braut, «morgen schicken wir ihr einen großen Teller voll Süßigkeiten, das wird sie versöhnen.»

Das taten sie denn auch. Als der Diener zu Lattughina kam, saß sie auf dem Balkon und wärmte sich an den Sonnenstrahlen. «Wartet nur einen Augenblick», sprach sie und blieb ruhig sitzen. Als die Sonne nicht mehr in das Zimmer schien, sondern nur auf das eiserne Geländer des Balkons, stellte sie ihren Stuhl dort hinauf und setzte sich drauf, und siehe da, der Stuhl blieb ruhig stehen. Als die Sonne hinter dem Dach verschwand, setzte sie sich mit ihrem Stuhl gar auf das Ziegeldach hinauf. Der Diener lief ganz entsetzt in das Schloß zurück und erzählte, was er gesehen habe. «Ach, das kann ich auch», rief die Braut. «So laß uns einmal sehen», sprach ihr Mann. Da sie aber den Stuhl auf das Balkongeländer stellte und sich darauf setzen wollte, fiel sie hinunter und brach den Hals.

Der Königssohn ging wieder zu Lattughina. Aber so viel er sie auch bitten mochte, ihn zum Gemahl zu nehmen oder ihm wenigstens zu sagen, wessen Kind sie sei, sie hatte immer dieselbe Antwort für ihn. Da ging er traurig zu seiner Mutter und sprach: «Lattughina will mich nicht heiraten, und eine andre kann ich doch nicht mehr freien, sonst heißen sie mich den Frauenmörder. Was soll ich tun?» — «Ja, mein Sohn», antwortete die Königin, «nun kann ich dir nicht mehr helfen. Du mußt herauskriegen, wessen Kind Lattughina ist, dann wird sie dich vielleicht heiraten.» Also dachte der Königssohn darüber nach, wessen Kind Lattughina wohl sein möchte, und konnte es nicht herausbringen.

Als er eines Tages so übers Feld ging und ganz betrübt seinen Gedanken nachhing, begegnete ihm ein altes Mütterchen, das frug ihn: «Sage mir doch, schöner Jüngling, warum bist du so traurig?» Anfangs wollte er es ihr nicht sagen. Endlich aber ließ er sich bewegen und klagte der Alten sein Leid. Diese antwortete: «Ich kann dir nur einen Rat geben. Gehe hin zu Lattughina und sage ihr, du wärest krank, sie möge dir einen kühlenden Trank bereiten. Wenn sie ihre Gerätschaften herbeiruft, so nimm ihren goldnen Mörser und halte ihn ganz fest, ohne daß sie es merkt, so wird sie sich vielleicht in ihrem Unmut verraten.» Dieser Rat gefiel dem Königssohn gar wohl, und er machte sich auf den Weg zu Lattughina.

«Ach, Lattughina», sagte er, «ich bin so krank, bereite mir doch einen kühlenden Trank.» — «Das will ich gern tun», sprach sie und fing an zu rufen: «Glas, komm herbei! Zucker, komm herbei! Zitronen, kommt herbei!»; und alles, was sie rief, kam von selbst herbei. Der Königssohn hatte auf dem Tisch den goldnen Mörser stehen sehen, den nahm er geschwind, ohne daß Lattughina es merkte, und steckte ihn fest zwischen seine Knie. Der Zucker aber war in gar so großen Stücken, deshalb rief Lattughina: «Mörser, komm herbei!» Der Mörser aber konnte nicht kommen, denn der Königssohn hielt ihn fest. Da sie nun mehrere Male den Mörser vergeblich gerufen hatte, verlor sie die Geduld und rief: «Bin ich doch Tochter der Sonne, und so ein elender Mörser will mir nicht gehorchen!» Der Königssohn sprang auf und rief: «Und bist du Tochter der Sonne, so sollst du auch meine Gemahlin sein.» Da sie merkte, daß er es herausgebracht hatte, wessen Kind sie sei, sprach sie mit Freuden: «Ja, ich will deine Gemahlin sein.» Also wurde ein schönes Hochzeitsfest gefeiert. Lattughina lud auch ihre Mutter und ihre Großeltern dazu ein, und es war großer Jubel im ganzen Land. Wir aber sind hier sitzen geblieben.

DER VERTRAG

Es war einmal ein Mann, der hatte drei Söhne. Er war so arm, daß sie nichts zu essen hatten. Da sagte der älteste: «Ich will mich aufmachen und etwas verdienen gehn.» Der Vater gab ihm den Segen, und er ging in die Welt hinaus, um sein Leben zu verdienen. Er traf einen Herrn, der fragte ihn, ob er in seinen Dienst treten und sein Knecht sein wolle. Er sagte: «Gerade darum habe ich meinen Vater verlassen.» Da sagte der Herr: «Ich werde dir hundert Taler geben im Monat, und zu essen. Aber wir wollen den Vertrag so schließen: Wer ihn zuerst bereut, der soll das Recht haben, den andern zu enthäuten.» Er sagte: «Ja». Am andern Tag gab ihm der Herr vier Maultiere, er solle in den

Wald gehen und Holz holen; und zum Frühstück bekam er ein ganz kleines Stückchen Brot. Als er mit dem Holz zurückkam, verlangte er zu essen. «Hast du nicht heute morgen schon gegessen?» — «Nein, Herr, ich habe nur ein kleines Stücklein Brot bekommen.» — «Gut», sagte der Herr, «da hast du noch eines», und er gab ihm eines, das noch kleiner war als das erste. «Daran habe ich nicht genug», sagte er zum Meister, «davon kann ich nicht leben.» — «Also — du bereust unsern Vertrag?» — «Ja, ich bereue ihn.» Da nahm der Herr ihn beim Hals, enthäutete ihn und tat ihn tot hinter die Türe.

Als der älteste nicht zurückkam, sagte der zweite, er wolle gehen. Der Vater gab ihm den Segen, und er machte sich auf den Weg, und fand den gleichen Herrn und schloß einen gleichen Vertrag und wurde enthäutet und hinter die Türe getan wie der erste.

Schließlich machte sich der dritte Bruder auf den Weg und fand den gleichen Herrn und wurde Knecht bei ihm. Er ging mit den Mauleseln in den Wald, um Holz zu holen. Als er zurückkam, verlangte er zu essen, und der Herr gab ihm ein so zartes Stück Brot, daß die Sonne hindurchschien. Er wollte sich beklagen. Aber als er zufällig einen Blick hinter die Türe warf, sah er die Brüder, die dort tot lagen. «Bereust du unseren Vertrag?» sagte der Meister. «Nein, ich bereue ihn nicht», sagte der dritte Sohn. Am folgenden Tag wurde er um Holz geschickt. Er ging, aber statt es im

Wald zu besorgen, trat er in den Garten eines Nachbarn, schnitt die Bäume und Rebstöcke, die dort waren, alles teures Zeug, und brachte es nach Hause. Kam der Nachbar und schrie: «Da schaut, was Euer Knecht angestellt hat, das werdet Ihr mir bezahlen.» Sagte der Meister zum Knecht: «Was hast du gemacht?» — «Das, was du mir aufgetragen hast», antwortete er, «bereust du etwa unsern Vertrag?» — «Nein», sagte der Herr, «ich bereue ihn nicht.»

Sagte die Frau des Meisters zu ihrem Mann: «Morgen schicken wir ihn mit der Schweineherde in den Wald; dort ist ein Waldriese, der wird ihn fressen.» Am andern Tag sagte der Meister: «Geh mit den Schweinen in den Wald.» Und der dritte Bruder ging mit den Schweinen und kaufte ein Horn und ein Stück Quark. Als er in den Wald kam, erschien der Waldriese. «Wer bist du, der du hierher kommst?» — «Schau, wer ich bin!» sagte der dritte Sohn und nahm das Stück Quark, legte es auf einen Stein und schlug mit der Faust darauf, daß der Quark nur so in der Luft herumspritzte. Der Waldriese, der glaubte, daß der Quark ein Stück Marmor sei, bekam Angst, als er diese Kraftprobe sah, und sagte: «Gevatter, willst du nicht in mein Haus kommen? Seien wir Freunde.» Er antwortete: «Ja», und sie gingen in das Haus des Waldriesen. Da war auch die Frau des Waldriesen. In der Nacht, als sie im Bett waren, hörte der dritte Bruder, wie die Frau zu ihrem Manne sagte: «Er ist nicht so stark, du hast dich betrügen lassen. Geh morgen mit ihm und stell ihn noch einmal auf die Probe.» Am andern Tag sagte der Waldriese zum dritten Bruder: «Komm, wir wollen das Schleuderspiel spielen gehen.» Er nahm als Schleuderstück das Mahlholz mit sich. Er warf es weit, weit. Dann sagte er zu seinem Kameraden, nun solle er werfen. Aber der dritte Bruder nahm sein Horn: Tut, tut, tut! «Was tut Ihr da, Gevatter?» — «Seht Ihr nicht das Meer dort?» — «Doch, ich sehe es.» — «Auf der andern Seite des Meeres hat es Leute, ich warne sie, sie sollen fortgehen, denn ich will das Mahlholz ins Meer schleudern, aber vielleicht fällt es erst auf dem andern Ufer nieder, und da könnte es ein Unglück anrichten.» — «Aber wenn das Mahlholz ins Meer fällt, dann kann ich ja nicht mehr Korn mahlen — tut es nicht, ich gebe mich für besiegt.»

In der Nacht sagte die Frau: «Du läßt dich durch Worte besiegen. Geht morgen Holz holen, und du wirst sehen, wie stark er ist.»

Am andern Morgen sagte der Waldriese: «Komm, wir wollen Holz holen gehen.» Und er nahm einen Baum um den andern und zerbrach die Bäume in kleine Stücke. «Jetzt mach du es», sagte er zum dritten Bruder. Der nahm ein Seil, reichte das eine Ende dem Waldriesen: «Halte es und bleib stehen», und begann zu laufen. «Wohin willst du gehen?» — «Ich will den ganzen Wald mit dem Seil umgürten und ihn dann mit einem einzigen Ruck abbrechen. Es langweilt mich, die Bäume so einen nach dem andern zu nehmen, es ist viel bequemer, sie alle auf einmal umzureißen.» — «Du ruinierst mir ja meinen Wald!» sagte der Waldriese, «laß, ich gebe mich für besiegt.»

In der Nacht sagte die Frau: «Du hast dich wieder durch Worte besiegen lassen, man muß irgendeinen Weg finden, um zu sehen, wieviel Kraft er hat. Sag ihm, er solle das Holz mit den Händen fällen, und du wirst sehen.» Aber der dritte Bruder, der nicht schlief, hatte gehört, was sie sprachen. Er ging leise, leise, nahm einen Bohrer und machte in den stärksten Baum fünf Löcher. Dann legte er sich wieder ins Bett. Am andern Tag sagte der Waldriese: «Komm, wir wollen Holz fällen.» — «Wie Ihr wollt», sagte der dritte Bruder, «sieh da, wie ich es mache», und er rannte gegen jenen Baum und drang mit den Fingern in die fünf Löcher ein. «Tu dasselbe», sagte er zum Waldriesen; aber als dieser gegen einen andern Baum anrannte, brach er sich die Finger.

«O weh», sagte er zu seiner Frau, «sieh, wie ich mir die Finger zugerichtet habe; er aber ist in den Baum eingedrungen und hat fünf Löcher gemacht — so große etwa.» Als er das der Frau erzählte, bekam auch sie Angst. «Nimm den eisernen Stock da», sagte sie, «und gib ihm diese Nacht einen solchen Schlag, daß er nicht mehr erwacht.» Der dritte Bruder, der es gehört hatte, nahm seine Kleider, tat Stroh hinein und legte sie ins Bett, während er selbst unter das Bett kroch. In der Nacht kam der Waldriese und suchte das Bett im Dunkeln. Er gab ihm wilde Schläge gerade in der Mitte. Dann ging er weg zu seiner Frau und glaubte, jener sei tot. Aber am Morgen, sieh da, kommt der Gevatter heraus. «Wie habt Ihr geschlafen», fragte die Frau des Waldriesen. «Nicht allzu gut», antwortete er, «denn es sind drei Flöhe gekommen und haben mich in die Schulter gekniffen.

Als der Waldriese diese Worte hörte, sagte er zu ihm, er würde ihm so viel Gold geben als er wolle, wenn er nur den Wald verließe. Der Junge sagte ja, nahm das Gold, sammelte mit seinem Horn die Schweine und ging auf das Haus seines Meisters zu.

Die Schweine hatten unterdessen im Wald so viele Eicheln gefressen, daß sie sehr fett geworden waren. Da begegnete er zwei Kaufleuten, die fragten ihn, ob er diese Schweine verkaufen wolle. Er sagte: «Ja, aber ohne die Ohren und die Schwänze.» Sie waren es zufrieden und gaben ihm so viel Gold für die Schweine, daß er es kaum tragen konnte.

In der Nähe des Hauses des Meisters nahm er die Ohren und Schwänze der Schweine und pflanzte alle, alle in die sandige Erde. Dann trat er ein. «Wo sind die Schweine?» fragte der Herr. «Sie sind so fett geworden im Wald, daß sie in den Sand hinunter gesunken sind», sagte der Junge. Da lief der Meister hin, und als er alle die Ohren und Schwänze sah, ergriff er einen Schwanz und zog an ihm und sah, daß nichts anderes mehr da war. «Ah du Schuft, wo sind die Schweine?» fragte er. «Sie haben sich in Staub aufgelöst, scheint mir», sagte der Knecht. «Du wirst sie mir bezahlen», schrie der Meister, «mach daß du fortkommst, Schurke!» — «Bereut Ihr unseren Vertrag?» fragte der Knecht. «Ja», schrie der Meister, «fort mit dir!» — «Ah, Ihr bereut!» sagte der Knecht, nahm ihn beim Hals und enthäutete ihn, daß er starb. Dann nahm er das ganze Haus in Besitz, begrub die Brüder, ließ den Vater kommen, heiratete und lebte glücklich.

Tozza, tozza,
una gallina verminosa,
evviva la sposa!*

DIE DREI GÄNSE

Drei Gänse waren auf einem Jahrmarkt gewesen und kehrten mit den eingekauften Sachen nach Hause zurück. Aber sie mußten durch einen Wald gehen, und auf dem Wege überraschte sie die Nacht. Sie berieten, was zu tun sei. «Wir armen Gänse können heute unsere Wohnung nicht mehr erreichen. — Was fangen wir nur an,

* Tozza, tozza,
eine Henne voll Würmer —
es lebe die Braut!

um uns vor dem Wolfe zu schützen?» Sie beschlossen sich Häuser zu bauen. Jede baute sich ein besonderes Haus, die erste aus Stroh, die zweite aus Holz, die dritte aus Eisen.

In der Nacht kam der Wolf und ging zuerst vor das Häuschen aus Stroh. «Liebe Gans», rief er, «mach mir auf, sonst blas' ich dein Haus über den Haufen!» Die Gans öffnete nicht, der Wolf blies ihr Haus um und verschluckte sie.

Dann ging er vor das Haus der zweiten Gans und sagte: «Liebe Gans, mach mir auf, sonst werf' ich dein Haus um!» Als die Gans nicht aufmachte, warf er ihr Haus um und verschlang sie.

Dann ging er vor das Haus der dritten, welches von Eisen war, und sagte: «Liebe Gans, mach mir auf, sonst schlag' ich dein Haus zusammen!» Die Gans aber öffnete nicht. Da ward der Wolf zornig und schlug auf das Haus los. Das Haus brach nicht, aber der Wolf schlug sich einen Fuß ab. Nun hinkte er auf drei Beinen zum Schlosser und ließ sich einen eisernen Fuß ansetzen. Dann ging er wieder zum Hause der Gans zurück und bat sie um Einlaß. Aber die Gans lachte nur und tat nicht auf. Da versuchte es der Wolf mit einer List. «Ei, liebe Gans, laß mich nur auf einen Augenblick herein, ich möchte mir eine Suppe kochen, ich habe großen Hunger.» Weil er gar so flehentlich bat, sagte die Gans endlich: «Aufmachen kann ich dir nicht, lieber Wolf, aber ein gutes warmes Süppchen will ich dir kochen, sollst deine Freude daran haben!» Sie ging, schürte ein Feuer an und hing einen Kessel voll Wasser darüber, bis es siedend heiß war. Dann trat sie zum Fenster und rief hinab: «Nun, lieber Wolf, sperre den Rachen recht weit auf, das Süppchen ist fertig, ich gieß es dir hinab.» Der Wolf sperrte den Rachen weit auf und die Gans schüttete das siedend heiße Wasser hinab, gerade in den Rachen des Wolfes. Es verbrühte ihn und er mußte jämmerlich verenden. Die Gans aber ging hinaus und riß ihm den Leib auf. Da sprangen ihre beiden Schwestern fröhlich heraus. Und sie setzten ihren Weg fort und kamen alle drei wohlbehalten nach Hause.

DAS NACKENTIGE DIRNDL

Es war ein Kaufmann, der hatte drei Söhne. Wenn er Waren einkaufen fuhr, dann nahm er die zwei älteren mit, daß sie Bescheid wüßten, wenn sie einmal selber einkaufen gingen. Als wieder einmal die Waren ausgegangen waren, sagte der Kaufmann zu seinen zwei älteren Söhnen, sie sollten allein zum Einkaufen nach Sizilien fahren: «Euch ist es eine Freude, mir ist es schon lästig.» Als das der jüngste Sohn hörte — Johann hieß er —, da bat er seinen Vater, daß er mitfahren dürfte. Die zwei älteren Brüder wollten davon nichts wissen, aber Johann ließ nicht nach mit bitten, und der Vater sagte: «Warum sollt' er nicht mitfahren, es schadet ihm ja nicht, wenn er was sieht von der Welt», und er gab ihm 300 Gulden mit, daß er kaufen könnte, was ihm gefiele, und die zwei älteren Brüder nichts damit zu schaffen hätten.

Als sie in Sizilien ankamen und in einem Wirtshaus einkehrten, sagte der älteste Bruder zum Hausknecht, er möchte sie morgen früh zeitig wecken, aber der jüngste, der dürfe nichts davon wissen. Und zum Wirt sagte er, er möchte Obacht geben auf den jüngsten Bruder, daß er nicht ausginge, er könnte sich da in der großen fremden Stadt verirren und sich nimmer zurechtfinden.

In der Frühe, wie der jüngste Bruder wach wurde, waren die zwei schon fort. Als er nun auch aus dem Wirtshaus gehen wollte, versuchte ihn der Wirt zurückzuhalten, aber Johann sagte: «Ach was, soviel kann ich wohl lesen, daß ich weiß, wo ich hingehe und wie ich zurückkomme.»

Er ging in der Stadt umeinander, kam zuletzt ganz hinaus und zum Freithof. Da stand vor der Tür ein breiter Stuhl, auf dem lag ein Haselstecken. Wie der Johann neugierig dastand und schaute, was das sein sollte, kam ein Leichenzug. Die Leute nahmen den Toten aus der Truhen, legten ihn auf den Stuhl und wollten ihn prügeln. Da fragte Johann, warum sie das täten. Sie antworteten: «Er ist hundert

Gulden schuldig geblieben, dafür kriegt er hundert Stockstreiche.» Da sagte Johann: «Das kann ich nicht ansehen, die hundert Gulden werd' ich zahlen.» Sie waren zufrieden damit, der Tote wurde begraben und Johann ging mit und sprach beim Grab sein Gebet.

Dann ging er weiter und kam — mit Respekt zu sagen — in die Schindergass'n. Da fuhren die Hunde auf ihn los und bellten ihn an, und da war ein weißes Pudele dabei. Der Wasenmeister kam schauen, was die Hunde hätten, und wie er den Johann dastehen sah und das Pudele anschauen, fragte er, ob er's kaufen möchte. Der Johann fragte, was es kostete. «Fuchz'g Guld'n», sagte der Wasenmeister. Da kaufte Johann das Pudele und ging damit weiter. Nach einer Weile kommt er in die Sklav'n-gass'n. Da sieht er ein Dirndl beim Fenster herabschauen. Ist etwa zwölf Jahr alt gewesen. Das Dirndl hat dem Johann gar so gut gefallen. Im anderen Fenster aber steht der Sklavenhalter, der sieht, daß der Johann gar so g'spitzt auf das Dirndl anhi schaut. Und jetzt fragt der Johann auch schon, was das Dirndl kosten möcht. Der Sklavenhalter verlangt hundert Gulden. Der Johann ist einverstanden und der Handler bringt das Mädchen in der bloßen Pfoat zum Johann herab. Jetzt hat der Johann ein nackentiges Dirndl, jetzt muß er ihr noch ein Gewand kaufen, das kostet auch fünfzig Gulden, und da sind die dreihundert Gulden gar.

Als er zum Gasthaus kam, waren seine Brüder schon dort und die Waren aufgeladen. Als sie

Johann mit dem Mädchen und dem Hund daherkommen sahen, waren die Brüder zornig und wollten ihn ganz hint'n lassen und nimmer mitnehmen. Da kriegte aber der Wirt mit ihnen und sagte: «Was werd's denn ös enka'n Bruder* da lass'n und wie soll er denn allaan und ohne Geld haam kemm'? Wann a schlecht g'tan hat, so wird ihm schon der Vater a Straf geb'n.»

Da gaben die Brüder nach und nahmen den Johann mit seinem Dirnlein und mit seinem Pudelein mit. Und als sie heimkamen, da hatte der Vater schon zwei andere Kaufhäuser gekauft, damit die zwei älteren Brüder ein jeder selber handeln und wirtschaften könnten. Sein eigenes Haus hatte er für den Johann bestimmt. Der Vater hat aber nichts Unrechts gesagt, daß der Johann hat das Dirndl und den Pudel gekauft. «Es kann vielleicht einmal zu einem Glück sein», hat er gemeint.

Er schickte den Johann in eine fremde Stadt auf eine Handelsschule, und das Dirndl blieb daheim. Der Kaufmann und seine Frau haben es bald recht gern gehabt, weil's so gescheit und so brav und sauber ist gewesen. Mit der Zeit ist aus ihm die schönste Jungfrau in der ganzen Stadt geworden. Als nun dem Johann seine Zeit auf der Handelsschule um war und die Eltern ihn abholen wollten, da bat das Dirndl, sie möchten es mitnehmen. Und wie sie hinkamen in die Stadt, da bat es, ob's nicht zuerst dürfe den Johann empfangen. Dem Kaufmann und der Frau hat das gefallen, daß das Dirndl den

* ihr euren Bruder.

Johann so gern hat. Wie es den Johann sieht, da fällt's ihm um den Hals und halst ihn halt recht ab, und gibt ihm Busseln auf Lippen und Wangen. Als sie heimgekommen waren, da sahen die Eltern, daß die zwei, der Johann und 's Dirndl, gar so leicht taten miteinander. Da sagte der Kaufmann zu seiner Frau: «Es wär a Sünd', wenn ma sie nit heiraten liassat.» In kurzer Zeit ist die Hochzeit gewesen, und danach hat der Johann von seinem Vater das Geschäft übernommen.

Nach einigen Jahren, als die Ware gar geworden, mußte Johann auf Reisen gehn, da sagte seine Frau zu ihm, er solle nicht nach Sizilien fahren, er solle nach Konstantinopel reisen. Und gab ihm eine Fahne, die sollt' er auf dem Schiff aufstecken, wenn er einstieg, und sollt' lassen drei Kanonen abschießen, und wenn er ausstiege, auch wieder drei. Wie er nun in Konstantinopel ankam, da ließ er beim Aussteigen drei Kanonen abfeuern und die Fahne war auch aufgesteckt. Das hatte aber ein Oberst gehört und gesehen und ging schnell zum Kaiser und meldete ihm, ein fremder Kaufmann hätte sich herausgenommen, was nur Seiner Majestät gebührte. Da befahl der Kaiser, den Kaufmann gefangenzunehmen und zu hängen.

In drei Tagen wurde Johann zum Galgen geführt. Seine Fahne wurde dabei mitgetragen. Viele Leute liefen nach, und dabei war auch eine vornehme Frau, die ging gleich hinter der Fahne und betrachtet' sie. Sie sah, daß es eine schöne, künstliche Fahne war aus Menschenhaut. Mitten darin war was Weißes, und es kam ihr vor, wie wenn in dem weißen Fleck was geschrieben wär in türkischer Sprache. Wie nun der Zug schon ganz beim Galgen war, nahm die Frau ihr weißes Tüch'l aus dem Sack und gab ein Zeichen damit. Jetzt, wie die Leute die Fahne betrachteten, sahen sie, daß in dem weißen Fleck richtig eine türkische Schrift eingeschlungen war, und die lautete: der türkische Kaiser soll dem fremden Kaufmann ein ganzes Schiff voll von feinstem Samt und Seiden und was sonst noch teure Waren sind, schenken, weil der Kaufmann dem türkischen Kaiser seine Tochter aus der Sklaverei losgekauft hat und die Tochter ist dem fremden Kaufmann seine glückliche Frau. Wie das der Oberst las, meldete er es dem Kaiser, da kam der selber und ließ den Kaufmann gleich freigeben, und statt dem Galgen hat er ein Schiff voll Waren zu schenken 'kriegt. Nun sagte der Oberst zum Kaiser, er würde doch seinen Schwiegersohn nicht lassen allein übers Meer fahren, wo's so viele Seeräuber gäbe. Der Kaiser möcht' ihm eine Kompagnie Soldaten mit auf das Schiff geben, und wenn's ihm recht wär, so würde er, der Oberst, die kommandieren. Dem Kaiser war das recht, und der Oberst schiffte sich mit dem Kaufmann ein. Es ging ihm aber alleweil im Kopf herum, wie er hinter die Kaiserstochter kommen und dem Sultan sein Schwiegersohn werden könnte. Und in einer Nacht, wie sie schon mitten auf dem Meere waren, rief er den Kaufmann und sagte, da wäre ein großes Meerwunder. Als der Kaufmann über die Planken hinabschaute, da nahm ihn der Oberst bei den Füßen und stürzte ihn obenüber ins Meer hinab. Der Kaufmann ging im Wasser unter, wie ihn aber das Meer wieder hinauf warf, da kam der Vogel Greif und trug den Kaufmann in sein Nest. Da war der Oberst froh, er dachte, der Vogel Greif trägt ihn seinen Jungen hin, die werden ihn schon auffressen.

Als der Oberst zu der Kaufmannsfrau kam, und die ihn um ihren Herrn fragte, erzählte er ihr, es sei ein Unglück mit ihm geschehen, der Vogel Greif habe ihn fortgetragen. «Ich werde aber trachten, daß ich den Schaden gutmachen kann und will Ihr Beschützer sein, und wenn Sie mich mögen, so können wir nach einer Weile auch heiraten.» Aber die Kaufmannsfrau sagte: «Das wird bei mir nicht so schnell gehen. Wir sind sieben Jahre verheiratet gewesen, ich will jetzt auch sieben Jahre um meinen Mann trauern.» Der Oberst mußte sich damit zufrieden geben.

Die sieben Jahre waren noch nicht ganz herum, da machte er schon Anstalten zum Heiraten. Als aber der Hochzeitstag kam und schon alles bereit war, da brachte der Vogel Greif den Kaufmann wieder zu seinem Hause und stellte ihn vor der Tür nieder. Der Mann ging in die Kuch'l und setzte sich dort auf ein Bank'l nieder. Die Haare waren ihm in den sieben Jahren lang gewachsen, und der Bart hing ihm bis mitten auf die Brust herab. Der ganze Mensch hatte ein wildes Aussehen, so daß ihn niemand kannte.

Jetzt kommt die Braut in die Kuch'l und schaut nach, wo wohl all's in der Richtigkeit ist. Das weiße Pudele war hinter ihr, das ist die ganzen sieben Jahr nicht ein einziges Mal von ihr gewichen. Jetzt läuft's aber von ihr weg und zuhi zu dem Bettler, springt ihm auf den Schoß, leckt ihm 's Gsicht und wacht'lt mit dem Schweif. Da sagt die Braut: «Das ist doch merkwürdig, noch nie ist der Pudel von mir gewichen, und jetzt geht er von mir weg und zuhi zu dem Bettler!» — «Ja», sagt der Bettler, «weil er mi kennt, weil i ihn gekauft han.» Das schießt der Braut schnell ins Hirn, sie geht aus der Kuch'l und läßt ein Bad richten. Der Bettler muß in das Bad, es werden ihm die Haare abgeschnitten und der Bart wegrasiert. Wie das alles geschehen ist, hat sie ihn erkannt, hat eine Freude g'habt und ihn gehalst und geküßt! Sie holt sein Bräutigamsgewand, das er vor sieben Jahren angehabt, und sagt: «Jetzt werden wir wieder unseren rechten Ehrentag feiern wie vor sieben Jahr'.»

Der Oberst aber wurde gefangengenommen und auf dem Scheiterhaufen verbrannt; und der Vogel Greif, der dem Kaufmann sieben Jahre lang die Nahrung zugetragen hat, das war derselbe Tote, den Johann losgekauft hat.

Es war ein armer Keuschler, der hatte viele Kinder. Er war schon alt und schwach, so mußten alle miteinander Hunger und Not leiden. Zuletzt wollte der Keuschler mit seinem Leben ein End' machen, daß er den Jammer nimmer müßt' ansehen. Da nahm er ein Stricktrumm und ging hinaus in den Wald. Weil er aber keinen passenden Baum zum Aufhenken finden konnte, ging er eine Weil' in dem Wald umeinander. Da kam ein Jäger, der war ganz grün ang'legt und hatte krummpe Federn auf dem Hut. Und a biß'l krummp ist er auch gegangen. Der fragte den Keuschler, was er da im Wald macht. Der Keuschler sagte: «I suach an Baam zan aufhenk'n, i findt aba' koan pass'nt'n.»

Da sagte der Jäger zum Keuschler: «Warum denn aufhenk'n?» Der Keuschler antwortete: «I han a groaße Familie und i selba' kann nix mehr vadean'.» Darauf sagte wieder der Jäger: «Ach, aufhenken brauchst du di' destwegn' nit! Wann du mir gibst, was du nit waaßt, so gib i dir viel Geld.» — «Das kann i ja nit hergeb'm, was i nit waaß.» — «Das gibst du leicht he', was du nit waaßt.» Der Keuschler dachte und sinnierte lang nach, der Jäger redete noch weiter auf ihn hinein; da willigte der Keuschler ein. Der Jäger sagte: «Feder und Papier han i wohl bei mir, i han aber kaa' Tint'n mit. Du muaßt in dein' Finger ihi schneid'n, daß es bliatet und muaßt di' mit dein Bluat selba' inta'schreib'm.» Wie das der Keuschler getan hatte, ging der Jäger fort und kam mit einem großen Pink'l Geld wieder, das war so groß, daß der Keuschler dreimal schwer heim getragen hat.

Seine Alte merkte das erstemal nichts davon, das zweitemal auch noch nicht; wie er 's drittemal kommt, fragt sie: «Was tragst denn du heint so schwer?» — Der Keuschler sagte: «I han an guat'n Hand'l g'macht. I bin in Wald zan an Jäga' kemm', der hat g'sagg, wann i eam gib, was i nit waaß, so gib' a mir viel Geld. Und i han mi' mit mein' Bluat selba' g'maßt inta'schreib'n.»

Die Keuschlerin schreit: «Ja, was stellst du denn an? Du va'kafst deine Kinder ja schoan in Mutterleib.» — Der Keuschler sagte: «I waaß mi' ja nix schuldig, i bin ja schoan lang ba dir nit g'wes'n.» — Die Keuschlerin sagte: «Ja, so seid's ds Mannenleit! Du bist rauschiga' haam kemm' und hast mia' kaa Ruah nit g'lass'n und da is es g'scheah'n.» Der Keuschler derkam wohl selber, aber er konnte 's nimmer anderst machen.

Als ihre Zeit kam, gebar die Keuschlerin ein schönes Bübl, das wuchs auf und ging in die Schule. Wenn die Mutter ihm ein Brot gab, so weinte sie allemal. Wie das Bübl es merkte, fragt's die Mutter: «Ja, woarum tuast denn du allwing re'an, wenn du mir a Brot gibst? Bin i nit dei' Kind, oder hast du mi nit so gern wia die andern?» — «Wohl», sagt die Mutter, «du bist ma' 's liabaste unter meine Kinder.» — «No», sagt's Bübl, «woarum rea'st du nacha' allemal?» — «Weil di' dei' Vata' schoan in Muatterleib in Teif'l va'kaft hat. Und hat si mit sein' eiganan Bluat inta'schrieb'm.» — Das geht 'm Büble fuach'boa z' Heaz'n. Es sagt: «I will recht brav sein und will guat lea'nan, vielleicht kimm i do' noch loas, wenn i aus der Schul bin.»

Wie das Büble aus der Schul ist, so geht's fort und fragt einen heiligen Einsiedler, dem die Engel alle Tag' die Speise vom Himmel brachten. Dem erzählte der Bub alles und bat ihn, ob er ihm nicht helfen könnte. Der Alte sagte: «Das ist schwer, denn die Unterschrift ist in der Hölle unten. Ich will dir wohl helfen, soviel ich kann und mag. Du mußt hingehen zum schwarzbraunen Michel. Der ist mein Bruder. Und ist ein Rauber- und Zauberhauptmann, denn er ist mit'm Luzifer G'vatterleut' und hat einige Kinder und die sind voll Aussatz und das is 'm Luzifer nit recht. Da hast du a Salb'l, und wenn du hin kimmpst, tust'n schwarzbraunen Mich'l seine Kinder damit einschmier'n. In drei, vier Tag'n is der Aussatz weg, sind die Kinder heil.»

Wie das Bübl hinkam in die Rauberhöhl'n, da war eine gestohlene Wirtschafterin drin, die sagte: «Mei liab's Biabl, schaug, daß d'weita' kimmpst, du bist in aana' Rauber- und Zauberhöhl'n. Wann der schwoa'zbraune Mich'l hoam kimmpt, laßt a' di glei' toatschlag'n.» Das Büble sagte: «I bin a Dokter, i will seine Kinder von Aussatz haal'n.» Die Wirtschafterin aber meinte: «Du bist ja no' z'klaan und una'faa'n.» Aber das Büble blieb dabei, es wollte die Kinder heilen. «So muaß i di' va'steck'n», sagte die Wirtschafterin, «und di in a haamlene Kamma' toan. I muaß eam's anta' sag'n, sunst laßt a di' und mi' umbring'.»

Als der schwarzbraune Michel kam, sagte ihm die Wirtschafterin erst, was das Büble wollte. Er ließ sich's vorführen und meinte auch: der wäre noch so klein und jung, da hätt' er schon bessere Dokter gehabt und die hätten's auch nicht gekonnt. Aber der Bub blieb dabei: «In drei bis vier Tag'n will i s' ganz g'sund mach'n.» Nacha' sagt der schwarzbraune Michel: «So woll'n ma' 's halt prowia'n. Wenn so aber nit g'sund wea'nt, laß i di' umbring'.» Und er führte seine Kinder für und 's Büble strich sie mit dem Salble an. In drei Tagen waren die Kinder ganz rein von Aussatz.

Da fragte der schwarzbraune Michel, was er dafür schuldig wäre. Jetzt erzählte der Bub, wie ihn sein Vater im Mutterleib dem Teufel mit seinem eigenen Blut verschrieben hätte, und er tät bitten, wenn der schwarzbraune Michel ihm die Unterschrift wieder schaffen möcht'. Die hätt' er nicht, die wär in der Hölle, sagte der schwarzbraune Michel; «da muaß i 'n Luzifea' her beschwea'n».

Wie der Luzifer kam, schaute er das Büble

an und sagte: «Das gehört nicht mein», und als das Büble noch einmal bat, antwortete er, so müßten sie alle drei in die Hölle gehen. Wie sie nun in der Hölle drin waren, da nahm der Luzifer ein großes Buch und verlas alle Teufel, wie ein Offizier seine Soldaten. Dann fragte er, wer den Buben da gekauft hätte. Ein jeder von den Teufeln schaute das Bübl an und sagte: «Es gehört nicht mein.»

Da besann sich Luzifer, daß der krummpe Fiestofelus nicht da war, der geht alleweil auf der Welt umeinander und tut Leut' z'samm'-kaufen. Geschwind hat ihn der Oberteufel herbeschworen und gefragt, ob der Bub sein gehört.

«Ja», sagt der Fiestofelus, «den hab ich gekauft.» — «Das Bübl hat dem schwarzbraunen Michel seine Kinder gesund gemacht, gib die Unterschrift her», sagt da Luzifer. — «Die Unterschrift geb' ich nicht her, 's Bübl' g'hört mein.» — «Wenn du die Unterschrift nit hergibst, ich laß alle Teufel über dich.» — «Das macht mir nix. Die Unterschrift gib i nit her.» — «Wenn du die Unterschrift nit hergibst, so laß ich eine Säul'n bau'n von der Höll' weg bis ins Firmament, von lauter g'spitzten Sägen und Messern. Da mußt du auf und ab krakseln.» — «Das macht mir nix, die Unterschrift gib i nit her.» — Da sagt der Luzifer: «Wenn du die Unterschrift nit hergibst, i laß di' in schwoazbraun' Mich'l sei' Bad ihi wiaf'n.»

Wie das der Fiestofelus hört, sagt er geschwind: «Na', da laß i mi' nit ihi werf'n, lieber gib i die Inta'schrift her.» — Und wie der Bub die Unterschrift hat, ist er wohl in großen Freuden und schnell aus der Höll' heraus.

Der schwarzbraune Michel aber, wie er aus der Höll' ist kommen, denkt bei ihm selber: Was muß das für a schreckbar schiachas Bad sein. All's hat 'n Fiestofelus nit erschreckt, alle Teif'l über ihm lass'n, über die hohe spitzige Seil'n auf und ab kraks'ln hat a' si nit g'schreckt. Und lieber, daß er si' laßt in mei Bad werf'n, lieber hat er die Inta'schrift herg'geb'm. Was muaß i für a scheachas Bad hab'm! — Na', in das Bad laß i mi nit ihi werf'n, lieber tua i mi' bekehr'n und will a rechter Christ wer'n.

Er ging aus seiner Räuberhöhle und wollte zu einem Geistlichen, um zu beichten. Aber überall, wo er hinkam, da kannten sie ihn schon, da sperrten sie die Pfarrhäuser vor ihm zu und ließen ihn nicht ein. Und wie er weiter ging, begegnete ihm unterwegs ein Geistlicher, dem will er beichten. Der Geistliche fürchtet sich aber vor ihm und läuft fort. Der schwarzbraune Michel läuft ihm nach, weil er so von Herzen gern gebeichtet hätte, aber er stolpert über einen Stein, fällt und ist tot.

Weil's ihm aber richtig von Herzen ist gegangen mit seiner Buße, so hat er Gnad gehabt und ist in den Himmel kommen. Und eine ganze Legion Engel hat ihn begleitet.

Jetzt ist aber der Engel wegen der Begleitung drei Tage bei dem Einsiedler ausgeblieben. Da fragt der Einsiedler den Engel, wie er wieder gekommen ist: «Was ist denn gewesen, daß du so lang ausgeblieben bist? Einen Tag bist du wohl schon öfter ausgeblieben, auch einmal zwei Tage, aber drei Tage noch nie.»

Da sagt der Engel: «Wir haben einen großen Sünder begleitet: deinen Bruder, den schwarzbraunen Michel. Eine ganze Legion Engel hat mitgehen müssen, und da hat's auch mich getroffen, weil im Himmel eine große Freud' ist gewesen über den großen Sünder, der Buße getan hat.»

«So», sagte der heilige Einsiedler, «wenn mein Bruder, der schwarzbraune Michel, soviel Engel gehabt hat zum in Himmel fahren, wieviel werd' nacha' ich haben, wenn ich werd' in Himmel fahren?»

Da sagt der Engel: «Du bist so heilig, du wirst wohl mit mir allein in den Himmel fahren.»

Da wird der Einsiedler zornig und sagt zum Engel: «Lieber als i mit dir alloan in Himm'l fahr', lieber fahr' i mit oana Legion Teif'l in die Höll'.»

Wie der Einsiedler das gesagt hat, hrrr! — Da kommen hunderttausend Teufel und packen ihn und werfen ihn in dem schwarzbraunen Michel sein Bad.

DIE SCHWARZE KÖNIGSTOCHTER

Es war ein alter König und eine alte Königin, die hatten keine Kinder. Die Königin wollte gar so gern ein Kind haben. In der Stadt war eine große gemauerte Brücke übers Wasser und mitten darauf zur rechten Seite das Kruzifix und auf der linken Seite der Luzifer in Stein ausgehauen. Die Königin ging öfter hin zu dem Kruzifix und betete um ein Kind. Als aber das Beten nutzlos blieb, ging sie zum Luzifer hin und betete den Luzifer an. Und über ein Vierteljahr, da g'spürte sie, daß sie in Hoffnung war. Das sagte sie dem König und wollte ihm eine Freude machen. Der König wußte sich daran nicht schuldig, er sagte aber nicht viel Gutes oder Schlechtes dazu.

Nach einem halben Jahr gab der König ein Fest, und unter der Zeit wurde die Königin entbunden von einer kohlschwarzen Tochter. Die wuchs in einer Stunde so wie ein anderes Kind in einem Jahr. In vierundzwanzig Stunden war sie groß und ausgewachsen, aber geredet hat sie nichts. Und weil sie so schnell gewachsen war, tat sie der König auch noch zu der Tafel. Und als die Tafel aufgehoben wurde, fing die schwarze Königstochter zu reden an und sagte: «Du unglückseliger Vater und du unglückselige Mutter, jetzt kommt die unglückselige Stunde, darin ich sterben muß. Und wenn ich werde gestorben sein, so begrabt mich in der Kirche hinter dem Hochaltar in einer Gruft. Und wenn ich werde begraben sein, so muß alle Nacht bei der Gruft ein Mann auf Posten stehen. Und wenn er einmal ausbleibt, so wird's nicht gut werden; und wenn öfter, dann noch schlechter.»

Wie sie das gesagt hatte, fiel sie nieder und war tot. Der König ließ eine Gruft in der Kirche ausheben und legte die schwarze Tochter hinein. Am Abend mußte ein Mann Posten stehen. In der Frühe, als der Mesner ging, vier läuten, sah er, daß der Mann zerrissen war, und so ging das lange fort, daß alle Nacht ein Mann auf so grausame Art sein Leben lassen mußte.

Das Militär wurde schon unwillig, verweigerte den Gehorsam, und der König fürchtete sich vor einer Revolution. Er schrieb an seinen Schwager, der auch König war, er möchte ihm ein Regiment Soldaten leihen. Und der schickte ihm auch gleich ein Regiment. Dabei dienten drei Brüder, einer als Major, einer als Hauptmann und einer als Gemeiner, der hat Rudolf geheißen. Der ist aber mehr im Strafhaus gewesen als im Dienst, und seine Brüder wären gern von ihm los gewesen, hätten ihn gern aufhenken oder erschießen lassen, aber so was Arges hat er nicht angestellt, daß sie ihm ans Leben hätten gehen können.

«Bruder Hauptmann», sagte der Major,

«jetzt werden wir den Rudolf los, der muß der erste sein, der auf den Posten kommt.» Wie der Rudolf den Befehl erhielt, war er furchtbar zornig auf seine Brüder, daß er der erste sein mußte; sie hätten es doch machen können, daß er der letzte war oder gar davon freigekommen wäre.

Es half aber nichts, er mußte hin. Vorher ging er noch zu dem Pfarrer von der Kirche und bat ihn um ein Gebetbuch und eine geweihte Kreid'n. Als er zu der Wacht aufgeführt wurde, kniete er vor dem Hochaltar nieder und betete aus dem Gebetbuch bis drei Viertel auf elf. Wie es drei Viertel auf elf schlug, da wußte er nicht, wohin er sich verstecken sollte: «Schlief i unter die Stühl eihi, so hats mi g'schwind, steig i hinter die Heilig'n anhe, hat s' mi 'a g'schwind. Auf die Kanz'l anhi wer' i gehn.» Und wie er auf die Kanzel ging, da machte er mit der Kreid'n auf einem jeden Stieg'nstapf'l ein Kreuz. Dann duckt' er sich auf die Kanzel nieder. Als es elf schlug, kam sie als eine Feurige aus der Gruft heraus und rief: «Rudolf!» Und als sie ihn nicht fand, da warf sie alle Stühle übereinander und schlug die Heiligen alle herab. Endlich sah sie ihn auf der Kanzel oben, aber sie konnte nicht herauf wegen der Kreuze auf den Stapf'ln. Da machte sie sich mit den Stühlen eine Stiege, und grade war sie oben und wollte den Rudolf greifen, da schlug es zwölf. Sie lag wieder schwarz da, die Stühle und die Heiligen waren alle wieder, wo sie hingehörten. Da ging Rudolf von der Kanzel herab und zog die Schwarze wieder in die Gruft. Dann sprach er ein Dankgebet. Wie der Mesner kam viere läuten, sah er den Posten vor dem Hochaltare knien und beten. Er meldete es dem Pfarrer, und der sagte, er solle den Posten zu ihm führen. Der Pfarrer lobte ihn für seine Tapferkeit und sagte ihm, er solle am Abend wieder auf den Posten gehen und wäre dann über Tag dienstfrei. Aber Rudolf antwortete: lieber wolle er Dienst machen, als noch einmal auf den Posten gehen. Da schrieb der Pfarrer einen Brief an den König, daß der Posten unverletzt geblieben sei. Und der König gab den Befehl, daß der gleiche Mann noch einmal auf den Posten muß gehen. Der Rudolf aber denkt bei sich: «Das tu ich nimmer, lieber desertier ich und sitz über Tag im Wirtshaus.» Wie der Abend kommt, da will der Rudolf desertieren, und wie er schon aus der Stadt ist und glaubt, daß er halbwegs sicher sei, so sitzt ein alter Zitherschlager neben der Straße, der sagt zu ihm: «Rudolf, desertier nit, du wirst glücklich wer'n.» Der Rudolf sagt: «Geh du hin, wann du's so guat waaßt.» Der Zitherschlager antwortet: «I bin kaa' Soldat.»

Sie stritten eine Weile miteinander, aber der Zitherschlager redete dem Rudolf so lang' zu, bis er wieder auf seinen Posten ging, sagte ihm aber noch, daß er heint nimmer dürfe auf die Kanzel gehen; «du steigst heint hinter die Mutter Gottes aufe, dua't wird di' die schwarze Prinzessin nit so schnell find'n. Wann sie di' find'n wird, wird's schoan z'spat wer'n.»

Als er in der Kirche war, betete er wieder vor dem Hochaltar bis drei Viertel auf elf. Dann stieg er hinter die Mutter Gottes hinauf, und als es elf schlug, kam die Prinzessin wieder in feuriger Gestalt, aber noch viel grauenhafter wie die erste Nacht. Als sie den Rudolf nicht fand, warf sie wieder die Stühle übereinander und schlug die Heiligen alle herunter. Sie lockte mit guten und bösen Worten, aber der Rudolf kam nicht hervor. Zuletzt, als sie ihn doch sah, machte sie wieder eine Stiege von Stühlen, aber wie sie mit dem letzten Stuhl hinaufstieg, schlug es zwölf. Die Stühle waren wieder ein jeder auf seinem Platz, und die Heiligen, wo sie hingehörten, und die Schwarze lag wieder tot auf dem Boden. Rudolf tat mit ihr wie das vorige Mal, und der Mesner fand ihn am Hochaltare und mußte ihn wieder zum Pfarrer bringen. Der sagte ihm auch diesmal von dem Postenstehen und gab ihm vierzehn Dukaten. Aber Rudolf wollte nichts mehr davon wissen. Als es der König von dem Pfarrer erfuhr, wurde Rudolf zum drittenmal auf den Posten kommandiert, dafür war er tagsüber dienstfrei. Er aber wollte wieder desertieren, und diesmal nicht mehr nach der Straße, sondern über Felder und Wiesen, daß er nicht wieder den alten Zitherschlager träfe. Übertags blitzte er im Wirtshaus bis um vier. Dann desertierte er über Felder und Wiesen. Wie er aber zum Wald kommt, sitzt wieder der alte Zitherschlager da und sagt: «Rudolf, desertier' nit! Du wirst dein Glück mach'n.» Der Rudolf sagt: «So geh du hin, dir wird's Glück a' nix schad'n, bist ja noch a viel ia'mara Teif'l als wie i.» — Der Zitherschlager sagt: «I hab' da's schoan g'sagt, daß i kaa Soldat nit bin», und redet so lang' auf'n Rudolf, daß er sich wieder derreden hat lassen: «Heint derfst nimmer hinter die Muttergottes anhi steig'n, heint muaßt hingehen zu der Gruft und muaßt die Aug'n zua hab'm. Heint wird sie no' viel grauslicher und wiat'nder toan. Aber ja nix neigierig sein und die Aug'n aufmach'n, sist bist du toat. Wann's naacha elfe schlag'n wea'd, so muaßt du in die Gruft einhe, muaßt di' drin niederleg'n, 'n Tua'nister inter'n Kopf, 's G'wehr zu deiner Recht'n und die Händ' auf der Brust ins Kreiz leg'n, wia a Soldat auf der Bahr' liegt. Und sie wea'd di' mit guat'n und beas'n Wort'n lock'n, aber du derfst die Aug'n nit aufmach'n, weil sie di' nit ba der Recht'n angreift und sagt:‚Rudolf steh auf!'»

Der Rudolf wurde also wieder auf seinen Posten geführt und betete wieder bis drei Viertel auf elf. Wie es drei Viertel auf elf schlägt, stellt er sich zu der Gruft hin, und wie es Elf schlägt, hört er rauschen und fällt in die Gruft hinein. Den Tornister unterm Kopf, das Gewehr zu seiner Rechten und die Hände auf der Brust gekreuzt, so wie der Soldat auf der Bahre liegt.

Jetzt fährt aber die Prinzessin in der Kirche umeinander, wie wenn die Kirche wollte zusammenbrennen oder zusammenstürzen. Sie ruft ihn im guten und bösen und findet ihn nicht. Je näher gegen zwölf, je mehr wird sie wütend. Sie kommt zu der Gruft und spricht: «Rudolf, steh auf oder ich brenn dich heraus!», aber er macht die Augen nicht auf und rührt sich nicht. Wie es zwölf schlägt, nimmt sie ihn bei der rechten Hand und spricht: «Rudolf steh auf!» Und wie der Rudolf jetzt die Augen aufmacht, steht sie als eine schneeweiße, schöne Jungfrau neben der Gruft. Der Rudolf steht auf, nimmt seinen Mantel und hüllt ihn der Jungfrau über, daß sie nit nackanta' und bloaß derf neben ihm stehn.

Dann ging er beten, daß er nun vom Wachestehen los war, und die Jungfrau ging beten, daß sie vom Teufel erlöst war.

Und wie der Mesner kam viere läuten, da sah er zwei vor dem Hochaltare knien. Er meldete eilends dem Pfarrer, daß eine schöne Jungfrau neben dem Posten kniete und betete, und der Pfarrer schrieb eilends einen Brief an den König, und der König gab den Befehl, daß der Rudolf sollte König werden, ließ seine Tochter holen und prächtige Gewänder für sie machen. Noch in der Woche wurden sie kopuliert, und jetzt war der Rudolf König.

E Chünig het im ganze Land lo uustrumpeete, wenn im eine a der Wienecht chönn grüeni Fyge bringe, so gäb er em sys einzig Töchterli zur Frau. Das het mängem junge Burscht im Land es wässerigs Muul gmacht; so ne rychi, schööni Prinzässin gwünnt me nit a jederm Grüenhaag. S isch au ne nuefere, aaschickligе Doorfchnaab der Gluscht aachoo, s Chünigs Tochterma z wärde. Aber die grüene Fyge? Die het er gluegt überzchoo. Sy Brueder isch Waldbrueder gsi, wyt hinde in ere Einöödi, het mit Bäte und Finkeflächte welle der Himel verdiene und näbezue d Gärtnerei tribe haudäntisch und allerhand bekannti und unbekannti Chrüüter und Gmüeser zoge uf sym Pflanzplätz. Zu däm het er Zueflucht gnoo und cha ömel es ganzes Reisseckli voll Fyge überchoo und goot graadeswägs dermit ufs Chünigs Schloß loos. Der Wääg füert in dur ne grooße Wald, und doo chunnt unverhofft es Härdmanndli gägen em glauffe und frogt in, was er i sym Sack heig. Der Jung isch chly meischterloos gsi, het dänkt, das gang dä Höck nüüt aa, und git zur Antwort: «Roßchugeli!» — «Nu, nu», het das Härdmanndli gseit, «so söllsch de dere haa!» und isch wider eismools verschwunde, wie s choo isch. Der Chnaab het das nüüt gachtet; är het der Chopf amen andere Ort und chunnt zum Chünigspalascht und seit zum Portner, är bring doo die Fyge, wo me s Chünigs Töchterli dermit chönn verdiene; är söll in go aamälde. Das isch gschee, und är het fascht nit möge gwarte, bis är het dörfe sy Sack ufs Chünigs Tisch uusläära. Aber potz Wätter wille, wie het der Chünig es Paar Auge gmacht, d Nase zäme klemmt und euse Brutwärber aagschnauzt: «Wart, du Sapperlotsbueb, i will der!» und het dä verdatteret Chnaab lo i d Chefi speere.

Paar Taag spööter, wo der Waldbrueder dänkt, sy Brueder chönnt jetz de gly einisch zrugg sy, vernimmt er, si heige ne im Schloß nümme usegloo. Do macht er der Vorsatz, go uuszchundschafte, wie s im ggange syg, nimmt au e Sack voll Fyge und reiset. Sy Chutte het er deheime gloo und e nöie veieliblaue Chlopfer mit gääle Chnöpfe aagleit und isch dernoo e staatsschööne Burscht gsi. Chunnt uf der Reis au i dä grooß Wald und do erschynt im das Härdmanndli und froogt en, was är doo im Püntel trääg i. «Grüeni Fyge», seit er. «Nu, nu, so söllsch dere haa!» seit s Härdmanndli, «und wil uufrichtig gsi bisch, so chunnsch de nit is Loch wie dy Brueder, und ig vereere der no es Pfyfli. Verlüürs nit; me cha nit wüsse, vilicht chas der spööter einisch no wool choo.» Seits und pfödelet i d Stuuden ine. Dä Einsidler chunnt zum Chünig und schüttet syni grüene schööne Fyge uf e Tisch uuse und het aaghalte, si söllen im doch au s Chünigs Töchterli zeige. «Das wei mer der scho z' Gfalle tue», seit der Chünig, «aber überdaas loos, Junge, gäb dus überschunnsch, muesch mer überdaas no nes Meischterstück mache. Dunden im Hööfli han i hundert Hase; mit dene muesch i Wald use z Weid faare; aber gwaar di, aß mer se z Ooben alli ufs Düpfli wiider zrugg bringsch; überdaas süsch macht me di um e Chopf chürzer — überdaas.» Euse Fygemaa het aber sy Chopf dra gsetzt: die wöll er und kei anderi, und erklärt: «I faare z Weid und wenns mi s Lääbe choscht.»

Am Morge früe trybt er sy Häärde uus und chunnt afangs im Wald zume ne Bäramslenäscht. Do befilt er syne Hase, si sölle Sorg haa und usse dra duure lauffe, aß si di Bäramsle nit trampe. Das het der Ambeisechünig gfreut, er danket em und seit: «Wil d mys täätig Völchli so achtisch und sorgfältig mit im umgoosch, so wei mer der au dankbar sy derfür; wink numme, wenn d is bruuchsch.» Wie die Hase gmerkt hei, si syge jetz uf irer Weid, isch eine hüscht, der ander hott uuse, und i paar Augeblicke het me keine me dervo gsee. Der Hirt isch der ganz Taag i Prinzässinne-Himel verzückt gsi; a d Hase het er nümme dänkt, bis s Väschperglöggli im Schloß obe lüütet und d Waldvögel iri Näschter sy go ufsueche. Jetz won er sött heifaare und kei Nagelsgroß vom ene Haas gseet, seit er zuen im sälber: «Han ig nit es Pfyfli im Sack? Mer wei luege, was das chönn», nimmt s as Muul und het es luschtigs Stückli gspilt. Gseet er jetz, wie die Hasen us allen Egge chöme z springe und s Männdli mache um ire Hirt ume! Si hocken uf iri Stumpe, hei s

Tälpli hinders Oor und losen uf d Muusig scherfer as hütigstags mängisch d Kampfrichter. Jetz faart er mit ne em Schloß zue; alli hundert sy schöön kanntsam vorawäg spaziert. Der Chünig het es chrumms Muul gmacht, won er bim Abzelle findt, es fääli keis Bei, und seit: «Du muesch si morndrisch no einisch go hüete überdaas, süsch gilts nüüt.»

Der Prinzässi zlieb wäär der Waldbrueder durs Füür dure gsprunge und het ooni Mure die Hase mornderisch wider z Weid tribe. Dernoo schickt der Chünig heimlig e schööni Magd, si söll em mit Gäld und guete Worte go ne Haas ablöckle; s wärd im denn wool vergoo, alli wider zum Toor yztrybe. Die Magd het ires Verlange mit süeße Worte vorbroocht und schlimm derzue glächlet. Dernoo seit der Hirt, er well ire ne Haas gää, wenn si im es Schmützli gäb. Si het si derzue lo verstoo und är gitt ire dernoo e Haas is Fürtech yne. Wo si es Schützli wyt dermit glauffe gsi isch, pfyfts und der Haas was gisch was hesch zum Fürtech uus und stoubvombode zu syne Kamerade zrugg.

Z Oobe isch der Chünig wider gar nit zfride gsi und befilt: «Moorn überdaas farsch noon emool! Überdaas es mueß goo wien iig will.» Das het der Hirt scho gmacht; aber der Chünig isch dernoo sälber als Jeeger verchleidet i Wald uuse ggange mit eme Gweerli und eme Weidsack und het bi däm Hirt derglyche too, er schäm si, als Jeeger ooni Haas vo der Jagd hei z cho; es syg hüt wi verbannisiert; der Wald grodli vo Hase und glych chönn me keine schieße; der

Hirt söll doch so guet sy und im eine z chaufe gää, choscht er was er well. «Jo», seit der Hirt, «i will der eine gää, wenn d döört dä stettig Esel, wo unden am Bärgli stoot, uf e Gipfel uufe stooßisch.» Gärn oder ungärn, der Chünig isch a d Arbet ggange und het sys eige Volch uusgspottet und en Esel a d Spitzi gstellt und isch dernoo richtig mit eme Haas und zweu längen Oore beloont worde. Mit däm Haas isch der Chünig hei und enandernoo i d Chuchi, für in z metzge, aß er ömel nümmen ertrünn; s Chuchimeitli het en müeße haa, bis der Chünig s Mässer gwetzt gha het. Plötzlig pfyfts im Wald usse, der Haas schüttlet sys Stümpli und faart mit syne Chläile der Jumpfere über e Buuch abe und uuf und furt zum Schüttsteiloch uus. Der Chünig het so guet gwetzt gha, jetz isch nüüt mee z mache gsi as e längi Naase.

Z Oobe, wo der Hirt heichunnt, seit der Chünig: «Jetz, Junge, muesch mer morn no es anders Meischterstück mache, ee und bevor mys Töchterli überchunnsch. Uf em Eschtrig obe isch e Huufe Frucht, bi zwöi hundert Seck, und alls überdaas underenander: Chorn, Rogge, Gärschte, Haber. Rod di! Wenn d bis morn z Oobe nit alli Sorte bsünderet hesch, so chunnsch ume Chopf.» Waas mache? My Hirt goot uusen i Wald zum Bäramslechünig, won im versproche gha het, mit Glläägeheit dankbar z sy, und chlagt em sy Noot: «Guete Fründ, i bi i der Chlemmi, d Sach stoot so und so! Wottsch mer nit dys Völchli öppen e Taag schicke zum Gmeinwärche?» Der Ambeisechünig het versproche z choo und isch us Gfelligkeit no sälber go ordiniere, und uf em Eschtrig hets do der ganz Taag gwimmslet und grodlet und gkrüschlet i däm Fruchthuufen ume, aß s e Freud gsi isch zuezluege. Wo der Chünig z Ooben isch cho d Nase ynehaa, für z gsee, wien es großes Hüüfli afen erlääse syg, isch alles i der Ornig gsi.

Jetz het s en afe dunkt, dä Blaurock well und müeß sy Tochterma wärde, do hälfe keini Kniff und keini Lugine mee. Aber einisch het er s glych no welle probiere, dä hartnäckig Brutwärber abzschüssele. Seit dernoo zuen em: «Du chasch mys Töchterli haa überdaas, wenn d mer e Sack voll Woret chasch sääge.» — «Es blybt derby, wenn s de numme guetet», seit der Waldbrueder. Do befiilt der Chünig, e Sack z mache, der chönnet ech sälber abschetze, wie groß er gsi isch: siibenezwänzg Schnyder hei siibenezwänzg Taag lang dra z näie ghaa, und keine het der ander möge gsee derby. Eine vo s Chünigs Hundertschwyzer het in dernoo greicht, und won er en über d Achsle schlingget, het s so schröckli gchutet, aß die Schnyder alli hei müeße d Noodle i Bode stecke und si am Fade haa, süsch hätt se der Wind wyt furttreit. Jetz isch dernoo em Brütigam sys letscht Meischterstück aaggange. Dä grüüslig Sack mit Worete z fülle, das wird öppis wölle heiße. Wie het er s ächt aagstellt? Er foot aa zelle: «E Chünig het es schööns Töchterli ghaa. Isch daas e Woret?» — «Joo, s isch eini.» — «Also, i Sack yne mit ere!» befilt der Chnab und zellt wyter: «Wär das Töchterli well, het der Chünig lo sääge, da müeß grüeni Fyge bringe; do het eine Roßchugeli broocht und der ander Fyge. Sy das Worete?» — «Überdaas jo!» — «Also, i Sack yne mit ne. Dä mit dene Roßchugeli isch i d Chefi cho und der ander het müeße hundert Hase hüete. Sy daas Worete?» — «Bi nit dergäge überdaas!» — «Also, i Sack yne mit ne. Für ne einzige Haas het es Meitli e Liebesdienscht to und het e Jeeger en Esel uf e Bärg ufegstoße. Sy daas nit Worete?» — «Doch, doch überdaas!» — «Also, yne mitnander!» komidiert der Brutwärber. «Nei, nei», het jetz der Chünig gseit, «s isch jetz überdaas gnue; i glaube der s, du brungsch der Sack voll; mys Töchterli isch vo hüt aa dys eelig Gspons. Überdaas wirsch denn Freud an im haa.»

Wäms bi der ganze Hischtorie am leidschte ggangen isch, das isch dä arm Schelm, wo s Härdmanndli aagloge het. Er isch dernoo fryli e ryche Prinz worde, aber er het doch i sym Lääbe mängs hundertmool gseit: «Hätt i doch d Fyge nie verlügnet.»

GION TGAVRÊR

(HANS DER GEISSHIRT)

Es war einmal ein Vater und eine Mutter, die hatten zwei Söhne. Einer hieß Sepp und der andere Gion. Sepp war der Liebling des Vaters, den Gion hingegen hatte er nicht so gern. Der Mutter waren beide gleich lieb. Sepp, der ältere, wurde 20 Jahre alt und wünschte ins Militär zu gehen. Zu dieser Zeit zog man in Kriegsdienste nach fremden Ländern. Der Vater gab gleich seine Einwilligung. Sepp ging. Inzwischen kam auch Gion in die Jahre, da er Militärdienst leisten konnte. Er bat den Vater und sagte, er wolle auch gehen. «Ach was, dich können sie nicht brauchen, du bist zu dumm.» Die Mutter sagte: «Wenn du den Sepp hast ziehen lassen, so laß auch den Gion gehen. Der Militärdienst ist für viele eine Schule.» Da die Mutter darauf beharrte, sagte der Vater schließlich: «Gut, gut, so geh halt.»

Gion ging und verdingte sich in einem fremden Regiment und lernte das Trommeln. Aber er hatte wenig Geld, und bei der Musikgesellschaft gab's hin und wieder eine Zecherei. Der Sold war klein. Heute zahlte dieser, morgen ein anderer, und so traf es das eine und andere Mal auch den Gion, zu zahlen. Da er in Geldnöten war, schrieb er seinem Vater, daß er soundsoviel Geld benötige, er sei Tambour und müsse Trommelfelle kaufen (er schrieb diese und jene Ausrede). Der Vater erhielt den Brief und sagte zur Mutter: «Ach, was braucht er Geld!» Die Mutter aber bestand darauf: «Wenn er's braucht, so schicke ihm, dem Sepp schickst du auch, wenn er es nötig hat.» Da die Mutter bat, schickte er etwas, aber nicht so viel, wie Gion erbeten hatte. Die Mutter legte noch etwas bei und sandte ihm das Geld. Als Gion das Geld erhalten hatte, machte er's wie die Kameraden, zahlte nun auch den andern zu trinken, solange er Geld hatte. Als alles aufgebraucht war, schrieb er einige Zeit später wiederum dem Vater um Geld. Aber der Vater sagte: «Ach was, der braucht nicht so viel Geld.» Da aber die Mutter immer wieder bat, schickte er ungefähr die Hälfte von dem, was Gion erbeten hatte. Die Mutter legte wiederum hinzu, so viel sie konnte. Da ersparte sich Gion Geld, um ein Messer zu kaufen, einen Rolli, wie wir sagen, so ein Messer mit gedrechseltem Griff, wie sie zu jener Zeit 20 bis 25 Rappen kosteten. Das ersparte er. Eine Weile später schrieb er wiederum an seinen Vater und bat ihn um Geld. Da er kaum mehr als die Hälfte von dem, was er erbeten, bekommen hatte, dachte er, er wolle nun um größere Summen bitten und meldete, er sei Tambourmajor und müsse eine Ausrüstung kaufen. Aber der Vater war dagegen und meinte, er schicke nicht so viel Geld. Die Mutter bestand darauf, und der Vater sagte zuletzt, er wolle mal gehen und sehen, ob das stimme. Wenn er das Geld nötig habe, so gebe er's, aber er wolle selbst mal nachsehen. Und er nahm Roß und Wagen und ging.

Er kam in die Stadt, wo Gion im Dienst sein sollte, ging in die Kaserne und fragte nach dem Tambourmajor. Er wurde vor den Saal geführt und wollte eintreten. Aber eine Wache sagte, er müsse um Erlaubnis fragen. Er solle sagen, wer er sei, dann wolle er hineingehen und den Herrn Major um Erlaubnis fragen, ob er eintreten dürfe. Ja, meinte der andere, er sei sein Vater. Der Wachtposten ging hinein und erklärte, es sei draußen ein Mann soundso, der wünsche zu ihm hereinzukommen und habe gesagt, er sei sein Vater. Der Tambourmajor fragte: «Ja, wie sieht er denn aus, dieser Mann? Mein Vater ist's nicht, der ist schon seit Jahr und Tag tot. Wenn's aber ein Mann ist, den du eintreten lassen darfst, so laß ihn kommen. Wir wollen sehen, was das für einer ist, und was er will.» Der Soldat ging hinaus und meldete dem Vater, er könne eintreten. Aber sobald dieser zur Türe hereintrat, sah er, daß jener nicht sein Sohn war. Er bat ihn, entschuldigen zu wollen, sein Sohn habe ihm geschrieben, er sei Tambourmajor, und nun sehe er, daß es nicht wahr sei. Sein Sohn müsse aber hier in diesem Regiment sein. Da meinte der Tambourmajor: gut, so solle er bis morgen warten. Heute seien die Soldaten weg, sie seien auf dem Feld beim Exerzieren. Am Morgen solle er in der Frühe herkommen, damit sie beim Hauptverlesen schauen könnten, ob sie den Sohn finden. Der Vater war damit zufrieden, ging in ein Gasthaus und übernachtete. Am Morgen erschien er zur bestimmten Stunde auf dem Kasernenhof. Da stand Gion unter den Tambouren, sah seinen Vater und sagte zu den Kameraden: «Heut wird's gut, mein Vater ist da. Ich habe ihm um Geld geschrieben und gesagt, ich sei Tambourmajor und müsse ein Kleid kaufen. Und nun kommt er selbst.» Es wurde Appell gemacht, und man fand sogleich den Gion als einfachen Tambour unter den Trommlern. Man führte ihn vor seinen Vater und dieser sagte: «Schön, schön, bist du auf diese Art Tambourmajor? Da du so gut lügen kannst, kommst du grad mit mir nach Hause. Dir will ich den Meister zeigen.» Er nahm Pferd und Wagen und band den Gion hinten an den Wagen, so daß er nachspringen mußte. Das Seilende hatte er vorn an den Wagen gebunden, damit er sich nicht befreien könne. Der arme Gion mußte dem Pferd nachlaufen. Hin und wieder schaute der Vater zurück, ob er auch komme. Kurz, der arme Gion mußte springen, wurde müde, ließ sich wohl etwas ziehen, aber er mußte doch nachlaufen. Der Vater schaute seltener zurück, da er sah, daß Gion nachfolgte. Gelegentlich fuhren sie durch einen Wald. Gion dachte: wenn ich nur wüßte, wie mich frei machen. Auf einmal kam ihm das Messer in den Sinn, der Rolli, den er gekauft hatte. Mit dem Messer feilte er das Seil durch, faßte beide Enden, nahm alle seine Kräfte zusammen und lief, bis der Vater zurückschaute. Sobald er sich wieder nach vorne kehrte, ließ Gion die beiden Enden los und eilte durch den Wald davon. Als der Vater das nächste Mal zurückschaute, war Gion fort. Da dachte er: Oh, der wird schon wieder kommen, und fuhr gemütlich weiter.

Gion ging und verdingte sich gleich bei einem andern Regiment. Aber nun hieß es sich anders einstellen, denn um Geld durfte er nicht mehr nach Hause schreiben. Er legte sich ins Zeug, war fleißig und wurde bald einer der ersten Tambouren. In der Stadt, wo er war, wohnte der König, und alle vierzehn Tage oder drei Wochen mußte das Militär vor dem Palast des Königs eine Parade machen. Und da marschierte die Musik natürlich voran.

Eines schönen Tages, da sie die Parade machen mußten, war der Tambourmajor krank. Der mußte allemal die Truppen in den königlichen Hof führen. Weil er nun krank war, konnte er das nicht, und Gion mußte die Stelle des Tambourmajors übernehmen. Er stellte sich an die Spitze, noch nicht gewohnt den Stock zu schwingen, wie das zu jener Zeit der Tambourmajor machen mußte, und führte die Soldaten in den Hof des königlichen Palastes hinein. Der König und seine Tochter standen auf einem Balkon und schauten, wie die Soldaten hereinkamen. Die Tochter sah gleich, daß es ein anderer Tambourmajor war, und sagte zu ihrem Vater: «Schau doch, Vater, ist das ein neuer Tambourmajor? Schau, das ist ein schöner Jüngling.» Der Vater sagte: «Nun, der Tambourmajor wird krank sein, und dieser wird einer der ersten Tambouren sein, der heute als Stellvertreter den Posten übernehmen muß.» — «Schau, wie er den Stock schwingen kann!» sagte die Tochter. «Ja, er macht's recht», meinte der Vater. Als die Inspektion vorüber war, gingen die Soldaten wiederum hinaus, Gion mit seiner Musik voran, ganz stolz, seine Sache gut gemacht zu haben.

Vierzehn Tage später fand eine neue Inspektion statt. Der Tambourmajor war immer noch krank. Gion mußte wiederum seine Stelle übernehmen. Aber diesmal war er geübter, und es ging ein wenig besser. Als sie in den Schloßhof eintraten, erblickte ihn die Prinzessin sofort und sagte: «Schau Vater, wieder dieser Tambourmajor. Schau, wie der arbeitet, wie er den Stock führt.» Der Vater erwiderte: «Ja, ja, ich kann nicht bloß den Tambourmajor betrachten, ich muß die andern auch beobachten.» — «Ach», sagte die Tochter, «ist das ein schöner Jüngling!» Und der Vater: «Ja, ja, der Tambourmajor ist schon recht.» Als die Parade beendigt war, zog Gion wieder hinaus mit seinen Soldaten, und die Tochter blickte ihm nach. «Hast du gesehen, Vater», sagte sie wieder, «wie er den Stock schwingen konnte?» — «Ja ja, nun werd' bloß nicht verrückt wegen eines Tambourmajors!»

Es kam die dritte Parade, und der Tambourmajor war immer noch krank. Gion mußte die Soldaten hereinführen. Aber diesmal war er noch geübter und führte den Stock, daß es eine Freude war. Als er vor das Hoftor kam, warf er den Stock von außen hinauf, ging hinein und fing ihn mit der Hand auf. Und die Prinzessin jubelte: «Schau Vater, der Tambourmajor, das ist ein Teufelskerl.» — «Nu, nu, werd' nicht verrückt wegen eines Tambourmajors!» — «Oh, so einen gibts nicht mehr, den mußt du mich heiraten lassen!» — «Du bist ja närrisch! du kannst doch nicht bloß einen Tambourmajor heiraten, du mußt einen General oder einen hohen Offizier heiraten, nicht bloß einen einfachen Trommler.« — «Ach, du kannst ihn zum Offizier und zum General machen, wie du willst. Ich heirate den und keinen andern.» Gesagt, getan. Wenige Tage später wurde Gion vor die Prinzessin gerufen, und sie bat ihn um seine Hand. Gion war natürlich nicht auf den Kopf gefallen. Eine Königstochter heiraten, das konnte nicht ein jeder. Sie war des Königs einzige Tochter, und wenn er sie heiratete, wurde er Kronprinz, und wenn der Vater starb, wurde er König. Kurze Zeit nachher machten sie Hochzeit. Gion war ganz selig im Königsschloß.

Nach einiger Zeit aber sagte er zur Königstochter: «Ich möchte einmal nach Hause gehen, um meine Mutter zu besuchen — der Vater ist mir gleich. Ich würde sie gern noch einmal sehen, bevor sie stirbt.» Die Prinzessin sagte: «Es wundert mich, daß du endlich an deinen Vater und an deine Mutter denkst. Geh nur sofort. Aber nimm etwas Militär mit dir, wenigstens hundert Mann, damit du sicher bist.» — «Ach was, ich gehe allein», sagte Gion. «Nein, so lasse ich dich nicht ziehen», antwortete sie. Da beschloß er, vierzig Mann mit sich zu nehmen. Dann machte er sich auf den Weg. Als er dachte, er würde nun am andern Tag zu Hause sein, sagte er zu den Soldaten: «Jetzt kehrt nur um und geht wieder heim, von hier weg gehe ich schon allein.» Er war Kronprinz, und die Soldaten mußten natürlich gehorchen und kehrten um.

Er ging weiter und kam gegen Abend in einen Wald. Ein Stück weit im Wald drinnen fand er ein Gasthaus, ging hinein und fragte, ob er übernachten könne. Die Magd sagte, er könne schon bleiben, sie hätten Platz genug. Er bestellte sein Nachtessen. Während des Essens kamen zwölf Männer in die Stube und begannen ebenfalls zu essen. Sie sahen sofort den Herrn in dem schönen Kleide und dachten: aha, das ist einer für uns. Denn es waren zwölf Räuber. Nach dem Nachtessen setzten sie sich zu einem Kartenspiel hin und fragten Gion, ob er vielleicht auch am Spiel teilnehmen wolle. «Oh, warum nicht?» sagte Gion und begann zu spielen. Aber er hatte kein Glück, er verlor alles. Und wie die Räuber merkten, daß er verlor, setzten sie immer größere Summen, bis Gion alles verloren hatte. Als er kein Geld mehr hatte, sagte er, nun könne er nicht mehr spielen, er habe nichts mehr und müsse aufhören. Die Räuber meinten, er solle den Wert seines Kleides setzen, manchmal würde sich das Spiel wenden, und vielleicht gewinne er. Und Gion setzte eine bestimmte Summe auf sein Kleid, spielte weiter und verlor auch das. Nun habe er nichts mehr und müsse aufhören, meinte er. Die Räuber dachten: das ist ein Adliger, der wird vielleicht gesucht, wir müssen uns seiner versichern. Und sie sagten, er solle eine bestimmte Summe auf sein Leben setzen, vielleicht wende sich das Spiel, so daß er diesmal mehr Glück habe. Und er setzte eine bestimmte Summe auf sein Leben. Aber er verlor auch dieses. Die Räuber sagten: aus ihm könnten sie nichts machen, zum Räuber spielen tauge er nichts, und sie wollen ihn gerade töten. «Ach», bat er, «tötet mich nicht, was habt ihr, wenn ihr mich getötet habt, ihr habt doch nichts von mir. Und ich möchte noch, bevor ich sterbe, meine Mutter besuchen. Gebt mir ein paar Fetzen, damit ich mich notdürftig kleide, und dann gehe ich.» Die Räuber meinten, wenn er schwöre, niemand etwas zu sagen, so lassen sie ihn gehen. Das wolle er schon schwören, sagte er. Und am andern Tag gaben sie ihm ein paar Lumpen und ließen ihn schlecht gekleidet weiterziehen.

Am Abend kam er heim zu seiner Mutter. Sein Vater war zum Glück nicht zu Hause. Die Mutter war froh, ihren Gion wieder zu haben. «Du bist schlecht gekleidet», sagte sie, «hast wenig Glück gehabt?» — «Doch, Mutter, ich habe bloß eine schlechte Reise gehabt, sonst bin ich Kronprinz.» — «Ach was, Kronprinz, erzähle nicht solche Dummheiten.»

— «Doch doch, Mutter, glaubt es nur, es ist mir bloß auf der Reise nicht gut ergangen.» Die Mutter nahm ihn und sperrte ihn in eine Kammer und sagte dem Vater nichts. Ein paar Tage hielt sie den Sohn eingeschlossen, ohne daß es der Vater merkte. Doch eines Tages sagte sie zu ihrem Mann: «Was würdest du sagen, wenn unser Gion im Elend daherkäme?» — «Ja, was wollte ich sagen, töten könnte ich ihn nicht. Wieso? Ist er vielleicht schon da?» fragte der Vater. «Nu ja, wenn ich die Wahrheit sagen soll, es sind schon einige Tage, daß er da ist. Aber er sagte, er hätte eine schlechte Heimreise gehabt.» — «Nu, dann hol ihn herein!» Die Mutter holte ihren Gion. Als er zum Vater in die Stube trat, meinte der: «Es scheint mir, du hast Glück gehabt, hast vieles erspart, bist gut gekleidet.» — «Vater, glaubt mir, ich bin Kronprinz!» — «Das auch noch? Wie du Tambourmajor gewesen bist, und nun möchtest du sogar Kronprinz sein.» — «Doch doch, Vater, glaubt mir, ich habe bloß eine schlechte Reise gehabt, sonst bin ich Kronprinz und habe des Königs Tochter geheiratet.» — «Was, du Kronprinz, wart nur, wart, ich werde dir Kronprinz geben! Grad haben wir hier im Dorf keinen Geißhirten, nun kannst du als Kronprinz das Geißhüten übernehmen.» Und gleich ging der Vater und verhandelte und meldete, er habe seinen Gion hier, der das Ziegenhüten übernehmen werde.

Und wahrhaftig, am andern Tag ging der arme Gion die Ziegen hüten. Aber es waren viele Ziegen, und er hatte Mühe, ihnen den ganzen Tag nachzuspringen. Wenn er nicht mehr laufen konnte, setzte er sich hin und weinte und jammerte: «Kronprinz sein und hier die Ziegen hüten müssen!» Geld um der Prinzessin zu schreiben, damit sie ihm helfe, hatte er nicht, und er wollte auch nicht schreiben. So mußte er tagelang sich zu Tode rennen, daß er sich am Abend kaum mehr bewegen konnte.

Eines Tages, als er tüchtig den Geißen hatte nachspringen müssen, setzte er sich hin und begann zu weinen. Da kam eine alte Frau und fragte ihn, was ihm fehle. Ach, sie könne ihm doch nicht helfen, und er ließe sie nicht mal helfen, meinte er. Doch doch, sagte sie, sie könne ihm schon helfen, er solle ihr nur sagen, was ihm fehle. «Nein nein, Ihr seid zu alt, ich lasse Euch nicht helfen.» Ja warum denn nicht, er solle ihr nur sagen, was ihm fehle, so wolle sie versuchen, ihm zu helfen. «Oh, ich muß hier die Geißen hüten und muß den ganzen Tag mich zutode laufen, daß ich kaum mehr gehen kann.» Ja, da wolle sie schon Abhilfe schaffen. «Nein, nein, ich lasse Euch nicht helfen!» erklärte Gion immer wieder. Aber die Alte sagte endlich: «Doch doch, nimm, da hast du eine Pfeife. Wenn du auf dieser pfeifst und sagst: ich möchte, daß meine Geißen das und jenes machten, so tun sie gerade das, was du wünschest.» — «Ah, dann ist's schon gut.» Er dankte der Alten und ließ die Geißen laufen. Die Alte ging ihres Weges.

Er ruhte eine Weile und dachte: versuch mal die Pfeife, trau nicht allzuviel. Er sah schon keine einzige Geiß mehr. Da pfiff er ganz kurz und sagte: «Ich möchte, daß alle meine Geißen hierher kämen!» Und binnen kurzer Zeit begannen von allen Seiten Geißen herbeizukommen. Da dachte Gion: sehr gut, wenn's so ist, dann ist's schon recht. Geht nur, ihr Geißen, jetzt will ich ruhen. Er legte sich nieder, und im nächsten Augenblick war er fest eingeschlafen. Da er keine Sorgen hatte, erwachte er erst spät am Abend. Er sprang auf die Füße, schaute auf die Uhr. Es war schon bald fünf, Zeit, sich auf den Heimweg zu machen. Aber er hatte keine einzige Geiß bei sich. Er sprang schnell auf einen Grat, auf einen Hügel, auf einen Stein und blickte in die Runde. Kein Schwanz war zu sehen. «Was soll ich nun anfangen?» sagte er. Plötzlich fiel ihm die Pfeife ein. Ja, er hatte sie vergessen. Er nahm sein Pfeifchen heraus und tat darauf einen kurzen Pfiff. «Ich möchte, daß meine Geißen hier wären!» Und binnen kurzem kamen von allen Seiten Geißen herbei, so daß er in wenigen Augenblicken alle seine Geißen beisammen hatte. Dann dachte er: So ist's recht, auf diese Manier kann ich die Geißen schon hüten.

Von diesem Tage ab ging er morgens auf die Alp, tat einen kurzen Pfiff auf seiner Pfeife und sagte: «Ich möchte, daß meine Geißen da und da hingehen und daß sie am Abend wieder da sind!» Und seine Geißen waren immer bereit. So konnte er den ganzen Tag ausruhen. Ein paar Tage ruhte er sich tüchtig aus. Dann aber kam die Langeweile. Tag und Nacht schlafen konnte er nicht. Da er ans Militär gewohnt war, dachte er; versuch mal mit deinen Geißen zu exerzieren. Und wahrhaftig, auf einem ebenen Platze rief er seine Geißen zusammen, tat einen kurzen Pfiff und begann auf militärische Art zu befehlen. Und seine Geißen taten genau so, wie er befahl. Nach und nach fing er an, die Geißen in Viererreihen abzuteilen, immer hintereinander, vorn die großen und hinten die Zicklein. Und er befahl zu exerzieren. Das ging gut. Wenn er am Abend nach Hause ging, begann er, sie vier und vier aufzustellen und marschierte so ins Dorf. Alle Leute schauten zu und lachten sich halbtot. Er aber hatte immer noch Langeweile.

Eines Tages dachte er: versuch die Geißen auf den Hinterbeinen gehen zu lassen. «Ich möchte, daß alle meine Geißen nur auf den Hinterbeinen gingen!» wünschte er. Und wahrhaftig, alle stellten sich auf die Hinterfüße, und so exerzierte er eine Weile mit ihnen. Nachher ließ er sie auf die Weide gehen, bis sie gut genährt waren. Dann machte er sich auf den Heimweg. Bevor das Dorf in Sicht kam, ließ er seine Ziegen anhalten und teilte sie in Viererreihen ab, voraus die Böcke und nacheinander die großen Geißen, dann die kleinen, ließ seinen Pfiff ertönen und sagte: «Jetzt möchte ich, daß alle meine Geißen sich auf die Hinterfüße stellen.» Und wirklich, alle standen empor. Und er ging mit ihnen in militärischer

Art weiter. Die Böcke, ihre Beutel gerade ausgestreckt, und dann die Ziegen mit ihren Eutern, die hin und her pendelten. Er kam ins Dorf, und alles lachte zum Bersten, außer seinem Vater und seiner Mutter. Die dachten: Ist er ein Hexer, oder was ist er, denn etwas Gewöhnliches ist das nicht. Und im stillen trug sich noch mancher mit diesem Gedanken. Es war etwas ganz Seltsames. Er aber war noch nicht zufrieden. Eines Tages dachte er: nun muß ich noch jeder Ziege einen Stock als Gewehr zwischen die Vorderbeine geben. Er probierte es mit ein paar Geißen auf der Alp, und es ging wirklich. «Nun», sagte er, «muß ich für alle Ziegen Stöcke schneiden.»

Wir aber lassen ihn Stöcke schneiden und kehren zur Prinzessin zurück, denn er brauchte ungefähr drei Wochen, um für alle Ziegen Stöcke zu schneiden.

In dieser Zeit begann die Prinzessin zu überlegen: wo nur der Gion steckt? Die Soldaten waren zurückgekehrt, er aber nicht, und gab auch keine Nachrichten. Die Prinzessin begann Schlimmes zu fürchten, rief die Soldaten, die er mit sich auf die Reise genommen hatte und fragte sie, wie weit sie gegangen seien. «Bis zu dem und dem Ort, von dort weg glaubte er selbst heimzukommen. Er befahl uns zurückzukehren, und wir kehrten um.» Da die Prinzessin keine Nachricht erhielt, dachte sie, sie wolle ihn suchen gehen. Sie nahm die vierzig Mann und noch vierzig weitere und machte sich mit ihrer Zofe in einer Kutsche auf den

Weg. Als sie zur Stelle kamen, wo die Soldaten umgekehrt waren, sagten die: «Also, bis hierher waren wir gekommen.» Da meinte die Prinzessin: «Von da weg müssen wir genauer aufpassen.» Sie gingen weiter und kamen in den Wald. Ein Stück weit im Wald drinnen fanden sie das Gasthaus. Sie ließ ihre Soldaten anhalten und befahl: «Halt! ihr versteckt euch da in diesem Wald, auf den Bäumen oder sonstwo, und ich gehe mit dem Wagen weiter und steige im Gasthaus ab. Gegen Abend werdet ihr hören, daß ich auf meiner Trompete spiele. Wenn ich einen gewöhnlichen Marsch spiele, dann kommt ihr herein, und ich werde das Nachtessen bereitgestellt haben. Wenn ich aber einen Sturmmarsch blase, dann kommt ihr, und wenn die Türen offen sind, ist's recht, sonst stürmt ihr sie und dringt ein.» Die Soldaten gehorchten der Prinzessin, und sie ging in das Wirtshaus und verlangte zu übernachten. Sie bestellte für den Kutscher, für die Zofe und für sich das Nachtessen, und sie setzten sich zu Tisch.

Während des Essens kamen wiederum die zwölf Männer und begannen ebenfalls zu essen. Sie erblickten die Prinzessin und dachten: aha, das ist wieder ein Raub für uns. Nach dem Essen setzten sie sich zum Spiele hin. Sie fragten die Prinzessin, ob sie auch teilnehmen wolle. Oh, warum nicht, zum Zeitvertreib könnte sie ja eine Partie machen, meinte sie. Es ging ihr aber nicht wie dem Gion. Sie gewann alles. Als sie ein schönes Stück Geld gewonnen hatte, sagten die Räuber, sie hätten nichts mehr und könnten nicht weiterspielen. Im Stillen dachten sie: gewinne du nur, heut nacht werden wir unser Geld schon zurückbekommen. Einer aber warf dazwischen: «Doch, wir hätten noch das Kleid jenes Herrn, der vor kurzer Zeit vorbeikam.» Die Prinzessin dachte sogleich: wer weiß, ob das nicht Gion war. Sobald sie es sah, erkannte sie es als Gions Kleid. Sie fragte, woher sie dieses Kleid hätten, und wie es mit diesem Manne gegangen sei. Die Räuber erzählten wahrheitsgetreu, wie es gegangen war. Er sei hierhergekommen, um zu übernachten, habe angefangen zu spielen und habe alles verloren. Da er kein Geld mehr hatte, setzten sie etwas für sein Kleid, und er verlor auch das. Dann habe er noch etwas für sein Leben eingesetzt, weil er glaubte, das Spiel wende sich, er spielte weiter und verlor auch das Leben, so daß sie ihn hätten töten können. Als er aber bettelte und bat, hätten sie ihm das Leben geschenkt und ihm ein paar Lumpen gegeben, damit er nach Hause gehen könne, da er seine Mutter besuchen wollte, bevor sie sterbe. Die Prinzessin setzte eine Summe auf das Kleid und gewann auch dieses. Die Räuber sagten, jetzt hätten sie nichts mehr und könnten nun nicht mehr Karten spielen. Die Prinzessin hatte ihre Trompete bei sich, und wie die Räuber diese erblickten, meinten sie, da sie alles verloren hätten, möchte die Dame die Güte haben und auf der Trompete etwas spielen, um sie ein wenig zu trösten. Das wolle sie gerne tun, meinte die Prinzessin, aber sie sollten so gut sein und die Fenster öffnen, denn diese Trompete habe einen so starken Ton, daß die Scheiben springen könnten. Die Räuber überlegten: oh, das können wir schon tun, das hört niemand, auch wenn die Fenster offen sind. Und wahrhaftig, sie begann zu blasen und blies einen Sturmmarsch. Kaum hörten ihre Soldaten die Trompete blasen, kamen sie im Sturm, wie sie blies, warfen die Türe ein, drangen in die Stube und fesselten alle, die sie da fanden. Nachher gab die Prinzessin ihren Soldaten zu essen. Zu trinken und zu essen war genug in der Wirtschaft. Dann untersuchte sie das Haus und fand viele Körper von Getöteten und auch einen Haufen Geld. Die Räuber waren gefesselt, und die Soldaten legten sich zur Ruhe. Am andern Morgen nahm die Prinzessin alles Geld, ließ die Räuber hinrichten und steckte das Haus in Brand. Als das Haus abgebrannt war, machte sie sich auf den Weg, um weiterzuziehen und ihren Gion zu suchen.

Am Abend erreichte sie das Dorf und nahm in einem Hotel Quartier, sie und ihre Soldaten. Sie gab sich niemand zu erkennen und fragte nur unter anderem, ob im Dorfe nichts Neues passiert sei. «Nein!» sagten die Leute, sie hätten nichts gehört, nur wüßten sie nicht, ob ihr Geißhirt ein Hexer sei, oder was mit ihm los sei. Er mache mit seinen Ziegen Kunststücke, die nie jemand weder gesehen noch gehört habe. Dann fragte die Prinzessin, was denn das für einer sei, dieser Geißhirt. Ja, erwiderten die Leute, das sei einer, der viele Jahre in fremdem Militärdienst gewesen sei.

Vor einiger Zeit sei er heimgekommen und habe seinen Vater und seine Mutter glauben machen wollen, er sei Kronprinz. Aber niemand wollte es ihm glauben, denn schon früher hätte er seinem Vater unwahre Sachen geschrieben, und jetzt sei er zerlumpt dahergekommen. Es sei alles nichts. Und sein Vater, wie er gemerkt habe, daß der Sohn ihn anschwindeln wolle, er sei Kronprinz, habe ihn einfach gezwungen, die Geißen zu hüten. Der Prinzessin kam sofort Gion in den Sinn. Sie dachte: das ist also Gion, der, der die Geißen hütet. «Nun, was macht er denn mit den Geißen?» fragte die Prinzessin. Und die andern antworteten, er exerziere mit ihnen, führe sie vier und vier ins Dorf herein, wie Soldaten. Jetzt habe er sogar geplant, sie auf den Hinterfüßen stehend ins Dorf zu führen. Die Prinzessin meinte, das möchte sie wirklich auch gerne sehen und fragte, wo sie das am besten sehen könnte, wenn er mit den Geißen komme. Ja am besten würde sie's gerade in seinem eigenen Hause sehen, erklärten ihr die Leute, einem kleinen Gasthaus am Dorfeingang. Und die Prinzessin sagte, dann wolle sie sofort hingehen, damit sie zuschauen könne, wenn er mit den Geißen komme. Sie nahm ihre Zofe mit und das Paket mit den Kleidern, die sie den Räubern abgenommen hatte, und ging in das Gasthaus und verlangte ein Nachtessen für drei, für sich, für die Zofe und für ihren Mann, der auch noch kommen werde.

Kaum waren sie dort und schauten zum

Fenster hinaus, so sahen sie die Geißen kommen. Es war grad an dem Tag, da Hans mit dem Stöckeschneiden fertig geworden war und jeder Geiß einen Stock gegeben hatte. Er kam ins Dorf herab. Seine Geißen marschierten auf den Hinterfüßen, und eine jede trug zwischen den Vorderbeinen einen Stock gradauf wie ein Gewehr. Die Prinzessin schaute zum Fenster hinaus und lachte sich halbtot. Kaum blickte Gion hin, so erkannte er auch seine Frau, die Prinzessin, die hinausschaute. Er nahm gleich sein Pfeiflein, tat einen kurzen Pfiff und sagte: «Ich möchte, daß alle meine Geißen in gerader Linie vor meinem Hause aufmarschieren!» Und wirklich, alle richteten sich aus. Er pfiff wieder und sagte: «Ich möchte, daß alle meine Geißen eine Reverenz machen!» Und wahrhaftig, alle machten ihre Reverenz. Gion tat wieder einen Pfiff und wünschte: «Ich möchte, daß alle meine Geißen zum Schusse anlegen!» Und alle taten, als ob sie schießen wollten. Gion pfiff wieder und befahl: «Ich möchte, daß alle meine Geißen eine Reverenz machen!» Und wirklich, alle machten von neuem eine Reverenz. Dann pfiff er wieder und rief: «Ich möchte, daß alle meine Geißen wie das Militär durchs Dorf marschieren, voraus die vier großen Böcke und dann alle Geißen der Größe nach.» Und so ließ er die ganze Herde bis zum Dorfende marschieren. Alles lachte laut und schallend bis zum Bersten. Viele dachten: Doch doch, der ist verrückt, das ist ein Hexer und sie hatten Mitleid, aber lachen mußten alle. Als er am Dorfausgang war, sagte Gion: «Nun möchte ich, daß meine Geißen nach Hause gehen.» Und alle gingen heim, und Gion sagte für sich: «Jetzt hüt' ich keine Geißen mehr!»

Die Prinzessin am Fenster wünschte, als Gion mit den Geißen kam: «Wenn nur mein Mann käme, damit er das sähe!» Während Gion mit den Geißen durchs Dorf zog, bat und flehte sie, die Eltern möchten den Gion das Nachtessen auftragen lassen, wenn ihr Mann auch noch nicht da sei. Vater und Mutter sagten: Ach, sie sähe doch, daß man das nicht machen könne, sie sähe wohl, daß er halb närrisch sei, den könnten sie nicht auftragen lassen! — Oh, das mache nichts, meinte die Prinzessin, sie sollten ihn nur auftragen lassen, ihr Hofnarr zu Hause mache auch solche Sachen. Sobald er heimkam, sagte die Mutter zu Gion: «Geh, kleide dich schnell um und wasche dich, du mußt diese Dame bedienen. Ihr Gatte wird auch noch kommen.» — «Ach, ich bin sauber genug, ich habe wenig Lust, solche Herrschaften zu bedienen.» — «Doch doch», sagte die Mutter, «sie wünschen, daß du auftragest, aber mach's gut!» «Ja ja», brummte Gion. Er ging sich umkleiden. Als er zurückkam, befahl ihm die Mutter, die Suppe aufzutragen. «Trag sie schön hinein, stell sie auf den Tisch und sage: guten Appetit!» — «Ja ja, ich will es schon machen.» Er nahm die Suppenschüssel, und als er zur Tür hineinging, stieß er absichtlich an die Schwelle und flog auf den Bauch in die Stube. Der Vater wurde böse und brüllte: «Schau doch, wo du hingehst!» Die Mutter kam sofort, wischte die Suppe auf und gab ihm eine andere Schüssel. Gion ging hinein, stellte die Schüssel mit einem Schlag auf den Tisch, so daß die Suppe über den Tisch spritzte, und sagte: «Da eßt!» Die Prinzessin lachte sich krank und sagte immer wieder: «Wenn nur mein Mann käme! Doch der Gion soll nur das Essen fertig auftragen.» Als er alles aufgetragen hatte, wünschte die Prinzessin, nun sollten sie den Gion mitessen lassen, da ihr Mann doch nicht komme. Der Vater aber meinte, das könnten sie nicht tun, man sähe doch, daß er halb verrückt und närrisch sei, man könne ihn nicht mit andern Leuten zu Tisch sitzen lassen. Aber die Prinzessin sagte, das mache nichts, sie sollen ihn nur mit ihnen speisen lassen. Gion setzte sich zu Tisch, begann zu essen, aber ohne Gabel und Messer. Er stieß alles mit den Händen hinein. Sein Vater schämte sich und eilte zur Tür hinaus. Kaum war er fort, so warf die Prinzessin dem Gion das Bündel hin und sagte: «Nimm, geh und kleide dich um!» Gion ging aufs Örtchen, entkleidete sich, warf alles durchs Loch hinab, den Hut obendrauf und zog das Kronprinzenkleid an.

Als er in die Stube kam, war der Vater schon dort, erhob sich, trat herzu und begrüßte ihn mit Bücklingen. Die Prinzessin rief: «Wo ist nun der Gion? Mein Gatte ist da». Der Vater hatte ihn natürlich nicht erkannt und hatte nicht gedacht, daß das sein Gion sei, da er als Kronprinz gekleidet hereintrat. Die Prinzessin aber rief: «Schnell schnell, wo ist Gion, holt den Gion!» Der Vater ging zur Tür hinaus, um den Gion zu suchen, aber Gion war nirgends zu finden. Niemand fand ihn. Man suchte überall. Der Vater ging auch aufs Örtchen, um nachzuschauen, erblickte drunten den Hut und dachte: Nun ist er da hinuntergefallen. Während der Vater suchen ging, kam die Mutter zur Türe herein. Sie hatte auch nach dem Gion gesucht und ihn nicht gefunden. «Nun!» rief Gion, «nun seht, Mutter, ihr habt nicht glauben wollen, daß ich Kronprinz sei. Das hier ist meine Braut, meine Frau.» Sobald er redete, erkannte sie ihn. Die Mutter hatte ihn vorher nicht genau betrachtet. Sie dachte eben auch, es sei ein Kronprinz und nicht bloß der Gion. Bald kam auch der Vater, und Gion gab sich zu erkennen. Der Vater schämte sich, daß er seinen Sohn, der Kronprinz war, so behandelt und ihm nicht geglaubt hatte.

Nach dem Mittagessen sagte Gion zu seiner Mutter: «Wenn ihr mit mir kommen und bei mir bleiben wollt, so könnt ihr, und wenn ihr nicht mitkommen wollt und Geld braucht, so schreibt mir, dann schicke ich euch. Aber die Geißen hüte ich von heute ab nicht mehr, die kann hüten wer will!»

Und mir gaben sie eine Flasche Brot und Käse und einen Korb Wein und Schnaps als Vesperessen und ließen mich hierherkommen und die Geschichte erzählen.

DIE PRINZESSIN AUF DEM BAUM

Es war einmal ein armer Junge, der mußte tagaus, tagein die Schweine in den Wald treiben, daß sie bei Bucheckern und Eichelmast fett würden. Dabei war er nach und nach achtzehn Jahre alt geworden. Eines Tages trieb er seine Schweine tiefer in den Wald, als er gewöhnlich zu tun pflegte; da sah er plötzlich einen allmächtig hohen Baum vor sich, dessen Zweige sich in den Wolken verloren. «Der Tausend, das ist aber ein Baum!» sagte der Junge bei sich, «wie mag es wohl sein, wenn du dir von seinem Wipfel aus die Welt beschaust!» Gedacht, getan; er ließ seine Schweine im Boden wühlen und kletterte an dem Stamme empor. Er kletterte und kletterte, es wurde Mittag, die Sonne ging unter, aber noch immer war er nicht in das Geäst gekommen. Endlich, da es schon zu dunkeln begann, erreichte er einen armlangen Stutz, der in die freie Luft hinausragte. Daran band er sich mit der neuen Peitschenschnur, die er in der Tasche trug, fest, daß er nicht hinabstürzte und Hals und Bein bräche, und dann schlief er ein.

Am andern Morgen hatte er sich so weit verkobert, daß er sich mit frischen Kräften wieder an die Arbeit machen konnte. Um die

Mittagszeit langte er denn auch in dem Geäste an, und von dort ging das Steigen leichter, doch den Zopf erreichte er auch diesmal nicht; wohl aber kam er gegen Abend in einem großen Dorfe an, das in die Zweige hineingebaut war.

«Wo kommst du her?» fragten die Bauern verwundert, als sie ihn erblickten. «Ich bin von unten heraufgestiegen», antwortete der Junge. «Da hast du eine weite Reise gehabt», sprachen die Bauern, «bleib bei uns, daß wir dich in unsern Dienst nehmen!» — «Hat denn hier der Baum schon ein Ende?» fragte der Junge. «Nein», gaben die Bauern zurück, «der Wipfel liegt noch ein gut Stück höher.» — «Dann kann ich auch nicht bei euch wohnen bleiben», versetzte der Junge, «ich muß in den Zopf hinauf. Aber zu essen könnt ihr mir geben; denn ich bin hungrig, und müde bin ich auch.» Da nahm ihn der Schulze des Dorfes in sein Haus, und er aß und trank, und nachdem er satt geworden war, legte er sich hin und schlief. Am andern Morgen bedankte er sich bei den Bauern, sagte ihnen Lebewohl und stieg weiter den Baum hinauf.

Die Sonne stand schon hoch am Himmel, als er ein großes Schloß erreichte. Da schaute eine Jungfrau zum Fenster hinaus, die freute sich sehr, daß ein Mensch gekommen sei, sie in ihrer Einsamkeit zu trösten. «Komm zu mir herein und bleibe bei mir», sagte sie freundlich. «Hat hier der hohe Baum sein Ende?» fragte der Junge. «Ja, höher hinauf kannst du nicht», sprach die Jungfrau, «und nun komm herein, daß wir uns die Zeit vertreiben.» — «Was machst du denn hier oben so alleine?» fragte der Junge. — Antwortete die Jungfrau: «Ich bin eines reichen Königs Tochter. Ein böser Zauberer hat mich hierher verwünscht, daß ich hier leben und sterben soll.» Sprach der Junge: «Da hätte er dich auch ein wenig tiefer verwünschen können.» Das half nun aber nichts, sie saß da oben und mußte da oben bleiben; und weil die Prinzessin ein hübsches, artiges Mädchen war, so beschloß er, nicht wieder zurückzukehren und mit ihr zusammen im Schlosse hauszuhalten.

Das war ein lustiges Leben, das die beiden da oben im Schlosse auf dem hohen Baume führten. Um Speise und Trank durften sie nicht sorgen; denn was sie wünschten, stand auch sogleich vor ihnen; nur wollte dem Jungen nicht behagen, daß die Prinzessin ihm verboten hatte, in ein bestimmtes Zimmer im Schlosse zu treten. «Gehst du hinein», hatte sie ihm gesagt, «so bringst du mich und dich ins Unglück.» Eine Zeitlang gehorchte er ihren Worten; endlich aber konnte er es nimmermehr aushalten, und als sie sich nach dem Essen hingelegt hatte, um ein Stündchen zu schlafen, nahm er den Schlüsselbund und suchte den Schlüssel hervor, ging hin und schloß die verbotene Türe auf. Als er drinnen im Zimmer war, gewahrte er einen kohlschwarzen großen Raben, der war mit drei Nägeln an die Wand geheftet; der eine ging ihm durch den Hals, und die beiden andern durchbohrten seine

Flügel. «Gut, daß du kommst», schrie der Rabe, «ich bin vor Durst schier verschmachtet! Gib mir von dem Kruge, der dort auf dem Tische steht, einen Tropfen zu trinken, sonst muß ich elendiglich des Todes sterben.» Der Junge aber hatte über dem Anblick einen solchen Schrecken bekommen, daß er auf die Worte des Raben gar nicht achtete und zur Türe zurücktrat. Da schrie der Rabe mit kläglicher Stimme, daß es einen Stein erweichen konnte: «Ach, gehe nicht fort, ehe du mich geletzt hast; denke, wie dir zumute wäre, wenn dich jemand Durstes sterben ließe.» — «Er hat recht», sprach der Junge bei sich, «ich will ihm helfen!» Dann nahm er den Krug vom Tische und goß ihm einen Tropfen Wasser in den Schnabel hinein. Der Rabe fing ihn mit der Zunge auf, und sobald er ihn heruntergeschluckt hatte, fiel der Nagel, der durch den Hals ging, zu Boden. «Was war das?» fragte der Junge. «Nichts», antwortete der Rabe, «laß mich nicht verschmachten und gib mir noch einen Tropfen Wasser!» «Meinetwegen», sagte der Junge und goß ihm einen zweiten Tropfen in den Schnabel hinein. Da fiel auch der Nagel, welcher den rechten Flügel durchbohrt hatte, klirrend auf die Erde. «Nun ist's aber genug», sagte er. «Nicht doch», bat der Rabe, «aller guten Dinge sind drei!» Doch als der Junge ihm auch den dritten Tropfen eingeflößt hatte, war der Rabe seiner Fesseln frei, schwang die Flügel und flog krächzend zum Fenster hinaus.

«Was hast du getan?» rief der Junge erschrocken, «wenn es nur die Prinzessin nicht merkt!» Die Prinzessin merkte es aber doch; denn er sah kreidebleich aus, als er zu ihr in die Stube trat. «Du bist wohl gar in dem verbotenen Zimmer gewesen?» sprach sie hastig. «Ja, das bin ich gewesen», antwortete der Junge kleinlaut, «aber ich habe dort weiter nichts Schlimmes verübt. Es hing nur ein verdursteter schwarzer Rabe an der Wand, dem gab ich zu trinken; und als er drei Tropfen getrunken hatte, fielen die Nägel, mit denen er angeheftet war, auf den Erdboden herab, und er bewegte die Flügel und flog durch das Fenster davon.» — «Das ist der Teufel gewesen, der mich verzaubert hat», jammerte die Prinzessin, «nun wird's nicht mehr lange währen, so holt er mich nach!» Und richtig, es dauerte nicht lange, so war eines Morgens die Prinzessin verschwunden, und sie kam nicht wieder, obgleich der Junge drei Tage lang auf ihre Rückkehr wartete.

«Kommt sie nicht zu mir, so gehe ich zu ihr!» sagte er bei sich, als sie auch am Abend des dritten Tages nicht wieder zurückgekehrt war, und machte sich mit dem folgenden Morgen auf den Weg, den Baum herab. Als er in dem Dorfe ankam, fragte er die Bauern: «Wißt ihr nicht, wo meine Prinzessin geblieben ist?» — «Nein», sagten die Bauern, «wie sollen wir es wissen, wenn du es nicht weißt, der du von dem Schlosse kommst!» Da stieg der Junge tiefer und tiefer, bis er endlich wieder auf den Erdboden gelangte. «Nach Hause gehst du nicht, da gibt's Schläge», dachte er; darum wanderte er immer waldein, ob er nicht irgendwo die Spur der Prinzessin ausfindig machen könnte. Nachdem er drei Tage im Walde umhergeirrt war, begegnete ihm ein Wolf. Er fürchtete sich und floh; doch der Wolf rief: «Fürchte dich nicht! Aber sage mir, wohin führt dich dein Weg?» — «Ich suche meine Prinzessin, die mir gestohlen ist», antwortete der Junge. «Da hast du noch weit zu laufen, ehe du sie bekommst», sagte der Wolf. «Aber hier hast du drei Spier Haare von mir. Wenn du in Lebensgefahr bist und die Haare zwischen den Fingern reibst, so bin ich bei dir und helfe dir aus der Not.» Der Junge bedankte sich bei dem Wolfe und ging weiter.

Über drei Tage kam ihm ein Bär in den Weg, und der Junge war vor Schreck wie versteinert; denn er hielt sich für verloren. Auf einen Baum klettern nutzte zu nichts, denn der Bär wäre ihm nachgestiegen und hätte ihn in den Zweigen zerrissen. Der Bär war aber gar nicht blutdürstig gesinnt, sondern rief dem Jungen freundlich zu: «Fürchte dich nicht, ich tue dir kein Leid an. Erzähle mir nur, was dir fehlt.» Als der Junge sah, wie gutmütig der Bär war, sagte er dreist: «Mir fehlt meine Prinzessin, die hat mir ein böser Zauberer gestohlen, und ich wandere jetzt in der Welt umher, bis ich sie finde.» — «Da hast du noch einen guten Weg, bis du zu ihr gelangst», erwiderte der Bär, «aber hier hast du drei Spier von meinen Haaren!

Wenn du in Lebensgefahr kommst und meiner bedarfst, so reibe die Haare zwischen den Fingern, und ich bin bei dir und helfe dir aus der Not.»

Der Junge steckte die Haare zu sich, bedankte sich und zog wieder drei Tage im Walde umher. Da begegnete ihm ein Löwe, und als der Junge vor Angst gerade auf einen Baum klettern wollte, rief das wilde Tier ihm zu: «Nicht doch, bleib unten, ich tu dir nichts.» — «Das ist etwas anderes», sagte der Junge, und dann erzählte er auch dem Löwen, warum er ohne Weg und Steg in dem Wald herumlaufe. «Da hast du's gar nicht mehr weit», antwortete der Löwe, «eine gute Stunde von hier sitzt die Prinzessin in dem Jägerhaus. Mach dich auf und geh zu ihr! Und wenn du in Lebensgefahr kommst und mich brauchen kannst, so nimm diese drei Spier Haare und reibe sie zwischen den Fingern; dann bin ich bei dir und helfe dir aus aller Not.» Damit übergab er dem Jungen die drei Spier Haare und trottete weiter in den Busch hinein; der Junge aber schritt wacker zu, um das Jägerhaus bald zu erreichen.

Es dauerte auch gar nicht lange, so sah er es durch die Bäume schimmern, und noch ein klein Weilchen, so hatte er die Türe aufgeklinkt und stand in der Stube und sah die Prinzessin vor sich stehen. «Junge, wo kommst du her?» rief sie erstaunt. «Wo ich herkomme?» antwortete der Junge, «denkst du, ich werde allein oben bleiben und dich bei dem bösen Zauberer lassen? Aber jetzt gib mir geschwind etwas zu essen, und dann wollen wir uns auf und davon machen und zu deinem Vater gehen!» — «Ach, mein Junge, das geht nicht so», sagte die Prinzessin traurig, «der alte Jäger, der mich bewacht, ist zwar den ganzen Tag über im Walde; aber er hat einen dreibeinigen Schimmel im Stalle, der weiß alle Dinge und sagt es ihm sogleich, wenn wir geflohen sind. Und wenn er es weiß, so holt er uns bald ein.» Der Junge ließ sich das aber wenig kümmern, aß und trank, und als er satt war, nahm er die Prinzessin bei der Hand und lief mit ihr aus dem Jägerhause auf und davon. Als sie ein Weilchen gegangen waren, schrie der dreibeinige Schimmel im Stalle Mord und Zeter und hörte nicht auf, bis der alte Jäger herbeigelaufen kam und ihn fragte, was ihm fehle. «Es ist jemand gekommen und hat die Prinzessin gestohlen!» schrie der Schimmel. «Sind sie schon weit?» fragte der Jäger. «Weit noch nicht», antwortete der Schimmel, «setz dich nur auf meinen Rücken, wir werden sie bald einholen!» Als der Jäger den Jungen und die Prinzessin erblickte, rief er zornig: «Warum hast du mir meine Prinzessin gestohlen?» — «Warum hast du sie mir gestohlen?» gab ihm der Junge trotzig zurück. «Ach, du bist's», antwortete der alte Jäger, «da will ich dir die Sache für diesmal verzeihen, weil du damals mitleidig warst und mich mit dem Wasser tränktest. Aber unterstehst du dich noch einmal und raubst mir die Prinzessin, so muß dich mein dreibeiniger Schimmel in den Erdboden stampfen, daß du des Lebens vergißt.» Dann nahm er dem Jungen die Prinzessin ab, hob sie vor sich auf den Sattel und ritt mit ihr in das Jägerhaus zurück. Der Junge schlich sich jedoch leise nach, und als der alte Zauberer wieder in den Wald gegangen war, trat er von neuem in das Haus hinein und sagte zur Prinzessin: «Höre einmal, ich rette dich doch! Wenn ich nur erst einen solchen Schimmel habe, wie ihn der alte Jäger besitzt. Ich werde unter das Bett kriechen, und du fragst ihn dann, wenn ihr im Bett seid, wie er den dreibeinigen Schimmel erworben habe.» Damit war die Prinzessin einverstanden, und der Junge kroch unter das Bett und wartete, bis der Abend kam und der Jäger heimkehrte.

«Väterchen», sagte die Prinzessin zutraulich, als der Zauberer zu Bette gegangen war, und kraute ihm die struppigen Haare, «Väterchen, wie seid Ihr zu dem dreibeinigen Schimmel gekommen? Das ist ein prächtiges Pferd, ist klüger wie ein Mensch und läuft schneller wie der Wind.» — «Das will ich dir sagen, mein Töchterchen», sprach der alte Jäger und schmunzelte über sein garstiges Gesicht, denn das Krauen tat ihm wohl, «den Schimmel habe ich mir in drei Tagen erworben.» — «Kann sich jeder Mensch ein solches Pferd verdienen?» fragte die Prinzessin. «Gewiß», antwortete der Jäger, «wenn er klug ist, kann's ihm nicht fehlen. Ein Stündchen von hier im Walde wohnt eine Bauersfrau, das ist eine arge Hexe. Sie besitzt die schönsten Pferde weit und breit;

und wer ihre Fohlen drei Tage zu hüten vermag, der kann sich zur Belohnung das Pferd aussuchen, das ihm von allen Tieren im Stalle am besten gefällt. Vorzeiten gab sie auch noch zwölf Lämmer obendrein; mir hat sie dieselben aber nicht gegeben; so kam's, daß die zwölf Wölfe, die in dem Walde wohnen, als ich mit meinem Schimmel davonritt, auf mich los stürzten. Und da ich keine Lämmer hatte, die ich ihnen vorwerfen konnte, so eilten sie meinem Schimmel nach, und ehe ich über die Grenze kam, die sie nicht überschreiten dürfen, hatten sie dem Tiere den rechten Fuß ausgerissen, und seitdem hat er drei Beine bis auf den heutigen Tag.» — «Wer nun aber die Fohlen nicht hüten kann, wie geht's dem?» fragte die Prinzessin. «Dem geht's schlecht», erwiderte der alte Jäger, «die Hexe schlägt ihm das Haupt ab und spießt es auf dem Zaune auf, der um das Gehöft geht. Da stecken schon so viele Köpfe, daß sie bald einen neuen Zaun bauen muß, um sie alle unterzubringen.» Jetzt wußte der Junge unter dem Bette genug; die Prinzessin hörte darum auf mit Fragen, und sie schliefen alle drei die ganze Nacht hindurch.

Am anderen Morgen, als der Jäger wieder in den Wald gegangen war, kroch der Junge unter dem Bette hervor, aß und trank mit der Prinzessin. Dann machte er sich auf den Weg nach dem Gehöft der Hexe, von dem der Jäger in der Nacht gesprochen hatte. Es dauerte auch gar nicht lange, so sah er den Zaun mit den Menschenköpfen vor sich, und nun wußte er

Bescheid, daß er nicht irre gegangen sei. Als er an dem Hoftore war, trat ihm auch schon die Hexe entgegen und sprach zu ihm: «Was willst du hier?» — «Deine Fohlen hüten!» antwortete der Junge. «Gut, ich will dich annehmen», sagte die Hexe, «und wenn du mit den Pferden jeden Abend pünktlich um acht Uhr nach Hause kommst, so darfst du dir nach drei Tagen das Pferd in meinem Stalle aussuchen, das dir am besten gefällt. Das soll dein Lohn sein! Kommst du aber später heim, so schlage ich dir das Haupt ab und stecke es auf den Staketenzaun.» — «Das magst du tun», erwiderte der Junge, «aber der Lohn ist mir nicht hoch genug. Ich verlange außer dem Pferde noch zwölf Lämmer obendrein.» — «Das habe ich früher getan», antwortete die Hexe, «aber die Zeiten sind schlechter geworden, und die Pferdezucht wirft die zwölf Lämmer nicht ab.» — «Dann hüte ich gar nicht», antwortete der Junge. Als die Hexe sah, daß er auf seinem Kopfe bestand, brummte sie: «Meinetwegen, bekommen wird er sie ja ebensowenig wie das Pferd», dann sprach sie laut: «Die Sache ist abgemacht, du sollst auch die zwölf Lämmer erhalten, und morgen früh treibst du meine drei Fohlen auf die Wiese.»

Und so tat der Junge auch. Am frühen Morgen, ehe die Sonne aufging, schwang er sich dem stärksten Füllen auf den Rücken und ritt zur Wiese hinab, und es dauerte gerade eine halbe Stunde, bis er dort angelangt war. «Um halb acht mußt du wieder aufbrechen», dachte er bei sich, dann ließ er die Fohlen grasen und legte sich hinter einen Schlehenbusch, um die schönen Sachen zu verzehren, die ihm die alte Hexe in den Kaliet* gepackt hatte. Da war Weißbrot und Braten und Wurst, aber das Beste von allem war eine halbe Flasche Branntwein. Als er die an die Lippen gesetzt hatte und der erste Schluck die Kehle hinabgelaufen war, da tat ihm der Trank so wohl, und er trank und trank, bis er den ganzen Branntwein ausgetrunken hatte. In den Branntwein hatte die alte Hexe aber einen Schlaftrunk gemischt, und so kam's, daß er in einen tiefen Schlaf verfiel.

Nachdem er endlich wieder aufgewacht war, rieb er sich die Augen und sah sich um. Ja, da war von den drei Fohlen nichts mehr zu sehen, sie waren auf und davon gegangen und er klagte und jammerte und schlug sich mit der Hand vor den Kopf. Endlich fiel ihm der Wolf ein: «Wenn du in Not bist, sollst du die drei Spier Haare zwischen den Fingern reiben!» hat er dir gesagt! und damit zog er die Wolfshaare aus der Tasche hervor und rieb sie zwischen den Fingern. Sogleich stand der Wolf neben ihm und sprach: «Was ist dir, mein Junge, womit kann ich dir helfen?» — «Ach, mir sind meine Fohlen weggekommen», jammerte der Junge, und wenn du mir nicht hilfst, lieber Wolf, so schlägt mir die alte Hexe heute abend den Kopf ab und steckt ihn auf den Staketenzaun.» — «Zehn Meilen sind die Fohlen schon

* Korb.

gelaufen», antwortete der Wolf, «darum setz dich schnell auf meinen Rücken, und wenn ich sie eingeholt habe und ihnen vorgekommen bin, so schlage mit den drei Zäumen, die du in der Hand hast, drei Kreuze vor ihnen, und sie müssen stehenbleiben, als wären sie angewachsen.» Da setzte er sich dem Wolf auf den Rücken, und der lief so schnell, daß dem Jungen die Haare nur so flogen. Es dauerte auch gar nicht lange, so hatte der Wolf den Fohlen einen Vorsprung abgewonnen; der Junge schlug mit den Zäumen dreimal ein Kreuz, und sie konnten weder vorwärts noch rückwärts. «Nun reite mit ihnen nach Hause», sprach der Wolf, «du wirst noch beizeiten heimkommen.» Das ließ sich der Junge nicht zweimal sagen, er schwang sich auf den Rücken des stärksten Füllens hinauf, und dann kehrte er mit ihnen im Trabe zur Wiese zurück und langte dort an, ehe die Glocke die siebente Stunde verkündet hatte. Dann ließ er die Tiere noch ein Weilchen abtrocknen und grasen, bis er sich um halb acht auf den Heimweg machte und zur rechten Zeit in das Gehöft zurückkehrte.

Die alte Hexe riß die Augen weit auf, als sie den Jungen mit den Fohlen zur rechten Zeit heimkehren sah; aber sie bezwang sich und reichte ihm freundlich die Hand und sprach: «Du bist ein tüchtiger Hütejunge, du gefällst mir!» Dann führte sie ihn in die Stube und setzte ihm Speise und Trank vor; doch während er aß, lief sie in den Stall und bearbeitete die Fohlen mit dem Besenstiel. «Konntet ihr denn nicht entlaufen, ihr ungehorsamen Tiere», rief sie zornig. «Wir sind zehn Meilen gelaufen», schrien die Füllen, «er kam uns aber auf einem Wolfe nachgeritten und hat uns wieder zurückgebracht.» — «Ein Wolf?» sagte die Hexe verwundert, «das ist etwas anderes; da müssen wir schon ein stärkeres Mittel gebrauchen»; und am andern Morgen gab sie dem Jungen die Flasche, drei Viertel mit Branntwein gefüllt, mit auf den Weg. Der mundete ihm wieder so köstlich und tat ihm im Herzen so wohl, daß er ihn in einem Zuge austrank; dann sank er um und schlief unter dem Schlehdornbusch ein und rückte und rührte sich nicht.

Als er endlich aufwachte, merkte er wohl, daß die Mittagszeit schon vorüber sei, und von seinen Fohlen war wiederum nichts mehr zu sehen. Diesmal besann er sich nicht lange. «Gestern hat dir der Wolf geholfen; heute muß dich der Bär aus der Not retten», dachte er und rieb die Bärenhaare zwischen den Fingern. Und schon stand er vor ihm und sprach: «Was ist dir, mein Junge, und womit kann ich dir helfen?» Hilf mir zu meinen Fohlen», antwortete der Junge. — «Zwanzig Meilen sind sie schon gelaufen», sprach der Bär, «aber setz dich geschwind auf meinen Rücken, daß wir sie einholen.» Da stieg der Junge dem Bären auf den Rücken, und der Bär lief, daß die Haare seines Reiters in der Luft sausten, und er hörte nicht eher auf, als bis er den Fohlen einen Vorsprung abgewonnen hatte. Darauf schlug der Junge mit den drei Zäumen die Kreuze, und als sie stillstanden, schwang er sich auf sein Handpferd hinauf und ritt so schnell wie möglich zur Wiese zurück; aber so sehr er die Füllen auch laufen ließ, er konnte die Wiese nicht vor halb acht erreichen, so daß er stracks weiter reiten mußte, um noch zur Zeit in den Hof der Hexe zu gelangen.

«Das nenn' ich mir einen Hirten», sagte die Alte freundlich, und doch war sie inwendig Gift und Galle, «jetzt komm nur herein und verzehr dein Abendbrot.» Und als der Junge in der Stube saß und aß, lief sie wieder in den Stall hinab und hieb mit dem Besenstiel auf die Fohlen ein. «Wir können nichts dafür», riefen die Fohlen und schrien vor Schmerz, «wir sind zwanzig Meilen gelaufen, da kam er uns nachgeritten auf einem Bären und hat uns wieder zurückgebracht.» — «Auf einem Bären?» sagte die Hexe, «der Junge ist stärker als ich. Aber warte nur, morgen sollst du mir nicht entkommen.» Den andern Tag gab ihm die Hexe die ganze Flasche voll Branntwein mit auf den Weg, und der Junge bedankte sich noch bei der alten Hexe für das schöne Getränk. Und als er auf der Wiese angelangt war, trank er die ganze Flasche in einem Zuge aus und legte sich ins Gras und schlief fest ein und erwachte erst zur Nachmittagszeit wieder aus dem Schlafe. «Donner Sachsen! Hilft mir heute der Löwe nicht, so bin ich gewißlich verloren!» rief er erschrocken, zog die drei Spier Löwenhaare eilends aus der Tasche hervor und rieb sie zwischen den Fingern. Alsbald stand der Löwe vor ihm und sprach: «Nur rasch auf meinen Rücken hinauf, wir haben keine Zeit zu verlieren! Dreißig Meilen haben die Fohlen schon zurückgelegt»; und als der Junge sich auf ihn gesetzt hatte, lief er, wie der Sturmwind saust, und die Haare sausten und summten dem Jungen um den Kopf, und als die Sonne sich ihrem Untergange neigte, hatte der Löwe auch die Fohlen eingeholt und der Junge sie zum Stehen gebracht. «So, nun spare Sporn und Peitsche nicht und laß sie laufen was sie können, dann kommst du noch hin auf den Hof», rief der Löwe, und der Junge tat, wie ihm geheißen war und spornte sein Pferd, daß ihm das Blut aus den Weichen floß, und hieb auf die anderen Fohlen mit der Peitsche ein, daß die Fetzen flogen, und langte ein Viertel vor acht auf der Wiese an. Da war an Ruhe und Rast nicht zu denken, er trieb die Füllen nur um so schärfer an, und als die Glocke acht schlug, war er im Torweg, und die Flügel des Tores, welche die Alte zuwarf, hätten ihm beinahe die Fersen abgeschlagen.

«Das war die höchste Zeit!» rief der Junge atemlos und trat in das Haus hinein; die Alte aber lief zu den Fohlen und schlug sie mit dem Besenstiel, daß es einen Stein erbarmen konnte. «Wir können nichts dafür, verschon uns», baten die Fohlen, «wir sind dreißig Meilen gelaufen, er aber kam uns auf einem Löwen nachgejagt und hat uns in Eile wieder zurückgebracht.» Als die Hexe das hörte, ließ sie nach mit dem Schlagen und kehrte ärgerlich in die Stube zurück; dafür ging jetzt der Junge in den Stall hinein, um sich ein Pferd auszusuchen, und der Hexe kleine Tochter begleitete ihn. In dem Stalle standen viele Pferde, und eins war immer schöner als das andere. Ganz hinten aber stand in einer besonderen Bucht ein hochbeiniger, magerer Schimmel. «Das ist meiner Mutter Reitpferd», sagte das kleine Mädchen, «das läuft so schnell wie der Wind.» Da wußte der Junge genug und ging wieder hinein zu der alten Hexe.

Am andern Morgen sagte die Hexe: «Nun, Junge, welches Pferd willst du haben als Lohn für die Hütezeit?» — «Den Schimmel in der kleinen Bucht», antwortete der Junge. «Ach, was willst du mit dem, der ist ja das Mitnehmen nicht wert! Sieh doch, wie mager und schmutzig er aussieht. Nein, mit dem Tier kann ich dich nicht ziehen lassen, die Leute würden über mich reden, wenn ich dir solch ein Pferd zum Lohne gäbe!» Der Junge blieb aber bei seinem Willen, und da mußte sich die Hexe wohl oder übel fügen. Als er jedoch aus dem Stalle getreten war, holte sie schnell einen Bohrer herbei und bohrte damit dem Schimmel Löcher durch alle vier Hufe; darauf nahm sie ein Rohr und sog ihm alles Mark aus seinem Gebein und tat es in einen irdenen Topf. Dann nahm sie Mehl, mengte es mit dem Mark und buk einen Dinsback* daraus. Den schob sie dem Jungen ins Vorderhemd, daß er unterwegs zu essen habe und nicht Hunger leide. Nachdem sie das

* Kuchen.

getan hatte, holte sie zwölf Lämmer aus dem Stalle hervor, band sie an den Hinterfüßen an einer Schnur auf und hing sie über den Schimmel. «Da hast du deinen Lohn», sprach sie, und der Junge sagte ihr Lebewohl und ging neben dem Schimmel her zum Torweg hinaus. Auf das Pferd setzen mochte er sich nicht, denn es trat so steif auf und ließ sich so schwach an, als ob es bald sterben müsse. Auch wunderte ihn, daß es immer mit der Zunge nach seinem Vorderhemd leckte. «Was willst du denn dort, Schimmelchen?» fragte der Junge mitleidig. Da hub der Schimmel zu reden an und sprach: «Ich lecke nach dem Dinsback; denn die alte Hexe hat mir mit einem Rohr alles Mark aus meinem Gebein durch die Hufe gesogen, hat es mit Mehl gemengt und in deinen Dinsback gebacken.» — «Dann iß ihn nur», sprach der Junge, «denn er steht dir von Rechts wegen zu.» Und als der Schimmel den Kuchen gegessen hatte, kam die alte Kraft wieder in sein Gebein, und der Junge schwang sich auf seinen Rücken, und er griff mächtig aus. Es dauerte gar nicht lange, so kamen sie in den Wald, und wie sie ein wenig darin gewesen waren, stürzten die zwölf Wölfe, von denen der alte Jäger gesprochen, auf sie los. Rasch schnitt der Junge mit seinem scharfen Messer die Schnur entzwei, und die zwölf Lämmer fielen auf die Straße herab, und die zwölf Wölfe stürzten über sie her und erwürgten sie und fraßen alle auf. Als sie die Lämmer gefressen hatten, war der Schimmel schon so weit gekommen, als die

Macht der Hexe reichte. Der Junge hatte ihn also mit heilem Leibe vor den Wölfen in Sicherheit gebracht.

Nun machte er, daß er zu dem Jägerhäuschen kam. Dort ließ er den Schimmel am Türpfosten halten und lief hinein, holte die Prinzessin heraus und setzte sie vorne auf das Roß; dann schwang er sich selbst hinauf und ließ den Schimmel laufen, was er laufen wollte. Als er fort war, erhob der dreibeinige Schimmel wieder wie damals einen grausamen Lärm und ruhte nicht eher, als bis der alte Zauberer herbeigelaufen kam und fragte: «Warum schreist du so? Was ist denn geschehen?» — «Der Junge ist wieder hier gewesen und hat die Prinzessin geraubt», antwortete der dreibeinige Schimmel. «Sind sie schon weit?» — «Nein, weit sind sie noch nicht, wir werden sie schon einholen; setz dich nur auf meinen Rücken.» Da setzte sich der Zauberer auf des Schimmels Rücken und ritt dem Jungen nach. «Schimmelchen lauf! Schimmelchen lauf!» rief der Junge, als er den Zauberer erblickte; aber der Schimmel lief nicht, sondern ging gemächlich Schritt. Da war's denn kein Wunder, daß der alte Jäger sie einholte. «Räuber!» rief er dem Jungen zu, «hab' ich dir's nicht gesagt, du solltest es nicht noch einmal wagen, die Prinzessin zu stehlen; nun soll dich mein Schimmel in den Erdboden stampfen.» Indem er das sagte, rief der vierbeinige Schimmel dem dreibeinigen zu: «Schwesterchen, wirf ihn ab!» Da warf der dreibeinige Schimmel den alten

Hexenmeister auf die Erde, und der vierbeinige kam ihm zu Hilfe. Dann traten sie so lange mit ihren harten Hufen auf ihm herum, bis auch kein einziger Knochen unzermalmt war.

Als der Zauberer tot war, setzte der Junge die Prinzessin auf den dreibeinigen Schimmel, er selbst blieb sitzen, wo er war, und sie ritten zusammen in das Königreich, wo der Vater der Prinzessin regierte. Da war die Freude groß, als er seine einzige Tochter wieder hatte, und als er hörte, daß der Junge sie erlöst habe, gab er sie ihm sogleich zur Frau. Es wurde Hochzeit gefeiert in großer Pracht und Herrlichkeit. Der alte König starb bald darauf; da wurde der arme Schweinejunge König an seiner Statt. Er herrschte über seine Untertanen nach Recht und Gerechtigkeit. Eines Tages fielen ihm seine beiden Schimmel ein. Er ging in den Stall hinab, wo sie untergebracht waren. Da sprach der vierbeinige Schimmel zu ihm: «Mein Schwesterchen und ich haben dir geholfen, nun hilf du uns auch. Zieh dein Schwert und schlag uns das Haupt ab.» Antwortete der junge König: «Das werde ich bleiben lassen; ich habe euch viel zu lieb. So lohnt man seinen Freunden nicht.» «Wenn du mir nicht gehorchen willst», sprach der Schimmel, «so schaffen wir dir Unglück über Unglück auf den Hals.» Das wollte der junge König nun auch nicht haben, darum zog er das Schwert aus der Scheide und schlug damit den beiden Schimmeln die Köpfe ab. Kaum hatte er das getan, so standen ein stattlicher Prinz und eine wunderschöne Prinzessin vor ihm, die bedankten sich, daß er sie erlöst habe. Derselbe alte Jäger, der die junge Königin auf den hohen Baum verwünscht, hatte auch sie in Pferde verwandelt. Nun waren sie und ihr ganzes Reich von dem Zauber erlöst, und die Wälder, in denen der alte Jäger sein Wesen getrieben hatte, waren miterlöst, und jetzt Städte und Dörfer, Mühlen und Seen geworden, und der Prinz und die Prinzessin waren Herrscher über das ganze Land. Sie blieben noch eine Zeitlang bei ihrem Erlöser und seiner Frau, dann zogen sie in ihr eigenes Königreich. Der junge König lebte mit seiner Frau glücklich und zufrieden sein Leben lang, und wenn sie nicht gestorben sind, dann leben sie heute noch.

DE KOENIGIN UN DE POGG

Dar was eis e Koenich un e Koenigin, de hadden sik seer leif, und dar müst de Koenich in de Krijch, un de Koenigin bleef ganz allein uppem Sloß mit eere Maachd, de was eer truu. Al Daach schteech de Koenigin up de Torm un keek, of eer Mann nich boold truech kaim, awer dar was nix t'sein. Denn grijnt sei ümmer, un eer Maachd tröst eer denn. Weckmals ging s'ok in de Gare und ging sitte unner'm Plummeboom, de schtunn annem Fleit. Un as de Plumme rijp weere, schüdt sei sik weck vom Boom un aats'. Darbij hädd se sik awer eer Hännker schwart makt un ging nam Fleit un wull se sik wasche. Doon füll eer de Ring int Water. Dar verfeert sei sik hartlich un sett sik up de Bänk un grijnt ümmer wech, denn sei bildt sik in, eer Mann weer nu dood.

Mit eis dar kaam een groot Pogg'*, dei keek eer an un saed: «Prinzessin mijn, wat weinst du?» Awer de Prinzessin huert dar gar nich naa hen. Doon kroop hei eer up de Foot un saet noch eis: «Prinzessin mijn, wat weinst du?» — Doon keek s'up un saed: «Du oll grijs Pogg', wat sall ik dij dat sägge, du kaast mij doch nich helpe.» — «So, weetst dat so nip?» sächt de Pogg', «ik weit man all, wat du weinst. Du hest ja dijne Ring verlare!» Doon keek em de Prinzessin so an und saed: «Ach lieber Frosch, wenn du etwas davon weißt, hast du ihn auch gewiß gefunden und kannst ihn mir wiederbringen.» — «Ja», saed de Pogg', «dat künn ik woll; awer du mutst mij wat darfaer verschpreeke.» — «Ja alles, was du willst, gib mir nur den Ring», sächt de Koenigin. — «Wat du mij awer verschpreeke schast, dat is nich weenich: du sast mij too dijnem Mann neeme.» Doon lacht de Koenigin un dacht: «De dumm Pogg', ik häd mij ook wat anners wünscht», un dann sächt s': «Ja, das will ich gern tun, aber gib mir auch den Ring!»

* Frosch.

Doon maakt de Pogg' plantsch int Water, un wech was e. Dat duurt en gaud Wijl, un de Prinzessin dacht all, de Pogg' hädd eer wat vaerlage: awer dar kaam s'ant'kruupent, un hädd richtich de Ring im Muul. — «Kinner Lued», sächt de Prinzessin, naam de Ring un leip fix int Sloß. — De Pogg' reip awer achter eer heer, hei würr boold to eer kaame. Naa een paar Daage satt de Prinzessin in eer Schtoow un neejt faer eere Mann en sijden Hemd. Doon kloppt dat lijs nedden an de Daer, un een Schtimm fängt an to singe:

«Maak mij up dijn Daerke,
Schönste Prinzessin!»

«Ach», sächt de Prinzessin, «Magd, komm geschwind her, da ist gewiß der Frosch, von dem ich dir erzählt hab'. Geh und mach ihm die Türe auf.» Doon fängt dat awer wedder an t' singen vaer de Daer:

«Ach, nich de Maachd,
Schönste Prinzessin!
Weetst du woll, as du saitest
An dem Fleite,
Da du dijne Ring verlare,
Da du mij tom Mann erkare,
Schönste Prinzessin?»

Doon stunn de Prinzessin up un maakt em de Daer up. As hei nu rin quappt was, sung he wedder loos:

«Sett mij ok up dijn Schtaelke,
Schönste Prinzessin!»

«Magd», saed doon de Prinzessin, «höre, was der Frosch verlangt. Aber er hat mir den Ring wiedergegeben, wir wollen ihm seinen Willen tun. Setze ihn auf den Stuhl!» Doon sung de Pogg':

«Ach nich de Maachd,
Schönste Prinzessin!
Weetst du woll, as du saitest
An dem Fleite,
Da du dijne Ring verlare,
Da du mij tom Mann erkare,
Schönste Prinzessin?»

Doon treckt de Prinzessin sijden Händschken an und baert em richtig up den Schtoel. Awer de Pogg' de sung allwedder loos:

«Gif mij ok wat to eeten,
Schönste Prinzessin.»

«Magd geh hin, und hol ihm Milch und Semmel», sächt sei dar. Awer de Pogg' singt:

«Ach nich de Maachd,
Schönste Prinzessin!
Weetst du woll, as du saitest
An dem Fleite,
Da du dijne Ring verlare;
Da du mij tom Mann erkare,
Schönste Prinzessin?»

Dar ging de Prinzessin hen un halt em soet Melk un Schtuuten. As hei sik nu so recht dick freete hadd, sung e:

«Wisch mij ok mijn Muelke;
Schönste Prinzessin!

«Na», saed de Prinzessin, «dit paßt mij ok all. Maachd, nimm eis de Salwjett un wisch em dat Muul.» Doon sung de Pogg' wedder:

«Ach nich de Maachd,
Schönste Prinzessin!
Weetst du woll, as du saitest
An dem Fleite,
Da du dijne Ring verlare,
Da du mij tom Mann erkare,
Schönste Prinzessin!»

Un sei müst et wedder allein dooë. Nu fung de Pogg' awer an to singe:

«Gif mij ok e Pußke,
Schönste Prinzessin!»

Doon beswijmt de Prinzessin bijna un sächt: «Magd, das mußt du tun, das kann ich nicht!» Awer de Pogg' keek eer so bedroeft an un hadd twei groot Traane in de Ooge un sung ganz lijske:

Ach nich de Maachd,
Schönste Prinzessin!
Weetst du woll, as du saitest

An dem Fleite,
Da du dijne Ring verlare
Da du mij tom Mann erkare,
Schönste Prinzessin!»

Doon dacht die Prinzessin an eer Verschpreeken un saed: «Dit hädd ik mij awer nich dacht. Maachd, denn ga hen un hal mij en Dook un binn mij dat vaer de Oogen, denn tom wenigsten will ik em darbij nich seie.» Dat deed de Maachd nu, un de Prinzessin tappt mit beed Hänn na de Pogg', un 't was eer all so recht glawrich in de Hänn, sei schpitzt all eer Muelke, doon gaf dat eine groote Knall, de Prinzessin verfeert sik so, dat se sik de Binn afreet un vaer eer schtunn, sund un munter, eer leiw Mann. Un dat was so kaame. As hei wijt wech in Krijch was, doon hädd em en boes Hex in en Pogg' verhext un hädd darbij sächt, hei schull so lang en Pogg' blijwe, beet em en Prinzessin ne Puß gew. Doon was de arm Koenich seer bedroeft, un schwemmt dürch all dat Water, beet hei to sijne Fruu in sijn Fleit kaame was. Denn dat hadd he sik glijk dacht, dat em nij en Miesch as sijne eigen Fruu ne Puß geewe würr.

Dar is mal 'n Koni weß, de is so krank weß.

Do dromt em mal 's Nachs, wenn hê den Vagel Fenus sing'n hört, denn ward he wedder beter. — Hê swicht dar êrs noch vun still, vun sin'n Drom. Em dromt dat awer ummer wedder, drê Nach unner Rad, un do vertell't he dat toletz.

Do secht de oll's Söhn — drê Söhns hett he hatt —, de secht: Ja, Vadder, denn will ik los' un will den Vagel Fenus söken.

Ja, min Söhn, secht de Koni, dat dô denn man. Dar kunn je mennimal wat a n wesen.

Na, hê kricht 'n Barg Reis'geld mit un reist je af.

As hê 'n Titlang reist hett, do droppt hê 'n Wêrtshus an de Landstrat, dar ward grad' wat to danzen. Un as he dat Juch'n un Hopphei'n hört, do kêhrt he dar an. Un dat gefall't em dar so bi de lusti'n Bröder: hê vergitt den Vagel Fenus un blift dar in dat Wêrtshus. Un drinkt un spelt un traktêrt de annern, bet sin Geld all' is.

As he nu gar ne wedder to Hus kummt, un de Koni ward vun Dag to Dag leger, do secht de twêt Söhn, denn will hê dar mal up af, wat hê den Vagel Fenus ne finn'n kann.

Hê kricht uk 'n Barg Geld mit un kummt

den sulwi'n Weg. Un kêhrt uk in dat sulwi Wêrtshus an.

Do geiht dat lusti Leben je wedder los' — hê bringt je frisch Geld —, un do swutscht se dar wedder so lang', bet se den' sin Geld uk hendör hebbt.

Nu kummt de twêt Söhn uk je ne wedder, un de Koni ward ummer leger: do secht de jung's Söhn — de hett Hans hêten, de is so 'n beten tumpi weß —, de secht do: Ja, Vadder, secht he, denn will ik dar mal up af, wat ik den Vagel Fenus ne finn'n kann.

Och, Jung, secht de Ol, wat schull dat beduden? Bliw du man to Hus. Din beiden Bröder hebbt den Vagel Fenus ne funn'n: du finn's em êrs rech ne.

Ja, Vadder, secht he, du buß so leeg': ik will 't doch mal versöken.

De Ol will dar je niks vun weten. Awer Hans holt kên Fred', hê reist af. Reis'geld kricht he awer ne mit. Dat 's je wegsmeten Geld, secht de Ol. Hê mutt *so* weg.

Hê kummt den sulwi'n Weg as sin beiden Bröder un kummt uk bi dat sulwi Wêrtshus.

Suh, seggt se ên to 'n annern, dar kummt uns' Brôder Hans her, de bringt je frisch Geld.

Se kamt herut: hê schall doch mit rin kam'n un geben ên'n ut. Sê hebbt je al up 'n Drogen seten.

Ne, secht Hans, mit rin kam'n deit he ne. Hê hett uk gar kên Geld.

Och, du Tumpbudel! seggt se. Denn hol di

man jo ne up! Denn sett di man af! Un darmit lat se em lopen un gaht wedder rin.

Hans reist je wider. Wat to leben mutt he sik bidd'n. Hê hett je niks.

Nu hört he sik je allerwegens um un frocht hier un frocht dar, awer ne: kên Minsch kann em segg'n, wo de Vagel Fenus to finn'n is. Toletz, do kummt he vör so 'n ganz ol Stadt, dar hebbt gar kên Minschen in wahnt. Dar droppt he so 'n ol Fru vör 'n Dôr, de frocht he uk, wat sê dat ne wêt, wo de Vagel Fenus is.

Ja, min Jung, secht de ol Fru, dat kann ik di segg'n. De Vagel Fenus is hier in de Stadt. Dat holt awer swar, dat du em krichs. Wo vel sund hier ne al kam'n, de em hebbt hal'n wullt! Awer kên ên hett em kregen.

Ja, dat 's ên'n Dôn't, secht Hans, denn mutt ik em hebb'n.

Ja, secht de ol Fru, denn gah hier nu man rin na de Stadt. Un denn geihs du so wid, bet du vör dat ol Sloß kumms. Vör 'n Sloß, dar steiht 'n Schildwach, de frag' man af. De kann di denn neger Beschêd segg'n.

As Hans bi 'n Sloß kummt, ja, secht de Schildwach, de Vagel Fenus is hier in 'n Sloß. Dat holt awer hêl swar, dat du em krichs. Ers kumms du in 'n Stuw, dar steiht 'n Esel. Un in de twêt Stuw, dar steiht 'n Disch; dar licht 'n Brot up un 'n Swert. Un in de drudd' Stuw, dar steiht 'n Bett. Dar licht 'n Prinzessin in, de is verwünscht un sloppt, de sloppt al dusen Jahr. Un dar, un de drudd' Stuw, dar is uk de Vagel Fenus. De sitt in 'n Bur, un de Bur hangt unner 'n Bön. Hol di awer jo ne up un lat de Prinzessin slapen. Nimm de Bur mit den Vagel, un denn dat Brot un dat Swert, un denn den Esel, un denn mak, dat du ut 'n Sloß herut kumms. De Esel, de schrêt drêmal. Un wenn he to 'n drudd'n Mal schrê't, un du sitts dar denn noch ne up, denn buß du verlarn.

Na, hê geiht dar je rin na 'n Sloß un finn't dat uk all' so, as de Schildwach to em secht hett. In de êrs Stuw, dar steiht de Esel. Un in de twêt Stuw steiht de Disch, un up den Disch licht dat Brot un dat Swert. Un in de drudd' Stuw, dar steiht dat Bett, un in dat Bett licht de Prinzessin un sloppt. Un unner 'n Bön hangt de Bur mit den Vagel Fenus.

As hê de Prinzessin dar ligg'n sucht, do is se so schon. Un all', wat de Schildwach to em secht hett, dat sleit he in 'n Wind un geiht bi ehr to Bett.

Nu is se awer ganz in Linn'n beneiht weß.

Hê kricht sin Meß her un snitt sik op ên Sted' 'n lutten Flicken ut, den' stickt he in de Tasch.

As hê 'n beten bi ehr slapen hett — sê is dar awer gar ne vun upwakt, se is ummer faß in Slap bleben —, do steiht he wedder up. Un do socht he sik 'n lutten Zeddel her, dar schrift he up, wo he hêten deit un wo he hen hört, dat hê den' un den' Koni sin'n Söhn is. Un den Zeddel stickt he unner 'n Disch in so 'n lutt Ritz.

Do hört he den Esel schrê'n.

Hê ritt sik ên twê drê de Bur heraf mit den Vagel, un in de twêt Stuw, dar grippt he dat Brot an un dat Swert — do schrê't de Esel to 'n twêten Mal —, un in de drudd' Stuw, dar kricht he den Esel bi 'n Kopp, un dat mit em rut, un do den Bên öwer. Do schrê't de Esel to 'n drudd'n Mal. Do sitt he dar awer uk al up.

Nu reist he je wa' truch mit all' sin'n Kram, will je wedder hen to Hus.

Ünnerwegens droppt he twê Volker, de sund in Krieg tosam'n. Un dat ên Volk verspelt ummerlos'.

Do frocht he den Hauptmann, wo dat vun kummt, dat se ummerlos' verspel'n dôt.

Ja, secht de Hauptmann, se sund so flau, se hebbt niks mêhr to leben.

Do gift he em dat Brot, wat he mitnam'n hett. Dar schullt se man vun eten, secht he.

Ja, secht de Hauptmann, wat *dat* verslagen deit, *ên* Brot vör *so* vel Mann.

Ja, secht he, se schullt man êrs mal bigahn to sniden.

Do kunnt se ummerlos' sniden: dat Brot ward gar ne all'. Un se ward dar all' satt vun. Un as se satt sund, do geiht de Krieg wedder los'. Un do winn't se.

Do frocht de Hauptmann em, wat he dar vör hebb'n will, vör dat Brot.

Dar will he gar niks vör hebb'n, secht he. Awer um fiw Jahr, up den' un den' Dag, denn schullt se dat Brot mit twintidusen Mann wedder aflewern, in dê un dê Stadt.

Darmit reist he wider.

Na 'n Titlang droppt he wedder twê Volker, de sund uk in Krieg tosam'n. Un dat ên Volk verspelt ummerlos'.

Do frocht e den Hauptmann, wo dat tôgeiht, dat se ummerlos' verspel'n dôt.

Ja, secht de Hauptmann, dat anner Volk hett scharper Swerter as sê.

Do secht he to den Hauptmann, denn will he ehr *sin* Swert geben.

Ja, wat *dat* verslagen schall, secht de Hauptmann, *ên* Swert vör *so* vel Mann.

Ja, secht he, se schullt dat man êrs mal versöken.

Do versökt se dat, un do fall't up jeden Slag söben Kopp. Un dat dur't ne *so* lang', do hebbt se wunn'n.

Do frocht de Hauptmann em, wat he dar vör hebb'n will, vör dat Swert.

Dar will he gar niks vör hebb'n, secht he. Awer um fiw Jahr, up den' un den' Dag, denn schullt se dat Swert mit twintidusen Mann wedder aflewern, in dê un dê Stadt.

Nu hett he dê uk je holpen, un do reist he wider.

As he bi dat Wêrtshus vörbi kummt, wo sin beiden Bröder besitten bleben sund, un se ward em wahr, dat hê de Bur hett mit den Vagel Fenus, do kamt se rut un nehmt em de Bur mit den Vagel af. Un hê mutt sik verhêten un ehr toswern, dat he ehr ne verraden will, un dat he dar kên Wôrt vun segg'n will, dat sê em den Vagel Fenus afnam'n hebbt. Un do lat se em stahn un reist mit den Vagel Fenus hen to Hus. Un dar seggt se to ehr'n Vadder, dat sê den Vagel Fenus halt hebbt. Vun Hans, dar ward gar ne wider vun nomt. Un de Koni, as dê em sing'n hört, den Vagel Fenus, do is he gesund un munter.

Hans, de wêt êrs gar ne, wo he hen schall. Dat he sin'n Vadder dat all' vertell't to Hus, wo sin beiden Bröder dat bi em makt hebbt, dat geiht je ne. Hê hett ehr dat je tôswarn, hê wull ehr ne verraden. Un *so* mit sin Bröder tosam'n los' leben, dat kann he uk ne. Denn schall he ummer so bêrn, as wenn niks passêrt is, un schall sik noch utlachen laten tô vun ehr, dat will he ne. So wid will he sik ne weg smiten. Lêwer will he dên'n, bet sin Tit kummt. Un do reist he wedder hen to Hus, un dar vermêd't he sik in 'n Sloß as Kökenjung.

Nu hett he je bi de Prinzessin slapen, un darmit is se erlost weß vun ehr'n dusenjöhri'n Slap un is upwakt. Do is *hê* awer je al weg weß.

Do mênt se êrs, ehr hett dat man so dromt, dat dar ên bi ehr slapen hett. Awer do ward se dat Lock je wahr in ehr Hemp, un de Vagel Fenus is uk je weg. Un do wêt se je, dar mutt doch ên bi ehr weß hebb'n. Un do steiht se up un treckt sik an un lewt dar so los' in 'n Sloß.

Na verlopen Tit, do kricht se 'n lutten Jung. Se wêt awer je gar ne, wo se dat Kind vun hett.

De Jung is so wat 'n Jahre vêr old, do kruppt he mal bi sin Mudder so an de Er herum — dat dôt se je gêrn mit, so 'n Kinner —, un kruppt unner 'n Disch, un do secht he: Mama, Papier! Sê kikt tô: do hett he so 'n lutten Zeddel in de Hand. Se nimmt em den Zeddel af un lißt dat, un do wêt se je Beschêd, wokên as dat weß is, de bi ehr slapen hett. Un do will se dar je hen un will em nasöken. Dat Kind mutt je 'n Vadder hebb'n.

Do kricht se Oller vun de beiden Volker, dê un dê Konissöhn hett ehr vör fiw Jahr 'n Brot un 'n Swert lehnt, un dat wullt se up den' un den' Dag mit vêrtidusen Mann wedder aflewern. Denn wullt se bi *ehr* vörkam'n, un *sê* schall denn mit un schall dat Kommando hebb'n.

Nu is de Tit je um, um do ruckt dar vêrtidusen Mann vör de Stadt. De Prinzessin is to Pêr weß. Un ehr'n lutten Jung hett se uck bi sik hatt.

De Koni, as dê all' de Suldaten sucht, de wêt je gar ne, wat dat to beduden hett.

Do kummt dar Oller, de Koni schall den' herut schicken, de den Vagel Fenus halt hett.

Do secht de Koni to sin'n ollßen Söhn, hê schall hen riden.

Nu is dar 'n Bruch* weß vör de Stadt, dar hett de Prinzessin 'n Samtdek öwer legg'n laten.

As de oll's Söhn nu anriden kummt, do ritt he blang' bi de Samtdek lank.

Do frocht de lutt Jung: Mama, ist *das* mein Papa?

Nein, mein Kind, secht se, das kann dein Papa nicht sein. Der hat keine Courage, über die Samtdecke zu reiten.

Nu kummt he dar je anriden bi de Prinzessin, un do frocht se em: Buß *du* dat, de den Vagel Fenus halt hett?

* Moorgrund.

Ja, secht he. — Wat wider? — Wider niks.

Sofort zurück! secht se. De Koni schall den' schicken, de den Vagel Fenus halt hett, oder em ward de Stadt in Dutt schaten.

Do mutt de twêt Söhn je hen. De ritt uk bi de Samtdek lank.

Do secht de lutt Jung wedder: Mama, ist *das* mein Papa?

Nein, mein Kind, secht se, das kann dein Papa nicht sein. Der hat keine Courage, über die Samtdecke zu reiten.

As hê bi ehr kummt, do frocht se wedder: Buß *du* dat, de den Vagel Fenus halt hett?

Ja, secht he. — Wat wider? — Wider niks.

Sofort zurück! secht se. De Koni schall den' schicken, de den Vagel Fenus halt hett, oder em ward de Stadt in Dutt schaten.

Nu is de Koni je in de grotts Not un wêt je gar ne, wat he upstell'n schall. Un do lett he utgahn, de em sin Stadt redd'n kann, de schall na sin'n Dod' Koni ward'n.

Do secht Hans — de is je Kökenjung weß — de secht dunn to den Kock, *hê* will hen un will de Stadt redd'n.

Dumm' Jung, secht de Kock, wat kummt di in Sinn? De beiden Prinzen hebbt de Stadt ne redd'n kunnt, un dê hebbt je doch den Vagel Fenus halt: wo schuß *du* dat denn wul kunn'n! Sett di doch *so* wat ne in Kopp.

De Not ward awer ummer grotter — dat Bummerdêr'n schall al los' gahn —, un do lett de Kock em gahn toletz.

Hans geiht hen na 'n Koni — de mênt je,

dat is de Kökenjung — un secht to em, hê will de Stadt redd'n.

De Koni wêt sik je anners ne to raden: hê lett em 'n Pêrd sadeln. Un do ritt Hans je herut ut de Stadt.

As hê vör de Bruch kummt, do ritt he grad' öwer de Samtdek röwer, dat de Palten* darvun flêgt.

Do secht de lutt Jung wedder: Mama, ist *das* mein Papa?

Ja, mein Kind, secht se, das muß dein Papa sein. Er hat *mich* nicht verschont: er verschont auch die Samtdecke nicht.

As he nu bi ehr kummt, do frocht se em: Buß *du* dat, de den Vagel Fenus halt hett?

Ja, secht he. — Wat wider? — 'n Brot. — Wat wider? — 'n Swert. — Wat wider? — 'n Esel.

Ja, secht he, un denn hett he wul noch *ên* Dêl mitnam'n: wat he dat uk noch vörwisen kann.

Ja, secht he, dat kann hê. Un do langt he sik in 'e Tasch un gift ehr den Flicken hen.

Ja, nu wêt ik Beschêd, secht se. Du buß de Rech. Du buß dat, de mi erlost hett un de den Vagel Fenus halt hett.

Nu öwergewt de beiden Volker em dat Brot un dat Swert, un do treckt se wedder af. Un de Prinzessin ritt mit em na de Stadt herin, hen na 'n Sloß. Un do secht se to den Koni, dat *hê* dat is, de den Vagel Fenus halt hett. Un do gift Hans sik uk kund.

* Fetzen.

Do sucht de Koni je, dat sin beiden ollßen Söhns em bedragen hebbt. Un do lett he ehr vör sik kam'n un secht to ehr, se schullt maken, dat se vun sin Verbêt af kamt, un schullt sik all' sin Dag' ne wedder sêhn laten vör sin Ogen.

Do hebbt Hans un de Prinzessin Hochtit geben. Un do hebbt se glückli un vergnogt tosam'n lewt. Un as de ol Koni dot bleben is, do is Hans Koni word'n.

Up Hans sin Hochtit — plech min Großvadder to segg'n, wenn he de Geschich vertell'n dee — dar bun ik uk noch mit weß, to 'n Strukenhau'n. Dar gêw dat vör jeden Strukenhauer* 'n Korf vull Bêr un 'n Buddel vull Bodderbrot. —

VON EINEM KLUGEN ALTEN

Ein König hatte einen sehr schönen Vogel. Zum Unglück flog er aus seinem Garten. Ein alter Mann fing ihn. Er wollte ihn zum König bringen, aber er wußte den Weg nicht zu ihm. Da lief ihm ein Jude in die Quere. Den bat der Alte, ihm den Weg zu zeigen. Der Jude antwortete: «Wenn du mir die Hälfte der Belohnung gibst, die du vom König für den Fang des Vogels

* «Strauchhauer», die das Hochzeitshaus mit Grün schmücken.

erhältst, so will ich dich hinführen.» Was sollte er tun? Er ging auf den Vorschlag ein. Sie kamen zu dem Schloß des Königs. Da stand ein Soldat am Tor und ließ sie nicht hinein. «Wenn du mir die Hälfte der Belohnung gibst, die du für den Vogel empfängst, so will ich dich durchlassen», sagte der Soldat. «Ich habe schon dem Juden die Hälfte der Belohnung für seine Führung versprochen», erwiderte der Alte. «Nun, dann die Hälfte von dem, was dir bleibt», entgegnete der Soldat. Der Alte ging auch darauf ein. Er gelangte unmittelbar zum Schloß. Da stand wieder ein Soldat und ließ ihn nicht hinein. Er sagte: «Wenn du mir die Hälfte der Belohnung für den Vogel gibst, werde ich dich hineinlassen.» — «Ich habe schon die Hälfte der Belohnung dem Juden für meine Führung versprochen.» — «Nun, dann die Hälfte von der Belohnung, die dir bleibt.» — «Davon habe ich schon die erste Hälfte dem ersten Soldaten für den Einlaß versprochen.» — «So gib mir das, was dir vom Juden und dem ersten Soldaten übrigbleibt!» Der Alte ging darauf ein.

Er trat vor den König. Der Jude wartete draußen an der Tür. Der König freute sich sehr, als er seinen lieben Freund, den Vogel, sah, und fragte: «Was willst du dafür, daß du mir den Vogel gefangen hast?» Der Alte dachte nach: «Wenn ich einen Groschen erhalte, bekommt der Jude die Hälfte, der erste Soldat ein Viertel, der zweite Soldat den Rest, und für mich bleibt nichts. Wenn ich hundert Rubel erhalte, ist es genau dasselbe. Wieviel ich auch erhalte, immer bleibt für mich nichts.» Als er sich das so überlegt hatte, sagte er zum König: «Ich will hundert Rutenhiebe.» Der König fragte: «Willst du wirklich hundert Rutenhiebe?» — «Wirklich», entgegnete der Alte. Der König ließ die Ruten herbeibringen. Das geschah auch. «Lege dich auf die Bank!» sagte der König. «Nein, erlauchtester König!» sagte der Alte, «ich habe die Hälfte dem Juden versprochen, weil er mich hierher führte.» Der König ließ den Juden rufen. Der ging voller Freude zum König und dachte, wer weiß wieviel Geld zu empfangen. Aber er hatte sich geirrt. Der König hieß ihn sich auf die Bank legen, und die Diener verabreichten ihm fünfzig Rutenhiebe auf seine Rückseite. Die gaben es aber dem Juden so, daß er nicht einmal mehr die Hosen zuknöpfen konnte. Darauf sagte der König: «Nun, Alter, jetzt leg du dich auch hin!» — «Nein, erlauchtester König, die Hälfte der andern Hälfte habe ich dem Soldaten versprochen, der mich zu Euch einließ.» Da ließ er auch den Soldaten rufen und ihm fünfundzwanzig Rutenhiebe verabreichen. Wieder forderte der König den Alten auf, sich hinzulegen. Der aber erwiderte: «Das letzte Viertel habe ich dem zweiten Soldaten versprochen, weil er mich einließ.» Der König ließ den zweiten Soldaten rufen, und auch der erhielt sein Teil. Der Alte aber empfing ein großes Geschenk, nicht für den Vogel, sondern für seine Klugheit.

Es war einmal ein Mann, der hatte einen Sohn und eine Tochter. Der Sohn hieß Tschuinis. Nun baute der Vater einmal ein neues Wohnhaus, und als es fertig war, sprach der Alte zu seiner Frau und seinen Kindern: «Heute ziehen wir in unser neues Haus, und morgen früh soll jeder seinen Traum erzählen, den ersten, den er im neuen Bau geträumt hat.»

Am Morgen erzählten alle ihre Träume, nur Tschuinis wollte und wollte den seinigen nicht erzählen. Der Vater suchte ihm gütlich zuzureden — es half nichts; er versuchte es mit Schlägen — es half nichts; zuletzt wurde der Vater blau vor Zorn und befahl den Knechten: «Führt den Verstockten in den Wald und hängt ihn auf!»

Die Knechte führten Tschuinis fort, um ihn zu hängen. Aber es traf sich, daß gerade um diese Zeit ein Herr vorbeifuhr, der fragte die Leute, weshalb sie den Jüngling hängen wollten. Sie antworteten: «Tschuinis hat einen Traum gehabt, will ihn aber seinem Vater nicht erzählen.» — «Hängt ihn nicht, verkauft ihn mir für hundert Taler.»

Gut. Bei dem Herrn ging es Tschuinis ganz vortrefflich. Nun hatte aber der Herr einmal eine größere Zahl Gäste, die bekamen beim

Sitzen Langeweile. «Wartet», dachte der Herr, «ich will meinen Tschuinis rufen, der soll erzählen, was er bei seinem Vater geträumt hat.»

Tschuinis wird gerufen, aber, schlagt ihn tot, er erzählt es nicht. Er habe es seinem Vater nicht erzählt, und jetzt solle er es gar einem beliebigen anderen erzählen. Der Herr wird blau und rot und brüllt ihn an: «Du Lausbub, habe ich dich deshalb gekauft, daß du mich zum Dank in Wut bringst? — Knechte, fort mit ihm in den Wald und an den Galgen!»

Die Knechte führen Tschuinis fort, um ihn zu hängen. Aber gerade um jene Zeit traf es sich, daß ein Königssohn am Galgen vorbeiging. Er fragte die Leute, warum sie den Jüngling hängen wollten. Sie sagten: «Tschuinis hat bei seinem Vater einen Traum gehabt, will ihn aber dem Herrn nicht erzählen.» — «Hängt ihn nicht, verkauft mir den Tschuinis für zweihundert Taler.» Gut. Beim Königssohn ging es Tschuinis herrlich. Ja, was noch mehr war, die Königstochter, die Schwester des Käufers, gewann Tschuinis lieb. Nun hatte der König einmal eine größere Anzahl Gäste, die bekamen beim Sitzen Langeweile. «Wartet», rief der Königssohn; «ich will meinen lieben Tschuinis rufen, der soll den Traum erzählen, den er bei seinem Vater gehabt hat.»

Er ruft Tschuinis, aber, schlagt ihn tot, er erzählt ihn nicht. Er habe ihn seinem Vater nicht erzählt, da solle er ihn gar einem beliebigen anderen erzählen. Der Königssohn wird blau und rot und brüllt ihn an: «Du Lausbub, habe ich dich deshalb gekauft, daß du mich zum Dank in Wut bringst? Knechte, schleppt ihn in den Wald, und an den Galgen mit ihm!»

Die Knechte führten Tschuinis, um ihn aufzuhängen. Aber wie kann man ihn hängen? Die Königstochter fällt ihm um den Hals und will und will es nicht zulassen. Man solle ihn lieber in den Kerker werfen, wenn er schon gestraft werden müsse. So wirft man Tschuinis in den Kerker. Aber am Kerker war ein kleines Fensterchen, durch das reichte die Königstochter Tschuinis heimlich Speise.

Nach einiger Zeit begibt sich der Königssohn fort in ein anderes Königreich, um zu freien. Aber das war so weit, daß er kaum nach einem Jahr an Rückkehr denken konnte. Am folgenden Tage reicht die Königstochter Tschuinis durchs Fenster Speise und erzählt ihm, wohin der Bruder gezogen sei, und was für Absichten er habe.

Tschuinis ißt, ißt und denkt. Zuletzt sagte er: «Wenn dein Bruder auch mein Gegner ist, so verlangt es mich doch, ihn zu retten; denn die, die er zu heiraten gedenkt, ist eine Hexe, das hat mir ein Traum verraten.»

Als die Königstochter das hörte, eilte sie zu ihrem Vater, rang die Hände und erzählte ihm alles. Der Vater dachte, seine Tochter habe den Verstand verloren. Aber sie umarmte den Vater: «Ich habe nicht den Verstand verloren, Tschuinis hat es mir gesagt.»

«Wo konnte denn Tschuinis auf einmal auftauchen, der ist ja längst im Kerker Hungers gestorben und verfault?»

«Er ist nicht verfault und nicht verhungert, ich habe ihm Nahrung gegeben.»

«Wahrhaftig, dann hast du ein besseres Herz als ich und dein Bruder. Gehen wir zu Tschuinis; wenn er meinen Sohn rettet, so will ich ihm alles geben, was sein Herz irgend begehren mag.»

Nun ließ man Tschuinis aus dem Kerker heraus, richtete ihm ein Bad, wusch ihn und geleitete ihn auf die weite Reise. Alle kehrten zurück, nur die Königstochter begleitete Tschuinis noch ein Stückchen und hängte ihm ein kleines Seidenbändchen um den Hals. Unterwegs traf Tschuinis zwei, die miteinander kämpften. «Weshalb liegt denn ihr einander so schändlich in den Haaren?»

«Ja, mein Lieber, so streiten wir schon drei Jahre um unseres Großvaters Pantoffel. Wer in sie hineintritt und nur einen Schritt macht, der kommt, wohin er will.»

«Deshalb lohnt es sich doch nicht zu streiten. Hört einmal, ich werde diese Scheibe werfen, und wer von euch beiden sie zuerst fängt, dem sollen die Pantoffeln gehören.»

Gut. Während sie aber der Scheibe nachlaufen, ist Tschuinis in den Pantoffeln auf und davon. Nachdem er ein Stück weit gegangen ist, begegnet er abermals zweien, die miteinander kämpfen.

«Weshalb liegt denn ihr einander so schändlich in den Haaren?» — «Ja, mein Lieber, so streiten wir schon sechs Jahre um unseres Großvaters Rock. Wenn man den Rock anzieht, wird man unsichtbar.» — «Deshalb lohnt es sich doch nicht zu streiten. Hört einmal, ich werde diese Scheibe werfen, und wer von euch beiden sie zuerst fängt, dem soll der Rock gehören.»

Gut. Während sie aber der Scheibe nachlaufen, hat Tschuinis den Rock angezogen und ist auf und davon. Nachdem er ein Stück weit gelaufen ist, begegnet er wieder zweien, die miteinander kämpfen. «Weshalb liegt denn ihr einander so schändlich in den Haaren?» — «Ja, mein Lieber, so streiten wir schon neun Jahre um unseres Großvaters Handmühle. Dreht man die Steine dieser Mühle ein klein wenig nach rechts, so fliegt die Mühle so schnell durch die Luft, daß man selbst eine Hexe einholen kann; dreht man aber die Steine nach links, so schrumpft die Mühle so zusammen, daß man sie in die Tasche stecken kann.»

«Deshalb lohnt es sich doch nicht zu streiten. Hört, ich werde diese Scheibe werfen, und wer von euch beiden sie zuerst fängt, dem soll die Mühle gehören.»

Gut. Aber während sie hinter der Scheibe her sind, dreht Tschuinis den Mühlstein nach links, steckt die Mühle in die Tasche und ist auf und davon.

Er eilt zu der Hexe, zieht den Rock an, um nicht gesehen zu werden, und geht hinein. Der Königssohn ißt mit der Hexe zu Mittag. Nach der Mahlzeit gehen beide in eine andere Stube. Tschuinis verspeist indessen die Reste der Mahlzeit und horcht, was die beiden sprechen. Was werden sie wohl sprechen? Sie sprechen von der Hochzeit. Sagt die Hexe: «Ich will das Geschirr und die Reste unserer Mahlzeit abtragen, und dann wollen wir Hochzeitsschuhe besorgen. Wir gehen jeder einen anderen Weg, die Schuhe zu suchen: habe ich die hübscheren, so mußt du in meinem Lande wohnen bleiben; hast du die hübscheren, so folge ich dir in dein Land.»

Die Hexe nahm das Geschirr vom Tisch und war höchst erstaunt, wer wohl die Reste der Mahlzeit gegessen haben mochte. Dann gingen beide fort, die Schuhe zu suchen. Die Hexe lachte vor Vergnügen, jener war bis zu Tränen betrübt. Tschuinis folgte ungesehen der Hexe. Die Hexe verschafft sich wunderschön glänzendes Leder und gibt es einem Schuster, damit die Schuhe zum nächsten Mittag fertig wären. Gut. Danach begibt sich Tschuinis zum Königssohn, um zu sehen, was für ein Leder der sich besorgt habe. Das war ein Leder, schlimmer als eine alte Pferdehaut.

«O weh, Königssohn, du wirst wohl in diesem Lande hocken bleiben. Du ahnst nicht, was deine Hexe für ein prächtig glänzendes Leder hat, und wie sieht das deinige aus!»

«Was für eine Hexe, was für eine Hexe?» fragte der Königssohn. Tschuinis gab sich nun zu erkennen und erzählte alles haarklein, indem er ihm einschärfte, nur ja der Hexe hier nichts zu sagen, sondern erst, wenn er daheim bei seinem Vater wäre. Dann nahm Tschuinis das alte Leder, zog den unsichtbar machenden Rock an und eilte zum Schuhmacher. Der Schuhmacher hatte die Prachtschuhe schon fertig. Aber während der Schuhmacher sich dort noch zu schaffen macht, stibitzt Tschuinis die Prachtschuhe, verbirgt sie unter seinem Rock und legt an ihre Stelle das Leder des Königssohnes.

Des Morgens übergibt Tschuinis dem Königssohne die Prachtschuhe und sagt: «Zeig der Hexe nicht zuerst deine Schuhe, sonst wird sie deren Glanz ihren Schuhen aus der Pferdehaut anzaubern, sie soll zuerst die ihrigen zeigen.»

Der Königssohn befolgte den Wink, der Hexe mißlang ihr Anschlag.

Nach dem Mittagessen gehen beide abermals in ein anderes Zimmer. Tschuinis verspeist unterdessen die Reste der Mahlzeit und horcht, was sie sprechen. Wovon werden sie wohl sprechen? Sie sprechen wieder von der Hochzeit. Sagt die Hexe: «Ich werde das Geschirr und die Reste der Mahlzeit abtragen, und dann wollen wir ein Hochzeitskleid besorgen. Wir gehen jeder seinen Weg: Wenn mein Kleid schöner sein sollte, so mußt du in meinem Lande wohnen bleiben. Ist das deinige schöner, so werde ich dir in dein Land folgen.»

Die Hexe nahm das Geschirr vom Tisch und war höchst erstaunt, wer wohl die Reste der Mahlzeit verzehrt haben mochte. Dann gingen beide, ein Kleid zu suchen: die Hexe lachte vor Vergnügen, er aber war bis zu Tränen betrübt.

Tschuinis folgt ungesehen der Hexe. Die Hexe verschafft sich einen prächtig glänzenden Stoff und übergibt ihn dem Schneider, morgen bis Mittag müsse das Kleid fertig sein. Gut. Nun geht Tschuinis zum Königssohn, um zu sehen, was für ein Kleid der sich besorgt habe. Oh, was für ein Kleid, schlimmer als eine alte Hirtenjoppe! Tschuinis nimmt die alte Joppe, zieht sich seinen Rock über und eilt zum Schneider. Der hat das Prachtkleid schon fertig. Während sich aber der Schneider noch zu schaffen machte, schob Tschuinis das Prachtkleid unter seinen Rock und legte an die Stelle die Joppe des Königssohnes. Am nächsten Morgen gab Tschuinis dem Königssohn das Prachtkleid und sagte: «Zeig der Hexe nicht zuerst dein Kleid, sonst wird sie dessen Glanz ihrer Joppe anzaubern, sie soll zuerst das ihrige zeigen.»

Der Königssohn befolgte den Wink, der Hexe mißlang ihr Anschlag.

Nach dem Mittagessen gehen beide in ein anderes Zimmer; Tschuinis verspeist unterdessen die Reste der Mahlzeit und horcht, was jene sprechen. Wovon werden sie wohl sprechen? Sie sprechen wieder von der Hochzeit. Sagt die Hexe: «Ich werde das Geschirr und die Reste der Mahlzeit abtragen, und dann wollen wir für die Hochzeit silbernes Haar besorgen. Wir gehen jeder seinen Weg. Wenn ich mehr silberne Haare haben sollte als du, so mußt du in meinem Lande wohnen bleiben. Hast du mehr, so werde ich dir in dein Land folgen.»

Die Hexe nahm das Geschirr vom Tisch und war höchst erstaunt, wer wohl die Reste der Mahlzeit verzehrt haben mochte. Dann gingen beide, Haare zu suchen. Die Hexe war froh, er war traurig. Tschuinis folgte unsichtbar der Hexe auf den Fersen. Da plötzlich setzte sich die Hexe auf einen Eichenstumpf und schwang sich in die Lüfte. Tschuinis zieht schnell die Mühle aus der Tasche, dreht den Mühlstein auf die rechte Seite, steigt auf die Mühle und fliegt hinter der Hexe drein. Diese sieht Tschuinis nicht, Tschuinis aber sieht alles. Der Eichenstumpf fliegt blitzschnell durch die Luft und macht endlich weit, weit, mitten auf dem Meere halt. Die Mühle hält auch an, aber niemand sieht sie. Plötzlich fängt das Meer an zu rauschen und Wellen zu schlagen. Der Meeresalte hebt sein Silberhaupt aus den Wogen. Graps! reißt ihm Tschuinis eine Locke seines Silberhaares heraus. Die Hexe will dasselbe tun, aber sie kriegt bloß noch ein einzelnes Härchen zu fassen, denn der Meeresalte wird plötzlich, wohl aus Schmerz, ungebärdig und taucht unter das Wasser. Das Meer beginnt zu toben und zu rasen, und die beiden sind froh, mit heiler Haut davonzukommen.

Am nächsten Morgen übergibt Tschuinis dem Königssohn die silbernen Haare und sagt: «Zeig der Hexe die deinigen nicht zuerst, sonst wird sie sie dir aus den Händen hexen, sie soll die ihrigen zuerst zeigen.»

Der Königssohn befolgte den Wink, und nun mußte die Hexe ihm in sein Land folgen.

Tschuinis setzte sich auf seine Mühle und war schon längst zu Hause; jene kamen erst im folgenden Jahre an. Nun wurde Hochzeit gehalten. In Herrlichkeit und Freude wollte man leben. Tschuinis erschien auch auf der Hochzeit, aber als Bettler verkleidet. Der alte König nahm eine Trinkschale und wollte Tschuinis, dem Bettler, einen Trunk reichen. Der trank jedoch nicht, die Braut solle ihm den Trunk darreichen. Sobald nun die Braut, die Hexe, ihm die Schale brachte, löste Tschuinis sich sein seidenes Band vom Halse, band es an die Schale der Hexe und sagte: «Wenn die Braut jetzt die Schale zurücktragen kann, so ist sie keine Hexe, kann sie es nicht, so ist sie eine Hexe.»

Kaum waren diese Worte gesprochen, so verwandelte sich die Braut in ein Aschenhäuflein.

Jetzt heiratete der Königssohn Tschuinis' Schwester, und Tschuinis heiratete die Schwester des Königssohnes. Der alte König teilte sein Reich in zwei Hälften, die eine gab er Tschuinis, die andere seinem Sohne.

Nach einer guten Weile besuchte Tschuinis seinen Vater und seine Mutter. Am Abend wusch der König — Tschuinis — seine Füße und ließ das Fußwasser in der Stube stehen. In der Nacht aber bekamen die beiden Alten im Schlafe heftigen Durst. Sie tranken von demselben Wasser, in dem der Sohn seine Füße gewaschen hatte. Der Sohn erwachte und sagte: «Sieh Vater, sieh Mutter, das war der Traum, den ich damals hatte und euch nicht erzählen wollte: ihr würdet das Wasser trinken, das mir nicht einmal taugt, nochmals meine Füße darin zu waschen.»

ABENTEUER EINES KÖNIGSSOHNES

Ein Königssohn fuhr einst über See und verirrte sich. Die Stürme treiben sein Schiff bald hierhin, bald dahin, nirgend jedoch war eine Küste zu erblicken. Darüber vergingen Monate. Da, an einem heiteren Tage, schaut der Königssohn auf und gewahrt in der Ferne etwas wie eine Insel. Voller Freude gibt er den Befehl, das Schiff nach jener Richtung zu steuern. Aber welch ein Wunder! Je mehr er sich der Insel nähert, um so deutlicher vernimmt er ein wunderbares Getöne. Er fährt dicht an die Insel heran: das wunderbare Getöne verstummt. An der Insel anzulegen scheint unmöglich, denn sie ist ringsum von hohen, hohen Mauern umgeben.

Nichts zu machen, er fährt weiter. Er fährt und fährt, aber — ein neues Ungemach — die Schiffer sind jetzt so verwirrt, daß sie weder von der Insel loskommen, noch auch das Schiff in die alte Fahrrichtung lenken können. So irren sie lange Zeit, bis sie sich endlich mit Mühe und Not doch ein Stück an der Insel vorbeischleppen. Aber jenseits der Insel begibt sich ein neues Wunder: eine hohe Brücke, höher als die Mauern selbst, erstreckt sich von dieser Insel bis zu einer zweiten, entfernteren. Sowie die Schiffer die Brücke gewahren, fällt es ihnen wie Schuppen von den Augen: jetzt wissen sie, was sie tun; sie wissen auch, wohin sie zu fahren haben und wohin nicht. Wohin anders sollten sie wohl fahren als einfach der Brücke entlang bis zur zweiten Insel. Sie fahren also hin: die Brücke endet vor einem schönen Schlosse. Der Königssohn befiehlt allen, das Schiff zu verlassen und sich ins Schloß zu begeben. Aber kaum berühren ihre Füße die Schwelle des Schlosses, da läßt sich von der ersten Insel her dasselbe wunderbare Getöne vernehmen. Der Königssohn stellt einen Teil seiner Leute an den äußeren Eingang, den anderen an die innere Tür. Er selbst geht in das Schloß. Er tritt in ein Zimmer, das ist leer; er tritt in ein zweites, das ist voll mit Schafen, und in der Mitte ist ein großes Schaf; er tritt in ein drittes: fast das ganze Zimmer ist von einem einzigen Fisch ausgefüllt: der Schwanz ist an der einen Seite der Tür, der Kopf an der anderen Seite, der Leib erstreckt sich durch das ganze Zimmer, und Augen hat er so groß wie ein Sieb. Der Königssohn zieht hurtig sein Schwert und bohrt dem Fisch die Augen aus. Der Fisch verwandelt sich augenblicklich in einen gewaltigen eisernen Riesen, der tastet nach dem Königssohn, um ihn zu ergreifen; aber der Königssohn schlüpft unter die Schafe. Das große Schaf begegnet dem Flüchtenden freundlich und flüstert ihm zu: «Verstecke dich unter meinem Bauch, dann wird der eiserne Riese dich nicht greifen können. Wir alle waren einmal Menschen, aber dort auf der anderen Insel sind wir zu Schafen geworden.» Da der Riese so den Königssohn nicht fassen kann, bricht er in die Tür ein so großes Loch, daß nur ein Schaf durchschlüpfen kann, und läßt darnach ein Schaf nach dem anderen ins Freie. Zuletzt kommt auch das große Schaf an die Reihe; das kann nicht hinaus, die Öffnung ist zu klein. Der Riese bricht ein doppelt so großes Loch heraus und läßt dann das Schaf ins Freie, ohne zu ahnen, daß der Königssohn unter dem Bauch des Schafes sitzt.

Sobald der Königssohn ins Freie gelangt war, eilte er mit seinen Leuten auf das Schiff und machte sich davon. Der Riese durchtastete das Zimmer der Schafe: da war nichts zu finden. Er tastete nochmals sein Zimmer ab: da war auch nichts; er betastete den Vorraum: wieder nichts; er eilt hinaus, da hört er jene auf dem Schiff lärmen. In seiner Wut ergreift er Steine und schleudert sie auf gut Glück nach dem Schiffe hin. Jeder Stein, der auf das Schiff fällt, wird zu einem Goldklumpen, aber wer von den Leuten das Geld in die Hände nehmen will, der wird stumm.

Sie fahren also immer an der Brücke entlang bis an die ummauerte Insel. Kaum sind sie dort, so verstummt das wunderbare Getöne. «Zum Henker!» ruft der Königssohn. «Einer soll die hohe Mauer ersteigen und nachsehen, was das für ein wunderbares Getöne ist.»

Mit großer Mühe klettert einer hinauf. Kaum ist er oben, klatscht er entzückt in die Hände, stößt einen hellen Jubelruf aus und springt auf der anderen Seite hinab. Da schickt er einen anderen, aber der klatscht ebenso in die Hände, stößt einen lauten Freudenruf aus und springt wie ein Schmetterling hinab. Den dritten läßt er so nicht mehr fort, den knüpft er an einen Strick und läßt ihn dann hinaufklimmen. Der klimmt hinauf, will hinunterspringen, aber die anderen reißen ihn zurück auf das Schiff. Nun drängen sich alle um ihn, was er denn auf der anderen Seite Schönes gesehen habe. Aber er kann ihnen nichts erzählen, er ist vor Freude stumm geworden. Jetzt befiehlt der Königssohn weiter zu fahren. Aber da fahre einer! Als die Brücke außer Sicht gekommen ist, da sind alle wieder wie von Sinnen. Die Ärmsten quälen sich drei Tage und drei Nächte ab, aber sie kommen nicht vom Fleck. Und als sich zuletzt zu aller übrigen Bedrängnis auch noch der Hunger einzustellen beginnt, da weiß der Königssohn keinen andern Ausweg mehr als sein kostbarstes Kleinod, sein Schwert, dem Meere zu opfern und es um Hilfe anzuflehen. Er wirft sein Schwert in die Flut. Sogleich taucht aus der Meerestiefe ein würdiger Greis empor mit einem diamantenen Schwert in der Hand und sagt: «Nimm das Schwert und wirf es in die Luft!» Der Königssohn ergreift das Schwert und schleudert es in die Luft. Augenblicklich sind Schwert und Schiff von einem undurchdringlichen Nebel wie von einer Wolke umhüllt. Die Wogen heben sich, und das Schiff fliegt dahin, bis es vor dem Eingang zum Schlosse des Vaters anlegt.

DER BÖSEN TOCHTER UND DAS WAISENMÄDCHEN

Eine Mutter hatte eine Tochter. Sie lebten und lebten und gingen einmal zu Gast. Da geschah es, daß sie vom Wege abirrten. Die Böse gesellte sich zu ihnen; sie schleppte die Mutter, sie schleppte auch die Tochter hinweg. Sie lebten bei der Bösen; da tötete die Böse die Mutter, kochte sie in eincm Kessel und verzehrte sie. Die Tochter weinte und weinte, die Mutter rief: «Kindlein, weine nicht, nimm meine Gebeine und schlag sie in ein weißes Tuch!» Die Tochter sammelte unter dem Tisch der Mutter Gebeine, da kam die Böse hinzu: «Was machst du da? Weshalb ißt du nicht?» — «Ich hab schon an den Knochen genug.»

Am Sonnabend heizte man die Badestube. Die Böse sagte zu ihrer Tochter und zum fremden Mädchen: «Wer von euch schneller ihr

Haar trocknet, die nehme ich morgen in die Kirche.» Sie gingen in die Badestube, sie wuschen sich rein; der Bösen Tochter drehte sich den Kopf ab und trocknete sich schnell das Haar.

Am Sonntag fuhr die Böse mit ihrer Tochter zur Kirche, das Waisenmädchen blieb zu Haus; sie weinte und weinte; da fragten der Mutter Gebeine: «Was ist das, ist es ein warmer Regen?» — «Das ist kein warmer Regen, das sind meine Tränen!» — «Hast du's schwer, Töchterchen?» — «Schwer, schwer, Mütterlein.» — «Geh in den Schweinestall, da wirst du finden, was dich erfreut.» Die Tochter ging in den Schweinestall: da erhielt sie herrliche Kleider, erhielt goldene Schuhe; vor der Kutsche warteten die Pferde, das Mädchen brauchte sich nur hineinzusetzen und fuhr zur Kirche; sie betete ihre Gebete und eilte wieder nach Haus. Unterwegs schaute ein Bursche: «Woher mag doch dieses schöne Mädchen sein, herrliche Kleider, eine prachtvolle Kutsche?»

Wie die Böse mit ihrer Tochter aus der Kirche kam, war das Waisenmädchen schon bei der Arbeit und fragte: «Nun, was habt ihr in der Kirche Neues gehört, gesehen?» — «Wir haben manches gesehen, was deine Augen nicht gesehen haben: ein Mädchen fuhr zur Kirche, schön war sie, stolz, herrliche Pferde hatte sie vor der Kutsche; wir konnten nicht in ihre Nähe, so drängte sich das Volk um sie; doch sie schaute nicht einmal hin; sie fuhr weg, niemand weiß, wohin.»

So lebten sie und lebten sie, bis wieder der Sonnabend da war. Man heizte die Badestube. Die Böse sagte wieder zu den Mädchen: «Wer von euch schneller ihr Haar trocknet, die werde ich morgen mitnehmen zur Kirche, die andere bleibt zu Haus.» Sie gingen in die Badestube. Der Bösen Tochter machte es natürlich keine Mühe, ihr Haar zu trocknen, sie drehte sich einfach den Kopf vom Leibe und trocknete dann das Haar.

Am Sonntag fuhr die Böse mit ihrer Tochter zur Kirche, die Waise blieb zu Haus. Sie ging wieder zu den Gebeinen der Mutter, sie weinte, weinte sehr bitter; die Gebeine sagen: «Oh, es fällt wohl ein warmer Regen!» — «Ach nein, es fallen meine bitteren Tränen!» — «Hast du es denn so schwer, Töchterchen?» — «Schwer, ja, Mütterchen.» — «Nun, tritt in den Schweinestall, da findest du vielleicht, was dich erfreut.» Das Mädchen trat in den Schweinestall und erhielt dort schöne Kleider, goldene Schuhe, eine Kutsche mit prachtvollen Pferden. Das Mädchen setzte sich in die Kutsche, fuhr zur Kirche, betete inbrünstig, betete unter vielen Tränen. Dann fuhr sie wieder dem Hause zu. Der Bursche schaute wieder und spähte: «Wohin mag sie doch fahren?» Nichts sah er, verschwunden war sie; das Mädchen saß schon zu Hause bei der Arbeit.

Die anderen kamen auch bald nach Hause und erzählten, welch eine Pracht sie erschaut; heute seien sie schon etwas näher gekommen. «Du Armselige, du hast gar nichts gesehen!» —

«Wo soll ich, arme Waise, weder komm ich zur Kirche, noch anderswohin!»

Es kam der dritte Sonnabend; man ging in die Badestube; der Bösen Tochter hatte ihr Haar wieder schneller trocken: sie drehte nur den Kopf vom Leibe und trocknete dann. Am Sonntag mußte natürlich die Waise zu Hause bleiben, die anderen fuhren zur Kirche. Die Waise weinte bitter bei der Mutter Gebeinen. Die Gebeine fragten: «Ist das ein warmer Regen?» — «Nein, das sind meine bitteren Tränen!» — «Geh, Tochter, in den Schweinestall, da erhältst du, was dich erfreuen soll.» Die Tochter ging in den Schweinestall und erhielt noch prächtigere Kleider als früher, erhielt goldene Schuhe; sie setzte sich in die Kutsche, fuhr zur Kirche, betete in der Kirche inbrünstig, betete von ganzem Herzen; als sie gebetet hatte, fuhr sie wieder dem Hause zu.

Doch der Bursche hatte erspäht, wohin sie fuhr; er versteckte sich unter einer Brücke, und als das Mädchen vorbeifuhr, kam er unter der Brücke hervor und hielt die Pferde an: «Wohin fährst du, wer bist du?» — «Halte mich nicht an, ich muß schnell nach Hause fahren.» — «Ich komme zu dir auf die Freite!» — «Du wirst mich nicht erkennen!» — «Gib mir einen Goldschuh, wem dieser paßt, die will ich heiraten.» Das Mädchen gab ihm einen Goldschuh.

Der Bursche nahm den Schuh und ging auf die Freite: «Wem dieser Schuh paßt, die soll die meine werden.» Die Böse gab den Schuh ihrer

Tochter; dieser paßt der Schuh nicht, ihr Fuß ist zu groß. Da nahm die Mutter ein Beil, hieb ihr eine Zehe ab, brachte das Mädchen zum Freier: «Hier ist die Deinige!» Der Bursche nahm sie und erkannte nicht, daß es eine Fremde war.

Schon fuhr er, da sah er am Wege einen Apfelbaum, voll goldener Äpfel, einen kleinen See, goldene Fische darin. Diese Apfelbäume, diese goldenen Fische — alles war entstanden aus den Eingeweiden der Mutter des armen Mädchens, als die Böse sie getötet hatte. Der Freier erblickte die Äpfel, die Fische und sagte: «Wer mir einen Apfel holt, wer mir einen Fisch holt, die will ich heiraten.» Die Tochter der Bösen ging, um das Verlangte zu holen, konnt' es aber nicht: der Apfel schlägt sie, der Fisch schwimmt weit weg in den See. Da kam das Waisenmädchen, nahm den Apfel, nahm das Fischlein, gab sie dem Freier und sang dazu:

«Bringet als letzte,
Haltet für die geringste —
Werfet nieder meinen Goldschuh!»

Der Freier erkannte die Seinige, er hielt an, warf der Bösen Tochter in den See und nahm das Waisenmädchen mit sich.

Nach einiger Zeit begab sich die Böse zur Tochter, um zu sehen, wie es mit der jungen Frau Gesundheit stehe. Als sie zum See kam, sah sie: unter der Brücke wuchs ein hoher Rohrstengel hervor; der war entstanden aus der

Tochter Nabel. Die Böse dürstete; als sie unter die Brücke ging, um ihren Durst zu löschen, da sang das Rohr:

«Mütterchen, Mütterchen,
Reiß mich aus der Erde,
Mütterchen, Mütterchen!»

Die Mutter erkannte, wer das sang; sie riß das Rohr heraus, und die Tochter war sofort am Leben. Dann fuhren sie zum Schwiegersohn; da stillte die Mutter grade ihr kleines Kindlein. Die Böse warf der Frau eine Wolfshaut über; die Frau wurde zur Wölfin und lief weg in den Wald. Die Böse bettete unter die Decke statt der Frau ihre eigene Tochter, doch diese hatte dem Kinde keine Nahrung zu bieten; das Kind schrie, es schrie so, daß es traurig anzuhören war.

Eine Hirtin aber hatte alles gesehen, sie nahm das Kind, trug es zum Walde und sang:

«Mütterchen, Mütterchen,
Komm und biet die Brust dem Kindlein!
Judas läßt dein Kindlein saugen
Morgens an dem Stuteneuter,
Mittags saugt es an der Spindel!»

Eine Wölfin kam aus dem Dickicht und warf ihre Haut auf einen Stein; es war des Kindes Mutter; sie bot ihrem Kind die Brust und verschwand dann wieder im Walde.

Am zweiten Tage brachte die Hirtin das Kind wieder zum Walde, um es stillen zu lassen. Sie sang:

«Mütterchen, Mütterchen,
Komm und biet die Brust dem Kindlein!
Judas läßt dein Kindlein saugen
Morgens an dem Stuteneuter,
Mittags saugt es an der Spindel!»

Wieder kam die Wölfin aus dem Walde, warf ihre Haut auf den Stein, stillte das Kind und verschwand darauf. Doch der Mann hatte es zufällig gesehen; er kam zur Hirtin: «Was ging hier vor sich?» Die Hirtin entdeckte ihm alles: «Zwei Personen kamen zu dir zu Gast, die andere blieb, deine Frau wurde in eine Wölfin verwandelt.»

Der Mann ging, um sich das Los werfen zu lassen. Wie die Weise ihn lehrte, so führte er es aus: er brannte den Stein heiß, brannte ihn glühend. Die Frau kam wiederum ihr Kind stillen. Sie warf die Wolfshaut auf den Stein, und die Haut verbrannte sofort. Der Mann hatte wieder seine Frau und brachte sie nach Hause; doch der Bösen Tochter erschlug er mit dem Schwert.

Da fing er wiederum mit seiner Frau an zu leben, und die Böse kam nicht mehr, um ihnen nachzustellen.

DER GLÜCKLICHE UND DER UNGLÜCKLICHE

Es waren einmal zwei Bauern, die lebten nicht weit voneinander. Der eine war reich, der andre war arm. Der Arme war freilich auch ein fleißiger Arbeiter, aber dennoch wurde er nicht reicher, als er war. Einmal ging er in der Nacht aufs Feld, um dort nachzuschauen, aber o Wunder — was sah er da! Er sah, wie ein Mann auf dem Felde des Reichen Roggen säte.

«Was tust du hier?» fragte der Arme.

«Ich säe Roggen!» war die Antwort.

«Nun, wann kommst du denn auf *mein* Feld säen?» fragte der arme Mann.

«Niemals!»

«Weshalb säst du denn auf dem Felde des andern?»

«Ja, ich bin eben sein *Glück.*»

«Nun, wo ist denn *mein* Glück?» fragte der Arme.

«Dein Glück schläft dort neben jenem großen Stein», sprach der Sämann.

Der Arme eilte zum Stein, um sein Glück zu wecken.

«Höre, Mann, steh auf und geh Roggen säen!»

«Ich gehe nicht», antwortete der Schläfer.

«Ja, warum gehst du denn nicht?» fragte der Arme.

«Nun, ich bin eben kein *Landwirtsglück.*»

«Aber du bist ja doch *mein* Glück!»

«Ja freilich», sagte der Schläfer; «wähl dir nur ein andres Handwerk, dann werd' ich schon dein Glück sein.»

«Was soll ich denn werden?» fragte der Arme.

«Werde *Kaufmann!*»

Sogleich ging der Mann nach Hause, verkaufte sein Haus und eröffnete in der Stadt einen Laden. Nun bekam er sein Glück und lebt auch heute noch glücklich.

DER KÖNIGSSOHN ALS GÄRTNER

s war ein König, der hatte drei Söhne. Den jüngsten gedachte der König zu töten. Als aber das Todesurteil gefällt war, entfloh der Jüngling.

Er wanderte und wanderte eine weite Strecke, da kam er an ein ärmliches Häuschen. Dort war ein Mann, der bot ihm einen Trank an. Nachdem er den Trank genommen hatte, ließ ihn der Mann in den Spiegel sehen. Der Jüngling war ganz häßlich geworden. Der Mann fragte: «Hast du etwas in deinem Körper gespürt?» — «Ja, es war, als ob alles unter mir geschwankt hätte.» Der Mann ließ ihn noch einmal trinken und ihn wieder in den Spiegel sehen, wie schön er sei. Als er in den Spiegel sah, war er so häßlich wie ein Schratt. Der Mann fragte: «Hast du etwas in deinem Körper gespürt?» — «Nein, es war mir nur, als ob sich die Türen von selbst geöffnet hätten.» Der Mann ließ ihn zum drittenmal trinken und forderte ihn auf, in den Spiegel zu sehen, wie schön er sei. Er sah in den Spiegel, da war er so schön wie ein Bild, wie er nie zuvor gewesen war. Der Alte fragte: «Hast du etwas in deinem Körper gespürt?» — «Es war, als ob alles unter mir zitterte, als ich ging.» Darauf gab der Mann dem Jüngling ein Schwert, goldene Kleider und ein goldenes Halfter.

Er ging weg und kam an den Hof eines Königs. Hier bat er um Arbeit, und sie machten ihn zum Gärtner. Da er aber keine Gartenarbeit gelernt hatte, so überlegte er, was er nun anfangen sollte. Die Sonne ging unter, und er hatte noch nichts getan. Als er mit dem Rechen den Boden geglättet hatte, säte er ein wenig, obgleich er nicht wußte, was in dem Sacke war, aus dem er säte. Am nächsten Morgen aber war der ganze Garten voll von schönen Blumen.

Der König hatte drei Töchter. Die älteste Prinzessin kam am Morgen in den Garten und brach mit der Hand die Blumen ab. Das ärgerte den jungen Gärtner, er packte die Prinzessin und warf sie über den Zaun.

Dann kam die zweite Prinzessin und bat, von den Blumen nehmen zu dürfen, und fing gleich an zu pflücken. Der Jüngling packte auch sie und warf sie über den Zaun.

Nun kam die jüngste Prinzessin. Sie bat auch um Blumen und schnitt sich mit der Schere welche ab. Da ließ er sie gewähren, weil sie die Blumen mit der Schere schnitt. An der Stelle jeder abgeschnittenen Blume aber wuchs sogleich eine neue.

Eines Tages wollte ein Mann kommen, um sich die älteste Königstochter zu holen. Der gab an, er vermöge ein Drittel der Welt zu besiegen. Da ließ der König verkündigen, daß er demjenigen, der diesen Mann bezwingen würde, den dritten Teil seines Reiches geben wolle und seine älteste Tochter zur Frau.

Der Gärtner, der Königssohn, zog seine goldnen Kleider an, warf das Halfter in die Luft, und sogleich bekam er ein gutes Pferd. Er schwang sich hinauf, nahm das Schwert in die Hand und ritt dem Mann entgegen. Der König hatte aber sein Heer schon vorausgeschickt. Da ritt der Königssohn heimlich an dem Kriegsheer vorbei, und sein und des Mannes Roß schlugen mit den Köpfen so fest zusammen, daß das ganze Kriegsheer vor Angst zitterte. Der Jüngling zog des Gegners Roß auf seine Seite und schlug dem Manne mit dem Schwert den Kopf ab; aber der Kopf fiel wieder auf seinen Platz zurück. Er schlug noch einmal, und es geschah ebenso. Da schlug er zum drittenmal und konnte schnell sein Taschentuch zwischen Kopf und Rumpf legen, da fiel der Kopf herunter. Darauf ritt er nach Hause, schickte sein Roß fort, legte die goldenen Kleider ab, nahm das Halfter und das Schwert und ging in den Garten an die Arbeit.

So war die älteste Prinzessin gerettet. Dem König meldeten sie, der Sieger sei ein goldener Mann gewesen.

Nun sollte die mittlere Prinzessin von einem Manne geholt werden, der fähig sein sollte, die halbe Welt zu besiegen. Der König versprach die Hälfte seines Reichs und die mittlere Prinzessin demjenigen, der diesen Held bezwinge, und er schickte ihm Soldaten entgegen. Der Gärtner legte wieder seine goldnen Kleider an und warf das Halfter in die Luft, da bekam er ein gutes Roß. Er nahm sein Schwert in die Hand und zog in den Krieg.

Er ritt an dem Heere vorüber, und die Rosse prallten so heftig gegeneinander, daß das ganze Heer in die Knie sank. Wieder zog er das Roß zur Seite und schlug dem Manne den Kopf ab. Dieser fiel an seinen Platz zurück. Darauf schlug er ihm noch fünfmal den Kopf ab, aber jedesmal fiel er an seinen Platz zurück. Erst beim sechsten Male gelang es ihm, sein Taschentuch zwischen Kopf und Rumpf zu legen, und der Kopf rollte am Boden. Dann wandte er sein Pferd um und ritt heim. Die anderen jagten hinter ihm her, aber sie konnten ihn nicht einholen. Er entließ das Roß, zog seine lehmigen Gärtnerkleider an und ging in den Garten.

Da sagten sie zum König: «Dort war wieder solch ein goldner Mann, und er hat wieder gesiegt. Wir wollten ihn einfangen, aber es ist uns nicht gelungen.»

Durch diese Tat war die mittlere Prinzessin gerettet.

Hierauf wurde im Königsschloß kundgetan, daß ein Mann, der die ganze Welt besiegen könne, sich die jüngste Prinzessin holen wolle.

Da versprach der König sein ganzes Reich und die Prinzessin demjenigen, der diesen Helden erschlagen werde. Er schickte ihm sein Heer entgegen und ermahnte es, wenn wieder ein goldner General komme, ihn anzuhalten, damit man erführe, wer er sei.

Der Königssohn zog seine goldnen Kleider an, nahm das Schwert, warf das Halfter in die Luft, und er saß wieder auf einem guten Roß. Er jagte an dem ganzen Heer vorüber, und die Köpfe der Rosse schlugen so kräftig gegeneinander, daß das ganze Heer umfiel und ohnmächtig wurde. Wieder zog er seines Gegners Roß zur Seite und hieb dem Manne den Kopf ab, aber der fiel an seinen Platz zurück. Achtmal hieb er ihn ab, und er fiel immer wieder an seinen Platz. Erst beim neuntenmal konnte er sein Taschentuch zwischen Kopf und Rumpf schieben, und der Kopf fiel zu Boden. Er drehte um und galoppierte heim. Er entließ das Pferd, legte die goldnen Kleider ab, zog seine Gärtnerkleidung über und ging in den Garten an seine Arbeit.

Als das Heer erwachte, sahen sie, daß der goldene Offizier fort war und jener Mann tot am Boden lag. Sie kehrten um und zogen heim und sagten zum König: «Wir wurden ohnmächtig, als die Männer so gewaltig gegeneinanderprallten, und als wir erwachten, war der goldene General fort.»

Jetzt war die jüngste Prinzessin gerettet, und der König ließ in seiner Freude ein Gastmahl geben und lud alle Generäle seines Reiches dazu ein.

Die Generäle saßen dort in einem Kreis. Da gab der König jeder Prinzessin ein goldenes Ei und hieß sie das Ei demjenigen geben, den sie sich zum Gatten wünschte. Die älteste Prinzessin gab es demjenigen General, den sie für den stattlichsten und für den kräftigsten Mann hielt. Die mittlere Prinzessin suchte sich den General aus, der nach ihm am stattlichsten aussah, und gab ihm ihr Ei. Aber die jüngste Prinzessin gab ihr goldenes Ei dem Gärtner, weil sie ihn für den goldenen General hielt; sie hatte aber nichts davon gesagt, denn sie fürchtete ihre Schwestern. Da fingen alle Generäle, der König und der ganze Hof an, die Prinzessin zu verspotten, weil sie dem lehmigen Gärtner das goldene Ei gegeben hatte.

Darauf wurden im Schloß große Gelage gehalten, getrunken und geschlemmt. Die jüngste Prinzessin aber war sehr traurig, daß sie den Gartner nicht eingeladen hatten.

Aber nachdem der Gärtner das goldene Ei bekommen hatte, zog er die goldenen Kleider an, holte sein Roß, steckte das Schwert in seinen Gürtel und legte sich auf sein Bett.

Am Abend sagte der König endlich: «Weil der Gärtner das goldene Ei bekommen hat, so muß er auch hierher eingeladen werden, wenn er auch bloß ein lehmiger Gärtner ist.» Da willigten auch die andern ein: «Mag man ihn in Gottes Namen rufen.» Aber sie sagten es, um sich über ihn lustig zu machen.

Der König trug einem Diener auf, den Gärtner ins Schloß einzuladen. Der ging hin, öffnete die Tür und sah, daß er goldene Kleider anhatte, da schlug er die Tür zu und eilte zurück. Als der König hörte, daß er goldene Kleider habe und in voller Rüstung auf seinem Bette liege, ging er selbst hin, um ihn zu holen. Er kam hin und bat, daß er ins Schloß zum Feste kommen möchte. Als der Königssohn erschien, schallte ihm ein Hurra! entgegen, und alle riefen: «Das ist derselbe General, der die Unbesiegbaren besiegt hat!» Da bekam er die jüngste Prinzessin zur Frau, und die andern, welche die goldenen Eier erhalten hatten, bekamen die andern Prinzessinnen. Der Königssohn aber erhielt das ganze Königreich.

Dann wurden die Hochzeiten gefeiert; die Hochzeiten aller drei Prinzessinnen auf einmal, und sie währten drei Wochen lang.

EIN KOPF

Es war einmal ein Mann und eine Frau, und die Frau bekam nach sieben Jahren ein Kind, aber das war nur ein Kopf. Es vergingen wieder sieben Jahre, da wurde der Kopf vierzehn Jahre alt. Nun wollte er die Königstochter zur Ehefrau und bat seinen Vater, für ihn zu werben. Der Vater ging hin. «Sag die Wahrheit», sprach der Junge, «sag, wie ich bin, lüge nichts dazu.»

Nun, der Vater kam zum König und sagte: «Gnädige Majestät, so und so, mein Sohn möchte Eure Tochter zur Ehefrau.» — «Was für ein Mensch ist er denn?» fragte der König. «Er ist weiter nichts als ein Kopf.» Da sagte der König zu ihm: «Wenn er mir bis morgen fünf lebende Füchse bringt, vielleicht geb' ich ihm dann meine Tochter.»

Der Vater kam nach Hause und sprach: «Es wird ja nichts draus, mein Junge.» — «Nun, warum denn nicht?» — «Weil der König bis morgen fünf lebendige Füchse haben will, vielleicht bekämest du dann die Tochter.» — «Ach, lieber Vater, wie ist es mir heiß, bring mich in den Flur», bat darauf der Junge und blieb bis zum andern Morgen dort draußen.

Als sie am nächsten Morgen aufstanden, lagen schon fünf lebendige Füchse vor der Treppe, und der Junge sagte zu seinem Vater: «Bring jetzt die Füchse hin, Vater, und bitt um die Königstochter.»

Der Vater brachte die Füchse zum König und sprach: «Jetzt werd' ich doch wohl die Tochter kriegen.» Da sagte der König: «Wenn dein Sohn mir bis morgen fünf lebendige Bären bringt.»

Der Vater kam nach Hause und sprach: «Es wird ja nichts draus.» — «Nun, warum denn nicht?» meinte der Junge. «Er will bis morgen fünf lebendige Bären haben.» Da bat der Junge wieder: «Lieber Vater, bring mich in den Flur, hier ist es zu heiß.» Und der Vater brachte ihn in den Flur.

Am andern Morgen, als sie aufstanden, lagen fünf lebendige Bären vor der Treppe. Da sagte er zu seinem Vater: «Lieber Vater, bring jetzt die Bären hin und bitt um das Mädchen.» Da brachte er sie hin und bat den König um seine Tochter. Der König sprach: «Nun, da er so ein Mann ist, der machen kann, was er will, laß ihn ein Schloß bauen, wie ich eins habe, dann darf er kommen und sich das Mädchen holen.»

Der Alte kam wieder zurück und sprach: «Es wird nichts draus, mein Junge.» — «Nun, warum denn nicht?» — «Du sollst bis morgen ein Schloß bauen, wie das seine ist, und darin soll alles sein, wie es ein Kaiser hat.» — «Bring mich in den Flur, lieber Vater», bat der Junge. Da brachte er ihn wieder hinaus, und der Junge sagte beim Fortgehen: «Wenn ihr Gepolter hört, steht nicht auf und guckt nicht, bleibt nur liegen!»

Da fingen auch schon die Arbeiter an, für ihn zu arbeiten, und der Vater sprach: «Was nur der Junge da draußen für einen sonderbaren Lärm macht, ich will einmal gucken!» Aber die Mutter sagte: «Hast du nicht gehört, was der Junge gestern abend gesagt hat: ‚Ihr sollt nicht gucken.'» Es verstrich eine Weile, und da sagte die Mutter: «Wir müßten doch einmal nachsehn.» Da entgegnete der Vater wieder: «Hast du vergessen, was der Junge gestern abend gesagt hat?» Auf diese Weise brachte der eine den andern davon ab, hinauszugehen und zu gucken.

Als sie am andern Morgen aufstanden und der Alte vor die Treppe ging, schlug er vor Schrecken lang hin, weil er sich in einem Schlosse fand, das von Gold und Silber strahlte.

Da sagte der Junge wieder zu seinem Vater: «Spann jetzt drei Hengste an, Vater.» Sie gingen, schirrten drei Hengste an, setzten den Jungen in den Wagen und fuhren hin, um die Braut aus dem Königsschloß zu holen. Und der König hielt sein Wort und gab seine Tochter dem Jungen.

Dann feierten sie Hochzeit und aßen und tranken. Die Braut aber hatte eine Stiefmutter. Am dritten Tag erschienen die Hochzeitsgäste. Sie aßen und tranken und hielten einen großen Ball. Die Braut ging auch hin und der Kopf. Der hatte einen kleinen Korb, in dem er getragen wurde, der Kopf. Da sagte der Junge zu dem Mädchen: «Du weißt jetzt, wie ich bin, aber sage es auf keinen Fall. Ich komme nicht in den Saal, wo ihr seid, mich müßt ihr hier in dem andern Saal auf dem Fenster lassen. Aber sage es auf keinen Fall, wie ich bin. Wenn du es doch tust, so mache ich das Fenster hier entzwei und fliege als Taube nach dem Süden.»

Das Mädchen ging auf den Ball, da wurde sie von der Stiefmutter gefragt: «Nun, was für ein Mensch ist denn dein Ehegatte?» Da sagte das Mädchen: «Er ist so, wie ihr ihn seht, er ist nichts weiter als ein Kopf.» Da nahm sie das Mädchen auf die Seite, machte es betrunken und fragte es noch weiter aus; und das arme Mädchen erzählte in der Betrunkenheit:

«Seine Beine sind von Silber bis zu den Knien,
von Gold die Arme bis zu den Ellenbogen,
einen Stern trägt er auf dem Scheitel,
eine Sonne auf der Stirn
und einen Mond auf dem Hinterkopf;
wenn er spricht, wachsen ihm goldene Blumen
aus Mund und Nase.»

Als der Junge das hörte, zerbrach er das Fensterglas und flog nach dem Süden.

Das Mädchen aber, als es aus der Betrunkenheit erwacht war, suchte ihren Bräutigam, der war jedoch verschwunden. Da reiste sie ihm nach und reiste sieben Jahre.

Endlich kam sie an ein kleines Häuschen, ging hinein und sagte: «Guten Tag.» Die in der Hütte erwiderten ihren Gruß. Da fragte sie: «Ist hier nicht so und so ein Reisender vorbeigekommen?» Die Leute in dem Häuschen antworteten: «Ja, das ist wohl richtig, aber es sind schon sieben Jahre her. Auf unsrem Dache hat er sich ausgeruht und ein Bündel heruntergeworfen, das wir einer Frau geben sollten.» Da gaben sie der jungen Frau das Bündel.

Danach ging sie wieder auf die Reise und reiste vierzehn Jahre. Da kam sie wieder an ein Häuschen, ging hinein, grüßte, und ihr Gruß wurde erwidert. Sie fragte: «Ist hier nicht so und so ein Reisender vorübergekommen?» — «Ja, das ist richtig, aber es sind schon vierzehn Jahre her. Hier auf dem Dach unsres Häuschens hat er sich ausgeruht und dieses Bündel heruntergeworfen, das wir einer Frau geben sollten.» In dem ersten Bündel war allerlei zu essen und zu trinken, was man sich nur wünschen konnte, und in dem andern waren Frauenkleider, wie sie das Herz begehrt.

Darauf rieten ihr die Leute in dem Häuschen: «Wenn du jetzt fortgehst, so wende dich zur Stadt, und wenn du an die erste Straßenkreuzung kommst, setz dich hin, da wirst du ihn sehen, er ist ein tüchtiger Jägersmann!» Das Mädchen tat, wie ihm gesagt war, und setzte sich bei der Straßenkreuzung nieder. Da sah sie ihn, wie er auf Jagd ging, und sie begrüßte ihn und sprach: «Nun, wie ist's jetzt mit uns, lieber Freund, wo ich dir so weit nachgereist bin, wie ist es zwischen uns?» Als der Junge sie sah, sprang er auf sie zu und sagte: «Liebes Mädchen, darüber kann ich nicht eher etwas sagen, als bis ich Briefe in alle Reiche herumgeschickt habe, welche Ehe zu halten ist, die neue oder die alte?»

Dann schickte er Briefe in der Welt herum, und von allen Ecken und Enden kam die Antwort: «Die alte Ehe sollst du halten.» Da sagte er zu seiner neuen Braut: «Du kannst wieder hingehen, woher du gekommen bist, ich nehme meine alte Braut.»

Danach reisten sie fort, erst vierzehn Jahre und dann sieben Jahre und kamen wieder in ihre Heimat. Da feierten sie von neuem Hochzeit, aßen und tranken, und mir trugen sie auf, euch vorzulügen.

Es war einmal ein Schmied, der war ein so großer Trinker, daß er das Saufen nicht mehr lassen konnte. Schließlich vertrank er sein ganzes Gehöft, seine Schmiede und sein Handwerkszeug. Er hatte auch eine Frau gehabt. Aber als diese bemerkte, daß alles dahinging, hatte sie einen Teil ihrer Habe an sich genommen und sich ein kleines Häuschen in der Nähe der Stadt gekauft.

Als nun der Schmied bis auf sechs Kupferstücke alles vertrunken hatte, ging er zum Seiler und kaufte sich einen Strick, um sich daran aufzuhängen. Der Seiler gab ihm ein gutes Stück und sagte: «Hier hast du einen, der hält!» Der Schmied ging in den Wald und sah sich nach einem passenden Baum um. Da fuhr ein altes Weib mit einem schwarzen Pferd an ihm vorbei und rief: «Mann, Mann, was hast du vor?» — «Ich will mich aufhängen», antwortete der Schmied. «Warum denn?» — «Das Geld ist hin. Das alte ist vertrunken, und neues ist nicht zu erwarten.» Da sagte die Hexe: «Aber deshalb häng dich doch nicht auf, versprich mir das, was deine Frau jetzt zur Welt bringt, so kann ich dir helfen.» Der Schmied überlegte erst, aber dann versprach er es unter der Bedingung, daß er es fünfzehn Jahre behalten dürfe. «So lange magst du es behalten», sagte die Hexe. Darauf gab sie ihm einen Beutel und sprach: «Hier hast du Geld, damit du dir helfen kannst.»

Der Schmied ging zu seiner Frau, bat um Teller und schüttete mehrere voll Geld. Dann kaufte er seine Schmiede und sein Handwerkszeug zurück, fing von neuem an zu arbeiten und lebte von da ab wie andere Menschen auch. Die Frau hätte gern gewußt, woher ihr Mann das Geld hatte, aber er wollte es nicht sagen. Mit der Zeit mußte er aber doch gestehen, daß er das Kind versprochen hatte.

Die Frau bekam ein Kind, und es war ein Mädchen. Als es vier Wochen alt war, fing es in der Wiege an zu sprechen: «Ich muß aufstehn und arbeiten, denn ich habe Eile.» Es stand auf und machte Spitzen und andere Arbeiten, wie sie nie zuvor in der Welt gemacht worden waren. Daher wurde das Mädchen von mancher Herrschaft zum Nähen genommen.

Eines Tages, als es bei einer Gräfin nähte, sagte es plötzlich: «Jetzt muß ich nach Hause gehen.» Daheim aber sagte es zu seiner Mutter: «Bringt alles in Ordnung, jetzt werde ich geholt.» Die Mutter erschrak und erzählte dem Vater, was ihre Tochter gesagt hatte. Der Vater rechnete nach, und es waren gerade die fünfzehn Jahre herum. Da brachten sie die Kleider ihrer Tochter in Ordnung. Die Hexe kam und sprach: «War es nicht so verabredet?» — «Das war es», antwortete der Schmied. Das Mädchen wurde ausgerüstet, um mit der Alten zu gehen. Die Hexe hatte wieder schwarze Pferde vor dem

Wagen, wie damals, und das Mädchen setzte sich neben sie. Da nahm sie das Mädchen auf ihren Schoß und fragte: «Hast du jemals weicher gesessen?» — «Was ist weicher als der Schoß der eigenen Mutter?» antwortete das Mädchen. Da gab die Hexe dem Mädchen aus einer Flasche zu kosten und fragte: «Hast du je etwas Süßeres gekostet?» — «Was ist süßer als die Milch der eignen Mutter?» antwortete das Mädchen. Neben dem Weg aber stand eine Ahlkirsche, und die Hexe fragte: «Weißt du, warum sie vertrocknet ist?» — «Ich weiß es», antwortete das Mädchen, «in dieser Truhe ist ein Rock, den ich aus ihren Blättern genäht habe.» Dann fuhren sie in einen tiefen Wald. Dort stand ein großes Haus. Dahinein brachte die Hexe das Mädchen und befahl ihm, dort zu bleiben. Sie gab ihm viele Schlüssel, von denen jeder zu einem besonderen Zimmer gehörte. Das Mädchen durfte in alle Zimmer gehen, nur im Flur war ein Zimmer, das es nicht betreten durfte. Es fand ein Zimmer mit allerlei Speisen und ein anderes, wo es schlafen konnte. Als es eine Zeitlang dort war, kam die Hexe, um nach ihm zu sehen. Da war noch nichts vorgefallen. Sie ging wieder fort und ließ das Mädchen zurück.

Als nun die Schmiedstochter einmal in den Flur kam, dachte sie: «Was mag wohl in der Kammer sein?» — und sie öffnete die Tür. Da hob von der Rückwand ein Toter den Kopf nach ihr, als sie die Tür öffnete, denn von der Tür bis zu dem Toten ging ein Kupferdraht.

Sie schlug die Tür zu, und der Tote rief ihr nach: «Bekenne es nur nicht!»

Die Hexe kam nach Hause und sagte: «Du hast die Tür zur Flurkammer geöffnet.» — «Nein, das habe ich nicht getan», antwortete das Mädchen. Die Hexe sagte: «Da hilft nichts, du mußt deine Strafe haben. Willst du taub, stumm oder blind sein?» Das Mädchen dachte: «Wenn ich taub bin, so hör' ich nicht, was die Menschen sagen, und höre die Vögel nicht singen. Wenn ich blind bin, sehe ich Gottes schöne Welt nicht.» Sie antwortete, daß sie am liebsten stumm sein wolle.

Es verstrich einige Zeit, da wurde die Hexe böse und sprach: «Das ist noch nicht genug!», und sie führte sie auf einen hohen Berg, und unter dem Berg war das Meer. Da zog ihr die Hexe alle Kleider aus und stieß sie von dem Felsen ins Meer. Aber da war sandiger Grund, und sie ging zu Fuß an das andere Ufer. Weil sie aber nackt war, wagte sie sich nicht in die Nähe der Menschen, sondern versteckte sich in einer großen hohlen Eiche.

Dort im Wald waren die Söhne des Königs auf der Vogeljagd. Die Hunde, welche überall herumschnüffeln, fanden sie in dem Baum. Da ging der junge König hin und fragte: «Ist dort ein Mensch oder ein Spuk?» und er befahl ihr herauszukommen. Das wollte sie nicht, weil sie nackend war. Aber der König drohte, sie zu erschießen. Da mußte sie kommen.

Sie war ein unsagbar schönes Menschenkind. Der junge König nahm sie zur Frau, obgleich sie nicht sprechen konnte. Nun, und dann bekam sie ein Kind. Die Hexe erschien und fragte sie: «Bekennst du?» Da antwortete sie: «Nein!» Der Hexe konnte sie antworten, und wenn sie sonstwer gefragt hätte: «Bekennst du?» darauf hätte er Antwort bekommen. Die Hexe nahm ihr das Kind weg und legte einige Knochen neben sie, damit sie glaubten, sie habe ihr Kind aufgegessen. «Aus dem Wald ist sie gekommen», sagten sie, «und sie wird wohl auch ein wildes Tier sein.» Aber der junge König verteidigte sie, obgleich es ihn sehr betrübte, daß sein Kind verloren war; denn seine Gattin war ungewöhnlich schön und ganz unvergleichlich in allem.

Nun bekam die Königin zum zweitenmal ein Kind. Die Hexe erschien wieder und fragte: «Bekennst du, daß du damals die Kammertür geöffnet hast?» Da antwortete sie bloß: «Nein!» Da nahm ihr die Hexe wieder das Kind weg und legte Knochen neben sie. Die Königin sollte zum Scheiterhaufen verurteilt werden, aber nicht einmal jetzt wollte es der junge König zulassen. Er hatte die Hexe gesehen und sagte: «Wie kannst du nur so einer Hexe antworten, und auf meine Fragen antwortest du nicht?» Das drittemal ging es ebenso. Da verurteilten sie die Königin zum Scheiterhaufen. Der Holzstoß war geschichtet, und viel Volks hatte sich versammelt. Der König führte sie selbst dorthin, denn er liebte sie sehr und hätte sie noch nicht hergegeben, aber das Gesetz verlangte es. Es waren aber dort drei Zauntüren, und jede Zauntüre begann zu fragen: «Bekennst du?»

Die Königin antwortete: «Nein!» Der König verwunderte sich: «Warum antwortest du den Zauntüren und mir nicht?»

Dann führten sie die Königin auf den Scheiterhaufen, das Feuer war angezündet, und die Flammen züngelten schon nach ihren Kleidern, als die Hexe erschien und rief: «Bekennst du?» — «Nein!» Da blies die Hexe das Feuer aus und sprach: «Du bist stark geblieben, hier sind deine Kinder.» Es waren zwei sehr schöne Knaben und ein Mädchen. Dann konnte sie wieder sprechen. Freudig brachte jetzt der König sein Gemahl nach Hause, und einige Zeit darauf bat sie ihn um die Erlaubnis, ihre Eltern besuchen zu dürfen. Von nun an ließ die Hexe sie in Frieden, weil sie ihre Probe bestanden und nicht bekannt hatte.

DIE LEBENDE KANTELE

ine Witwe hatte einen Sohn, der lebte bei seiner Mutter. Eines Tages sagte er zu ihr: «Jetzt geh' ich fort, um Geld zu verdienen.» Da fragte ihn die Mutter: «Wohin willst du denn gehen? Kauf dir eine Flinte und einen Hund und geh in den Wald.» Da kaufte er sich eine Flinte und einen Hund und ging in den Wald. Er wanderte einen

Tag, wanderte im Wald umher, doch erlegte er nichts. Verdrießlich kam er nach Hause und sagte zu seiner Mutter: «Du hast gewollt, daß ich mir eine Flinte und einen Hund kaufe, aber ich habe nichts damit erlegt.» Da sagte die Mutter: «Du mußt es erst lernen, erst mehrere Tage jagen.» Am nächsten Tag ging er wieder in den Wald, und wieder schoß er nichts.

Jetzt hatte er keine Lust mehr, in den Wald zu gehen, doch die Mutter drängte ihn dazu. Er ging also den dritten Tag in den Wald. Da bellte der Hund ein Eichhorn auf einer Kiefer an. Er wollte es schießen, zielte auf das Eichhorn, da ging der Feuerstein vom Flintenschloß ab. Er sprang nach Hause, setzte den Feuerstein wieder ein und kam wieder zurück; da bellte der Hund immer noch das Eichhorn an. Er zielte nach dem Eichhorn im Baum. Da fing es an zu sprechen: «Schieß mich nicht», sagte es, «ich komme auf die Erde.» Nun, da schoß er es nicht. Das Eichhorn ließ sich herunter, tiefer und tiefer die Kiefer herab und warf sich unter dem Baum auf den Boden, gerade vor seiner Nase. Dann verwandelte es sich in eine Jungfrau, in ein so schönes Mädchen, daß man den Blick nicht von ihm wenden konnte.

Das Mädchen sprach: «Weil du mich nicht geschossen hast, will ich jetzt deine Braut werden.» Da antwortete er: «Ich nähme dich schon, und du könntest mir gefallen, aber ich wage es nicht. Was wird meine Mutter dazu sagen!» — «Nun», sagte sie, «laß uns zu deiner Mutter gehen, wenn sie es erlaubt, so nimm mich; wenn sie es nicht erlaubt, so gehe ich wieder in den Wald zurück.»

Da gingen sie hin. Das Mädchen blieb auf dem Hof, und der Junge ging hinein und fragte seine Mutter: «Da ist so ein schönes und gutes Mädchen, das möchte ich zur Frau nehmen, wenn du es erlaubst.» Die Mutter gab ihm die Erlaubnis, und er nahm das Mädchen zur Braut. Sie war so schön, und er lebte mit ihr zusammen.

Für den Kaisersohn suchten sie schon drei Jahre lang eine Braut, aber konnten keine finden, die ihm gefiel. Als er die Braut des Jungen sah, hätte er sie gern selbst genommen. Doch er dachte: «Einem lebenden Manne kann ich sie nicht nehmen.» Er ging nach Hause und gab dem Jungen den Auftrag: «Du sollst mir über die Stromschnelle eine goldene Brücke bauen mit silbernem Geländer.»

Der Junge kam betrübt zu seiner Frau. Sie fragte ihn: «Warum bist du denn so traurig?» — «Ich soll dem Kaisersohn über Nacht eine goldene Brücke bauen mit silbernem Geländer.» — «Leg dich schlafen», sagte seine Frau, «heute nacht wollen wir überlegen, was er wünscht.» Da überlegte sie, gab ihrem Liebsten ein seidenes Tuch und sprach: «Geh jetzt und schlag mit diesem Tuch gegen das Wasser in der Stromschnelle. Dabei sprich: ‚Über Nacht soll hier eine goldene Brücke erstehn mit silbernem Geländer.‘» Nun, da schlug er mit dem Tuch gegen das Wasser und legte sich nieder. Er schlief die Nacht hindurch, und am andern Morgen war die Brücke fertig. Da kam der Kaisersohn und guckte: «Oh, die ist ja viel besser, als wir sie gewollt haben.»

Darauf gab er ihm eine zweite Aufgabe. Er sagte zu ihm: «Hier im Garten sind drei goldene Ferkel vergraben, die müssen heute nacht gefunden werden. Wenn du sie nicht findest, so schlag' ich dir den Kopf ab.» Der Kaisersohn aber wußte selbst nicht, ob überhaupt Ferkel da waren.

Wieder ging er trüben Sinnes zu seiner Frau, und sie fragte: «Warum bist du so traurig?» — «Über Nacht soll ich drei im Garten vergrabene goldene Ferkel herbeischaffen.» Da sagte sie wieder: «Leg dich schlafen, heute nacht wollen wir überlegen, auf welche Weise wir sie bekommen.» Sie schliefen die Nacht hindurch, am andern Morgen sagte sie: «Geh jetzt zum Kaisersohn, nimm dir den größten General mit und eine Schippe. Mitten im Garten steht eine Eiche, grabe darunter eine drei Klafter tiefe Grube, da findest du die drei Ferkel nebeneinander.» Das tat er und fand die drei Ferkel nebeneinander. Er hob sie heraus: «Da sind sie!» Als er sie hatte, ging er nach Hause zu seiner Frau.

Den Kaisersohn aber reizte dies erst recht, ihm eine dritte Aufgabe zu stellen. Er sprach: «Jetzt sollst du mir eine lebende Kantele* schaffen, eine solche, die von selbst spielt. Wenn du so eine lebende Kantele nicht bekommst, schlage ich dir den Kopf ab.» Wieder kam er trübsinnig zu seiner Frau, und sie fragte: «War-

* Kantele = ein zitherähnliches Begleitinstrument.

um bist du denn so traurig?» — «Eine Kantele soll ich schaffen, eine lebende Kantele, die von selbst spielt.» Darauf antwortete seine Frau: «Geh jetzt zurück zum Kaiser und nimm dir die drei größten Generäle mit, verlange sie vom Kaiser. Dann kommst du zu mir, daß ich euch dahin schicke, wo ihr die lebende Kantele bekommt», sagte die Frau.

Nun, er kam mit den Generälen zu seiner Frau zurück, und sie gab ihrem Liebsten wieder ein seidenes Tuch und dazu ein blaues Knäuel Garn. Dann trug sie ihm auf, vom Kaiser drei Monate und einen Tag Zeit zu verlangen, um die Kantele zu holen. Der Kaiser gab ihnen diese Frist.

Da sagte seine Frau: «Wohin ich jetzt dies Knäuel werfe, dahin geht, dann werdet ihr die von selbst spielende Kantele finden. Zeig an zwei Stellen dieses Tuch vor, aber an dritter Stelle zeig es nicht eher, bis daß du in die ärgste Klemme kommst.»

Da gingen sie fort, das blaue Knäuel rollte und rollte voraus, und die drei Generäle und der Sohn der Witwe folgten ihm. Sie wanderten und kamen an eine kleine Hütte, die mit Erde bedeckt war wie eine Köhlerhütte. Sie gingen hinein. Da war nur eine alte Frau, die saß im Schaukelstuhl. Sie sagte: «Oho, seit dreißig Jahren habe ich keinen Menschen gerochen, und jetzt kommt mir ein Braten zum Abendessen.» Da sprach er: «Was? du bist meine Tante und willst uns zu Abend essen?» Dann holte er sein seidenes Tuch aus der Tasche und wischte sich das Gesicht damit ab. Sie guckte: «Ah, das ist ja mein Schwiegersohn, der Mann meiner Tochter.» Da bekam er zu essen und zu trinken. Sie wußte gar nicht, was sie ihm zugute tun sollte. Die Nacht blieben sie dort. Am nächsten Tag in der Morgenstunde brachen sie auf, und das Knäuel lief vor ihnen her die Landstraße entlang.

Wieder kamen sie an eine Hütte, die aussah wie eine Köhlerhütte. Das blaue Knäuel lief zum Türgriff und ging in die Hütte hinein. Da saß ein altes Weib im Schaukelstuhl, das ebenso aussah wie das erste, nur noch älter. «Oho», sagte sie, «sechzig Jahre hab' ich keinen Menschen gerochen, und jetzt kommt mir ein Braten zum Abendessen!» — «Was? willst du mich Wandersmann auffressen, wo du meine Tante bist?» Er nahm wieder das Tuch und wischte sich über das Gesicht. Sie guckte: «Ah», sprach sie, «das ist ja der Schwiegersohn, der Mann meiner Nichte, der will mich besuchen.» Er wurde bewirtet und blieb die Nacht da. Sie bekamen reichlich zu essen und zu trinken. Als der Tag graute, rollte das blaue Knäuel wieder die Landstraße entlang vor ihnen her. Es lief und lief. Dann kamen sie an eine dritte Hütte von gleichem Aussehen. Sie gingen hinein. Da saß eine noch ältere Frau im Schaukelstuhl. Sie sprach: «Oho, neunzig Jahre habe ich keinen Menschen gerochen und nun bekomme ich ein Abendessen.» Der Junge aber sagte: «Warum willst du uns Wanderer denn aufessen? Das Fleisch eines Wanderers ist wie Knorpel, und die Suppe davon schmeckt wie Waschwasser.» — Da aßen und tranken sie aus dem eigenen Ranzen, und der Sohn der Witwe sprach: «Wir suchen eine lebendige Kantele, wer kann die uns wohl machen?» Die Alte antwortete: «Hoh, meine Jungen können es, aber die sind im Wald, sie kommen erst in der Abenddämmerung nach Hause.» — «Wenn sie nur kommen, so wollen wir warten.»

Sie warteten den ganzen Abend, bis es dunkel wurde. Da kamen drei Wölfe in die Hütte gesprungen, liefen über den Sparren, sprangen vom Topfbrett herunter und verwandelten sich in drei schöne junge Männer. Sie fingen an, die lebende Kantele zu bauen und stellten einen General an, ihnen den Kienspan zu halten. «Wenn du einschläfst», sagten sie zu ihm, «so wird sie nicht gut.» Sie arbeiteten an der Kantele, der General hielt den Span, schlief ein und schnarchte. Als er schlief, verwandelten sie sich in Wölfe, zerrissen ihn und fraßen ihn auf, dann liefen sie noch schlingend in den Wald hinein.

Die Alte sagte: «Jetzt kommen sie vor Abend nicht wieder nach Hause!» Da hatten sie aber erst versucht, die Kantele zu bauen. Der Junge wartete bis zum Abend. Als es dämmrig wurde, kamen wieder drei Wölfe in die Hütte, sprangen vom Topfbrett herab und wurden zu Männern. Wieder begannen sie, an der Kantele zu arbeiten, und gaben dem zweiten General den Span zu halten. «Wenn du schläfst, so wird sie nichts, das siehst du an der andern.» Er hielt den Kienspan, hielt ihn, schlief ein und schnarchte. Die jungen Männer verwandelten sich wieder in Wölfe, packten den General, fraßen ihn auf und liefen lärmend in den Wald. «Sie kommen nicht vor Abend nach Hause», sagte die Alte wieder. — «Nun, wenn sie nur kommen, die Kantele muß fertig werden.»

Sie gingen den dritten Tag im Walde spazieren, und wieder wurde es Abend. Abermals kamen die drei Wölfe in die Hütte, sprangen vom Topfbrett herab und verwandelten sich in Menschen. Da mußte der letzte General den Span halten, und sie sagten zu ihm: «Du darfst nicht schlafen, wenn du schläfst, so wird sie nichts Rechtes.» Er hielt den Span, hielt ihn und wurde ein bißchen schläfrig. Er behielt alles im Auge, damit er nicht einschlafe, aber dann schnarchte er schon im Schlaf. Darauf verwandelten sich die Männer in Wölfe, packten den letzten General und fraßen ihn auf. Da blieb der Junge allein mit der Alten. «Sie kommen vor Abend nicht wieder zurück.» — «Nun, wenn sie nur kommen, die Kantele muß fertig werden.»

Als es dämmrig wurde, kamen die Wölfe, sprangen vom Topfbrett herab und wurden zu Männern. Sie arbeiteten an der lebenden Kantele, und der Sohn der Witwe hielt selbst den Span. Er hielt ihn, hielt ihn, wurde müde, die Jungen stießen ihn in die Seite: «Was, schläfst du?» — «Nein, ich schlafe nicht, ich denke nur darüber nach, ob es mehr trocknes oder frisches Holz im Walde gibt.» Da verwandelten sie sich in Wölfe: «Warte, wir werden zählen, von welcher Art es mehr im Walde gibt, trockenes oder frisches Holz.» Und sie zählten den ganzen Tag bis zum Abend, dann kamen sie zurück. Wieder sprangen drei Wölfe über den Sparren vom Topfbrett herab und wurden zu Männern. Sie arbeiteten an der Kantele, und er hielt den Span. Er hielt ihn, hielt ihn und wurde schläfrig. Da nahm er das seidene Tuch und wischte sich mit dem seidenen Tuch über die Augen. Das alte Weib sah es: «Ah!» sagte sie, «das ist ja der Mann meiner Nichte, der Schwiegersohn! Warum hast du das nicht eher gesagt? Die Kantele wäre längst fertig.» Da bewirtete sie ihn. Während sie das Essen bereitete, machten die Jungen die Kantele fertig.

Als die Kantele fertig war, sagte die Mutter zu den Jungen: «Jetzt verwandelt euch in Wölfe, nehmt ihn auf den Rücken und bringt ihn so schnell als möglich fort, sonst entführt ihm der Kaiser die Braut.» Da nahmen sie ihn auf den Rücken, und er ritt auf ihrem Rücken in entsetzlicher Geschwindigkeit. Schon hatte der Kaisersohn seine Braut mit nach Hause genommen, und sie feierten Hochzeit. Da warf er die lebende Kantele vor ihn hin: «Hier ist die Kantele, was nimmst du mir vor der Zeit die Braut weg!» Und er entriß dem Kaisersohn seine Braut und brachte sie zu seiner Mutter, und sie leben bis auf den heutigen Tag zusammen.

DER ALTE HAHN

Es stand einmal ein Schloß, dessen Herr besaß einen Hahn. Weil der Hahn schon sehr alt war, mochten die Schloßleute ihn nicht mehr füttern. Er mußte in der Umgegend betteln gehn und sich sein Futter zusammensuchen. Aber als das nicht genug einbrachte, sein Leben zu fristen, beschloß der arme Hahn, doch wieder nach Hause zurückzukehren. Unterwegs begegnete ihm ein Fuchs, der fragte ihn: «Wohin wanderst du, mein Hähnchen?» — «Ich gehe heim», antwortete der Hahn; «beim Betteln kommt nichts heraus!» — «Nimm mich mit», sagte der Fuchs. — «Ich habe nicht die Kraft, dich zu tragen», erwiderte der Hahn; «aber wenn du dich in einen Floh verwandelst und dich unter meinem Flügel versteckst, will ich dich mitnehmen.» Der Fuchs verwandelte sich in einen Floh, und der Hahn steckte ihn unter seinen Flügel. Dann wanderte er weiter, wanderte ein Weilchen, da begegnete ihm ein Wolf und redete ihn an: «Wohin gehst du, mein Hähnchen?» — «Nach Hause», antwortete der Hahn. Als der Wolf das hörte, wollte er ihn durchaus begleiten und sagte: «Nimm mich mit!» — «So verwandle dich in einen Floh und setze dich in die Federn an meiner Seite, dann will ich dich mitnehmen», antwortete der Hahn. Der Wolf ward zum Floh, und der Hahn steckte ihn ins Seitengefieder.

Als er eine Strecke weitergewandert war, begegnete ihm ein Bär und verlangte ebenfalls von ihm mitgenommen zu werden. Der Hahn bedeutete ihm, sich in einen Floh zu verwandeln, und als der Bär das getan, steckte er ihn ins Schenkelgefieder.

So wanderte er eine Zeitlang dahin und kam endlich in sein altes Heim, stellte sich auf den Schloßhof hin und fing an zu krähen:

«Kikeriki, Kikeriki!
Der Hahn hat einen goldnen Helm!
Der Herr ist nur ein armer Schelm,
Hat seinen Hahn verjagt!»

Darüber geriet der Schloßherr in gewaltigen Zorn und befahl seinem Knecht, den Hahn zu töten. Dem Knecht tat es leid um den Hahn, der so schön krähen konnte; er weigerte sich, die Arbeit zu tun, weil sie ihm zuwider war. «Nun, so magst du den Hahn in den Stall zu den wilden Hengsten sperren, die werden ihn bald zu Tode stampfen», meinte der Herr. Der Hahn wurde in den Stall gebracht. Aber er kam zu keinem Schaden; denn als die Hengste anfingen auszuschlagen, sagte der Hahn nur: «Komm unter meinem Schenkel hervor, lieber Bär, friß, solange du Appetit hast, und töte das übrige!» Sofort erschien der Bär, der als Floh am Schenkel des Hahnes gesessen, fraß so viele von des Herren Zuchthengsten als er nur konnte und tötete und zerfleischte die übrigen.

Am folgenden Tage kam der Schloßherr selber in den Stall, um sich zu überzeugen, daß die Hengste den Hahn zerstampft hatten; aber dieser war noch am Leben und krähte wie früher:

«Kikeriki, Kikeriki!
Der Hahn hat einen goldnen Helm!
Der Herr ist nur ein armer Schelm,
Hat seinen Hahn verjagt!»

Im Schlosse waren zwölf böse, starke Stiere, und der Schloßherr befahl seinem Knecht: «Hetzt die Stiere auf den Hahn, daß sie ihn stoßen; wir wollen doch sehen, ob er nicht getötet wird und das unverschämte Gekrähe ein Ende nimmt.»

Gut, man ließ die Stiere los. Aber als sie den Hahn stoßen wollten, griff dieser nach dem Floh unter seinem Flügel; der Floh ward wieder zum Wolf und fraß und erwürgte die Stiere alle; und der Hahn fing wie früher zu singen an:

«Kikeriki, Kikeriki!
Der Hahn hat einen goldnen Helm!
Der Herr ist nur ein armer Schelm,
Hat seinen Hahn verjagt!»

Das hörte der Schloßherr und sagte im Zorn zu seinen Knechten: «Wir haben ja noch zwölf böse Böcke; tragt den Hahn in ihren Stall; laßt sehen, ob er nicht endlich aufhört, sein Kikeriki zu singen!»

Gesagt, getan: man brachte den Hahn dorthin und sperrte ihn zu den Böcken. Diese gingen gleich auf ihn los, um ihn zu stoßen; aber der Hahn wußte Rat: er ließ den dritten Floh aus seinem Gefieder, der verwandelte sich in den Fuchs und zerriß und erwürgte die Böcke ganz jämmerlich und fraß davon, soviel er vermochte und fertigkriegen konnte.

Am Morgen kam man nachzusehen, wie es dem Hahn ergangen war. Da fand man ihn noch immer am Leben. Kaum wurde die Tür geöffnet, als auch der Fuchs hinausschlüpfte und seiner Wege lief; wer weiß, wohin er gelaufen sein mag. Als der Schloßherr von all diesem Kunde erhielt, ward er furchtbar zornig und sagte: «Dieses absonderliche Tier muß ich umbringen, geschehe es, wie es wolle!» Mit diesem Entschluß ging er in den Viehstall, um den Hahn mit eignen Händen zu töten. Bald fing er ihn ein und drehte ihm den Hals um, aber noch im Sterben sagte ihm der Hahn: «Du wirst mich nicht los, selbst wenn ich tot bin. Noch einmal wirst du meine Stimme hören; aber dann ist auch dein eignes Ende nahe.» Als der Schloßherr das hörte, dachte er: «Ich muß diesen absonderlichen Unruhstifter aufessen; dann wird er von seinem Geschrei lassen.» Deshalb ließ er ein Gastmahl herrichten, wozu alle benachbarten Herren eingeladen wurden, und der Hahn ward als Braten zubereitet.

Nun, die Gäste waren alle beisammen, man setzte sich an den Tisch und fing an zu essen. Da nahm der Schloßherr den gebratenen Hahn in die Hand, schnitt sich ein Stückchen davon ab und tat es in den Mund, indem er sagte: «Du hast dir vieles in deinem Leben zugute kommen lassen, aber dein Kikeriki wirst du nicht mehr rufen!»

Kaum hatte der Herr dieses gesagt, als der Hahn plötzlich seinen Kopf aus des Redenden Munde steckte und wie ehedem krähte:

«Kikeriki, Kikeriki!
Der Hahn hat einen goldnen Helm!
Der Herr ist nur ein armer Schelm,
Hat seinen Hahn verjagt!»

Als die Gesellschaft aus dem Munde des Schloßherrn diese sonderbare Stimme hörte, gerieten alle in die größte Bestürzung und ließen das Gastmahl stehen. Sobald der Herr sich von seinem Schrecken erholt hatte, rief er seinen Dienern zu: «Ergreift ein Beil, und wenn der Hahn wieder in meinem Mund erscheint, so spaltet ihm den Kopf!»

Die Diener taten, wie ihnen befohlen war, und sowie der Hahn wieder den Kopf zum Munde des Herrn heraussteckte, hieben sie mit dem Beil auf den Hahn ein; der aber zog schnell den Kopf zurück, und das Beil zerschmetterte das Haupt des Schloßherrn, welcher tot hinsank, wie es der Hahn vorausgesagt hatte. So lang ist's.

Es war einmal ein Mann und eine Frau, die hatten einen Sohn, der hieß Ivas. Ivas bat seinen Vater: «Väterchen, Väterchen, bau mir einen Kahn, ich will Fische fangen und euch ernähren.»

Da machte ihm der Vater einen Kahn, und Ivas fuhr hinaus auf den Fluß, fing Fische und ernährte seine Eltern. Wenn die Mittagszeit kam, brachte ihm die Mutter das Essen, ging ans Ufer und rief:

«Ivas, mein Söhnlein,
Im goldnen Kähnlein,
Mit silbernem Ruder,
Fahr her geschwind,
Mein liebes Kind!»

Ivas hörte es und sprach zu seinem Kahn:

«Näher, näher fahr ans Ufer!
Mein Mütterlein hat mich gerufen!»

Da schwamm der Kahn heran; Ivas gab der Mutter die Fische, aß sich satt und fuhr wieder davon.

Die Hexe aber war neidisch auf Mann und Frau, weil sie einen so braven Sohn hatten, und fügte ihnen auf alle Art Böses zu. Einmal waren die Ähren auf dem Felde zu Büscheln ineinanderverflochten*, ein andermal hatte irgendwer Fäden über die Türöffnung hin gespannt oder einen Pferdekopf oder Knochen auf die Schwelle gelegt; dann wieder schüttete jemand Mehl auf die Leute oder beschmierte den Firstbalken der Hütte mit Blut. Doch Mann und Frau beteten zu Gott und gedachten auch der Abgeschiedenen, so ging der Spuk vorüber, ohne Schaden anzurichten. Da rief aber die Hexe: «Wartet nur!» lief an das Ufer und lockte den jungen Ivas:

«Ivas, mein Söhnlein,
Im goldnen Kähnlein,
Mit silbernem Ruder,
Fahr her geschwind,
Mein liebes Kind!»

Ivas hörte jedoch, daß die Stimme grob war und befahl dem Kahn:

«Weiter, weiter fort vom Ufer!
Mutter war's nicht, die gerufen!»

Da ging die Hexe zum Schmied und bat: «Schmied, lieber Schmied! mach mir eine so feine Stimme, wie die Mutter vom Ivas sie hat!»

Er schmiedete ihr solch eine Stimme, und sie ging abermals an das Ufer und rief:

* Nach kleinrussischem Volksglauben wird derjenige krank, der solch ein Büschel ausreißt oder von dem Brot ißt, das aus dem Korn dieser Ähren gebacken wurde.

«Ivas, mein Söhnlein,
Im goldnen Kähnlein,
Mit silbernem Ruder,
Fahr her geschwind,
Mein liebes Kind!»

Da kam er heran; sie aber packte ihn, steckte ihn in einen eisernen Sack und trug ihn zu sich heim. Als sie vor der Tür anlangte, rief sie: «Hündin-Helene, mach auf!»

Da öffnete die Tochter Hündin-Helene die Türe. Die Hexe zog Ivas ein reines Hemd und Hosen an und gab ihm Nüsse und einen Mörser. Er knackte die Nüsse und aß sie auf. Die Hexe aber flüsterte heimlich der Tochter zu: «Heiz den Ofen, setz den Burschen hinein und sperr zu; dann räum hier alles sauber auf, ich will fortgehn und Gäste rufen.»

Sie machte sich auf; Hündin-Helene heizte den Ofen und legte die Schaufel bereit.

«Setz dich auf die Schaufel, Ivas!» befahl sie.

Da legte er ein Bein drauf.

Doch sie sagte: «Nicht so.»

Er legte eine Hand drauf.

«Nicht so!» sprach sie.

«Setz du dich doch auf die Schaufel», sagte Ivas, «und zeig mir, wie ich sitzen soll.»

Kaum hatte sie sich draufgesetzt, da packte Ivas die Schaufel und schob sie samt dem Mädchen in den Ofen; wie fing sie über dem Feuer an zu brutzeln! Ivas schloß die Ofenklappe fest zu und sperrte die Hexentochter ein. Dann räumte er in der Hütte auf, ging hinaus, schloß ab und kletterte auf einen sehr, sehr hohen Ahornbaum.

Als die Hexe mit ihren Gästen kam, rief sie: «Hündin-Helene, mach auf!»

Still blieb es.

«Hündin-Helene, mach auf! — Fort ist sie! und streunt irgendwo herum», meinte die Hexe.

Dann öffneten sie selbst die Tür, und die Gäste setzten sich an den Tisch. Die Hexe nahm den Braten aus dem Ofen heraus, und alle fingen an zu essen. Sie schlugen sich tüchtig voll, gingen dann vor die Tür, schaukelten sich unter den Bäumen und sangen: «Ich schaukle mich, ich wälze mich, hab' am Fleisch vom Ivas mich sattgegessen!»

Ivas aber rief vom Ahorn hinab: «Ihr schaukelt euch, ihr wälzet euch, habt an der Helene euch sattgegessen!»

Da schrien sie: «Wo ist er?» Guckten nach allen Seiten und erblickten ihn endlich. Stürzten zum Ahorn und fingen an, den Baum zu durchnagen. Aber so ging's nicht, sie brachen sich nur die Zähne aus. Da gingen sie zum Schmied und baten ihn: «Schmied, lieber Schmied! mach uns solche Zähne, daß wir den Ahornbaum durchnagen können!»

Er schmiedete ihnen solche Zähne, und sie gingen hin und fingen an zu nagen. Da flogen aber wilde Gänse vorbei, und Ivas flehte sie an:

«Gänse, Gänse, liebe Vögel!
Nehmt mich schnell auf eure Flügel,
Tragt mich hin zum Väterchen;

Geb' euch zu trinken, zu essen,
Will von allem Guten nichts vergessen!»

Aber die Gänse antworteten: «Mögen die mittleren von uns dich auf den Rücken nehmen.»
Da kamen die mittleren Gänse angeflogen, und Ivas bat sie:

«Gänse, Gänse, liebe Vögel!
Nehmt mich schnell auf eure Flügel,
Tragt mich hin zum Väterchen;
Dort gibt es zu trinken, zu essen,
Von allem Guten wird nichts vergessen!»

Die Gänse aber antworteten: «Mag dich die allerschlechteste, letzte Gans auf den Rücken nehmen.»
Und da kam auch sie herangeflogen: die Arme war zurückgeblieben. Die Hexen aber nagten und nagten unterdessen. Und fast, fast war es schon so weit, daß der Baum fallen mußte. Da bat Ivas die letzte Gans:

«Gänschen, Gänschen, lieber Vogel!
Nimm mich schnell auf deine Flügel,
Trag mich hin zum Väterchen;
Geb' dir zu trinken, zu essen,
Will von allem Guten nichts vergessen!»

Da nahm sie ihn auf ihre Flügel. Sie wurde jedoch müde, die Arme, und flog ganz, ganz niedrig! Die Hexen aber waren hinterher und dachten Ivas zu fangen. Sie jagten und jagten ihm nach, aber konnten ihn doch nicht einholen. Endlich brachte die Gans Ivas nach Hause und setzte ihn auf den Schornstein ab; sie selber ging auf dem Hof herum und suchte sich ihr Futter. — Unterdessen aber zog die Mutter von Ivas gerade Fleischpasteten aus dem Ofen und sagte: «Diese hier ist für dich, Mann, und diese für mich.»

Da rief Ivas durch den Schornstein hinunter: «Und welche ist für mich?»

Die Mutter fragte: «Wer ist denn dort?», und nochmals sagte sie: «Hier, diese Pastete ist für dich, Alter, und diese für mich.»

Da rief Ivas abermals: «Und welche ist für mich, Mutter?»

Mann und Frau liefen zur Hütte hinaus, sahen sich nach allen Seiten um und erblickten Ivas auf dem Schornstein. Sie hoben ihn herunter und trugen ihn in die Hütte. Unterdessen watschelte die Gans auf dem Hof herum, und die Mutter sah es und rief: «Da ist ja eine Gans auf dem Hof! Ich will sie fangen und schlachten.»

Ivas jedoch sagte: «Nein, Mutter, schlachtet sie nicht, sondern füttert sie. Wäre sie nicht gewesen, würd' ich nicht hier bei euch sein.»

Da fütterte die Mutter die Gans und gab ihr zu trinken und streute ihr Weizen hin. Und dann flog die Gans wieder weiter.

Hier habt ihr mein Märchen und einen Bund Kringelchen!

Es war einmal ein Mann, der war sehr reich, aber er hatte keine Kinder. Er bat den lieben Gott unablässig, daß er ihm ein Kind schenken möge, opferte Kerzen zu einem Rubel und gab den Bettlern Almosen. Gott erbarmte sich seiner und schenkte ihm ein Söhnchen mit Hühnerfüßen. Der Mann war auch damit zufrieden, denn wie es im Sprichwort heißt: Mit Gott kannst du nicht streiten. Das Kind aber wuchs nicht nach Tagen, sondern nach Stunden; es wuchs an einem Tage zu einem stattlichen Manne heran und rief: «Vater, heh, Vater! Wollen wir zum Zaren auf die Freite gehen?»

«Ncin», sagte der Alte, «wie sollten wir wohl zum Zaren auf die Freite gehn!»

«Doch, Vater, wir wollen hingehn!»

So machten sie sich denn auf und kamen zum Zaren. Der fragte sie: «Was wollt ihr, gute Leute? Weswegen kommt ihr zu mir? Mit einer Klage vielleicht oder mit einer Bitte?»

«Nein», erwiderte der Sohn, «nicht um zu bitten und nicht um zu klagen sind wir hier: wir haben gehört, daß du eine Tochter hast, und wollen um sie freien.»

«Freier oder nicht Freier, bist du ein braver Gesell, so übernachte bei uns, und morgen wollen wir sehen, was weiter wird.»

Kaum ward es hell, als der Zar erwachte und seine Gäste weckte. Dann fragte er sie: «Welchen Standes seid ihr denn? Bojaren oder von Zarengeblüt? und wie heißt ihr?»

«Nein», sagte der Sohn, «wir sind weder Bojaren noch Zaren, sondern einfache Bauern, und ich heiße Ivan Aschenpuster.»

Sie gingen in die Wohngemächer und tranken und zechten.

«Also, Ivan», sagte der Zar, «wenn du meine Tochter zur Frau willst, so trink diesen Becher Gift aus; bleibst du leben, wirst du mein Schwiegersohn, wenn nicht, dann nicht.»

Ivan Aschenpuster nahm den Becher entgegen, leckte und schleckte — und der Becher kollerte leer bis zur Schwelle.

«Mein Schwiegersohn bist du, aber noch nicht ganz. Ich hab' eine Keule: wirfst du sie über meinen Hof, so wird Gott dich segnen.»

Ivan Aschenpuster ergriff die Keule, und als er sie in die Höhe schleuderte, entschwand sie den Blicken. Der Zar gab ihm nun seine Tochter zur Frau.

Es schien ihr aber eine Schande, mit einem Bauern zu leben, der Hühnerfüße hatte. Sie packte die Füße und schlug sie ab. Ivan erwachte und sah, daß er keine Füße mehr hatte, geriet in großen Zorn auf die Zarentochter und wanderte in die weite Welt hinaus.

Er ging und ging und begegnete einem Menschen ohne Hände. Da fragte ihn Ivan: «Woher bist du, armer Kerl, und wie heißt du?» — «Ich bin nicht aus diesem Zarenreich, und rufen tut man mich Torok.» — «Wo sind denn deine Hände?» fragte Ivan. «Ach, Bruder!» antwortete Torok, «meine Hände sind weit von hier in der Nähe vom Zarenhof; eine Keule hat sie mir abgerissen, sie flog über den Hof, ich aber wollte sie auffangen.» — «Wohin gehst du denn?» fragte Ivan. — «Wohin die Augen schauen!» — «Nun, Bruder, dorthin geh' auch ich, wir wollen beisammen bleiben.» — «Gut», sagte Torok.

Und so gingen sie, war es lang, war es kurz — rasch wird das Märchen erzählt, langsam die Tat getan. Da begegneten sie auf der Straße dem Teufel. Ivan Aschenpuster packte ihn mit beiden Händen beim Schopf und schlug ihn mit den Fäusten auf den Rücken, was das Zeug hielt, und schlug ihn und schlug ihn, bis er genug hatte.

Da sagte der Teufel: «Ach, Ivan Aschenpuster! Schlag mich nicht, ich will dir ein Kraut geben, daß deine Beine wieder heil werden.»

Ivan Aschenpuster ließ ihn frei. Der Teufel führte ihn zu einem Brunnen und sagte: «Steig hinein, gleich wirst du deine Füße wieder haben.»

Ivan Aschenpuster warf aber vorher ein Stöckchen hinein — und das Stöckchen verbrannte. Da fing er noch einmal an, den Teufel zu prügeln, weil er ihn betrogen hatte.

Der Teufel führte ihn zu einem anderen Brunnen. Ivan Aschenpuster warf abermals ein Stöckchen hinein — und das Stöckchen verfaulte. Wiederum prügelte er den Teufel und ließ ihn kaum noch lebendig frei.

Dann führte ihn der Teufel zum dritten Brunnen. Ivan Aschenpuster warf nochmals ein Stöckchen hinein — und es trieb Knospen. Da stieg Ivan selbst ins Wasser, begoß sich, und es wuchsen ihm Menschenbeine; aber auch Torok begoß sich und bekam wieder Hände. Sie schlugen darauf den Teufel tot und gingen ihrer Wege: der eine auf die eine Seite, der andere auf die andere.

Ivan Aschenpuster gelangte in eine Stadt, wo man gerade Hochzeit feierte, denn der Zar wollte seine Tochter verheiraten. Ivan kaufte sich ein Pfeifchen, und als er anfing darauf zu blasen, mußte alles tanzen. Die Leute führten ihn auf den Zarenhof, und als er dort zu pfeifen begann, hüpften Kinder und Erwachsene umher.

Der Zar befahl, den Bauern zu sich in den Palast zu rufen. Man führte ihn hin, und kaum fing er an zu pfeifen, so mußten der Zar, die Zarin und die Zarentochter alle springen und tanzen. Als die Zarentochter ihn mit Schnaps bewirtete, erblickte sie ihren Ring. Da schlang sie ihre Arme um seinen Hals und küßte ihn viele Male. Der Zar aber fragte sie: «Wer ist dieser Mann? warum küßt du ihn?» Nun erzählte sie ihrem Vater, wie sie ihrem Manne die Füße abgehauen hatte, und daß er in die weite Welt hinausgewandert war. Als der Zar erfuhr, daß er sein erster Schwiegersohn sei, ließ er den andern töten; jener aber blieb bei der Zarentochter und er lebt noch heute, ißt sein Brot und trinkt seinen Wein.

In einem Zarenreich, in einem fernen Reich, lebte einst ein König mit seiner Königin. Sie hatten keine Kinder, waren aber schon an die zehn Jahre verheiratet. Da sandte der König an alle Zaren, in alle Städte, zu allen Völkern die Botschaft: «Wer vermag die Königin zu heilen, auf daß sie schwanger werde?»

Die Fürsten und die Bojaren kamen zusammen, die reichen Kaufleute und die Bauern; der König speiste sie, bis sie satt waren, tränkte sie, bis sie trunken waren, und begann sie dann auszufragen. Niemand weiß ein Mittel, niemand wagt zu sagen, wodurch die Königin schwanger werden könne; nur ein Bauernsohn fand den Mut. Der König gab ihm eine ganze Handvoll Goldstücke und setzte als Frist drei Tage.

Der Bauernsohn hatte sich zwar gemeldet, aber was er sagen sollte, das war ihm nicht einmal im Traum eingefallen. Er ging zur Stadt hinaus und dachte gewaltig nach. Da begegnete ihm ein altes Weib und fragte: «Sag an, Bauernsohn, worüber grübelst du?» Er antwortete: «Schweig, alte Hexe, ärgere mich nicht!» Sie lief ihm aber nach und sagte: «Vertrau mir nur an, welche Sorge dich drückt: ich bin alt geworden, weiß alles.» Da besann er sich: wozu hab' ich sie beschimpft? vielleicht weiß sie doch etwas. «Hör einmal, Großmütterchen, ich hab' dem König versprochen, zu sagen, wodurch die Königin schwanger werden könne, aber weiß es selber nicht.» — «So, so! ich weiß es aber. Geh zum König und sag ihm, daß man drei seidene Netze flechten solle; im Meer, unter den Schloßfenstern — da wohnt ein Hecht mit goldenen Flossen und schwimmt immer vor dem Palast herum. Wenn der König ihn fängt und zubereiten läßt, und die Königin ihn ißt, so wird sie ein Kind gebären.»

Der Bauernsohn fuhr selber zum Fang auf das Meer, warf drei seidene Netze aus, aber der Hecht sprang in die Höh und zerriß alle drei Netze. Ein zweites Mal warf er aus, und wieder zerrissen die Netze. Der Bauernsohn nahm seinen Gürtel ab und vom Hals das seidene Tuch, band die Netze zusammen, warf sie ein drittes Mal aus — und fing den Hecht mit den goldenen Flossen. Da ward er unsagbar froh, und brachte ihn dem König. Der König befahl, den Hecht zu waschen, auszunehmen, zu braten und der Königin vorzusetzen. Die Köche reinigten den Hecht und wuschen ihn und gossen das Spülwasser zum Fenster hinaus; eine Kuh kam vorbei und leckte es auf. Als die Köche den Hecht gebraten hatten, sprang eine Dienstmagd hinzu, legte ihn auf eine Schüssel und trug ihn zur Königin, aber unterwegs riß sie eine Flosse ab und kostete davon. Alle drei brachten am gleichen Tage, zu gleicher Stunde ein Kind zur Welt: die Kuh, die Dienstmagd und die Königin.

Rasch wird das Märchen erzählt, langsam die Tat getan. Nach einiger Zeit kam die Viehmagd vom Hof und meldete dem König, daß die Kuh einen Menschen geboren habe. Der König wunderte sich sehr darüber. Doch kaum hatte er diese Nachricht gehört, als man gelaufen kam und ihm erzählte, daß die Dienstmagd einen Knaben geboren habe, der genau wie der Sohn der Kuh aussähe. Gleich darauf wurde ihm berichtet, daß auch die Königin einen Sohn geboren habe, der dem Kuhsohn auf das Haar gleiche. Wunderbare Knaben waren da geboren! Wie einer in Jahren wächst, wachsen sie in Stunden; wie einer in einem Jahr — sind sie in einer Stunde; wie einer in drei Jahren — sind sie in drei Stunden.

Als sie herangewachsen waren, fühlten sie eine ungeheure Heldenkraft in sich. Sie gingen zu ihrem Vater, dem König, und baten sich aus, in der Stadt spazieren zu dürfen, die Leute zu betrachten und sich selbst zu zeigen. Er erlaubte es, befahl ihnen, sich still und ruhig zu benehmen und gab ihnen Geld mit, soviel sie nur tragen konnten. Also gingen die kühnen Burschen fort. Der eine wurde Ivan-Zarevitsch genannt, der andere Ivan-Magdsohn, der dritte Sturmheld Ivan-Kuhsohn. Sie schlenderten hin und her, kauften aber nichts. Da erblickte Ivan-Zarevitsch kleine gläserne Kugeln und sagte zu den Brüdern: «Laßt uns, Brüder, jeder eine Kugel kaufen und sie in die Höhe werfen: wer am höchsten wirft, soll unser ältester Bruder sein.» Die Brüder waren einverstanden; sie losten, wer zuerst werfen solle. Das Los traf Ivan-Zarevitsch. Er warf die Kugel hoch, aber Ivan-Magdsohn noch höher, Sturmheld-Kuhsohn jedoch warf sie so hoch, daß man sie aus den Augen verlor. «Jetzt bin ich der älteste von euch», sagte er. Ivan-Zarevitsch geriet darüber in Zorn: «Wie, ein Kuhsohn, und will der älteste sein!» Sturmheld erwiderte darauf: «Gott gefällt es wohl, daß ihr mir gehorchen sollt.» Sie wanderten über Weg und Steg und kamen zum Schwarzen Meer. Dort heulte ein Ungeheuer. Ivan-Zarevitsch sagte: «Nun, Brüder, wer dieses Ungeheuer zur Ruhe bringt, soll der älteste von uns sein!» Die Brüder waren einverstanden, und Sturmheld sagte: «Beruhige du es, Ivan-Zarevitsch! Gelingt's dir, wirst du der älteste unter uns.» Der Zarensohn begann zu schreien und zu rufen, das Ungeheuer aber ward noch wütender. Dann fing Ivan-Magdsohn an, es zur Ruhe zu bringen, aber auch er brachte nichts zustande, Sturmheld jedoch schrie es an und warf einen Stock ins Wasser — weg war das Ungeheuer, als ob es nie dagewesen wäre! Und wieder sagte jener: «Ich bin der älteste unter euch!» Ivan-Zarevitsch aber geriet in Zorn: «Wir wollen nicht jüngere Brüder sein!» — «Nun, so bleibt allein!» sagte Sturmheld und kehrte in seine Heimat zurück; die beiden Brüder aber gingen weiter, wohin die Augen schauen.

Der König erfuhr, daß Sturmheld allein zurückgekehrt war, und befahl, ihn ins Gefängnis zu werfen. Man gab ihm nichts zu trinken und nichts zu essen drei Tage lang. Der Held schlug mit der Faust an die steinerne Wand und schrie mit gewaltiger Stimme: «Fragt einmal euren König, meinen Pflegvater, warum, weswegen er mir kein Essen geben läßt? Eure Mauern sind für mich keine Mauern und die Gitter keine Gitter; will ich — so zerschlag' ich alles mit der Faust!» Sofort wurde dem König dies berichtet; der König ging selbst zu ihm und sagte: «Was prahlst du, Sturmheld?» — «Mein Pflegvater! warum, weswegen gibst du mir kein Essen, quälst mich drei Tage mit dem Hungertode? Ich weiß keine Schuld, die auf mir liegt.» — «Wo hast du meine Söhne, deine Brüder, gelassen?» Sturmheld-Kuhsohn erzählte ihm, was sich begeben hatte: «Die Brüder leben, sind heil und gesund und gingen weiter, wohin die Augen schauen.» Der König fragte: «Warum bist du nicht mit ihnen gegangen?» — «Weil Ivan-Zarcvitsch der älteste sein wollte, obwohl es dem Lose nach mir zukam.» — «Nun gut, ich werde sie zurückrufen lassen.» Sturmheld erwiderte: «Niemand, außer mir, wird sie einholen; sie gingen zu jenem Ort im Drachenland, wo aus dem Schwarzen Meer drei Drachen mit sechs, mit neun und mit zwölf Köpfen emporsteigen.» Da bat der König ihn gar sehr, und Sturmheld-Kuhsohn machte sich auf die Reise, auf den Weg, nahm seine Kampfkeule mit und das Schwert aus gutem Stahl und ging fort.

Rasch wird das Märchen erzählt, langsam die Tat getan. Er ging und ging und ereilte die Brüder nah vom Schwarzen Meer, an der Maßholderbrücke. Bei dieser Brücke stand eine Säule, und auf der Säule war geschrieben, daß hier die drei Drachen emporsteigen.

«Willkommen, Brüder!» Sie freuten sich und antworteten: «Willkommen, Sturmheld, unser ältester Bruder!» — «Nun, euch ist es, scheint's, nicht nach Geschmack, was dort auf der Säule geschrieben steht?» Sturmheld schaute umher: nah von der Brücke stand ein Hüttchen auf Hühnerfüßchen, auf einem Hahnenköpfchen, mit der Stirn zum Wald, mit dem Rücken zu ihnen gekehrt. Da schrie Sturmheld:

«Hüttchen, Hüttchen!
Stelle dich,
Lege dich
Mit dem Rücken zum Wald,
Zu uns mit der Stirn.»

Das Hüttchen drehte sich um, und sie gingen hinein. Da stand ein Tisch gedeckt und auf dem Tisch gab es reichlich Speisen und Getränke aller Art. In der Ecke stand ein Holzbett, darauf lag ein Daunenpfühl. Sturmheld sagte: «Seht, Brüder! wär' ich nicht dabei, hättet ihr nichts von alledem.»

Sie setzten sich und aßen und legten sich zur Ruhe nieder. Hernach, als Sturmheld sich erhoben hatte, sprach er: «Brüder, in dieser Nacht wird der sechsköpfige Drache emporsteigen; laßt uns losen, wer die Wache halten soll.» Sie warfen das Los, und es traf Ivan-Magdsohn. Sturmheld sagte zu ihm: «Gib acht, aus dem Meer wird ein Krüglein herausspringen und vor dir tanzen, schau ihm aber nicht zu, sondern spuck darauf und zerschlag es.» Der Magdsohn ging hin, aber schlief gleich ein. Sturmheld jedoch wußte, daß auf seine Brüder kein Verlaß war und ging ebenfalls hin; er wanderte auf der Brücke umher und klopfte hier und da mit seinem Stöckchen auf. Plötzlich sprang das Krüglein vor ihn und tanzte herum. Sturmheld bespuckte es und zerschlug es in kleine Stücke. Da schnatterte eine Ente, die Ufer zitterten, das Meer erbrauste, das Meer wallte auf — da kroch das verfluchte Ungeheuer, der sechsköpfige Drache, heran. Er pfiff und rief mit keckem Pfiff, mit kühnem Ruf:

«Grauer — Brauner,
Weiser Fuchs!
Steh vor mir
Wie das Blatt vor dem Grase.»

Das Roß rennt, die Erde zittert, unter den Hufen fliegen die Klumpen wie Heuschober so groß, aus Ohren und Nüstern wallt der Dampf. Der Drache saß auf und ritt auf die Maßholderbrücke, das Roß aber strauchelte unter ihm: «Was stolperst du, Rabenfleisch: witterst du Freund oder Feind?» Antwortete das treue Roß: «Es gibt *einen* Feind für uns: Sturmheld-Kuhsohn.» — «Du lügst, Rabenfleisch! die Krähe hat doch seine Knochen im Beutel nicht hergetragen, wie sollte er selbst hier sein?» — «Ach, du Drache!» rief da Sturmheld-Kuhsohn, «die Krähe hat meine Knochen nicht hergetragen, sondern ich selbst gehe hier herum.» Der Drache fragte: «Weshalb bist du gekommen? Willst du meine Schwestern freien oder meine Töchter?» — «Nein, Bruder! Im Feld sich begegnen, nicht Verwandtschaft pflegen! Laß uns kämpfen.» Sturmheld trat zurück, holte mit der Kampfkeule aus und hieb drei Köpfe dem Untier ab; beim zweiten Male fielen die anderen drei. Den Rumpf zerschnitt er und warf ihn ins Meer. Die Köpfe versteckte er unter der Maßholderbrücke. Das Roß aber band er zu Füßen des Magdsohnes an, das Schwert aus gutem Stahl legte er ihm zu Häupten; dann ging er in das Hüttchen und legte sich schlafen, als sei nichts geschehen. Ivan-Magdsohn erwachte, erblickte das Roß und ward sehr froh, setzte sich auf, ritt zum Hüttchen und rief: «Sturmheld verbot mir zwar, auf das Krüglein zu schauen, ich aber tat es doch, und da hat mir Gott ein Pferd gegeben!» Jener antwortete: «Dir hat er's gegeben, uns aber noch mehr versprochen!»

In der nächsten Nacht war Ivan-Zarevitsch an der Reihe zu wachen. Sturmheld sagte auch ihm das gleiche über das Krüglein. Der Zarensohn ging auf der Brücke umher, klopfte hier und da mit dem Stöckchen auf, das Krüglein sprang hervor und begann vor ihm zu tanzen. Er schaute lange zu und fiel in festen Schlaf. Sturmheld aber verließ sich nicht auf den Bruder, sondern ging auch hin; er wanderte auf der Brücke umher, klopfte hier und da mit seinem Stöckchen auf, das Krüglein sprang hervor und tanzte herum. Sturmheld bespuckte es und schlug es in Scherben. Plötzlich schnatterte die Ente, die Ufer zitterten, das Meer erbrauste, das Meer wallte auf — da kroch das verfluchte Ungeheuer heran, pfiff und rief mit keckem Pfiff, mit kühnem Ruf:

«Grauer — Brauner,
Weiser Fuchs!
Steh vor mir
Wie das Blatt vor dem Grase.»

Das Roß rennt, die Erde zittert, aus Ohren und Nüstern wallt der Dampf in Säulen, aus dem Maule loht die feurige Flamme; es steht vor ihm wie angewurzelt. Das Ungeheuer, der neunköpfige Drache, saß auf, und als er auf die Maßholderbrücke hinaufritt, strauchelte das Roß unter ihm. Der Drache schlug es auf die starken Schenkel. «Was stolperst du, Rabenfleisch: witterst du Freund oder Feind?» — «Es gibt *einen* Feind für uns: Sturmheld-Kuhsohn.» — «Du lügst! seine Knochen hat die Krähe im Beutel doch nicht hergetragen, wie sollte er selbst hier sein!» — «Ach, du verfluchter Drache!» rief da Sturmheld-Kuhsohn, «ich selbst gehe hier schon das zweite Jahr herum.» — «Nun, wie ist's, Sturmheld, freist du um meine Schwestern oder meine Töchter?» — «Im Felde sich begegnen, nicht Verwandtschaft pflegen! Laß uns kämpfen.» Sturmheld trat zurück, holte mit der Kampfkeule aus —

drei Häupter hieb er wie Kohlköpfe ab; zum zweiten Male holte er aus — hieb noch drei Köpfe ab, beim dritten fielen die übrigen. Den Rumpf zerschnitt er und warf ihn ins Schwarze Meer, die Köpfe versteckte er unter der Maßholderbrücke. Das Roß band er zu Füßen des Zarensohnes an, das Schwert aber aus gutem Stahl legte er ihm zu Häupten; dann ging er in das Hüttchen und legte sich schlafen, als sei nichts geschehen. Am Morgen erwachte Ivan-Zarevitsch, erblickte das Roß, das noch besser war als das erste. Er freute sich, ritt zum Hüttchen und rief: «Heh, Sturmheld, du verbotst mir zwar, auf das Krüglein zu schauen, Gott aber hat mir ein Roß gegeben, ein besseres als das erste.» Jener antwortete: «Euch hat Gott eins gegeben, mir aber nur versprochen!»

Es nahte die dritte Nacht. Sturmheld rüstete sich zur Wache. Er stellte ein Licht auf den Tisch, stach ein Messer in die Wand, hängte ein Handtuch daran, gab den Brüdern ein Spiel Karten und sagte: «Spielt Kinder, vergeßt jedoch meiner nicht. Sobald die Kerze zu Ende gebrannt ist, von diesem Handtuch aber Blut auf den Teller tropft, so lauft schnell auf die Brücke mir zu Hilfe.» Sturmheld wanderte auf der Brücke umher, klopfte hier und da mit dem Stöckchen auf, das Krüglein sprang hervor und tanzte vor ihm. Sturmheld bespuckte es und schlug es in kleine Stücke. Plötzlich schnatterte die Ente, die Ufer zitterten, das Meer erbrauste, das Meer wallte auf, da kroch das verfluchte Ungeheuer heran: der Drache mit zwölf Köpfen. Er pfiff und rief mit keckem Pfiff, mit kühnem Ruf:

«Grauer — Brauner,
Weiser Fuchs!
Steh vor mir
Wie das Blatt vor dem Grase.»

Das Roß rennt, die Erde zittert, aus Ohren und Nüstern wallt der Dampf in Säulen, aus dem Maule loht die feurige Flamme; es läuft herbei und steht vor ihm wie angewurzelt. Das Ungeheuer saß auf und machte sich auf den Weg; und als es auf die Brücke ritt, da strauchelte das Roß unter ihm: «Was stolperst du, Rabenfleisch? witterst du einen Feind?» — «Es gibt *einen* Feind für uns: Sturmheld-Kuhsohn.» — «Schweig, seine Knochen hat die Krähe im Beutel nicht hergetragen!» — «Du lügst, verfluchter Drache! Ich selbst gehe hier schon das dritte Jahr herum.» — «Nun, wie ist's, Sturmheld, willst du um meine Schwestern oder meine Töchter freien?» — «Im Felde sich begegnen, nicht Verwandtschaft pflegen! Laß uns kämpfen.» — «Aha, meine beiden Brüder hast du getötet, da glaubst du auch mich besiegen zu können?!» — «Der Ausgang steht bei Gott! Aber höre, verfluchter Drache, du bist zu Pferd, ich aber bin zu Fuß. Dieser Vertrag soll gelten: den Liegenden trifft kein Schlag.» Sturmheld trat zurück, holte mit der Kampfkeule aus — drei Köpfe schlug er mit *einem* Hiebe ab; zum zweiten Male trat er zurück, der Drache warf ihn jedoch zu Boden. Der Held rief: «Halt, Ungeheuer! der Vertrag war: den Liegenden trifft kein Schlag.» Der Drache gab ihm Zeit, aufzustehen; jener erhob sich, und drei Häupter flogen ab, wie Kohlköpfe. Sie schlugen sich herum; viele Stunden mühten sie sich ab, beiden versagte die Kraft. Der Drache verlor noch drei Köpfe. Dem Helden aber brach die Keule. Sturmheld-Kuhsohn zog vom linken Fuß den Stiefel, warf ihn auf das Hüttchen: die Hälfte riß es mit, aber die Brüder schliefen, sie hörten nichts; vom rechten Fuß zog er den Stiefel und warf ihn, daß das Hüttchen barst, aber die Brüder wachten noch immer nicht auf. Sturmheld packte ein Stück der Keule, warf es gegen den Stall, wo die zwei Hengste standen, und brach die Tür entzwei; die Hengste rannten auf die Brücke und warfen den Drachen aus dem Sattel. Da ward der Held froh, eilte hinzu und schlug dem Drachen die letzten drei Köpfe ab. Den Rumpf zerschnitt er und warf ihn ins Schwarze Meer, die Köpfe aber versteckte er unter der Maßholderbrücke. Dann führte er die drei Hengste in den Stall, versteckte sich selbst unter der Maßholderbrücke und trocknete das Blut auf der Brücke nicht auf.

Am Morgen erwachten die Brüder. Sie sahen: das Hüttchen ist zusammengefallen, der Teller voll Blut. Sie gingen in den Stall hinein — drei Hengste standen darin. Sie wunderten sich, wo ihr ältester Bruder geblieben sein könne, suchten ihn drei Tage lang, aber fanden ihn nicht und sprachen zueinander: «Sicherlich hat einer den andern getötet, ihre Leiber aber sind verschwunden; wir wollen nun heimreiten!» Kaum hatten sie die Pferde gesattelt und sich zum Ritt bereitgemacht, als Sturmheld erwachte und unter der Brücke hervorkam: «Warum verlaßt ihr euren Gefährten, Brüder? Ich hab' euch vom Tode errettet, ihr aber habt immer nur geschlafen und seid mir nicht zu Hilfe gekommen.» Da fielen sie vor ihm auf die Knie nieder: «Wir sind schuld, Sturmheld, unser großer Bruder!» — «Gott wird euch verzeihen!» Dann flüsterte er, zum Hüttchen gewendet: «Wie du früher warst, sei auch jetzt wieder!» Das Hüttchen stand da, wie früher — mit Essen und mit Getränken. «Eßt, Brüder, denn ohne mich seid ihr wohl fast verhungert; dann aber laßt uns reiten.» Sie aßen und ritten über Weg und Steg.

Als sie zwei Werst entfernt waren, sagte Sturmheld-Kuhsohn: «Brüder, ich hab' im Hüttchen meine Peitsche vergessen; reitet im Schritt, während ich sie schnell hole.» Er kam zum Hüttchen, stieg vom Roß und ließ es auf die Bannwiesen. «Lauf, treues Roß, bis ich dich rufe.» Sich selbst verwandelte er in eine Fliege, schwirrte ins Hüttchen hinein und setzte sich auf den Ofen. Ein wenig später trat die Baba-Jaga herein und setzte sich vorn in die Ecke; zu ihr kam die junge Schwiegertochter und sprach: «Ach, Mütterchen! Euren Sohn, meinen Mann, hat Sturmheld Ivan-Kuhsohn umgebracht. Aber ich werd' ihm diesen Schimpf schon heimzahlen: will vorauslaufen und ihm einen heißen Tag auf den Hals schicken, mich selbst aber zur grünen Wiese machen; auf dieser Wiese verwandle ich mich in einen Brunnen; in diesem Brunnen wird ein silberner Becher schwimmen; und auch in ein Holzbett werd' ich mich verwandeln. Die Brüder werden die Rosse füttern, sich erholen und Wasser trinken wollen; da wird sie's in Stücke von Mohnkörnergröße zerreißen!» Die Schwiegermutter antwortete: «So haben die Bösewichter es auch verdient!» Die zweite Schwiegertochter kam hinzu und sprach: «Ach, Mütterchen! Euren Sohn, meinen Mann, hat Sturmheld Ivan-Kuhsohn umgebracht. Aber ich werd' ihm diesen Schimpf schon heimzahlen: will vorauslaufen, mich in einen wundervollen Garten verwandeln; über den Zaun werden allerlei Früchte herabhängen, saftige, duftende! Ein jeder wird abpflücken wollen, was ihm behagt; doch da wird sie's in Stücke von Mohnkörnergröße zerreißen.» Antwortete ihr die Schwiegermutter: «Auch du hast es klug erdacht.» Die dritte, jüngste Schwiegertochter kam hinzu und sprach: «Ach, Mütterchen! Sturmheld Ivan-Kuhsohn hat Euren Sohn, meinen Mann, umgebracht. Aber ich werd' ihm diesen Schimpf schon heimzahlen: will mich in ein altes Hüttchen verwandeln; sie werden übernachten wollen und sowie sie ins Hüttchen hineingehen werden, wird sie's in Stücke von Mohnkörnergröße zerreißen.» — «Nun, meine lieben Schwiegertöchter! und wenn ihr sie nicht vernichtet, so werd' ich morgen selbst voranlaufen, mich in ein Schwein verwandeln und alle drei verschlingen.»

Sturmheld saß auf dem Ofen, hörte, was sie sprachen und flog hinaus auf den Weg; er warf sich wider die Erde und ward alsbald zum Heldenjüngling; er pfiff und rief mit keckem Pfiff, mit kühnem Ruf:

«Grauer — Brauner,
Weiser Fuchs!
Steh vor mir
Wie das Blatt vor dem Grase.»

Das Roß rennt, die Erde zittert. Sturmheld saß auf und ritt davon; er band eine Bastfaser an sein Stöckchen, eilte seinen Gefährten nach und sagte zu ihnen: «Seht, Brüder, ohne welches Peitschchen ich nicht leben kann.» — «Pfui, Bruder, um welchen Dreck du dich kümmerst! In der Stadt hätten wir ein neues kaufen können.»

Sie ritten über die Steppe und durch Täler; der Tag war heiß, nicht zum Aushalten, und der Durst quälte sie. Da kamen sie an eine grüne Wiese mit saftigem Gras, und auf dem Grase stand ein hölzernes Bett. «Bruder Sturmheld! laß uns die Pferde auf der Wiese weiden und uns selbst auf dem Bett ausruhen; da ist auch ein Brunnen, vom kalten Wasser laß uns trinken.» Doch Sturmheld antwortete seinen Brüdern: «Der Brunnen steht einsam auf der Steppe, niemand schöpft und trinkt aus ihm.» Er sprang von seinem treuen Roß und fing an, den Brunnen zu hauen und zu schlagen: Blut floß in Strömen; sofort ward das Wetter trübe, die Hitze wich und der Durst verschwand. «Seht, Brüder, welch dickes Wasser! Blut mag es wohl scheinen.»

Sie ritten weiter. War es lang darauf, war es kurz — da kamen sie an einem wundervollen Garten vorüber. Ivan-Zarevitsch sagte zum ältesten Bruder: «Erlaube uns, ein Äpfelchen abzupflücken.» — «Heh, Brüder, der Garten steht einsam auf der Steppe, vielleicht sind die Äpfel alt und faul; ißt man sie, befällt einen Krankheit. Erst werd' ich hingehen und nachschauen!» Er ging in den Garten, fing an zu hauen und zu schlagen, hieb alle Bäume bis auf den letzten ab. Die Brüder jedoch wurden zornig auf ihn, weil er nicht nach ihrem Willen tat.

Sie ritten über Weg und Steg, die dunkle Nacht umfing sie; an einer Hütte langten sie an. «Bruder Sturmheld! schau, der Regen fällt, laß uns in der Hütte nächtigen.» — «Ach, Brüder! besser laßt uns Zelte aufschlagen und auf freiem Felde nächtigen, als in dieser Hütte. Sie ist alt, und wenn wir hineingehen, stürzt sie zusammen und erdrückt uns. Ich will aber absteigen und hineinschauen.» Er trat in die Hütte und fing an zu hauen — Blut spritzte empor! «Da seht ihr nun selber, was für eine Hütte das ist: durch und durch ist sie faul! Laßt uns weiterreiten.» Die Brüder murrten vor sich hin, ließen es aber nicht merken, daß sie sich ärgerten. Sie ritten weiter; da teilte sich der Weg. Sturmheld sagte: «Brüder! laßt uns den linken Weg nehmen.» Jene antworteten: «Reit wohin du willst, wir folgen dir nicht.» Und sie ritten rechts, Sturmheld jedoch links.

Sturmheld kam zu einem Dorf, und in diesem Dorf arbeiteten zwölf Schmiede. Da rief und pfiff er mit keckem Pfiff, mit kühnem Ruf: «Schmiede, Schmiede! kommt alle herbei!» Die Schmiede hörten es, alle zwölf eilten zu ihm: «Was willst du?» — «Zieht rings um die Schmiede eine eiserne Wand.» Sie gehorchten und vollbrachten es im Nu. «Schmiedet, Schmiede, zwölf eiserne Ruten und glüht die Zangen zu roter Glut! Ein Schwein wird zu euch gelaufen kommen und sagen: ‚Schmiede, Schmiede! gebt mir den Schuldigen heraus; gebt ihr mir den Schuldigen nicht, so werd' ich euch alle samt der Schmiede verschlingen!' Ihr aber sagt: ‚Ach, Mütterchen Schwein! nimm uns diesen Dummkopf nur fort, er fällt uns schon lange zur Last. Steck nur die Zunge zur Schmiede herein, dann setzen wir ihn dir schon drauf.'» Kaum hatte Sturmheld ihnen diesen Befehl erteilt, da war das Riesenschwein schon da und rief laut: «Schmiede, Schmiede! gebt mir den Schuldigen heraus!» Die Schmiede antworteten alle zugleich: «Mütterchen Schwein! nimm uns diesen Dummkopf nur fort, er fällt uns schon lange zur Last. Steck nur die Zunge zur Schmiede herein, dann setzen wir ihn dir schon drauf.» Das Schwein war dumm und gutgläubig, streckte die Zunge weit hervor. Sturmheld packte es an der Zunge mit heißen Zangen und schrie den Schmieden zu: «Nehmt die eisernen Ruten, haut zu aus Leibeskräften!» Sie schlugen so lange drauflos, bis die Rippen bloßlagen. «Und nun», sagte Sturmheld, «haltet einmal das Schwein, ich will ihm den Rest geben!» Er packte eine eiserne Rute, und wie er zuschlug, waren alle Rippen entzwei. Da begann das Schwein zu flehen: «Sturmheld! laß meiner armen Seele Zeit zu bereuen.» Sturmheld erwiderte: «Warum hast du meine Brüder verschlungen?» — «Deine Brüder geb' ich dir wieder zurück.» Er packte das Schwein an den Ohren; es erbrach, und beide Brüder sprangen mit ihren Rossen hervor. Da hob Sturmheld das Schwein empor und schleuderte es mit mächtigem Schwung auf die feuchte Erde; das Schwein barst in Stücke und ward zu einem unreinen Geist. Sturmheld sprach zu seinen Brüdern: «Seht ihr nun, Dummköpfe, wo ihr hingeraten seid?» Sie fielen auf die Knie: «Wir sind schuld, Sturmheld-Kuhsohn!» — «Jetzt laßt uns unseres Weges reiten; auf Hindernisse werden wir nicht mehr stoßen.»

Sie kamen in ein Zarenreich, zum indischen König, und schlugen auf seinen Bannwiesen ihre Zelte auf. Der König erwachte am Morgen, schaute durch sein Fernrohr, erblickte die Zelte und rief seinen ersten Minister zu sich. «Geh hin, Bruder! nimm dir ein Pferd aus dem Stall, reit auf die Bannwiesen und erfahre, was für Frechlinge angekommen sind und ohne meine Erlaubnis Zelte aufgeschlagen und Feuer angezündet haben auf meinen Bannwiesen.»

Der Minister ritt hin und fragte: «Was seid ihr für Leute, Zaren oder Zarensöhne, Könige oder Königssöhne oder großmächtige Helden?» Antwortete Sturmheld-Kuhsohn: «Wir sind großmächtige Helden und gekommen, um die Königstochter zu freien. Melde deinem König, er möge seine Tochter Ivan-Zarevitsch zum Ehgemahl geben; gibt er aber seine Tochter nicht, soll er ein Heer aussenden.» Der König fragte seine Tochter, ob sie wohl Ivan-Zarevitsch folgen wolle. «Nein, Väterchen, ich will ihn nicht zum Mann; schick ein Heer aus.»

Gleich wurden die Hörner geblasen, die Trommeln gerührt, das Heer sammelte sich und marschierte auf die Bannwiesen; so groß war es, daß Ivan-Zarevitsch und Ivan-Magdsohn erschraken. Unterdessen kochte Sturmheld-Kuhsohn eine dünne Grütze zum Frühmahl und rührte sie mit dem Kochlöffel um; er ging dann hinaus und sowie er mit dem Löffel ausholte und zuschlug, lag die Hälfte des Heeres am Boden; er kehrte zurück, rührte die Grütze wieder um, ging abermals hinaus, schlug zu — und die zweite Hälfte des Heeres lag auf dem Platz; nur einen Einäugigen ließ er übrig und noch einen Blinden. «Meldet dem König», sagte er, «daß er seine Tochter Marja, das Königskind, dem Ivan-Zarevitsch zur Frau geben möge; tut er es nicht, soll er ein Heer aussenden und selbst hinausreiten.» Der Einäugige und der Blinde kamen zu ihrem König und sagten: «Herr! Sturmheld befahl, dir zu melden, daß du deine Tochter Ivan-Zarevitsch zur Frau geben sollst; er war sehr zornig, hat uns alle mit dem Kochlöffel zu Boden geschlagen.» Der König trat bei seiner Tochter ein und sprach: «Mein liebes Kind! nimm Ivan-Zarevitsch zum Mann.» Die Tochter antwortete: «Es bleibt nichts übrig, ich werd' ihn nehmen müssen. Befiehl, Väterchen, daß man ihm einen Wagen schickt.» Der König sandte sofort einen Wagen, selbst stand er am Tor und wartete. Ivan-Zarevitsch kam mit seinen beiden Brüdern. Der König empfing sie mit Musik und Paukenschall, höflich und freundlich, und setzte sie an die Eichentische, bedeckt mit gestickten Tüchern, beladen mit süßen Speisen und mit Honiggetränken. Da flüsterte Sturmheld Ivan-Zarewitsch zu: «Gib acht, Ivan-Zarevitsch, die Königstochter wird zu dir treten und bitten: ‚Erlaube mir, auf ein Stündchen hinauszugehen!' Du aber antworte: ‚Geh, auch für zwei, wenn du willst.'»

Nachdem die Königstochter eine Weile gesessen war, kam sie zum Zarensohn und sagte: «Gestatte mir, Ivan-Zarevitsch, in das andere Zimmer zu gehen, mich umzukleiden.» Ivan-Zarevitsch erlaubte es; sie ging aus dem Zimmer hinaus, Sturmheld aber hinter ihr mit leisem Schritt. Die Königstochter warf sich auf die Treppe, verwandelte sich in eine Taube und flog hinaus zum Meer. Sturmheld warf sich zur Erde, verwandelte sich in einen Falken und flog hinter ihr drein. Die Königstochter erreichte das Meer, warf sich auf die Erde, verwandelte sich in die schöne Jungfrau und sprach: «Großväterchen, goldenes Köpfchen, silbernes Bärtchen! Laß mich mit dir reden.» Großväterchen reckte sich aus dem blauen Meer empor: «Was brauchst du, mein Enkelchen?» — «Ivan-Zarewitsch freit um mich; ich wollte seine Frau nicht werden, aber nun ist unser ganzes Heer erschlagen. Gib mir, Großväterchen, von deinem Kopf drei goldene Haare, die werd' ich dem Zarensohn vorweisen: ‚Erkenne, Ivan-Zarewitsch, aus welcher Wurzel wuchs dieses Gras?'» Großväterchen gab ihr drei Haare; sie warf sich auf die Erde, verwandelte sich in eine Taube und flog heim. Dann aber warf sich Sturmheld zur Erde, verwandelte sich in eben so eine Jungfrau und sprach: «Großväterchen, Großväterchen! komm noch einmal hervor und rede mit mir: ich hab' vergessen, dir noch ein Wort zu sagen.» Kaum hatte Großväterchen seinen Kopf aus dem Wasser emporgestreckt, als Sturmheld ihn packte und ihm den Kopf abriß. Dann warf er sich zur Erde, verwandelte sich in einen Adler und flog zum Palast, schneller als die Königstochter. Er rief den Zarensohn auf den Flur hinaus. «Hier, Ivan-Zarewitsch, nimm diesen Kopf. Die Königstochter wird vor dich treten, dir drei Haare weisen und sagen: ‚Erkenne, Ivan-Zarevitsch, aus welcher Wurzel wuchs dieses Gras?' Dann zeige ihr den Kopf.» — Die Königstochter trat heran, wies Ivan-Zarevitsch die drei Haare und sagte: «Errate, Zarensohn, aus welcher Wurzel wuchs dieses Gras? Erkennst du sie, folg' ich dir als Gattin, wenn nicht — sei nicht zornig auf mich!» Ivan-Zarevitsch aber zog unter dem Rockschoß den Kopf hervor, warf ihn auf den Tisch und sprach: «Da hast du die Wurzel!» Die Königstochter dachte bei sich: «Tüchtig sind die Burschen!» Sie bat: «Gestatte mir, Ivan-Zarevitsch, mich im anderen Zimmer umzukleiden.» Der Zarensohn erlaubte es; sie ging hinaus auf die Treppe, warf sich zur Erde nieder, verwandelte sich in eine Taube und flog wieder fort zum Meer. Sturmheld packte den Kopf, ging auf den Hof, warf den Kopf gegen die Treppe und sagte dazu: «Wo du früher warst, sei auch nun wieder!» Der Kopf flog dahin, war eher zur Stelle als die Königstochter und wuchs am Körper an. Die Königstochter hielt am Meer, warf sich zur Erde und verwandelte sich in die schöne Jungfrau: «Großväterchen, Großväterchen! komm hervor, sprich mit mir.» Er reckte sich empor und fragte: «Was brauchst du, Enkelchen?» — «Was? dein Kopf war nicht dort?» — «Weiß nicht, Enkelchen! hab' tief geschlafen.» — «Nein, Groväterchen, dein Kopf ist dort gewesen.» — «So wird man wohl den Kopf abgerissen haben, als du das letztemal hier warst und ein Wörtchen mit mir reden wolltest.» Sie warf sich zur Erde, verwandelte sich in eine Taube und flog heim; kleidete sich in ein anderes Gewand, trat ein und setzte sich neben Ivan-Zarevitsch nieder.

Am nächsten Tage fuhren sie zur Trauung, die Ehe zu schließen. Als sie zurückgekehrt waren, führte Sturmheld Ivan-Zarevitsch fort, wie um zu zeigen, wo ihm das Schlafgemach gerüstet worden war, gab ihm drei Ruten, eine eiserne, eine kupferne, eine dritte aber aus Zinn, und sagte: «Willst du am Leben bleiben, so erlaube mir, an deiner Stelle mich zur Königin zu legen.» Der Zarensohn war einverstanden. — Der König führte das junge Paar zum Ehebett. Da löste Sturmheld-Kuhsohn den Zarensohn ab. Kaum lag er, so begann er zu schnarchen. Die Königstochter legte den Fuß auf ihn, legte auch den zweiten dazu, dann nahm sie ein Kissen und begann den Helden zu ersticken. Sturmheld aber sprang empor, packte die eiserne Rute und fing an, die Königin zu schlagen; schlug sie so lange, bis die Rute zerbrach. Dann nahm er die kupferne, und auch die ging in Stücke; zuletzt schlug er mit der zinnernen. Die Königin begann zu flehen und verschwor sich mit hohen Eiden, nie mehr solche Dinge zu tun. Am Morgen erhob sich Sturmheld und ging zu Ivan-Zarevitsch: «Nun, Bruder, geh hin und sieh, wie deine Frau von mir gezähmt ist; die drei Ruten, die bereit waren, hab' ich alle an ihr zerschlagen. Fortan lebt in Frieden, liebt einander und vergeßt meiner nicht.»

DER UNSTERBLICHE KOSCHTSCHEJ

Es war einmal ein Zar, der hatte einen einzigen Sohn. Als dieser noch klein war, wiegten ihn die Ammen und Wärterinnen in Schlaf und sangen: «Eia, popeia, Ivan-Zarevitsch! groß wirst du werden, eine Braut für dich finden: hinter dreimal neun Ländern, im dreimal zehnten Reich, da sitzt Vassilissa, Kirbits Tochter, im Turm, sichtbar fließt ihr das Mark von einem Knöchelchen ins andere.»

Als der Zarensohn fünfzehn Jahre alt geworden war, erbat er seines Vaters Erlaubnis, in die Welt hinaus zu reiten und sich die Braut zu suchen.

«Wohin willst du denn reiten? Du bist ja noch viel zu klein!»

«Nein, Väterchen! Als ich klein war, wiegten mich die Ammen und Wärterinnen in Schlaf und taten mir kund, wo meine Braut lebt; jetzt will ich fortreiten und sie aufsuchen.»

Der Vater segnete ihn und sandte in alle Reiche die Botschaft, daß sein Sohn Ivan auf die Brautsuche geritten sei.

Der Zarensohn kam in eine Stadt, stellte sein Pferd ein und ging durch die Straßen spazieren. Da sah er, wie man auf dem Marktplatz einen Menschen durchpeitschte.

«Wofür», fragte er, «schlagt ihr diesen mit der Knute?» — «Dafür, weil er einem angesehenen Kaufmann zehntausend Rubel schuldet und sie nicht zur rechten Zeit zurückgezahlt hat; wer ihn aber loskauft, dem wird der unsterbliche Koschtschej die Frau entführen.»

Da bedachte sich der Zarensohn, überlegte sich's und ging davon. Er spazierte in der Stadt umher und kam wieder auf den Marktplatz, dort aber schlug man jenen Mann noch immer. Ivan-Zarevitsch fühlte Mitleid mit ihm und beschloß, ihn loszukaufen. «Ich hab' ja keine Frau», dachte er, «mir kann auch keine entführt werden.» Er bezahlte zehntausend Rubel und ging nach Hause. Da lief ihm jener nach, den er freigekauft hatte, und schrie: «Dank dir, Ivan-Zarevitsch! Hättest du mich jedoch nicht losgekauft, würdest du bis in alle Ewigkeit deine Braut nicht gewinnen. Jetzt aber will ich dir helfen; kauf mir schnell ein Pferd und einen Sattel.» Der Zarensohn kaufte ihm Pferd und Sattel und fragte: «Wie ist denn dein Name?» — «Stahlheld werd' ich genannt.»

Sie saßen auf und ritten über Weg und Steg. Als sie in das dreimal zehnte Reich kamen, sagte Stahlheld: «Jetzt, Ivan-Zarevitsch, befiehl Hühner, Enten und Gänse zu kaufen und zu braten, damit von allem reichlich da sei! Ich aber gehe dir die Braut zu verschaffen. Doch gib acht: jedesmal, wenn ich zu dir gelaufen komme, schneide von einem der Braten das rechte Flügelchen ab und reich es mir auf einem Teller.»

Stahlheld ging geradeswegs zum hohen Turm,

in dem Vassilissa, Kirbits Tochter, saß, warf mit leichter Hand Steinchen in die Höh und zerbrach den vergoldeten Dachfirst. Dann lief er zu Ivan-Zarensohn zurück und rief: «Was schläfst du! Gib mir ein Huhn.»

Ivan schnitt das rechte Flügelchen ab und reichte es auf einem Teller. Stahlheld nahm ihn, lief zum Turm und rief: «Guten Tag, Vassilissa, Kirbits Tochter! Ivan-Zarensohn befahl Euch zu grüßen und bat mich, dieses Hühnchen Euch zu überbringen.»

Sie erschrak, saß da und erwiderte nichts; er aber antwortete statt ihrer selbst: «Guten Tag, Stahlheld! Ist Ivan-Zarevitsch wohlauf?» — «Gottlob, er ist gesund.» — «Aber was stehst du da, Stahlheld? Nimm das Schlüsselchen, öffne das Schränkchen, trink ein Gläschen Schnaps und geh mit Gott.»

Stahlheld kam zu Ivan-Zarensohn gelaufen und rief: «Was sitzt du da! Gib mir eine Ente.»

Ivan schnitt das rechte Flügelchen ab und reichte es auf einem Teller. Stahlheld nahm es und brachte es zum Turm.

«Guten Tag, Vassilissa, Kirbits Tochter! Ivan-Zarevitsch befahl Euch zu grüßen und schickt Euch diese Ente.»

Sie saß und erwiderte nichts, er aber antwortete statt ihrer selbst: «Guten Tag, Stahlheld! Ist der Zarensohn wohlauf?» — «Gottlob, er ist gesund!» — «Aber was stehst du da, Stahlheld? Nimm das Schlüsselchen, öffne das Schränkchen, trink ein Gläschen Schnaps und geh mit Gott.»

Stahlheld kam zu Ivan-Zarensohn gelaufen und sagte wiederum zu ihm: «Was sitzt du da! Gib mir eine Gans.»

Ivan schnitt das rechte Flügelchen ab, legte es auf einen Teller und reichte es ihm. Stahlheld nahm es und trug es zum Turm.

«Guten Tag, Vassilissa, Kirbits Tochter! Ivan-Zarevitsch befahl Euch zu grüßen und schickt Euch eine Gans.»

Da nahm Vassilissa, Kirbits Tochter, sogleich den Schlüssel, öffnete den Schrank und reichte ein Gläschen Schnaps. Stahlheld aber ergriff nicht das Gläschen, sondern faßte die Jungfrau bei der rechten Hand, zog sie heraus aus dem Turm und setzte sie zu Ivan-Zarevitsch auf das Pferd. Dann sprengten die kühnen Burschen mit der wunderschönen Jungfrau davon, was die Pferde laufen wollten.

Am andern Morgen erwachte Zar Kirbit, erhob sich und sah, daß der Dachfirst des Turmes zerbrochen, seine Tochter aber entführt war. Er geriet in großen Zorn und befahl, auf allen Wegen und Stegen die Verfolgung aufzunehmen.

War es lang darauf, war es kurz, daß unsere Helden fortgeritten waren — da nahm Stahlheld seinen Ring vom Finger, versteckte ihn und sagte: «Reit zu, Ivan-Zarevitsch, ich aber will umkehren, meinen Ring zu suchen.»

Doch Vassilissa, Kirbits Tochter, suchte ihn zu überreden: «Laß uns nicht allein, Stahlheld! Willst du, so geb' ich dir meinen Ring.»

Stahlheld antwortete: «Es geht nicht, Vassilissa! Mein Ring ist unersetzlich: meine Mutter hat ihn mir gegeben und gesagt: ‚Trag ihn, verlier ihn nicht und vergiß deiner Mutter nicht!'»

Stahlheld sprengte zurück und stieß unterwegs auf die Verfolger. Er schlug sie alle tot, ließ nur einen einzigen übrig, damit er dem Zaren Kunde brächte, und dann eilte er Ivan-Zarevitsch nach.

War es lang darauf, war es kurz, daß sie geritten waren, da versteckte Stahlheld sein Tuch und sagte: «Ach, Ivan-Zarevitsch! Ich hab' mein Tuch verloren; reitet ihr nur über Weg und Steg, ich werd' euch bald wieder einholen.»

Er kehrte um, ritt einige Werst zurück und traf auf eine zweimal größere Zahl Verfolger, erschlug sie alle und kehrte zu Ivan-Zarevitsch zurück. Der fragte ihn: «Hast du dein Tuch gefunden?» — «Ja, ich hab' es gefunden.»

Die dunkle Nacht überfiel sie, da schlugen sie ihr Zelt auf. Stahlheld legte sich schlafen, ließ aber Ivan-Zarevitsch Wache stehn und sagte zu ihm: «Rührt sich etwas, so weck mich auf.»

Der Zarensohn stand und stand und wurde müde; der Schlaf überfiel ihn, er setzte sich beim Zelte nieder und schlief ein. Da trug der unsterbliche Koschtschej, ehe man sich's versah, Vassilissa, Kirbits Tochter, weg.

Als die Morgenröte emporstieg, erwachte Ivan-Zarevitsch, sah, daß seine Braut verschwunden war und fing an bitterlich zu weinen. Auch Stahlheld wachte auf und fragte ihn: «Warum weinst du?» — «Wie sollt' ich nicht weinen? Jemand hat Vassilissa, Kirbits Tochter, entführt.» — «Ich hab' dir doch gesagt: steh Wache! Der unsterbliche Koschtschej hat es getan; komm, laß uns ihn suchen.»

Lange, lange waren sie geritten, da sahen sie zwei Hirten eine Herde hüten.

«Wessen Herde ist das?» Die Hirten antworteten: «Sie gehört dem unsterblichen Koschtschej.»

Stahlheld und Ivan-Zarevitsch fragten die Hirten aus, wie weit es sei bis zum Hause Koschtschejs, wie man dahin käme, wann sie mit den Herden heimkehrten und wo sie sie einsperrten. Dann stiegen sie von den Rossen, drehten den Hirten die Hälse um, legten ihre Kleider an und trieben die Herden nach Hause; sie trieben sie bis zum Tor und blieben dort stehn.

Vassilissa, Kirbits Tochter, hielt sich eine Ziege und jeden Morgen und jeden Abend badete sie sich in deren Milch.

Eine Magd kam mit einer Schüssel gelaufen, melkte die Ziege und trug die Milch fort; Stahlheld aber nahm den Ring, den Vassilissa, Kirbits Tochter, Ivan-Zarevitsch zum Geschenk gemacht hatte, und warf ihn in die Schüssel.

«Heh, ihr guten Gesellen!» sagte das Mädchen, «ihr treibt bösen Unfug!»

Sie kam zu Vassilissa, Kirbits Tochter, und beklagte sich: «Heute haben die Hirten uns verhöhnt: sie warfen einen Ring in die Milch!» Jene antwortete ihr: «Laß die Milch stehn, ich selbst werde sie durchseihen.»

Sie tat es, erblickte ihren Ring und befahl, die Hirten herbeizuholen. Die Hirten kamen.

«Guten Tag, Vassilissa, Kirbits Tochter!» sagte Stahlheld. «Guten Tag, Stahlheld! Guten Tag, Zarensohn! Wie hat Gott euch hierhergeführt?» — «Wir sind Euch holen gekommen, Vassilissa, Kirbits Tochter; Ihr könnt uns nirgends verborgen bleiben, und wenn's auf dem Boden des Meeres wäre — selbst dort würden wir Euch finden!»

Sie setzte die beiden an den Tisch, gab ihnen allerlei Speisen zu essen und Weine zu trinken. Dann sagte Stahlheld: «Wenn der unsterbliche Koschtschej von der Jagd zurückkehrt, dann frag ihn aus, Vassilissa, Kirbits Tochter, wo sein Tod ist. Jetzt aber wär' es gut, daß wir uns versteckten.»

Kaum hatten sich die Gäste verborgen, als der unsterbliche Koschtschej von der Jagd angeflogen kam. «Pfui, pfui», sagte er, «früher war hier von Menschenfleisch nichts zu spüren und nichts zu merken, jetzt aber seh' ich Menschenfleisch mit eigenen Augen und schmeck' es auf den eigenen Lippen.» Vassilissa, Kirbits Tochter, erwiderte: «Du bist ja selbst zu den Menschen geflogen, hast den Geruch wohl dort eingesogen, darum witterst du ihn auch hier!»

Koschtschej aß zu Mittag und legte sich dann hin, um auszuruhen. Vassilissa, Kirbits Tochter, kam zu ihm, warf sich ihm an den Hals, herzte und küßte ihn und sagte: «Mein liebster Freund, mit Sehnsucht hab' ich dich erwartet! Ich fürchtete schon, dich nicht mehr lebend wiederzusehen; dachte, die reißenden Tiere hätten dich gefressen!»

Koschtschej lachte auf: «Dummes Weib! Lange Haare, kurzer Verstand! Können mich denn die wilden Tiere fressen?» — «Ja, wo ist denn aber dein Tod?» — «Mein Tod, der ist im Besen, wälzt sich dort unter der Schwelle.»

Kaum war Koschtschej wieder fortgeflogen, als Vassilissa, Kirbits Tochter, zu Ivan-Zarevitsch gelaufen kam. Stahlheld fragte sie: «Sag an, wo ist denn der Tod Koschtschejs?» — «Im Besen dort unter der Schwelle.» — «Nein, das ist gelogen! Du mußt ihn schlauer ausfragen.»

Vassilissa, Kirbits Tochter, dachte sich gleich etwas aus: sie hob den Besen auf, vergoldete ihn und schmückte ihn mit farbigen Bändern und legte ihn auf den Tisch.

Als der unsterbliche Koschtschej wieder angeflogen kam, sah er den vergoldeten Besen au dem Tisch und fragte: «Warum hast du das getan?» — «Es geht nicht an», antwortete Vassilissa, «daß dein Tod sich unter der Schwelle wälzt; er soll besser hier auf dem Tische liegen.» — «Ha, ha, ha, dummes Weib! Lange Haare, kurzer Verstand! Ist denn mein Tod dort drin?» — «Aber, wo ist er denn?» — «Mein Tod ist im Ziegenbock verborgen.»

Kaum war Koschtschej fort zur Jagd, als Vassilissa, Kirbits Tochter, den Ziegenbock mit Bändern und Glöckchen schmückte und ihm die Hörner vergoldete. Als Koschtschej das erblickte, lachte er wieder auf: «Ach, dummes Weib! Lange Haare, kurzer Verstand! Mein

Tod ist weit von hier: im Meer, im fernen Ozean, liegt eine Insel, auf der Insel aber steht eine Eiche, und unter der Eiche ist ein Kasten vergraben; im Kasten ist ein Hase, im Hasen — eine Ente, in der Ente — ein Ei, im Ei aber, da steckt mein Tod!»

Er sagte es und flog davon.

Vassilissa, Kirbits Tochter, erzählte Stahlheld und Ivan-Zarevitsch alles wieder; sie steckten Vorräte zu sich und gingen den Tod Koschtschejs suchen.

War es lang, war es bald darauf — da hatten sie ihren ganzen Vorrat aufgezehrt und fingen an zu hungern. Eine Hündin mit Jungen kam ihnen entgegen.

«Ich will sie töten», sagte Stahlheld, «denn wir haben nichts mehr zu essen.» — «Töte mich nicht, und mach meine Kinder nicht zu Waisen», bat die Hündin; «ich selbst werde dir noch nützlich sein.» — «Dann sei Gott mit dir!»

Sie gingen weiter; da saß auf einer Eiche ein Adler mit seinen Jungen. Stahlheld sagte: «Ich werde den Adler töten.» Der Adler erwiderte: «Töte mich nicht, mach meine Kinder nicht zu Waisen; ich selbst werde dir noch nützen!» — «Mag es so sein, leb weiter und bleib gesund!»

Sie kamen zum Meer, zum breiten Ozean; am Ufer aber kroch ein Krebs. Stahlheld sagte: «Ich werd' ihn töten.» Der Krebs antwortete: «Töte mich nicht, guter Held! Du hast an mir wenig Gewinn; ißt du mich auch — satt wirst du doch nicht. Kommt aber die Zeit, so werd' ich dir nützlich sein!» — «Nun, dann kriech mit Gott!» sagte Stahlheld, schaute hinaus auf das Meer, erblickte einen Fischer im Boot und rief ihm zu: «Leg am Ufer an!»

Der Fischer kam mit dem Boot heran; Ivan-Zarensohn und Stahlheld setzten sich hinein und fuhren zu der Insel; sie langten dort an und gingen zur Eiche. Stahlheld packte die Eiche mit riesenstarken Armen und riß sie samt der Wurzel aus; dann zog er den Kasten hervor, öffnete ihn: ein Hase sprang heraus und lief davon, was das Zeug hielt.

«Ach, wenn doch jetzt die Hündin da wäre!» sagte Ivan-Zarevitsch, «die würde den Hasen schon fangen.» Und sieh! da schleppte die Hündin schon den Hasen herbei. Stahlheld zerriß ihn, und aus dem Hasen flog eine Ente hervor und schwang sich hoch empor gen Himmel.

«Ach, wenn doch jetzt der Adler da wäre!» rief Ivan-Zarevitsch aus, «der würde die Ente schon fangen.»

Der Adler aber trug die Ente schon herbei. Stahlheld zerriß die Ente — ein Ei kollerte heraus und fiel ins Meer.

«Ach, wenn der Krebs doch das Ei herausholte!» sagte der Zarensohn.

Der Krebs aber kroch schon heran und schleppte das Ei. Sie nahmen es mit, gingen zurück zum unsterblichen Koschtschej und warfen ihm das Ei an die Stirn — er streckte alle viere von sich und war tot. Ivan-Zarevitsch aber machte sich mit Vassilissa, Kirbits Tochter, auf den Weg.

Sie ritten und ritten; die dunkle Nacht überfiel

sie; da schlugen sie ihr Zelt auf, und Vassilissa, Kirbits Tochter, legte sich schlafen. Stahlheld sagte: «Leg auch du dich hin, Zarensohn, ich werde Wache stehn.»

Mitten in finsterer Nacht kamen zwölf Tauben geflogen, schlugen Flügel wider Flügel und verwandelten sich in zwölf Jungfrauen. Sie sprachen: «Stahlheld und Ivan-Zarevitsch! Ihr habt unsern Bruder Koschtschej getötet, ihr habt unsere Brudersfrau Vassilissa entführt, dafür wird euch nichts Gutes widerfahren: wenn Ivan-Zarevitsch heimkommt und befiehlt, sein Lieblingshündchen ihm vorzuführen, so wird es dem Wärter entspringen und den Zarensohn in kleine Stücke zerreißen; wer das aber hört und sagt es ihm, der wird bis an die Knie zu Stein!»

Am Morgen früh weckte Stahlheld den Zarensohn und Vassilissa, Kirbits Tochter; sie machten sich auf und ritten über Weg und Steg. Die zweite Nacht ereilte sie; auf freiem Feld schlugen sie das Zelt auf. Wieder sagte Stahlheld: «Leg dich schlafen, Ivan-Zarevitsch, ich aber werde wachen.»

Mitten in finsterer Nacht kamen die zwölf Tauben geflogen, schlugen Flügel wider Flügel und verwandelten sich in zwölf Jungfrauen. Sie sprachen: «Stahlheld und Ivan-Zarevitsch! Ihr habt unsern Bruder Koschtschej getötet, ihr habt unsere Brudersfrau Vassilissa entführt, dafür wird euch nichts Gutes widerfahren: wenn Ivan-Zarevitsch heimkommt und befiehlt, sein Lieblingsroß ihm vorzuführen, auf dem er seit seiner Kindheit gewohnt ist zu reiten, wird das

Roß sich vom Stallknecht losreißen und den Zarensohn zu Tode schlagen; wer das aber hört und sagt es ihm, der wird bis an den Gürtel zu Stein!»

Der Morgen kam, und sie ritten weiter. Die dritte Nacht ereilte sie; das Zelt schlugen sie auf und nächtigten auf freiem Felde. Stahlheld sagte: «Leg dich schlafen, Ivan-Zarevitsch, ich aber werde wachen.»

Wieder kamen mitten in finsterer Nacht die zwölf Tauben geflogen, schlugen Flügel wider Flügel und verwandelten sich in zwölf Jungfrauen.

«Stahlheld und Ivan-Zarevitsch! Ihr habt unsern Bruder Koschtschej getötet, ihr habt unsere Brudersfrau Vassilissa entführt, dafür wird euch nichts Gutes widerfahren: wenn Ivan-Zarevitsch heimkommt und befiehlt, seine Lieblingskuh ihm vorzuführen, deren Milch er seit seiner Kindheit trinkt, wird die Kuh sich vom Viehknecht losreißen und den Zarensohn auf die Hörner nehmen; wer uns aber sieht und hört und sagt es ihm, der wird vom Kopf bis zu den Füßen zu Stein!»

So sprachen sie, verwandelten sich in Tauben und flogen davon.

Am Morgen früh erwachten Ivan-Zarevitsch und Vassilissa, Kirbits Tochter, und machten sich auf den Weg. Sie langten zu Hause an, und der Zarensohn hielt Hochzeit mit Vassilissa, Kirbits Tochter.

Einen Tag darauf oder zwei sagte er zu ihr: «Willst du, ich werde dir mein Lieblingshündchen zeigen? Als ich klein war, hab' ich immer mit ihm gespielt.»

Stahlheld nahm seinen Säbel, schliff ihn haarscharf und stellte sich an die Freitreppe. Da führte man das Hündchen herbei; es riß sich vom Wärter los und lief geradeswegs auf die Freitreppe zu, Stahlheld aber holte mit dem Säbel aus und hieb es mitten durch. Ivan-Zarevitsch ward zornig auf ihn, schwieg aber wegen der vielen Dienste, die er ihm geleistet hatte, und sagte nichts dawider.

Am nächsten Tage befahl er, sein Lieblingsroß vorzuführen; das Roß zerriß die Halfter, lief dem Stallknecht davon und rannte geradeswegs auf den Zarensohn zu; Stahlheld aber schlug ihm den Kopf ab. Ivan-Zarevitsch geriet in noch größeren Zorn und wollte Befehl geben, ihn aufzuhängen; aber Vassilissa, Kirbits Tochter, bat ihn: «Wenn er nicht gewesen wäre, hättest du mich nie erlangt!»

Am dritten Tage befahl Ivan-Zarevitsch, seine Lieblingskuh vorzuführen; sie riß sich vom Viehknecht los und rannte geradeswegs auf den Zarensohn zu. Stahlheld schlug ihr den Kopf ab. Da geriet Ivan-Zarevitsch in solche Wut, daß er auf keinen mehr hörte. Er befahl, den Henker zu rufen und Stahlheld sofort aufzuhängen.

«Ach, Ivan-Zarevitsch! Willst du mich durch den Henker richten lassen, so will ich lieber freiwillig sterben. Erlaube mir nur, drei Dinge zu sagen.»

Und Stahlheld erzählte von der ersten Nacht,

wie auf dem freien Felde die zwölf Tauben angeflogen kamen und was sie gesagt hatten — und sogleich ward er zu Stein bis an die Knie. Er erzählte von der nächsten Nacht — und ward zu Stein bis an den Gürtel.

Da bat ihn Ivan-Zarevitsch, er möge nicht bis zu Ende erzählen; aber Stahlheld antwortete: «Jetzt ist alles gleich: bin ich schon bis zur Hälfte zu Stein geworden, so lohnt es nicht mehr zu leben!» Und er erzählte von der dritten Nacht und ward ganz zu Stein.

Ivan-Zarevitsch ließ ihn in ein besonderes Gemach bringen und ging jeden Tag mit Vassilissa, Kirbits Tochter, dorthin und weinte bitterlich.

Danach vergingen viele Jahre. Und einmal, als Ivan-Zarevitsch wieder über dem versteinerten Stahlheld Tränen vergoß, hörte er eine Stimme aus dem Steine sprechen: «Warum weinst du? Mir ist das Herz schwer genug!» — «Wie sollt' ich nicht weinen? Ich war ja dein Verderben.» — «Willst du, so kannst du mich wohl retten. Du hast zwei Kinder, einen Sohn und eine Tochter, nimm und schlachte sie, zapf ihr Blut ab und bestreiche mit dem Blut den Stein.»

Ivan-Zarevitsch erzählte Vassilissa, Kirbits Tochter, was er gehört hatte. Sie wurden beide traurig und grämten sich; aber zuletzt beschlossen sie, ihre Kinder zu töten. Sie schlachteten sie und zapften das Blut ab; und kaum hatten sie den Stein bestrichen, als Stahlheld wieder lebendig wurde.

Er fragte den Zarensohn und seine Frau: «Ist es euch leid um eure Kinder?» — «Ja, Stahlheld, sehr leid.»

Da schnitt sich Stahlheld in den Finger und machte mit seinem Blut ein Kreuz auf die Kinder des Zarensohnes — und sie wurden in demselben Augenblick wieder lebendig. Vater und Mutter waren sehr froh und ließen in ihrer Freude ein reiches Mahl richten für alle Welt.

Bei dem Schmaus, auf mein Wort,
Met und Wein trank ich dort!
Übern Schnurrbart floß es,
  kam nicht in den Mund hinein,
Doch ich fühlte trunken mich
  und satt wie ein Schwein.

SCHWESTER UND BRAUT

in junger König hatte eine schöne Schwester und wollte auch gerne heiraten, konnte aber keine Prinzessin finden, die so schön gewesen wäre wie seine Schwester. Da erbot sich die Schwester, für ihn eine schöne Braut zu suchen, und machte sich auf und reiste im Lande umher. Als sie schon lange unterwegs gewesen war und viele andere Länder durchreist hatte, kam sie in einem Walde an ein kleines Hüttchen, da saß ein sehr schönes Mädchen am Fenster und webte. Die Schwester des jungen Königs merkte sogleich, daß dieses Mädchen und kein anderes ihrem Bruder zur Frau bestimmt sei. Sie ging in die Hütte hinein und machte mit dem Mädchen Bekanntschaft. Beide gewannen einander sehr lieb. Die Prinzessin erzählte dem fremden Mädchen, zu welchem Zwecke sie umherreise, und sagte ihr dann, daß sie jetzt die Braut für ihren Bruder gefunden habe, nämlich sie selbst, und sie müßte auch gleich sie zu ihrem Bruder begleiten. Das junge Mädchen war darüber sehr erfreut und sagte: «Ja, ich will sehr gerne die Frau deines Bruders werden; aber erstens muß ich zuvor noch die Leinwand ausweben, die auf dem Webstuhl ist, und das wird einige Zeit dauern, und zweitens ist meine Mutter eine Hexe und wird mich nicht gehen lassen wollen, da werden wir viel aushalten müssen. Jetzt ist sie nicht zu Hause; aber ich merke, daß sie nur noch dreißig Meilen von hier entfernt ist, und wenn sie dich hier findet, so bringt sie dich um. Ich will dich in eine Kohle verwandeln, dann findet sie dich nicht.» Das tat sie denn auch und legte sie unter die anderen Kohlen in den Ofen. Als die Mutter ankam, roch sie gleich, daß sich ein Mensch in ihrem Hause befände, aber die Tochter versicherte, dies sei nicht der Fall; auch sei es ja unmöglich, daß in diese Wildnis je ein Mensch kommen könne; und so beruhigte sie sich. Als sie den andern Tag wieder das Haus verließ, ihren Geschäften nachzugehen, verwandelte ihre Tochter die Kohle wieder in die

Prinzessin, und sie webten fleißig, um bald fertig zu werden. Als aber die Hexe dem Hause sich wieder näherte und die Tochter dies merkte, verwandelte sie die Prinzessin in eine Erbse und legte diese unter die anderen Erbsen in ein Gefäß. Die Alte kam und fragte wieder: «Es riecht mir hier nach Menschenfleisch»; aber die Tochter versicherte, daß dies nicht möglich sei. «Hast du für mich nicht etwas zu essen?» fragte die Alte. «Nichts weiter als jene rohen Erbsen», antwortete die Tochter. Nun setzt sich die Hexe an die Erbsen und frißt fast alle auf, nur drei bleiben übrig, aber darunter auch die Prinzessin. Den dritten Tag, als die Alte wieder weggegangen war, entzauberte das Mädchen die Prinzessin wieder. Sie arbeiteten eifrig fort und webten die Leinwand zu Ende und machten sich auf den Weg in die Heimat der Prinzessin. Die Tochter der Hexe nahm aber zur Vorsicht einen Kamm, eine Bürste und ein Ei mit. Die alte Hexe kam mittlerweile nach Hause, und als sie die Tochter nicht zu Hause fand, merkte sie gleich, was geschehen war, rüstete sich aus und setzte ihnen nach. Die beiden jungen Mädchen sehen sich, weil sie das fürchten mußten, alle Augenblicke ängstlich um und erkennen zu ihrem Schrecken, daß sie ihnen wirklich nachfolgt und sich ihnen mehr und mehr nähert. Als sie ihnen schon ganz nahe ist, wirft die Tochter die Bürste hinter sich, und es entsteht ein dichter, wild verwachsener Wald, in den niemand einzudringen vermag. Nun kann die Alte nicht weiter und muß erst zurück und von zu Hause eine Axt holen, um sich einen Weg durchzuhauen. Wie sie damit fertig ist, will sie die Axt unter einen Strauch legen, da hört sie aber einen Vogel singen: «Ich will aufpassen, wo die Axt hingelegt wird, da werde ich sie mir dann holen!» — «Oho, das sollst du nicht», antwortet die Alte und läuft wieder zurück, um die Axt zu Hause zu verwahren. Nun läuft sie wieder den Mädchen nach, und da sie viel größere Schritte nehmen kann als irgendein Mensch, so ist sie ihnen bald so nahe, daß sie fürchten müssen, jeden Augenblick von ihr ergriffen zu werden. In ihrer Angst wirft die Tochter der Hexe den Kamm hinter sich, und es entstehen Schluchten und Berge und Felsen, daß kein Mensch imstande ist, hinüberzukommen. Nun muß die Alte wieder nach Hause, einen Spaten zu holen. Als sie sich endlich einen schmalen Weg geebnet hat, will sie, um schneller weiterzukommen, den Spaten nur unter einem Strauch verstecken. Da singt derselbe Vogel wieder: «Ich will aufpassen, wo der Spaten hingelegt wird, da werde ich ihn mir dann holen!» Die Hexe muß also wieder nach Hause, um den Spaten dort zu verwahren. Als sie darauf den Mädchen zum dritten Male schon ganz nahe gekommen war, wirft ihre Tochter das Ei hinter sich, und es entsteht ein großer zugefrorner See, und das Eis darauf ist spiegelglatt. Wie die Alte hinüber will, fällt sie hin und bricht sich Hals und Bein. Nun können die Mädchen ruhig weiterziehen. Als sie in das Land gekommen waren, wo die Prinzessin zu Hause war, und sich schon dem Schlosse näherten, wo der Bruder der Prinzessin wohnte, da verwandelte die Tochter der Hexe sich und die Prinzessin in zwei Tauben. In dieser Gestalt nährten sie sich eine Zeitlang in des Königs Hirsefeld. Eines Tages geht der Diener des Königs durch das Feld und hört, wie eine Taube singt: «Ich bin die Schwester des Königs, habe Länder durchreiset, um ihm eine Braut zu suchen, und nun ist sie hier.» Das erzählte der Diener dem Könige, der schickte einen anderen Diener in das Feld, zu erforschen, ob es auch wahr wäre, was jener erzählt hatte. Als dieser es bestätigte, ging er selbst hin, um sich zu überzeugen. Er hört dieselben Worte der Taube und ist sehr betrübt darüber, daß die Mädchen Vögel geworden sind, beschließt aber, sie zu fangen. Dies gelang endlich nach vieler Mühe. In demselben Augenblick wurden die Tauben wieder zu Mädchen. Aber die beiden Mädchen waren einander in allen Stücken so vollständig gleich, daß der König nicht erkennen konnte, welches die Schwester und welches die Braut sei. So wurde vorerst aus der Heirat noch nichts. Der König war hierüber sehr traurig. Als er eines Tages so recht betrübt durch die Straßen der Stadt ging, begegnete ihm eine Fleischersfrau und fragte ihn, warum er so betrübt sei. Er klagte ihr seine ganze Not, und daß er nach so langem Warten, da die Braut in seinem Schlosse wäre, Schwester und Braut nicht unterscheiden könne. «Oh, dafür weiß ich Rat», sagte die Frau; «nehmen Sie nur von uns Blut in einer Schweinsblase und befestigen Sie sich diese irgendwie auf der Brust; dann stellen Sie sich so recht traurig und verzagt, nehmen ein Messer aus der Tasche und tun so, als ob Sie sich erstechen; wenn dann die Mädchen das Blut sehen, werden sie zu Ihnen hinstürzen, und die Schwester wird zu Kopfende und die Braut zu Fußende sein.» Der König befolgte den Rat, und als nun die Braut zu seinen Füßen um ihn beschäftigt war, da stand er auf und hielt sie fest und erklärte, warum er sie so erschreckt hätte. Die Mädchen aber nahmen fortan jede ihre wirkliche Gestalt an. Da waren sie einander wohl sehr ähnlich, aber doch voneinander zu unterscheiden. Nun feierte der König die Hochzeit mit seiner Braut, und sie lebten miteinander glücklich viele Jahre.

VON DEN ZWÖLF MONATEN

Es war eine Mutter, die hatte zwei Töchter; die eine war ihre eigene, die andere ihre Stieftochter. Die eigene Tochter hatte sie sehr lieb, die Stieftochter konnte sie nicht einmal ansehen, bloß darum, weil Maruschka schöner war als Holena. Die gute Maruschka wußte von ihrer Schönheit nichts; sie konnte sich gar nicht erklären, warum die Mutter so böse sei, sooft sie sie ansehe. Alle Arbeit mußte sie selbst verrichten: die

Stube aufräumen, kochen, waschen, nähen, spinnen, weben, Gras zutragen und die Kuh besorgen. Holena putzte sich nur und ging müßig. Aber Maruschka arbeitete gern, war geduldig und ertrug das Schelten und Fluchen der Schwester und Mutter wie ein Lamm. Allein dies half nichts. Sie wurden von Tag zu Tag schlimmer, weil Maruschka je länger desto schöner, Holena desto garstiger ward. Die Mutter dachte: «Wozu soll ich die schöne Stieftochter im Hause leiden, wenn meine eigene Tochter nicht auch so ist? Die Burschen werden auf Brautschau kommen. Maruschka wird ihnen gefallen, Holena werden sie nicht haben wollen!» Von diesem Augenblicke an suchten sie die arme Maruschka loszuwerden; sie quälten sie mit Hunger, sie schlugen sie, doch sie ertrug's geduldig und ward von Tag zu Tag schöner. Sie ersannen Qualen, wie sie braven Menschen gar nicht in den Sinn gekommen wären.

Eines Tages — es war in der Mitte des Eismonats — wollte Holena Veilchen haben. «Geh, Maruschka, bring mir aus dem Walde einen Veilchenstrauß! Ich will ihn hinter den Gürtel stecken und an ihm riechen!» befahl sie der Schwester. «Ach Gott, liebe Schwester, was fällt dir bei! Hab' nie gehört, daß unter dem Schnee Veilchen wüchsen», versetzte das arme Mädchen. «Du nichtsnutziges Ding, du Kröte, du widersprichst, wenn ich befehle? Gleich wirst du in den Wald gehen, und bringst du keine Veilchen, so schlag ich dich tot!» drohte

Holena. Die Stiefmutter faßte Maruschka, stieß sie zur Tür hinaus und schloß diese hinter ihr. Das Mädchen ging bitter weinend in den Wald. Der Schnee lag hoch, nirgend war eine Fußstapfe. Die Arme irrte, irrte lange. Hunger plagte sie, Kälte schüttelte sie, sie bat Gott, er möchte sie lieber aus der Welt nehmen. Da gewahrte sie in der Ferne ein Licht. Sie geht dem Glanze nach und kommt auf den Gipfel eines Berges. Auf dem Gipfel brannte ein großes Feuer, um das Feuer lagen zwölf Steine, auf den Steinen saßen zwölf Männer. Drei waren graubärtig, drei waren jünger, drei waren noch jünger, und die drei jüngsten waren die schönsten. Sie redeten nichts, sie blickten still in das Feuer. Die zwölf Männer waren die zwölf Monate. Der Eismonat saß obenan; der hatte Haare und Bart weiß wie Schnee. In der Hand hielt er einen Stab. Maruschka erschrak und blieb eine Weile verwundert stehen; dann aber faßte sie Mut, trat näher und bat: «Liebe Leute, erlaubt mir, daß ich mich am Feuer wärme, Kälte schüttelt mich!» Der Eismonat nickte mit dem Haupte und fragte sie: «Weshalb bist du hergekommen, Mädchen? Was suchst du hier?» — «Ich suche Veilchen», antwortete Maruschka. — «Es ist nicht an der Zeit, Veilchen zu suchen, wenn Schnee liegt», sagte der Eismonat. — «Ich weiß wohl», entgegnete Maruschka traurig, «allein Schwester Holena und die Stiefmutter haben mir befohlen, Veilchen aus dem Walde zu bringen; bring' ich sie nicht, so schlagen sie mich tot. Bitte schön, ihr Hirten, sagt mir, wo ich deren finde!» Da erhob sich der Eismonat, schritt zu dem jüngsten Monat, gab ihm den Stab in die Hand und sprach: «Bruder März, setz dich obenan!» Der Monat März setzte sich obenan und schwang den Stab über dem Feuer. In dem Augenblicke loderte das Feuer höher, der Schnee begann zu tauen, Bäume trieben Knospen, unter den Buchen grünte Gras, in dem Grase keimten bunte Blumen, und es war Frühling. Unter Gesträuch verborgen blühten Veilchen, und eh sich Maruschka dessen versah, gab es ihrer so viele, als ob einer ein blaues Tuch ausgebreitet hätte. «Schnell, Maruschka, pflücke!» gebot der März. Maruschka pflückte freudig, bis sie einen großen Strauß beisammen hatte. Dann dankte sie den Monaten und eilte froh nach Hause. Es wunderte sich Holena, es wunderte sich die Stiefmutter, als sie Maruschka sahen, wie sie einen Veilchenstrauß trug; sie gingen ihr die Tür zu öffnen, und der Duft der Veilchen ergoß sich durch die ganze Hütte. «Wo hast du sie gepflückt?» fragte Holena störrisch. «Hoch auf dem Berge, dort wuchsen ihrer unter Gesträuch in Menge», erwiderte Maruschka. Holena nahm die Veilchen, steckte sie hinter den Gürtel, roch an ihnen und ließ die Mutter riechen; zur Schwester sagte sie nicht einmal: «Riech auch!»

Des andern Tages saß Holena müßig beim Ofen, und es gelüstete sie nach Erdbeeren. «Geh, Maruschka, bring mir Erdbeeren aus dem Walde!» befahl Holena der Schwester.

«Ach Gott, liebe Schwester, wo werd' ich Erdbeeren finden! Hab' nie gehört, daß unter dem Schnee Erdbeeren wüchsen», versetzte Maruschka. «Du nichtsnutziges Ding, du Kröte, du widersprichst, wenn ich befehle? Gleich geh in den Wald, und bringst du keine Erdbeeren, wahrlich, so schlag ich dich tot!» drohte die böse Holena. Die Stiefmutter faßte Maruschka, stieß sie zur Tür hinaus und schloß diese fest hinter ihr. Das Mädchen ging bitter weinend in den Wald. Der Schnee lag hoch, nirgend war eine Fußstapfe. Die Arme irrte, irrte lange; Hunger plagte sie, Kälte schüttelte sie. Da gewahrte sie in der Ferne dasselbe Feuer, das sie den Tag zuvor gesehen. Mit Freuden eilte sie darauf zu. Sie kam wieder zu dem großen Feuer, um welches die zwölf Monate saßen. Der Eismonat saß obenan. «Liebe Leute, erlaubt mir, daß ich mich am Feuer wärme, Kälte schüttelt mich», bat Maruschka, und trat zum Feuer. Der Eismonat nickte mit dem Haupte und fragte: «Warum bist du wieder gekommen, was suchst du?» — «Ich suche Erdbeeren», entgegnete Maruschka. — «Es ist nicht an der Zeit, Erdbeeren zu suchen, wenn Schnee liegt», sagte der Eismonat. «Ich weiß wohl», antwortete Maruschka traurig, «allein Schwester Holena und meine Stiefmutter haben mir befohlen, Erdbeeren zu bringen; bring' ich sie nicht, so schlagen sie mich tot. Bitte schön, ihr Hirten, sagt mir, wo ich deren finde!» Der Eismonat erhob sich, schritt zum Monat, der ihm gegenüber saß, gab ihm den Stab in die

Hand und sprach: «Bruder Juni, setz dich obenan!». Der schöne Monat Juni setzte sich obenan und schwang den Stab über dem Feuer. In dem Augenblicke schlug die Flamme hoch empor, der Schnee zerschmolz alsbald, die Erde grünte, Bäume umhüllten sich mit Laub, Vögel begannen zu singen, mannigfaltige Blumen blühten im Walde, und es war Sommer. Weiße Sternlein gab es, als ob sie einer dahin gesät hätte. Sichtbar aber verwandelten sich die weißen Sternlein in Erdbeeren, die Erdbeeren reiften schnell, und eh sich Maruschka dessen versah, gab es ihrer in dem grünen Rasen, als ob einer Blut ausgegossen hätte. «Schnell, Maruschka, pflücke!» gebot der Juni. Maruschka pflückte freudig, bis sie die Schürze voll hatte. Dann dankte sie den Monaten schön und eilte froh nach Hause. Es wunderte sich Holena, es wunderte sich die Stiefmutter, als sie sahen, daß Maruschka wirklich Erdbeeren bringe, die ganze Schürze voll. Sie liefen, ihr die Tür zu öffnen, und der Duft der Erdbeeren ergoß sich durch die ganze Hütte. «Wo hast du sie gepflückt?» fragte Holena störrisch. — «Hoch auf dem Berge, dort wachsen ihrer in Fülle unter den Buchen», erwiderte Maruschka. Holena nahm die Erdbeeren, aß sich satt und gab auch der Mutter zu essen; zu Maruschka sagten sie nicht einmal: «Kost auch!»

Holena hatten die Erdbeeren geschmeckt, und es gelüstete sie des dritten Tages nach roten Äpfeln. «Geh in den Wald, Maruschka, und bring mir rote Äpfel!» befahl sie der Schwester.

— «Ach Gott, liebe Schwester, woher sollen im Winter Äpfel kommen?» versetzte die arme Maruschka. — «Du nichtsnutziges Ding, du Kröte, du widersprichst, wenn ich befehle? Gleich geh in den Wald, und bringst du keine roten Äpfel, wahrlich, so schlag ich dich tot!» drohte die böse Holena. Die Stiefmutter faßte Maruschka, stieß sie zur Tür hinaus und schloß diese fest hinter ihr. Das Mädchen eilte bitter weinend in den Wald. Der Schnee lag hoch, nirgend war eine Fußstapfe. Allein das Mädchen irrte nicht umher, es ging gerade auf den Gipfel des Berges, wo das große Feuer brannte und die zwölf Monate saßen. Sie saßen dort, der Eismonat saß obenan. «Liebe Leute, erlaubt mir, daß ich mich am Feuer wärme, Kälte schüttelt mich», bat Maruschka und trat zum Feuer. Der Eismonat nickte mit dem Haupte und fragte: «Weshalb bist du wieder gekommen, was suchst du hier?» — «Ich suche rote Äpfel», antwortete Maruschka. — «Es ist nicht an der Zeit», sagte der Eismonat. — «Ich weiß wohl», entgegnete Maruschka traurig, «allein Schwester Holena und meine Stiefmutter haben mir befohlen, rote Äpfel aus dem Wald zu bringen; bring' ich sie nicht, so schlagen sie mich tot. Bitte schön, ihr Hirten, sagt mir, wo ich deren finde!» Da erhob sich der Eismonat, schritt zu einem der älteren Monate, gab ihm den Stab in die Hand und sprach: «Bruder September, setz dich obenan!» Der Monat September setzte sich obenan und schwang den Stab über dem Feuer. Das Feuer glühte rot, der Schnee verlor sich, aber die Bäume umhüllten sich nicht mit Laub, ein Blatt nach dem andern fiel ab, und der kühle Wind verstreute sie auf dem falben Rasen, eins dahin, das andere dorthin. Maruschka sah nie so viele bunte Blumen. Am Talhang blühte Altmannskraut, blühten rote Nelken, im Tale standen gelbliche Eschen, unter den Buchen wuchs hohes Farrenkraut und dichtes Immergrün. Maruschka blickte nur nach roten Äpfeln umher, und sie gewahrte wirklich einen Apfelbaum und hoch auf ihm zwischen den Zweigen rote Äpfel. «Schnell, Maruschka, schüttle!» gebot der September. Maruschka schüttelte freudig den Apfelbaum; es fiel ein Apfel herab. Maruschka schüttelte noch einmal; es fiel ein zweiter herab. «Schnell, Maruschka, eile nach Hause!» gebot der Monat. Maruschka gehorchte, nahm die zwei Äpfel, dankte den Monaten schön und eilte froh nach Hause. Es wunderte sich Holena, es wunderte sich die Stiefmutter, als sie sahen, daß Maruschka Äpfel bringe. Sie gingen ihr öffnen. Maruschka gab ihnen die zwei Äpfel. «Wo hast du sie gepflückt?» — «Hoch auf dem Berge; sie wachsen dort, und noch gibt's ihrer genug» erwiderte Maruschka. «Warum hast du nicht mehr gebracht? Oder hast du sie unterwegs gegessen?» fuhr Holena zornig gegen sie los. «Ach, liebe Schwester, ich habe keinen Bissen gegessen, ich schüttelte einmal, da fiel ein Apfel herab; ich schüttelte zum zweitenmal, da fiel noch einer herab; länger zu schütteln erlaubten sie mir nicht. Sie hießen mich nach Hause gehen», sagte Maruschka. «Daß der Donner in dich fahre!» fluchte Holena und wollte Maruschka schlagen. Maruschka brach in Tränen aus und bat Gott, er solle sie lieber zu sich nehmen und sie nicht von der bösen Schwester und Stiefmutter erschlagen lassen. Sie floh in die Küche. Die genäschige Holena ließ das Fluchen und begann einen Apfel zu essen. Der Apfel schmeckte ihr so, daß sie versicherte, noch niemals in ihrem Leben so etwas Köstliches gegessen zu haben. Auch die Stiefmutter ließ es sich schmecken. Sie aßen die Äpfel auf, und es gelüstete sie nach mehr. «Mutter, gib mir meinen Pelz! Ich will selbst in den Wald gehen», sagte Holena. «Das nichtsnutzige Ding würde sie wieder unterwegs essen. Ich will schon den Ort finden und sie alle herabschütteln, ob es wer erlaubt oder nicht!» Vergebens riet die Mutter ab. Holena zog den Pelz an, nahm ein Tuch um den Kopf und eilte in den Wald. Die Mutter stand auf der Schwelle und sah Holena nach, wie es ihr gehe.

Alles lag voll Schnee, nirgend war eine Fußstapfe zu schauen. Holena irrte, irrte lange; ihre Genäschigkeit trieb sie immer weiter. Da gewahrt sie in der Ferne ein Licht. Sie eilt darauf zu. Sie gelangt auf den Gipfel, wo das Feuer brennt, um das auf zwölf Steinen die zwölf Monate sitzen. Holena erschrickt; doch bald faßt sie sich, tritt näher zu dem Feuer und streckt die Hände aus, um sich zu wärmen. Sie fragt die Monate nicht: «Darf ich mich wärmen?» und spricht kein Wort zu ihnen. «Was suchst du hier, warum bist du hergekommen!» fragt verdrießlich der Eismonat. — «Wozu fragst du, du alter Tor? Du brauchst nicht zu wissen, wohin ich gehe!» fertigt ihn Holena störrisch ab und wendet sich vom Feuer in den Wald. Der Eismonat runzelt die Stirn und schwingt seinen Stab über dem Haupte. In dem Augenblicke verfinstert sich der Himmel, das Feuer brennt niedrig, es beginnt Schnee zu fallen, als ob einer ein Federbett ausschüttete, eisiger Wind weht durch den Wald. Holena sieht nicht einen Schritt vor sich, sie irrt und irrt, stürzt in eine Schneewehe, und ihre Glieder ermatten, erstarren. Unaufhörlich fällt Schnee, eisiger Wind weht, Holena flucht der Schwester, flucht dem lieben Gott. Ihre Glieder erfrieren in dem warmen Pelz.

Die Mutter harrte auf Holena, blickte zum Fenster hinaus, blickte zur Tür hinaus, konnte aber die Tochter nicht erharren. Stunde auf Stunde verstrich, Holena kam nicht. «Vielleicht schmecken ihr die Äpfel so gut, daß sie sich nicht von ihnen trennen kann», dachte die Mutter, «ich muß nach ihr sehen!» Sie zog ihren Pelz an, nahm ein Tuch um den Kopf und ging, Holena zu finden. Alles lag voll Schnee, nirgend war eine Fußstapfe zu schauen. Sie rief Holena; niemand meldete sich. Sie irrte, irrte lange; Schnee fiel dicht, eisiger Wind wehte. Maruschka kochte das Essen, besorgte die Kuh; doch weder Holena, noch die Stiefmutter kam. «Wo bleiben sie so lange?»

sprach Maruschka zu sich und setzte sich zum Spinnrocken. Schon war die Spindel voll, schon dämmerte es in der Stube, und es kam weder Holena noch die Stiefmutter. «Ach Gott, was ist ihnen zugestoßen!» klagte das Mädchen und sah zum Fenster hinaus. Der Himmel strahlte von Sternen, die Erde glänzte von Schnee, es ließ sich niemand sehen; traurig schloß Maruschka das Fenster, machte das Kreuz und betete ein Vaterunser für die Schwester und Mutter. Des andern Tages harrte sie mit dem Frühstück, harrte sie mit dem Mittagsmahl; doch sie erharrte weder Holena noch die Stiefmutter. Beide waren im Wald erfroren. Der guten Maruschka blieb die Hütte, die Kuh und ein Stückchen Feld; es fand sich auch ein Hauswirt dazu und beide lebten in Frieden glücklich miteinander.

VOM ARMEN MÄDCHEN, DAS GOLDENE BLUMEN SCHRITT

s war einmal ein armer Mann, der hatte zwei Kinder. Das älteste war ein Mägdlein, das jüngste ein Knäblein. Das Mägdlein war zauberkundig. Auf einmal waren die Kindlein herangewachsen, und da sie arm waren, gingen sie aus, auf der Straße zu betteln. Sie gerieten zu einer Witwe.

Die Witwe gab ihnen eine Scheibe Brot. Sie sagte zum Mägdlein:

«Mägdlein, bestell deinem lieben Vater, wenn er mich heiratet, dann werde ich euch in Milch und Wein baden.»

Und sie gab jedem noch eine Scheibe Brot. Das Mägdlein und das Knäblein nahmen die Scheibe Brot, gingen heim. Als sie nach Hause gekommen waren, sagten sie zu ihrem Vater:

«Liebes Väterchen, eine Witwe hat gesagt, wenn Ihr sie zu unserer Mutter macht, dann wird sie uns in Milch und Wein baden.»

Darauf sagte der Vater zum Mägdlein:

«Wohlan, meine Tochter, ich werde sie heiraten, wenn sie es so mit euch hält.»

Er ging anderntags und nahm sie zur Frau.

Zwei Wochen lang badete sie das Mägdlein und das Knäblein in Milch und Wein, nach zwei Wochen sprach sie zu ihrem Mann:

«Wenn du deine Kinder nicht beiseite schaffst, dann gehe ich weg.»

Was blieb dem armen Mann anderes übrig? er spannte seine zwei Kühe vor den Wagen, setzte die beiden Kinder auf den Wagen, führte sie in den Wald. Dort baute er eine Hütte, setzte sie in die Hütte und sprach zum Mägdlein:

«Meine Tochter, wenn ich zurückkomme, führe ich euch nach Hause. Ich gehe, einen Wagen Holz aufzulesen.» Das Mägdlein war zauberkundig, es wußte, was sein Vater mit ihm wollte. Der Vater nahm die Axt vom Wagen, belud den Wagen und machte sich auf den Heimweg. Er schlug mit dem Axtrücken einmal an jeden Baum, damit die Kinder denken sollten, er richte das Holz auf dem Wagen. Doch er ging nach Hause, ließ die Kinder in der Hütte.

Dort verbrachten die Kinder eine lange Zeit. Eines Sommertags ging das Mägdlein hinaus in den Wald. Siehe, da war mitten im Walde ein schöner Grasplatz und ein kleiner Heuhaufen. Die Wiese war so schön, daß man eher in die Sonne hätte schauen können, aber nicht auf die Wiese.

Einstmals zog ein Königssohn hinaus in den Wald zu jagen. Wie dieser Königssohn im Walde jagt, da kommt er von ungefähr auf jene Wiese. Das Knäblein und das Mägdlein waren just eben in jenen Heuhaufen gezogen. Der Königssohn sah, daß dort ein wenig Heu war, und wollte von dem Heu seinem Pferde zu fressen geben. Wie er hinkommt, fürwahr da erschrickt er, solch schönen Knaben und solch schönes Mädchen zu sehen. Sie gefielen dem Königssohn sehr. Sprach der Königssohn zum Mädchen:

«Willst du mit mir kommen als meine Gemahlin?»

Sprach das Mädchen zum Königssohn:

«Wie könnte ich als Eure Gemahlin mit Euch gehen? Ich kann mein Brüderchen hier nicht verlassen.»

Flugs zog sie einen Kamm hervor, kämmte sich, kämmte zwei so schöne Blumen von ihrem Haupt, daß man wohl in die Sonne hätte schauen können, aber nicht auf jene Blumen. Sie sprach zum Königssohn:

«Diese beiden schönen Blumen gebe ich Euch. Bringt sie Eurer lieben Mutter heim, stellt sie ins Fenster in einen Becher Wasser, und wenn sie morgen kommen werden, mich zu holen, dann werde ich mitgehen.»

Reitet der Königssohn heim mit den beiden schönen Blumen, erzählt seiner Mutter, wie es ihm mit einem Mädchen im Walde ergangen, und das Mädchen hätte ihr diese Blumen geschickt, sie solle sie in einen Becher Wasser tun und ins Fenster stellen. Er erzählte seiner lieben Mutter, daß er das Mädchen morgen zur Frau nehmen wollte. Seine Mutter hatte nichts dagegen. Sie meinte, jene wäre ihr recht als Schwiegertochter.

Doch, daß ich es nicht zu erzählen vergesse, der Königssohn hatte die Tochter einer Hexe zur Liebsten.

Anderntags zogen sie aus, die Braut einzuholen. Die Hexe setzte sich mit ihrer Tochter in die hinterste Kutsche. Sie fuhren hin zum armen Mädchen, nahmen das Mädchen und auch das Brüderchen in die Kutsche und wandten wieder heimwärts.

Als sie beim Waldessaume anlangten, da hielt die Hexe die Kutsche an, doch so, daß niemand es merkte. Sie ging und hob das arme Mädchen neben dem Königssohn aus dem Wagen, hieß es sich auskleiden, legte ihm das Kleid ihrer Tochter an und stach ihm beide Augen aus. In der Nähe war ein Röhricht, dort band sie es am Schilfe fest. Die Hexe setzte ihre Tochter neben den Königssohn. Das arme Mädchen aber blieb dort im Schilf.

Die Hexe ging zur Kutsche zurück und ließ die Kutsche weiterfahren. Sie fuhren heim. Zu Hause waren die Herzöge, Grafen, Barone zu einem großen Schmaus geladen. Es gab eine große Hochzeit.

Doch anderntags in der Frühe beim Aufstehen grämte sich der Königssohn sehr. Wie sich die Prinzessin kämmte, da kämmte sie nicht Blüten, sondern Läuse aus dem Haar. Er dachte bei sich, was mag ihr nur fehlen? Er grämte sich sehr.

Neben dem Schilfdickicht war ein Teich. Einstmals ging ein alter Fischer dorthin, Fischchen zu fischen. Und wie er dort fischte, wehklagte das arme Mädchen, das mit ihrem Haar angebunden war, und der alte Fischer hörte das Wehklagen. Er rief zurück:

«Wenn du ein Menschenwesen bist, so wehklage noch einmal, und dann suche ich dich auf!»

Das hörte das arme Mädchen, und noch einmal wehklagte sie. Der arme Fischer ging hin, band ihr das Haar los und führte sie zu sich heim, in sein armes Haus.

Einst sagte das arme Mädchen, sie sollten ihr einen Kamm geben. Sie kämmte sich, kämmte zwei so schöne Blumen vom Haupt, daß man wohl in die Sonne hätte schauen können, aber nicht auf diese beiden Blumen. Und sie sagte zu dem alten Mann:

«Alter Vater, tragt diese beiden Blumen in die Stadt. Sie werden für diese zwei Blumen drei-vier Wagen Gold bieten. Doch gebt sie nicht für diese drei-vier Wagen Gold, sondern sprecht: Mein Lämmchen ging im Walde und stieß sich das linke Auge aus; wer ihm ein linkes Auge gibt, dem gebe ich die Blumen!»

Drauf machte sich der alte Mann auf in die Stadt. In der Stadt bieten sie ihm vier-fünf Wagen Gold für die beiden Blumen. Doch der alte Mann will die Blumen nicht verkaufen, er sagt nur: «Mein Lämmchen ging im Walde und stieß sich das linke Auge aus; wer ihm ein linkes Auge gibt, dem gebe ich die Blumen.»

Indessen war er gerade bei des Königs Tor angelangt. Da hört die alte Hexe, daß zwei so schöne Blumen feilgeboten werden, und läuft hinein und sagt zu ihrer Tochter:

«Du Tochter! Dein Mann ist nicht zu Hause, geh und kauf die beiden Blumen. Wenn er heimkommt, wird er sich sehr über die beiden Blumen freuen und denken, du habest sie von deinem Kopf gekämmt.» Geht die Prinzessin hinaus und verspricht fünf-sechs Wagen Gold für die beiden Blumen, doch der alte Mann will sie nicht verkaufen. Er sagt, sein Lämmchen wäre im Walde gegangen und hätte sich das linke Auge ausgestoßen. Wer ihm das linke Auge gäbe, dem gäbe er seine Blumen.

Da sagte die Hexe zu ihrer Tochter:

«Geh, meine Tochter, hol hinter dem Ofen das linke Auge jenes Mädchens hervor, dem wir die Augen im Wald ausgestochen haben.»

Geht die Hexentochter hinein und holt das linke Auge, bringt es dem alten Mann. Der alte Mann gibt ihr die Blumen und geht heim. Zu Hause angelangt, überreicht er dem Mädchen das Auge. Das Mädchen stand frühmorgens auf, ging hinaus, wusch es mit Tautropfen und setzte das Auge ein. Da sah sie siebenmal besser als vordem.

«Nun», sagte das Mädchen, «jetzt ist mein eines Auge wieder an Ort und Stelle, jetzt bin ich frohgemut.»

In ihrer Fröhlichkeit schritt sie zwei Blumen, doch diese zwei Blumen waren noch siebenmal schöner als jene andern, die sie vom Haupte gekämmt. Sie sagte dem alten Mann, er sollte auch diese zur Stadt bringen. Sie würden ihm dafür zehn-elf Wagen Gold bieten, doch er sollte sie nicht verkaufen, sondern sagen, sein Lämmchen sei im Walde gegangen und habe sich das rechte Auge ausgestoßen, und wer ihm ein rechtes Auge gäbe, dem gäbe er die Blumen.

Nun also, sie boten dafür in der Stadt elf-zwölf Wagen Gold für diese beiden Blumen. Doch der alte Mann wollte sie nicht verkaufen, sagte nur, sein Lämmchen sei im Walde gegangen und habe sich das rechte Auge ausgestoßen, und wer ihm ein rechtes Auge gäbe, dem gäbe er die beiden Blumen.

Wiederum kam er vor des Königs Tor. Die Prinzessin vernahm, daß zwei schöne Blumen feilgeboten wurden. Sie hielt den alten Mann an, sprach zu ihm:

«Alter Mann, gib mir die Blumen!»

Sprach der alte Mann:

«Ich gebe sie dir, wenn du meinem Lämmchen ein rechtes Auge gibst.»

Da lief die Prinzessin hinein und holte das rechte Auge hinter dem Ofen vor und brachte es dem alten Mann. Der alte Mann aber gab ihr die Blumen. Mit dem Auge ging er heim und gab es dem Mädchen. Das Mädchen steht morgens in der Frühe auf, geht hinaus, wäscht sich mit Tautropfen, wäscht das Auge, tut das Auge an seine Stelle. Da sieht sie siebenmal besser als mit dem andern. Und sie spricht zum alten Mann:

«Bisher, Großvater, Großmutter, habt Ihr lieb für mich gesorgt; jetzt sammelt alle Eure Gefäße, bringt sie in die Mitte des Hauses und legt sie auf einen Haufen.»

Als sie alle ihre Gefäße hereingebracht hatten, da sprach das Mädchen:

«Nun, altes Väterchen, schämt Euch nicht, dreht Euch einmal vor mir herum!»

Der Alte schämte sich nicht, drehte sich einmal vor ihr, siehe, da wurde ein sechzehnjähriger Jüngling aus ihm.

Sprach sie zur alten Frau:

«Nun, Mütterchen, schämt Euch nicht, dreht Euch auch einmal!»

Die Alte drehte sich auch einmal; siehe, da wurde ein vierzehnjähriges Mädchen aus ihr. Dann nahm sie einen Kamm und kämmte alle jene Gefäße, die sie in die Mitte des Hauses gebracht hatten, voll mit Gold. Dann sprach sie zum alten Mann und zur alten Frau:

«Nun, Großmutter, Großvater, davon könnt Ihr leben; ich gehe jetzt fort.»

Drauf verabschiedete sie sich von ihnen und machte sich auf in die Stadt. Dort gelangt das Mädchen an des Königs Tor. Sagt die Köchin zu ihr:

«He, Mädchen, wohin gehst du?»

Sagt das Mädchen:

«Ich möchte mich verdingen, wenn ich irgendwo eine Stelle bekommen könnte.»

Geht die Köchin hinein und meldet dem Königssohn, daß draußen beim Tor ein Mädchen wäre, das ihr als Aufwaschmädchen passen würde. Der Königssohn geht hinaus und dingt sie der Köchin als Hilfe.

Eines Sonntags früh, nach ungefähr drei Wochen, sagt sie zur Köchin:

«Köchin, seid so gut, erlaubt, daß ich auch eine Palatschinke mache.»

Die Köchin erlaubte es. Sie machte eine Palatschinke; in diese Palatschinke aber tat sie den Ring, den ihr der Königssohn im Walde schenkte, als sie ihm die zwei Blumen gegeben hatte. Jene Palatschinke kam beim Nachtmahl just vor den Königssohn. Als der Königssohn sie aß, da biß er auf den Ring. Er holt den Ring heraus, und da sieht er, daß es der Ring der Prinzessin ist. Steht er unverweilt vom Tisch auf und geht hinaus in die Küche. Spricht zur Köchin:

«Ei, wer hat die Palatschinke gemacht?»

Die Köchin sagte, niemand anders als sie. Doch der Königssohn begann sie auszufragen.

Die Köchin gestand, daß sie der Magd erlaubt hatte, eine Palatschinke zu machen.

Geht er zur Magd hin, beginnt sie zu fragen, ob sie die Palatschinke gemacht habe. Sagt die Magd, sie nicht. Da gab der junge König der Magd wahrhaftig eine Ohrfeige. Die Magd aber lachte laut auf und schritt frohgemut vor ihm her. Siehe, da wuchsen auf ihrer Fußspur zwei so schöne Blumen, wie der junge König sie noch nimmer erblickt.

Gleich erkannte der junge König, daß dies seine Liebste war. Flugs bot er ihr den Arm, führte sie hinauf und setzte sie an den Tisch. Dann aber ließ er die Hexe und ihre Tochter binden, und sie mußten gestehen, wohin sie den Bruder des Mädchens gebracht hatten. Die Hexe und ihre Tochter hatten des armen Mädchens Bruder in eine Steinmauer getan, und der junge König holte ihn heraus. Die Hexe und ihre Tochter aber steckte er in ein großes, großes Faß. Dieses Faß wurde die Kreuz und Quer mit langen Nägeln ausgeschlagen und auf einen hohen Berg getragen. Von dort ließen sie es herunterrollen. Die Hexe und ihre Tochter wurden zu Mus und Brei. Der Königssohn aber führte das arme Mädchen als Gemahlin heim. Sie hielten eine große Hochzeit, und bis zum heutigen Tag halten sie noch Hochzeit, wenn sie nicht gestorben sind.

Es war einmal ein Zar, der hatte drei Töchter, die hielt er beständig verborgen. Sie durften niemals ins Freie. Erst als sie ins heiratsfähige Alter gekommen waren, ließ der Vater sie zum ersten Male zum Reigentanz. Aber kaum waren sie zum Tanz angetreten, als sich ein Wirbelwind erhob und alle drei davontrug. Der Zar erschrak sehr über ihr Verschwinden und schickte schnell Diener nach allen Seiten, sie zu suchen. Aber die Diener kamen zurück und meldeten, daß sie sie nirgends hatten finden können. Darüber wurde der Zar krank und starb vor Gram. Seine Witwe, die Zarin, war in Hoffnung, und als die Zeit kam, gebar sie einen Knaben und nannte ihn Stojscha. Als er herangewachsen war, wurde er ein starker Held, wie es wenige gibt. Als er achtzehn geworden war, fragte er seine Mutter: «Wie kommt es, Mutter, daß du keine andern Kinder hast außer mir?» Da fing sie an zu seufzen und zu weinen, wagte aber nicht, ihm zu sagen, daß sie drei Töchter gehabt hatte, die verschwunden waren. Sie fürchtete, Stojscha könnte sofort in die weite Welt laufen, die Schwestern zu suchen, und sie würde so auch ihn verlieren. Als er nun die Mutter weinen sah, drang er noch mehr in sie und beschwor sie, ihm zu sagen, was ihr fehle. Da erzählte sie ihm alles der Reihe nach, wie sie drei Töchter gehabt habe wie drei Rosen, wie sie verschwunden seien und wie man sie vergeblich gesucht habe. Nachdem Stojscha das von der Mutter gehört hatte, sagte er zu ihr: «Weine nicht, Mutter; ich will sie suchen gehen.» Da schlug sich die Mutter an die Brust und rief: «Weh mir! So soll ich arme Mutter auch ohne Sohn bleiben!»; dann suchte sie ihn davon abzubringen und bat ihn, nicht zu gehen, stellte ihm auch vor, wie lange es schon her sei, und Gott weiß, ob sie noch am Leben wären. Aber er ließ sich nicht davon abbringen, sondern fragte: «Wo sind die Waffen, mit denen sich mein Vater als Zar gürtete, und wo ist das Pferd, das er ritt?» Da nun die Mutter sah, daß Stojscha auf seinem Willen bestand, sagte sie ihm, daß sein Vater, als er so viel Kummer erlebte, das Pferd in das Gestüt geschickt und die Waffen auf den Hausboden geworfen habe. Stojscha fand sogleich die Waffen auf dem Boden, ganz staubig und verrostet; aber er putzte sie schön und richtete sie her, daß sie glänzten wie eben geschmiedet. Dann ging er zu dem Gestüt, fand des Vaters Pferd, brachte es nach Hause in den Stall, fütterte und striegelte es, und nach einem Monat war es munter wie ein Vogel; es war auch ohnehin geflügelt und drachenhaft. Als Stojscha fertig war zur Reise, sagte er zu seiner Mutter: «Mutter, hast du nicht von meinen Schwestern irgendein Zeichen, das ich mitnehmen kann, damit sie mir glauben, daß ich ihr Bruder bin, falls Gott sie mich finden läßt.» Die Mutter antwortete ihm mit Tränen: «Es sind drei Tücher da, meine Wonne, die sie eigenhändig gestickt haben»; und brachte sie ihm. Da küßte er der Mutter die Hand, stieg zu Pferd und zog in die Welt, seine Schwestern zu suchen. Auf seiner langen Wanderung kam er einmal an eine große Stadt. Davor war eine Quelle, aus der die ganze Stadt Wasser holte. Dort legte er sich in den Schatten, um etwas auszuruhen, und deckte sich das Gesicht mit einem der drei Tücher zu, damit ihn die Fliegen nicht stächen. Währenddessen kam eine Frau Wasser zu holen und bemerkte Stojscha neben der Quelle im Schatten; auch beachtete sie das Tuch und mußte seufzen, und während sie Wasser schöpfte, sah sie immer auf ihn. Auch als sie fertig war, konnte sie sich nicht losreißen, sondern sah immer auf ihn. Stojscha merkte das und fragte sie: «Was hast du, liebe Frau, daß du mich so ansiehst? Hast du lange keinen Mann gesehen oder glaubst du, irgend etwas wiederzuerkennen?» Sie aber antwortete: «Bruder, ich erkenne an dir das Tuch, das ich mit eigner Hand gestickt habe.» Da stand Stojscha auf und fragte sie, woher sie sei und aus welchem Geschlecht, und sie sagte ihm, sie sei eine Zarentochter aus der und der Stadt, sie seien drei Schwestern gewesen, und ein Wirbelwind habe sie alle drei davongetragen. Als Stojscha das hörte, gab er sich ihr zu erkennen: «Ich bin dein Bruder; kannst du dich erinnern, daß die Mutter in Hoffnung war, als der Wirbelwind dich entführte?» Sie erinnerte sich sogleich, brach in Tränen aus und fiel ihm um den

Hals: «Süßer Bruder, wir sind alle drei in Drachenhänden. Es gibt drei Drachenbrüder, die haben uns entführt und halten uns, jeder eine in seinem Palast, gefangen.» Darauf nahm sie ihn bei der Hand und führte ihn in den Palast ihres Drachen. Dort bewirtete sie ihn prächtig; aber als es Abend wurde, sagte sie zu ihm: «Bruder, jetzt kommt der grimmige Feuerdrache, es geht immerfort Feuer aus seinem Munde, ich möchte dich davor beschützen, daß es dich nicht verbrennt; geh und verstecke dich.» Aber Stojscha antwortete ihr: «Meine Schwester, zeige mir, was seine Portion ist.» Da führte sie ihn in ein andres Zimmer, da steht ein gebratener Ochs, Brot, soviel man in einem ganzen Backofen bakken kann, und ein Eimer Wein. «Das ist seine Portion», sagte die Schwester. Stojscha sah das an, kreuzte die Beine und verputzte alles bis auf den letzten Bissen. Dann rief er aus: «Ach, Schwester, wenn's doch noch was gäbe!» Nachdem er so zu Abend gegessen hatte, sagte die Schwester: «Jetzt wird der Drache gleich seine Keule vor das Haus schleudern zum Zeichen, daß er nach Hause kommt.» Kaum hatte sie das gesagt, als die Keule hoch über dem Hause schwirrte. Aber Stojscha lief schnell vor das Haus und ließ die Keule nicht bis auf die Erde kommen, sondern fing sie mit den Händen auf und wirbelte sie über den Drachen weg zurück, weit bis zur nächsten Grenze. Als der Drache das sah, wunderte er sich: «Was für eine Kraft fährt da aus meinem Palast heraus?» Darauf ging er zurück, holte die Keule und nahm sie mit sich nach Haus. Als er vor den Palast kam, trat die Zarentochter heraus und vor ihn hin. Er aber fuhr auf sie los: «Wer ist da im Palast?» Sie antwortete: «Mein Bruder.» Der Drache fragte weiter: «Und warum ist er gekommen?» Sie antwortete: «Um mich zu sehen.» Darauf sagte der Drache zornig: «Ach was! Er ist nicht gekommen, dich zu sehen, sondern dich wegzuholen.» Stojscha hatte vom Palast aus das Gespräch gehört und trat ebenfalls vor den Drachen, der aber stürzte sich auf ihn, sobald er ihn sah; Stojscha ließ ihn herankommen, sie packten sich und fingen an zu ringen. Mit einem Griff warf Stojscha den Drachen zu Boden, drückte ihn nieder und sagte zu ihm: «Nun, was willst du jetzt machen?» Der Drache antwortete: «Hätte ich dich unter meinen Knien wie du mich, da wüßte ich schon, was ich täte.» Stojscha aber sagte: «Ich tu' dir nichts», und ließ ihn los. Darauf nahm ihn der Drache bei der Hand, führte ihn in den Palast und bereitete ihm ein Fest, eine ganze Woche hindurch.

Als die Woche um war, fragte Stojscha den Drachen nach seinen beiden andern Schwägern, den andern Feuerdrachen. Der Drache zeigte ihm den Weg zu der Stadt, wo der Palast des zweiten Drachen war, dort würde er auch über den dritten hören. Danach rüstete sich Stojscha zur Reise, nahm Abschied von Schwester und Schwager und zog aus zu dem zweiten Drachen. Auf seiner Wanderung kam er an eine Stadt, vor der traf er eine Quelle, aus der die ganze

Stadt Wasser holte. Stojscha trank, legte sich in den Schatten, um etwas auszuruhen und deckte sich das Gesicht mit einem der drei Tücher zu, daß die Fliegen ihn nicht stächen. Nach einer Weile kam eine Frau, Wasser zu holen; sowie sie Stojscha und das Tuch erblickte, mußte sie seufzen. Während sie nun Wasser schöpfte, sah sie ihn in einem fort an, und als sie fertig war, konnte sie sich nicht losreißen, sondern sah immer auf ihn hin. Das merkte Stojscha und fragte sie: «Was ist dir, liebe Frau, daß du mich so ansiehst? Hast du lange keinen Mann gesehen oder meinst du irgend etwas wiederzuerkennen?» Da antwortete sie: «Bruder, ich erkenne mein Tuch an dir, das ich eigenhändig gestickt habe.» Da sprang Stojscha auf, gab sich ihr als ihren Bruder zu erkennen und erzählte ihr, wie er auch bei der andern Schwester gewesen sei. Als sie ihren Bruder sah, brach sie in Tränen aus und fiel ihm um den Hals. Dann nahm sie ihn bei der Hand, führte ihn in den Palast des Drachen und bewirtete ihn prächtig. Aber als es Abend ward, sagte sie zu ihm: «Bruder, jetzt wird der grimmige Feuerdrache kommen, aus seinem Munde geht immer Feuer, ich möchte dich gern davor beschützen, daß er dich nicht damit verbrennt; geh und verstecke dich.» Aber Stojscha antwortete ihr: «Meine Schwester, zeige mir, was seine Portion ist.» Sie führte ihn in ein andres Zimmer. Dort fand er zwei gebratene Ochsen, Brot aus zwei vollen Backöfen und zwei Eimer Wein. «Das ist seine Portion», sagte die Schwester. Stojscha sah das an,

kreuzte die Beine und verputzte alles bis auf den letzten Bissen, sprang dann auf und sagte: «Ach Schwester, wenn es doch noch was gäbe!» Als er so zu Abend gegessen hatte, sagte die Schwester: «Jetzt wird die Keule vors Haus fallen weither, von der zweiten Grenze, zum Zeichen, daß der Drache kommt.» Kaum hatte sie das gesagt, als die Keule hoch über dem Hause schwirrte, aber Stojscha lief vors Haus, ließ sie nicht bis auf die Erde kommen, sondern fing sie mit den Händen auf und wirbelte sie zurück, weithin bis zur dritten Grenze. Als der Drache das sah, wunderte er sich: «Was fährt da für eine Kraft aus meinem Palast heraus?», kehrte um, holte die Keule und ging mit ihr nach Hause. Als er vors Haus kam, trat die Zarentochter heraus und vor ihn hin. Er aber fuhr auf sie los: «Wer ist bei dir im Hause?» Sie antwortete: «Mein Bruder.» Der Drache fragte weiter: «Und warum ist er gekommen?» Sie antwortete: «Mich zu sehen.» Darauf sagte er zornig: «Er ist nicht gekommen, dich zu sehen, sondern dich wegzuholen.» Stojscha, der das Gespräch vom Palast aus gehört hatte, trat nun auch vor den Drachen. Der stürzte auf ihn los, sowie er ihn sah. Stojscha ließ ihn herankommen, sie packten sich und fingen an zu ringen. Zuletzt warf Stojscha den Drachen zu Boden, drückte ihn nieder und sagte: «Was willst du jetzt machen?» Der Drache antwortete: «Hätte ich dich unter den Knien wie du mich, wüßte ich schon, was ich täte.» Stojscha aber sagte: «Ich tu dir nichts», und ließ ihn los. Darauf faßte der Drache ihn

bei der Hand, nahm ihn mit sich in den Palast, und nun vergnügten sie sich eine ganze Woche hindurch. Als die Woche um war, fragte Stojscha den Drachen nach seinem dritten Schwager, und der Drache zeigte ihm den Weg nach der Stadt des dritten.

Nun rüstete Stojscha sich zur Reise, nahm Abschied von Schwester und Schwager und machte sich auf, den dritten Drachen zu suchen. Auf langer Wanderung kam er wieder an eine Stadt; davor traf er eine Quelle, aus der die ganze Stadt Wasser holte; dort trank er, legte sich in den Schatten, um etwas auszuruhen, und deckte sein Gesicht mit einem der Tücher zu, daß ihn die Fliegen nicht stächen. Kurze Zeit verging, da kam eine Frau, Wasser zu holen. Als sie Stojscha und das Tuch bemerkte, mußte sie seufzen, und während sie Wasser schöpfte, sah sie ihn beständig an; auch als sie fertig war, konnte sie sich nicht losreißen, sondern sah immer auf ihn hin. Das merkte Stojscha und fragte sie: «Was hast du, liebe Frau, daß du mich so ansiehst? Hast du lange keinen Mann gesehen, oder meinst du irgend etwas wiederzuerkennen?» Sie antwortete: «Bruder, ich erkenne an dir das Tuch, das ich eigenhändig gestickt habe.» Als Stojscha das hörte, sprang er auf, gab sich ihr als Bruder zu erkennen und erzählte ihr, wie er schon bei den andern Schwestern gewesen sei. Sie aber brach bei seinem Anblick in Tränen aus und fiel ihm um den Hals. Dann faßten sie sich an der Hand und gingen in den Palast, dort bewirtete sie ihn prächtig. Aber als es Abend

wurde, sagte sie zu ihm: «Bruder, jetzt wird der grimmige Feuerdrache kommen, beständig strömt Feuer aus seinem Munde, ich möchte dich gern davor bewahren, daß er dich nicht damit verbrennt; geh und versteck dich.» Stojscha aber antwortete: «Meine Schwester, zeig mir, was seine Portion ist.» Da brachte sie ihn in ein andres Zimmer, sieh da: drei gebratene Ochsen, Brot aus drei vollen Backöfen und drei Eimer Wein. «Das ist seine Portion», sagte die Schwester; Stojscha aber sah das an, kreuzte die Beine, verputzte alles bis auf den letzten Bissen und sagte: «Ach Schwester, wenn es doch noch was gäbe!» Als er nun so zu Abend gegessen hatte, sagte die Schwester zu ihm: «Jetzt wird die Keule vors Haus fallen, weither von der dritten Grenze, das ist das Zeichen, daß der Drache kommt.» Kaum hatte sie das gesagt, da schwirrte schon die Keule hoch über dem Hause; aber Stojscha lief schnell vors Haus und ließ sie nicht bis auf die Erde kommen, sondern fing sie mit den Händen auf und wirbelte sie zurück, weit bis zur vierten Grenze. Als der Drache das sah, wunderte er sich: «Was für eine Kraft fährt da aus meinem Palast heraus?», kehrte um, holte die Keule und ging damit nach Hause. Als er vor den Palast kam, trat die Zarentochter heraus und vor ihn hin. Er aber fuhr auf sie los: «Wer ist bei dir im Palast?» Sie antwortete: «Mein Bruder.» Der Drache fragte weiter: «Und warum ist er gekommen?» Sie antwortete: «Um mich zu sehen.» Darauf sagte der Drache zornig: «Er ist nicht gekommen,

dich zu sehen, sondern dich wegzuholen.» Stojscha hörte das Gespräch vom Palast aus und trat auch vor den Drachen. Der stürzte auf ihn ein, sowie er ihn bemerkte. Stojscha ließ ihn herankommen. Sie packten sich und begannen zu ringen. Mit einem Griff warf Stojscha den Drachen zu Boden, drückte ihn nieder und sagte zu ihm: «Was wirst du jetzt machen?» Der antwortete: «Hätte ich dich unter meinen Knien wie du mich unter deinen, ich wüßte schon, was ich täte.» Darauf sagte Stojscha: «Ich tu dir nichts», und ließ ihn los. Da nahm ihn der Drache bei der Hand und führte ihn in den Palast. Nun vergnügten sie sich eine ganze Woche hindurch. Einmal machten sie einen Spaziergang, dabei bemerkte Stojscha im Hofe ein großes Erdloch wie einen Dachsbau, das unter der Erde fortlief, und sagte: «Was ist denn das, Schwager? Wie kannst du in deinem Hofe ein solches Loch dulden? Warum schüttest du es nicht zu?» Darauf antwortete der Drache: «Ach Schwager, ich kann dir's fast nicht sagen, so schäme ich mich. Es gibt hier einen Drachenzaren, der führt oft mit uns Krieg. Jetzt kommt bald die Zeit, daß wir uns schlagen müssen; und jedesmal, wenn wir kämpfen, besiegt er uns alle drei. Nur was in diese Höhle flüchtet, bleibt übrig.» Darauf sagte Stojscha zu ihm: «Komm, Schwager, laß uns auf ihn losschlagen, solange ich hier bin und euch helfen kann; vielleicht können wir ihn so vernichten.» Aber der Drache antwortete: «Das getraue ich mir um keinen Preis vor der Zeit.» Als Stojscha sah, daß sie

nicht wagten loszuschlagen, brach er allein auf, um den Drachenzaren zu suchen. Nach langem Fragen kam er vor dessen Palast und bemerkte oben darauf einen Hasen. Da fragte er die Hofleute, was der Hase da oben auf dem Palast solle. Die antworteten ihm: «Wenn sich einer fände, der den Hasen herabholt, so würde der Hase sich selber schlachten, abhäuten, zerhakken, ansetzen und braten; aber das zu tun wagt keiner bei der Gefahr für sein Leben.» Als das Stojscha hörte, flog er auf seinem Pferde hinauf und holte den Hasen herunter. Sofort schlachtete sich der Hase selbst, häutete sich ab, zerhackte sich und setzte sich ans Feuer. Darauf ging Stojscha auf den Söller des Drachen und legte sich in den Schatten. Die Hofleute aber, als sie sahen, was er getan hatte, redeten auf ihn ein: «Flieh, Held, so weit dich die Füße tragen, ehe der Drache kommt, denn es geht dir schlecht, wenn er dich trifft.» Aber Stojscha antwortete ihnen: «Was geht mich euer Drache an, er mag kommen und sich an dem Hasen satt essen.» Bald darauf erschien der Drache. Gleich bei seiner Ankunft bemerkte er, daß der Hase nicht mehr da ist, und rief die Hofleute: «Wer hat das getan?» Sie sagten ihm: «Es kam ein tapfrer Held und holte den Hasen herab, jetzt ist er oben auf dem Söller.» Da befahl ihnen der Drache: «Sagt ihm, er solle aus dem Palast gehen; denn wenn ich erst zu ihm komme, lasse ich keinen Knochen an ihm ganz.» Die Hofleute gingen auf den Söller zu Stojscha und meldeten ihm, was der Drache befohlen hatte; aber Stojscha fuhr sie an: «Geht und sagt dem Drachen, wenn es ihm um den Hasen leid ist, soll er zum Zweikampf mit mir heraufkommen.» Als sie das dem Drachen gemeldet hatten, zischte er auf, Feuer fuhr ihm aus dem Munde, und er flog auf den Söller. Stojscha aber ließ ihn herankommen. Sie fingen an zu ringen; doch weder ließ sich Stojscha noch ließ sich der Drache niederwerfen. Endlich sagte Stojscha zu ihm: «Wie heißt du?» Der Drache antwortete: «Ich heiße Mladen.»* Darauf erwiderte Stojscha: «Auch ich bin der jüngste meiner Eltern.» Da ließen sie sich los, verbrüderten sich und gaben einander das feste Treugelöbnis, daß sie brüderlich miteinander leben wollten. Nach einiger Zeit sagte Stojscha zu dem Drachen: «Was wartest du auf die Drachen da, die in ihre Höhle flüchten. Laß uns auf sie losschlagen schon vor der Zeit.» Der Drachenzar willigte ein, und so zogen sie beide aus zum Kampf gegen die Drachen. Als die drei Drachenbrüder hörten, daß Stojscha sich mit dem Drachenzaren befreundet und verbrüdert hatte und daß beide gegen sie zogen, erschraken sie, sammelten ein gewaltiges Heer und zogen den beiden entgegen. Die aber griffen das ganze Heer an, schlugen und zerstreuten es ganz und gar; nur die drei Drachen entkamen in die Höhle. Da schleppten die beiden schnell Stroh herbei, stopften es in die Höhle und zündeten es an; so kamen die drei Drachen um. Danach hieß Stojscha die drei Schwestern sich fertigmachen, ließ den ganzen

* Jungherr.

Schatz der drei Drachen fortbringen, und dem Drachenzaren, seinem Bundesbruder, überließ er ihre Paläste und ihr Reich. Dann brach er mit seinen Schwestern auf und zog in sein Reich. Sie kamen glücklich bei der Mutter an. Die übergab dem Sohne die Herrschaft, und er herrschte bis an sein Lebensende.

SCHÖNE KLEIDER TUN VIEL

Es war einmal ein Zar, der hatte eine einzige Tochter, die war über die Maßen schön. Aus Übermut und zum Ruhm ihrer Schönheit ließ er in aller Welt verkünden: Wenn sich ein junger Mann finde, der raten könne, was für ein Mal seine Tochter habe und an welcher Stelle, dem werde er sie zur Frau geben und sein halbes Reich dazu; wer es aber nicht rate, der werde in ein Lamm verwandelt oder verliere seinen Kopf. Diese wunderbare Nachricht verbreitete sich in der Welt, und es kamen Tausende von Freiern von allen Enden herbei, aber vergebens. Eine große Zahl junger Leute wurde in Lämmer verwandelt, und eine Unmenge verlor den Kopf. Dieselbe Nachricht vernahm auch ein junger Mann, arm, aber gewandt und klug. Er bekam große Lust zu dem schönen Mädchen und dem halben Reich. So machte er sich auf, aber nicht, um das Mädchen gleich zu freien, sondern nur, um sie zu sehen und sie etwas zu fragen. Als er zu dem Zarenhof gekommen war, da gab es was zu sehen: es wimmelte von Lämmern aller Art, die sprangen an ihm empor und blökten, als wollten sie ihm ein Zeichen geben, er solle seinen Gedanken aufgeben, daß er nicht auch zum Lamme würde; und die abgehauenen Köpfe, die auf Pfähle gesteckt waren, fingen alle an zu weinen. Darüber erschrak er und wollte weglaufen. Aber ein Mensch in blutigen Kleidern, mit Flügeln und nur einem Auge im Kopf hielt ihn auf und rief: «Halt! Wohin? Zurück, sonst bist du verloren.» Da kehrte er wieder um und ging zu der Zarentochter, die empfing ihn und sagte: «Bist auch du gekommen, um mich zu freien?» Er antwortete: «Nein, erhabene Zarin, aber ich habe gehört, daß du dich, wenn die rechte Zeit kommt, zu verheiraten denkst; so bin ich gekommen, dich zu fragen, ob du keine Hochzeitskleider brauchst.» — «Was für Kleider hast du?» fragte sie ihn. Er antwortete: «Ich habe Hosen aus Marmor, ein Hemd aus Tau, ein Tuch den Aufzug aus Sonnenstrahlen, den Einschlag aus Mond und Sternen, und Schuhe aus lauterem Gold, nicht gewebt noch geschmiedet. Wenn du das alles kaufen willst, befiehl, daß ich es herbringe, aber das mußt du wissen: Wenn du eins nach dem andern von den Kleidungsstücken anprobierst, darf niemand dabei sein als wir beide, und wenn du sie brauchen kannst, werden wir leicht einig, wenn nicht, werde ich sie niemand zeigen, sondern sie aufheben für meine Braut.» Die Zarentochter ließ sich betören und hieß ihn alles bringen. Er ging und brachte es, Gott weiß, wo er es her hatte. Darauf schlossen sie sich in ein Zimmer ein. Sie probierte erst die Hosen an, und er spähte, ob er nicht irgendwo an ihrem Beine ein Mal finden könnte; da bemerkte er zu seinem Glück einen goldnen Stern auf ihrem rechten Knie, sagte aber nichts, sondern dachte bei sich: «Wohl mir, heute und für alle Zeit!» Dann probierte die Zarentochter das Hemd und alles andre an, er aber achtete gar nicht mehr darauf, ob sie noch ein andres Mal habe. Alles paßte ihr wie für sie zugeschnitten. Sie wurden über den Preis einig, und sie zahlte. Er nahm sein Geld, und nach einigen Tagen zog er sich so schön an, wie er nur konnte. Dann ging er, um des Zaren Tochter zu freien. Vor dem Zaren sprach er: «Erhabener Zar, ich bin gekommen, deine Tochter zu freien; so gib sie mir.» — «Gut», antwortete der Zar, «aber weißt du, wie man um meine Tochter freit? Merke wohl, wenn du ihr Mal nicht errätst, bist du verloren; errätst du's aber, so sei sie und die Hälfte meines Reiches dir gewährt.» Da verneigte sich der junge Mann vor dem Zaren und sprach: «Dank dir, Zar und Schwiegervater! Sie hat einen goldnen Stern auf dem rechten Knie.» Der Zar war sehr verwundert, woher er das wisse, aber ausweichen konnte er nicht, sondern mußte sie ihm geben, und er heiratete sie. Als nun das Reich geteilt werden sollte, sagte der Schwiegersohn zu dem Zaren: «Ich lasse dir die Hälfte des Reiches, nur verwandle die armen Seelen da wieder in das, was sie gewesen sind.» Darauf antwortete der Zar, das stehe nicht in seiner Macht, sondern in der seiner Tochter, «deiner Frau». Da bat er seine Frau und sie sagte: «Laß ein wenig Blut ab unterhalb meines Sterns. Jedes Lamm soll mit der Zunge daran lecken, und jeden Kopf bestreiche damit an der Unterlippe. Dann werden die Lämmer wieder zu Menschen und die Köpfe wieder lebendig und zu Menschen, wie sie vorher waren.» Das tat er, und als sie alle wieder waren wie früher, lud er sie zur Hochzeit. Unter Singen und Schießen ging es nach Hause. Dort bewirtete er alle mit Speise und Trank. Zuletzt ging jeder nach seiner Heimat. Er blieb mit seiner jungen Frau da.

DIE SCHLAUE ILEANE

Es war einmal, was einmal war. Wäre es nicht gewesen, würde es nicht erzählt. Es war einmal ein Kaiser, der hatte drei Töchter, von denen die älteste schön war, die mittlere schöner, die jüngste, Ileane, aber so schön, daß sogar die heilige Sonne stehenblieb, um sie zu sehen und sich an ihrer Schönheit zu erfreuen.

Eines Tages erhielt der Kaiser Nachricht

und Kunde von seinem Nachbar, einem großen und mächtigen Kaiser, daß, schau an, er sich mit ihm schlagen wollte wegen einer großen kaiserlichen Fehde. Der Kaiser hielt Rat mit den Alten des Landes, und als er sah, daß er nicht anders könne, befahl er den Tapferen allen, ihre Waffen zu ergreifen, das Streitroß zu besteigen und sich auf die furchtbare Schlacht vorzubereiten, die geschlagen werden sollte.

Ehe er selbst zu Pferde stieg, rief der Kaiser seine Töchter zu sich, sagte ihnen eindringliche und väterliche Worte und gab einer jeden je eine schöne Blume, ein munteres Vögelein und einen rotbäckigen Apfel.

«Wem die Blume welkt, wem das Vögelchen traurig wird und wem der Apfel fault, von der werde ich wissen, daß sie die Treue nicht bewahrt hat», sprach der kluge Kaiser, bestieg dann das Pferd, wünschte ihnen «Gutes Wohlergehen» und machte sich mit seinen Tapferen auf den schweren Weg.

Als die drei Söhne des Nachbarkaisers die Kunde bekamen, daß der Kaiser sich auf den Weg gemacht und von Hause aufgebrochen sei, verständigten sie sich untereinander und bestiegen ihr Roß, um zu dem Schloß mit den drei Kaisertöchtern zu eilen, die Töchter ihrer Treue abspenstig zu machen und dem Kaiser Ärgernis zu bereiten. Der älteste der Kaisersöhne, mutig, heldenhaft und schön wie er war, ging voran, um zu sehen, wie es sei und stehe, um nachher Kunde zu bringen und Nachricht zu geben.

Drei Tage und drei Nächte stand der Held unter der Mauer, ohne daß sich eines der Mädchen am Fenster gezeigt hätte. Im Morgengrauen des vierten Tages verlor er die Geduld, faßte sich ein Herz und klopfte an das Fenster der ältesten Kaisertochter.

«Was ist — was ist's? Und was will er?» fragte das Mädchen, aus dem süßesten Schlafe geweckt.

«Ich bin's, Schwesterlein», sprach der Kaisersohn, «ich, der kaiserliche Held, der seit drei Tagen in Liebe unter deinem Fenster steht.»

Die Kaisertochter näherte sich nicht einmal dem Fenster, sondern sprach mit verständiger Stimme:

«Kehre auf dem Wege heim, auf dem du gekommen: Blumen mögen vor dir sprießen und Dornen hinter dir zurückbleiben.»

Nach drei Tagen und drei Nächten klopfte der Kaisersohn wieder an das Fenster des Mädchens. Diesmal näherte sich die Kaisertochter dem Fenster und sprach mit sanfter Stimme:

«Ich habe dir gesagt, daß du auf dem Wege heimkehren mögest, auf dem du gekommen bist: Dornen mögen vor dir sprießen und Blumen hinter dir zurückbleiben.»

Noch einmal wartete der Kaisersohn drei Tage und drei Nächte unter dem Fenster des Mädchens. Im Morgengrauen des zehnten Tages, also nachdem dreimal drei Tage und dreimal drei Nächte vergangen waren, glättete er sich das Haar und klopfte zum drittenmal ans Fenster.

«Was ist? wer ist's? Und was wünscht er?» fragte die Kaisertochter, diesmal etwas härter als die anderen Male.

«Ich bin es, Schwesterlein», sprach der Kaisersohn. Seit dreimal drei Tagen stehe ich sehnsüchtig unter deinem Fenster: ich möchte dein Gesicht erblicken, dir in die Augen schauen und sehen, wie die Worte von deinen Lippen fließen!»

Die Kaisertochter öffnete das Fenster, sah ärgerlich den schönen Jüngling an und sprach dann mit unhörbarer Stimme:

«Ich sähe dir schon ins Gesicht, spräche schon ein Wort mit dir, aber gehe vorher zu meiner jüngeren Schwester — dann erst komme zu mir.»

«Ich werde meinen jüngeren Bruder senden», sprach der Kaisersohn. «Gib mir aber einen Kuß, damit mir der Heimweg leichter werde.»

Er hatte kaum ausgesprochen, als er sich auch schon einen Kuß von dem schönen Mädchen stahl.

«Möge dir kein zweiter zuteil werden», sagte die Kaisertochter, sich den Mund mit den schön gestickten Hemdärmeln abwischend. «Kehre auf dem Wege heim, auf dem du gekommen: Blumen mögen vor dir sprießen und Blumen hinter dir zurückbleiben.»

Der Kaisersohn ging zu seinen Brüdern, sagte ihnen wie und was, und der zweite machte sich auf den Weg.

Nachdem der jüngere Kaisersohn neunmal

neun Tage und neunmal neun Nächte unter dem Fenster des jüngeren Mädchens gestanden und zum neuntenmal an ihr Fenster geklopft hatte, öffnete sie dasselbe und sprach zu ihm mit liebevoller Stimme:

«Ich sähe dich schon an und spräche schon ein Wort mit dir, gehe aber vorher zu meiner jüngsten Schwester und komme dann erst zu mir.»

«Ich werde meinen jüngsten Bruder senden», sprach der Kaisersohn. «Gib mir aber einen Kuß, damit ich schneller eilen kann.»

Er hatte es kaum gesagt, als er sich auch schon einen Kuß stahl.

«Möge dir kein zweiter zuteil werden», sagte auch diese Maid. «Kehre auf dem Wege heim, auf dem du gekommen bist, Blumen mögen vor dir sprießen und Blumen hinter dir zurückbleiben!»

Der Kaisersohn ging zu seinen Brüdern, sagte ihnen das wie und was — und jetzt, zum drittenmal, machte sich ein Kaisersohn auf den Weg — der jüngste. Als er an das Schloß mit den drei Mädchen kam, stand Ileane am Fenster, und wie sie dastand, sah sie ihn und sprach mit munterer Stimme:

«Du schöner Held mit dem Kaisergesicht, wohin eilst du, daß du so feurig dein Pferd führst?»

Als der Kaisersohn Ileanes Gesicht erblickte und Ileanes Worte hörte, blieb er stillstehen, schaute sie an und sagte mit mutiger Stimme:

«Ich eile zur Sonne, um ihr einen Strahl zu

stehlen, ihn der Schwester anzuvertrauen und sie nach Hause zu bringen, wo sie meine Braut werden soll. Jetzt, Schwesterlein, halte ich unterwegs an, um dich anzuschauen, in die Strahlen deines Antlitzes zu blicken, dir ein Wort zu sagen und dir ein Wort zu stehlen!»

Ileane antwortete ihm verständig: «Wenn deine Art ist wie deine Rede, wenn deine Seele wie dein Gesicht, stolz und schön und mild und licht, riefe ich dich wohl ins Haus, setzte dich an den Tisch zum Schmaus, würde dich speisen und tränken und dir Küsse schenken!»

Der Kaisersohn sprang vom Pferde, als er diese Worte hörte, dann sagte er mit mutiger Stimme:

«Meine Art wird sein wie die Rede mein, das Herz so licht wie's Angesicht; laß mich ein ins Haus, setz mich hin zum Schmaus, von früh bis Sternenschimmer soll's dich gereuen nimmer.»

Kaum hatte er das Wort ausgesprochen, da sprang er schon auf das Fensterbrett und durch das Fenster ins Zimmer und im Zimmer an den Tisch, und am Tisch gerade obenan nahm er Platz, wo der Kaiser gesessen hatte, als er Bräutigam gewesen war.

«Warte, warte!» sprach Ileane. «Laß mich erst sehen, ob du bist, was du sein solltest. Danach wollen wir das Wort reden und die Frucht brechen und die Liebe beginnen. Kannst du aus der Klette Rosen wachsen lassen?»

«Nein!» sagte der Kaisersohn.

«Dann ist die Distel deine Blume», sagte die

kluge Ileane. «Kannst du die Fledermaus mit süßer Stimme singen lassen?»

«Nein!» sagte der Kaisersohn.

«Dann ist dein Tag die Nacht!» sprach die kluge Ileane. «Kannst du Äpfel wachsen lassen auf Wolfskraut!»

«Das kann ich!» sagte der Kaisersohn.

«Dann soll das dein Obst sein!» sagte die schöne und schlaue Ileane. «Setz dich an den Tisch.»

Der Kaisersohn nahm am Tische Platz. Ja, aber Ileane war die schlaue Ileane. Er hatte sich noch nicht ordentlich gesetzt, als, sieh an, er mit dem Stuhl und allem in den tiefen Keller fiel, in dem die Schätze des Kaisers versteckt waren.

Jetzt fing Ileane zu schreien an: «Zu Hilfe!» und als alle Knechte angestürzt kamen, um zu sehen, was geschehen war und warum, sagte sie ihnen, daß sie ein Geräusch gehört habe und fürchte, daß jemand in den Keller eingedrungen sei, um des Kaisers Schätze zu stehlen. Die Knechte haben nicht viele Worte gemacht, sondern augenblicklich die Eisentür aufgebrochen und sind in den Keller gedrungen; da fanden sie dann den Kaisersohn und brachten ihn in Schanden zum Richterspruch.

Ileane sprach das Urteil.

«Zwölf bestrafte Mädchen sollen ihn aus dem Lande bringen, und wenn sie mit ihm bis an die Grenze gekommen, soll ihm jede einen Kuß geben.»

So war es befohlen, so geschah es auch. Als

der Kaisersohn zu Hause bei seinen Brüdern anlangte, erzählte er ihnen den ganzen Vorfall. Da zog ihnen ein großes Ärgernis ins Herz. Sie schickten den beiden älteren Kaisertöchtern Nachricht, sie sollten es so einrichten, daß Ileane an den Hof der Kaisersöhne geschickt würde, damit sie sich an ihr rächen könnten wegen des Schimpfs, den sie ihnen angetan hätte. Als die älteste Tochter diese Nachricht von dem Kaisersohn bekam, stellte sie sich krank, rief Ileane zu sich ans Bett und sagte ihr, daß sie nur gesund werden könnte, wenn ihr Ileane Essen von dem Herd der Kaisersöhne hole.

Ileane hätte ihren Schwestern alles zuliebe getan. So nahm sie also das Krüglein und machte sich auf den Weg zu dem Hof der drei Kaisersöhne, um zu bitten oder zu nehmen und zu bringen. Als sie an den Hof gelangte, stürzte Ileane atemlos in die kaiserliche Küche und sprach zum Oberkoch:

«Um Gottes willen, hörst du nicht, wie dich der Kaiser ruft? Mach und sieh zu, was los ist, warum und aus welchem Grunde!»

Der Koch nahm seine Beine in die Hand und machte sich so schnell davon wie auf kaiserlichen Befehl. Ileane blieb allein in der Küche, füllte sich das Krüglein mit Speisen, schüttete alle die kostbaren Speisen, die am Fenster standen, auf die Erde, und machte, daß sie davon kam.

Als die Kaisersöhne auch von diesem Schimpf erfuhren, ärgerten sie sich noch mehr als bisher, schickten den beiden Schwestern von neuem Kunde und bereiteten sich wiederum auf ihre Rache vor. Kaum empfing die zweite Schwester die Nachricht der Helden, als sie sich krank stellte, Ileane an ihr Bett rief und ihr sagte, daß sie nur gesund werden könne, wenn sie von dem Wein koste, der sich in dem Keller der Kaisersöhne befände. Ileane hätte für ihre Schwestern alles getan, so nahm sie das Krüglein und machte sich auf, um bald wiederzukommen.

Als sie am Hofe anlangte, stürzte sie atemlos in den Keller und sprach zum Oberkellermeister:

«Um Gottes willen! hörst du nicht, wie der Kaiser dich ruft? Mach und sieh zu, was los ist, wie und aus welchem Grunde!» Der Kellermeister nahm seine Beine in die Hand und entfernte sich so schnell wie auf kaiserlichen Befehl. Ileane füllte sich ihren Krug mit Wein, goß, was übrigblieb, in den Keller und eilte dann nach Hause.

Die Kaisersöhne sandten zum dritten Male Kunde den zwei Kaisertöchtern, daß sie Ileane schicken möchten, wie sie sie noch nie geschickt hätten. Die Kaisertöchter stellten sich diesmal alle beide krank, riefen ihre Schwester zu sich und sagten ihr, daß sie nur gesund werden könnten, wenn Ileane ihnen zwei Äpfel aus dem Garten der Kaisersöhne brächte.

«Meine lieben Schwestern», sprach Ileane zu ihnen, «für euch gehe ich auch durch Wasser und durch Feuer, wieviel lieber zu den kaiserlichen Helden.» Sie nahm darauf das Krüglein und machte sich auf um zu finden, zu nehmen, zu bringen und die lieben Schwestern vom Tode zu erretten.

Als der jüngste Kaisersohn erfahren hatte, daß Ileane zu ihm in den Garten kommen würde, um die goldenen Äpfel zu stehlen, befahl er, daß falls jemand im Garten ein Wehklagen hören sollte, er sich nicht erdreisten dürfe hinzugehen, sondern den, der da wehklagen würde, solle man in Frieden wehklagen lassen. Darauf nahm er große Messer und Säbel und Speere und viele andere Dinge, versteckte sie in die Erde unter dem Apfelbaum mit den goldenen Äpfeln; versteckte sie so, daß nur die scharfen Spitzen aus der Erde herausragten. Nachdem er damit fertig war, verbarg er sich in einem Gebüsch und wartete auf Ileane. Ileane kam an das Gartentor; und als sie die großen Löwen sah, die dort Wache hielten, warf sie jedem von ihnen ein Stück Fleisch vor: die Löwen fingen an, sich darum zu reißen, und Ileane ging zum Apfelbaum, trat vorsichtig zwischen den Messern, Säbeln, Speeren und den anderen Dingen hindurch und erklomm den Baum.

«Mög's dir gut bekommen, Schwesterlein», sagte jetzt der Kaisersohn. «Ich freue mich, dich bei mir zu sehen.»

«Mein ist die Freude, entgegnete Ileane, «denn ich habe einen schönen und mutigen kaiserlichen Helden zum Genossen. Komm, steig auf den Baum und hilf mir Äpfel pflücken für meine lieben Schwestern, die todkrank sind und darnach verlangt haben.»

Mehr wollte der Kaisersohn nicht, er hatte die Absicht, Ileane vom Baum in die Messer zu ziehen. «Du bist gut, Ileane», sprach er, «sei noch besser und reich mir die Hand, um mir in den Baum zu helfen!»

«Bös ist dein Gedanke», dachte Ileane, «aber dir soll er zum Unheil werden!» Sie gab ihm die Hand, zog ihn am Stamm bis in die Zweige und ließ ihn dann zwischen die Messer, Säbel, Speere und andere solche Dinge fallen, die zu ihrem Verderb bereitet waren.

«Da hast du's», sagte sie darauf, «damit du auch wissest, was du im Sinn hattest!»

Der Held mit der schwarzen Seele begann zu rufen und zu wehklagen — ja, aber niemand kam, um ihm zu helfen, sondern man ließ ihn nach seinem eigenen Befehl in Frieden wehklagen, und er mußte geduldig die schrecklichen Schmerzen ertragen.

Ileane nahm ihre Äpfel, brachte sie nach Hause, gab sie ihren Schwestern, kehrte dann zum kaiserlichen Hof zurück und sagte den Knechten, sie sollten hingehen und ihren Herrn aus der großen Gefahr befreien.

Der Kaisersohn, so schmählich verhöhnt, schickte zu der berühmtesten Hexe im Lande, damit sie zu ihm käme und ihm ein Heilmittel für seine Wunden gäbe. Ileane war aber vorher zu der Hexe gegangen, hatte ihr viel Geld gegeben, damit sie, Ileane, an ihrer Statt als Hexe hingehen dürfe. So kam also Ileane als

Hexe an den Kaiserhof. Sie befahl, daß man die Haut eines Büffels nehme, sie drei Tage und drei Nächte in gesalzenes Essigsauer lege, sie dann herausziehe und den verwundeten Jüngling in sie wickle. Aber die Wunden brannten darauf noch schlimmer, und die Schmerzen des Kaisersohnes wurden noch unerträglicher. Als er nun sah, daß es gar schlecht um ihn stand, schickte er zu einem Priester, damit der ihm das Herz erleichtere, ehe er stürbe, und das Abendmahl gäbe. Aber Ileane war auch nicht faul! Sie ging zum Priester, gab ihm viel Geld und bewog ihn dazu, sie an seiner Statt dorthin zu schicken. So gelangte Ileane als Priester an den Kaiserhof.

Als Ileane an das Bett des Kaisersohnes trat, stand er an der Schwelle des Todes, es waren nur noch drei Atemzüge in ihm.

«Mein Sohn», sprach die verpriesterte Ileane, «du hast mich zu dir gerufen, um mir deine Sünden zu beichten. Denke also an die Stunde des Todes und sage mir alles, was du auf dem Herzen hast. Bist du in Unfrieden mit jemand? Ja oder nein?»

«Mit niemand», sagte der Kaisersohn, «mit niemand außer Ileanen, der jüngsten Tochter des Nachbarkaisers. Sie aber hasse ich, mit Sehnsucht und Liebe», redete er weiter. «Wenn ich nicht sterben sollte, sondern gesund werden, will ich beim Kaiser um sie werben, und wenn ich sie in der ersten Nacht nicht umbringe, soll sie meine treue Frau nach dem Gesetze sein.» Ileane hörte diese Worte, sagte auch noch einiges, dann ging sie nach Hause. Hier verstand sie bald, warum ihre Schwestern weinten und wehklagten. Sie hatten vernommen, daß der Kaiser von dem großen Kampf heimkehren solle.

«Freude solltet ihr haben», sagte ihnen Ileane, «wenn ihr hört, daß unser guter Vater gesund und heil nach Hause kommt.»

«Wir würden uns schon freuen», entgegneten die Schwestern, «wenn unsere Blume nicht verwelkt, unser Apfel nicht verfault und unser Vögelchen nicht verstummt wäre; jetzt aber geht's uns ach und weh!»

Als Ileane solche Worte hörte, ging sie in ihr Zimmer, sah wie die Blume noch mit Tau benetzt, wie das Vögelchen hungrig war und der Apfel nur zu sagen schien: «So iß mich doch, Schwesterlein!»

Um also ihren lieben Schwestern zu helfen, gab sie der einen die Blume, der anderen das Vögelchen. Für sich aber behielt sie nur den schönen Apfel. So erwarteten sie die Ankunft des Kaisers, der so scharf im Befehlen war.

Der Kaiser, kaum zu Hause angelangt, trat zu der ältesten Tochter und fragte sie nach der Blume, dem Vögelchen und dem Apfel. Sie zeigte ihm nur die Blume, und auch die war halb verwelkt. Der Kaiser sagte nichts, sondern ging zu seiner zweiten Tochter. Diese zeigte ihm nur das Vögelchen; und auch das war halb verkümmert. Der Kaiser sagte wiederum nichts, sondern ging wortlos zu seiner jüngsten Tochter, der klugen Ileane.

Als der Kaiser den Apfel auf Ileanes Schrank sah, hätte er ihn fast mit den Augen verspeist, so schön war er. «Wo hast du die Blume hingesteckt, und was hast du mit dem Vögelchen gemacht?» fragte er Ileanen.

Ileane antwortete nichts, sondern eilte zu ihren Schwestern und brachte eine frische Blume und ein munteres Vögelchen mit.

«Mögest du gedeihen, mein Töchterchen», sagte der Kaiser, «jetzt sehe ich, daß du mir die Treue bewahrt hast!»

Von Ileanen ging der Kaiser wieder zu seiner zweiten Tochter und darauf zu der ältesten.

Als er sie nach den drei Sachen, die er ihnen anvertraut hatte, fragte, holten sie schnell Vogel, Blume und Apfel von Ileanen. Ja, aber der liebe Herrgott läßt keine Lügen durchgehen: bei ihnen verwelkte die Blume, war der Vogel traurig, und nur der Apfel blieb frisch, rotbackig und zum Einbeißen.

Als der Kaiser dies sah, verstand er alles: er befahl darum, daß man die beiden älteren Mädchen bis an die Brust in die Erde eingrübe und sie so ließe, damit sie von der Härte einer kaiserlichen Strafe Kunde gäben. Ileane aber lobte er, küßte sie und führte mit ihr gute, kaiserliche Rede und sagte ihr: «Mögest du viel Glück haben, meine Tochter, denn du hast deine Pflicht erfüllt und die Treue bewahrt.»

Nachdem der jüngste Sohn des Nachbarkaisers genesen, bestieg er sein Pferd und machte sich auf, um Ileane zur Frau zu begehren. Der alte Kaiser, Ileanes Vater, sagte ihm in väterlicher Rede, nachdem jener ihm kundgetan, mit welcher Absicht er gekommen sei:

«Mein Sohn und Held, geh und frage Ileanen; was sie will, soll mit Gottes Hilfe geschehen.»

Ileane aber sagte kein Wort, sondern ließ es geschehen, daß der besagte Held sie küßte. Da verstand der Kaiser die ganze Sache und sprach: «Meine lieben Kinder, ich merke, daß es so hat sein sollen, daß ihr Mann und Frau würdet; möge es also zu eurem Besten sein!»

Viel Zeit verging nicht, bis Ileane sich mit dem mutigen, schönen, heldenhaften und kaiserlichen Jüngling vermählte. Man richtete ihnen eine Hochzeit her, von der die Kunde durch sieben Länder ging. Ja wohl! Aber Ileane hatte nicht vergessen, was der Kaisersohn Böses im Sinne trug; sie wußte, daß er für die erste Nacht nach der Vermählung etwas gegen sie im Schilde führte. Drum befahl sie, daß man ihr eine Puppe aus Zucker anfertige, gerade so groß wie sie selbst war, mit Gesicht, Augen, Lippen und der ganzen Gestalt Ileanes. Als aber die Puppe fertig war, versteckte sie dieselbe in dem Bett, in dem sie in jener Nacht schlafen sollte.

Am Abend, als die Verwandten und Freunde sich zur Ruhe gelegt und auch Ileane schlafen gegangen war, sprach der Kaisersohn also zu seiner Braut:

«Liebe Ileane, warte noch ein Weilchen, ich komme gleich.» Darauf ging er aus dem Zimmer.

Ileane besann sich nicht lange, sprang aus dem Bett, ließ die Zuckerpuppe an ihrer Statt und versteckte sich hinter einem Vorhang am Kopfende des Bettes.

Ileane hatte sich kaum ordentlich versteckt, als der Kaisersohn wieder ins Zimmer kam mit einem spitzen Säbel in der Hand.

«Sage mir jetzt, du meine liebe Ileane», sprach er, «hast du mich in den Keller geworfen?»

«Ja», sagte Ileane hinter dem Vorhang. Der Kaisersohn hieb einmal mit dem Säbel über die Brust der Puppe.

«Du hast mich mit Spott und Hohn aus dem Lande gejagt?» fragte er zum zweiten Male.

«Ja», sagte Ileane.

Der Kaisersohn hieb mit dem Säbel über ihr Gesicht.

«Du hast mir die Speisen verschüttet?» fragte der Kaisersohn zum dritten Male.

«Ja», sagte Ileane.

Der Kaisersohn hieb mit dem Säbel von oben bis unten.

«Du hast mir den Wein ausgegossen?» fragte der Kaisersohn zum vierten Male.

«Ja», sagte Ileane.

Der Kaisersohn hieb mit dem Säbel einmal kreuz und quer. Ileane aber begann wie im Todeskampf schwer zu atmen.

«Du hast mich in die Messer geworfen?» fragte der Kaisersohn zum fünften und letzten Male.

«Ja», sagte Ileane.

Der Kaisersohn stach nun seinen Säbel in Ileanes Herz, hieb nach allen Seiten, aus allen Kräften, die er hatte, so daß ihm die Tränen wie Bäche herabrannen. Als die Morgenröte herannahte, begann er von ganzem Herzen zu weinen. Auf einmal sprang ihm ein Stück Zucker in den Mund.

«Ach, Ileane! süß warst du im Leben, aber süß bist du auch im Tode», sagte er und weinte noch heftiger.

«Wahrhaftig süß», sagte Ileane, hinter dem Vorhang hervortretend, «aber hundert und tausendmal süßer werde ich von jetzt ab sein.»

Der Kaisersohn war wie erstarrt vor Freude, als er Ileane heil und gesund sah; er nahm sie in seine Arme, und von jetzt ab lebten sie viele Jahre glücklich und beherrschten das Land in Friede und Freude.

DIE ALTE UND DER ALTE

Es war einmal ein Alter und eine Alte, die hatten nicht ein einziges Kind gehabt. Das kam ihnen schwer an, weil sie gar keine Hilfe hatten, nicht einmal um das Feuer anzumachen. Wenn sie vom Felde kamen, mußten sie zuerst Feuer anzünden und dann das Essen herrichten.

Eines Tages, als sie sich so mühten und miteinander berieten, beschlossen sie, sich nach Kindern umzusehen.

Der Alte schlug einen Weg ein, die Alte einen anderen, um irgendwo ein Kind zu finden.

Der Alte traf auf seinem Wege einen Hund, die Alte eine Maus. Als sie einander begegneten, fragte die Alte:

«Alter, was hast du gefunden?»

«Ein Hündchen! Und du, Alte?»

«Ein Mäuschen.»

Sie kamen überein, das Mäuschen als Kind anzunehmen und das Hündchen fortzujagen. So kehrte der Alte mit der Alten und dem Mäuschen vergnügt nach Hause zurück, weil sie nun gefunden, was sie gesucht, nämlich ein Kind.

Zu Hause angelangt, begann die Alte Feuer anzumachen; dann setzte sie den Topf mit saurer Buttermilch zum Kochen auf. Das Mäuschen sollte aufpassen, daß der Topf nicht ins Feuer fiele. Darauf ging sie dem Alten nach zur Feldarbeit.

Nachdem sie fortgegangen war, kochte die Suppe und spritzte aus dem Topfe heraus; da fing das Mäuschen, welches auf dem Herd saß, zu sprechen an:

«Süppchen, spring nicht auf mich los, sonst spring ich auf dich.» Die Buttermilch aber hörte nicht darauf und spritzte immerfort heraus. Das Mäuschen ärgerte sich und sprang stracks in den Topf.

Als die Alten vom Hacken kamen und ins Haus traten, riefen sie ihr Kind. Aber nirgends ein Kind! Nachdem sie es längere Zeit gesucht hatten und es nicht fanden, setzten sie sich sehr traurig zu Tisch, um zu essen. Sie aßen jedoch mit großer Lust, bis die Alte, wie sie die Schüssel leerte, auf dem Boden, was fand sie? Das Mäuschen, ihr Kind, tot! Sie begann zu sagen:

«Alter, Alter, hier ist es, unser Kind hat sich in der Buttermilch ertränkt.»

«Aber wie ist das möglich!» entgegnete der bärtige Alte.

Als sie dieses schreckliche Ereignis sahen, begannen sie bitter weinend es zu beklagen, und der Alte fing an aus Trauer sich den Bart zu zausen, die Alte aber das Haupthaar.

Der Alte trat mit Tränen in den Augen und zerzaustem Bart aus dem Haus. Auf dem Baum aber vor dem Hause, auf einem Zweige, saß eine Elster. Die fragte ihn, wie sie ihn erblickte:

«Warum hast du deinen Bart zerzaust, Alter?»

«Ach, mein Liebling, wie soll ich mir nicht die Haare aus dem Bart reißen, wenn mein Kindchen sich in dem Topf mit Suppe ertränkt hat und tot ist?»

Als die Elster dies hörte, riß sie sich auch alle Federn aus und behielt nur den Schwanz.

Die Alte machte sich mit kahlem Kopf zum Brunnen auf, um einen Krug Wasser zu holen, in dem sie ihr verstorbenes Kind baden wollte.

An diesem Brunnen stand ein Mädchen mit Krügen. Als sie die Alte erblickte, fragte sie:

«Alterchen, warum hast du dir die Haare vom Kopf gerissen und dich ganz kahl gezaust?»

«Ach, mein Liebling, wie soll ich mir die Haare nicht zausen und mich kahlköpfig raufen, wenn mir mein Mäuschen gestorben ist?»

Das Mädchen brach vor Trauer seine Krüge entzwei, dann eilte es zur Kaiserin, um es ihr zu sagen. Diese stürzte, sowie sie es hörte, vom Balkon herab, brach sich einen Fuß und starb. Der Kaiser aber, aus Liebe zur Kaiserin, ging davon und wurde Mönch im Lügenkloster, jenseits der Wahrheiten. Ich aber

Bekanntschaft mit den Großeltern machte,
Denen ich dieses Märchen brachte.
Doch ihnen schien's gar klein, sie lachten,
Wenn sie nur wieder daran dachten.

MESSERPRINZ

Es waren einmal ein Zar und cinc Zarin; die hatten zehn Jahre lang keine Kinder. Die Zarin fing jedesmal an zu weinen, wenn sie Kinder sah. Einmal begegnete sie einem Mann, der hatte sieben Kinder und ging betteln, um die Kinder zu ernähren. Er kam auch an die Tür der Zarin; die war wieder betrübt, daß sie kein Kind hatte, und gab ihm Geld und Brot. Da ging gerade ein alter Mann mit weißem Bart vorüber und sah, wie die Zarin weinte, als sie die Kinder des Bettlers sah. Der Alte fragte sie: «Warum weinst du?» Sie antwortete ihm: «Dem da, der sie nicht ernähren kann, hat Gott Kinder gegeben, und mir, die sie nähren und kleiden kann, gibt er keine.» Darauf sagte der Alte: «Wenn du mich zum Gevatter nimmst, will ich dir ein Kind geben.» — «Warum nicht? Ich will dich zum Gevatter nehmen.» Der Alte gab ihr darauf einen Apfel und sagte: «Eine Hälfte iß du, und die andere gib dem Zaren.» Die Zarin nahm den Apfel, gab die eine Hälfte dem Zaren, die andere aß sie selbst. Nach neun Monaten bekam sie ein Kind, einen Jungen. Bei seiner Geburt schoß man mit Kanonen. Bis zum zehnten Jahr hatten sie ihm noch keinen Namen gegeben und schickten ihn ohne Namen in die Schule. Der Junge aber, traf er auf dem Schulwege einen Menschen, schlug er ihn nieder, und die Rinder, die auf die Weide getrieben wurden, packte er am Schwanze und schleuderte sie zur Seite. Da klagten die Hirten beim Zaren: «Willst du uns schützen, oder willst du unser Vieh schlagen lassen?» Als der Junge aus der Schule kam, sagte der Zar zu ihm: «Was schlägst du das Vieh? Die Leute sind hierhergekommen, dich zu verklagen.» Darauf antwortete der Junge: «Ich mag hier nicht bleiben, ich will fort. Wenn's dir recht ist, gib mir ein Pferd und Geld, ich mag nicht hier bleiben, ich will fort und mich mit irgendeinem Ringkämpfer messen.» Der Zar aber sagte: «Sprich nicht davon, daß du fort willst, und schlag kein Vieh mehr tot.» Dann ließ er ihn wieder in die Schule gehen. Die Schulkinder aber riefen ihm nach: «Namenlos, Namenlos», weil er keinen Namen hatte. Als der Junge aus der Schule kam, ging er zu seiner Mutter und sagte: «Ich habe keinen Namen; ich will fort von hier.» Die Mutter antwortete: «Wenn du gerne einen Namen willst, so wollen wir dir einen geben», und sagte zum Zaren: «Das Kind will einen Namen haben. Den Apfel, den du gegessen hast, hat mir ein Alter gegeben und mir gesagt: ,Wenn du mich zum Gevatter nimmst, schenke ich dir ein Kind.'» Darauf sagte der Zar: «Mag sein, aber wo sollen wir ihn finden?» — «Er geht jeden Tag an unserm Hause vorbei.» Darauf sagte der Zar: «Halt ihn an, wenn er vorbeikommt.» Am Abend schoß man mit Kanonen, da der Zarensohn einen Namen bekommen sollte, und der Zar hatte Gäste dazu eingeladen. Die Zarin aber hielt den Alten an. Am nächsten Morgen waren alle Zimmer voll Leute, auch der Alte war dort und sagte zum Zaren: «Mach ein Zimmer ganz leer!» Das geschah, der Alte ging in das Zimmer und sagte: «Bringt mir das Kind, wie es die Mutter geboren hat.» Da brachten sie ihm das Kind ganz nackt, er aber kleidete es in goldne Gewänder, stach ihm ein spitzes Messer ins rechte Bein und gab ihm den Namen «Messerprinz». Als die Leute ihn so in Gold gekleidet sahen, gerieten sie ganz außer sich, und der Alte selbst auch; der aber ging davon.

Der Zar schickte nun seinen Sohn wieder in die Schule; der aber prügelte sich mit den Kindern; sie klagten es dem Zaren, und er verbot es ihm. Aber es war von Gott so in den Jungen gelegt, er konnte es nicht aushalten und sagte zu seinem Vater: «Ich kann hier nicht stillsitzen, gebt mir ein Pferd und einen Quersack voll Geld, ich will fort.» Da gab ihm der Zar, was er wünschte. Der Junge zog fort und kam an ein Gebirge. Da begegnete ihm einer, der vom Gebirge herabkam und, während er so ging, mit dem Fuß ausholte und die Buchen umstürzte. Messerprinz sagte zu ihm: «Wer bist du?» — «Ich bin ein Mensch, und du?» — «Ich bin auch ein Mensch; und du, wohin gehst du?» Der antwortete: «Ich gehe zu einem Zarensohn, der Messerprinz heißt, und will mit ihm ringen.» Messerprinz sagte darauf: «Komm, versuch es erst einmal mit mir!» Der andre sagte ja, und sie rangen drei Tage und drei Nächte, aber keiner kam zu Fall. Da sagte Messerprinz: «Laß uns Brüderschaft machen!» Der andere war einverstanden, und Messerprinz fragte ihn: «Was für eine Heldenkraft hast du?» Der antwortete: «Ich weiß alles, was es auf der Welt gibt; und was hast du für eine?» — «Ich habe im rechten Bein ein Messer; wenn mir das ein andrer herauszieht, muß ich sterben; wenn ich es aber selbst herausziehe, sterbe ich nicht; wenn ich das Messer schleudere, kann mir nichts widerstehen.» Da schlossen die beiden Brüderschaft.

Sie gingen weiter und kamen wieder an einen Berg; da sahen sie einen herabkommen und fragten ihn: «Was bist du?» — «Ich bin ein Mensch», antwortete der, «und was seid ihr?»

— «Wir sind auch Menschen. Und du, wohin gehst du?» Der sagte: «Ich gehe und will mit Messerprinz ringen.» — «Komm, versuch es erst einmal mit mir!» Da rangen sie drei Tage und drei Nächte, und keiner kam zu Fall. Darauf sagte Messerprinz zu ihm: «Laß uns drei Brüderschaft schließen!» Der war einverstanden, und Messerprinz fragte ihn: «Was für eine Heldenkraft hast du?» Er antwortete: «Ich kann mitten durchs Meer einen Weg bahnen; und was für eine hast du?» — «Ich habe im rechten Bein ein Messer; zieht mir das ein andrer heraus, so muß ich sterben; wenn ich es aber selbst herausziehe, sterbe ich nicht, und wenn ich es schleudere, kann nichts mir widerstehen.» Da schlossen die drei Brüderschaft.

Der eine, der alles auf der Welt wußte, sagte zu dem Prinzen: «An dem und dem Ort ist ein Feuer; darüber versuchen Helden zu springen, aber keiner kommt hinüber. Wer hinüberspringt, der bekommt des Zaren Tochter.» Messerprinz antwortete: «Kommt, laß uns dahin gehen!» Dort fragte er die Springer: «Ist es auch uns erlaubt zu springen?» Sie antworteten: «Jawohl, warum nicht? Wer kann, darf springen.» Da sprang Messerprinz über das Feuer, und sie gaben ihm die Zarentochter. Er aber sagte: «Sie soll mir eine Schwester sein in dieser und in jener Welt; wenn ihr sie mir für meinen älteren Bruder da geben wollt, will ich sie nehmen; sonst mag sie hier bleiben.» Man gab sie ihm; Messerprinz aber richtete diesem seinem Bruder ein Haus zur Wohnung ein, gab ihm eins von seinen Haaren und sagte: «Wenn Blut aus diesem Haar fließt, wisse, daß ich tot bin.»

Darauf gingen er und der jüngere Bruder weiter und sahen an einer Stelle, wie Leute versuchten, über einen Fluß zu springen. Wer hinüberkäme, der solle die Tochter des Zaren bekommen. Da nahm Messerprinz einen Esel, lud ihn auf die Schulter und sprang über den Fluß. Sie wollten ihm nun die Zarentochter geben; er aber sagte: «Sie soll mir eine Schwester sein in dieser und jener Welt; wenn ihr sie mir für meinen Bruder geben wollt, will ich sie nehmen.» Das taten sie; er richtete diesem Bruder ein Wohnhaus ein wie dem andern, gab ihm auch ein Haar und zog weiter.

An einer Stelle teilte sich der Weg; dort war ein Stein mit einer Inschrift. Messerprinz las sie: «Wer diesen Weg geht, kehrt zurück, wer den da, kehrt nicht zurück.» Da sagte er: «Ah! Daran wird man erkennen, daß ich ein tapfrer Held bin. Ich will den Weg gehen, wo man nicht zurückkommt.» Das tat er, und unterwegs traf er auf drei Lamien, schleuderte seine Keule und erschlug sie alle drei. Beim Weitergehen traf er noch weitere sechs; da dachte er: «Wenn ich mit der Keule werfe, treffe ich sie vielleicht nicht; ich will lieber mit dem Messer werfen.» Aber dann meinte er doch: «Nein, ich will nicht mit dem Messer werfen, sondern lieber mit der Keule.» Das tat er und erschlug alle sechs. Als er weiterging, traf er wieder eine Lamia. Die war so hoch wie drei Minarette zusammen; da sprach er bei sich: «Werfe ich so, daß ich ihre

Füße treffe, so fällt sie auf mich und erschlägt mich»; darum warf er so, daß er sie am Kopfe traf. Sie fiel, und er ging hin und machte ihr mit dem Messer den Garaus. An demselben Ort war ein Palast mit fünfzig Stuben, darin befand sich ein Mädchen. Er stieg zu den Stuben hinauf, fand neunundvierzig offen und eine verschlossen; er stieß mit dem Fuße an die Türe und öffnete sie; da fand er das Mädchen. Sie war zugedeckt; er deckte sie auf und sagte: «Steh auf!» Sie aber rief: «Lauf fort, die Lamia wird dich auffressen.» Er erwiderte: «Ich habe die Lamia erschlagen.» — «Nein, wie sollst du die Lamia erschlagen können?» — «Steh auf, dann kannst du's sehen!» Und als sie dahin gingen, sah sie, daß die Lamia wirklich erschlagen war.

Da kamen drei Schiffe, das Mädchen zu holen. Messerprinz sprach zu dem Mädchen: «Gib acht, ich will machen, daß die Schiffe kentern.» Das Mädchen aber sagte: «Lauf weg! die Schiffsleute werden dich erschlagen.» Er hörte aber nicht darauf und machte zwei Schiffe kentern; das eine entkam. Da gingen die Schiffsleute zum Zaren und sprachen: «Die Lamien waren nicht mehr dort, aber ein junger Mann ließ uns nicht heran.» Als das ein altes Weib hörte, die da war, sagte sie: «Wenn es sich nur um einen jungen Mann handelt, will ich ihn schon überlisten. Legt mich in eine Kiste und bringt mich zu dem Palast. Wenn ich dort bin und ihn überlistet habe, stecke ich ein Handtuch als Fahne auf; lauft dann hin.» Das taten sie; der junge Mann aber und das Mädchen, die gerade am Strande spazierten, erblickten die Kiste, und er sagte: «Gib acht, sieh, wie ich die Kiste da fortschleudere.» Sie antwortete: «Laß sein, tu es nicht; es sind vielleicht Schüsseln darin, wir wollen uns doch Essen herrichten.» Da nahmen sie die Kiste und öffneten sie, und was sahen sie? Darin steckt eine Alte, und das Mädchen meinte: «Wir wollen sie mit nach Hause nehmen, sie soll unsere Dienerin sein.» Er sagte aber: «Nein, ich will sie fortschleudern.» Doch das Mädchen blieb bei ihrer Meinung, der Mann gab ihr nach, und sie nahmen die Alte mit sich. Da sagte die Alte zu dem Mädchen: «Was für eine Heldenkraft hat dein Mann?» Dieses antwortete: «Ich weiß nicht.» Darauf sagte die Alte weiter: «Oh! wenn du das noch nicht weißt, so liebt dich dein Mann nicht.» Darauf ging das Mädchen und fragte ihn: «Was für eine Heldenkraft hast du?» Er antwortete: «Ich habe ein Messer im rechten Bein stecken; wenn mir das ein anderer herauszieht, muß ich sterben; aber wenn ich es selbst herausziehe, sterbe ich nicht.» Das erzählte sie der Alten. Eines Abends aber tat diese so, als schüttle sie das Fieber, und sie klagte es dem Mädchen. Die sagte darauf zu ihrem Manne: «Wir wollen sie doch zu uns in die Stube nehmen, damit sie nicht einsam stirbt.» Er antwortete: «Nein, sie liegt nicht im Sterben, meine Liebe.» Das Mädchen aber blieb dabei: «Wir wollen es doch tun; es wäre sonst Sünde.» Da nahmen sie die Alte zu sich; die aber zog dem Manne, als er eingeschlafen war, das Messer aus dem rechten Bein, und er starb. Darauf ging die Alte und steckte ein Tuch als Fahne auf, und die Schiffsleute kamen und nahmen das Mädchen mit. Sie aber bat: «Wartet noch, laßt mich ihn zudecken und die Stube abschließen!» Das erlaubten sie ihr, und dann nahmen sie sie mit.

Nun floß Blut aus den Haaren, die er den beiden Brüdern zurückgelassen hatte, und sie machten sich auf, ihn zu suchen, sahen den Stein und lasen darauf die Inschrift: «Geht einer diesen Weg, kommt er nicht zurück; geht er den da, kommt er zurück.» Da sagten sie: «Den Weg, wo man nicht zurückkommt, ist er gegangen.» Auf dem weiteren Wege fanden sie erst die drei erschlagenen Lamien, dann die sechs und zuletzt die riesenhafte,und sahen also, daß Messerprinz nicht von ihnen aufgefressen war. Als sie dann in den Palast kamen, fanden sie neunundvierzig Zimmer offen, eins geschlossen. Das öffneten sie und fanden ihn dort. Da sagte der eine, der alles auf der Welt wußte, zu dem andern, der einen Weg durchs Meer bahnen konnte, er solle das tun; er wußte nämlich, daß die Alte das Messer ins Meer geworfen hatte. Der andre tat das, sie fanden das Messer, kehrten zurück und steckten es Messerprinz wieder ins Bein. Da wachte er auf und sprach: «Ach, was habe ich geschlafen! Aber wo kommt ihr her? Was habt ihr mit dem Mädchen gemacht?» Sie antworteten: «Wir sollen etwas mit dem Mädchen gemacht haben? Wo ist sie?» Der aber, der alles wußte, wußte auch, daß der Zar das Mädchen fortgeholt hatte, und Messerprinz befahl dem andern, einen Weg durchs Meer zu bahnen. Von dem Palast bis zu dem Zaren waren es neun Tagereisen. Sechs Tagereisen hatten sie schon auf dem Meereswege zurückgelegt, es blieben bis zu dem Zarenschlosse noch drei. Das Mädchen hatte aber zu dem Zaren gesagt: «Ich heirate dich nicht, ehe neun Tage um sind; solange laß mich ihn betrauern.» Messerprinz fragte nun seinen Genossen: «Wieviel Tagereisen sind es noch bis zu dem Schlosse», und als er erfuhr, noch drei, sagte er: «Mach schnell!» Das tat der, und sie kamen bis an das Schloß. Da sah Messerprinz das Mädchen am Fenster des Zaren sitzen, sprang ans Land und ging zu dem Fenster. Als die Alte, die am Tisch des Zaren gesessen hatte, ihn sah, fiel sie unter den Tisch, der Zar aber ging gerade im Hause herum. Da ergriff Messerprinz die Alte und hieb sie in Stücke. Dann machte er sich auf, auch den Zaren in Stücke zu hauen; der aber bat ihn: «Ich will dir neun Lasten Geld geben, töte mich nicht.» So geschah es. Messerprinz nahm das Geld und das Mädchen. Drei Lasten gab er dem ältesten Bruder, drei dem jüngern, drei behielt er für sich, und dann ging jeder hin, wo er zu Hause war.

LENGO UND SAWE UND DAS MEER

EIN FAULPELZMÄRCHEN

Es war einmal eine Mutter, die hatte einen Sohn. Der Junge hatte keine Lust zu arbeiten, er war zu faul. Die Mutter sagte zu ihm: «Aber Sohn, wenn du schon nichts anderes arbeitest, geh wenigstens mit dem Esel Holz holen.» Der Junge antwortete: «So hol mir ihn doch, wenn du willst, daß ich nach Holz gehen soll.» Die Mutter holte ihm den Esel und sprach: «Da, ich habe dir den Esel geholt, nun geh also!» — «Setz mich auf den Esel, wenn du willst, daß ich nach Holz gehen soll», sagte der Junge weiter. Da setzte sie ihn auf den Esel und sagte wieder: «Da, ich habe dich daraufgesetzt, mach vorwärts und geh!» Sie legte ihm auch noch das Beil auf den Esel und brachte ihn so mit aller Mühe dahin, daß er ging.

Der Junge zog nun seines Weges, Holz zu holen. Nach einiger Zeit kam er ans Meer, da fiel ihm das Beil herunter. Er war zu faul, abzusteigen und es aufzunehmen, sondern blieb auf dem Esel sitzen und wartete. Da war aber ein Fisch aufs Trockene geraten und konnte nicht wieder ins Wasser kommen. Als der den Jungen sah, bat er ihn: «Du Junge! trag mich ins Meer, und was du willst, gebe ich dir.»

— «Gib mir das Beil da», antwortete der Junge, «wenn du willst, daß ich dich ins Wasser trage.» Der Fisch bewegte den Schwanz, hob den Stiel des Beils in die Höhe, so konnte der Junge es fassen. Dann sagte er zu dem Fisch: «Was willst du mir nun geben, daß ich dich ins Meer trage?» — «Was ich dir gebe?» antwortete der Fisch, «ich habe nichts, was ich dir geben kann, nur das kann ich machen: wenn du sagst: ‚Lengo und Sawe und das Meer', dann wird dir alles zuteil, was du willst.» Da warf der Junge den Fisch ins Meer, der schwamm gleich fort, und der Junge blieb am Ufer stehen. Nun fing er an nachzudenken, was er machen und was sich wünschen soll. Zuletzt fiel ihm ein, er wolle sagen, daß ihm ein Tisch mit Essen hingestellt werden soll, und so sagte er: «Lengo und Sawe und das Meer! Es soll ein Tisch mit allerlei Speisen dastehen.» Und sogleich stand der Tisch mit schönen Speisen da. Der Junge aß sich satt und ging dann ins Gebirge nach Holz. Wer sollte ihm nun das Holz sammeln? Er war zu faul dazu. Da sagte er wieder: «Lengo und Sawe und das Meer! Es soll mir Holz aufgelesen und auf den Esel geladen werden!» Sofort war das Holz aufgelesen und dem Esel aufgeladen. Der Junge ging mit dem Holz nach Hause.

Unterwegs kam er am Zarenschloß vorbei. Die Zarentochter stand am Fenster, der Bursche sah sie und sagte: «Lengo und Sawe und das Meer; dies Mädchen soll schwanger werden.» Da wurde sie gleich schwanger ohne Mann. Das Kind in ihrem Leibe wuchs und wuchs, und sie wunderte sich: «Wie ist denn das gekommen? Und was soll ich meinem Vater sagen, wenn er es merkt?» Die Zarentochter war nämlich sehr schön, und ihr Vater hatte sie im Palast eingeschlossen, daß sie mit keinem Mann verkehre. Endlich merkte der Vater, daß seine Tochter schwanger war, rief sie ganz allein zu sich und sprach: «Aber, Tochter! was machst du mir da für Scham und Schande? Von wem hast du's? Wohin bist du gegangen, oder wer ist zu dir gekommen?» Das Mädchen war sehr erschrocken und antwortete mit Zittern: «Ich bin nirgends hingegangen, Vater, auch ist keiner zu mir gekommen, ich habe gar keinen Mann gesehen.» Ihr Vater glaubte ihr aber nicht, ließ sie in den Block spannen und ihr die Bastonade geben, sie aber blieb dabei: «Ich weiß nicht und weiß nicht!» Zuletzt sagte sie ihm: «Ein Bursche mit einer Last Holz kam am Schloß vorüber, sah mich am Fenster und murmelte etwas vor sich hin. Von der Zeit an fühlte ich, daß ich schwanger sei!» — «Wie kann es sein, daß eine vom bloßen Ansehen schwanger wird?» erwiderte der Vater; er wollte ihr das durchaus nicht glauben. Sie aber schwur, schlug sich an die Brust und sagte: «Wenn du willst, Vater, glaube mir; wenn nicht, nimm mein Leben — wirf mich ins Meer.» Da ließ der Zar den Burschen holen und fragte ihn, ob er das Mädchen zur Frau nehmen wolle. Der sagte ja, und der Zar gab sie ihm, setzte die beiden in ein Schiff, gab seiner Tochter einige Kränze Feigen und ließ das Schiff treiben.

Sie trieben lange auf dem Meere. Dann aber sagte die Zarentochter zu ihrem Mann: «Mann, sage doch, daß wir ans Land kommen.» — «Gib mir eine Feige, wenn du willst, daß ich es sage», antwortete der.

Sie gab ihm einen Kranz Feigen, und er sagte: «Lengo und Sawe und das Meer! Wir wollen ans Land.» Und sogleich waren sie am Lande und setzten sich am Ufer nieder. Da sagte die Frau zu ihm: «Sag wieder etwas, daß sich hier ein Schloß aufbaue, in dem wir wohnen und leben können.» Er antwortete wieder: «Gib mir eine Feige, wenn du willst, daß ich es sage.» Sie gab ihm noch einen Kranz Feigen, und er sagte: «Lengo und Sawe und das Meer!» Sogleich stand ein Schloß da, schön, mit allem Nötigen, mit allen möglichen schönen Teppichen und mit allem Hausgerät. Da gingen sie hinein und wohnten dort. Eines Tages gingen die Leute des Zaren auf die Jagd, und als sie auf dem Heimwege waren und das Schloß erblickten, gerieten sie sehr in Erstaunen: bis gestern war nichts da, wie ist da ein so schönes Schloß entstanden? Sie erzählten dann dem Zaren von dem Schloß am Meeresufer, der wunderte sich auch und sagte gleich, er wolle gehen und es ansehen.

Als der Zar zum Schloß kam und es sah, ging er hinein, und die beiden, die da wohnten, seine Tochter und sein Schwiegersohn, empfingen ihn, wie es einem Zaren gebührt. Dann sagte der Schwiegersohn: «Lengo und Sawe und das Meer! Es sollen dem Zaren goldne Tische, goldnes Geschirr und kaiserliche Gerichte vorgesetzt werden.» Und sogleich erfüllte sich sein Wunsch.

Die Zarentochter hatte sich bis dahin ihrem Vater noch nicht zu erkennen gegeben. Sie hatte ihn gleich, als er eintrat, erkannt, er sie aber nicht. Dann gab sie sich ihm kund, und er erkannte und fragte sie, wie sie zu einem solchen Palast gekommen sei und zu so schönen Geräten und zu Speisen und zu solchem Reichtum. Sie erzählte ihm nun alles von Anfang bis zu Ende, was und wie es gewesen war. Da nahm der Zar seinen Schwiegersohn, den ehemaligen Holzsammler, und seine Tochter mit sich und setzte ihn auf den Thron.

JETZT IN DER JUGEND ODER IM ALTER

s war einmal ein König, der wünschte sich siebzehn Jahre lang vergeblich ein Kind. Nach siebzehn Jahren wurde seine Frau schwanger und gebar ein Mädchen. Dieses Mädchen wurde groß. Ihr Vater, der König, ließ sie alle Arbeiten lernen, ließ sie die Wissenschaft lernen, gab sie in die Schule. Er wollte sie Philosophin werden lassen. Aber die Philosophie machte sie hypochondrisch: sie wollte allein sein, nicht unter Menschen. Einmal, als sie allein saß und stickte, hörte sie eine Stimme: «Jetzt in der Jugend oder im Alter», sagte diese Stimme. Vor Schrekken hierüber stieß sie einen Schrei aus. Ihre Mutter kam herauf und fand sie ohnmächtig. Sie erweckte sie mit vieler Anstrengung aus ihrer Ohnmacht und sagte zu ihr: «Ich will nicht, daß du allein bleibst. Was ist dir zugestoßen?» — «Ich hörte eine Stimme: ‚Jetzt in der Jugend oder im Alter!' Eine Stimme wie ein Schrei und schrecklich.» Sie nahm sie mit und sie blieben zusammen; sie ließen sie nicht mehr allein.

Es verging geraume Zeit. Da ging sie doch wieder hinauf, saß allein und stickte. Während sie stickte, hörte sie wieder dieselbe Stimme. Sogleich rief sie die Mutter. Es kam auch ihr Vater, der König. Er fragte sie: «Was hast du, meine Tochter?» — «Ich habe wieder dieselbe Stimme gehört», sagte sie zu ihrem Vater. «Hole die Philosophen, meine Lehrer, damit ich ihnen sage, was mir fehlt. Es ist keine Einbildung, es ist Tatsache; ich sehe es mit meinen Augen. Ich will es erzählen, damit wir sehen, was mein Leiden ist, daß wir es erklären.» Die Lehrer kamen, und sie erzählte es. Die Lehrer sagten: «Wenn du jene Stimme hörst, so sage: ‚Jetzt in der Jugend, wo ich noch die Kraft dazu habe'», und gingen weg.

Sie stieg zu der Kammer hinauf und stickte an dem Rahmen. Als sie jene Stimme hörte, sagte sie: «Jetzt als junge Frau, wo ich noch die

Kraft dazu habe!» Als sie dies sagte, kam ein Adler, nahm sie mit seinen Fängen und flog davon. Alle standen und sahen, wie die Königstochter zum Himmel flog; sie war ihnen verloren. Die Mutter schloß den Palast, alles wurde in Schwarz gehüllt; die ganze Stadt trug Trauer. Selbst die Reittiere färbte der König schwarz.

Der Adler trug das Mädchen und warf sie in eine Wüste. Er gab ihr ein Tischtuch, ein Paar Holzschuhe und sagte zu ihr: «Breite das Tischtuch aus und verlange, welche Speise du willst, daß es sie dir gebe zum Essen und Wasser zum Trinken.» Der Adler flog davon und ließ sie allein. Sie sah nur den Himmel und die Erde. Sie weinte und schlug sich Tag und Nacht. Eine Prinzessin und muß solche Qual in der Wüste erdulden! — Acht Jahre wanderte sie in der Wüste umher.

Nach acht Jahren sah sie eines Nachts ein Licht, sehr weit weg. Sie wanderte, wanderte Tag und Nacht und näherte sich jenem Licht: es war ein Stall; sie kam zu Leuten, in ein anderes Land, nicht in der Nähe ihres eigenen. Es war ein Hirt, er besorgte eines Königs Stall. Er hatte eine Frau und eine Tochter. Die Prinzessin bat den Hirten, dort bleiben zu dürfen. Sagte der Hirt: «Was soll ich mit dir machen? Ich bin arm, ich kann dich nicht ernähren.» Da sagte jene zu ihm: «Ich will nicht, daß du mich ernährst, ich habe zu leben; ich will kein Essen von dir.» Da sagte der Hirt: «Bleib!» Sie blieb mit der Frau des Hirten im Stall. Sie ging immer hinter den Stall, breitete das Tischtuch aus und aß. Der Hirt, seine Frau, seine Tochter wußten nicht, wie sie lebte, wo sie doch nicht aß; denn der Hirt ernährte sie nicht.

Die Tochter des Hirten brachte jeden Tag die Lieferungen für den König. Da erkrankte sie, und der Hirt weinte: «Wer soll die Lieferungen bringen?» Jene sagte zu ihm: «Weine nicht, laß mich sie bringen!» Sagt der Hirt: «Weißt du sie hinzubringen?» Sprach jene: «Ich weiß es nicht, aber weiß es nicht das Eselchen? Wo das Eselchen hingeht, da werde ich es abgeben, die Milch, die Käse und den Quark.» — Sie nahm das Eselchen, das ging und blieb an der Tür der ältesten Tochter des Königs stehen. Man kam heraus, um die Waren abzunehmen. Sie fragten: «Hat der Hirt noch eine zweite Tochter?» Sie antwortete: «Er hat noch mich; ich war in der Schule, meine Schwester erkrankte, da habe ich die Sachen gebracht.» Die Prinzessin stand auf, um sie abzunehmen und die Gefäße zu leeren. Jene ging an den Stickrahmen und stickte. Die Prinzessin sah sie und sagte zu ihr: «Verdirb es mir nicht!» Sie antwortete: «Sei getrost, ich verderbe es nicht.» Als die Prinzessin ihre Stickerei sah, war sie ganz närrisch vor Erstaunen und sagte zu der vermeintlichen Hirtentochter: «Du verstehst so etwas zu sticken? Deine Schwester wird gesund werden und in einem Monat wiederkommen; dann sollst du mir sticken, und ich werde dir viel Geld dafür zahlen.» Sie schenkte ihr vielerlei, auch Geld. Jene brachte es dem Hirten. Der Hirt freute sich und war erstaunt, wie sie das zustande gebracht habe.

Am andern Morgen nahm sie die zweite Lieferung und brachte sie zu der jüngsten Tochter des Königs. Das Eselchen blieb vor der Tür stehen, und sie kamen heraus und nahmen die Sachen hinein. Sie sagten zu ihr: «Hat der Hirt noch eine zweite Tochter?» Sie antwortete ihnen: «Er hat noch mich. Ich war bisher in der Schule.» Sie gingen die Gefäße zu leeren. Die Prinzessin, die mit der Maschine nähte, stand auf. Da setzte sich jene hin und nähte an der Maschine der Prinzessin, und sie machte es besser als die Prinzessin. Sagte die Prinzessin: «Verdirb es mir nicht!» In diesem Augenblick vollendete sie das Kleid und sagte: «Ich verderbe es nicht.» Als die Prinzessin es sah, erstaunte sie: so gut hatte jene es gemacht, und sie sagte zu ihr: «Laß deine Schwester gesund werden, dann will ich dich zum Nähen nehmen. Es wäre schade, wenn ein so begabtes Mädchen im Stalle säße.» Sie antwortete: «Sehr gut, ich werde es meinem Vater sagen.»

Am andern Morgen war die Lieferung des Königs an der Reihe. Sie belud das Eselchen, nahm es und ließ es vorangehen; es ging und blieb vor der Tür des Königs stehen. Die Leute vom Schloß waren noch in der Kirche. Nur der Sohn des Königs war da und ein junges Dienstmädchen. Er befahl dem Dienstmädchen: «Sag ihr, daß sie die Sachen ins Zimmer bringe.» Jene war aber über die Maßen schön: sie leuchtete wie die Sonne leuchtet. Als sie in das Zimmer gegangen war, verschloß der Sohn des Königs die Tür und hielt sie im Zimmer fest. Jene schaute sich im Zimmer um: sie sah zuerst nichts. Dann bemerkte sie Flinten und Degen: sie zog einen Degen, der an der Wand hing, und schlug dem Königssohn den Kopf ab. Sie warf ihn auf die Erde, nahm das Eselein, ging zu dem Hirten zurück und sagte zu ihm: «Da hast du das halbe Tischtuch, lege es nieder, so wird es Speisen geben zum Essen.» Sagte der Hirt: «Warum?» Sie antwortete: «Ich habe dem Sohn des Königs den Kopf abgeschlagen.» Sagte der Hirt: «Warum hast du das getan?» Sie antwortete: «Weil er mir die Ehre nehmen wollte. War sein Kopf besser als meine Ehre? Deshalb nahm ich seinen Kopf.»

Das Dienstmädchen ging und sagte es dem König. Der König kam und sah seinen Sohn getötet. Er nahm das ganze Heer und ging zu dem Hirten, und sie fesselten den Hirten und jene zugleich. Der König sagte zu ihr: «Warum hast du meinen Sohn getötet?» — «Warum ich ihn getötet habe? Weil er mir die Ehre nehmen wollte.» Sagt der Hirt: «Sie ist nicht meine Tochter. Vor anderthalb Jahren kam sie in meinen Stall. Ich gebe ihr weder zu essen noch zu trinken. Wie sie lebt, weiß ich nicht. Meine Tochter erkrankte, deshalb kam jene. Ich weiß nicht, wer sie ist.» Sagt der König: «Sollen wir sie töten? so wird sie bald erlöst sein, so wird sie nicht gemartert. Sollen wir sie erwürgen? Wieder dasselbe. Sollen wir sie lebendig in den See werfen? Sollen wir sie in dem Grabe zusammen mit meinem Sohne einmauern?» Sie mauerten sie lebendig mit dem Toten im Grabe ein. Dann gingen die Leute weg.

Nach drei Tagen kam eine Schlange, um die Augen des Toten zu fressen. Die Schlange ging wieder weg, nur ihre Jungen blieben zurück. Jene zieht ihre Holzschuhe aus und tötet die jungen Schlangen, indem sie sagte: «Habe ich mich vor der Schlange gefürchtet, soll ich mich darum auch vor den Jungen fürchten? Ich habe sie getötet.» Die Schlange kam, nahm ein Kraut und rieb die Jungen, machte sie lebendig und ging mit ihnen davon. Jene sammelte die Kräuter, die die Schlange hatte fallen lassen, brachte sie an den Kopf des Toten nahe dem Hals, rieb ihn mit jenem Kraut und machte ihn lebendig. Dann sagte sie zu ihm: «Wir wollen wie Geschwister leben.» Sie breitete das Tischtuch aus, und sie aßen, tranken und sangen. Sie lebten wie Geschwister.

Ein Jahr verging, da veranstaltete der König eine Seelenmesse. Die Leute kamen von den Dörfern und gingen, das Grab zu sehen. Da hörten sie drinnen singen. Sie gingen zum König und sagten: «Erweist du seiner Seele oder seinem Leben den Liebesdienst?» Sagte der König zu ihnen: «Hört, Bauern, seid ihr gekommen, mich zu verspotten? Nehmt eure Köpfe in acht, die ich herunterwerfen werde!» — «Nein, o König, dein Sohn ist am Leben und hat die Frau drinnen, und sie singen. Wir gingen, sein Grab anzusehen und hörten sie; er hat die Frau drinnen und sie singen.» Als er von der

Frau hörte, glaubte er es. Der König nahm Leute, und sie gingen und öffneten das Grab. Da sagte jene zum Königssohn: «Mich werden sie im Grabe lassen und wieder einmauern.» Antwortet der Königssohn: «Du wirst zuerst hinausgehen und ich danach.» Die Leute kamen und öffneten das Grab; und der Königssohn sagte: «Werft keinen Stein herab, daß ihr mich nicht trefft! Ich bin am Leben.» Sagt der König: «Die wollen wir nicht herauslassen, sondern wieder im Grabe einmauern.» Sagt der Königssohn: «Die wird zuerst hinausgehen und dann ich: mein Leben und mein Tod ist sie.» Sie kamen heraus: alle Leute aber wunderten sich, ihn, den Getöteten, nach einem Jahr noch am Leben zu sehen.

Er ging mit ihr zum Schloß und verlobte sich mit ihr. Aber sie sagte zu ihm: «Hüte dich, auch nur mit dem Finger in üblem Sinne auf mich hinzuweisen!» Er wagte nicht ein einziges Mal, sie zu fragen, woher sie sei. — Als sie ins Schloß gegangen war und dort blieb, sah sie viele Leute, die aus ihrer Heimat kamen. Einst sagte sie zu ihrem Verlobten: «Nimm einen kleinen Wagen, wir wollen ein Stück spazierenfahren, weil ich viel gelitten habe.» Er antwortete: «Nehmen wir einen!» Er nahm den Wagen zur Ausfahrt und fragte seine älteste Schwester: «Was willst du, daß ich dir vom Bazar mitbringe?» Sie sagte: «Einige Pferdeäpfel bringe mir mit dem Eselchen, das die Milch trägt.» Er antwortete: «Zu Befehl.» Dasselbe fragte er seine jüngste Schwester: «Was soll ich dir mitbringen? Ich gehe einkaufen.» Sie antwortete: «Einige Pferdeäpfel.» Und er sagte wieder: «Zu Befehl.» Er fragte ihre Schwiegermutter: «Was soll ich dir mitbringen?» Sie antwortete: «Bringe mir das Taschentuch für die Verlobung.» Er sagte: «Zu Befehl.» Dann sagte er zu ihrem Schwiegervater: «Was soll ich dir mitbringen? Ich will einkaufen.» Der Schwiegervater antwortete: «Bringe mir den Verlobungsring.» Er antwortete: «Zu Befehl.»

Sie schickte den Kutscher weg und stieg mit ihrem Bräutigam in den Wagen und nahm den Weg nach ihrer Heimat. Ihr Bräutigam war sehr in Angst, weil er nicht wußte, wohin sie ihn führe. Jenen Tag fuhr auch ihre Mutter aus und ihr Vater, der König, in der gläsernen Kutsche, und fuhren spazieren. Sie waren aufs Feld gekommen. Jene fuhr gerade auf die Kutsche los. Ihr Bräutigam schrie: «Du wirst mit der königlichen Kutsche zusammenstoßen, und sie werden uns vernichten.» Jene sprach gar nichts; mit ihrer eigenen Kutsche zerbrach sie die ihrer Mutter mit den Glasscheiben. Ihr Bräutigam war außer sich, als er sah, daß sie den Wagen zerbrach, er fürchtete sich sehr; er wußte ja nicht, daß sie deren Tochter sei. Da rief die Mutter: «Meine Tochter! Wo warst du?» Die Tochter antwortete: «Ich war in der Wüste.» — «Wenn es regnete, wo hieltest du dich da auf?» — «Unterm Felsen.» Da war er noch mehr außer sich, als er sah, daß sie eine so hohe Prinzessin sei, und sagte: «Es gehörte sich, daß du mir den Kopf nahmst, du warst ganz im Recht, da du eine solche Prinzessin warst; es gehörte sich, daß du so mit mir verfuhrst. Ich bitte dich um Verzeihung.»

Dann gingen sie zu dem König, dem Vater des Bräutigams, und brachten die Geschenke: dem König Krone und Ring, der Schwiegermutter ein Taschentuch mit Gold gestickt und ein Diadem mit Brillanten und mit kostbaren Steinen; den Schwägerinnen brachte sie Blumen und Armbänder aus Brillanten. Sie tat auch die Pferdeäpfel zugleich in den Korb. Dann holten sie die Schwäger und Schwägerinnen und feierten die Hochzeit.

DIE VERGESSENE BRAUT

Es war einmal ein König, der war krank. Da kam ein Prinz, den brachte der König zu seiner Tochter; denn sie sagten, seine Tochter müsse ihn vierzig Tage lang füttern, dann solle der König ihn schlachten, sein Blut nehmen und sein Gesicht damit einschmieren. Seine Tochter verliebte sich aber in den Prinzen und schlief mit ihm zusammen. Als die vierzig Tage vergangen waren, entfloh das Mädchen mit ihm. Ihr Vater kam und fand weder ihn noch seine Tochter. Die

Mutter, eine Zauberin, stürzte hinter ihnen her, um sie einzuholen. Das Mädchen dreht sich um und erblickt ihre Mutter. Da sagt sie: «Meine Mutter ist gekommen. Jetzt werde ich dir eine Ohrfeige geben und dich in eine Kirche verwandeln, und ich werde ein Mönch werden.» Die Königin kam und fragte: «Hast du kein Mädchen gesehen?» Sagt ihre Tochter: «Eben ist sie hier vorbeigekommen.» Die Königin tritt in die Kirche, um die Tochter zu fangen. Die Tochter — was soll sie machen? — sie versetzt dem Prinzen eine Ohrfeige und verwandelte ihn in einen See und sich selbst in eine Ente. Ihre Mutter wollte sie fangen. Die Ente aber schüttelte ihre Federn und blendete ihre Mutter. Da verfluchte ihre Mutter sie und sprach: «Er soll dich in seine Heimat bringen; seine Mutter soll sich bücken, ihn küssen und er soll dich vergessen!»

Sie kamen in seine Heimat. Der Prinz brachte sie in das Häuschen einer alten Frau und sagte: «Bleib hier, daß ich zu meiner Mutter gehe. Die Musik wird dich hier abholen!» Sie sagte: «Wenn du zu deiner Mutter gehst, so bitte ich dich, laß dich von ihr nicht küssen, denn du würdest mich vergessen.» — Er ging zu seiner Mutter. Als sie ihn sah, wurde sie närrisch vor Freude: «Willkommen, mein Sohn! Nein, mein Sohn, daß ich dich verloren hatte! Komm her, daß ich dich küsse!» — «Nein, küß mich nicht, sonst vergess' ich meine Frau. Laß Musiker und Leute sich versammeln, damit sie meine Frau aus dem Hause der Alten abholen! Ich will ein bißchen ausruhen, bis die Leute sich versammeln.» Er legte sich hin, und der Schlaf überwältigte ihn. Seine Mutter kam und küßte ihn; da vergaß er seine Frau. Sagt seine Mutter: «Steh auf, mein Sohn, und hole deine Frau!» — «Warum spielen draußen die Musiker?» Sagt seine Mutter: «Willst du nicht deine Frau holen?» Er antwortet: «Ich habe keine Frau.»

Die Frau blieb im Häuschen der Alten. Was sollte sie machen? — Sie baut ein Haus gegenüber dem Palast seines Vaters. Die Treppe des neuen Gebäudes war schöner als die vom Palast des Königs. Des Morgens erwachen die Hofleute: sie erblicken einen Palast vor ihrem Hause und ein Mädchen darin so schön wie die Sonne, mit drei Dienerinnen. «Wach auf, mein Sohn», sagte der König, «daß du einen Palast sehest gegenüber dem unsrigen und ein Mädchen darin mit Dienerinnen!» Der Sohn steht auf und sieht das Mädchen, aber kannte sie nicht. Er hatte sie vergessen.

Er ging ins Kaffeehaus und sagte zu diesem und jenem: «Wollt ihr nicht ein Mädchen besuchen! Vielleicht wird sie euch öffnen und ihr werdet eintreten und mit ihr schlafen.» Einer geht hin, bindet hundert Piaster in sein Taschentuch und wirft es ihr ins Fenster. Die Dienerinnen nehmen das Bündel und bringen es zur Herrin. Diese sagt: «Öffnet und laßt ihn herein!» Sie ließen ihn ein und prügelten ihn durch; dann warfen sie ihn hinaus. — Der Geprügelte sagte zu einem andern: «Geh auch du hin!» Der ging und tat in sein Taschentuch zweihundert Piaster und warf das Tuch. Die Dienerinnen nehmen es und bringen es zur Herrin. «Laßt ihn ein!» sagte sie, «gebt ihm viele Schläge und werft ihn hinaus! — Die beiden Geprügelten kamen ins Kaffeehaus. Der Prinz fragt: «Wo seid ihr hingegangen?» Sie sagen: «Wir sind zu deiner Nachbarin gegangen.» Sagt er: «Ich werde auch hingehen.» — Er ging hin, band in sein Taschentuch fünfhundert Piaster und warf es ihr ins Fenster. Sagt das Mädchen: «Laßt ihn herein, gebt ihm viele Schläge und werft ihn hinaus!»

Er konnte nicht mehr laufen. Außen vor der Pforte des Königs stöhnte er die ganze Nacht. Sagt sein Vater: «Wer ist es, der die ganze Nacht stöhnt?» Sie antworten: «Es ist dein Sohn.» — «Bringt ihn herein!» Sie nehmen ihn, richten ihn auf und bringen ihn in den Palast. Der König ließ die Frau rufen, um sie zu fragen, warum sie seinen Sohn geprügelt habe. Es kamen Priester in den Palast, es kamen Türken, es kamen Vornehme. Auch die Frau kam und grüßte:

«Guten Tag biete ich den Vornehmen,
Kniebeugung den Priestern,
Salam alek der Türkei
Und Heil den Pallikaren! —

Von mir bekamst du die hundert,
Von dem die zweihundert,
Von Florentinus, dem armen,
Bekamst du die fünfhundert. —

Gedenkst du, mein Florentinus,
Noch, wie du in meiner Kammer warst?
Mit Rosenwasser tränkt' ich dich,
Und du schliefst bei mir.

Gedenkst du, mein Florentinus,
Warum gedenkst du dessen nicht,
Als du zur Kirche wurdest
Und ich mich verneigte vor dir?

Gedenkst du, mein Florentinus,
Warum gedenkst du dessen nicht,
Als du zum See wurdest
Und ich dich durchschwamm?»

Da merkte er, daß sie seine Frau war; und sie machten Hochzeit.

DIE DREI POMERANZENBLÄTTER

Es war einmal ein Königssohn. Als er anfing, die Welt zu verstehen, sagte er zu seinem Vater: «Vater, ich will nach den Pomeranzenbäumen des Drachen ausziehen.» Er sagte es ihm wieder und immer wieder. Was wollte sein Vater machen? Er hatte nur den einen Sohn. Dennoch beschloß er, ihn auszuschicken. An dem Tage, als er ihn ausschickte, unterwies er ihn und sagte zu ihm: «Höre, mein Kind, laß dir sagen, du wirst da hingehen, wo du beabsichtigst, aber du mußt Augen zu vieren haben. Der Drache, der die Pomeranzenbäume bewacht, schläft mit offenen Augen. Wenn du also siehst, daß er seine Augen geschlossen hat, nähere dich ihm nicht, weil er dich fressen würde! Wenn du jedoch siehst, daß er seine Augen offen hat, dann stürze dich hin und ergreife drei Blätter! Jedoch strecke deine Hand nicht noch einmal aus, denn der Drache würde erwachen.»

Der Königssohn nahm ein Pferd und ritt, ritt, fand die Pomeranzenbäume des Drachen, fand den Drachen mit offenen Augen, stürzte sich hin und ergriff drei Blätter. Als der Königssohn beim Eingang des Gartens war, zerriß er das eine von den Blättern: heraus kam ein Mädchen und rief: «Wasser, Wasser!» Der Königssohn hatte kein Wasser, und das Mädchen starb.

Als der Königssohn noch ein Stück Weges zurückgelegt hatte, zerriß er auch das zweite Blatt. Heraus kam wieder ein Mädchen und rief: «Wasser, Wasser!» Der Königssohn hatte kein Wasser ihr zu geben — da starb auch dieses Mädchen. Darauf sprach der Königssohn in seinem Sinn: «Ich will dieses Blatt nicht hier zerreißen, wo es kein Wasser gibt, sondern weiter gehen bis zu einer Quelle und es dort zerreißen.»

Als er ein Stück Weges zurückgelegt hatte,

fand er eine Quelle, stieg von seinem Pferde herab, zerriß das Blatt. Heraus kam wieder ein Mädchen und rief: «Wasser, Wasser!» Er ergriff das Mädchen und warf es ins Wasser. Heraus kam ein Mädchen, so schön. Nun sprach der Königssohn zu dem Mädchen: «Dich werde ich auf diese Platane bei der Quelle setzen, und ich werde Maultiere suchen und dich dann holen.» Er setzte das Mädchen auf die Platane und ging zu seinem Vater um Maultiere zu holen. Als der Königssohn gegangen war, kam eine Zigeunerin, um ihre Krüge an dieser Quelle zu füllen. Sie sah den Schatten des Mädchens, glaubte, es sei ihr eigener Schatten und sprach: «Ei, wie schön bin ich! und mein Herr mag mich nicht?» Das Mädchen hielt nicht an sich, es rief von der Platane herab: «Pah, geh zum Teufel! Bist du es, dumme Zigeunerin, oder ich?»

Die Zigeunerin dreht sich um, erblickt das Mädchen und sagt zu ihr: «Du bist es, meine Tochter. Ich habe das im Scherz gesagt. Komm herunter und laß dich lausen!»

Nach langem Hin und Her überredete die Zigeunerin mit ihrer süßen Zunge das Mädchen: es stieg herab. Während sie sie lauste, bohrte sie ihr eine Sacknadel in ihre Schläfe. Als sie sie einbohrte, fielen drei Blutstropfen in das Wasser und wurden zu drei goldenen Fischchen. Die Zigeunerin nahm das Mädchen und warf es in ein Gebüsch. Dann stieg sie auf die Platane an Stelle des Mädchens.

Später kam der Königssohn mit Dienerin

und Nebenbediensteter, um das Mädchen zu holen. Er fand die Zigeunerin! Was wollte er tun? — Er nahm sie, sah auch die goldenen Fischchen, nahm auch diese mit und zog ins Schloß. Sie wurden getraut. Die Fischchen warf er in ein Glasgefäß. Wenn der Königssohn kam, sie zu sehen, bezeugten sie Freude; wenn aber die Zigeunerin kam, stürzten sie sich auf sie, um ihr die Augen auszureißen. Da fürchtete die Zigeunerin, daß der Königssohn Verdacht schöpfe, und stellte sich krank. Der Königssohn holte Ärzte: sie konnten nichts machen.

Schließlich sagte die Zigeunerin, wenn er nicht jene Fischchen schlachte, werde sie nicht gesund. Der Königssohn wollte sie nicht schlachten. Aber die Zigeunerin rief jeden Tag: «Du liebst mich nicht: darum schlachtest du sie nicht!» Was wollte der Königssohn machen? — Er schlachtete die Fischchen.

Als die Zigeunerin sie gegessen hatte, las man die Gräten zusammen und warf sie zum Fenster hinaus. Nach einigen Tagen sproßte eine Zypresse vor dem Fenster und wuchs in kurzer Frist in die Höhe und wurde ein himmelhoher Baum. Wenn der Königssohn unter die Zypresse trat, fächelte sie ihm Luft zu. Wenn aber die Zigeunerin darunter trat, neigte sich ihr Wipfel herab, um sie zu töten.

Die Zigeunerin stellte sich wieder krank. Wieder holte der Königssohn die Ärzte — vergebens! Darauf sagte die Zigeunerin: «Wenn du die Zypresse umhaust und sie verbrannt wird, so werde ich gesund. Aber den Tag wo man sie umhaut, sollen Leute aufpassen, daß niemand Rinde wegnimmt!»

Der Königssohn wollte den Baum nicht fällen lassen, aber siehe da — die Zigeunerin heulte jeden Tag, er liebe sie nicht und deshalb haue er ihn nicht um. Was wollte er machen? — Er stellte Leute an, die Zypresse zu fällen und befahl ihnen, es dürfe niemand Rinde wegnehmen. Zu der Stunde, wo sie die Zypresse zerspalteten, kam eine alte Frau vorbei und verlangte eine Rinde. Sie gaben ihr keine. Nun fiel zufällig ein Stück Rinde ihr vor die Füße. Sie nahm es, ging nach Hause und war im Begriff, es ins Feuer zu werfen. Da rief die Rinde: «Verbrenne mich nicht, Tante, so wirst du viel Gutes von mir haben!» Wieder wollte die Alte sie ins Feuer werfen. Wieder schrie die Rinde. Da warf die Alte sie unter die Treppe.

Die Alte ging in die Kirche. Da kam aus der Rinde ein Mädchen heraus und machte alle Hausarbeiten. Die Alte kehrte aus der Kirche zurück, fand das Haus gereinigt, die Teller gewaschen, alles in Ordnung. Sie sagte: «Wer mag das nur sein, der dies macht?» Am nächsten Tag tut sie, als ob sie in die Kirche ginge, öffnet die Haustür, geht dann in die Scheune und bleibt dort. Als das Mädchen herausgekommen war, um aufzuräumen, stürzt sie herein und faßt sie ab. «Du bist es», sagte die Alte, «die in der Rinde steckt?» — Sie ergreift die Rinde und wirft sie ins Feuer. Seitdem hielt die Alte das Mädchen heimlich im Hause und behandelte sie als Tochter.

Wenn früher die Leute nachts an dem Häuschen der Alten vorbeigekommen waren, hatten sie immer alles dunkel gesehen. Seitdem aber das Mädchen da war, sahen sie das Häuschen erhellt. Eines Abends kletterten sie zum Fenster und sahen ein Mädchen zum Anbeißen schön. Von Mund zu Mund lief das Gerücht und kam dem Königssohn zu Ohren, daß die Alte in ihrem Häuschen heimlich ein Mädchen habe, schön wie ein Engel. Eines Tages wurde verkündigt, der Königssohn werde abends Tafel halten und alle Frauen und Mädchen sollten kommen. Es kamen alle Frauen zu dem Bankett, es kam auch die Alte, ohne das Mädchen mitzunehmen. Da fragte sie der Königssohn: «Warum hast du deine Tochter nicht mitgebracht?» Die Alte hatte Angst, sie war gezwungen zu lügen, sie habe keine Tochter. «Ich weiß es», sagte der Königssohn, «daß du eine hast. Geh und bringe sie, sonst lasse ich dir den Kopf abschlagen.»

Die Alte, sie mochte wollen oder nicht, ging und holte das Mädchen. Alle setzten sich zusammen und jedes Mädchen erzählte eine Geschichte. Es kam die Reihe zu erzählen an das Mädchen der Alten. Aber das wollte nicht erzählen und sagte, sie wüßte keine Geschichte. Der Königssohn sagte zu ihr: «Hast du nichts erlebt? Erzähle es, damit du deinen Platz in der Reihe ausfüllst.» Das Mädchen erwiderte: «Ich habe viele Leiden erduldet, aber die Tür muß verschlossen werden, wenn ich sie erzählen soll.» Man schloß die Tür zu, und das Mädchen begann und erzählte ihre ganze Geschichte von Anfang an, daß sie in dem Blatt war, alles, von den Fischen, von der Zypresse — sie ließ nichts weg.

Da merkte der Königssohn, daß sie seine Braut war, die er auf der Platane gelassen hatte. Er ergrimmte gegen die Zigeunerin und ließ sie in Stücke hauen. Dann wurden die Stücke einem Pferde auf der einen Seite aufgebunden, auf der andern Seite ein Sack mit tauben Nüssen, daß immer ein Stück und eine Nuß herabfiel, bis die Hunde sie verzehrt hatten. Darauf heiratete er das Mädchen, und

Es gab Hochzeit nun und Tanz
Und gar lustigen Mummenschanz.

DER ARME UND SEINE MIRA

Ein Bauer, ein blutarmer Schlukker, hatte nicht so viel Erde, um sich begraben zu lassen, oder wo er sein Haupt hinlegen könnte, weder über noch unter der Erde, sondern nur einen lahmen Esel — Allah segne ihn! Täglich trieb er ihn vor sich hin und zog in den Wald und sammelte dürres Holz und Reisig und brachte es in die Stadt und verkaufte es und schlug sich so Tag für Tag mit seiner Familie durch.

Eines Tages, als er in den Straßen und Gassen des Ortes umherzog und ausrief: «Gutes Brennholz!» rief man ihn aus einem vornehmen Hause heran, er solle eintreten, damit sie das Brennholz kauften. Der Bauer trat in den Flur, verkaufte das Brennholz an die Bediensteten, die Lakaien, lud es im Keller ab, setzte sich und sah die Schätze und Reichtümer des Hauses und wartete und wartete, daß sie ihm das Brennholz bezahlten. Aber jene sagten ihm, er solle heraufkommen, daß der Herr es ihm bezahle. Da legte der Bauer seine Scheu ab, faßte Mut und stieg die aus Marmor gehauenen verzierten Treppen hinauf, die ihm Sinn und Verstand raubten. Das vornehme Haus war so prächtig ausgestattet und geschmückt mit Kronleuchtern wie eine Kirche. Der Herr saß ausgestreckt auf einem Stuhl aus Nußbaumholz. Er strahlte und blitzte von Diamanten und hielt eine mit Troddeln gezierte Wasserpfeife aus Olivenholz in den Händen und sog Rauch ein, der wie Moschus duftete. Dem Bauer wurde schwindelig vor Wohlgeruch und er war einer Ohnmacht nahe. Er nahm seine Mütze an der Krempe ab und neigte sich und machte eine Verbeugung und sagte zu dem Herrn, er möge ihm das Brennholz bezahlen. Der Herr zog aus seiner Tasche einen Geldbeutel, so groß wie der Samenbeutel des Ackerknechts, und nahm daraus zwei Piaster und gab sie ihm. Der Bauer ging auf und davon, halb schwindelig. Als er wieder zu sich gekommen war, fragte er die Diener, was für einen Beruf der

Herr ausübe. Jene antworteten ihm, er sitze jeden Tag auf dem Stuhl und rauche seine Pfeife, und seine Mira* spinne mit der goldenen Spindel.

«Sieh an!» sprach der Bauer, «das ist ein Beruf, zu sitzen und zu rauchen und ein herrliches Leben zu führen: das habe ich früher nicht gewußt. Da habe ich nun den ganzen Tag im Walde mich geplagt mit dem Brennholz und dem Reisig. Von jetzt an werde ich ebenso verfahren und ‚was regnen will, das mag herunterkommen'.» Unser guter Bauer geht an einem Tabakladen vorbei, gibt zwei Piaster, kauft Tabak, füllt seinen Tabakbeutel und kehrt nach Hause zurück ohne Brot, ohne Essen. Er setzt sich auf einen Sessel, einen zerbrochenen, und beginnt den Tabak zu rauchen und leert den Kopf der Wasserpfeife. Er schlürfte und wälzte und räkelte sich und gebärdete sich wie ein Aga von Karystos. Seine Frau, die Unglückliche, sieht und sieht wieder, daß er nicht einen Bissen Brot ihren Kindern zum Abendessen mitgebracht hat. Sie ärgerte sich, aber was sollte sie machen?

Sie legte sich in die Ecke des Hauses, klagend, entrüstet, und das Gras verwelkte von dem heißen Kummer ihres Herzens. Der Bauer, ihr Mann, regte sich nicht die Spur auf, rauchte fortwährend, füllte und leerte wieder den Pfeifenkopf und ruft seine Frau und sagt zu ihr: «Frau, warum grämst du dich? Sorge dich gar nicht! Von nun an werden auch wir vornehm

* Mira = Moira, die Schicksalsgöttin.

werden.» — «Aber wie sollen wir fortkommen», sagt jene zu ihm, «die wir nichts haben, den Kindern zum Mittag zu geben?» — «Sorge dich nicht! Gott ist groß.» Er machte Feuer, füllte und leerte die Pfeife. Wie es eben geht, Gott ließ den Tag vergehen: der Bauer rührt nicht den Fuß; weder Brennholz noch Reisig hat er Lust zu sammeln.

Es kam ihr Nachbar und nahm den lahmen Esel, um eine Ladung Ziegelerde aus der Tongrube zu holen. Es ging also der Nachbar, machte sich daran, grub und grub Ziegelerde. Da merkte er bei einem Hieb mit der Hacke, daß sie an etwas Hartes anklang. Er schaute nach, und was sah er? — eine Tonne bis oben gefüllt mit Venezianischen Goldstücken und Heiligen-Konstantins-Münzen, ungesiegelt und mit den Schwänzen zusammengebunden, kostbare und wundervolle Sachen. Er führte einen Stich mit der Hacke: und die Goldstücke flogen heraus und wurden über die Erde verstreut; und die Geschichte glänzte und blitzte. Unser guter Nachbar nahm und sammelte die Goldstücke und packte sie in die Säcke, daß sie wie Würste aussahen. Auf die Öffnung aber breitete er Erde, damit die Goldstücke vor den Augen der Leute verborgen blieben. Was soll ich dir sagen: er belastete den Esel übermäßig und führte und trieb ihn nach dem Dorf. Aber auf dem halben Weg überlegte er, daß noch viele Goldstücke in der Erde stecken geblieben seien; und er machte kehrt, um alle zusammenzuschaffen. Er wanderte nach der

Tongrube, bückte sich, las die Goldstücke zusammen und sackte sie voll Freude ein. Aber «mitten in der Freude kommt der Steuereinnehmer», wie die Alten sagten: unversehens fiel er hin, die Tongrube stürzte zusammen und begrub unsern unglückseligen Nachbarn. Er konnte sich weder hierhin noch dorthin drehen, noch einen Mucks von sich geben, noch Atem holen.

Lassen wir ihn dort unter der Erde und wenden wir uns zu unserem Herrn Esel, welcher immer weidend Schritt für Schritt weiterging, bis er im Hause seiner Besitzer ankam, wie er es gewohnt war. Die Frau sieht den Esel beladen. Sie wartet und wartet, daß der Nachbar komme, ihn ins Haus zu nehmen und zu entlasten; aber der bleibt unsichtbar. Sie ruft ihren Mann, er solle herauskommen und ihn entlasten. Bah! er gibt nicht einmal eine Antwort. Die Frau hält es nicht mehr aus, den Esel beladen und belastet zu sehen: sie ging hinaus und wollte die Säcke abnehmen, aber sie sieht, daß die verwünschten nicht zu heben sind. Sie schaut, durchwühlt sie, wird starr vor dem Glanz, dem Leuchten der Goldstücke und ist einer Ohnmacht nahe vor Freude. Sie macht sich flugs heran, hebt mit großer Mühe die Säcke herunter und entleert sie in den Keller und in den Bettkasten und geht und rüttelt ihren Mann auf. Endlich kommt der Mann und sieht die Goldstücke in Haufen; die leuchten wie die Strahlen der Sonne und machen ihn ganz verrückt, und er ist nahe daran, den Verstand zu verlieren. Sie sammeln und schaffen die Gulden Stück für Stück an unsichtbare Orte.

Von da ab wurden sie reich und vornehm. Sie und ihre Kinder führten ein angenehmes Leben. Möge es wie jenen auch unsern Kindern ergehen und allen, die uns wohlwollen! Seitdem hat man das Paradoxon aufgestellt: «Der Arme und seine Mira.»

DIE GOLDSCHMIEDIN UND DER TREUE FISCHERSOHN

Es war einmal ein König und eine Königin, die bekamen keine Kinder. Hinter ihrem Schlosse hatte ein Fischer sein Haus, dem schenkte seine Frau jedes Jahr ein Kind. Der König aber wollte von der Königin nichts wissen, weil sie ihm keine Kinder schenkte. Da sann sie auf eine List: als die Fischerin wieder gesegneten Leibes wurde, band sie sich ein Polster auf, um sich das Aussehen zu geben, als ob sie schwanger wäre. Als dann die Fischerin ein Knäblein gebar, schickte sie heimlich hin und ließ es holen, und gab es für ihr eigenes Kind aus.

Nach Verlauf von zwei Jahren gebar sie selbst ein Söhnchen; doch verstieß sie deswegen das Fischerkind nicht, sondern zog es zugleich mit dem ihrigen auf. Die beiden Kinder liebten einander so sehr, daß keines ohne das andere sein mochte. Sie lernten und spielten zusammen und blieben Tag und Nacht beieinander.

Als sie herangewachsen waren, verlangten sie vom König die Erlaubnis, in die Welt zu ziehen, um fremde Länder und Sitten kennenzulernen. Nachdem sie die Erlaubnis dazu erhalten hatten, machten sie sich auf den Weg.

Als sie eine Zeitlang gewandert waren, kamen sie in eine große Stadt und blieben daselbst einige Zeit, weil es ihnen dort wohlgefiel.

Eines Tages gaben ihnen die jungen Herren jener Stadt ein Gastmahl. Dabei kam die Rede auf die Schönheit der Frauen. Als darüber schon viel hin und her geredet war, sagte einer der Fürstensöhne: «So schön als die Frau des Goldschmiedes, die mit der goldenen Krone auf dem Kopfe am Fenster sitzt und mit dem goldenen Apfel spielt, gibt es keine, noch wird es jemals eine geben.» Da widersprach ihm keiner der Anwesenden, sondern es stimmten ihm alle bei, welche die Goldschmiedin gesehen hatten. Den reisenden Prinzen überkam eine solche Liebe zu ihr, daß er von da an weder essen noch trinken konnte und mit niemand reden wollte, sondern sich schweigend und finster in seinem Leide verzehrte. Der Fischersohn sah, wie er vor lauter Gram abzumagern begann. Er bat ihn, ihm die Ursache seines Kummers zu sagen; der Prinz aber wollte ihm lange nicht Rede stehen und versuchte ihn durch harte Worte zurückzuweisen; doch der andere ließ sich nicht abschrecken und setzte dem Prinzen so lange zu, bis er ihm sein Leid anvertraute und klagte, daß er aus Liebe zu der schönen Unbekannten sterben müsse.

Als der Fischersohn sah, daß er von diesen Gedanken nicht abzubringen war, ging er hin, mietete ein Haus in der Nähe des Goldschmiedes und ließ von geschickten Arbeitern eine Höhle graben, die zu dem Hause des Goldschmieds führte. Dieses Haus hatte sieben Stockwerke, und in dem höchsten wohnte die Goldschmiedin. Die Türen der sieben Stockwerke waren mit sieben Schlössern verschlossen, und die sieben Schlüssel führte der Goldschmied bei sich, der außen vor dem Hause seine Werkstatt hatte und darin sein Handwerk trieb. Als die Höhle fertig war, stieg der Fischersohn zur Goldschmiedin und fand sie, wie sie mit der goldenen Krone auf dem Kopfe am Fenster saß und, mit dem goldenen Apfel spielend, auf die See schaute. Als sie den Fischersohn erblickte, wunderte sie sich, wie er habe zu ihr kommen können, und fragte ihn, wer er sei und was er wolle. Er aber sagte: «Ich bin der Sohn des und des Königs und bin in diese Stadt gekommen; da hat man mir so viel erzählt von deiner Schönheit, deiner Krone und dem Apfel, den du in der Hand hältst, daß ich mich in dich verliebt und nicht eher geruht habe, als bis ich eine Höhle zu deinem Hause gegraben hatte und auf diese Weise zu dir gedrungen bin.» Darauf bat er sie, sie möge ihm ihren Goldapfel leihen, weil er sich einen ähnlichen machen lassen wolle, um ihn in sein Königreich mitzunehmen. Sie antwortete, daß sie sich vor ihrem Manne fürchte, denn wenn der es erführe, würde er sie nicht leben lassen. Er aber erwiderte, daß er des Apfels nur auf kurze Zeit bedürfe und ihn durch die Höhle längst wieder zurückgebracht habe, bevor der Goldschmied die sieben Schlösser öffnen könnte, und bat sie so lange, bis sie ihm den Apfel gab.

Der Fischersohn ging zum Goldschmied in die Werkstatt und sagte zu ihm: «Sei so gut und mache mir nach diesem Muster einen ebensolchen Apfel.» Der Goldschmied betrachtete den Apfel nach allen Seiten. Je länger er ihn ansah, desto mehr überzeugte er sich, daß es sein eigener Apfel sei. Er sagte daher zu dem Fischersohne: «Dies ist mein eigener Apfel, den ich selbst geschmiedet habe.» — «Ei was!» rief dieser, «bist du etwa der einzige Goldschmied in der Welt?» Da stand der Goldschmied auf und nahm seine sieben Schlüssel, um selber nachzusehen, ob seine Frau ihren Apfel noch habe oder nicht. Bevor er aber die sieben Schlösser der sieben Türen aufgeschlossen hatte, war der Fischersohn durch die Höhle zur Goldschmiedin geschlüpft und hatte ihr den Apfel wiedergebracht. Endlich kam auch der Goldschmied zu ihr und sah, wie seine Frau mit dem Apfel spielte, und als sie ihn fragte, was er zu so ungewohnter Zeit bei ihr wolle, da antwortete er: «Was soll ich dir sagen, mein Kind! Es kam ein Mensch zu mir in die Werkstatt und zeigte mir als Muster einen Apfel, der dem deinigen so ähnlich war, daß ich nachsehen wollte, ob du ihn noch hättest.» Da sagte die Frau: «Bist du toll geworden? Kann denn niemand anders einen ebensolchen Apfel haben?» Der Goldschmied ging wieder in seine Werkstatt. Aber ehe er die sieben Türen geöffnet und verschlossen hatte, war der Fischersohn schon wieder dort und hatte den Apfel in der Hand. Der Goldschmied nahm nun die Bestellung an, und der andere sagte ihm zum Abschied, er solle ihm den Apfel so rasch als möglich schmieden, weil er in wenig Tagen von hier fort wolle.

Als der Apfel fertig war, ging der Fischersohn wiederum zur Goldschmiedin und bat sie, ihm ihre Krone zu geben, weil er eine ähnliche machen lassen wolle, um sie in sein Königsreich mitzunehmen. Sie machte anfangs dieselben Schwierigkeiten wie beim Apfel, ließ sich aber endlich doch bereden und gab sie ihm. Der Fischersohn ging mit der Krone zum Goldschmied in die Werkstatt und bat ihn, ihm nach diesem Muster eine ebensolche Krone zu machen. Der Goldschmied betrachtete die Krone von allen Seiten, fand, daß das die Krone sei, die er selbst für seine Frau geschmiedet habe, und sagte zu dem Fischersohn, daß dies seine eigene Krone sei; und als ihn dieser auslachte, nahm er wiederum seine sieben Schlüssel und ging in das Haus, um nachzusehen, ob seine Frau ihre Krone noch habe. Bevor er aber die sieben Türen geöffnet hatte, brachte der Fischersohn der Frau die Krone zurück und versteckte sich. Als nun der Goldschmied zu ihr kam und die Krone auf ihrem Kopfe sah, da wunderte er sich sehr und sagte zu seiner Frau: «Ich weiß nicht, was ich dazu sagen soll; soeben hat mir der Mann, der den Apfel bei mir bestellte, eine Krone gebracht, die deiner so ähnlich ist, daß ich glaubte, sie wäre es.» Die Frau aber erwiderte: «Was fängst du nur für Grillen, hältst du mich nicht unter sieben Schlössern? Wie könnte jemand hierherkommen und meine Krone stehlen?» Da ging der Goldschmied in seine Werkstatt zurück. Aber als er dort ankam, fand er auch schon den Fischersohn mit der Krone in der Hand. Nachdem sie über die Bestellung einig geworden waren, sagte der Fischersohn: «Die Krone muß bis morgen fertig sein, weil ich abreisen will.»

Er brachte der Goldschmiedin ihre Krone zurück und sprach ihr ein langes und breites von der großen Liebe vor, die er für sie gefaßt habe, und daß er sie dem Goldschmiede entführen und in sein Königreich mitnehmen und dort zur Königin machen wolle. Sie erklärte, sie sei damit einverstanden, aber sie wisse nicht, auf welche Weise sie aus der Gewalt ihres Mannes kommen könne. Der Fischersohn erwiderte: «Laß dich das nicht kümmern, das ist meine Sorge. Ich werde dich heiraten und wir werden deinen Mann zum Brautführer haben.»

Tags darauf ging der Fischersohn zum Goldschmied, nahm von ihm die Krone in Empfang und sprach: «Morgen abend werde ich Hochzeit halten, und du mußt mir den Gefallen tun, meinen Brautführer zu machen, weil ich hier sonst niemand kenne.» Der Goldschmied antwortete: «Schon gut.» Am Abend ging er zu seiner Frau und erzählte ihr, daß ihn der fremde Kunde für seine Hochzeit zu Gevatter gebeten, daß er aber wenig Lust habe, hinzugehen. Die Frau sagte: «Ei was, ein solcher Mann erweist dir die Ehre, dich zu Gevatter zu bitten, und du willst es nicht annehmen?» und redete so lange in ihn hinein, bis er sich entschloß und hinging.

Am andern Morgen führte der Fischersohn den Prinzen durch die Höhle zu der Goldschmiedin und sagte zu ihr: «Siehe, das ist dein wahrer Liebhaber, der ohne dich nicht mehr leben kann. Nun macht es miteinander ab, wie ihr wollt.» Dem Prinzen fiel es nicht schwer, sie von seiner Liebe zu überzeugen. Es wurde abgemacht, daß sie am Abend durch die Höhle an den Strand gebracht und dort mit dem Prinzen eingesegnet werden solle.

Als es dunkel geworden war, holten sie die Goldschmiedin ab und brachten sie auf ihr Schiff. Dann schickten sie nach dem Goldschmied, daß er zur Hochzeit kommen solle. Als der Ärmste kam und die Braut erblickte, sagte er bei sich: «Ach, das ist ja meine Frau», und sprach daher: «Ich habe etwas vergessen, werde aber gleich wieder da sein.» Der Fischersohn antwortete: «So geh, aber laß uns nicht lange warten.» Bevor jedoch der Goldschmied die sieben Treppen seines Hauses erstiegen und die Schlösser seiner sieben Türen geöffnet hatte, war seine Frau durch die Höhle in ihre Stube geschlüpft. Als er eintrat, saß sie mit der goldenen Krone auf dem Kopfe im Sessel und spielte mit dem goldenen Apfel. Sie fragte ihn: «Ist die Hochzeit schon vorüber, weil du schon wieder da bist, oder ist etwas vorgefallen?» Darauf erzählte ihr der Goldschmied, wie es ihm ergangen, und wie er nur hergekommen sei, um zu sehen, ob sie nicht die Braut wäre. Sie aber rief: «Schämst du dich nicht, daß sich die Welt über dich lustig macht wie über einen Narren? Mach daß du fortkommst.» Da konnte der Goldschmied wohl nicht anders und mußte zur Hochzeit zurückgehen. Bevor er aber seine sieben Schlösser geschlossen hatte, war seine Frau durch die Höhle geschlüpft und auf das Schiff zurückgekehrt. Als der Goldschmied dorthin kam, fand er sie auf dem Brautplatze sitzen und auf ihn warten. Sowie er sie aber ansah, dachte er: «Das ist meine leibhaftige Frau», und sagte also, er habe wieder etwas vergessen, und lief fort. Es ging ihm jedoch nicht besser als das erstemal. Denn als er in die Stube seiner Frau trat, saß sie mit der goldenen Krone auf dem Kopfe im Sessel und spielte mit dem goldenen Apfel, und als er auf das Schiff zurückkehrte, saß sie dort im Brautschmucke und wartete auf ihn. Der Goldschmied aber gab sich auch diesmal nicht zufrieden und kehrte zum dritten Male nach Hause zurück; doch ging es ihm wie zuvor. Da bedachte er sich und sprach: «Ich bin doch ein wahrer Narr, gibt es nicht Menschen, die einander ähnlich sehen?»

Er ging also hin, nahm die Brautkronen und hielt sie während der Trauung über seine Frau und den Prinzen.

Nachdem die Trauung vorüber war, lichteten sie die Anker und fuhren ab; der Goldschmied kehrte nach Hause zurück — und fand das Nest leer. Er durchsuchte alle Winkel, aber die Frau war fort. Da sprach er zu seinen Augen: «Hört, ihr Augen, wofür habe ich euch denn, wenn ihr nicht sehen wollt, und der Verstand nicht sehen kann?» und riß sie sich beide aus dem Kopfe. Die Augen aber verwandelten sich in Vögel und flogen auf das Schiff, in dem seine Frau fuhr. Dort setzten sie sich auf den Mast, und der eine sprach zum andern: «Diese junge Frau wird bald zur Witwe werden.» — «Warum das?» fragte der andere. «Wenn ihr Mann in seinem Reiche landet, so wird man zur Feier seiner Ankunft mit Kanonen schießen. Eine Kugel wird ihn treffen, und das wird sein Tod sein. Doch wenn er einen Bruder hat, der ihn von ganzem Herzen liebt, geschieht ihm nichts. Wer aber diese meine Worte hört und sie ausschwatzt, der soll von den Knien abwärts zu Stein werden. — Wenn sie dann in die Stadt einziehen wollen, wird man Pferde herausführen, damit sie darauf hineinreiten; der Prinz wird auf eines steigen, das ihn abwerfen wird. Davon wird er sterben, und sie Witwe werden. Doch wenn er einen Bruder hat, der ihn von Herzen liebt, geschieht ihm nichts. Wer aber diese meine Worte hört und sie ausschwatzt, der soll von den Lenden bis zu den Knien zu Stein werden. Wenn sie dann in das Schloß einziehen wollen, wird daraus eine Hündin kommen und den Prinzen beißen. Davon wird er sterben und sie zur Witwe werden. Doch wenn er einen Bruder hat, der ihn von Herzen liebt, geschieht ihm nichts. Wer aber diese meine Worte hört und sie ausschwatzt, der soll von den Lenden bis zum Kopfe zu Stein werden. Wenn sie endlich sich zu Bette legen wollen, so wird aus der Kammer ein Ungeheuer kommen und ihn verschlingen, und sie wird zur Witwe werden. Doch wenn er einen Bruder hat, der ihn von Herzen liebt, geschieht ihm nichts. Wer aber diese meine Worte hört und sie ausschwatzt, dem wird auch der Kopf zu Stein werden.»

Alles, was die Vögel sprachen, hatte der Fischersohn mit angehört. Er verriet aber niemand etwas davon. Als sie in ihrem Reiche landeten, da schickte er einen Boten mit dem Auftrage in die Stadt, daß sie nicht mit Kanonen schießen sollten; und als sie an Land kamen und dort die Pferde fanden, auf denen sie in die Stadt reiten sollten, da schickte er dieselben zurück. «Ei», sagte die junge Frau bei sich, «was ist doch der Fischer für ein Neidhammel!» Wie sie an das Tor des Schlosses kamen, sprang eine Hündin auf sie zu und bewillkommte sie. Doch der Fischersohn zog sein Schwert und zerhieb sie mit einem Streiche in zwei Stücke. Darüber zürnte ihm die junge Frau noch mehr. Nachdem sie aber im Schlosse angekommen waren, befahl der Fischersohn, die Kanonen zu lösen.

Als am Abend der Prinz mit seiner jungen

Frau schlafen gehen wollte, folgte ihnen der Fischersohn und hielt Wache. Um Mitternacht kam ein Ungetüm von der Decke herab, um den Prinzen zu fressen. Als es auf den Boden fiel, da erzitterte das Schloß. Der Fischersohn aber zog sein Schwert und zerhieb das Ungeheuer in zwei Stücke. Am andern Morgen begab sich die alte Königin in das Schlafgemach, um die jungen Leute zu besuchen. Sie fand das Gemach voller Blut und glaubte, ihr Sohn sei ermordet, und rief: «Das hat kein anderer als der neidische Fischer getan. Darum verbot er uns auch, bei der Landung mit Kanonen zu feuern, darum schickte er auch die Pferde zurück, darum zerhieb er auch die Hündin, als sie ihnen aus dem Schlosse entgegenkam.»

Als der Fischersohn das hörte, ward er zornig und rief: «Dafür, daß ich ihn soundso oft vom Tode errettet habe, dafür schmäht Ihr mich!» Nun fing er an und erzählte das erste Stück, und wurde von den Knien abwärts zu Stein, dann das zweite, und wurde bis zu den Lenden zu Stein, dann das dritte und vierte, und wurde ganz zu Stein. Da erblickte die Königin den zerhauenen Drachen. Sie bereute, aber nun war es zu spät. Sie nahmen den steinernen Fischersohn und stellten ihn in einem Gemache auf. Dort stand er stumm und taub. Und wenn die Leute zu ihm kamen, so sah man wohl, daß er sie erkannte, aber er vermochte weder zu sprechen noch ein Glied zu rühren.

Der jungen Frau aber tat der Fischersohn so leid, daß von der Zeit an, wo er zu Stein wurde, drei Jahre lang kein Lächeln über ihre Lippen kam und daß sie eine große Schüssel mit ihren Tränen füllte. Als die drei Jahre vorüber waren, goß sie die Schüssel über ihn. Davon wurde er entsteinert.

DAS MÄDCHEN IM KASTEN

Es war einmal eine arme alte Frau, die hatte einen Sohn. Als er herangewachsen war, sprach sie zu ihm: «Mein Sohn, wir sind kleine Leute; jetzt, wo du erwachsen bist, mußt du dich umsehen, einen Dienst zu finden, damit wir leben können; denn ich kann dir nicht mehr zu essen geben.» Der Sohn sah ein, daß seine Mutter recht hatte, und sagte zu ihr: «Mütterchen, für schwere Arbeit bin ich nicht; aber wir wollen meinem Paten schreiben, dem Kaufmann in Smyrna, er solle mich aufnehmen, damit ich gut leben und auch dir schicken kann, was du nötig hast.» Also schrieben sie an den Paten, und der war von ganzem Herzen einverstanden, den Jüngling aufzunehmen. Die Mutter machte ihm Kleider und schickte ihn mit einem Schiffe nach Smyrna. Der Pate nahm ihn freundlich auf und stellte ihn in seinem Laden an; und da er ledig war, gab er ihm Geld, und der Jüngling ging einkaufen und kochte das Essen.

Eines Tages, als er in der Ladentür saß, sah er einen Lastträger, der einen Kasten trug und rief: «Ich verkaufe diesen Kasten; wer ihn kauft, wird es bereuen, und wer ihn nicht kauft, wird es auch bereuen.» Der Jüngling dachte: «Was sagt der Mann da? Was ist das mit dem Kasten? Ich will ihn nehmen»; und er fragte den Lastträger: «Für wieviel gibst du den Kasten?» Der antwortete: «Für fünfhundert Piaster.» Gerade soviel Geld hatte der Jüngling nach und nach von seinem Lohn erspart; er gab es dem Lastträger und bekam den Kasten, den er ohne Wissen seines Paten in einen Winkel des Ladens stellte.

Am folgenden Tage war Sonntag, und der Jüngling machte sich auf und ging einkaufen. Dann ging er in die Kirche und dachte bei sich: «Wenn ich aus der Kirche komme, werde ich das Essen zubereiten.» Als er aus der Kirche nach Hause kam, fand er das Essen fertig, und zwar so gut, wie es der beste Koch nicht hätte machen können, und er sprach bei sich: «Sieh an, der Pate hat selbst das Essen bereitet, als ich nicht da war.» Sowie der Pate kam, richteten sie an und setzten sich zum Essen. Als der Pate das gute Essen sah, sprach er zu Konstantin — so hieß der Jüngling: «Mein Sohn, ich wette, heute hat nicht einmal der König ein so gutes Essen. Du bist der beste Koch im Lande geworden.» Der Jüngling aber dachte: «Aha! Der Pate hat das Essen selbst bereitet und jetzt neckt er mich», errötete ein wenig und schwieg.

Am nächsten Tage kaufte er wieder ein, Fische,

ließ sie zu Hause und ging in den Laden; sobald die Mittagszeit käme, wollte er kommen und sie kochen. Als er seine Geschäfte erledigt hatte, ging er nach Hause und fand die Fische gekocht, und zwar so schön, daß die ganze Nachbarschaft davon duftete. «Aha», dachte er, «der Pate hat wieder meinen Dienst verrichtet.» Der Pate kam, sie setzten sich zum Essen, und ihm gefiel das Essen so gut, daß er nicht wußte, wie er den Jüngling loben sollte.

Da nun der Jüngling sah, daß sein Pate tat, als wisse er von nichts, geriet er in Zweifel. Am nächsten Tage ging er wieder einkaufen und trug die Ware nach Hause. Aber anstatt in den Laden zu gehen, versteckte er sich in einem Schrank. Da sah er, wie aus dem Kasten ein Mädchen herauskam, so schön, daß das ganze Haus von ihrer Schönheit erglänzte. Sie schürzte sich und fing an zu kochen. Von ihrem Anblick wurde er so hingenommen, daß er sich nicht halten konnte. Er kam leise heraus und sprach: «Bist du ein Engel oder ein Mensch, wie du hier stehst?» Sie antwortete: «Ich bin ein Mensch, fürchte dich nicht! Als ich in dies Land kam, sah ich dich und verliebte mich in dich, weil du so schön bist. Ich bin die Tochter des Königs von Ägypten. Eines Tages, als ich in Smyrna war, um dort den Sommer zuzubringen, sah ich dich und liebte dich sehr. Als ich wieder zu meinem Vater nach Ägypten kam, wollte er mich verheiraten. Da ich aber dich liebte und wußte, daß mein Vater mich dir niemals geben würde, sagte ich zu ihm: ‚Ich will mich nicht verheiraten.' Er wurde zornig und befahl einem seiner Leute, mich in einen Kasten zu stecken und mich heimlich weit von Ägypten zu verkaufen. Ich sagte aber dem Manne, er solle mich nach Smyrna bringen und mich an dich verkaufen. Nun wollen wir warten und sehen, was mein Vater tun wird, denn er hat kein andres Kind.»

Als Konstantin erfuhr, daß das Mädchen eine Königstochter sei, fiel er ihr zu Füßen. Sie aber hob ihn auf und küßte ihn, und sie heirateten sich heimlich, ohne daß der Pate es wußte. Am andern Tage ging Konstantin auf ein Schiff und sprach zu dem Kapitän: «Ich werde dir einen Kasten anvertrauen; auf den gib acht wie auf deinen Augapfel und bringe ihn meiner Mutter.» So gab er ihm den Kasten, und der Kapitän brachte ihn zu Konstantins Mutter mit einem Brief, in dem er geschrieben hatte, daß in dem Kasten seine Frau sei. Die Mutter nahm sie freundlich auf und liebte sie sehr.

Eines Tages stand ein Jude vor dem Hause der Alten, und als er das schöne Mädchen sah, ergriff ihn die Versuchung, sie zu gewinnen. Er bemerkte, daß sie unter die Tür trat, und bot ihr Waren an zum Kauf; aber als das Mädchen ihn sah, ging sie hinein. Der Jude kam nun Tag für Tag vorbei, um sie zu sehen; sie verbarg sich; er schickte Leute, die mit ihr reden sollten, sie aber wies sie ab. Da wurde der Jude ärgerlich und schrieb einen Brief an Konstantin: «Deine Frau läßt ohne Wissen deiner Mutter alle jungen Männer ins Haus und ist ein schlechtes Weib.» Als Konstantin das vernommen hatte, geriet er in so großen Zorn, daß er sogleich Smyrna verließ und zu seiner Mutter fuhr. Das Mädchen sah ihn vom Fenster aus, kam schnell herab, machte die Tür auf und küßte ihn. Als Konstantin seine Frau sah, ward er so zornig, daß er nicht abwartete, sie zu fragen, ob es wahr wäre, was der Jude ihm geschrieben hatte, sondern er packte sie und warf sie in den Fluß, der beim Haus vorbeifloß. Darauf ging er hinein zu seiner Mutter. Diese erzählte ihm, was der Jude gemacht hatte, um die Frau zu bekommen. Die Frau aber habe ihn verhöhnt. Da war Konstantin nahe daran, sich das Leben zu nehmen. Er ging zum Flusse und stellte Leute an, nachzusehen, ob seine Frau ertrunken sei; doch nirgends entdeckte man sie. Da wandte er sich ab und floh wie wahnsinnig ins Weite.

Als das Mädchen in den Fluß fiel, hatten Fischer ihre Netze ausgeworfen. Sie zogen sie halbtot heraus und hüllten sie in einen Mantel. Ein Türke kam vorbei und fragte die Fischer, ob sie keine Fische hätten. Sie antworteten, sie hätten nichts gefangen, nur eine Frau. Als der Türke die Frau sah, gewann sie sein Herz, und er kaufte sie von den Fischern für fünfzigtausend Piaster. Als sie zu sich gekommen war, sah sie neben sich einen Türken; dann erinnerte sie sich, was sie erlitten hatte, und sprach zu dem Türken: «Was willst du mit mir machen? Wenn du mich nimmst und es sieht mich ein andrer, der stärker ist als du, so wird der mich nehmen. Aber weißt du, was wir tun wollen? Gib mir

Kleider von dir, und ich ziehe mich als Mann an, so daß keiner mich als Frau erkennt.» Er willigte ein, sie nahm seine Kleider, trat hinter einen Busch und kleidete sich um. Dort stand das Pferd des Türken. Als sie sich umgekleidet hatte, stieg sie auf und sprengte davon. Der Türke merkte, daß sie lange brauchte, und ging nachsehen. Fort war sie. Da ging der Arme auch von dannen, noch dazu halb nackt und ohne Pferd.

Sie ritt Stunde um Stunde von Berg zu Berg, bis sie in der Nacht, ohne es zu wissen, nach Ägypten kam, dem Lande, wo ihr Vater gebot. Da die Tore der Hauptstadt verschlossen waren, und es schneite und regnete, sank sie draußen vor dem Tore nieder. In den Tagen war in Ägypten der König gestorben, und da er keinen Thronfolger hinterlassen hatte, versammelten sich die Minister und sandten aus, die Tochter des Königs zu suchen, die verlorengegangen war, wie der König fälschlich gesagt hatte. Sie suchten einige Tage, fanden sie aber nicht, und weil das Land einen König brauchte, sprachen sie: «Da kein Kind aus dem Blut des Königs vorhanden ist, so soll man nach dieser schlimmen Nacht voll Schnee und Kälte, in der einer, der draußen liegt, umkommen müßte, den zum König machen, den man zuerst außerhalb des Tores der Hauptstadt findet.» Am andern Morgen sah das Mädchen, das von gar nichts wußte, als Mann gekleidet und halbtot vor Kälte war, wie sich das Tor auftat und die Zwölf herauskamen. Sie stieg zu Pferd und hielt sich zur Seite, um sie vorbeizulassen. Die Zwölf aber, als sie den schönen jungen Mann sahen, fielen sie ihm zu Füßen, brachten ihn in den Palast und setzten ihn zum König ein.

Da das Mädchen weise war und niemand sie als Frau erkannte, regierte sie das Königreich so gut, daß alle sie liebten wie den lieben Gott. Sie war bei dem Volk so beliebt, daß man ihr Bild an allen Quellen des Landes anbrachte, damit es alle sähen, die kämen Wasser zu schöpfen. Nun befahl das Mädchen heimlich ihren Leuten, sie sollten auf jeden achten, der käme Wasser zu holen. Wenn sie einen bemerkten, der seufze, sobald er ihr Bild sähe, sollten sie ihn ergreifen und in den Palast bringen und bewachen. Eines Tages kam der Jude, der den Brief an ihren Mann geschrieben hatte, und als seine Augen auf das Bild fielen, seufzte er. Als das die Leute des Königs bemerkten, ergriffen sie ihn und brachten ihn in den Palast. Am andern Tage kamen die Fischer, auch die seufzten, als sie das Bild sahen, und man brachte sie in den Palast. Darauf kam nach einigen Tagen der Türke da vorbei, und auch den ergriff man, als er seufzte. Wieder nach einigen Tagen kam auch ihr Mann, und als er das Bild sah, rief er aus: «Ach, wie gleicht es ihr! Ach, daß ich dich verloren habe», brach in Tränen aus und wehklagte, und so brachte man auch ihn in den Palast.

Als nun das Mädchen sah, daß alle, die sie haben wollte, beisammen waren, befahl sie, daß die Minister sich versammeln sollten, um ihnen ein Urteil zu verkünden, das sie fällen werde. Also versammelten sich alle, und sie als König saß in der Mitte. Darauf ließ sie alle die herbringen, die man gefangengenommen hatte, und befahl, daß keiner reden sollte, dem sie es nicht sagte. Nun fing der König an und sprach: «Jude, warum hast du geseufzt, als du das Bild an der Quelle sahst? Gib acht, lüge nicht, sonst lasse ich dir sogleich den Kopf abschlagen.» Der Jude antwortete: «Was soll ich dir sagen, o König; ich erkannte, daß das Bild eine Frau ist.» Danach erzählte er, wie er den Brief geschrieben habe, weil das Mädchen ihn nicht zum Manne nehmen wollte. Als er fertig war, sagte sie zu ihm: «Gut, du hast die Wahrheit gesagt, setz dich auf die Seite.» Da wollte ihr Mann, als er aus dem Munde des Juden hörte, welche Verleumdung der auf seine Frau geworfen hatte, auf ihn losstürzen; aber der König sagte zu ihm: «Bleib zur Seite und rühre dich nicht, sonst geht es dir schlecht.» Da zog er sich zurück. Darauf fragte der König die Fischer: «Was hattet ihr denn, daß ihr seufztet?» Und sie antworteten: «Wir haben diese Frau aufgefangen und sie an einen Türken verkauft.» — «Und du», sprach der König zu dem Türken, «was hattest du?» — «Ich», antwortete er, «bin der, der sie gekauft hat; aber sie ging mir davon und ließ mich, ehe ich sie recht gesehen hatte, ohne Kleider stehen und nahm mir auch mein Pferd weg.» Da wurden die Minister stutzig und betrachteten den König, der aber gab ihnen ein Zeichen, sie möchten sich nicht rühren. Darauf sprach sie zu ihrem Mann: «Und du, warum hast du geseufzt?» — «Ach, ich Unglücklicher», antwortete er mit Tränen in den Augen, «ich war ihr Mann, und jetzt ist sie für mich verloren.» — «Nein», sagte sie, «du hast sie nicht verloren. Wartet ein wenig, ich komme gleich wieder.» Sie ging hinein und kleidete sich in Frauenkleider, wie sie sie hatte, als sie bei ihrem Manne war, und kam so wieder zurück. Als sie sie erblickten, rissen alle die Augen weit auf, die Minister erkannten die Tochter des Königs, der Mann seine Frau und die übrigen das Mädchen. Zuerst kam der Mann, fiel ihr zu Füßen und bat sie, ihm zu verzeihen. Sie hob ihn auf, küßte ihn und setzte ihn an ihre Seite. Den Fischern gab sie Geld, dem Türken sein Eigentum, und dem Juden, den die Minister hängen lassen wollten, verzieh sie, befahl ihm aber, binnen vierundzwanzig Stunden ihr Reich zu verlassen. Nun verkündete der Ausrufer, daß die Königstochter gefunden sei. Es gab große Feste; Konstantin wurde König, und sie aßen und tranken bis zum heutigen Tag.

NACHWORT DES HERAUSGEBERS

In einem seiner Fragmente spricht Novalis davon, daß in vielen Märchen ein häßliches oder gefährliches Tier — Schlange, Kröte, Bär — sich mit einem Schlage in ein Königskind verwandelt, wenn der Held es über sich bringt, ihm seine Liebe zuzuwenden. Deutet, fragt Novalis, dieser Zug nicht darauf hin, «daß, wenn der Mensch sich selbst überwindet, er auch die Natur zugleich überwindet und ein Wunder vorgeht? Die Verwandlung des Bären in einen Prinzen in dem Augenblicke, als der Bär geliebt wurde — vielleicht geschähe eine ähnliche Verwandlung, wenn der Mensch das Übel in der Welt liebgewönne.»

Märchen wollen gedeutet werden. Wenn wir sehen, wie in den Märchen der verschiedensten Völker die gleichen Züge in immer neuen Bildern wiederkehren, so liegt die Vermutung, daß wir es hier mit Urerlebnissen oder Urwünschen der Menschen zu tun haben, sehr nahe. Die englische Kaufmannstochter, die den «großen häßlichen Hund mit den kleinen Zähnen», den Retter ihres Vaters, immer wieder verrät und beleidigt, erlöst ihn am Ende durch ein einziges wirklich liebevolles Wort. Die pommersche Prinzessin überwindet ihren Abscheu und küßt den schlüpfrigen Frosch, als sie ihn betrübt sieht — da verwandelt er sich in den verschwundenen Gemahl, den eine böse Hexe in einen Frosch verwünscht hatte. Der norwegische Bauernjunge läßt es sich gefallen, daß man ihm eine Ratte zur Frau gibt, der spanische Königssohn bringt es über sich, eine Äffin als Braut heimzuführen: beiden verwandelt sich die Tierbraut in eine wunderschöne Prinzessin, «und die beiden älteren Brüder, die mit ihren Bräuten schon im Schloß waren, mußten das Schloß verlassen». Daß sich das Häßliche durch uns in ein Schönes verzaubern lasse, ja daß wir es nicht einmal zu verzaubern, sondern nur zu entzaubern brauchen, aus quälender Entstellung zum eigenen Wesen zu erlösen — ist es eine Urerfahrung oder ein Urwunsch des Menschen? Gewiß beides. Das Fremde, Bedrohliche, Abstoßende kann menschliche Züge annehmen, wenn wir es, statt es abzuweisen, an uns ziehen — liebgewinnen, wie Novalis sagt — und so es uns anverwandeln. Ja das zum Menschen erlöste Tier ist schöner und herrlicher als der gewöhnliche Mensch, der durch keine Tierverwandlung hindurchgegangen ist: die rein menschlichen Bräute der älteren Brüder müssen beschämt vor der erlösten Tierprinzessin zurücktreten. Ähnlich bekommt der schwarzbraune Michel, der Räuber- und Zauberhauptmann aus Kärnten, der recht von Herzen Buße tut, auf seine Himmelfahrt eine ganze Legion Engel zur Begleitung, während sein Bruder, der sein Leben lang ein frommer Einsiedler gewesen ist, sich mit einem einzigen Begleiter begnügen muß. Das sizilianische Sonnenmädchen aber, das in den glühenden Ofen kriecht, geht verschönt aus ihm heraus. Alle diese Züge scheinen die eine Erfahrung, den einen Glauben zu spiegeln, daß Schmerz und Leid und Schuld uns nicht nur quälen, sondern auch fördern können, ja daß sie allein es sind, die uns über uns selber hinaus und gerade dadurch ganz zu uns selber führen. Zu uns selber und zugleich zu den andern: die Entrückung oder Entstellung führt dem Verwunschenen den Erlöser zu, und in dieser Begegnung findet der Erlöser ebenso wie der Erlöste seinen Partner und damit sein Glück.

Aber sogleich erhebt sich die Frage: Ist denn mit solcher Deutung der Gehalt eines Motivs wirklich erfaßt? Schon in dieser Deutung selber haben wir uns unvermerkt auf mehr als einer Ebene bewegt. Novalis spürte in dem Bilde von der Erlösung des Tierbräutigams die Sehnsucht und zugleich die Fähigkeit des Menschen, «das Übel in der Welt» durch Liebe zu verwandeln. Der Märchenhörer erlebt aber den Tierbräutigam zweifellos nicht nur als Repräsentanten des Übels in der Welt, sondern sieht in ihm ebensosehr den von diesem Übel befallenen, erlösungsbedürftigen Menschen — *den* Menschen oder einen Menschen, einen fremden Menschen oder sich selber. Je nach seiner eigenen Befindlichkeit wird der, der das Märchen in sich aufnimmt, das Tier zunächst als Bild für die eigene Seele nehmen oder für die eines anderen Menschen oder als Bild der menschlichen Seele überhaupt. Wie eng übrigens verklammert das Märchen das Schicksal des Erlösers und des zu Erlösenden! Kaufmannstochter, Edelfräulein (in dem schwedischen Märchen «Zuerst geboren, zuerst vermählt») und Königin, Prinz und Bauernjunge erlösen mit dem Verwunschenen zugleich sich selber aus schlimmer Lage. Der Erlöser ist erlösungsbedürftig, und der Erlöste wird zum Erlöser. Darin spiegelt sich die Angewiesenheit des einen auf den anderen in der Gesellschaft ebenso wie das Zusammenspiel von bewußtem Ich und unbewußtem Es in der eigenen Seele. Auch dieser Zug unseres Märchenmotivs also erweist sich als gleich sinnvoll, ob wir nun im Erlösungsvorgang die Begegnung zweier Menschen oder ein rein innerseelisches Geschehen erleben.

Das echte Symbol ist immer vieldeutig. So ist es denn nicht verwunderlich, daß in dem Bilde des Tierbräutigams oder der Tierbraut die eigene Seele, die eines anderen Menschen oder des Menschen überhaupt oder auch eine abstrakte Wesenheit erlebt werden kann: Übel, Leid, Schuld. Darüber hinaus aber schwingt in dem Bilde natürlich auch das Verhältnis des Menschen zum wirklichen Tier mit: Angst, Abscheu, Verachtung, Barmherzigkeit dem Tiere gegenüber und Mitleid mit ihm, Liebe zu ihm; ja seine offene oder geheime Verehrung, der Glaube, daß Göttliches sich in seiner Gestalt verbirgt, spielen in das Märchen herein. Die

Bilder des Märchens sind nicht *nur* Symbole, sie bedeuten zunächst einmal ganz einfach sich selber. Der Wald ist nicht nur Sinnbild für die unübersichtliche, gefahrvolle Welt oder für das dunkle Unbewußtsein oder für das Jenseits oder für die Vergangenheit, sondern zuallererst ist er eben wirklicher Wald, und beim Meer, bei der Stiefmutter, beim Tier im Märchen dürfen und müssen wir immer zuerst an das wirkliche Meer, an eine wirkliche Stiefmutter, an ein wirkliches Tier denken. Aber gleichzeitig sind diese Bilder, wie alle Bilder, natürlich *auch* Symbole, nicht nur Bilder von etwas, sondern auch Bilder für etwas. Wenn ein Mädchen sich herrliche Blumen vom Haare kämmt und goldene Blumen schreitet, so wird auch der entschiedenste Realist und der skeptischste Wissenschafter zugeben, daß sich darin nicht nur irgendein primitiver Zauberglaube ausspricht, sondern daß in diesem Bilde die ganze Wesenheit des Mädchens sichtbar wird, daß die schönen Blumen die schöne Seele des Mädchens, seine liebenswerten Eigenschaften versinnbildlichen. So wie die Blumen kann aber auch die Gestalt des Mädchens selber über sich hinausdeuten auf anderes, nicht mit den Sinnen Erfaßbares. Das Spiel zwischen Prinz und Prinzessin oder Prinz und Küchenmagd, Prinzessin und Hirtenjunge bedeutet gewiß nicht nur das Hin- und Widerspiel zwischen Liebenden, obwohl es dieses auch bedeutet, sondern in tieferer Schicht das Spiel zwischen Geist und Seele, Verstand und Gefühl, Macht und Liebe, und im Kosmischen die

Begegnung von Sonne und Erde, Frühling und Natur. Die Unterwelt des Märchens — in der Erzählung von den zertanzten Schuhen etwa — ist ebensowohl Bild für das Reich der Toten wie für das menschliche Unterbewußte. So sind denn auch die Märchen vom Tierbräutigam und die entsprechenden von der Tierbraut mit unseren Hinweisen nicht zu Ende gedeutet. In der Erzählung vom Tierbräutigam, der in der Hochzeitsnacht zum strahlenden Prinzen wird, von der Tierbraut, die sich in eine Prinzessin verwandelt, spiegelt sich ohne allen Zweifel auch das ambivalente Verhältnis der Geschlechter zueinander, der Umschlag der Abneigung in Zuneigung. Aber die Verzauberung ins Tier und dessen Entzauberung zum Menschen ist zugleich auch Bild für Tod und Rückkehr zu neuem Leben; ähnlich wie ja auch der Versteinerung im Märchen oder der Versenkung in tausendjährigen Schlaf fast immer die Wiedererweckung nachfolgt. Die Verwünschung in ein Tier als Bild für den Schritt in die jenseitige Welt, für den Tod des Menschen oder eines Menschen, vielleicht auch für den Tod von etwas im Menschen — unser Märchen ist überhaupt nicht zu Ende zu deuten; denn das echte dichterische Bild ist unerschöpflich und letztlich unübersetzbar.

Das Märchen ist echte Dichtung. Es ist gewiß nicht so entstanden, daß Priester ihre abstrakte Weisheit hübsch eingekleidet und als Erzählung dem Volke dargereicht haben. Die Bilder, die das Märchen zeichnet, sind nicht Einkleidungen, sondern echte, und das heißt: wirklich erschaute Bilder. Märchen sind Schöpfungen der Phantasie. Phantasie aber schafft zwar frei, jedoch nicht willkürlich. Sie ist sich keines Zwanges bewußt, aber die Bilder und Geschehensfolgen, die sie erschaut und komponiert, steigen aus dem innern Erleben des Menschen auf und entsprechen ihm. Und solches Aufsteigen aus dumpfem Innenraum ins lichte und scharf umrissene Bild schafft Befreiung, dem, der das Märchen dichtet, und dem, der es hört. Weil die wesentlichen inneren Erfahrungen, Entwicklungen und Erlebnisse bei allen Völkern und bei jedem Menschen in den Grundzügen dieselben sind, gleichen sich auch die Märchen aller Völker, und jeder ursprüngliche Mensch — bei uns und heute vor allem das Kind — nimmt sie begierig und freudig in sich auf. Es ist nicht verwunderlich, wenn bei verschiedenen Völkern nicht nur die einzelnen Bilder, sondern auch ganze Bildfolgen, komplizierte Motivketten, einander ähnlich sind. Sie entsprechen den inneren Abläufen und äußeren Vorgängen, die sich in jedem Volke und bei allen Individuen wiederholen. Aber nicht jedes Märchen ist unabhängig vom andern bei jedem Volke neu entstanden. So wie die Märchen von Mensch zu Mensch wandern, so wandern sie auch von Volk zu Volk, über Sprachgrenzen und Weltmeere hinweg, getragen durch wandernde Handwerker, Söldner, berufsmäßige Erzähler oder durch weitgereiste Kaufleute, die sie aus fernen Ländern bringen können. Daß diese

Erzählungen überall aufgenommen und weiterverbreitet werden, erweist, wie groß die innere Bereitschaft für sie ist. Und so wie es schöpferische Individuen gibt, so gibt es auch schöpferische Völker, Märchenvölker, die mit besonderer Begabung das ins Bild und ins Wort fassen, wonach die anderen wie sie verlangen. Wenn auch nicht, wie frühere Forscher meinten, alle Märchen von einem einzigen Land, von Indien, ausgegangen sind, wenn auch vermutlich jedes Volk seine eigenen Märchen gebildet hat, so nimmt es doch dankbar auf, was ihm von außen zuströmt, und läßt wohl gar die eigenen Erzählungen durch die fremden verdrängen oder überwuchern.

Das dichterische Bild ist vieldeutig. Es spricht zu verschiedenen Menschen in verschiedener Weise, und bei jedem einzelnen spricht es mehrere Schichten an. Der Kampf mit dem Drachen, ein Lieblingsmotiv des europäischen Märchens, erinnert zunächst an den Kampf des Menschen mit wirklichen Untieren, ein Geschehen, das die Phantasie früherer Zeiten mit großer Gewalt beschäftigt haben muß. Gerade deshalb wird der Kampf mit dem Untier zum Symbol für den Kampf des Menschen überhaupt, den Kampf mit der feindlichen Umwelt, mit dem Bösen außer uns und in uns, des Willens mit den Trieben, der Form mit dem Chaos, des Menschen mit dem Jenseitigen oder mit dem Schicksal. Der Drache, der Meertroll, sie sind ebenso Bild für die ungestalte und gefährliche Natur wie für das eigene Unbewußte.

Aber so wie ein Bild viele Bedeutungen hat, so kann umgekehrt eine und dieselbe Wesenheit durch viele verschiedene Bilder dargestellt werden. Die eigene Seele, das Unbewußte erscheint das eine Mal als Meer, ein andermal als großer Wald, dann wieder als Jungfrau, die es zu erlösen, zu freien gilt, oder als Tier, sei es als Drache, der überwunden, sei es als Kröte, die geküßt werden muß. Dabei zeugt es gewiß von einem andersartigen Verhältnis zum Unbewußten, wenn wir es als Meer sehen, als wenn wir es als Wald sehen. Die Wahl der Bilder wird nicht ausschließlich von der äußeren Landschaft bestimmt: auch im waldigen Binnenland wird vom Meer erzählt und ebenso am Meer vom Wald. Denn beide, Meer und Wald, sind Urbilder in uns, und je nach unserer besonderen Sicht auf das Unbewußte bietet sich uns das eine oder das andere dar oder also ein drittes oder viertes. Ein besonders beliebtes Bild ist das des Pferdes. Auch es ist ein Urbild, den Menschen «seltsam eingeprägt». Es erscheint in vielen Märchen als wissender Freund des Helden, es trägt ihn, berät ihn, hilft ihm, handelt für ihn. Das weise Pferd als Erscheinungsbild des weisen Unbewußten — wie anders sehen wir da das eigene Innere, als wenn es in der Gestalt des Hundes oder gar der Ratte vor uns tritt. So spiegeln die Märchen, gerade durch die verschiedene, scheinbar spielerische Wahl der Bilder die mannigfaltigen Sichtweisen, die vielen Möglichkeiten des Blickes auf uns selbst und des Verhältnisses zu uns selbst. Feine Nuancierungen sind möglich: Die Tönung, die Atmosphäre sind ganz anders, wenn der Helfer ein Pferd ist, wie im Märchen von der Prinzessin auf dem Baum, oder wenn es ein Stier ist, wie in der Geschichte von Kari Holzrock. Aber beide, Pferd und Stier, bitten am Ende den Helden, daß er ihnen den Kopf abschlage — während also die häßlichen Tiere (Ratte, Frosch, Äffin) geküßt oder gefreit werden müssen, muß hier das schöne und geschätzte Pferd ebenso wie der schöne und geliebte Stier gerade getötet werden, daß die Dinge in Ordnung kommen. Im Grimmschen Märchen vom Froschkönig aber wird das Tierlein voll Zorn und Haß an die Wand geschleudert — und gerade so erfüllt das wortbrüchige und ahnungslose Königstöchterlein die geheime Erlösungsbedingung. Die Märchen stellen keine Regeln auf des Verhaltens zu uns selber und zu den anderen, sie zeichnen die mannigfach verschiedenen Möglichkeiten und Notwendigkeiten.

Solange der Mensch das Buch nicht kannte, wurde er nicht müde, sich Märchen erzählen zu lassen, immer wieder dieselben und immer wieder andere. Er spürte, daß ihre scharf und sauber gezeichneten Bilderfolgen Geschehnissen und Entwicklungen entsprechen, die in seinem eigenen Inneren und in seiner Welt wie auch im Kosmos sich abspielen.

Bedeutsam ist die *Form* des Märchens. Der scharfe Umriß und die große Leuchtkraft aller Figuren, verbunden mit einer rasch und sicher fortschreitenden Handlung, ist ihr hervorstechendstes Merkmal. Schon daß das Märchen seine Gestalten und Landschaften kaum je beschreibt, sondern nur knapp benennt, verleiht ihnen Bestimmtheit. Selten gönnt es einem Substantiv mehr als ein Beiwort: als fürchte es, uns damit statt des klaren Bildes verwirrende Mannigfaltigkeit zu geben, uns fortzulocken in die Tiefe der Dinge und damit ins Gestaltlose. Nicht Tiefe gibt das Märchen und nicht Plastik; es ist, in mehr als einem Sinne, eine Kunst der *Fläche*. Seine Figuren haben einen scharfen Umriß (es liebt Stäbe, Schwerter, Flinten, Koffer, Zimmer, Türme, Häuschen), eine leuchtende Farbe und bestehen oft aus starrem Material: aus Gold, Silber, Glas, Kristall, Holz oder Stein. Auch Lebendiges, Wälder, Tiere, Menschen, verfällt der Metallisierung oder Mineralisierung. Statt des weichen Kleides bekommt die Heldin einen Holzrock; aber auch noch das Gold- und Silberkleid ist nicht nur um seiner Leuchtkraft willen gewählt, sondern zeugt zugleich von des Märchens Lust, alles Weiche, Fließende, frei Veränderliche metallisch erstarren zu lassen.

Eigenschaften, Fähigkeiten, Beziehungen stellt das Märchen nicht als solche dar, sondern projiziert sie auf die Fläche der Handlung: die Gefühle und Eigenschaften als Gebärden und Taten, die Beziehungen als Gaben, die von der einen Figur zur andern gehen. Wenn im wirklichen Menschen ein Komplex reicher Möglichkeiten vereinigt ist, so verteilt das Märchen Glück und Versagen, Güte und Bosheit fein säuberlich auf verschiedene Träger, die als Held und Unhelden nebeneinander stehen. So fehlt der Märchenfigur die tiefgestaffelte Innenwelt. Sie kennt kein Zögern, kein Schwanken, keinen Seelenkampf. Sie kann mitten entzweigerissen werden oder sich selber ein Glied abschneiden, als ob sie von Papier wäre; wir sehen kein Blut fließen, hören weder Schmerzensschreie noch Seufzen. Und ebensowenig wie an eine Innenwelt ist der Märchenheld an eine Umwelt gefesselt: er wandert von Familie und Vaterstadt weg, er verläßt die Braut, die er gewonnen hat, sogleich wieder, oder verliert sie, um sie erst nach langer Wanderung und abenteuerlichen Unternehmungen wiederzufinden. Und wenn er schließlich doch ein Ziel erreicht, aus einem Wandernden zum Ruhenden wird, so bedeutet das zugleich das Ende des Märchens.

Wie die Gestalten und Gegenstände mit schlankem, scharfem Stift gezeichnet und mit wenigen, stark wirkenden Farben koloriert werden, so ist auch die Linie der Handlung rein und klar gezogen. Das Auge verfolgt den schmalen Weg des Helden, und nur ihn. Die Gegner und Helfer, Diesseitige wie Jenseitige, die diesen Weg kreuzen, werden nur in seinem Lichte sichtbar. Auch sie sehen wir nur als Handelnde; ihr eigenes Wesen und Schicksal, die Sphären, denen sie angehören, die Gesetze, denen sie gehorchen müssen, bleiben uns verborgen, sofern sie nicht direkten Bezug zum Schicksal des Helden selber haben.

Die Märchenhandlung schreitet rasch und entschlossen von Abenteuer zu Abenteuer. Weil sie kein Ineinander und Miteinander schildert, gibt sie ein Nacheinander, sie reiht die Episoden. Aber nicht in beliebiger, zufälliger Zahl, sondern nach dem Gesetz der Dreiheit. Die formelhafte Zahl beherrscht das Märchen ebenso wie die formelhafte Wendung: die festen Einleitungs- und Schlußformeln und die wörtlichen Wiederholungen innerhalb der Erzählung. Zu der scharfen und präzisen Ausprägung der Märchenhandlung tragen die grausamen Strafen und glänzenden Belohnungen, die scharfen Bedingungen und Verbote und die moralische Schwarzweißzeichnung das Ihre bei. Gesetzte Fristen werden haargenau ausgefüllt. Die Rettung erfolgt im allerletzten Augenblick. Für jede Aufgabe, die dem Helden gestellt wird, wächst ihm eine gerade ihr angepaßte Gabe oder Hilfe zu. Die letzte Spitze dieser Stilisierung ist das *Wunder*. An Stelle langsamer Entwicklungen und Wandlungen gibt es schlagartige Verwandlungen und schenkt so dem Märchen eine wirklichkeitsferne Bestimmtheit, Klarheit und Leichtigkeit.

Die scharf ausprägende Zeichnung des Märchens ist von stark suggestiver Kraft und gleichzeitig von großer Eleganz. Frei und sicher bewegen sich seine Figuren. Dinge, Menschen, Jenseitige sind wirklich zu reinen *Figuren* geworden. Von der Atmosphäre der Welten, in denen sie ursprünglich gewachsen sind, haftet ihnen nur noch wenig an, oft spürt man gar nichts mehr von ihr. Den Jenseitsgestalten des Märchens — grauen Männchen, entrückten Prinzessinnen, sprechenden Tieren — fehlt der Hauch des Gespenstischen. Der Held tritt unbefangen mit ihnen in Kontakt, und wenn er sie fürchtet, so ist es nicht Grauen, nicht numinose Angst, sondern nur Furcht vor der Gefahr. Wer würde beim Eintritt des Märchenhelden in ein unterirdisches Reich noch etwas davon spüren, daß es eigentlich ein Totenreich ist? Seine Landschaften, Häuser, Gestalten sind ebenso formklar gezeichnet wie die der menschlichen Welt. Es ist ein Jenseits, aber ohne den Schauer des Jenseitigen. Den Dämonen des Märchens fehlt das Dämonische. Ähnlich ist es mit dem Zauber im Märchen. Er verwirklicht sich so spielend leicht, daß von der inneren Anspannung, der Erregung, der Anstrengung, die mit wirklicher Magie verbunden sind, kaum eine Spur übrigbleibt. Aber auch die diesseitigen Figuren des Märchens sind schwerelos und handeln kühl, ohne Erregung. Wie sie sich selber ohne Zögern einen Finger abschneiden, so geben sie ohne Zögern den Befehl zur Hinrichtung anderer; und weil diese Unglücklichen meist in formelhafter Vielzahl auftreten, so fühlt der Hörer des Märchens sich nicht in ihr Schicksal ein; die 99 abgeschlagenen Köpfe auf ihren Zaunpfählen wirken fast rein ornamental. Gefühle — Mitleid, Zorn, Schmerz — werden nur genannt, wenn sie handlungswichtig werden, und auch dann setzt der echte Märchenstil sie möglichst in Taten oder Gebärden um. Liebe,

Hochzeit, Begattung spielen im Märchen eine große Rolle; Liebeswallung aber, Liebesleidenschaft schildert es uns nicht. Am reinsten erfüllt sich die Eigenart des Märchens auch hier im Wunder: der bulgarische Faulpelz braucht nur in Gedanken zu «wünschen» (es ist ein «Wunsch» ohne die geringste Gefühlsanspannung), die Prinzessin möge ein Kind bekommen, und schon ist der Gedanke Wirklichkeit, der Wunsch erfüllt.

Weder das Numinose, Magische, Mythische noch das Erotische, Lebendige, Wirkliche erscheint im Märchen in seiner eigentlichen Gestalt. Alles sublimiert sich zu schwerelosen Bildern. In diesen Bildern aber spiegelt sich die Welt. Alle wesentlichen Motive des menschlichen Daseins, der wirklichen und der überwirklichen Welt erscheinen. Als epische Kurzform *muß* das Märchen, wenn es die Welt umfassen will, die Motive sublimieren. Sublimation aber bedeutet nicht nur Entleerung, sondern zugleich auch Vergeistigung und Verklärung. Was dunkel und schwer ist in der Wirklichkeit, im Märchen erscheint es leicht und heiter. Wenn die Wirklichkeit den Menschen in unentwirrbare Bindungen verhaftet, im Märchen löst sich die Figur mühelos und bewegt sich frei, in weitgezogenen, klaren Linien. Das Märchen kennt nichts Dumpfes, Unbestimmtes, Unentschiedenes, seine Bilder sind hell und klar, seine Handlung einfach und sicher. Und doch ist es reich, nicht nur an Gestalten, sondern auch an formalen Polaritäten.

Die leichte Beweglichkeit der Figuren bildet den Kontrast zu der Festigkeit und Starrheit von Umriß, Stoff und Farbe. Bestimmtheit verbindet sich mit lebendiger Bewegung, Gesetz mit Freiheit, Klarheit mit Geheimnis. Denn die klare Form ist Darstellung eines geheimnisvollen Geschehens, die freie Bewegung gehorcht verborgenen Gesetzen. Die Vielheit der Dinge und Episoden wird durch die formelhafte Zahl (zwei, drei, sieben, neun, zwölf, hundert) zur Einheit zusammengefaßt. Und die Isoliertheit der einzelnen Figuren hebt sich auf in ihrer universalen Beziehungsfähigkeit.

Wie im Spiel löst sich die Märchenfigur von allen Bindungen und Beziehungen, wie im Spiel tritt sie in neue Verbindungen ein und vermag auch diese jederzeit wieder zu verlassen. Gerade weil sie isoliert ist, ist sie frei für jede Begegnung. Der ganze Stil des Märchens ist isolierend. Auch die Unhelden sind grundsätzlich Isolierte und haben die Möglichkeit der Kontaktnahme nach allen Seiten. Aber sie verscherzen diese Möglichkeit oder realisieren sie nicht — erst im Helden tritt die äußere Isolation und geheime Allverbundenheit zur vollkommenen Erscheinung. Er ist der Jüngste, der Dummling, Aschenputtel, Grindkopf, Waise, verstoßen, preisgegeben — und gerade deshalb frei für die wahrhaft wesentlichen Begegnungen. Er ist Prinz oder Schweinehirt, letzte Spitze also der Gesellschaft, nicht eingebaut in sie — leicht ablösbar und daher offen für die wirklichen Mächte, fähig, sich tragen zu lassen von ihrer Gnade. Es ist gewiß nicht ein bloßes Wunschbild, das die Völker in ihren Märchenhelden zeichnen. Sie schicken ihn in gefährliche Abenteuer und stellen ihm schwierige Aufgaben; nur zu ihrer Bewältigung erhält er Gaben, nicht zum Genusse. Das Märchen zeichnet nicht, wie es die Sage öfters tut, ein Schlaraffenland. Es zeichnet, sublimierend, stilisierend, die Welt und den Menschen. Daß es den Menschen als einen Isolierten und zugleich allseitig Beziehungsfähigen sieht und darstellt, entspringt nicht primitiven Wünschen, es ist wirkliche Wesensschau.

Woher die Vorliebe des *Kindes* für das Märchen? Und darf man ihm die Erzählungen, nach denen es so dringend verlangt, unbedenklich darbieten?

Das geistige Erleben des Kindes ist in hohem Grade noch ein bildhaftes Erleben. Dem Erwachsenen beginnen die Traumbilder aufzusteigen, sobald sein Bewußtsein einschläft. Das Kind aber lebt auch im Wachen in einem bildhaften Begreifen der Dinge. Die Märchen sind geistige Nahrung für das Kind. Wer je gesehen hat, in welch reiner Entrückung es ihnen lauscht, der kann nicht daran zweifeln, daß es ihrer bedarf.

Die äußere Gestalt des Märchens kommt dem kindlichen Vorstellungsvermögen sehr entgegen. Das Kind verlangt nach scharfem Umriß und starker Farbe. Die verschwimmenden Konturen und komplexen Sachverhalte, wie die Wirklichkeit sie ihm darbietet, vermag es nicht zu bewältigen. Das Märchen gibt ihm klare Linien, leuchtende Figuren, in sich geschlossene Episoden. Statt langsamer Entwicklungen rasche Übergänge: Verwandlungen, Wunder, statt differenzierter Nuancen einfache Kontraste: groß und klein, reich und arm, alt und jung, schön und häßlich, gut und böse. Die rasche Fortbewegung von Ort zu Ort und von Episode zu Episode entspricht dem Wanderbedürfnis der kindlichen Phantasie.

Das Märchen kommt dem formalen Vorstellungsvermögen des Kindes entgegen und regt es an, setzt es in Tätigkeit, entwickelt es. Zugleich erfaßt das Kind in den Märchenbildern geistige und seelische Vorgänge und Strebungen, die dem Menschen zugehören und die in dem Kinde selber sich verwirklichen wollen oder in die es hineinwachsen soll: Streben nach dem Lichten, Kampf mit dem Dunklen, Erlösung des Verwunschenen aus der Zerrform zur reinen Gestalt, Vermählung mit dem Schönen ... Jedes einzelne Märchen spiegelt ein geistiges Geschehen oder eine seelische Entwicklung. Darüber hinaus aber prägt sich das Bild vom Menschen, das die Märchen insgesamt zeichnen, dem Kinde immer tiefer ein, je mehr Märchen es in sich aufnimmt. Da ist es denn beglückend zu wissen, daß das Bild des Menschen im europäischen Volksmärchen ein *wahres* Bild ist: der Mensch als einer, dem Aufgaben gestellt sind und der berufen ist, diese Aufgaben zu lösen, aus eigener Kraft und im Zusammenspiel mit diesseitigen und jenseitigen Helfern.

Im allgemeinen werden im Märchen die Guten belohnt und die Bösen bestraft. Mitunter aber ist sein Held auch hart oder wortbrüchig, ein Schläuling oder ein Faulpelz, und trotzdem erfährt er die Begnadung, die Beziehungen stellen sich her, sein Schicksal wird zu einem wesentlichen. Keiner ist von Anbeginn verworfen, nicht nur das Waisenkind, auch der Faulpelz hat seine Chance, das Märchen kennt keine enge Moral. Solch lebenswahre Darstellung kann dem Kinde kaum schaden. Die Grundtendenz aber: Belohnung des Guten, Bestrafung des Bösen fördert die sittliche Entwicklung des Kindes. Denn das Kind ist noch nicht reif für die Einsicht, daß man das Gute nur um des Guten willen tun und daß man die Sünde hassen, den Sünder aber lieben soll. Der Gute steht ihm für das Gute, der Böse für das Böse. In der Belohnung des Helden erlebt es den Sieg des guten Prinzips, in der Tötung des Bösewichts die Überwindung des Bösen an sich. Deshalb sind die grausamen und mitleidlosen Strafen im Märchen durchaus am Platze. Sie entsprechen übrigens der extremen Stilisierung, die das Märchen beherrscht, und wirken deshalb im Gesamtgefüge längst nicht so grausig, wie dies in einer realistischen Erzählung der Fall wäre. Überhaupt führt der Figurenstil des Märchens dazu, daß das Ganze weitgehend als geistiges Spiel erlebt wird; daher gefährdet das Märchen die Wirklichkeitsauffassung des Kindes nicht. Für das normale Kind sind trotz des tiefen Glaubens an die Märchenwahrheit Märchen und Wirklichkeit zwei verschiedene Sphären, die es ebenso scharf trennt wie die Welt der Puppen und Teddybären von der der lebendigen Menschen und Tiere. Besonders grausame Märchen möge man von leicht erregbaren oder nervösen Kindern fernhalten. Dem gesunden Kinde können die Märchen nicht gefährlich werden. Vom sechsten bis neunten und zehnten Lebensjahre sind sie sein eigentliches geistiges Brot.

Ursprung und Entstehungszeit des Märchens liegen im Dunkel. Man neigt heute dazu, sie sehr früh anzusetzen: jüngere Steinzeit, vorindogermanische Pflanzer- und Stadtkultur. Daß in der Moderne das Kind der legitimste Märchenhörer ist, scheint solche Vermutungen zu bestätigen. Seine Entwicklung wiederholt ja im kleinen die entscheidenden Stufen der Menschheitsentwicklung und spiegelt sie. Die Märchen sind nicht für Kinder geschaffen worden, aber für Menschen, deren geistig-seelische Entwicklung der des heutigen Kindes im Märchenalter ungefähr entsprach. Die letzten Reste des echten Märchenerzählens im Kreise der Erwachsenen innerhalb Europas, wie wir sie etwa noch in Irland finden, sind heute im Begriffe zu versinken. Dafür hat seit Basile, Perrault und Grimm der gebildete Europäer die Poesie des Märchens, das schon in die Kinderstube abgesunken war, neu entdeckt; ein ganz neues Verständnis des Volksmärchens begann emporzublühen und eine neue Liebe zu ihm. So will denn auch die vorliegende Sammlung nicht nur zum Kinde sprechen, sondern zugleich und vor allem zum Erwachsenen.

Das europäische Märchen unterscheidet sich vom orientalischen durch seine durchgehend wirklichkeitsferne Stilisierung, sein rasches Fortschreiten der Handlung, seine strengere Knappheit: keine Schilderungssucht, keine ungebundene Phantastik. So spiegelt sich im europäischen Märchen die Aktivität und die Zielstrebigkeit des europäischen Menschen. Innerhalb Europas gibt es wohl auch völkische Unterschiede. Die russischen Märchen muten urtümlicher an als die deutschen, die deutschen traumhafter als die französischen, die voll spielender Bewußtheit sind und nach Individualisierung und Anknüpfung an die Wirklichkeit streben. Im Balkan und in Sizilien erzählt man von Draken, in Skandinavien von Trollen. Der spanische Schafhirt läßt seine Tiere tanzen, der schweizerische Ziegenhirt die seinen exerzieren. Doch hat dieses letzte seine Ursache eher im Stand als in der Nationalität des Erzählers. Ein früherer Soldat wird eben auch die Ameisen mit dem Tornister auf dem Rücken ausziehen lassen, wie es unser lothringisches Märchen vom Patenjungen des Königs von England beweist. Bei aller Umformung, welche die verschiedenen Völker, Zeiten (Flinte statt Schwert), Stände und Erzählerpersönlichkeiten am Märchen vornehmen: der Schatz der Motive, die Motivreihung und die Grundzüge des Stiles bleiben im wesentlichen überall dieselben. Und ist es nicht bedeutsam und verheißungsvoll, daß in den Märchen aller europäischen Völker dasselbe Menschenbild erscheint und daß die Kinder in ganz Europa dieses Bild in sich aufnehmen dürfen: der Mensch seinem Wesen nach isoliert, aber gerade deshalb universal beziehungsfähig.

Unsere Auswahl bringt vorwiegend reine Märchen, sogenannte Zaubermärchen oder Schimäremärchen, welthaltige Abenteuererzählungen von sublimierender Stilgestalt. Öfters führt die innere Freiheit und Leichtigkeit des Märchengeschehens und der Märchenfiguren zu übermütigem Spiel, aus heiterem Ernst wird Scherz und Spott, das Märchen nimmt schwankhafte Züge an. Eigentliche realistische Schwänke blieben von unserer Sammlung ausgeschlossen. Dagegen haben einige lustige Lügengeschichten Eingang gefunden. Nach der Seite des Heldenmythos wurde die Grenze in dem irischen Finnmärchen leicht überschritten; und die großartig erzählte hamletartige Moritat von der bestraften französischen Königin gehört dem Bereiche des Schaurig-Balladesken an; doch bleibt die Stilisierung in beiden Fällen märchenhaft. Die Wiedergabe der Märchen ist möglichst getreu. Wenn ältere Herausgeber nach dem Vorbilde Wilhelm Grimms Verschmelzungen mehrerer Varianten und gelegentliche Ausschmückungen sich ohne weiteres erlaubten, so haben neuere Sammler, wie Wisser, Uffer, Wagner, dem wir die beiden hier erstmals veröffentlichten irischen Märchen verdanken, treue Wiedergabe des Gehörten erstrebt. Da wir das Märchen als das Gebilde lieben, das fähig war, in der Übertragung von Mund zu Mund zu leben und durch die Jahrtausende lebendig zu bleiben, sind uns solche rein aufgenommenen und wortgetreu übersetzten Stücke ganz besonders kostbar.

Lebendige, stilechte Erzählweise und reizvolle Motivik waren die leitenden Gesichtspunkte in der Auswahl aus der Fülle der Volksmärchen, die im 19. und 20. Jahrhundert in allen Teilen Europas aufgezeichnet worden sind.

Quellen

Seite

52 G. O. Hyltén-Cavallius und George Stephens, Schwedische Volkssagen und Märchen, Deutsch von Carl Oberleitner, Wien 1848.

107, 111, S. O. Addy, Household Tales, London 1895.

117 E. S. Hartland, English Fairy and other Folk Tales, London o. J.

120 Beitrag von Prof. Dr. Heinrich Wagner, Utrecht, der die Erzählung im Frühjahr 1946 nach dem Diktat von Frau Peig Sayers, der bekanntesten irischen Woman-story-teller, aufgeschrieben und für unsere Sammlung ins Deutsche übersetzt hat.

137 Beitrag von Prof. Dr. Heinrich Wagner, im Jahre 1947 in Donegal aufgenommen und für unsere Sammlung ins Deutsche übersetzt.

141 E. Polain, Il était une fois... Contes populaires entendus en français à Liège. Liège/Paris 1942. Mit der freundlichen Erlaubnis des Sammlers und Herausgebers.

145 G. Goyert und K. Woltert, Vlämische Sagen, Legenden und Volksmärchen, Jena (Diederichs) 1917.

148 J. M. Firmenich, Germaniens Völkerstimmen, Bd. III.

150 E. Cosquin, Contes Populaires de Lorraine, Bd. I, Paris o. J.
170 F. M. Luzel, Contes Populaires de Basse-Bretagne, Bd. III, Paris 1887.
190 J. F. Bladé, Contes Populaires de Gascogne, Bd. II, Paris 1886.
199 Ebenda, Bd. I.
222, 231 L. Gonzenbach, Sizilianische Märchen, Leipzig 1870.
242 Aufzeichnung von Herman Grimm im Jahrbuch für romanische und englische Literatur, Bd. 8, Leipzig 1867. Für unsere Sammlung übersetzt von Dr. Anna Lichtenhahn, Zürich.
248 Christian Schneller, Märchen und Sagen aus Wälschtirol, Innsbruck 1867.
272 O. Sutermeister, Kinder- und Hausmärchen aus der Schweiz, Aarau 1873.
279 L. Uffer, Rätoromanische Märchen und ihre Erzähler. Basel 1945 (Schweiz. Gesellschaft für Volkskunde). Mit freundlicher Erlaubnis des Sammlers und Herausgebers, von dem auch die Übersetzung stammt.
301, 321 U. Jahn, Volksmärchen aus Pommern und Rügen, Bd. I, Leipzig 1891.
388 E. Schreck, Finnische Märchen, Weimar 1887.
440 M. Toeppen, Aberglauben aus Masuren, Danzig 1867.
445 J. Wenzig, Westslawischer Märchenschatz, Leipzig 1870.
455 E. Róna-Sklarek, Ungarische Volksmärchen, Neue Folge, Leipzig 1909.
480, 496 M. Kremnitz, Rumänische Märchen, Leipzig 1882.
537 J. G. v. Hahn, Griechische und albanesische Märchen, Bd. I, Leipzig 1864/München 1918.

Alle übrigen Erzählungen sind, mit freundlicher Erlaubnis des Verlages Eugen Diederichs, Düsseldorf/Köln, den europäischen Bänden der von F. von der Leyen und P. Zaunert herausgegebenen Sammlung «Die Märchen der Weltliteratur» entnommen. Dr. Paul Zaunert †, Kassel, schulde ich besonderen Dank für zahlreiche Hinweise, ebenso Prof. Dr. Josef Reinhart †, Solothurn, und Dr. Adolf Ribi, Zürich, für die Überprüfung der Mundart-Transkription des solothurnischen Märchens Seite 272, ferner Prof. Dr. Heinrich Wagner, Belfast, für den Beitrag der beiden irischen Erzählungen Seite 120 und 137.

Literatur

Max Lüthi, Das europäische Volksmärchen. Form und Wesen. 5. Aufl. München 1976 (UTB 312. Grundlegendes Werk literaturwissenschaftlicher Prägung).

– Das Volksmärchen als Dichtung. Ästhetik und Anthropologie. Düsseldorf/Köln 1975 (Diskussion wesentlicher Einzelaspekte: Themen, Motive, Stiltendenzen, Figuren, Menschenbild).

– Märchen. 5. Aufl. Stuttgart 1974 (Sammlung Metzler 16. Orientiert u.a. über Forschungsrichtungen und -ergebnisse, enthält zahlreiche Literatur- und Quellenangaben).

– Volksmärchen und Volkssage. Zwei Grundformen erzählender Dichtung. 3. Aufl. Bern und München 1975 (Aufsätze).

– Volksliteratur und Hochliteratur. Menschenbild, Thematik, Formstreben. Bern und München 1970 (17 Aufsätze, darunter 8 das Märchen betreffende).

– Es war einmal... Vom Wesen des Volksmärchens. 4. Aufl. 1973 (Kleine Vandenhoeck-Reihe 136/137/137a. Diskussion einzelner Märchentypen).

– So leben sie noch heute. Betrachtungen zum Volksmärchen. Göttingen 1969 (Kleine Vandenhoeck-Reihe 294/295/296. Diskussion einzelner Märchentypen).

Vladimir Propp, Morphologie des Märchens. Frankfurt a/M 1975 (suhrkamp taschenbuch wissenschaft 131. Grundlegendes Werk strukturalistischer Prägung).

Albert Wesselski, Versuch einer Theorie des Märchens. Reichenberg 1931, Neudruck Hildesheim 1974 (Kenntnisreiches, eigenwilliges Werk vorwiegend literaturwissenschaftlicher Prägung).

Stith Thompson, The Folktale. 2. Aufl. New York 1953 (Grundlegendes Werk volkskundlicher Richtung).

Lutz Röhrich, Märchen und Wirklichkeit. 3. Aufl. Wiesbaden 1974 (Grundlegendes Werk volkskundlicher Prägung).

Felix Karlinger (Herausgeber), Wege der Märchenforschung. Darmstadt 1973 (Aufsätze verschiedener Autoren).

Linda Dégh, Märchen, Erzähler und Erzählgemeinschaft, dargestellt an der ungarischen Volksüberlieferung. Berlin 1962 (Wichtiger Beitrag zur Märchenbiologie, volkskundlich).

Charlotte Bühler und Josephine Bilz, Das Märchen und die Phantasie des Kindes. 3. Aufl. München 1971 (Grundlegendes Werk).

Hedwig von Beit, Symbolik des Märchens, 3 Bde., 2. Aufl. Bern 1960–1965 (Grundlegendes Werk im Sinn der Jungschen Psychologie).

Wilhelm Laiblin (Herausgeber), Märchenforschung und Tiefenpsychologie, 2. Aufl. Darmstadt 1975 (Aufsätze verschiedener Autoren).

Johannes Bolte und Georg Polívka, Anmerkungen zu den Kinder- und Hausmärchen der Brüder Grimm, 5 Bde., Leipzig 1913–1923, Neudruck Hildesheim

1963 (Für die international vergleichende Märchenforschung grundlegendes Werk).
Enzyklopädie des Märchens. Handwörterbuch zur historischen und vergleichenden Erzählforschung. Herausgegeben von Kurt Ranke zusammen mit Hermann Bausinger, Wolfgang Brückner, Max Lüthi, Lutz Röhrich, Rudolf Schenda. Berlin/New York 1975ff. (Grundlegendes Werk, auf 12 Bde. geplant; die ersten Lieferungen sind erschienen).
Antti Aarne and Stith Thompson, The Types of the Folktale. 3. Ausgabe, Helsinki 1961 (Internationales Verzeichnis der Märchentypen).
Paul Delarue et Marie-Louise Tenèze, Le Conte Populaire Français. Catalogue Raisonné. Bisher 2 Bde., Paris 1957, 1964 (Vorzüglich kommentierendes nationales Typenverzeichnis).

Inhalt